孢星 2：浪潮

张哲男 著

山西出版传媒集团　北岳文艺出版社
·太原·

图书在版编目（CIP）数据

孢星 2：浪潮 / 张哲男著. -- 太原：北岳文艺出版社，2024.7. -- ISBN 978-7-5378-6880-8

Ⅰ．I247.5

中国国家版本馆 CIP 数据核字第 20243SX684 号

孢星 2：浪潮
BAOXING 2：LANGCHAO

张哲男 ◎ 著

出品人 郭文礼	出版发行：山西出版传媒集团·北岳文艺出版社
	地址：山西省太原市并州南路 57 号　邮编：030012
项目统筹 刘文飞	电话：0351-5628696（发行部）　0351-5628688（总编室）
	传真：0351-5628680
	经销商：新华书店
责任编辑 武慧敏	印刷装订：四川科德彩色数码科技有限公司
	开本：710 mm×1000 mm　　1/16
特约编辑 张　冉	字数：456 千
	印张：25.625
装帧设计 书香力扬	版次：2024 年 7 月第 1 版
	印次：2024 年 7 月四川第 1 次印刷
印装监制 郭　勇	书号：ISBN 978-7-5378-6880-8
	定价：89.00 元

本书版权为本社独家所有，未经本社同意不得转载、摘编或复制

序言

书写新时代的中国"太空传奇"

文/刘健

在当今的中文语境中,科幻是科学幻想的简称,对应英文中的"Science Fiction"(常简写为"Sci-Fi"或"SF")。"Science Fiction"最初是指科幻小说,后来随着科幻题材向影视、动漫、美术、舞台剧、电子游戏等领域的扩散,"Science Fiction"或"科幻"逐渐成了这一类型文艺作品及其文化、商业衍生品的总称。尽管对于中国来说,"科幻"是地道的舶来品。但至少作为科幻作品中最具代表性的"太空"(或称"星际旅行")题材,对于中国读者来说,并不陌生,甚至有一种文化上的亲近感。毕竟,自古以来,就有盘古开天、夸父逐日、女娲补天、嫦娥奔月、吴刚伐桂等等,众多与之相关的传说故事,反映了古代中国人对太空、星辰和自然的想象和理解。而万户飞天的故事更是展现了中国人为了实现"登天"梦想,不惜舍身犯险的探索精神。由此可见,无论是上古神话,还是后世的传说演绎,都为太空题材科幻作品在当代中国的流行,做了潜移默化的铺垫。

1954年,被尊为"中国科幻文学之父"的郑文光先生创作的《从地球到火星》正式在《中国少年报》上发表。这是中华人民共和国成立后出现的第一篇有影响的科幻小说,也是"科学幻想小说"这种与工业化、城市化和现代化有着密切联系的文类,其影响力第一次溢出到文学以外——小说发表后,引发了全社会的"火星热",一场关注火星、了解火星和研究火星的热潮很快席卷了北京等大中城市。为了满足读者们的观"火"热情,《中国少年报》报社工作人员在北京建国门古观象台上架起了一台高倍天文望远镜。每天晚饭之后,大队人马便集中过来,争先恐后地一睹火星的风采。等不及的孩子早已仰头看星星,在星海中找寻那颗火红色的星星，把脖子都仰酸了。古观象台前排起的长队，到深夜还久久不能散去，这种现象持续了很长一段时间。

65年后的2019年春节档，一部改编自著名科幻作家刘慈欣同名小说的电影《流浪地球》悄然上映，在外界普遍不看好的情况下，凭借实力仅用了短短四天时间，就实现了票房逆袭，最终累计票房达到40多亿元，名列中国影史票房榜第五名。同样是太空题材的科幻作品，从小说《从地球到火星》到电影《流浪地球》，由中国人书写的"太空传奇"完成了一个闭环。

从世界科幻文学发展的角度来看，太空题材的科幻作品也可以称为"大宗"。1865年，法国作家儒勒·凡尔纳创作出版了太空题材科幻小说的开山之作《从地球到月球》，四年后又推出了续作《环绕月球》。"星际旅行"第一次以科学幻想的方式走入大众视野。1920年，俄国"火箭之父"康斯坦丁·齐奥尔科夫斯基创作出版了科幻小说《在地球之外》，在这本小说中，康斯坦丁·齐奥尔科夫斯基通过对太空航行和宇宙探险的描绘，展示了他对未来科技的设想和对人类探索宇宙的渴望。这部小说的出版，是太空题材科幻作品从软科幻走向硬科幻的标志。此后，太空题材科幻作品便层出不穷，各国的科幻创作者纷纷贡献出自己对于太空的奇思妙想。到了20世纪50年代，随着美苏两个超级大国的太空竞赛如火如荼地开展，人们赫然发现，原本只存在于科幻作品中的"星际大航海时代"，似乎已经触手可及了。于是，一个名为"太空歌剧（Space Opera）"的新科幻题材类型应运而生。其中，为全世界的科幻爱好者所熟知的就是《星际迷航》系列和《星球大战》系列。在这个新兴科幻题材类型中，探索未知的宇宙空间和西部拓荒式的冒险传奇被融为一体，展现了当时的人类渴望骑上名为"科学"的骏马，向着名为"宇宙"的最后边疆挺进的豪情壮志。

然而，随着20世纪80年代的到来，以美欧日为代表的西方发达国家，其社会形态开始从现代社会向后现代社会转变。以冷战为大背景的国际形势，也开始由苏攻美守向两大阵营势力均衡转变。曾经你争我夺的太空竞赛也渐趋落幕，人类远征太空的脚步也停滞于地月系之内。也正是在这样的大背景下，1985年，美国作家奥森·斯科特·卡德出版了他的成名作《安德的游戏》，一年后又推出了续作《死者代言人》。凭借这两部杰作，卡德连续两年包揽了"雨果奖""星云奖"这两大世界级科幻奖，创造了科幻文学史上一个空前绝后的奇迹。从表面上看，《安德的游戏》只不过是一个虫族外星人进攻地球的老套故事，但卡德巧妙地将故事的主角设定为一个天才少年，从而造就了一个有着显著缺陷却又不可或缺的人物形象，并以此作为故事情节张力的主要来源。而人类与虫族外星人的生死决战，竟然是以"电子游戏"这样一个带有明显的后现代隐喻方式展开。直到大获全胜后，主角团才被告知，他们刚刚经历的并不是一场在电脑上进行的模拟战，而是一场货真价实的在地球人和外星虫族之间，以成千上万智慧生命的生死为代价进行的星际战争。因此，无论是给主角团还是读者，都带来了无比强烈的心灵震撼。最终，小说的男主角安德，没有留在地球上享受战胜者的鲜花和掌声，而是带着虫族最后的幸存者，踏上了寻找智慧生命种族间的沟通和理解的星际之旅……

在西方的科幻文学史上，《安德的游戏》无疑是太空题材科幻的变革之作。而正如前文所述，中国科幻从小说《从地球到火星》到电影《流浪地球》也已经完成了一个闭环。随着百年未有之大变局的到来，或许，现在也正是中国的太空题材科幻作品展开新篇章的好时机！作家张哲男的长篇科幻小说《孢星2：浪潮》就在这方面进行了有益的尝试。

《孢星2》的作者张哲男是一位"80后"女作家，江苏南通人，毕业于北京电影学院，足迹遍布大江南北，自幼热爱科幻历史、战争类的书籍和电影。据作者自述，她创作《孢星》系列小说是受到电影《银翼杀手2049》《九号梦》和《云图》的启发，感觉如果"能用文字来创造一个赛博城市，甚至架构出整个属于自己的宇宙，会很有成就感"，于是，便从2017年开始创作《孢星》第一部，于2021年完成。全书由埃尔泽塔的悲鸣、骑士回忆录、尼德霍格三个章回组成。描写了二战时期，一支同盟军秘密行动队陷入纳粹党科学家的阴谋，被强行带到一颗异星球，惨遭囚禁和折磨。在长达数年的压抑之中，队员们顽强抗争，最终击溃了敌人。在得知"孢星"的宇宙结构和地球存在的真相后，他们接受了外星友人的协助，决定回到地球完成未尽的使命……

小说问世后，获得了评论界的一致好评，认为该作品"场面宏大，视野开阔，构思精巧，充满科幻的想象力和严密的逻辑性""将读者带进了二战那神秘的历史氛围中，惊人的想象力将科幻与人物形象的塑造于优美而诡异的描述中，这种想象与写作能力使作家在一些小的细节上都处理得清晰可见，作家凭借其渊博的知识，发挥丰富的想象和科学精神"。

此后，张哲男再接再厉，终于又完成了续作，也就是呈现在诸位读者面前的这部《孢星2：浪潮》。作为《孢星》的续作，《孢星2：浪潮》也分为三个篇章：异星入侵、荆棘王冠、赤星迷踪,主要讲述了太阳系遭遇外星文明入侵,地球惨遭破坏,面对强大的敌人,地球军队奋勇抵抗。在此期间,地球人与敌人内部的正义势力联手,三位中国飞行员也贡献了自己的力量。经过不懈的追踪和战斗,地球军队打败敌人,救出被困同胞,平安凯旋,太阳系也再度恢复和平。《孢星2》延续了第一部的设定,为后续的"孢星"长篇科幻系列打下基础。同时,又与时俱进,吸收了以王晋康、刘慈欣等中国当代科幻顶尖作家作品中最具代表性的科幻现实主义创作风格,弘扬正能量,宣扬中国军人的英勇果敢,展现地球人与外星人为了共同的目标奋斗,在追击敌人的过程中所产生的战友情谊。

纵观中外科幻文学史,能够创作出优秀太空题材科幻作品的女性作家并不多见,而且大多也仅仅是将"太空"或者"星际旅行"作为展现故事人文内核的机关布景。而《孢星2:浪潮》则充分展现了作者张哲男的"硬核"实力:各种科幻设定相互勾连、绵密严谨,故事情节环环相扣、波澜起伏、悬念丛生、扣人心弦,人物形象鲜活明了,跃然纸上,令人印象深刻。更为重要的是,作为北京电影学院电脑动画专业出身的文学创作者,张哲男的小说创作极具画面感,很适合改编为电影。

随着《独行月球》和《流浪地球2》的连续热映,太空题材科幻作品正在成为带动整个中国科幻创作向上提升的强力引擎。而这并不是偶然。当今世界,自20世纪90年代以来,由信息技术革命带来的发展红利即将耗尽。人类不得不再次抬头仰望星空,希望能再次叩开星际之门,获得全新的发展空间。幸运的是,在即将到来的新一轮航天热潮中,中国人已经不再是旁观者,而是走在第一梯队的引领者之一。文学从来都是时代的镜鉴,当代中国人的"飞天梦"需要更多优秀的科幻作家去书写。而今天,迈向新时代的中国不同于20世纪80年代的欧美,所以中国太空题材科幻作品的转型之路,没有必要亦步亦趋地模仿欧美,而是要真正站在新时代的潮头,去谱写属于中国人的"新太空传奇"。相信张哲男和她的《孢星》系列,能够在这波中国科幻文学的新浪潮中成为勇立潮头的"弄潮儿"。

2023年10月1日

作者简介:刘健,笔名吕哲,男,1982年生,天津人。历史学硕士,副教授。天津市科普作家协会副秘书长。现为中国文艺评论家协会会员、中国科普作家协会会员、中国科教电影电视协会会员、中国高等院校影视学会会员、中国动画学会会员。

目录

第 1 章 | **异星入侵**

- 003 | 混沌预兆
- 013 | 红巨星
- 028 | 血染孤岛
- 042 | 厄里倪厄斯之怒
- 050 | 临行前夜

第 2 章 | **荆棘王冠**

- 059 | 哥弗兄弟
- 073 | 刺
- 095 | 909 号计划
- 109 | 燃烧的谢里丹蒂
- 168 | 灾蚀
- 201 | 伪王
- 215 | "杀虫剂"
- 235 | 星球坟茔
- 255 | 斩首行动

| 第 3 章 | 赤星迷踪 |

281	代号"K"
297	鼠路
308	狱中枪声
318	婴鬼姐妹
332	最后的线索
346	决战蜜壳星
380	外传：礼物
384	外传：埃克·麦兰森

如果还有希望,那它只会出现在"蚁巢"中。

第1章 | 异星入侵

第1章　研究の背景

混沌预兆

"千年之前,肆虐的自然灾害和病毒让人们意识到:他们还没能强大到可以抛弃地球另谋生路,如果不团结起来救治生存环境,人类文明将不可逆转地陨落……"

"你在看什么?"

"《猿鲍布说历史》。"

兰德放下果汁,坐了下来:"那个喜欢戴着猿人头套讲课的历史教授?"

"对,他开了个直播频道,不少人围观呢。"洛克姗趴在餐桌上,喃喃地说,"你说,那个时候如果没有中美联合开发的'在网纳米机器人病毒抗体',我们这个孢星会不会就完蛋了?"

"孢星怎么会完蛋呢?你是不是没吃早饭,脑袋糊涂了?"

孢星确实不会完蛋,它只会被一次次重置,不断产生新的文明。洛克姗不好意思地笑了,从兰德的餐盘里拿了一只包子:"我听说机器人抗体在萨美尔联邦星要卖到五千多星币呢。"

"那要分等级,基础套装的病毒抗体几乎不要钱。"见洛克姗又伸手过来,兰德把盘子挪开,"去打你自己的饭。"

洛克姗嘿嘿一笑,起身朝食堂点餐处走去。

兰德喝了口果汁,看到几位中国学生扎堆坐下用餐,一旁的两位美国学生便端起餐盘坐到距离他们稍远一些的位置,目光中写满排斥。真是矫情。兰德心里冷笑,这都3380年了,常宇宙通用的"地球孢星公民"证件上可是连国籍都没有,还有人搞这种小动作。不过,也有可能是因为中国宇航员大多是在本地训练的,这座旧金山联合国太空航天学院里,中国学生并不多见,导致那些心思敏感的美国人对其有些疏离。

洛克姗把餐盘放下，捏起一根薯条："你知道吗？这次月考有个叫陈义的学生拿了全 A。"

兰德惊讶："这么厉害？"

洛克姗又捏起一根薯条："听说他是从中国航天局太空战略研究院来的进修生。"

"太空战略研究院是宇宙联合学术团认证的机构，他到这儿来进修什么？"

"好像是奔着中俄合作的一个训练项目来的，负责人是伊万诺夫教官。"

兰德摸了摸下巴："这倒是有可能，我觉得伊万诺夫教官是个深藏不露的人。"

洛克姗耸了下肩："我也这么觉得。"

两人正聊着，手环亮了起来，提示下午的见习课可以出孢星参观外星研究基地，二、三年级学生均可参加。他们俩几乎同时按下申请，申请通过了。

洛克姗憧憬起来："要是工作餐定在'粉红麻雀'该多好。"

兰德笑了："你就惦记吃汉堡。"

下午的星际车船驾驶课结束后，洛克姗、兰德与其他学生们一起登上了小型飞船"红珊瑚号"，进入位于太平洋人工岛的星门。地球孢星的常用对接镜像星门位于福比罗枢纽星，福比罗在银河系人马座旋臂接近银核的位置。虽然来过几次，洛克姗还是忍不住趴在舷窗边，观赏那一排排金字塔状的镜像星门群，异色双目闪烁着兴奋的光彩。

很快，"红珊瑚号"穿过了人工虫洞环，到达了盾牌座疏散星团 M26，星球"赞扎达"出现在飞船的前景屏幕中。赞扎达是银河系生态科研基地之一，与多个文明星球有合作科研项目。地球历 3378 年，地球人类走出孢星，联合国向宇宙事务统管大厅（简称"宇统厅"）银河系分部申请，在此地建立了地球孢星的第一个常宇宙科研基地"龙鳐 1 号"。

登记后，"红珊瑚号"穿过赞扎达的云层开始降落。洛克姗看向窗外，形状奇特的本地树木高耸入云，下垂的细密枝条荡漾舞动，青枝绿叶的掩映中，有着数栋巨型生态舱、研究中心、科技大厦。它们规划整齐地坐落着，密密层层的玻璃窗交相辉映，整个星球就像浸染在澄澈的绿色海洋之中。

红珊瑚号停泊在港口，学生跟着教师走下飞船，朝龙鳐 1 号基地走去。一路上，洛克姗总是被生态舱中色彩斑斓的花草动物牵住脚步，兰德不得不催促她跟上队伍。一行人进入研究所，与地球外派的学者见了面，交换了联合国科研项目文书。见有这么多学生在场，研究基地部长决定临时给他们开一堂课。

"'生态化住宅在非宜居星球的应用'于地球公历3378年12月立项，如今已取得成果……"部长在讲台上侃侃而谈，学生们听得很认真，用手环做着笔记。忽然，从门外飞入一只蝴蝶，蝶翅上的磷粉反射着鲜艳的朱红色。它扇动着翅膀，飞过学生的头顶，最终落在了洛克姗的手指上。兰德首先发现了它，用手肘碰了碰洛克姗，她这才看到蝴蝶。她抬起手，蝴蝶没动，她又轻轻晃了晃手，蝴蝶依然牢牢地抓着她的手指，似乎不想飞走。感觉到同学和老师的目光，洛克姗有些尴尬："我出去把它放了。"

她走出大楼，蝴蝶始终攀着她的手指，羽翅一张一合。接触到天光，蝴蝶终于放开了她的手指，朝上方飞去。洛克姗看着它起飞、打转、下落、再起飞，毫无方向感地在空中乱转，触角中的光敏磁场探测功能似乎失效了。突然，怪异的声响掠过耳膜，洛克姗转头一看，上千只赤色蝴蝶从树枝间腾跃而起，犹如散落的烟花般不规律地飘散，透过艳红翻飞的蝶翅，眼前出现了令她惊愕的一幕：万里无云的天空中，骤然出现了一只庞大的黑洞，圆环状的光辉闪耀夺目，并且还在扩大。

洛克姗难以置信地后退一步，扭头朝楼上跑去。她嘭地推开教室的门："外面出事了，快走！"科研基地部长和学生们都愣住了。兰德反应过来，唰地拉开窗帘，恐怖的一幕出现在窗外。学生们吓得惊呼，老师和基地部长也紧张地直冒冷汗。

狂风大作，楼宇倾塌，树木折断的巨响犹如裂帛。黑洞已经完全遮蔽了恒星的光芒。一行人飞快地下楼，看到"红珊瑚号"所在的港口腾起橙黄色的烟尘，能见度极低。

有人提议："抄东边的近路过去。"

洛克姗看了下地图："不行，那里进入了黑洞的引力范围……"话还没说完，建筑残片飞来，兰德眼疾手快把她拉到身边，躲过一劫。果然如洛克姗所言，东部建筑在引力的撕扯下开始碎裂，残骸随着狂风漫天飘散。

研究基地部长说："从供电中心走，跟我来。"

大家打开了手环的照明功能，在灰黄色的雾霾中奔跑。从生态舱中逃出的动物穿梭于迷雾，诡异的嘶叫声极其瘆人，路上时不时会出现血肉模糊的动物尸体。尽管老师和基地部长都在尽力保护学生，有些学生还是跑着跑着就失散了。

大家心惊胆战地到达供电中心，地震开始了，巨大的岩块抽离地表，混合着炽热的岩浆朝黑洞边缘飘去。黑洞就像巨兽的独眼，硕大的漆黑瞳孔凝视着赞扎达的碎裂星体。嗡的一声，洛克姗他们面前的主电力存储设备损坏，亿万伏特电流顺着高压电线蔓延，供电中心瞬间变成一片高压电的汪洋。

前路被堵也无法后退，一些人绝望地坐在地上开始哭泣。洛克姗用手环拍摄供电中心的信息板，通过设备型号查询，发现赞扎达的供电设备是波吉族建设。听闻此事，兰德眼睛一亮，呼喊道："振作起来，还有机会。"他话音刚落，供电中心紧急避险设备自我修复完毕，切断了所有电源，打开了地埋的高压电中和器。电流瞬间消失，他们面前的供电中心犹如一片平静美妙的应许之地。他们赶紧穿过供电中心，朝港口奔去。

黑洞逼近，持续的引力拉扯令地表土崩瓦解，道路全无。他们磕磕绊绊地到达港口，幸运的是，"红珊瑚号"完好无损。等洛克姗他们登上"红珊瑚号"后，老师、部长和工作人员才踏上金属阶梯。就在他们接近舱门时，一道迅疾的气旋撞碎了"红珊瑚号"旁边的一处墙壁，直径飞速扩张，三秒内形成了龙卷风。在学生们惊恐的尖叫声中，老师被狂风卷到三十米开外，重重地摔在地上；其他人也相继落难，被灰黄色的巨大气旋裹挟，身首分离。

龙卷风与"红珊瑚号"挨得太近，再不起飞将全员覆没。兰德对负责驾驶的二年级学生怀亚特说："快起飞。"

怀亚特看到远处的老师还在挣扎，犹豫了一下。

兰德冲他喊道："你还在等什么？"

怀亚特吓了一跳，赶紧收起舷梯，关闭舱门。"红珊瑚号"引擎全开冲向高空，风柱擦着飞船的尾翼卷了过去。洛克姗悲伤地向下望去，龙卷风经过老师的尸身，把航站楼撕成碎片。

怀亚特紧张得满头大汗，他发现就算躲过龙卷风的袭击，也难逃黑洞引力的拉扯。见势头不对，兰德说："避开虫洞环。"怀亚特一时没反应过来。兰德冲过去推开怀亚特，飞快地在面板上修正航向。被兰德料中，虫洞环在星球重力和黑洞引力的湍流下四分五裂，残骸扑面而来。虽然兰德修改了航向，避免了正面冲击，还是难逃碎片的罗网。一只巨大的超空间发生器残骸飞了过来，眼看着就要砸中"红珊瑚号"时,一旁能源加注站突然爆炸,把发生器残骸猛地推开,残骸擦过船头坠入大气层。差点没了命,大家吓得面色煞白,怀亚特也缩在座位上不住地颤抖。

兰德刚松了口气,却发现"红珊瑚号"位于黑洞的行经路线上,已被黑洞引力锁定。

"怎么办?"洛克姗问。

"只剩一个办法。"兰德深呼吸一口,对大家说,"准备引力助推。"

明白了兰德的计划,所有人都露出惊恐的目光。洛克姗赶紧坐到兰德身边,帮他运行计算程序。其他学生也都克制住对死亡的恐惧,紧张地准备。兰德扔掉了飞船上所有超过一千克的物资箱,减少多余的配重,与其他人确认后,他启动了加速引擎,"红珊瑚号"以 10 万公里每秒的速度冲向黑洞边缘。黑洞在他们眼前不断扩张,圆形光晕溢出了主屏幕边缘,黝黑的主体就像深渊巨口,吞噬着所有的光芒。船身震动,警报狂响,大家死死地抓着座椅扶手,把命运交给宇宙的物理规则。接近近拱点时,"红珊瑚号"达到了亚光速,民用小型飞船难以承受如此高速的飞行,装甲发出爆裂的声响。驾驶舱弥漫着惊惧的气氛,有人开始低声祷告,洛克姗也紧张得闭上双眼。

与庞大的黑洞相比,"红珊瑚号"渺小得就像是篮球旁的一颗沙粒,它缓缓地接触黑洞边缘,通过弹弓效应幸运地冲出了黑洞引力范围。震动减弱,大家睁开眼睛,见主屏幕重新变回了正常的星系图景,终于安下心来。而他们的身后,直径 50 万公里的黑洞犹如饕餮过境,把赞扎达与它的宿主恒星一并拉扯成炽热发光的碎片带……

洛克姗擦去额头汗珠,联系了宇统厅。她讲述完事件后说:"我查了地图,这个黑洞距离赞扎达星系四光年外,一直很稳定,它怎么会突然移动到赞扎达的呢?"

宇统厅工作人员回复:"我们在两个小时内收到了多处黑洞游走的报告,具体原因要等专家的调查结果。请你们先回到自己的星球,飞船能源不足的话,可以向附近的治安联防服务部申请加注燃料。"

大家十分惊讶,他们以为自己遭遇的是极小概率事件,没想到却是波及全宇宙的灾难。洛克姗道了谢,结束了通讯。

兰德查看飞船状态和剩余燃料,把目标锁定在最近的一个虫洞环,对怀亚特说:"你继续开船。"

怀亚特点点头,重新回到驾驶位。

半个小时过后,"红珊瑚号"抵达福比罗枢纽星,远远望去,镜像星门前熙熙攘攘。兰德目光发暗,产生了不祥预感。洛克姗看了眼窗外,继续整理事件报告,心中也忐忑起来。

"红珊瑚号"来到镜像星门前,洛克姗发送了任务申请。星门接收了任务,一秒后驳回,理由是地球孢星通行令失效。洛克姗再次发送了任务请求,结果和上次一样。"奇怪了。"

兰德下船询问工作人员:"我们是地球孢星公民,传送任务一直被驳回,是不是镜像星门出了故障?"

"地球孢星……"工作人员在手环报表上选中地球,上传信息。他说:"目前有多个孢星通行令失效,具体原因很有可能与黑洞位移有关。"

兰德心中一惊,打开宇统厅的通报页面,刹那间,数百个孢星通行令失效的信息映入眼帘,并且名单数量还在增加。

工作人员说:"不光银河系,其他星系也发生了黑洞移动、碰撞或吞噬其他黑洞的现象。不要着急,我们会给你们提供临时住所,请耐心等待。"

洛克姗跳下舷梯:"怎么回事?"

兰德语气沉重:"暂时没法回去了。"

洛克姗一惊,凑上来看兰德手环中的信息,显示位于银河系第三旋臂的太阳系黑洞,被来自五千光年以外的黑洞碰撞,融合成了一个更大的黑洞,向银核位置推进了约三亿千米才静止下来。令人难以置信的是,那只撞击太阳系的黑洞竟然是以跃迁的方式推进的,它的影像并非连续,而是跳跃性地出现在监控探测器中。照这么看,那只距离赞扎达四光年之远的黑洞,一定也是这样跳跃而来,最终吞噬了赞扎达。

洛克姗踱了两步:"如果真的是因为黑洞融合导致地球通行令失效,说明孢星内部已经发生改变了。"

兰德点头。

怀亚特带着哭腔说:"地球孢星已经被重置过一次了,这次要是再被重置,我们得等二十多年才能回去。"

洛克姗叹了口气,看着他们这仅剩五人的幸存者小队,安慰道:"别急,常宇宙中能人智士很多，会弄清楚这事的。"

经过三十年的重建，位于弧光星系的埃尔泽塔星早已扫清当年联合军与梦娱集团战争后的废墟，重新焕发出生机。虹族人口不断增加，城市扩大，商业街也恢复了热闹，长满蓝色蕨类植物的荒野被开垦成了自动化农田。围绕着军部大楼的虹族人民军军营也逐渐充实，半岛区军工厂日夜运转，通过波多里尔大桥为军营输送物资。

原虹族孢星"摩仁明塔亚"政府军队领袖雷伊，自从成为埃尔泽塔的人民军领袖及重建负责人后，一直殚精竭虑地治理该星球，几乎住在办公室里。

曾经的重建临时办公室变成了有着百层之高的城市建设管理大楼，低层的政务中心人来人往。大楼的顶层公寓中，艾格汀正躺在窗边的沙发上，拿书盖着脸，阳光透过百叶窗斜照在他的身上。突然，急切的敲门声响起，打破了惬意的午休时光。

雷伊等不到回应，推门而入，见艾格汀在睡觉，便走上前说："快醒醒。"

艾格汀毫无反应。

雷伊直接说："出事了，黑洞位移导致常宇宙星球毁灭，孢星融合，通行令失效，其中还包括海神星的孢星……"

"我早就看到了。"艾格汀顶着书闷闷地说。

"这是怎么回事？"

"位面震荡。"

雷伊愣住："什么意思？出什么事了？"

艾格汀拉下书，冷冷地说："你都一大把年纪了，也对付过垩兽，怎么还跟毛头小子似的一惊一乍的。"

又被嫌弃，雷伊感觉有些委屈。

艾格汀重新把书盖到脸上："你不是救世主，别成天瞎操心。"

"可你是啊。"雷伊见他懒得再搭理自己，只得无奈地转身离开。走到门口时，他瞥到墙上的信息反馈屏，上头提示今天屋主手环有十二条未接通讯，就在五分钟前，艾格汀还拒接了一次——它们全部来自骸骨议会大领主奎狄。雷伊银色的眼睛中闪过一丝惊慌，赶紧跑出房间。

艾格汀瞟了眼雷伊的背影。

雷伊一边朝电梯走去，一边打开手环联系部下，神色紧张地说："清空港口，对，全部清空。"接着，他使用国防最高权限，关闭了整个星球的地面防御工事及卫星警备系统。

艾格汀支撑着坐了起来，书滑落到地上，他拉开百叶窗，灰黄色的虹膜瞬间被光芒照亮。窗户外面万里晴空，虹族都市在薄薄的雾气中林立着，一派安宁祥和。他从衣架上拿起唯一的"正装"——白色工作服套在身上，然后坐回到沙发里，捡起地上的书。书上的字迹突然变暗，艾格汀皱眉，短短十五秒内，他脑后的天空已被黑色舰队占满。

一艘登陆舰离开舰队缓缓降落，骸骨议会军队指挥官尤利厄斯穿着正式军装走下舷梯。

玛梅尔打了个哈欠走出卧室，瞟了眼窗外，大惊失色："你看外面……"

艾格汀对她做了个噤声的手势。

玛梅尔抿住嘴，赶紧穿上外套。不一会儿，门铃响起，玛梅尔走过去打开门："尤利厄斯？"

"姐姐。"尤利厄斯的目光变得柔和。

玛梅尔端详着三十年未见的弟弟，眼中闪烁着泪光："你这些年还好吗？"

"我很好。"

"只有你来了吗？奎狄呢？"

尤利厄斯没回答，看了眼坐在沙发上看书的艾格汀。

艾格汀不耐烦地说："别问了，他是来完成任务的。说吧，奎狄给你多少时间？"

尤利厄斯回道："我要是说只有一分钟，你会为了救我而跟我走吗？"

艾格汀不屑地一笑，翻了页书。

玛梅尔生气了："你们俩别一见面就吵行不行？"

尤利厄斯走了过去，语气强硬地对艾格汀说："你在这里没法搞研究，跟我回萨恩海姆。"

"不回。"

尤利厄斯恼了："你逃跑、背叛、出卖我们，长官都没有责罚你，别不知好歹。"

艾格汀啪地合上书，抬起头冷冷地说："我说了'不回'。你是狗吗，听不懂人话？"

"你……"尤利厄斯攥紧拳头。

雷伊焦灼地站在市政大楼门口，刚才尤利厄斯问他艾格汀在哪儿时那不可一世的架势令他心生怒意。他回头看了眼暂时关停的政务厅，又看了看街边神情恐惧的虹族平民，心里止不住地窝火。这时，骸骨议会主舰打开机库，一艘战舰飞出，迅速下降停靠，翼部甚至超出了港口的范围。

舱门开启，奎狄走了下来，环视这座由虹族人建造的城市，心想这布局一看就是出自艾格汀之手。奎狄根据尤利厄斯发来的位置，带着部下经过雷伊身边，向电梯走去。

雷伊忍不住说："请不要为难他。"

奎狄鄙夷地瞥了他一眼，走入电梯。

尤利厄斯正与艾格汀僵持不下，奎狄来了。奎狄见艾格汀又在犯犟，调侃了句："给你休了三十年的长假，还不够？"

艾格汀把书丢在茶几上，烦躁地撑着脑袋深呼吸了一口。

奎狄走过去在他身边坐下，打开手环。画面显示，一种奇异的、会变形的黑色炮艇在极短的时间内摧毁了一个高度文明下的栖息地，本土军队根本无力阻挡，不到半日，该星球就变成了死星。奎狄说："我用你制造的最高级别的扫描设备，也没能分析出这种炮艇的结构和能源类型。如果它的出现与近来发生的位面震荡有关，你知道意味着什么吗？"

艾格汀当然知道。

奎狄严肃地说："不要忘了你的职责。"

"职责我清楚，可我不能选择与何人为伍吗？"

"不行。"见艾格汀脸色不佳，奎狄接着说，"不过我可以承诺，以后不会再威胁你。"

奎狄把话说到这个份儿上，艾格汀也不好再说什么，毕竟他们目前面临的宇宙危机严重程度很可能超过了之前的垩兽泛滥，作为圣使后裔确实无法置之不理。

玛梅尔紧张地揪着领口，她希望艾格汀答应奎狄，因为萨恩海姆才是他们的家。

"好吧。"艾格汀撑着膝盖站起来，"我再相信你一次。"

奎狄也站了起来："你放心，我承诺的都会做到，但同时我也要告诫你，要是再拿枪指着我，我就杀了你。"

艾格汀看了他一眼，微微点了下头。

奎狄补充道："回去先帮我换回我原来的身体，这具躯体太孱弱了。"

"是。"

奎狄和尤利厄斯先行离开，玛梅尔收拾了房间，艾格汀把随身物品和衣物打包装好后，两人乘电梯下了楼。

雷伊见艾格汀来了，迎了上去："他们没把你怎么样吧？"

"没有。"艾格汀放下行李，意外地朝雷伊伸出手。

雷伊赶紧握住。

艾格汀温和地说："这三十年承蒙照顾，帮你画的那些规划图纸就抵住宿费了。孢星内外无法通讯，下次见不知道是什么时候了。"

雷伊眼睛发红，他没想到这个平时对他冷言冷语的人竟会说出这种话。他点点头："后会有期，艾格汀先生。"

"后会有期。"艾格汀又紧紧地握了一下雷伊的手，拎起行李和玛梅尔朝登陆舰走去。

望着他们俩远去的背影，雷伊揉了揉鼻头，打开手环吩咐部下重开政务大厅。埃尔泽塔市政大楼恢复运行，骸骨议会舰队也迅速驶离星球边境，消失在漆黑的太空之中。

红巨星

这天晚上，陈义突然产生了莫名的不祥预感。他进入自己的休息舱（为了让学员尽快适应太空生活，旧金山联合国太空航天学院的宿舍是由舰船休息舱搭建而成的），刷牙洗脸后躺在单人床上，拨开窗帘。窗外，银灰色的金字塔形星门伫立在风平浪静的太平洋中，反射着阴冷的月光。他记得今天有一批高年级的学生跟着考察队出孢星了，根据时间差，应该在凌晨一点半左右回来。他想：不如定个闹钟，第一时间下载他们的报告记录，明天可以拿到伊万诺夫教官的课上用。

陈义拉上窗帘，眼中充满疲惫。陈义身材匀称，身高一米八四，休息舱的标准单人床他总睡不习惯。他时常怀念在重庆太空战略研究院的日子，那里认识的同学很多，伙食也更好。他决定等第一阶段的学习完成以后，回趟湖北老家，听说神农架附近的生态旅居示范区开放了，接入了全球空艇旅游网络……随着催眠声波，陈义陷入深眠。似乎只过了半秒，闹钟便聒噪了起来，语音提示到了凌晨两点。陈义微微睁开眼睛，发现休息舱内被怪异的红光照得通透明亮。他坐起来拉开窗帘，看到天空中竟然出现了一颗极亮的红色星球，它的光芒把汹涌的海浪染成了粼粼血池。

呜——走廊里响起警报，陈义跳下床，穿好衣服奔出休息舱，与其他学生一起跑出宿舍。他们刚踏出大门，一只直径约百米的柱状飞行器降落在了面前，固定器深深扎入地面，舱门开启，全副武装的士兵举枪而出，无差别地开始射击。学生们尖叫逃窜，陈义被人群冲得无法站稳，只得退回宿舍。枪声四起，在红色光芒的笼罩下，校园成了恐怖地狱，很多人还没来得及逃跑就中弹倒下，受伤的人在死尸的血泊中挣扎蠕动，被随后而来的敌人一枪毙命。

陈义躲在宿舍大门的石柱后头，看到玻璃门反射出的敌人的身影，不禁想象那漆黑反光的面罩后面是一副怎样的狰狞面孔。他看到敌人端着枪走向躲满学生的树丛，攥紧双拳，决定冒险。

陈义绕着石柱躲避敌人的视线，从背后扑上去勒住敌人的脖颈，敌人下意识地开枪，子弹射在天花板上。陈义踹向敌人的腿弯处，趁他身形不稳拔出他腰间的手枪，对着后颈扣下扳机。敌人软倒在地，鲜血溅了陈义一脸。树丛中的同学们目睹了自己被救的全过程，又激动又害怕。敌人的队友发觉情况跑了过来，陈义却早已捡起对方的步枪，一溜烟钻进宿舍。

陈义不打算和敌人在宿舍的狭小空间里纠缠，他推开安全出口的门，从楼梯直奔天台。他边跑边查看这种步枪，制式不明，弹匣上的小屏幕显示容量四十发，已消耗了五枚子弹。接下来必须省着用了，他想。宿舍楼仅有四层，陈义很快就到了顶部天台，打开瞄准镜上的夜视仪对着楼梯口。

第一个敌人冒头时，陈义射中其脖颈，敌人当场毙命摔下楼梯。第二个敌人扔了烟幕弹，陈义放空了两枪，第三枪打中了敌人的头颅，但由于有头盔保护，他不得不补枪。随着敌人大量涌入，陈义躲在通风井井口后方，被敌方攻势压得无法抬头，只能盲射阻止他们的脚步。眼看着子弹越来越少，陈义紧张得额头沁出汗珠。大约消灭了十二个敌人后，子弹告罄，陈义丢开枪，准备冲上去跟他们肉搏。突然，楼道里响起激烈的枪声——警卫队从背后突袭，射杀了剩余的三个敌人。

陈义松了口气，跟着警卫队下楼，见校园内尸体横陈，得救的学生啜泣不止，四处弥漫着死亡和惊惧的气氛。

警卫队员走过来说："多亏了你，这栋宿舍楼的学生都得救了。"

陈义对同学们点了点头，对警卫队员说："要用浮塔斯特制的子弹对付他们，枪就用美制灰鹰14式或者中国的星芒30系列都行。"

队员点点头，见陈义要走，便问："避难室在那边，你去哪儿？"

"回国。"陈义说完，朝停机坪跑去。

地球历3380年的12月21日，翡莫迩孢星与地球孢星发生融合，翡莫迩星系蓦然出现在太阳系的柯伊伯带附近，其星系边缘与奥特尔云重叠。

那天晚上，陈义作为预备役飞行员从旧金山赶回北京参加保卫战。当时，包括中国在内，全球多个国家均受到袭击。翡莫迩人的白色战机部队源源不绝地涌入太阳系，它们击落了武装卫星，损毁地对空防御系统，把海洋上空变成火光交织的战场。

　　陈义作为双机编队的僚机飞行员，与长机一同奔赴前线，在黄海附近与敌人展开厮杀。敌军战机迅猛且火力强悍，机载武器级别高于地球军队，很快就主宰了空中战场。长机坠毁后，陈义没有放弃，继续与敌机周旋，用氢能导弹摧毁了两架敌机。看到敌机的白色装甲在火焰中化为灰烬，陈义突然产生了一种不真实感，他觉得面前被红光映亮的仪表盘正在旋转扭曲，把他拖入一个由鲜血组成的庞大漩涡……那个时候，包括他在内的全人类都不知道，由于位面震荡，翡莫迩通行令失效，星门研究付诸东流，地球人类被困在了这个与翡莫迩人共存的时空之中。

　　3381年元旦，全世界都无心庆祝新年到来。持续了十天的侵略战争终于在去年最后一天停止了，敌军舰队撤离地球边境，返回了翡莫迩星系。全球各大城市遭到破坏，士兵的尸体被埋在断瓦残垣之下，海面上的战机残骸随着红色海浪上下起伏，托举着无数飞行员的灵魂……

　　陈义做完心理评估，回到航空航天部队军营。天穹中飘着几缕浮云，时不时有巡逻的战机呼啸着掠过，因为翡莫迩星系的红巨星光芒太过明亮，从地球另一端衍射而来的红光把湛蓝的天空染成了诡异的紫色。

　　陈义坐在路牙上查看网页。专家们通过调查天体和敌军装备上的信息得出结论：翡莫迩孢星文明程度与地球差不多，但是他们花重金从常宇宙购买了高级军火，而且有掠夺低度文明星球的嫌疑。

　　翡莫迩星系的恒星名为"拉谜"，已步入衰老后期，转变为红巨星，仅剩三颗行星。这颗红巨星正处于震荡期，上一次搏动抛出的星际介质在其周围形成约三分之二个太阳系大小的球状星云。

　　调查报告里还有一条信息令人惊讶：翡莫迩人居住的第二行星是一个崭新的栖息地。按照道理来说，他们应该早就建设好人工栖息地以应对恒星衰老才对。陈义记得联合国曾提出过在火星上建造栖息地，但因为所需资金庞大，地球生态良好且人口较少，所以就搁置了，只建了个前哨站。

　　陈义继续浏览，看到"星门失效"四个字，刚想往下翻，听到有人喊他的名字。陈义抬头一看，宋何站在十五米开外挥着手。宋何身着飞行员制服，看样子刚做完训练回来，他个头较小，凹鼻梁，眼睛总是笑眯眯的，头发细黄。宋何用大拇指戳了戳食堂的方向，陈义喊了句"来了"，关掉手环。

两人会合，宋何兴冲冲地问："你觉得她怎么样？"

"谁？"

"郭寻杨啊。"

陈义觉得这个名字有些熟悉，可又没什么印象。

见他一脸懵懂，宋何叹了口气："你好歹关心一下你的搭档吧。"

搭档？他的上一个搭档死于战场……他反应过来："新的编队出来了？"

宋何无奈地打开手环，放大信息。

信息显示陈义被分到了中国武装航天部队第四师第一飞行团，智能系统根据飞行数据把他与郭寻杨、宋何预先编成了一队。陈义惊讶道："咱俩被分到一块儿了？"

宋何笑着点点头。

没想到从小一起长大，读同一所小学和中学，大学还幸运地被分到同一宿舍的宋何，居然与自己成了出生入死的队友。陈义高兴地抱住宋何，拍了拍他的脊背。

宋何假装咳嗽了两声："别激动，别激动。"

陈义放开他，笑着说："这几天过得太郁闷了，终于有个好消息。"

宋何耸了下肩："你别忘了还有郭寻杨，我看了履历，她也参加了这次的保卫战，在南海。"

"她是不是和我们同一届的？"

"对。"

"我好像听说过她。"

两人收到长官发来的指令，要他们下午一点参加飞行测试。他们赶紧吃午饭，赶到科技大楼的模拟飞行室，却发现有个人已经坐在那儿等着了。

宋何挥挥手："郭寻杨。"

郭寻杨站了起来，朝他们点点头。

陈义上前与她握手："你好，我是陈义。"

"你好。"郭寻杨的笑容几乎看不出来。她身高和宋何差不多，留着标准的飞行员短发，面容清秀，眼神澄澈得犹如一汪湖水。

宋何说："这次的测试应该是分配长机和僚机。"

陈义说："我之前是僚机。"

"我也是,我的支援分数很高。"

陈义转头问郭寻杨:"你呢?"

郭寻杨想说她可以做长机,但她觉得这样说显得自大,可是第一次见面,不回答同伴的问题又不太好……她想了半天,愣是一个字都没蹦出来。

这人有点不好相处啊,陈义摸了摸脑袋。

指导员招呼他们:"轮到你们了,进来吧。"

三人走入教室,爬进各自的模拟飞行舱。座舱盖落下,投影屏和仪表亮起,拟真的飞行环境令陈义一下子进入了战斗状态。

他们三个轻松配合,近乎完美地完成了常规测试。接下来的编队测试是从地球军队与翡莫迩人的空战数据中提取的,他们三个人需要轮流做长机,带领队友开展攻击。宋何做长机的时候,他们几乎一直在和敌人兜圈子,陈义的风格是攻守兼备,而轮到郭寻杨的时候,差点没把那两个男人累吐血。她的反应太快了,攻击方式也不拘一格,陈义和宋何必须高度集中注意力,才能从她寡言少语的通报中判断出支援她的方法。

测试结束,郭寻杨面无表情地从座舱里跳下来,陈义和宋何累得坐在原地,满头的汗。成绩公布:宋何的支援分极高;陈义的支援能力没有宋何强,但攻击分数超过平均值;郭寻杨支援能力一般,攻击分数爆表。最终,系统确定由郭寻杨做队长和长机,不过在特定条件下也可以切换为陈义做长机,或双长机队形。

太阳落山,橙色晚霞与红巨星的光芒融为一体。青岛空军基地依然忙碌喧嚣,高耸的塔台不断收发着讯号,停机坪中固定着数只战机,时不时有战机离开停机坪,从跑道呼啸起飞。经过五天的磨合训练,陈义、郭寻杨和宋何领到了第一个任务——夜间巡逻。他们进入各自的座驾,在塔台的指挥下陆续飞离跑道,启动加速引擎,开始了对渤海及沿岸港口上空的巡逻任务。

万米高空,云海被红巨星照得透亮,陈义不得不开启红色过滤,避免视觉疲劳。地球34世纪的所有交通工具都采用清洁能源,核能战机更是早已普及,能够进行超长时间的任务。但比起晶矿,核能还是略逊一筹,陈义见过用晶矿能源的战斗机,超强的性能令人心驰神往。如果国际能源部计划能进口晶矿就好了,他想,必须要赶在翡莫迩人之前修好星门,升级地球军备。

全景传感器不间断地扫描周围空域,把结果反映在仪表盘的投影中供飞行员判断。三人用余光关注着扫描结果,平稳地飞行着,除了必要的交流,他们不说任何多余的话，毕竟操控战机需要注意力高度集中。

当他们到达渤海海峡时，宁静被打破了，敌情警报滴的一响，显示附近有一架敌机。定向扫描结果显示该飞机是一架翡莫迩小型侦察机。收到地面人员发来的拦截指令，他们立即改变行驶方向。

进入有效射程后，郭寻杨率先开火，敌机紧急转弯并俯冲，没入云层。陈义推杆追了过去，宋何从上方释放了一枚导弹，迫使敌机做出规避动作，陈义抓住机会再次对它展开攻势。敌机被他们俩撵得筋疲力尽，想要通过快速爬升来获取高度优势，当它再次进入云层之上时，一直在上方守株待兔的郭寻杨迅速开火。敌机的左侧机翼着火，没来得及发射的导弹卡在变形的挂架上，郭寻杨又是一顿航炮猛射，吓得敌机丢掉翼下负载舱，逃往深空。

三人追了上去。他们突破万米高空，战机自动切换飞行模式，仪表盘的投影数据由"大气圈"转变为"太空"。深空黑暗，量子涨落形成的群星光辉影影绰绰，地球的星球边境上，大部分武装卫星都还在修复中。翡莫迩侦察机轻松躲过零星的卫星攻击，径直朝深空飞去。郭寻杨他们不打算放过对手，六道蓝色尾焰划过漆黑太空。

尽管敌方侦察机小巧灵活，速度也很快，但在三人持续地围追堵截下还是显露出疲态，敌方没有再有任何回击行为，只是拼了命地逃。生怕有陷阱，郭寻杨联系塔台询问指令，但塔台没有任何回应。她正奇怪，警报响起，两发导弹倏然而至。三架战机立即疏开，开启反导防御。

"宋何，正前方。"她话说出口时，宋何已调整方向与敌机迎面擦过，距离近得几乎能看到敌机飞行员的脸。

"我们被包围了。"陈义说。情报图上，四架翡莫迩战机来势汹汹，五千米外还潜伏着一架重型战斗机，看起来很难对付，而侦察机早已在队友的掩护下逃得无影无踪。

郭寻杨瞥了眼毫无反应的塔台通讯，说："任务不变，继续作战。"

三人会合，陈义和宋何包抄了一架敌机，敌机为了防御而大幅度转弯，郭寻杨从它的上方对向而行，螺旋下降咬住了敌机的后半球。敌机爆炸，火焰急速扩张，郭寻杨滚转掠过残骸回到二人中间，准备对下一个目标发起攻势。

这时，远处的重型战斗机发出一枚子母高爆弹，弹体紧挨着陈义爆炸，无数个小型炸弹犹如蒲公英的花葶般呈球状散射。陈义迅速回避却难逃冲击波，在真空中失速翻滚。宋何和郭寻杨立刻转头对那架重型战斗机发起攻势，可它的火力出奇猛烈，防御极强，加上周围敌机的干扰，他们几乎无法靠近。

郭寻杨焦急地说："陈义，回报状况。"

陈义在一片滴滴作响的警报声中稳住了战机，查看状况后说："我没事，马上回到战场。"

三人继续作战，又摧毁了一架敌机，可随着重型战斗机愈加频繁地参与战斗，他们的战机遭受了不同程度的损坏，机体代偿功能为了维持现有的机动能力，消耗了大量的能源，令他们越来越感觉力不从心。

郭寻杨决定撤退。宋何的战机状态最好，于是他飞到队伍的末尾掩护陈义和郭寻杨。敌人紧追不舍，为了避免被锁定，宋何保持着机动，用机尾的防御炮塔干扰敌方视线。就在他们即将脱离敌方有效射程时，重型战斗机突然切换战斗模式，机动性瞬间提升，打开加力燃烧室朝他们飞来。

郭寻杨头皮发麻，再次打开对地信号请求支援，依然没有收到任何回应。

情势危急，宋何调转方向："你们先撤。"

陈义和郭寻杨见宋何调头，只能也跟着调头。郭寻杨怒道："不要擅自离队。"话音刚落，一架敌机朝宋何冲了过去，眼看着两方即将相撞，郭寻杨抢先开火，逼迫对方偏离既定路线，陈义趁势补刀击落了它。

宋何惊魂未定地咽了口唾沫。

虽然又消灭了一架敌机，但三人依然处于劣势，重型战斗机携剩余的两架敌机扑了上来，那势头仿佛要将他们碾碎。就在这时，意想不到的事发生了，从敌阵的侧后方忽然冲出三架红色战机，毫不犹豫地对敌机队伍疯狂开火。趁敌军乱了阵脚，红色战机再次发起冲锋，犹如一把利剑，刺入重型战斗机与它的同伴之间。硝烟弥漫，两架敌机受损，重型战斗机也被爆炸冲击波推得失速，它不得不停止追击郭寻杨他们，转头对付红色战机。

惊讶之余，他们三个没时间观看这场烟花秀，飞速撤离战场，朝地球飞去。进入了大气层后通讯恢复，郭寻杨这才知道，那架重型战斗机开启了量子通讯干扰，他们所有的战场态势、方位和求援信息都发送失败，指挥部派出两个飞行团寻找他们，一直没能联系上。

长官查看了战斗记录，对他们三人的尽职尽责和英勇作战表示了赞许。接着，他让宋何和陈义先出去，单独问郭寻杨："在没有指令的情况下，宋何独自脱队，这是怎么回事？"

郭寻杨回答："我们在平时训练中会采用游弋的方式脱离追击，当时敌机咬得太紧，宋何想要掩护我们，就率先改变了队形。"

长官严肃地说："那也不能一声不吭地擅自做决定，任何战术都必须要沟通，你作为队长，更应该协调好队员。"

"明白。"

长官看了看半路杀出的红色战机，没有再多问，让她回去休息了。

从办公室出来，郭寻杨松了口气，见宋何神色紧张地站在那儿，说："没事了，下次注意。"

宋何挠了挠头："对不起。"

陈义拍了下宋何的肩膀，咧嘴一笑："今晚夜宵你请。"

因为地球的行星防御系统仍然在修复中，反侦察能力极强的翡莫迩侦察机如入无人之境，不断袭扰地球边境，全球各地都出现了敌方侦察机的报告。更糟糕的是，孢星融合导致星门失效，所有的星门研究都付诸东流，必须从头再来。对此，联合国全票通过了《增强地外军事部署》的议案，各国将派遣军队前往泰坦星（土卫六）和火星基地，准备与翡莫迩人打一场硬战，争夺这个双星系孢星的主宰权。

陈义他们所在的武装航天师第四师被编入中国太空军第二集团军，与其他国家的部队一同前往泰坦星。中途，三人所在的舰船需要停靠火星基地，卸载补给物资。

抵达火星基地，陈义他们从舷窗向外望去。整齐的灰色生态居住舱分布在盖尔环形山附近，网状的冷凝站覆盖环形山上空，令直径154公里的山体凹坑内蓄满淡水。大量舰船在港口起降，星球边境集结了数只美军舰队，舰体上的银色太空军标志和美国国旗闪闪发光。自从24世纪初被开发以来，这颗被冠以古罗马战神之名的红色星球头一次显现出了尚武精神。想到自己也即将成为抗击敌军前线的一员，陈义心潮澎湃，使命感油然而生。

卸完物资后，舰队回到太空朝土星驶去。因为泰坦星是中国首先投入机器人部队拓荒并建立了基地，所以驻扎军队以中国为主。一路上，陈义看到不少本国舰队正与他们一同前往，只有少量的外国部队穿插其中。

漆黑太空之中，土星犹如一颗打磨光滑的香樟木珠子，呈现出青白和灰黄混合的色调。灰色的土星环周围，庞大的卫星群犹如珍珠般散落在四周，令土星系统看起来既散漫又统一。在距离土星120万千米的轨道上，土卫六正散发着微弱的橙色光辉，它在1847年被命名为"泰坦"之后，谁也没想到，人类会在时隔几百年后登陆该星，于23世纪末在此建造了首个地外家园。

舰船进入泰坦星边境，向地表下沉。浓厚云层在窗户上投下阴影，当客舱内再次亮堂起来时，被称为"橙色南极洲"的泰坦星基地跃然于眼前。丽姬娅海西边丘陵围绕，低矮的居住舱整齐排列，水解塔错落其中，为周围建筑供氧供热。因为人类活动，泰坦星大气中氧含量增加，藻类反应站也在日夜不停地为人造肉培养基提供氧气。不远处，核电站和天然气工厂位于基地外围，军营和港口闪烁着航标灯。

陈义穿上带有加热功能的绝缘服，戴上维生头盔，跟随队友下了舰船。三人踏上布满冰块的湿软地面，脚边扬起一小团粉红色的烃粉尘，低重力令他们感觉身轻如燕。

宋何踮起脚尖往前飘了一小段路，笑着说："想减肥的人可以来这里旅行。"

陈义叹道："这地方看起来像个焖锅。"

宋何揉了揉肚子："说到焖锅，不知道这地方有啥好吃的？我饿了。"

"有人造肉。"

"都吃了一个月的人造肉了，我想吃真肉。"

郭寻杨说："你分辨不出人造肉和真肉的区别。"

"我能分辨。"

"科学仪器都分辨不了。"

陈义说："你别跟他争了，他就是个吃货。"

三人踏上设有人工重力的道路上，在长官的带领下排队前往军营。军营在甲烷湖边上，紧挨着军事基地"北京港"。陈义和宋何被安排到了最外围的宿舍，舰船起降的轰鸣声透过墙壁清晰传来。

中国总装备部升级了战机，增加反通讯干扰装置，简化了能耗系统，调整了智能参数，令战机更加灵活迅猛。为了更快适应泰坦星大气层内的飞行，他们三人第一时间登上新型战机进行训练。

泰坦星的大气密度是地球的四倍，云层之下连土星的影子都看不到。他们驾驶战机，保持队形平稳地飞行着。陈义望着宋何和郭寻杨的机尾，不禁想起几天前的那场战斗——最后帮助他们逃离的那三架红色战机机型不明，外壳涂装上也没有任何标示，他们会是谁呢？

"我猜他们是联合国的秘密军队。"宋何一边嚼着米饭一边说。

"你小声点。"陈义环视了一下食堂，看到有一些外国士兵。"我觉得他们是翡莫迩人内部的反对势力。"

郭寻杨走来放下餐盘："你们在聊什么？"

宋何说："聊那个奇怪的红色战机。陈义说他们是翡莫迩人。"

郭寻杨讶异。

陈义解释："我只是觉得他们的攻击方式和翡莫迩人很像。"他问她："你觉得呢？"

"才交过一次手不太好判断，但不管怎么说，他们救了我们，就算是翡莫迩人我也能接受。"

宋何感慨："你还真是冷静啊。"

郭寻杨眼中突然闪过一缕情绪，微微抽动了下嘴角。陈义敏锐地察觉到了，看了她一眼。

宋何继续说："不过也对，同样是人类，翡莫迩也许和咱们地球一样，啥式样的人都有。"

陈义突然笑了："说到这个，你还记得大学宿舍的李灿鸣吗？"

宋何露出恶心的表情："那个把死蟑螂关在黄桃罐子里看它怎么腐烂的家伙吗？"

"对，你不知道，我们把罐头扔了以后，那家伙又把它捡了回来，被周军发现了。"

"哈哈。"宋何兴奋地拍了下桌子，"后来呢？"

"被周军摁在地上暴打。"

"你没参与？"

"我坐床上嗑瓜子呢。"

宋何揶揄道："李灿鸣那么仰慕你，你居然没去救他。"

"救他干吗？他还欠我两百块呢。"

看着他们俩一言一语，郭寻杨笑了："真羡慕你们，能像兄弟似的从小就在一起。"

陈义转过头："你是独生女吗？"

"嗯。"郭寻杨低头扒了口饭。

三人日复一日地进行巡逻任务，每次冲出泰坦星那厚密云层时，陈义总是心有余悸地感觉敌军战机会突然出现在面前。十二天过去，什么都没发生，平静得好像回到了翡莫迩人入侵之前的时光。他们经常趴在栏杆上，望着窗外水面如镜的甲烷湖，有一搭没一搭地聊天。

第十三天，他们接到任务，需要把泰坦实验室的科研成果送回地球。工作人员把冷冻密封箱搬入机舱，三架灰绿色的战机从北京港起航。

红巨星的光芒弥漫在座舱中，各类仪器泛着橙红色的光雾。他们三个保持着警惕，全程没有说一句多余的话，只有郭寻杨偶尔会在短波加密频道中确认航线。到达广州真空环境技术研究院后，他们摘掉维生头盔，用力呼吸了一口清新空气，被泰坦星的糟糕环境压抑的心情终于得到纾解。把密封箱移交给科学院后，他们得到一个小时的休息时间。

郭寻杨说："有一家店的烧腊很好吃，我带你们去。"

陈义问："你怎么知道的？"

宋何用手肘撞了下他："你傻啊，她就住这儿。"

郭寻杨难得地露出笑容："嗯，我的老家在宜宾，但是很小的时候就来广州了。"

宋何嚷道："走吧走吧，我要馋死了。"

三个人去烧腊店，一路吃吃逛逛，愉快的一个小时很快就结束了。回到科学院，郭寻杨收到一个信息，神色变得有些怪异。见她朝公共会客室走去，陈义和宋何偷偷跟了过去。

一个中年男人坐在金属排凳上，身旁放着个外卖袋。他和郭寻杨一样是圆脸，略微有些胡茬，眼睛中布满血丝，看上去十分憔悴。

郭寻杨走了过去："爸。"

"嗯。"郭耀站了起来，"你这些天一直在泰坦星？"

"对。"

"那里条件怎么样？"

"挺好的。"

"那就好。"郭耀想要活跃聊天气氛，却慌不择路地来了句："你妈又开始做封闭研究了。"

此语一出，气氛顿时降到冰点。郭寻杨垂下眼帘。

郭耀掩饰地摸了下鼻子，从座椅上拿来外卖袋："我给你买的。"

郭寻杨冷着脸说："我吃过了。"

"拿去当夜宵。"

"不用了。"

郭耀把外卖袋放回椅子上，凝视着她说："你打算飞到什么时候？"

郭寻杨不说话。

"我看了新闻，翡莫迩人的军备等级比地球高。"

"嗯。"

见郭寻杨一脸漠然，郭耀急了："你这是在玩命。"

郭寻杨说："这是关乎全人类的战争，我能飞，就该出力。"

郭耀烦躁地叹了口气："你跟她一个样儿。"

郭寻杨蹙了下眉。

郭耀甩袖而去。郭寻杨也毫不犹豫地转身就走，走到一半，又回去把外卖袋拿了过来，路过躲在墙后的陈义他们时，把袋子塞到陈义手里。

陈义蒙了："哎，你等会儿……"

郭寻杨没心情搭理他们，头也不回地走了。

宋何一看外卖袋："这不就是我们刚才吃的那个烧腊吗？"

陈义把袋子塞给他："你拿着，我吃不下了。"

第二天早晨，到了集合时间却看不到宋何的人影，郭寻杨问："他人呢？"

陈义无奈地说："你不是又给了一盒烧腊嘛，他昨天晚上吃撑了，估计这会儿正窜稀呢。"

闻言，郭寻杨尴尬地捋了下头发。

与回地球时一样，短波频道里十分安静，只有郭寻杨偶尔开口确认航线。一想到又要回到那个"焖锅"，陈义就觉得胸闷。宋何的肚子一直咕噜咕噜的，连话都不敢说。

三个人默默地朝泰坦星飞去，途中遇到了前往火星基地的美俄联合舰队。俄国战舰气势非凡，光主炮就有二百多个，中小型炮塔和导弹发射器更是不计其数。舰队从他们身旁掠过，三架战机就像海边巨崖旁的海鸥，虽然相隔甚远，远望却好似近在咫尺。

一艘距离他们最近的补给舰挡住了红巨星的光芒，三人驾驶舱内的色彩一下子变得冰冷萧索。突然，郭寻杨喊了句："回避。"陈义和宋何同时踩下蹬板，打开副翼，三架战机迅速远离补给舰。硕大的火焰刹那间映亮了他们的面罩，那艘补给舰竟被一道高能光束洞穿，右舷成了个通红的破洞，肉眼可见内部的军火库正在发生轰爆，火焰从破洞中涌出包裹舰身。下一发高能光束击中了补给舰的正面，摧毁了舰桥，红巨星的光芒通过破碎的舰艏再度洒了过来，橘红色的光芒照耀三人的驾驶舱。

陈义耳边十分聒噪，各类警告声连成一片，但随着他们逐渐远离美俄舰队，就只剩下敌情警告还在闪烁，因为方才雷达扫描到了攻击补给舰的大量敌军。

郭寻杨查看地面人员发来的指令，说："任务不变，保持警惕。"

他们把战机的武器系统从"待机"改为"主动防御"，继续朝土星轨道飞去。

泰坦星的大气层衍射着灰黄色彩，看起来十分平静。三人忐忑地穿过云层，看到北京港依然完好，终于放松下来，庆幸战火没有波及过来。港口着陆信号灯亮起，郭寻杨正准备打开起落架，雷达突然闪烁了一下，她立即拉升战机急速掠过港口，陈义和宋何见状，只得跟着她进行同样的操作——砰！跑道扬起一团白烟。陈义望向天际，见云层中仿佛藏有雷电，频繁闪烁了几下，炮弹眨眼间飞来，港口多处设施蓦然起火。

"准备作战。"郭寻杨说。

敌机机群裹挟着云雾下降，白色机身在昏黄天光下依然十分耀目。北京港中国驻留部队响应上级命令，五条跑道全开，战机一架接一架冲向天空。港口防空设施也全面启动，雷达站开启全频谱扫描，把目标信息发到火控系统，遍布基地的高射炮齐刷刷地对着天空。

时隔多日，那架翡莫迩重型战斗机带着两架僚机再次出现在郭寻杨三人面前，点燃了三人的斗志。确认战术后，郭寻杨拉杆上升，隐匿于云层，独自加速朝前驶去。陈义和宋何拉开距离，拉升后包抄过去，对敌释放近程导弹。敌机队伍被迫做出防御机动，中间的那架重型战斗机快速爬升，它的两架僚机分别朝左右两边急转并释放干扰弹。见状，陈义和宋何同时朝其中一架敌方僚机撵了过去。

重型战斗机想要保护僚机，却被后方突然袭来的导弹逼迫再次做出防御机动，它这才发现，郭寻杨不知道何时绕到了自己的身后。郭寻杨对着重型战斗机的尾翼发射转膛机炮，可惜子弹规格太低，难以穿透敌机装甲，对方携另一架僚机反扑而来，迫使她防守。

陈义和宋何决定采用"钩子"战术消灭这架单独的敌机。两人与敌机对向飞行，陈义先于宋何加速俯冲，在宋何即将进入敌机射程时急速爬升，对敌机机身的横侧面开火。敌机意识到自己中招，放弃对宋何的攻击优势，迅速横滚想要远离他们。陈义追了上去，朝它的尾翼释放导弹。慌乱之中，敌机丢下干扰弹下降，被掉头而来的宋何逮了个正着。

看到陈义和宋何成功消灭了目标，郭寻杨用余光瞟了眼他们俩的方位，垂直朝地面螺旋下降。重型战斗机跟着她大角度俯冲，另一架敌方僚机从旁侧攻来，一时间，无论郭寻杨选择哪个角度滚转，后半球都会暴露在其中一架敌机的瞄准具中。千钧一发之刻，宋何冲了过来发射航炮，驱逐敌方僚机。郭寻杨看准时机快速转弯，与敌方僚机迎面擦身而过。同时，陈义强势地飞入重型战斗机与郭寻杨之间，对重型战斗机发射数枚火箭弹，趁敌人切换雷达扫描模式时，丢出一枚磁暴浮空雷。敌人忙于应付火箭弹，发现磁暴浮空雷时为时已晚，硬生生撞了上去，浮空雷爆炸，雷达系统瞬间宕机，郭寻杨他们三人的位置从指示盘中消失了。

宋何说："我负责隔离僚机。"

"收到。"郭寻杨和陈义回复。

宋何冲向敌方僚机，迫使它与长机分离。郭寻杨和陈义趁机围猎重型战斗机，拉升后迂回俯冲，炮火齐发，终于令其左副翼受损。重型战斗机很快就修复了雷达功能，但机翼受损使得它的转弯性能下降，只能通过倾泻火炮来遏制郭寻杨靠近，追着陈义猛攻。陈义发现自己成了主要目标，将计就计，把它两次带入郭寻杨的火力范围。

虽然是单独作战，但翡莫迩重型战斗机的防御和攻击能力都很强，几番交火下来，只有一只副推进器被损毁。这时，宋何一对一消灭了那架僚机，返回编队。重型战斗机见形势不利，加上弹药不足，便想要撤离。三人当机立断，打开加力燃烧室撑了过去，挂弹架打开，六道壮观的尾迹云瞬间横贯长空。眨眼间，高爆导弹命中敌机尾翼，爆炸轮番上演，敌机的尾喷管和助推室被彻底摧毁，火焰顺着电缆窜入内部，直至反应室……北京港工作人员站在防爆玻璃窗前，望着庞大的白色重型战斗机在空中逐渐解体，残骸像陨石雨般散落砸入甲烷湖，甲烷被引燃，火势猛然扩散整个湖面，赤焰冲天。同时，三架灰绿色战机掠过头顶，发出震耳的呼啸。

战斗结束，消灭了其他敌机的中国空军部队纷纷回港。确认泰坦星已无敌人后，他们三人先后降落，将战机交到机务长手中，松了一口气。

陈义与宋何激动地拥抱："干得真漂亮。"

郭寻杨看着他俩。

宋何对她张开双臂："你要不要也来？"

郭寻杨羞赧地笑了。三人拥抱彼此，心中充满劫后余生的喜悦。

泰坦星恢复平静，另一边的捷报也传来了：联合国太空防御局启动紧急计划，调动地球防御部队支援美俄联合舰队，来自世界各国的预备队即刻响应，中国也派出了两个太空集团军。在全球军队的协同作战下，敌人撤退了。美俄联合舰队就近登陆火星基地进行修整，其他部队陆续返航地球。

血染孤岛

两次击退强敌，地球人类有了信心，决心宣战。"翡莫迩必败"的言论甚嚣尘上，连官方媒体都开始唱衰敌人。各国热情高涨，加足马力生产军备，一批批高性能的战机、舰船、炮弹制成入库。战争迫在眉睫，各国首脑凑在一起连续开了五天的会，确定下来作战方案时，联合国收到了一则来自翡莫迩星系的信息。

信息没有影像，只有声音，说话的人是位年轻男性，语调沉着冷静。他说："地球公民，很抱歉以这样的方式相识。对你们发动入侵战争的是我们翡莫迩人的政府军'翡英军'。我发通讯来是为了告诫你们：请采取守势，不要以身犯险。之前的两次袭击只不过是翡英军的试探，一旦你们低估了他们的实力，毁灭就会到来。"

这则信息掀起轩然大波，一些学者跳了出来在媒体上呼吁，说与翡莫迩人开战无疑会把地球拖入战争旋涡，现在星门失效，没有外援也无路可逃，应该通过和谈来给星门研究争取时间。然而，因为美俄联合舰队损失惨重，美国民众几乎一边倒地反对和谈，俄国政府也没有改变主意。那个发来警告，像是敌军内部反对党的年轻男人的声音，也很快就被限制了流量，从媒体上消失了。

3381年2月19日美国的上午，全球顶级明星汇聚华盛顿，浩大的出征仪式召开，联合国太空防御局宣布地球人类打响对翡莫迩的反击战。在民众的欢呼声中，安理会秘书长对全球联合舰队致辞，美国总统也表达对所有参战士兵的祝福。最后，歌唱家们一展歌喉，礼花炮嘭嘭作响，彩带漫天飘扬。

舰队起航，迎着北美的阳光朝碧蓝的天空飞去。人们激动地挥手，直至舰队缩小得如蚂蚁群，消失于天际。武装卫星主动让路，舰队离开地球轨道进入太空，舷窗外的风景变得冰冷孤寂，士兵们的耳畔依然回响着温暖动人的欢歌……

第 1 章 | 异星入侵

北京时间 2 月 20 日 16 点，郭寻杨趴在指挥部门口的栏杆上望着远方。重型战斗机的残骸已被打捞送往研究所，甲烷湖重归平静，清澈得连湖底的石子都清晰可见，其他受损的建筑也修复完毕。想起那次惊心动魄的战斗，她心潮起伏。自从地球人类走出太阳系孢星，加入常宇宙的经济和科研活动后，经过专家论证和各国多次会谈，联合国宪章中增加了"不得对任何常宇宙文明星球发动入侵、掠夺、干涉内政等行为"的条法。鉴于此，在宇统厅的信息栏里，地球孢星被打上"和平"的标签，无论到哪儿都被以礼相待，经贸航路也极其安全。在遭遇翡莫迩人之前，她从未想过地球人有一天会面对如此棘手的敌人。这次出征中国也出动了不少军队，光运输舰就三百多艘，还有五艘航母。这大概是人类自二战之后最大规模的一次集体战争行动了，但愿他们都能平安凯旋，郭寻杨想。

宋何走了过来："你这么早就来啦？"

郭寻杨点头："你也过来等简报？"

"是啊。"宋何递给郭寻杨一瓶饮料。

啪，两人同时打开罐口的拉环。郭寻杨喝了一口，清凉略带辣感的饮料抵达胃部，令人心旷神怡。

宋何说："翡莫迩战机太强了，和他们打一场就像去了趟鬼门关。"

郭寻杨又喝了一口饮料，嘴角勾起浅淡笑意："我倒觉得挺刺激的。"

"你可真是……"

"嗯？"

"不怕死。"

"嗨。"郭寻杨当他要说什么。

感觉气氛缓和，宋何凑近了些，试探地小声说："我问你，'封闭研究'是什么意思啊？"

郭寻杨瞟了他一眼："就是住在科学院里研究机密项目呗。"

"你的母亲是科学家？"

"嗯，她是中科院的。"

"真厉害，那你的父亲呢？"

"他是开杂货店的。"

这组合有点奇特啊。宋何想。

郭寻杨说："我妈动不动就封闭研究，一年回不了几趟家。我爸对她一肚子怨言，我就是在他的抱怨里长大的。"

宋何无奈一笑："那你一定烦透了吧？"

"是啊。"郭寻杨慢慢地转动饮料罐，凝视着罐体上的花纹。她记得有一次，父亲通知她说母亲又要进行为期三个月的机密研究，她只是"哦"了一声，被父亲斥责"你还真是冷静啊"，他说这话时眼中的讥讽、失望和怨恨深深地伤害了她。从此以后她就决心离开父亲，离开家，离开地表甚至地球，越远越好。"确实很烦。"郭寻杨掩饰情绪，喝了口饮料。

陈义来了。他刚小憩了一会儿，头发乱得像个鸟窝："简报出来了？"

"还没。"宋何又从兜里掏出一罐饮料，递给陈义。

郭寻杨抬手看了眼时间："出征军队应该过了柯伊伯带了。"

宋何问："会不会已经和翡莫迩人打起来了？"

陈义打了个哈欠："打起来你一定会知道的。"

"为什么？"

"在海王星边儿上有个'烽戍'侦察哨站，你忘啦？"

"对哦。"宋何话音刚落，任务来了：前往烽戍哨站巡逻。

三人愣住。

宋何神色夸张地说："你还真是乌鸦嘴。"

三架战机从北京港2号跑道起航，冲破云层进入太空。不一会儿，他们身后的泰坦星就变得黯淡无光，成为土星灰黄星体上一个不起眼的剪影。

飞行了一段时间，直径不到土星一半，却比土星美丽百倍的天王星出现在他们面前，它就像一颗来自天堂的绿松石宝珠，滚落到了三维世界的寂寥太空。航线继续笔直向前，他们掠过天王星，看到了烽戍哨站。烽戍哨站是多国联合开发制造的，由十只探测飞行器组成，均匀分布在位于海王星与天王星之间的预设公转轨道上。烽戍哨站的核心部件是中国科学院研制的"量子光学超分辨力成像仪"，能够监视进入太阳系内部的一切物质。

经过探测飞行器时，陈义忍不住多看了两眼，它的主体是多面体立方结构，布满精密仪器和高倍透镜，同一朝向的四只太阳能电池板就像史前蜻蜓的巨翅，反射着遥远的金色阳光，看起来既怪异又和谐。任务中要求确认探测器运行正常，陈义用战机连上探测器内部程序，发送请求，探测器便开始了自我检查。

等待期间，三人按照计划在附近巡逻。太阳系的边缘众星黯淡，阴暗寒冷。

郭寻杨视力很好，她顺着宇航图中海王星的方位望去，隐约看到了一抹深蓝色的微光，那就是太阳系的最后一颗行星，是生命的界碑。她的目光不自觉地被海王星吸引，忽然，从那幽冥鬼火般的星球阴影中冒出一群飞行物，激光束从远处照来，跟随激光定位的炮弹倏地冲向他们。三人下意识地分散防御，洒下干扰弹。郭寻杨瞟了眼警报，惊愕地发现那群不明飞行物竟然是数百架翡英军重型战斗机。

烽戍哨站停止自检，中断了与陈义战机的联系，直接把情报发送到了联合国太空防御局。怎么回事？难道是前方部队失守，让敌人偷偷溜了过来？陈义来不及思考，他疲于应对来自后方的袭击，还要不断观察队友状况进行支援。

中国太空军最高指挥部下达命令，要求郭寻杨他们立即撤离太阳系边境，返航地球。嘀的一声，航线变更，三人大角度转弯，掠过天王星。敌方紧跟而来，雷达显示有越来越多的敌机在他们的后方聚集。宋何紧张得直冒冷汗，他仿佛听到了重型战斗机群的轰鸣。

郭寻杨做出决定："打开亚光速。"

陈义和宋何同时紧张地咽了口唾沫。用亚光速引擎会迅速消耗核燃料，而且每秒高达28万公里的速度会令驾驶员无法主动作战，智能系统也只能保证有限的尾后防御，如果敌人能在亚光速状态下攻击，那他们就会变成活靶子。虽说如此，但如此之外也没有别的办法了。三人打开引擎，迎着太阳的方向奔去。燃料以肉眼可见的速度减少，陈义有点慌了，他突然觉得太空如此辽阔，回家的路程漫长得看不到尽头……

"宋何，小心后方。"郭寻杨说。

宋何赶紧操纵战机横滚离开原位，炸弹爆炸，制造了一个庞大的球形冲击波，陈义也被迫防御，郭寻杨赶紧调整位置，重新与他们形成队列。做出机动动作时，土星在宋何面前一晃而过，他用余光突然发现了一艘白色的敌军战舰，它正以令人咋舌的速度驶向土星环的外侧。下一秒，泰坦星闪烁了一下，爆炸气流猛地冲散云层，露出灰红色的地表。高倍探测器显示，北京港化为了一片废墟，他们住过的宿舍楼被炸得仅剩地基，停机坪中的军机熊熊燃烧，驻留人员全部罹难。

发现战舰的主炮正在转向，宋何急切地喊道："快分散！"第二发轨道离子束炮陡然而至，三人以最快速度转向不同方向。没人知道那束炮会以什么角度射过来，宋何和陈义朝相反的两个方向急转，侥幸躲过，但郭寻杨就没那么幸运了，她在拉升的过程中被击中，战机左翼像被刀削去一般。

糟了。陈义赶紧调转机头，与宋何一起朝她飞去。

修补胶自动喷出，迅速堵住了机翼根部支撑结构的破洞。郭寻杨冷静地打开惯性补偿，切换平衡修正模式，发现能源和电力系统完好，依然可以飞行时，便尝试控制它。重型战斗机部队追了上来，宋何和陈义极尽所能地吸引敌方火力，为郭寻杨争取时间。终于，郭寻杨稳住了机身，但飞得十分艰难，时不时为了躲避导弹而再度陷入失速。

陈义焦急地说："不能再这样下去。"

"必须找地方停靠。"宋何说。

舱内报警声高鸣，郭寻杨没空回话，慌得心脏怦怦乱跳。一旦雷达的导弹预警响起，她就必须加速摆脱导弹，但因为只有半边机翼难以保持平衡，她眼前的太空景色一直在旋转，飘忽不定的阳光从各个角度刺入瞳孔，晃得她想吐。好在敌人的亚光速飞行速度与他们基本一致，始终没能追上他们。

在敌人的步步紧逼下，他们终于到达了火星。想到火星基地有着强大的防御工事和驻留美军，郭寻杨心底燃起希望，发送了登陆申请。申请不到两秒就通过了，三人仪表盘上的航线自动改变，直指火星基地的美军 14 号起降港。

发现敌人，美军防御部队立即迎敌。远远看到美军从火星近地轨道起航，三人心中涌起一阵安全感，加速朝基地驶去。基地雷达识别出三架中国战机，向防空炮发送了解除锁定的指令。郭寻杨稳住机身，根据着陆指令前往迫降点，就在这时，她突然感觉一阵强烈的气流袭来，机身就像被卷入漩涡的小虫般剧烈摇晃。刹那间，像雪一样纯白耀目的舰身出现在身侧，郭寻杨转头一看，敌军战舰不知道什么时候闯入了火星基地，拦在了她的面前，距离近得她几乎可以看清炮口的反光。电光火石之间，宋何冲了过去，敌方炮弹与宋何发射的炮弹碰撞，在郭寻杨面前的空域猛烈爆炸。郭寻杨被冲击波推开，没有受伤，宋何却因为距离太近，机腹起火，负载舱中的航空炸弹被引爆，来自内部的冲击波令宋何失去对战机的控制，沦落到敌人手中。

陈义疾驰过去，解除武器系统限制，丢出所有的携带炮弹，对着战舰的近防炮疯狂开火，他的攻击终于迫使敌舰转移目标，不再关注郭寻杨和宋何那两架破损的战机，转头集中火力攻击陈义。小型战机无法承受战舰的火力，不一会儿陈义就撑不住了，机身焦黑变形，机翼被弹片划得满是豁口。

"陈义跟上。"

短波通讯里传来宋何的声音，陈义打眼一看：宋何成功地丢掉了内部负载舱，扑灭了机腹的火焰，正和郭寻杨恢复编队。陈义赶紧追了过去，在敌舰的火炮之中穿梭，与队友成功会合。

敌舰驶入基地中心，恐怖的轨道离子束炮再度降临，大规模的爆炸令基地建筑灰飞烟灭，火红色的泥尘直冲云霄。狼烟之中，到处都是身首异处的尸体。三人不忍目睹脚下的惨景，冲出乌烟瘴气的大气层，更为惨烈的一幕出现在面前：美军防御部队在敌军铁骑的碾压下顷刻败北，千艘舰船尽毁，机库中的战机被烧成废铁，涂着美国旗帜的破碎装甲在密密麻麻的士兵尸体之间飘荡……

这不是战争，是单方面的屠杀，陈义想。

摧毁火星基地后，敌军舰队挺进太阳系最深处，面前的三架灰绿色中国战机成了他们的第一目标。炮弹从四面八方袭来，近距离爆炸时的光亮没过了阳光。三人极力避免自己战机的尾翼暴露在敌方炮口中，但即便如此，还是被炮轰得晕头转向。宋何望着航路尽头的地球，头一次感觉它如此遥远。

陈义的战机状态最好，一直在队伍后方吸引火力。渐渐地，干扰弹用完，航炮子弹也颗粒不剩，陈义难以逃脱导弹的尾随，一只推进器被炸成碎片，因为速度减慢而被敌人锁定。见宋何和郭寻杨转向要来帮自己，陈义着急地说："别过来，你们走。"他话音刚落，锁定他的重型战斗机打开了导弹挂架——郭寻杨瞄准敌机，但因为无法保持机身稳定，准星一直在晃动，她集中注意力，在系统锁定敌人的瞬间按下了导弹发射按钮，敌方导弹侦测到郭寻杨的导弹，紧急切换为反导模式，冲着郭寻杨的导弹飞了过去，两只导弹相遇爆炸，在陈义的头顶上方绽放耀目火球。陈义逃过一劫，与队友会合。

屡次被他们三人逃脱，敌人恼了，动用了反舰武器，把粗壮的战舰主炮口对准三架战机的尾翼。炮口亮起的瞬间，三人刚好扎入了地球武装卫星防御范围，武装卫星聚集在他们身后，打开反制对冲护盾。反舰炸弹释放出的能量被护盾化为乌有。

成功了。他们刚松了口气，只听到一声巨响，身边云层蓦然掀开，敌舰舰艏突然出现在了他们的后方。三人飞速分散，在武装卫星的残骸火雨中穿梭。从寂静太空被一路追赶到地球，大气圈的环境终于让他们听到了翡英军战舰的引擎声，那是一种能激发内心深处恐惧的低沉轰鸣。

郭寻杨保持冷静："查看迫降点。"

陈义和宋何回复"收到"，三人在枪林弹雨之中飞往中国的方向。大概是因为地表目标太多，敌军舰队没有再追击他们。他们终于摆脱险境，抵达了安徽的一处军用机场。塔台电脑在他们距离地面五千米时接管了驾驶，分别引导降落在不同的地点。从驾驶舱出来，三个人都累到虚脱了，四个小时惊心动魄的飞行逼近人体极限，但他们还是坚持跑进附近的防空洞。

此时是北京时间凌晨2点，进入地下休息室后他们才缓过劲儿来。陈义低声说："辛苦了。"郭寻杨和宋何沉默地点点头，没有力气再说什么。他们走进空无一人的休息室，一边喝着淡盐水，一边看着全息投影器播放的战报画面。

凌晨时分的上海淮海路依然灯火通明，沉浸在热闹喧嚣中的人们惊恐地发现，敌舰舰腹取代了星空，爆发出比霓虹更为刺目的能量光芒。刹那间火炮袭来，光束炮交织成网，人们吓得尖叫逃窜，在倾塌的建筑与泄露的高压电流之间挣扎……同一时间的纽约时报广场，敌舰离开，留下一片碎砖烂瓦。在残破路灯的照耀下，仅剩一半的巨幅广告屏依然闪烁着盛大的出征仪式视频，它的下方却血泊遍地，尸体与建筑碎块交缠混合。另外一边，克里姆林宫正在熊熊燃烧，民众们躲在防空洞中，他们的头顶上方，与敌军交战的俄军战机就像撞上了电网的麻雀群般不断坠落。地中海沿岸也难以幸免，这处曾因罗马人而燃起烽火的湛蓝内海再度被血液染红，各国军舰就像破损的玩具船一般在港湾中浮浮沉沉。

泰坦、火星基地相继被毁，地球成了孤岛。群鸟离散，鲸在海洋深处悲歌，山脚下的番红花田被炮火照亮，再也等不到采摘人的脚步。敌军从沿海大型城市杀入大陆内部，战火蔓延至全球。人们这才知道，翡莫迩人的前两次袭击不过是挠痒痒，这次才是动真格的，而且敌人拒绝对话，大有杀到鸡犬不留之势。

各国军队还在激烈反抗，空中战场也依然喧嚣，但人口密集的城市已经全部沦陷。意识到出征部队很有可能已经遭遇不幸，防空洞被悲伤气氛笼罩，有些人忍不住哭了起来，有些人脱掉印有"胜利"和"翡莫迩人必败"等字眼的T恤，丢在墙根。

郭寻杨、宋何和陈义沉默地看着战报：中国大地正遭受敌军蹂躏，各大城市被舰队围攻，死亡军人名单中频繁出现面孔熟悉的战友。陈义仰头把水喝完，捏瘪铝罐把它投入垃圾箱，转头看向郭寻杨和宋何，发现他们的目光与自己一样愤慨。郭寻杨起身："走吧。"两个男人同时"嗯"了一声。他们的出战申请飞速通过了，在探照灯的扫动中，三架崭新的战机冲向高空，朝青岛疾驰而去。

中国军队全面出动，太空部队前往深空截击敌人，空军部队死守东部沿岸，无人机群低空飞行，把急救、防御物资送往全国各处。俄军不惜代价摧毁了一艘敌舰，延缓了敌人进入东欧的脚步，但自己也损失惨重。美国自身难保，他们在火星基地和出征部队中投入了太多兵力，导致本土守军减少，难以抵挡翡莫迩人的袭击。世界各地不断沦陷，没过多久，竟然传来了防空洞被炸穿的恐怖消息。而一堆坏消息中终于传来了一条好消息：敌军的另一艘战舰在近地轨道被中国太空部队摧毁。

虽然少了两艘战舰对于敌军来说不算什么，但他们不愿再遭受损失，对地球投下了数颗重达百吨的热核炸弹。核弹在高空分散，朝全球各个目标飞去，弹头贪婪地凝视着火焰弥漫的大地。一枚核弹抵达上海上空时，被防空炮精准击中，高空核爆赫然绽放，高强度电子脉冲扩散，战机的信号被干扰，导航和通信系统失效。

各国首都的防空级别很高，都在核轰炸中脱险了，但其他地区却遭了殃。从太空中看，上百只夹杂着烈火的蘑菇云冲向云霄，海啸卷起，雷暴与地震齐鸣，地球仿佛回到了二亿多年前大灭绝时代。

人们绝望了，盘算着自己会被哪一种灾难折磨致死，有的人甚至想回到地面求个痛快。没了信号，飞行员处境更加糟糕。翡莫迩重型战斗机群轻松消灭地球战机，甚至有空隙轰炸地面设施。

郭寻杨他们只能靠目视飞行，看到友机频繁坠落，他们依然鼓起勇气，凭着经验和默契奋力杀敌。时间变得极其漫长，终于熬到基站抢修完毕恢复信号，他们一看通讯频道，队友少了一大半。

望着天际数不清的蘑菇云和冗长的死亡军人名单，从来在短波频道里不多言语的宋何突然来了句："我们是不是完蛋了？"

郭寻杨和陈义没有回答，他们也不知道答案。

阳光被硝烟遮蔽，高楼的玻璃碎片砸落下来，划出陨星般的痕迹，青岛曾经繁华的街道如今变得支离破碎，颓靡的气息在残垣断壁间蔓延。更令人绝望的是，海面雾气之中出现了翡英军重型战斗机队伍，它们就像寻找猎物的狼群，搜索着寥寥数架中国战机。

郭寻杨他们做好牺牲的准备，准备冲上去与敌人决一死战。他们刚飞到半路，上级命令突然传来："疏散，等待支援。"同时，一艘别国的星际战舰从他们的侧后方突入敌阵，它加足马力朝前驶去，抵达战线后锁定敌机——导弹群尾焰炫目，呈扇形一波接一波地涌向敌机。敌机飞散，丢出反舰导弹。战舰顶着炮火穷追猛打，令敌军阵型大乱。见状，剩余的57架中国战机一拥而上，在这艘别国战舰的火力支援下与敌军展开厮杀。郭寻杨独自击落了一架重型战斗机，陈义和宋何也趁势击落了两架。受伤敌机栽向海面，在浪涛中化为一簇簇的火焰。

经过激烈战斗，郭寻杨他们勉强守住了青岛。那艘别国战舰已经遍体鳞伤，弹药告罄，无法抵御下一波敌袭。就在这时，一则消息传来：敌人开始撤退了。大家都愣住了，敌人为什么放弃到手的胜利果实呢？这太不符合常理了。虽说如此，没有人敢掉以轻心，他们始终保持着战斗意志，直到监测卫星发来敌军离境的影像。

地球恢复安宁，上万架无人机驶向核爆地区，洒下辐射中和剂。环境指标达到安全后，人们得以离开防空洞。那艘别国战舰在青岛海滨的太平角宇航空港停靠，陈义的战机刚好停在它的旁边。陈义跳下战机，看到一位军官从插着俄罗斯国旗的舷梯上走下来。军官身材高大魁梧，脸庞较宽，目光灼亮。陈义看清对方的脸后，惊讶地瞪大双眼——这不是航天学院的伊万诺夫教官吗？一个月前自己还在上他的课。

军官也发现了他："陈义？"

陈义瞟了眼军官的肩章，顿时紧张起来："我、我应该喊您伊万诺夫中将？"

军官看身边没人，和蔼地说："咱们是师生关系，两个人的时候你喊我'安东'就好，不必见外。"

闻言，陈义一下子放松很多。

"我看到你刚才的表现了，很出色。"

陈义谦虚道："多亏有您的支援。"

安东点了下头："航天学院遭到袭击的时候我在国内，那里情况如何？"

陈义叹气："死了很多学生，老师为了保护学生也伤亡严重。"

两人没来得及多聊什么，听到部下来报，安东与陈义道别后离去。陈义挠了挠头，转过身，看到郭寻杨和宋何正用诡异的目光看着他。

宋何一字一词地问："你和俄军中将有私交？"

陈义回答："他是航天学院的，是我的老师。"

"怎么可能?"

"真的。"

"那他教你什么?"

陈义支吾起来。

宋何冷哼一声:"你不说,我就再也不跟你撸串儿了。"

陈义挠挠头:"战役级太空联合作战指挥的课。"

宋何和郭寻杨同时愣住。宋何嚷道:"好哇你,考上预备指挥员居然不告诉我?"

"我是学员,还没考上呢。"

郭寻杨咳嗽一声:"别聊了,还有好多事要做呢。"

两个男人立即收声。

遭遇了如此惨痛的战争,人类陷入了迷茫。有的人无法忍受失去至亲的痛苦,从高楼顶部一跃而下,有的人陷入抑郁,不吃不喝。但大部分人还是振作了起来,在政府的领导下抢修基础设施、救助伤员。为了应对接下来的未知灾难,中国的军事基地第一时间恢复了运转,持续补充弹药,操练士兵。军工厂也日夜加班,各类舰船以惊人的速度竣工入港。但这远远不够,光是百余个核爆点造成的气候剧变就足以摧毁大多数人的希望。

如许多人料想的那样,结束这场战争的并非地球人的不屈意志,而是另有原因。烽戍哨站系统发回两段影像:第一段是地球出征部队惨遭敌军屠戮的视频;第二段影像显示,在地球保卫战开始后不久,神秘的红色战机部队袭击了位于翡莫迩星系第二行星上的敌军基地,迫使敌军回防,地球才能幸免于难。

在联合国召开全球紧急会议时,再次收到来自翡莫迩星系的讯号,讯号那端是曾经发来警告的翡莫迩年轻男人,这次他露了脸。

男人五官俊朗,皮肤被晒得略微发黑,有着一头黑色的卷曲短发,双眼虹膜呈现出鲜艳的青绿色,目光灼热而敏锐。他说:"你们应该已经知道了,是我们攻击了位于第二行星'伊希恩'上的翡英军基地,你们才得以存活。"

联合国秘书长问:"你是什么人?"

他没有正面回答:"我和你们一样,也是翡英军的敌人。"

"翡莫迩孢星在宇统厅登记的是君主制,你们的君王是'奥讷兰·哥弗',我们需要与他对话。"

年轻男人的目光闪烁了一下:"奥讷兰目前无法取得联系,我是他的儿子波努。"他补充了一句:"请不要误会,我没有继承他的王位。"

会场响起小声的讨论。

秘书长推了下眼镜:"照你这么说,翡莫迩人现在是在内战状态。"

"是的。"

"那到底谁能代表政府?翡英军?还是你?"

波努说:"这取决于你愿意相信谁。"

会场一片安静。

俄国驻联合国代表问:"你这次发通讯来的目的是什么?"

波努回答:"我们的科学院已经研究出了重新打开星门的方法,如果你们愿意军事合作,而不是像上次那样无视我的警告,翡英军就并非不可战胜。"

全场哗然。

秘书长说:"给我们一些时间,我们需要内部讨论,投票决定。"

波努说:"我认可你们的民主方法。但时间有限,翡英军手上有和我们同样水平的科研资料,要是被他们抢先开启星门,后果会怎样你们自己掂量。"

他话音刚落,美国驻联合国代表冷不丁来了句:"把威胁挂在嘴上还想要求合作?"

波努说:"我可以提供军备图纸,提高你们目前的装备水平。"

大概是因为美国死了太多军人,这位代表有些口不择言:"谁要你的破图纸?地球现在的惨状全是拜你们翡莫迩人所赐,我不相信敌人。"

其他国家代表都看着他,碍于颜面不好说什么。

波努见他那副张牙舞爪的样子,双手交叉手指,冷冷地说:"任何决定都有代价。希望你们能慎重考虑我的提议,而不是被仇恨情绪左右思想。"说完他留下联络名片,关闭了通讯。

是否合作?联合国大会当即进行全体投票,中俄赞成,美国反对,其他会员国过半投了反对票,最终没能通过合作方案。接着美国又提议反攻敌军基地,几乎无人响应。

翡英军生怕再被偷袭,暂时没有再行动,地球人得到一丝喘息的机会。这几天郭寻杨、陈义和宋何一直待在青岛太平角宇航空港,每天重复着单调的巡逻任务。虽然大家都在积极完成自己的工作,见面也会微笑,但空港中依旧弥漫着淡淡的悲凉与无望。

因为多条铁路受损,郭耀几经周转,坐了三天三夜的火车才从广州抵达青岛。给女儿带的食物半路就坏了,他只能空着手坐在航站楼的接待大厅里。

郭寻杨看到郭耀眼窝深陷的劳累模样,又心酸又烦躁:"你又过来干吗?不是让你在家待着吗?"

"在家等你的死讯?"

"你能不能说点好听的?"

"你也没说好听的啊,凭什么要求我?"

郭寻杨双手叉腰,气得胸膛起伏。

郭耀揉了揉眼睛,眼中布满血丝:"我看新闻说要召集部队去修复火星和泰坦的基地。你……是负责留守地球的吧?"

"不,我加入了护卫队。"

郭耀愣住。

郭寻杨心里有气,又在她爹心头剜了一刀:"我主动申请加入的。"

"你……"郭耀红了脸。

这时,宋何突然出现:"郭叔叔。"

两人同时转过头。

宋何走过来伸出手:"我是宋何,郭寻杨的队友。"

郭耀不情愿地与他握手。

郭寻杨不懂宋何葫芦里卖的什么药,她看到陈义站在墙根儿,表情和她一样迷茫。

宋何热情地说:"是这样,这次的任务只是护卫专家工作组去基地,即使敌军来袭,战斗地点也在近地轨道,危险性很小。"他打开手环投影,展示出驾驶舱:"而且,我们的弹射座椅是个小小的逃生舱,就算在太空也可以自动对接最近的舰船机库。"

"宋……"郭寻杨想要打断宋何,却被他挤到了一边。

"你看,这是弹射座椅的冲击试验,它的稳降性能世界第一,能把存活率提高到64%,还有椅背火箭……"

宋何滔滔不绝地讲着,郭耀却似乎没在听,瞟了眼郭寻杨。郭寻杨也尴尬地看了眼郭耀。

宋何最后说:"我说了这么多,就是想让您放心,有强大的装备支持,加上我们三个人默契配合,空中战斗并非像您想象得那么危险。"

郭耀沉默数秒,勉强笑了一下:"行,我信你。"

宋何笑着点点头。

"那我不打扰你们训练了。"郭耀走到接待室门口,忍不住又看了眼女儿,转身离去。

郭寻杨松了口气,心里有些难过。

陈义凑过来:"宋何同学,64%的存活率你是怎么算出来的?"

"我瞎扯的。"宋何对郭寻杨邀功,"重点是你要让他了解你的工作,他才会放心,我就是这样说服我爸妈的。"

郭寻杨面无表情地看着他:"你知道我们的座椅是谁研发的吗?"

宋何看她那副样子,心中一沉:"不会是你爸吧?"

郭寻杨默认。

宋何惊得直薅头发:"你不是说他是开杂货店的吗?"

"他从设计院退休了以后去开的杂货店啊。"

"完了。"宋何蹲在地上捂住脸。

陈义指着他笑得上气不接下气。

3月14日,由工程队、地质测量专家和消防部队组成的工作组前往破碎的火星和泰坦星基地。与工作组同时起飞的还有善后部队,他们将前往柯伊伯带,清扫出征舰队废墟,带回烈士遗骸。

经过漫长的十七个小时的飞行,善后部队来到了出征部队的舰队残骸范围。确认周边安全,郭寻杨他们驾驶战机,与工程船一同前往残骸群。恐怖景象映入三人的瞳孔:大型舰船断裂成几节,坚固的主炮塔装甲围垛被炸得变形。许多战机被爆炸冲击波拆解,弹射座椅都没来得及打开,烧焦的飞行员尸体依然保持着驾驶姿态坐在舱中,残缺的尾炮塔飘荡在他们身边。陈义悲伤地望着这番惨象,郭寻杨查看工程船的信号转移注意力,宋何不说话,一个劲儿地反胃。

黄色的工程船队伍游弋在废墟海洋中,伸出电磁机械臂吸附住七零八散的部件,切割舰船装甲,把牺牲士兵的遗骸托举放入黑色的冷冻舱,收入库中。他们三人每天定时完成护航任务，庞大的清理工程持续了整整一个星期。完成清扫后，船队带着烈士遗骸返航地球，联合国公示了调查结果：出征部队总共八十万士兵，他们带回了七十五万具尸骸，除去尸体尽毁的可能性，至少还有两万多人生死不明，极有可能是被敌军俘虏了。

失踪士兵名单公布后，得知自己的亲人可能还活着，人们群情激奋，要求政府组织军队营救。但没有任何国家政府做出表态，毕竟民怨尚能平息，强敌却难以战胜。令人更难以接受的事情还在后头，联合国收到了一段来自翡英军的视频。画面中，三百多个地球士兵被封着嘴、铐住手脚，歪歪斜斜地倒在覆盖残雪的空地上，背后是一座监狱。翡英军士兵拿着刀具朝他们走去。锋刃被加热到上千摄氏度的高温，在地球士兵的哀号之中，敌军切下了他们的四肢。因为高温烧灼伤口阻止了大量出血，不会立即死亡，他们只能绝望地躺在地上等待死亡降临……漫长的两个小时过后，现场的三百多个地球士兵死亡，淡黄色骨髓渗出腿骨，融化了残雪。

愤怒情绪像海啸一般淹没了联合国，国家首脑无不怒发冲冠。檄文从各大媒体泉涌而出，占据了所有网络的头条，人们对翡英军的仇恨甚嚣尘上，许多国家甚至出现骚乱。美国再次在联合国大会上提出"反攻敌军基地，解救俘虏"，得到了大多数国家的赞成。在政府的呼吁下，青年男女蜂拥着报名参军，各国军队迅速扩充，上千座军工厂在一夜之间冒了出来。各国清点参战士兵数量、列出军备清单，交由联合国太空防御局的军事委员会统筹。此次行动代号简洁明了——"复仇女神"。

地球军队再次集结：俄国和其他东欧国家的士兵数量占了部队总数的一半；美国派出仅剩的3艘星际航母和120个舰载机飞行团；中国调动了15个太空集团军，士兵数量超过百万；德国和英国的专家团提供技术支援。另外，南半球的许多国家也参加了这次出征，负责重要的医疗援助和后勤工作。

5月2日，复仇女神行动部队起航。这次出战没有任何领袖发言，也没有华丽的仪式，只有礼炮不停歇地高鸣，像是祝福，亦像是悼歌。

舰队没入云层，太空景色展开，参战人员的脸上浮现出视死如归的坚定神色。陈义坐在休息舱，望着舷窗外沙丁鱼群般密集的战舰队伍，回忆起出战前听到的一些观点，他们说这次行动是以卵击石、自投罗网，但他心中浮现出的四个字却是"哀兵必胜"。

厄里倪厄斯之怒

虽说这次出征带有复仇的性质,但行动的根本目的还是救人。郭寻杨他们三人被安排进入特遣部队,特遣部队由五艘载着士兵的登陆舰和护航飞行队组成,任务是在主力部队拖住敌军的时候进行突围,前往敌军基地救人。面对敌强我弱的形势,这个计划可以算是孤注一掷了。

地球部队越过柯伊伯带,看到了遥远的、整装待发的翡英军。敌军似乎早有预料,或侦察到了地球军的动向,守在第二行星"伊希恩"的前方,傲慢地静待地球军进入攻击范围。

为了分散敌军注意力,最高指挥部首先让无人机部队冲撞正面,接着把部队分成两股,从两侧包抄过去。敌军迅速后撤形成防御阵型,与地球部队交锋。大规模的太空战争一触即发。以俄国为首的东欧军队突入敌阵,几乎要贴到敌人脸上去,迫使敌军一直变换位置控制距离。中国军队机动性强,以围剿作战为主,歼灭了二十多支敌军作战联队。

翡英军人数上虽然没有地球军多,但军备更胜一筹,很快就压制住了地球军的攻势,再利用远程火炮突入地球舰队内部。难以计数的火球点亮太空战场,燃烧的舰船装甲映亮了地球军司令室的屏幕。与此同时,两方的飞行部队也打得不可开交,有些地球战机还没来得及飞远,就被翡莫迩重型战斗机射中,人工重力把它拉回刚刚起飞的航母甲板,粉身碎骨。后方的支援船疲于奔命,所有的医疗舱都被伤员挤满了,地板上布满刺目的血迹。

眼看战斗资源快速消耗,司令部要求特遣部队不惜一切代价突破敌军封锁。郭寻杨、陈义、宋何收到军令,飞快地戴上头盔跳入座舱,驾驶战机冲出机库。亲临盛大纷乱的战场,他们感觉自己就像登上舞台的不起眼的卒子,下一秒就会被战争的巨轮碾压成粉末。

三人集中火力消灭了一艘逼近的重型战斗机，可还没等喘口气，敌方炮弹骤然闪现，迫使他们分散。不远处，敌机群魔乱舞，他们甚至无法分辨导弹是哪一架敌机射出的。为了保卫五艘登陆舰，身为护航队成员的他们再次冲进敌方火力范围，其他护航飞行员一起加入打通前进道路的行列。

在护航飞行队的掩护下，五艘登陆舰从后方驶入前线。地球主力部队发起强攻，为登陆舰突围创造条件。敌人察觉到了地球军的目的，调动军队前来截击，其势之猛令护航飞行队难以招架。混乱之中，陈义看到一只载弹无人飞艇悄无声息地靠近了登陆舰，他来不及通知郭寻杨和宋何，独自贴近飞艇，发射了反辐射导弹。因为距离爆炸过近，陈义的战机翼部受损。

宋何发现状况："陈义？"

"什么情况？"郭寻杨问。

陈义查看机体数据发现并无大碍。"没事，我回来了。"他与队友会合，重回大战场。

回到战场后他们发觉事态不对，仅仅离开五秒，敌军大部队就压了过来，距离登陆舰不到七百米，远程火炮直接穿过护航飞行队，在登陆舰侧舷引爆。登陆舰在爆炸中令人担忧地摇晃不止，装甲片片焦黑。队友们为了掩护登陆舰，做出危险的极限机动，甚至用机身去阻挡炮弹。数次爆炸过后，有着联合国标志的战机碎片在真空中飘舞……见队友殒身战火，三人冲上去对敌人倾泻弹药，可这番攻击对于庞大的敌军而言太过轻微。眼看着特遣部队即将沦陷，突然，一艘中国战舰疾驰而来，插在特遣部队和敌军之间，用舰身强硬地遮断了敌方火炮，紧接着美国飞行部队蜂拥而至，几千架舰载机疯狂地扎入敌阵，刹那间，千万火焰轮番绽放，人类的复仇意志在太空中点燃了一片烈焰之海。

战场被中国战舰切割成了两半，五艘登陆舰抓住机会，引擎全开，在中国战舰的浓黑阴影中全速前进。郭寻杨他们急速回防，跟随登陆舰强行突破防线，终于把战场甩到了身后，碰触到了伊希恩的行星边境。

伊希恩星的雪白地表在三人座舱的前景中不断放大。因为大气层稀薄，伊希恩的天空呈现出漆黑的太空景色，主栖息地建筑坐落于内陆河河岸，星门和军港尤为醒目。关押着两万名地球人的监狱距离栖息地十公里，它们之间有一座巨大的纵向山脉，山川林立，顶部积雪深厚，南北绵延两千千米，海拔高度超过万米。山脉遮住了红巨星"拉谜"的光芒，山脉东侧地区光线昏暗，位于山脚的监狱在探照灯的光芒中若隐若现。

情报显示，监狱地面两层地下五层，敌方陆军部队守在唯一的出口处，周围设置了许多机炮、掩体，靠近山体的一侧还有防空导弹阵地、高射炮和小型雷达站。看到这座监狱的时候陈义有点奇怪：翡莫迩人为什么要把它建在难以被支援的荒郊野外呢？

命令下达，护航飞行队率先加速前往监狱，顶着高射炮的威胁投下催泪弹和烟幕弹，两艘运兵舰随后抵达，先锋队士兵绳降，直抵敌阵中心，主力部队则通过跳伞陆续到达阵地外围，开始推进战线。三人飞跃监狱上方时，宋何低空掠过监狱外墙，打开航炮，嘭嘭，部分探照灯损毁，交战区域陷入黑暗。完成任务，他回到队伍中，与陈义和郭寻杨朝雷达探测区飞去。

发现自己被三只导弹锁定，郭寻杨没有着急脱身，而是让宋何和陈义干扰附近的高射炮，自己带着敌方导弹朝雷达站飞去。地面回波干扰了弹头中的雷达，使得它们失去目标，其中一枚导弹砸中了桥架，雷达轰然倒塌，天线罩像玻璃球般砸得粉碎。为了确保雷达系统不再起作用，郭寻杨对附近的供电所丢下了石墨炸弹。

先锋队成功突围，在敌阵侧翼撕开一道裂口，主力部队立即接应他们，对敌人形成合围。发现情势不妙，敌军把弹药箱拖入监狱，处决的枪声暴雨般响起。这一行为激怒了所有的地球士兵，在长官的指示下，士兵们接二连三地发起冲锋。他们怒吼着冲向敌军阵地，甚至孤身跳入掩体，把刺刀插入敌人的脖子。剿灭拦路的敌军后，他们冲进监狱，把正欲处决人质的敌人拖了出来，扯掉面罩。在缺氧的恐惧中，翡莫迩人只能眼睁睁看着地球士兵施暴，拿枪托把他们的脑袋砸至碎裂。

另外三艘未载人的登陆舰抵达监狱门口，舰腹气流推开焦烟。地球士兵切割开门锁，递上维生头盔，带着惊恐的同胞们走出监狱。看到登陆舰，人们激动得落下眼泪，在被囚禁的这两个多月中，他们无时无刻不在梦想着这个时刻。

郭寻杨他们保持警惕，继续在空中盘旋巡逻。不一会儿，全员登舰完毕，五艘运兵舰收起舷梯，从烟雾之中起航。捷报传到了位于太空战场的主力部队中，大家无比振奋，集中精力对付敌人，准备接回特遣部队。

人们认为这场战争迎来了胜利的转折点，陈义却隐隐感觉不安。跟着大部队转弯时，他不自觉地望向积雪覆盖的山峰，峰峦在拉谜的照耀下形成漆黑的剪影，就像一只绵长兀立的巨型屏风，遮挡住了某种不祥气息。突然间，山峰剪影的边缘变动，从不规则的形状变为一道长长的弧线……陈义一惊，对着通讯喊道："西边有敌人！"

郭寻杨和宋何首先反应过来，三架战机作出防御机动的同时，不计其数的火箭弹从山脉方向奔腾而来，淡金色的尾迹云遮蔽了墨黑天空，一连串的爆炸映亮了特遣部队成员的面庞，他们面前竟然出现了一艘星际驱逐舰。驱逐舰缓慢上浮，长度几乎与山脉相等，一望无际的侧舷布满炮台，笔直的尾翼就像一把泛着血光的巨剑，与之相比，特遣部队渺小得就像巨兽蹄下的飞蛾。

驱逐舰遮蔽了恒星光芒，露出了侧舷下的数只大型束能炮，炮口整齐如一地对准了登陆舰。护航飞行队对束能炮台展开攻击，但他们释放的炮弹早早便湮灭于驱逐舰的近防系统，根本激不起一丝水花。眨眼间，二十道粗壮的纯白光束从驱逐舰侧舷发出，切割了山脉的阴影，直接将三艘满载的登陆舰一分为二，舰内人员或被爆炸冲击肢解，或坠落在地，被舰船残骸砸成血泥。同时陨落的还有将近一半的护航战机。另外两艘运兵舰一艘尾部受损，在半空中浮沉，还有一艘位于队伍末端，侥幸逃脱冲击。

"宋何，注意前方。"郭寻杨说。

宋何立即拉升反扣，当他改平战机时，惊悚地发现那艘驱逐舰竟然越过山峰顶端，转舵朝他们驶来。红巨星的光芒透过舰腹与峰顶之间的空隙形成一道橘红色的光束，刺穿了山脉的阴影，赫然映亮了那地狱般的景象：残骸遍地、烈火冲天，折断的炮管上挂着焦黑的内脏，白烟弥漫的尸堆中，断了手脚还在拼命爬动的人们影影绰绰……

特遣部队指挥官下令："所有人员全速撤退。"

幸存的两艘登陆舰引擎全开，想要逃离敌舰的火力范围，但敌舰的阴影边缘一直在扩散，直至吞没了沐浴在恒星光芒中的雪原。恐怖的白色光束再次闪现，击中了最后两艘登陆舰，紧接着，敌舰打开了多联发射器，百余发爆能炮弹脱膛而出。为了给登陆舰创造自我修复的时间，郭寻杨打开加力燃烧室，从战场中部飞驰而过，成功引爆了十几颗爆能炮，自己也被冲击波掀得失速翻滚。剧烈晃动之中，她瞟了眼警报，发现引擎室起火，冷却阀损毁，她的座驾随时都有可能爆炸。

陈义喊道:"快跳伞!"

郭寻杨额头直冒冷汗,她按下弹射按钮,没反应,她又拉动手柄,这才发现座椅上梁变形,滑轨被卡住。导弹来袭警报器嘀嘀作响,郭寻杨想要控制住旋转的机身,却发现操控系统已经因为高温宕机了。导弹弹头逼近眼前之刻,时间仿佛停滞了,她几乎能看到弹头上被打磨的痕迹——突然间,一只灰绿色的机身挡住了弹头,接着便是天旋地转,火花四溅。"宋何!"陈义疯了般加速飞去,对接踵而至的炮弹释放干扰弹。刚才那枚导弹本该命中郭寻杨,被宋何硬生生地拦了下来,宋何的战机机腹被炸穿,头尾几乎分离,直直地朝地面坠去,郭寻杨的战机也因为近距离的爆炸而双翼损毁,她索性抛弃了所有的负载弹头,减轻重量,追着宋何的方向而去。

两架破烂不堪的灰绿色战机重重地坠落在地。猛烈的冲击令郭寻杨陷入短暂的昏迷,好在头盔的智能模块识别了她的状态,通过颅内微电流刺激唤醒了她。郭寻杨睁开眼睛,看到不远处那断成两截的宋何的战机。她赶紧解开肩带,脱离座椅的桎梏,踩着坐垫将座舱盖砸开,不顾手臂被划得鲜血淋漓,奋力从驾驶舱爬了出来。"宋何!"郭寻杨翻身而下,朝宋何奔去。她的座驾在她离开三秒后发生了小规模的爆炸。

顾不上四周流弹纷飞,郭寻杨飞奔过去,看到宋何正一动不动地躺在驾驶舱中,身边火焰肆虐。郭寻杨冲进火海,从背后抓住宋何的双臂,尽全力把他拖了出来。"宋何你醒醒。"见他没有任何反应,郭寻杨摸了下他的颈动脉——没有跳动。她急了,立即为他做人工呼吸和胸外按压,大声喊着他的名字。

陈义在空中悲痛地望着郭寻杨的身影,他手旁的投影中,宋何的通讯名片已经亮起"死亡"提示。

发现自己的努力毫无作用,郭寻杨颤抖地按亮宋何的手环,看到了体征显示为死亡。"不……"泪水涌入眼睑,她紧紧地搂着他的头号啕大哭了起来。回忆奔涌而上,这个总是喜欢跟她套近乎的大男孩的笑容,被定格在了凝固的时间里。

陈义的视野也被泪水模糊,他强迫自己保持冷静,与仅剩的二十多架护航战机形成新的编队,对敌方驱逐舰发起攻击。可驱逐舰根本不把他们放在眼里,如入无人之境般飞到登陆舰坠落地点,派出陆军士兵朝活着的人奔去,意图再次绑架地球人。

看到敌人把郭寻杨拽离宋何的遗骸,双手反铐押往舷梯,陈义红了眼,推杆俯冲低空掠过人群，对着舷梯一通乱射。舷梯摧折，阻碍了敌军登舰，但同时，近防系统锁定了陈义——霎时间，陈义仿佛落入了一只万花筒，爆炸火光变着法儿地刺激着他的视网膜。这混乱的短短几秒仿佛一个世纪那样漫长，漫长到陈义觉得他剩下的几十年人生将在这几秒中耗尽。剧烈震击过后，陈义失去了意识。

黑暗中，陈义似乎回到了三分钟前，透过沾满焦尘的座舱盖，他眼看着宋何飞过去挡住了那枚导弹，在火焰的包裹中向下坠去……意识到时间不会倒转，陈义醒了过来，发现自己在地面，座舱中一片狼藉，座舱盖碎裂，连舱门也被射成了筛子。他忍着浑身剧痛爬出驾驶舱，跟跟跄跄地往前走了两步，看到了一望无垠的雪原，和雪原上空那轰鸣如雷的红色战机部队。

得知特遣部队遭袭，位于太空战场的地球军拼尽全力拖住敌人，阻止他们回去支援，但敌军却毫无战意，不停地向后撤去。

驱逐舰见红色战机来袭，打开机库出动了战机。两方交会，红色与白色的战机来往穿梭，在红巨星的灼热光芒中制造着朵朵火云。

陈义一心想要救郭寻杨，冒着随时可能被流弹波及的危险朝战场中央跑去。他时不时抬头仰望，发现红色战机虽然数量不多，但训练有素，机体性能也压敌军一头，它们的炮弹甚至能炸毁敌舰的副炮。敌机没能取得空中优势，只能扛着红色战机的炮火，尽力掩护队友将人质押入运兵艇。陈义跑了很长一段路，却只抵达了战场边缘，他看到敌方驱逐舰把运兵艇收入机库，关上门开始朝山脉西侧撤去，怒不可遏却又毫无办法，只能坚持前行，心脏跳得发痛。

敌舰故技重施，不知名的白色光炮横扫战场。红色战机群应对娴熟，迅速分散，尽管损失了部分队员，它们依然以最快的速度回到战场。面对红色战机的纠缠，敌舰召回了战机，打开推进器朝栖息地飞去。眼看敌舰越来越远，陈义只得无望地停下脚步，撑着膝盖呼哧直喘。红色战机追了过去，也消失在了山脉的那端，接下来发生了什么陈义无法得知。

红色战机的飞行员们似乎是意识到了什么，他们不再攻击敌舰，而是集体飞往栖息地北部，朝星门投下重型炸弹。事实果然如他们所料，翡英军修复了星门。星门开启，敌舰一边驱赶身边的红色战机，一边驶入星门，成功离开了这个孢星。完成传送任务后，埋于星门底部的炸弹控制器根据预设程序发送了引爆信号。自毁性的爆炸过后，星门的控制系统、传输管线和电子资料室等设备全部化为灰烬。

太空中的翡英军部队得知自己被抛弃，陷入了混乱，而地球军因为特遣部队覆灭，悲愤交加，迅即扑向敌军。敌军怕了，想要逃离，被一支俄国舰队死死地封住去路。两方激烈交火，炮火齐鸣，太空战场飘满灰白色的残骸。之前那艘用身躯挡住火炮的中国战舰没有撤退，它的右舷一片焦黑，伤痕遍布，却依然驰骋于战场。

敌强我弱的战斗逐渐演变成了围剿战，翡英军落入劣势，被迫发出通讯请求停战，却没有收到任何回应。地球各国军队史无前例地保持了一致，他们合力包围敌军，报复性地对敌人展开冷酷的杀戮。敌军见地球人杀红了眼，甚至将战舰加足马力冲撞过来，终于招架不住，发出投降讯号。讯号淹没于地球军官的冲锋命令，标着各国国旗的地球舰队犹如千尺海浪一般扑向敌军。刹那间，双方舰队犬牙交错，难以计数的巨大火球飞速扩散，其光芒强度超过了拉谜。

舰船装甲崩解，炮管弯折，战机群被气流裹挟，在真空中爆炸翻滚……壮烈的交战持续了一个小时，地球军队用大半兵力消灭了敌军，把这片位于伊希恩行星边境的战场变成了翡英军舰队的坟墓，令复仇女神行动有了一个悲壮的结尾。

陈义望着山脉顶峰。红色战机群回来了，它们越过山峰，飞回被敌舰蹂躏的雪原，停在了监狱附近。一架红色战机降落在距离陈义五十米远的位置，一个男性飞行员跳下驾驶舱。

男人走到陈义面前，打开手环的翻译功能说："运输机马上到，我们可以送你回地球。"

陈义迫不及待地问："你们拦下那艘驱逐舰了吗？"

男人回答："没有，他们进了星门，星门自毁了。"

闻言，陈义热血冲脑："自毁？我看你是故意放他们走的吧？"

"你误会了，我们和他……"

陈义根本听不进对方的回答，突然握拳挥了过去，嘭的一声，对方的头盔被他揍出一道裂缝。"你们杀了我的队友！"陈义双目赤红，再次扬起拳头。男人后退一步，趁陈义的拳头落空后钳住他的手腕，掏出手枪抵上了他的面罩："你知道刚才是谁救了你吗？"

陈义心生疑惑。隔着半透明的面罩，他看到对方那双青绿色的眼睛，不禁令他想起了联合国大会上的通讯投影——这个人莫非就是翡莫迩孢星王室成员波努·哥弗？

见陈义冷静下来,波努松开陈义的手腕,放下枪,点弄了两下手环。投影展示出的画面是飞行员的第一视角,当时波努正在空中,发现陈义击毁舷梯后被敌舰近防系统锁定,立刻推杆俯冲,用干扰弹阻止多联激光炮塔继续攻击陈义,并摧毁了锁定陈义的两门机炮。看到陈义的战机被智能系统接管,脱离了驱逐舰的射程后,才回到高空的队友身边。

　　看完视频,陈义不知道该讲什么——"谢谢"吗?可对方是翡莫迩人啊。

　　见陈义一副纠结的样子,波努没多说什么,只是重复了一遍刚才的话:"我可以送你回地球。"

　　陈义用夹杂着怒意和敬畏的目光看了眼波努,点点头。

临行前夜

波努再次参与了联合国大会,但这次不是通过通讯投影,而是独自走入了会议大厅。各国代表真切地看到了这位翡莫迩人的面孔。

波努说:"很抱歉,我们的支援来迟了。翡英军攻占地球的时候,我们为了突袭伊希恩损失了过半的兵力,花了很久时间才重整旗鼓。如果不是因为这个原因,翡英军的余孽绝不可能逃离孢星。"

场下无人应声,大家都认可了他的说法。

联合国秘书长说:"感激你们的出手相救。翡英军是我们共同的敌人,你们的所作所为已经证明了这一点。"

波努"嗯"了一声,问:"接下来你们有什么打算?"

会场浮现小声的议论,大家似乎拿不定主意。

波努说:"翡英军逃到了常宇宙,并且绑架了你我的同胞。所以我提议:地球人和翡莫迩人组建一支军队,共同去常宇宙追击敌人,解救人质。"

议论声消失了,各国代表们都流露出了复杂而慷慨的目光。投票当即进行,出乎波努的预料,所有国家都投了赞成票,一个弃权都没有。他心中苦笑,地球上虽然有那么多国家,人类却还能如此团结,相比之下,翡莫迩孢星只有一个国家,还闹得同室操戈。

为了避免被宇统厅审查,联合军队以调查团的名义进入常宇宙,地球人负责提供舰船和支援,翡莫迩人提供飞行部队。因为伊希恩和地球的星门都毁了,为了方便共同管理,双方决定把新的星门建在太阳系和翡莫迩星系之间,波努那边提供图纸,地球人负责建造,即刻开工。

陈义亲手帮宋何入殓，带着棺椁乘坐翡莫迩运输船回到了中国，参加了烈士遗骸迎回仪式。现场庄严肃穆，来了许多中国高级军官。看到礼兵把宋何的棺椁抬入灵车，陈义的泪水止不住地涌出眼眶。

得知女儿被俘，郭耀病了。陈义获悉后，专程从青岛赶到广州。医院窗明几净，每间病房都有环境投影制造出自然美景，一米高的护理机器人在床边转来转去。陈义推开房门，发现郭耀没有开环境投影，清冷的阳光透过窗帘，把空荡荡的病房照得十分亮堂。

郭耀转过头来，面色很差，胡子也好几天没刮了。

"郭叔叔。"陈义走了过来。

郭耀叹了口气，闭上眼睛，他多希望推开门的是女儿啊。

陈义把在战场上捡到的郭寻杨的手环放在茶几上，说："我加入了调查团，等星门建好了，就去常宇宙救郭寻杨。"

郭耀睁开眼睛，呆滞地望着天花板，突然问："那个满嘴胡言的小子呢？"

悲伤涌上，陈义喉结鼓动了一下："他牺牲了。"

郭耀又叹了口气，从被褥中伸出手，陈义赶紧握住。郭耀嘴唇颤抖地说："一定要把寻杨带回来。"

陈义坚定地回道："明白。"

新的星门位于柯伊伯带和翡莫迩系星云边缘的交会处，工程船队正在热火朝天地进行建设。太空中的星门裸露出了建在地面时埋于地下的部分，整体形状就像是两个金字塔底部贴合在一起的正八面体，足以吞吐长宽超过三千米的巨型航母。为了加快建设进度，中国派出了最精锐的工程师和施工人员，预计竣工时间在两个月之后。

星门建设工地的不远处，"东方号"航空母舰正静静地停泊着。陈义站在休息舱窗边，星门管线外露的景象映照在他褐色的虹膜上。他的脑中浮现出宋何以身赴死的背影，以及郭寻杨被翡英军带走的画面，目光变得冷峻。

舱门打开，波努走入休息舱，两个美国士兵瞟了他一眼，突然站了起来。陈义从窗户的反射中看到波努被美国人围住，便不声不响地打开手环划动了两下，然后朝他们走了过去。

一个美国士兵伸手抓住波努的衣襟，骂道："狗娘养的翡莫迩猪！"

波努看到陈义走来，便没有言语。

另一个美国士兵捏紧拳头要揍波努时，被陈义抓住手臂。"二位，"他平静地说，"波努是正式的调查团成员，你们伤害队友，是想上军事法庭吗？"

"他是敌人。""翡莫迩人都是敌人。"他们正叫嚷着，收到陈义报信的联合国宪兵出现在休息舱门口。美国人一看宪兵来了，只得松开波努的衣襟，忿忿不平地回到座位上。

波努抚平衣领，示意陈义跟他走。两人出了休息舱，波努说："谢谢。"陈义刚想回复，波努又说："是这样的，我与你们的军官商议，决定从地球飞行部队中抽调三百名飞行员来驾驶'纸鳞'。"

陈义疑惑："'纸鳞'？"

"就是我们开的那种红色战机，它名为'纸鳞'。"

陈义眼睛一亮。

波努打开训练日期，通过手环发给陈义："时间有限，我给你们配了一百二十名教官，你的训练由我负责，叫我波努就好。"

"明白了。"

波努关掉手环："走，去机库。"

教练机与"纸鳞"战机形状相同，但比后者大一圈，有着双座位和黑灰色的外壳。波努打开座舱盖，介绍了仪表盘、武器系统等基本情况后，招呼陈义进入座舱，点亮了战机。第一次登上外星人的座驾，陈义十分新奇，而接下来他所体验到的，着实印证了"纸鳞"部队为何能一次又一次地力挽狂澜，甚至压制住那艘驱逐舰，因为其性能和速度是地球上最先进的战斗机都无法比拟的。

为了能早日登上"纸鳞"，陈义燃起熊熊斗志，吃饭时都在默背它那与地球战机完全不同的机体数据。他铆足了劲儿超额完成训练任务，每天在模拟飞行室待到深夜。波努一开始还会提醒他抑制驾驶地球战机时形成的肌肉记忆，但没过多久便不再多言。陈义从上手到熟练只花了七天，之后愈加游刃有余，两人经常是见面打个招呼，训练完道个别，没别的话。

二十三天过后，陈义通过了考核，如愿以偿地登上了红色战机。"纸鳞"战机驾驶舱布局更为紧凑，机身重量只有教练机的一半，但性能却大幅度提升。陈义驾驶它穿巡在真空或大气圈环境下时，感觉身轻如燕，很轻松就能打中靶机，驾驶座椅上有重力补偿装置，他做出极限机动时也不用担心出现黑视。就这样，又经过三十天的训练，陈义成为优秀的"纸鳞"飞行员。

在陈义忙于学习的这段时间，星门也逐渐完工，内部架构被灰色的复合金属材料覆盖，反射着来自太阳和拉谜两方的恒星光芒。在预计竣工的前十天，联合国军事委员会确定了调查团将士名单，不再增补。

在全体动员大会上，陈义见到了伊万诺夫教官——那个名为"安东"的俄国中将。在复仇女神行动中，安东率领的俄国舰队拦住了敌军去路，为成功围剿敌人提供了条件，并且杀敌无数、战绩斐然，现在已晋升为上将，担任调查团地球部队总司令。翡莫迩那边派出了空军指挥官图嗒，专门负责"纸鳞"部队的作战指挥。

维修机库内，十几架"纸鳞"正在同时进行保养，电焊火花时不时映亮灰色地坪。波努坐在墙边的一排座椅上，手肘撑着膝盖，平静地望着距离最近的一架战机，观察维修员在机翼两边走来走去。陈义训练完，把战机送入机库，看到波努在，便走过去递给他一罐汽水。

陈义坐在波努旁边，拉开汽水的拉环："明天我打算回趟地球。"

波努问："回去做什么？"

"去再看一眼宋何。"

波努理解了，转动手中的饮料，看着罐身上那些奇怪的中国汉字。过了会儿他问："你之前一直是三机编队的僚机？"

"嗯。"

"你能适应双机编队吗？"

陈义不解，转头看波努。波努也转过头来，青绿色的眼睛十分明亮："我跟你组队。"

陈义有些惊讶："好啊，不过你确定要把自己的后背交给地球人？"

波努调侃："怎么？地球人不靠谱？"

陈义不知该怎么回答，挠了挠脸。

波努说："你驾驶技术过硬，而且能为了救同伴而舍生忘死，所以我相信你会是个好搭档。"

突然被夸，陈义掩饰地喝了口饮料。

微风掠过，一个爽朗的声音响起："你们俩在这儿。"两人抬头一看，竟然是安东。

陈义赶紧起身敬礼:"长官。"

安东回了个礼,微笑着说:"坐。"

陈义没坐下,波努也只好跟着他站着。

安东穿着普通的迷彩军装,戴着船帽,丝毫没有上将军官的架子。他叉腰望着不远处的战机,叹道:"看机械维修真的是件很解压的事儿。"

"嗯。""确实。"两人表达赞同。

维修员神情诡异地瞟了眼他们仨,被高级军官、飞行员和一个外星人盯着,紧张得他螺帽都拧反了。

安东对波努说:"我今天跟你们的空军指挥官图喏接触了一下,他是个很可靠的人。"

波努点头:"他出生于翡英军,也与翡英军数次交手,经验充足。"

闻言,安东叹了口气:"想必内乱给翡莫迩人带来了很多苦难,其程度不亚于地球所遭受的。"

陈义察觉到,波努冷静的目光终于产生了一丝波动。

安东说:"还有几天星门才建完,你们好好休息,到了常宇宙还有硬仗要打。"

"是。""明白。"两人回复。

看到安东走远,陈义又坐了下来,指着波努那罐没开封的汽水:"尝尝。"

波努拿起汽水,打开拉环,苦中带着酸甜的气泡果汁入胃,沁人心脾。他问:"这是什么味道?"

"柚子,地球上的一种水果。"

波努忍不住又喝了一口,感觉好久没有如此放松过了。

陈义觉得气氛挺好,便试探道:"可以问你一个比较隐私的问题吗?"

猜到他会问什么,波努同意了。

"翡莫迩孢星是君主制,你是国王的儿子,那你就是王储对吗?"

波努转动罐子,沉默了很久才说:"是的。"

"既然国王不在,你作为合法继承人,为什么不自称国王呢?"

"只要有机构能处理国家事务,有没有国王都无所谓。"

陈义犹豫了一下,说:"你只强调行政,却无视社会向心力和民众的情感需求,说不定正是翡莫迩内战的原因。"

波努的脸上闪过惊讶神色，转头看陈义。

陈义有些忐忑。

波努苦笑："也许有你说的这部分因素。"

陈义松了口气。

"但原因绝非如此简单。为了能更好地教你们驾驶'纸鳞'，我特地去浏览了每个学员的国家历史。地球上很多国家都曾是君主制，后来转变为民主联邦或共和国，这其中缘由恐怕几天几夜也讲不完。"

陈义察觉到波努的情绪变得有些低落。

波努撑着膝盖站起来，仰头将西柚果汁一饮而尽，把罐子丢入垃圾桶。"谢谢，果汁很好喝。我先走了。"

陈义望着波努的背影。"来签个字。"维修员把检查记录递给他。等他签完，波努已经不见了。

第二天，陈义起了个大早。这次请假回地球并非公事或训练，他不能调用军用战机，只能开普通的运输机回去，飞回地球最快也要将近二十个小时，所以他凌晨四点就赶到了机库。

陈义拿着准许证进入机库，正在寻找编号对应的运输机时，突然听到有人在喊他，转头一看竟然是波努。

波努用大拇指戳了戳"纸鳞"机库的方向："我陪你回去。"

陈义十分惊讶，赶紧跑了过去。

两人登上"纸鳞"战机，设定航线后开启了亚光速引擎。他们一路无话，掠过重建中的泰坦和火星基地，与三支运输舰队擦身而过，于九个小时后抵达了地球的行星边境。武装卫星让开道路，他们先后扎入云层，就像两条跃入湖泊的红色锦鲤。

时值清明，南通的一处墓园沐浴在绵绵细雨之中，翠柏掩映着整齐而密集的灰色墓碑，一张张记录着笑容的照片比周围的花草更为鲜艳。智能无人机在空中飘来荡去，它们接收到网络订单后，会将花束运送到指定的墓碑前，并清洗墓碑。

陈义戴着淡褐色的墨镜，拿着一束白菊走入墓区，把花搁在宋何的墓碑前。他摘下墨镜，凝视着那无比熟悉的面庞。从儿时玩伴，到成为同学，最终变成出生入死的战友，宋何一直陪伴在他身边，如今却与他天人永隔。陈义眼眶泛红，悲伤和愤怒在胸口激荡。

波努没有跟着陈义进墓园，他站在门口，看着来来往往的人们。这座小小的中国临海城市浸润在春日的花红柳绿之中，令他不禁想起母星也曾拥有过的湛蓝天空……

又飞了九个小时，他们回到星门边上的东方号航母，进入机库。陈义摘掉头盔，长舒了一口气，感觉心情平静许多，招呼波努去餐厅。

生怕回休息舱遇到美国兵，两人吃完饭都没走，望着窗外的星门发呆。

陈义喃喃自语："马上就要出发了。"

波努撑着脑袋："我觉得孢星融合这种事故，不会是个例。"

"我也这样觉得。你知道常宇宙的'垩兽危机'吗？"

波努回忆了一下："垩兽危机是不是和海神星有关？"

"对，海神星就是地球的前身。"陈义望着远方，"每次解决了危机，大家就会有种一劳永逸的错觉，可是垩兽出现之前常宇宙也没太平过啊，所以我觉得混乱和战争才是宇宙的常态。"

"我赞同你的观点。"

沉默了一会儿，波努另起话头："你之前问我有关翡莫迩王位的事，我想了想，把事情的原委告诉你也无妨。"

陈义把双臂搁在桌面上，神情认真地等他往下说。

波努深呼吸一口，青绿色的双目充斥回忆："我看到你们有句话叫'人类的悲欢并不相通'，我不这么认为。我觉得只要愿意去想象，是能体会到他人处境的，真正不相通的，是'信念'。"

第 2 章　｜　荆棘王冠

哥弗兄弟

波努和默泽是一对双胞胎,他们出生那年是哥弗王室统治翡莫迩星的第五千二百零一年。那时的恒星"拉谜"尚未衰老,位于宜居带的第六行星翡莫迩星碧空如洗,内海湛蓝,飞鸟走兽悠游于绿野。

翡英城位于大陆中心,王宫大厦高耸入云,黑色反光材料构筑的外墙按顺时针方向层层扭转,在拉谜的照耀中呈现出优美的环形光弧,远远望去,楼体仿佛被一条发光的巨蟒缠绕。门桥街区紧贴着王宫,灯红酒绿,商业繁华,夜间的霓虹映亮王宫大厦底部。与绿植成荫、别墅遍地的郊区形成鲜明对比的,是跨河大桥西南方的厂区,那里住着两千八百万平民。他们头顶的天空被工业废气污染,有的人从未见过费用昂贵的出租空艇,只能看到军用巡逻艇日夜不停地在头顶穿梭。

波努和默泽遗传了父亲的卷曲黑发和来自母亲的青绿色虹膜。兄弟俩每天同吃同住,上同样的课,进行相同的体育锻炼,学习礼仪和王室定制的课程。因为母亲莎珂尔喜好深居简出的清净生活,很少作为王后出席活动,所以他们的父亲——翡莫迩星之主——国王奥讷兰·哥弗,完全掌管了他们的教育和生活。虽然奥讷兰行事镇定,极其爱护妻儿,但波努和默泽始终觉得父亲有些令人捉摸不透。

八岁那年,波努和默泽终于被允许走出翡英城。两人装扮整齐,兴冲冲地跟着父亲登上飞艇。一路上,奥讷兰一直与官员们在餐厅聊天,波努和默泽只能待在小房间里,趴在窗户边发呆。

到了目的地,得到父亲的允许,他们换了套便服,骑着马进入猎场。绿茵草坪一望无际,不远处的森林散发着阵阵木香,与压抑的王宫相比就像是新世界。

波努发现，与翡英城花园里修剪整齐的草木不同，猎场里的植物恣意生长，与虫鸟竞争，毫不在乎能否被人类欣赏。

"哥哥，快跟上。"默泽喊道。

"来了。"波努放松缰绳，用脚磕了下马肚子。

马蹄声响起，两个孩子在晴空下的旷野策马而行，他们稚嫩的面庞在阳光中闪耀着，孪生兄弟独有的亲密感在胸口萦绕。不远处，奥讷兰端着酒杯望着两个儿子，脸上闪过复杂的神情。奥讷兰年纪刚过三十，却总是神色疲惫，眉间和眼角遍布细纹，黑发夹杂着银丝。身为翡莫迩的君主，他在高谈阔论的官员人群中竟显得有些孤单。

波努和默泽在溪水边骑马并行，马蹄踏在松软泥土上的嗒嗒声令人无比愉悦。默泽吸了口清新空气，望着被枝叶分割的湛蓝天空："你说孢星外面会不会有比这儿更漂亮的风景？"

波努回答："当然有，常宇宙很大，有很多孢星和新兴星球。"

"你怎么知道的？"

"我上次偷偷爬到阁楼里，翻了妈妈写的《外星纪行》。她写到一个叫'猫尾'的星球，上面有很多好玩的。"

"啊……"默泽眼中闪烁着憧憬，"好想去玩。"这时，两人手环亮了，父亲通知他们回去准备赴宴，他们只好策马返回。

午宴地点在猎场旁一处绿树掩映的别墅中，许多位高权重的官员们带着配偶、子女前来赴宴，现场十分热闹。虽然有不少小孩，但默泽比较内向，波努又与同龄人总是玩不到一块儿去，俩人便闲坐在沙发上。

默泽觉得十分无聊，低头拽了拽衣角，又环顾四周，想要在嗡嗡细语的人群之中找到父亲的身影。突然，他看到一个打扮得像洋娃娃似的小女孩，女孩也看到了他。女孩从门外噔噔跑了进来，对默泽说："我们在外面堆了个沙子城堡，你们要不要一起来玩？"

默泽一下子紧张起来，女孩直视他的眼睛和散发出的淡淡香水气味令他慌了神。

波努礼貌地回道："不了，感谢您的邀请。"

女孩突然来了句："我爸爸说，拒绝女人邀请的男人最差劲了。"

波努愣住，默泽也尴尬地摸了下脸。女孩不甘示弱地看着他俩，细长睫毛下的晶亮眼睛扑闪着。

波努无奈地笑了，伸出手说："波努，很高兴认识你。"

女孩与他握手："伯灵娜。"

"我是默泽。"默泽与她握过手后，便从沙发上跳下来，三人一齐跑了出去。奥讷兰瞟了兄弟俩一眼，继续与他人谈话。

别墅花园很大，种着两棵橘红色的观赏树，树根处花草芬芳，草坪上搭着蹦床、秋千等设施，充盈的水渠汩汩作响。一些孩子正聚集在假山下堆沙子城堡。

伯灵娜带着两人跨过池壁，来到同伴身边，得意地说："我把他们带来啦。"

小伙伴们纷纷欢迎新成员的加入。波努看到城堡被堆得有模有样的，立刻来了兴趣，加入建设大军，他用树枝雕出窗户，还指挥其他小孩去水渠取水。默泽砌起墙垛，用细长的桶造出塔楼。伯灵娜也跟着忙前忙后，毫不介意自己的皮鞋和裙摆沾上泥沙。

不一会儿，沙子城堡初具规模。波努看着这座迷你小城堡，捏着下巴思考着："感觉还缺了点什么。"

默泽指着空白区域说："没有球场。"

波努突然想起："对了，还有会议厅、图书馆和歌剧院……"

"城堡里没有这些。"一个小孩打断他们。

"有的。"波努斩钉截铁地说，"每个城堡里都有。"

"我家也没有。"另一个小孩说。

闻言，波努挠了挠头，疑惑地与默泽对视了一下。

伯灵娜说："他家有，他们住在王宫里。"

孩子们顿时陷入沉默，他们惊讶的目光令波努和默泽起了一阵鸡皮疙瘩。

这时，一个年龄稍大，有着棕黄色头发，长相清秀帅气的男孩走了过来："这城堡挺漂亮，让开，给我玩。"

波努拦住他："这是我们搭的，要玩只能一起玩。"

男孩嗤笑道："谁要跟你一起。"

波努生气了："我们不欢迎你。"

闻言，男孩一脚踩在城堡边上，差点把塔楼踢倒。

伯灵娜叉着腰："梅佐伦，不许欺负人。"

梅佐伦似乎有点怕她，后退了一步，轻蔑地对波努说："你要是不把城堡交出来，我就去里面跟大人们说，哥弗兄弟欺负人。"

默泽委屈得差点掉泪，他看了眼波努，发现哥哥紧抿着嘴，目光异常冷静。"走。"波努拉着默泽离开了沙池。梅佐伦如愿得到了沙子城堡，得意地冷哼一声，招呼他的一帮朋友来玩。伯灵娜厌恶地瞟了他一眼，转头离开。

波努和默泽绕过三五成群的孩子们，走入空无一人的凉亭。见辛苦堆砌的劳动成果被梅佐伦霸占，默泽气恼地说："他太坏了，那是我们的东西。"

波努不语，目光顺着梅佐伦的脚跟转向假山、石阶梯、水渠……他突然眼睛一亮："跟我来。"

波努带着默泽离开凉亭假装闲逛，顺着小径走到假山后方，发现有一个小型蓄水池，抽水泵一直连接到假山顶部雕花石盆中。

默泽问："这是自动喷泉？"

波努咧嘴一笑，点了点头。他们躲避人们的视线，通过水渠走向找到了注水主管道，看到管道口上有个开关，可以设定给假山蓄水池供水。

"你怎么知道有喷泉的？"

"我看到假山上有水流的斑痕。"波努把手伸向开关，兴奋地说，"来吧，给他们放个大烟花。"

梅佐伦和同伴正在沙子城堡边玩得不亦乐乎，完全不知假山背后的蓄水池已经充满水，水泵开始了自动抽水。噗的一声，水花从天而降，把他吓得跳了起来，同时，池底的喷嘴启动，水柱顶开沙子冲击了他的裤裆，他连滚带爬地跨出池壁，又滑了个跟头。

"哈哈哈。"哥弗兄弟俩躲在后面笑得喘不上气。

伯灵娜见梅佐伦被整成了落汤鸡，也惊讶得合不拢嘴。

两个小时后，翡英城城堡内的书房内，气氛冷峻，兄弟俩站在奥讷兰的书桌前沉默着。

默泽紧张得心脏狂跳，他不敢看父亲，偷偷瞄了眼哥哥，发现哥哥无所畏惧。

奥讷兰冷冷地问："喷泉是你们打开的吧？谁带的头？"

默泽吓得缩起脖子。

"是我。"波努承认。

猜到是他，奥讷兰挑了下眉："为什么这么做？"

"梅佐伦霸占我们的沙子城堡，我要报复他。"

闻言，奥讷兰叹了口气，站起来走到波努面前，轻轻地抚摸了一下波努的脑袋："你有没有想过，等有一天你权力在握，冻结他的家族资产，让梅佐伦哭着来求你们，那时你就可以像捏死蚂蚁一样摧毁他，这才是真正的报复。"

闻言，默泽汗毛倒竖。

波努眨了眨水汪汪的青绿色眼睛，稚嫩的面孔没有任何表情。

"行为不端反而容易落下话柄。"奥讷兰把目光转向默泽，"你说对吗？"

默泽吓了一跳，惊慌地点点头。

奥讷兰恢复了温和的神情，坐回到座位上："好了，以后要时刻注意你们的王室身份，别再做出这种不成体统的事。"

兄弟俩同时应道："明白了。"

离开书房后，波努说："我不同意父亲的说法。我觉得轻微地教训一下梅佐伦就好，不需要'像捏死蚂蚁一样摧毁他'。"

默泽疑惑："那……父亲说错了？"

"也许他是对的，但我不会那样做。"

"为什么？"

波努抿了下嘴唇，说："因为人是万物之灵。"

默泽没理解这句话的意思。

时光飞逝，波努和默泽长高了，脸上的稚嫩褪去，变得愈发俊朗。虽然他们长相一样，但气质各异：默泽头发略长，盖住了额头，平时喜欢穿不起眼的宽松衣物，性格内敛；波努因为爱好运动，头发剪得很短，肤色也被晒得更深，体型也比弟弟更健壮一些，说话声音洪亮。

十七岁那年，他们进入"拂晓学院"中级学院学习。二十年前，这所学院仅有两栋教学楼，专门为哥弗王室及少数顶级权贵服务，立宪运动之后，它开放了招生，教区扩大了五倍，还增设了体育馆和商业街，学院成了富人、名流和议员子女的聚集地。

新学期开学，前来报到的学生熙熙攘攘。波努和默泽没有用王宫飞艇，而是低调地乘坐轿车到达学校。他们把外套和随身物品放进置物柜后，经过喧闹的走廊，进入了"一年级四班"的教室。三十多名同学之中，他们俩一眼就认出了坐在最后一排的梅佐伦。看到哥弗兄弟，梅佐伦不善地眯了下眼睛，过去好多年，他那股张扬跋扈的劲儿依然鲜明。没想到会和这家伙分在一个班,兄弟俩心里有点打鼓。因为没有多余的相邻桌位,波努和默泽只好分开,默泽坐在教室第一排,波努坐在倒数第二排,就在梅佐伦的前方。

原本对学校生活充满期待的兄弟俩发现,几堂课过后,竟然没有任何同学跟他们搭话。默泽忍不住了,写纸条给邻桌同学,问到底是怎么回事。

同学回道:"因为你们是王子。"

默泽不解:"和那有什么关系?"

"跟你们交往会被骂。"

"谁骂你?"

同桌没回,把纸条丢还给默泽。

放学后,默泽把纸条给波努看。波努说:"我刚才课间去走廊兜了一圈儿,发现只有我们班的人不愿跟我说话。"

默泽猜测:"不会是梅佐伦在捣鬼吧?"

"有可能。"波努淡淡一笑,"不过我不怕他。"

两人正说着,突然有个人停在了他们的身后,影子被夕阳拉得很长。波努回头一看:"伯灵娜?"

伯灵娜爽朗一笑,把书包掼在肩上:"你们在几班?"

默泽回答:"四班。你呢?"

"二班。"

伯灵娜的面容洋溢着少女独有的纯净芬芳,默泽脸颊有些发烫,找了个话题:"尼卡老师是不是也教你们文学课?"

"对,他今天讲了《鼠花》。"

默泽挠挠头,腼腆地说:"我觉得女主角很像你。"

伯灵娜笑了:"我哪有谢里丹蒂那么厉害,她可是民权斗士。"

"他们来了。"波努提醒。

默泽和伯灵娜停止交谈。不一会儿,梅佐伦和另外几个同学从教学楼出来,经过他们三人身边。等那群人走远后,伯灵娜小声说:"梅佐伦因为考试不及格被留了一级,在学校里有点势力,你们俩离他远点。"

波努想了起来:"他的父亲以前是药监局的吧?"

"对,后来……"伯灵娜话没说完,王宫派来的飞艇抵达校门口。

"回头再聊。"波努与伯灵娜道别,默泽也有些不舍地对她挥了挥手。

伯灵娜目送他们离去,目光却始终追随着波努的背影。

飞艇智能系统路线激活,向翡英城飞去。默泽迫不及待地问:"梅佐伦的父亲后来怎么了?"

"后来他离开了药监局,成了私人药企'海鹦制药'的老板。"

"这和梅佐伦排挤我们有关吗?"

波努把手肘搁在膝盖上,说:"伯灵娜之所以愿意和我们做朋友,是因为她的父亲和我们的父亲走得很近,而且伍尔班夫将军以前当过王室保卫军的士兵。"

"你的意思是,我们和梅佐伦属于不同的圈子?"

波努点头,望向前方,翡英城内的王宫大厦在前景视窗中变得越来越大,直到占据了他所有的视野范围。回到家后,波努神秘兮兮地单独跑到父亲书房,过了好一会儿才出来。面对默泽的询问,他只说"明天你就知道了"。

第二天,全班同学依然孤立兄弟俩。梅佐伦趴在桌上,目光不善地扫过波努的背影,嘴角勾起一丝小人得志的笑容。

第三天,上午课程结束后,大家收拾书本准备去食堂的时候,波努突然走上讲台说:"后天的孤岛艺术节你们想去看吗?"

大家愣住了。孤岛艺术节是翡莫迩星最热闹的年轻人娱乐盛会,各种明星访谈、演唱会、游戏展层出不穷。由于这个活动过于火爆,一票难求,能抢到票的同学被视为学校里最酷的人。

"我有票。"波努打开手环,二十张最高级接待标准的贵宾票出现在投影中。

梅佐伦见同学们都直勾勾地盯着波努手里的票,得意劲儿消失了,神情闪过一丝慌乱。

波努笑着说:"想要的话,待会儿吃饭的时候来找我,我可以送给你们。"说完他关掉手环,招呼弟弟一起离开了教室。

这天中午的食堂,出现了一幕现象级的画面:一年级四班十几个人端着餐盘围在哥弗兄弟俩的餐桌边,争着要跟他们同桌就餐,欢快的喧闹声甚至吸引了校园保安的注意。波努如约把票送完了,收获了友情,梅佐伦的"禁令"彻底失效。餐厅角落里,梅佐伦朝哥弗兄弟投去冰冷的目光,心中开始了新的计划。

平静的一周过去了。这天,伯灵娜来找哥弗兄弟俩:"我发现了一个很棒的社团,叫'尘埃社',它的前身是坎奈尔创建的读书会。"

波努一惊:"坎奈尔教授?"

伯灵娜点点头。

默泽问:"谁啊?"

波努兴奋地说:"就是写《灵魂与科学》的那个人,我跟你提过。"

默泽完全没有印象。

"尘埃社的报名和活动地点在图书馆三楼,你去了就能看到。"伯灵娜刚说完,上课铃打响。

梅佐伦盯着哥弗二人从走廊回来,对隔桌的班长使了个眼色。中午放课后,班长以运动会报名来不及统计为由,让波努和默泽留下帮忙。等他们完成统计表前往食堂时,已经是午休时间,教学区人数寥寥。

波努走得很快,默泽跟上去问:"你着什么急?"

"吃好饭我要去图书馆。"

默泽突然酸溜溜地来了一句:"你急着加入尘埃社,不会是为了追伯灵娜吧?"

波努停下脚步,看了默泽一眼:"你喜欢她?"

默泽害羞地挠挠脸。

波努笑了:"我就知道。我报名是为了找坎奈尔教授,你呢,要不要也来?"

"我就算了。"默泽对于高深的知识不感兴趣。

两人聊着经过一处无人的走廊,突然从楼道拐角处走出来几个人,他们戴着帽子、墨镜和口罩。波努警觉地停住,查看四周,发现这里没有任何监控摄像头,心中暗叫不好。一个高个头的男生一挥手,几个人冲了上来。两人来不及跑,被他们抓住,死死地捂住嘴。

高个男生走到他们面前,按亮手环,展示出一张颇具年代感的老画作:在监狱的地窖中,一名囚犯正在遭受水刑,表情极度痛苦。他说:"哥弗家族为了维护统治,对民众犯下累累血债,今天就让你们对等偿还。"

"啊——"捂着波努嘴的人抽开手,手上一道血印。

"你说谎!这不是哥弗氏干的。"波努愤怒地指着他,"你这卑鄙小人,敢不敢把口罩摘了?"

高个男生怒了,拿出胶带在波努和默泽的头上缠了两圈,封住他们的嘴。"带走。"他恶狠狠地说。一群人押着哥弗兄弟俩朝地下通道走去。

体育馆的游泳池前站着一群学生，他们身着鲜艳的泳衣，正在进行游泳社招新直播，没人察觉到远远的十米跳台上方正在发生着什么。嘭，门被推开，一群人簇拥着波努和默泽，把他们拽到跳台上。两人用力挣扎，却不敌他们人多势众。在那位高个男生的指挥下，他们把波努和默泽带到跳台边缘。男生们松开手的瞬间，波努拉下嘴上的胶布，怒道："梅佐……"最后一个字还没出口，他就被推了下去。默泽慌得心脏狂跳，刚想呼救，也被推下高台。游泳社的直播正在进行之中，两个人影突然从天而降，扑通，水花四溅。学生们惊觉回头，看到荡漾的白色泡沫中露出了两个脑袋。"哥弗兄弟？""是他们。"大家议论起来。

波努把头上的胶带扯下来，对泳池边的学生们摆摆手："没事，你们继续。"他帮默泽把胶带撕掉，拉着默泽往距离较远的扶梯游去。上岸后，两人浑身湿透地坐在地上，皮鞋都能倒出水来。因为旁边有人，波努没有脱衬衫，他站起来把外套上的水甩掉，挤了挤裤管。默泽也学着哥哥拧干袖口的水渍，脑袋始终处于发蒙的状态。

波努伸出手："走，去把衣服换了。"

默泽搭上波努的手，觉得哥哥的手冰凉且充满力量，不禁为自己在被推下高台时脑中闪过的求饶念头而羞愧。

兄弟俩回到教学楼。因为游泳社直播人气很高，很快，所有人都知道了他们狼狈落水的事。察觉到周围人的目光和躲在暗处的小声嘲笑，默泽脸颊发烫，恨不得钻地里去，波努却并不在意。两人路过二班的时候，伯灵娜关心地转头看了眼他们。

他们去储物箱拿了干净衣服进入更衣室，换到一半，上课铃打响了，便赶紧换好衣服和鞋赶往教室。推开门，波努一眼就看到最后排的梅佐伦，梅佐伦嘴角挂着得意的笑容，手中堂而皇之地盘着那摞胶带。波努怒火爆发，一个箭步冲过去，粗暴地抓起梅佐伦的衣襟——全班哗然，默泽也傻眼了。

梅佐伦平静地问："你干什么？"

波努眼中仿佛要喷出火来："敢不敢让大家知道你做的事？"

"什么事？你有证据吗？"梅佐伦冷哼，"没有证据就指控别人，是诬陷，我可以告你。"

波努死死地瞪着梅佐伦，额头青筋跳动。

老师来了："回到座位上。"看热闹的同学立马转身坐好。老师严肃地敲了敲桌面："波努·哥弗？"波努只得松开梅佐伦的衣襟，不甘地回到自己的位置上，默泽也抿着嘴回到座位。老师瞟了眼头发湿漉漉的哥弗兄弟俩，没有说什么，开始上课。梅佐伦嗤笑一声，趁老师转身时，把胶带抛给参加行动的同伴，几个人乐不可支。

下课后，波努已经冷静了下来，去校委会填了份报告，写下了遭袭的过程。接着他拿着校长批准的公文，去监控室查看监控，发现梅佐伦早有准备，押着他们走过的路段不是没有监控，就是拍不到正脸。难怪他那么嚣张，波努心想。

从监控室出来，波努把这事暂且搁置，去了趟图书馆。图书馆三楼放置的都是艰涩的学术类书籍，很少有人借阅，空旷得说话都带回音。波努一眼就找到了"尘埃社"的活动角，看到一位戴着眼镜的女生孤单地坐在窗边看书，她的睫毛又密又长，鼻头小而挺翘，穿着素色紧身衣和热裤，身材凹凸有致。

波努轻轻地敲了敲桌台，礼貌地问："你好，你是尘埃社成员吗？"

女生转过头，推了一下沉重的眼镜："你要报名入社？"

"是的。"

女生放下书，噔噔跑了过来。波努看她那满是圈儿的眼镜，生怕她跑摔了。女生走近，看清了波努的脸后，突然来了一句："你不合适加入这个社团。"

"为什么？"

她倒也直接："因为我们经常会讨论反对君主制的话题。"

波努心底一凉。

"请回吧。"

"等会儿，"波努不死心，"是伯灵娜叫我来的。"

女生听到伯灵娜的名字，怔住了："她邀请你加入的？"

波努夸张地点头。

女生挠了挠脸，又回到登记台边："好吧，我会帮你写申请的，只要坎奈尔教授同意，明天你就能跟我们一起读书了。"

太好了！波努无比激动。

女生一边用手环填申请，一边嘟囔着："你也真是奇怪，身为王子竟然加入这种社团。"

"伯灵娜也反对君主制吗？"

"这我不清楚，但是坎奈尔教授是民主派。"

"我知道,他在《割裂的王权》里写过。"

女生讶异:"你看过那本书?"

"我的父亲书房里有很多书。"

女生意识到他说的"我父亲"是当今国王时,不禁起了一身鸡皮疙瘩。"你回去等通知吧。"

波努点点头,走到门口:"对了,你叫什么名字?"

女生回答:"希莉。"

生怕梅佐伦再捣什么鬼,下课后默泽一直待在教室里,直到伯灵娜出现在教室门口。他兴冲冲地跑过去,伯灵娜却问了句"你哥呢",给他头上浇了盆冷水。

波努正好回来了:"我刚在图书馆。"

"去报名了?"

"嗯,不知道坎奈尔教授会不会同意我加入。"

伯灵娜笑了:"他很开明,一定会同意的。"

波努突然想到什么:"原本希莉想劝我放弃入社,后来听到你的名字,她才帮我填了申请,这是为什么?"

伯灵娜毫不掩饰地说:"因为好几次校外活动都是我的父亲出钱赞助的。"

"哦?伍尔班夫将军也支持民主吗?"

伯灵娜咯咯地笑了起来:"不,他很传统,但他也很宠我。"

波努凑近她,试探性地小声问道:"那你反对君主制吗?"

伯灵娜心跳加速,抬起眼睛看着波努,脸颊微微泛起红晕:"你当国王的话,我就不反对。"

一直没能插上话的默泽终于忍不住了:"你们俩非要在走廊里讨论这种话题吗?"

这时,波努手环亮了,显示他加入了尘埃社。波努松了口气,他已经迫不及待想要见到坎奈尔教授了。

翡莫迩星正在下沉,不是物理意义上的下沉,是整个社会正在陷入难以逆转的深渊。生活在北鹰河下游的厂区居民难以呼吸到城市香甜的空气,他们住在年久失修的宿舍楼中,被大片的废弃厂房包围着,放眼望去,厂区只有少得可怜的几处公园。工人每天十小时高强度劳动带来的疲累,最终只能在漆黑小巷里的娼寮和肮脏餐馆中得以释放，所谓的公园也成了流浪汉的天堂。

"距离奥讷兰·哥弗成为国王，已经过去了整整二十个年头，很多人不明白，为什么修宪运动限制了君王的权力，他们的生活反而更加糟糕了。"坎奈尔教授推了下眼镜，"因为社会制度并不是唯一的决定因素，民众的生活水平还与政府的执政能力、教育、医疗等诸多因素相关。"

飞艇中，学生们认真地听着坎奈尔讲话，在座的还有伯灵娜、希莉，以及第一次来参加活动的波努。坎奈尔教授年近五十，棕红色的头发和胡茬中夹杂着灰白，目光炯炯有神。他穿着格子马甲，牛仔裤和整洁发亮的衬衫，气质平易近人。他继续说道："很多人都会觉得，修宪运动成立了议会，分化了王权，看上去好像更加'先进'了，可他们不知道，挑起修宪运动的那些富可敌国的商人们正在通过新宪法赋予的权力加速贫富分化，用娱乐、毒品、药物麻痹人们的神经，堕落社会道德，瓦解政府信用。如果说翡莫迩王国像人体，那他们的做法就像是砍掉双脚，把更多的血液输送到心脏，以维持他们光鲜亮丽的上半身。"

就像是人类潜意识里的自毁本能。波努想。

坎奈尔看了眼波努，说："'把错都归于国王就行了。'这句话你们应该都听过。波努，你怎么解读这句话？"

面对众人的注视，波努回答："贫富差距导致的阶层固化现象在大多数人眼里是不公平的，所以他们会攻击国家权力的代表，也就是国王。"

坎奈尔问："那如何解决这个问题？"

波努摇了摇头："不知道，我知识不够。"他补充了一句："但我认为，无论是国王还是议会，都无法夺走人们抗争不公的权利。"

坎奈尔赞许地点了点头。

伯灵娜偷偷看了波努一眼。

尘埃社课外活动结束后，波努回到教室，看到默泽正被几个男生围在座位上，顿时满腔怒火。他冲了去把包往桌上一甩："你们想干什么？"

其他人散开，梅佐伦正坐在默泽身边，吊儿郎当地说："我找你弟讨论作业题，不行吗？"

波努语气如冰："你讨论完了没？"

梅佐伦托着腮，不屑地冷笑一声。

"走。"波努拉着默泽走出教室。邪恶的目光如芒在背，默泽不禁打了个寒战。

波努问:"你怎么不去食堂吃晚饭?"

"我不敢一个人去。"

"正是因为你落单了,才会被他们逮住。"

默泽不语。

"我走之前怎么跟你说的?要和大家一起行动。你为什么不听我的?"

默泽吸了下鼻子:"对不起。"

见弟弟一副灰心丧气的模样,波努心软了,拍了拍默泽的手臂:"抱歉,是我没考虑周全。下次你别等我了,先回家。"

默泽点点头。

拂晓学院校庆日,鲜花装点的操场上站满了全校师生。在各路媒体记者的翘首期盼中,一艘华贵的飞船降落在操场中央。在军警护卫队的包围下,国王奥讷兰·哥弗带着波努、默泽兄弟俩走下阶梯,身后跟着议会议长麦兰森、翡英军部长寇雷格、伯灵娜的父亲伍尔班夫将军等一干国家重臣。

第一次被这么多人注视,默泽紧张得手心出汗,他总感觉梅佐伦在某个阴暗的角落里窥视着他。事实上梅佐伦确实盯着哥弗兄弟俩,心底的无名火烧得正旺。

奥讷兰走上讲台,宣布以个人的名义向学校捐赠三千万莫元,设立两项研究奖学金,并资助开办校园季度体育赛事后,全场响起了热烈的掌声。奥讷兰诚挚地说:"我小的时候,父亲常对我讲,要平等地对待每一个人,哪怕对方是流浪汉、乞丐或娼妓,因为他们和你一样,也是高贵的人类,只是因为某些原因流离失所。虽然我的父亲已经去世,但我一直记着他说的话。我相信,无论处于哪个阶层,身处何职,平等和博爱都是我们与生俱来的情感。"

学生们认真地听着,神情动容。

"同学们,我今天站在这里,不是以国王,而是以校友的身份与你们对话,我一定会致力于为你们提供优渥的物质条件,让你们在学校里度过人生中最美好、最重要的七年。"奥讷兰话音落下,全场响起欢呼和掌声,学生们发自内心地表达对奥讷兰的拥戴。

"还有一件事。"奥讷兰朝波努招了下手。波努走上讲台,站在父亲身边。"我宣布:我的儿子波努·哥弗成为翡莫迩王国的王储。"说完,他把一枚雕刻着王室族徽的纯金徽章佩戴在波努的胸口。波努平静地配合父亲完成仪式，目光始终保持着清澈。

没想到国王会在学校里宣布这么重大的事，人们再次欢呼起来，媒体记者们纷纷播报这条新闻。台下的默泽激动地望着波努，他打心底地为哥哥能成为下一任国王而高兴。伯灵娜看着万众瞩目的波努，不禁握紧双手。梅佐伦则摆着张臭脸，朝地上啐了一口。

仪式结束后，校长邀请奥讷兰等人进行会谈和就餐，兄弟俩回了教学楼。波努把王储徽章摘下，小心翼翼地放入衣服里兜。

默泽问："你不戴着吗？"

"戴它干吗？"

"它代表着荣耀。"

"荣耀和责任是对等的。"

"有父亲在，你不需要承担那么多责任。"

"所以这份荣耀是虚幻的，虚幻的东西没有意义。"波努拍了下默泽的背，"走吧，准备上体育课。"

默泽感觉莫名其妙，他搞不懂哥哥在想些什么——包括他在内无数人羡慕的王储身份，怎么就成了"没意义"的东西。

刺

为了回应国王的慷慨馈赠，拂晓学院的校长增设了通道监控，招聘了更多的保安，以应对波努提出的霸凌问题。尽管梅佐伦心有不甘，也只得暂时放弃盯着哥弗兄弟，把目光转向他那糟糕的成绩上。时间过去了大半年，兄弟俩升入二年级。没了梅佐伦的干扰，默泽开朗了许多，也交到不少朋友。波努作为尘埃社的活跃分子，与坎奈尔教授成了忘年交，坎奈尔甚至提前向他讲授了高年级的社会科学理论。

校园内云淡风轻，校园外却波谲云诡。看似平静的舞台上，各方势力正在粉墨登场……

这天，翡英城举办了一场宴会，王室、议会、翡英军军部和权贵们共聚一厅。乐团演奏着优雅动听的音乐，众人推杯换盏，气氛愉悦。

议长埃克·麦兰森和奥讷兰年纪相同，个头不高，身材匀称没有丝毫赘肉。他五官端正，岁月并未在他脸上留下太多痕迹，灰色眼睛明亮敏锐，气质沉着而高傲，令人难以接近。军部部长寇雷格穿着笔挺的制服，身材高大健硕。他的右脸颊有一道子弹划出的疤，鼻梁凸出，目光狡诈冰冷，总是习惯性地板着脸。伯灵娜的父亲伍尔班夫将军则平和很多，他进门时就把外套脱了，贴身的汗衫凸显着结实的肌肉，因为经常外出监督士兵的训练，他的皮肤被晒得很黑，头发也懒于打理，看上去平易近人。

国王奥讷兰正在侃侃而谈，他对一位议员说："你的关于常宇宙星币与本国货币莫元的汇率调研报告我看过了，这事还是交给麦兰森议长吧。扩大与常宇宙的贸易范围势在必行，但是在解决厂区民众的就业问题之前，必须限制工厂引进智能流水线。"

默泽没在听父亲说什么，他偷偷地看了眼桌对面的伯灵娜。伯灵娜披散着淡金色的卷发，眉尾下垂，睫毛纤长，双眼明亮而温柔，青绿色的缎面礼服长裙将她的身材勾勒得无比曼妙。这时，乐队换了支旋律悠扬的舞曲，宴会厅的气氛顿时变得轻松起来。一些人起身离桌，邀请同伴进入舞池。默泽走到了伯灵娜身边，伯灵娜见波努一直在认真地听大人们讲话，没有想要跳舞的意思，便接受了默泽的邀请。

舞池灯光变幻，旋律悠扬。近距离接触伯灵娜，她身上的芳香、近在咫尺的嘴唇，还有薄纱下若隐若现的锁骨，无不令默泽心跳加速。他知道伯灵娜喜欢波努——即使波努对她只有友情。但他也不愿放弃，他和伯灵娜一样执着。

曲罢，两人礼貌地放开手。伯灵娜微笑着说："与你跳舞很愉快。"

"我也很愉快。"默泽做了个让她先行的手势。

两人回到座位上，波努这才转头看了眼默泽和伯灵娜，但他的注意力瞬间又被麦兰森的话吸引——

"你们知道'蝎尾糖'吗？"

此语一出，为乐曲之间的空白间隙平添了一份紧张感。

麦兰森吸了口烟说："昨天胡里恩还在我那儿哭诉，说'蝎尾糖'在民间泛滥成灾，再这样下去他的'弥普乐生'滞销，瓦莱克药业就要破产了。"

全场莫名地寂静。波努偷瞄了眼父亲，发现父亲脸上闪过极其复杂的神情。这时，乐队再次开始演奏，音乐流淌，气氛缓和了一些。

伍尔班夫将军看似随意地问了句："'蝎尾糖'是从哪儿来的？"

一位议员收到麦兰森的眼神提示，回答道："那个药监局的叛徒——布菲亚。他肯定有人护着，当年离职创建海鹦制药的时候就有人在帮他。"

奥讷兰说："启动对海鹦制药的调查，把他背后牵涉的人一网打尽。"

达玛伊德大法官说："陛下所言我赞同，布菲亚那帮人黑白通吃，和低级法院、黑帮都有关系，绝不能让这些人侵蚀国家司法。"

奥讷兰突然想到："默泽，你们俩好像和布菲亚的儿子在一个班上？"

突然被点名，默泽吓了一跳："是的，他叫梅佐伦。"

"这人怎么样？"

默泽注意到波努使了个眼色，他也明白这个场合不适合说霸凌的事，便搜肠刮肚换了个说法："他为人张扬，喜欢耍小聪明。"

伍尔班夫戏谑道:"跟他爸一个样。"

寇雷格啪地搁下酒杯:"一群蛀虫,我迟早要把布菲亚那帮虫豸全都揪出来。"

与此同时,在翡英城外的一处高档宴会厅中,布菲亚正与他的朋友们痛饮。硕大的椭圆餐桌上酒水四溢,堆叠着油腻的杯盘,男男女女讲着淫邪的笑话,厅内充斥着放浪的笑声和聒噪乐曲。梅佐伦和他的父亲布菲亚坐在一起,时不时地给父亲腾出地方,因为今天布菲亚特别激动,挥着手不停地谩骂国王和议会。

布菲亚嚷道:"如果我有军队,我第一个要杀的就是国王。"

有人讥笑他:"吹什么牛皮。你没有军队,你只有三百万'倒头'。哦,还有妓女老婆赛莉拉。"

布菲亚脸色发青,指着那个人:"你应该庆幸今天赛莉拉没来,否则她一定会踢爆你的蛋。"

全场哄笑,口哨声飞扬。

梅佐伦早已习惯他们这样吵来吵去,懒懒地靠着椅背喝饮料。他身边坐着一位穿着黑袍的学者——马雷博士,他的私人教师。马雷在酒会上总是很安静,在课堂上的气势却雷霆万钧,梅佐伦从小被马雷感染,对国王集团嫉恨万分。

"布菲亚先生说得没错,该死的通管税扣了我二十万星币,我们是应该组建军队,消灭像猪一样贪婪的国王,还有那群喂猪的人。""杀了国王。""推翻议会。"

见人们开始起哄,布菲亚做了个"安静"的手势,对马雷博士说:"你上次写的那个骂国王的小册子很管用,再去写一本,煽动民众上街游行,让奥讷兰尝尝我们的厉害。"

他话音刚落,一位小个子男人跳上桌面,挺起小腹做了个猥琐的动作:"尝尝我们的厉害。"

"哈哈哈!"桌下笑倒一片。

梅佐伦瞟了一眼马雷,后者不动声色地喝了口酒。

布菲亚刚想倒酒,突然手环一亮,他查看通讯来源后,紧张地起身走出宴会厅。过了会儿,梅佐伦看到父亲脸色极差地回来了,便问:"怎么了?"

布菲亚叹了口气,严肃地说:"你知道我为什么不让你插手生意吗?"

梅佐伦不知父亲所言何意。

酒精的作用下，布菲亚的眼眶湿润起来："因为我要保护你。可怜的赛莉拉已经疯了，我不能再承受失去你的痛苦。如果有一天我被抓去坐牢，你一定要照顾好你的母亲。"

梅佐伦皱起眉头："发生了什么事？"

布菲亚没有回答，神情痛苦地拍了下梅佐伦的肩膀，回到饭桌上。梅佐伦忐忑不安地度过一整晚，尽管身边觥筹交错，人声鼎沸，他却似乎什么都听不到，一直琢磨着父亲沉重的寥寥数语。

第二天上体育课的时候，梅佐伦从新闻里得知他的父亲被捕了。原因是三年前，公司内的一个药品开发组曾提交过一款抑郁症治疗药物，该药与目前市面上流通的毒品"蝎尾糖"相似，服用后会致幻上瘾，并且，药品监察局在海鹦制药工厂的一条生产流水线上发现了残留的蝎尾糖成分物质。于是国王亲自下令冻结海鹦制药的资产。

梅佐伦赶紧联系医生，医生说已经给他的母亲注射了镇静剂，暂无大碍。他吸溜了一下鼻子，一屁股坐在操场边的草坪上，望着手环发呆。褐色的头发挡住了他的眼睛，在膝盖上投下晃动的阴影。这时，波努的声音传来，梅佐伦抬起头，望着在阳光下奔跑的哥弗兄弟俩，难以抑制的恨意从心底涌起。

体育课结束，波努和默泽最后从操场回来。更衣室里没有其他人，默泽说："我看到新闻，梅佐伦的父亲被查了。"

"我昨天就知道了。"波努穿上干净的衣服，拿毛巾擦头发，"布菲亚可能会获罪。"

"什么罪？"

"贩毒。"

默泽惊讶道："那梅佐伦会离校吗？"

波努耸了下肩，关上衣橱门："难说，毕竟他交了学费，如果他和他爸的生意没有牵连，学校也不能赶他走。"

两人正聊着，更衣室的门突然被推开，梅佐伦走了进来，波努和默泽立即停止言语。梅佐伦神情阴郁地经过两人身边，室内气氛骤然降到冰点，脚步声和橱门铰链的吱嘎声变得异常刺耳。波努做了个手势，默泽赶紧收拾完关上橱门，和波努出了更衣室。

走廊里阳光充足，人来人往，两人放松下来，看到伯灵娜和希莉正站在四班门口。伯灵娜在与一位男生交谈，希莉则抱着书站在窗边，书本把她原本就丰盈的胸部挤压得更加饱满。

波努走上前问："找我们有事？"

伯灵娜说："晚上我们去校外玩，你们去不去？"

"在哪儿？"

"三叉桥东边的蛾丽丝酒吧。"伯灵娜用大拇指戳了戳身边的男生，"就我们尘埃社几个人加他们文学社三四个人，都是认识的。"

波努有些犹豫，默泽挺感兴趣。

希莉察觉到波努的顾虑，推了下满是圈儿的眼镜："酒吧老板会给我们提供无酒精的饮料。"

波努点头："那行，我们也去。"

几个人聊着，完全没有发现梅佐伦正站在更衣室门口，朝他们投去阴暗的目光。

夜晚降临，地面上车灯闪烁，空艇交织穿梭，店铺上方的广告投影交叠闪耀。小巷中，食用毒品"蝎尾糖"的瘾君子们背靠墙端坐，为了避免被呕吐物呛窒息而垂着头。因为他们的头颅低得几乎埋进裤裆，所以被戏称为"倒头"。在黑暗的垃圾堆边，倒头们共享着沾满呕吐物的坐垫，徜徉于幻觉的天堂。

中央大道的行人立交桥横跨在繁忙的车流之上，从桥的东岔口下来，便是灯火闪烁的蛾丽丝酒吧。悠闲的乐曲声萦绕在耳边，波努坐在吧台边喝着饮料环顾四周。除了他们这些拂晓学院的学生以外，还有一些成年人在灯下小声对谈。默泽和文学社的一个女生在聊天，讨论着尼卡老师的书单，过了会儿，希莉也加入了他们。

伯灵娜见波努一个人坐在那儿，便凑过去："下雨了。"

波努转过头，看到珍珠般的雨滴黏在窗户玻璃上，在昏暗的光线中反射着淡蓝荧光。

伯灵娜问："要不要去露台上走走？"

"去淋雨吗？"

她笑了："对呀。"

波努也笑了，跳下转椅："走。"

露台上空无一人，挂在墙上的星星灯逐个闪烁着，气氛十分浪漫。波努和伯灵娜倚着栏杆，时不时有微小的雨滴飘到他们的手臂上，凉丝丝的。

伯灵娜心跳加速，她想说能拉近两人关系的亲密话语，但话到嘴边又变了："都过去一年多了。"

波努深呼吸一口："是啊，还有一个学年我们就毕业了。"

"毕业以后你打算怎么办？"

"父亲想让我在家上高年级的课，但我还是想继续待在拂晓学院。"

"同样的老师，在家和在学校上课有什么区别？"

"不一样，没有人敢在王宫里讲授反君主的言论。"

伯灵娜转过头："你是说'民主'言论？"

"是啊。"波努望着雨点飘扬的灰红天空，沉默了一会儿说，"我有种预感，我会是这颗星球的最后一个王储。"

伯灵娜惊讶道："为什么这么想？"

波努把饮料搁在一边，交叉手指："因为延续了几千年的君主制已经不再适用于翡莫迩社会了，那些富可敌国的议员们就是证明。"

"也许等你继位以后，可以去改变些什么。"

说到这个，波努的目光变得沉重："我看了常宇宙历史学家的一些著述，他们说社会体制转变总是血腥的。"

伯灵娜愣了一下，低下头转了转杯子："说不定可以和平过渡呢。"

波努没有回话，眼眸闪烁着细微的光芒。

这时，酒吧黑暗的角落里，一个男生的手环亮了起来，他钻到洗手间，戴上耳机接了通讯。

梅佐伦的脸出现在投影中："能搞定吗？"

男生用文字回道："波努一直和伯灵娜在一起，没法下手。"

"找机会把他们俩分开。"

"我跟尘埃社的人不熟。"

"真是废物。"梅佐伦刚想挂断通讯，突然听到门外有默泽的声音，思考了一下说："把目标换成默泽。"

雨变得有些大了。波努喝掉手中的饮料，对伯灵娜说："走吧，该回去了。"两人回到室内，发现默泽不见了。波努询问希莉和文学社的人，都说没看到，发通讯默泽也没接。

酒保说:"我刚看到他出去了。"

波努跑出酒吧,伯灵娜和希莉等人也跟着推门而出。

"默泽!""默泽——"一行人在酒吧附近呼喊、询问路人,两分钟过后,依然没有任何消息。

伯灵娜捋了一下淌着雨滴的头发,紧张地说:"报警吧?"

波努点头,打开手环报警。在波努向警方陈述时,从酒吧出来就一直低头点弄手环的希莉突然来了句:"有消息了。"

大家立马围了过去。

希莉说:"有个叫贾莫里的男生,是文学社塔琳的男朋友,塔琳说刚才贾莫里发的一段语音里好像有人在求救。"她播放了那段语音,波努一下子就听出杂乱声响中默泽的呼喊。

波努问:"他在哪儿?"

希莉抹去镜片上的水说:"不知道。我让塔琳假装生气,强迫贾莫里接通讯,她还没回我。"

波努叉着腰,焦躁地来回踱步:"说不定贾莫里和梅佐伦是一伙的。"他捏紧拳头:"该死。"

伯灵娜扯了下波努的衣袖:"你冷静点。"

"塔琳回我了。"希莉放大手环投影,画面的镜头晃得很厉害,贾莫里的脸被窗外的五彩霓虹映得油光满面。

"暂停。"波努打开手环里的一个军方程序,对着昏暗模糊的画面一扫,智能分析立马出了结果,贾莫里身后的房间中,几个男生正拿着绳子,而被他们牢牢地按在地上的人正是默泽。伯灵娜倒吸一口凉气,大家也都惊呆了。波努冷静地调动视频时间线,从霓虹灯光芒中找到了线索,发现该房间位于一个圆形广告屏的正对面。

"我先去找,你们在这等警察。"波努转身就跑。

"你别一个人去啊。"伯灵娜追了过去,可刚转过路口就跟丢了。

波努踩着水,在雨幕中疯狂地奔跑。没记错的话,那个圆形的广告屏是艺术中心的有名景点,它在白天会播放各种宇宙动物的图片,夜晚才放广告,地点就在三叉桥北边的维林西路和东十二大道交会处。波努飞奔着,脚边水花四溅,吸引了路人的眼光,好在光线昏暗,他们没认出波努。到了艺术中心,波努环顾四周,一栋废弃建筑进入了视野——根据视频中广告屏的发光程度和形状,默泽一定就在那里。波努朝废弃建筑跑去。

"呜……"默泽趴在地上,被布条勒着嘴,鲜血从鼻腔滑下,令布条粘腻不堪。他惊恐地挣扎着,满眼都是恐怖的晃动人影。

"接下来怎么办?"有人问。

默泽似乎听到了梅佐伦回答的声音,但他不是很确定,因为刚才有个人挥拳时剐蹭到了他的耳朵,导致听力受损。突然,他感觉自己被从地上抬了起来,丢在床上,背后那些人起哄的叫喊声令他寒毛直竖。

"呜!"察觉到那些家伙的目的,默泽挣扎起来,但毫无作用。不一会儿,他的皮带被扯开,裤子从腰间一下子被扒到了脚踝。

"哈哈哈!"那群人疯了般地狂笑起来。"王子的屁股也很白嫩。""他是女人吗?""揍他。"

默泽闭上眼,惊恐的泪水溢出眼角……砰!玻璃应声而碎。男生们吓了一跳,转头观望。波努再度挥下手中的铁钎,玻璃窗彻底碎裂,波努把手伸进去打开窗户,一跃而入。见状,男生们冲了上来。波努冷静迎敌,用铁钎击中第一个扑来的男生的面颊,俯身躲过一拳,顺势绊倒了左边想要偷袭他的人,然后抡起铁钎击打另一个人的腹部,把对方揍得哇哇大叫。

"抓住他!"男生们一拥而上,把波努挤到墙角。寡不敌众,铁钎也被夺走,波努没有放弃,用尽全力摔倒了一个男生,成功突围,冲到墙边推倒了摇摇欲坠的破烂衣橱,室内顿时灰尘弥漫,男生们被呛得咳嗽不止。波努抢起窗边的台灯,猛地朝一个男生的肩膀挥去,男生呼痛,场面一片混乱。这时,贾莫里听到了警笛声,连忙大叫:"警察来了!"听他这么一嚷嚷,那群人头也不回地转身逃跑,差点把门框挤坏。

脚步声远离,房间内灰尘洋洋洒洒。"默泽!"波努丢掉台灯,赶紧上前帮默泽提上裤子,解开布条和绳索。

默泽忍不住哭了,泪水冲刷着嘴边的血。

波努抱住他:"对不起,我来晚了。警察马上就到,坚强点。"

默泽点点头,可还是无法抑制泪水涌出。

波努说:"你想被伯灵娜看到这副样子吗?"

默泽努力平复情绪,用袖子抹去脸上的血水,说:"是梅佐伦干的,我听到他在通讯里指挥。"

闻言，波努没说话，把目光投向窗外的广告屏，目光如冰。

半分钟后，警察和伯灵娜他们来了，警察开始现场取证并全力抓捕作案者。波努录完口供后对伯灵娜说："帮我个忙，陪着默泽录口供，然后送他去医院。"

伯灵娜预感不妙："你要去哪儿？"

波努没有回答，转身就走。

伯灵娜猜到几分，跑过去拦住波努："证据确凿的话，梅佐伦会得到惩罚的。"

波努瞟了眼依然胆战心惊的默泽，幽幽地说："我没打算去找梅佐伦。默泽明天肯定去不了学校了，我把他的书和笔记拿回去。"

伯灵娜怀疑地看着他。

波努无奈："你不相信？"

伯灵娜还是选择了相信，让开了路。望着波努消失在楼梯间的背影，伯灵娜极度不安，总感觉有事要发生。

波努搭乘空艇回到学校，径直朝梅佐伦所在的宿舍楼走去。为了避免宿管人员起疑心，波努让同学下来接他，以讨论作业的名义进了宿舍楼。他来到梅佐伦的宿舍，敲了两下门后隐蔽在墙边，趁梅佐伦开门查看时，踹开门挤了进去。

"你干什么？"梅佐伦话音刚落，就吃了波努一记重拳，唾沫横飞。波努怒火中烧，抓住他的衣襟，一拳打在梅佐伦的鼻梁上，梅佐伦淌下鼻血。

波努怒道："是不是你干的？"

梅佐伦没回答，抹去脸上的血迹，扑上去把波努推到置物架旁边。波努抓住置物架边缘一拉，架子上的东西叮叮咚咚落在地上。梅佐伦为了躲开倾倒的架子失去平衡，波努趁机将他推倒在地，骑跨上去揪着他的头发揍他。梅佐伦用小臂抵挡着波努的袭击，蜷起身体把波努撂倒，转身压上去死死掐住了波努的脖子。波努喘不上气，双眼通红地瞪着梅佐伦。

梅佐伦吼道："奥讷兰那畜生害了我的父亲！"

波努从牙缝中挤出几个字："布菲亚贩毒，就该枪毙。"

"我要杀了所有姓哥弗的，去地狱做你的国王吧。"梅佐伦暴怒，不计后果地将全身的重量压在波努脖子上。

波努抑制着窒息的恐惧，冷静地察觉形势，抬腿猛地顶了一下梅佐伦的裆部，梅佐伦吃痛松手，波努推开他一骨碌爬了起来，抱起桌子上的厚重书本丢了过去。梅佐伦被砸得晕头转向，他气急攻心，从架子上抽出一把美工刀，疯了般冲向波努。没想到梅佐伦会动刀，波努闪身避开，美工刀在门上划出一道刻痕。见梅佐伦再次举起刀，波努身处墙角无处可躲，只能抬手抓住刀刃，掌心被划出两道很深的口子，血流不止。

梅佐伦浑身汗湿，神情狰狞，把全身的力量集中在手臂。波努抓着梅佐伦的手腕，眼看着刀尖朝自己袭来，急中生智，回想起父亲书房里一本军用格斗术的书。他冒险地松开左手，趁梅佐伦因为惯性而身体前倾时，用左手手掌击打他持着刀的右手的手肘关节，令刀锋转向，接着向前一步，右臂自梅佐伦右腋窝下方穿过，勾住他的脖颈猛地向下一压，梅佐伦失去平衡，躺倒在地。波努踩住他的手腕，把美工刀夺了过来。

梅佐伦后脑摔得生疼，他挣扎着坐起来，看到波努正握着刀站在他的面前，手掌的血顺着刀柄滴落，青绿色的眼眸因为充血而变成深紫。梅佐伦战栗了一下，下意识地往后挪了挪。就在这时，宿舍门突然被推开——"住手！"

波努回头一看，愣住了。

坎奈尔教授走了进来，扫了眼地上的梅佐伦和擒着刀的波努，把门关上说："把刀放下。"

波努把美工刀搁在桌上，刀柄上血迹殷然。坎奈尔从壁橱里拿来药箱，帮波努擦去手掌的血迹，消毒后细心地包扎起来。波努始终垂着眼帘沉默着，心里做好了被诘问的准备。没想到坎奈尔包扎好后，竟然转头对梅佐伦说："在没有确凿证据表明你欺凌默泽之前，波努来找你麻烦确实是他不对，但是我问你，是不是你先动刀的？"

波努讶异。梅佐伦面色苍白，不敢吱声。

坎奈尔脸一沉："回答。"

梅佐伦咽了口唾沫："是……是我。"

"这件事我会上报校纪处，请他们尽量低调处理，你们俩随时准备好接受谈话，期间不要再制造出任何事端，否则我就帮不了你们了。"

两人同时点点头。

坎奈尔带着波努从宿舍楼出来，联系了伯灵娜："放心吧，波努没事。默泽怎么样了？"

伯灵娜说："医生在给他做心理疏导，警察说作案者已经被抓到了。"

"那就好，我现在送波努回去。"

"等下……"伯灵娜欲言又止，"波努是不是去找梅佐伦了？他们发生冲突了吗？波努有没有受伤？"

坎奈尔没好气地瞟了眼波努，后者依旧冷着脸一声不吭。"他没事。"

"真的？"

"真的，别担心，有我在呢。"

伯灵娜终于放心了，结束了通讯。

坎奈尔关闭手环，对波努说："你丢不丢人？让一个女孩这么担心你。"

波努有些尴尬，但依然不说话。

坎奈尔叹了口气："我能理解你想保护家人，想报复梅佐伦的冲动，但你现在是王储，当有一天你成为掌权者，你刚才的行为就是僭越法律的，是私刑、暴政。"

被尊敬的老师扣了这么多"帽子"，波努脸色暗淡，终于开口："我对掌权没兴趣。就像您说的，国王只是群体神圣幻想的替身。我不想当任何人的替身，我只想做我自己。"

听波努这么说，坎奈尔双手叉腰，无奈地望着夜空中来回扫动的霓虹灯光。他低头查看手环上的时间，改变了主意："时间还早，我带你去个地方。"

两人走到校门口，出租车正好到达。在智能导航系统的指引下，车辆一路向东，穿过橱窗精美的商业街，上了北鹰河大桥。桥面上风很大，前车激起的水花令挡风玻璃朦胧不清，五颜六色的憧憧光影令波努平静许多。途中坎奈尔下了趟车，给波努买了帽子和墨镜。

下了北鹰桥，周围环境瞬间遁入黑暗，广告牌和霓虹灯都消失了，只有冷冷清清的路灯。一个个布满锈蚀的巨型制造机伫立在厂房废墟中，就像被凝滞在时间果冻中的破布玩偶。出租车停在路边，两人下车，坎奈尔示意波努戴上帽子和眼镜，带着他朝厂区深处走去。

雨停了，风在狭窄巷道中流窜，夹杂着垃圾和猫鼠死尸的臭味。路边，流浪汉搭着简易的帐篷，睡在垃圾堆里。波努环顾四周，发现危楼外墙充斥裂缝，却依然住满了人。楼底，衣衫褴褛的人们拖着肮脏的拉杆箱四处游荡，时不时把含有巨量烟茄成分的毒品注射剂注入手臂，这些毒品都是从"蝎尾糖"或止疼药

"弥普乐生"中提取的。几个穿着工厂制服的人叼着混有烟茄丝的卷烟,在墙角晃悠,身后的墙面上赫然用红色油漆写着"国王已死""王后莎珂尔是臭婊子"等不堪入目的词语。

"小心脚下。"坎奈尔提醒。

波努跨过一个充斥垃圾的泥潭,登上阶梯,抬头望去,三楼的一个拉着窗帘的房间光线充足,人影绰绰,隐约传来婴儿的哭闹声。当他俩到达门口时,婴儿已经陷入安睡,但里头的人依然轻声细语。

坎奈尔推门而入。大家转头一看,都站了起来,满目尊敬。一个二十岁出头的年轻男人拉开椅子:"快进来坐。"

坎奈尔点点头:"我带了个新人来。"他把波努拉了过来。大家把目光转向这个遮住面貌的奇怪新人。波努被盯得浑身难受。坎奈尔对他说:"你想摘就摘吧,这里很安全。"波努松了口气,拿掉了帽子和墨镜。没想到"新人"竟然是王储,大家愣住了,空气刹那间凝固。

坎奈尔无视他们惊讶的目光,摊开手掌对波努介绍起来:"这两位是劳工总会的派特兄弟——哥哥塞尔、弟弟科里文,他们创建了'蜜酒之家'。"他又转向一位中年女性:"这是妇女权益保障联盟的领袖沙西娅·斯曼,那边坐着的是康复中心戒毒小组的迈赛顿和伯斯坦迪……"当坎奈尔介绍到原林业局局长达尔顿的时候,后者恭敬地朝波努微微欠身,波努也礼貌地点点头,他回想起来,这个面色红润的胖男人好像被卷入了某地产开发公司滥砍滥伐的公诉案,最后因为触动了投资公司的利益被议会罢黜了。

坎奈尔刚介绍完,门突然被推开。来者脚步一顿:"波努?"

波努惊讶道:"希莉?"

"你怎么会在这儿?"

坎奈尔说:"我带他来的。"

希莉点头,被雨打湿的头发卷翘着:"我和伯灵娜刚把默泽送回家。"

"谢谢。"波努没想到希莉也是蜜酒之家的成员,自从下出租车后,他的内心就在经历一次又一次的震动。

坎奈尔对派特兄弟说:"今天晚上要降温,你们去后面发一下物资,顺便带波努去看看。"

希莉放下包:"我也来帮忙。"

下楼后,四人走过一片危房,地势逐渐变低。左右两侧的土墙遮蔽了路灯光线,地下排水管道幽深黑暗,一缕缕灯火逐渐映入波努的双眼。这肮脏的管道内竟然住着不少人,他们蜷缩在帐篷中,帐篷旁堆着少量的个人物品。他们有的携家带口,有的坐在轮椅上,有的被病痛折磨得不断呻吟。单独居住的女人为了防身囤了不少锐器,管道内还时不时传来婴儿的哭声。

波努望着这些蜷缩在锈斑管道内的居民们,不禁皱眉:"这里住着多少人?"

塞尔说:"三百人左右。他们以前都是正规企业的工人,因为开放星门,常宇宙的智能流水线涌入而被解雇。"

波努打开手环查看城市地图,在厂区郊区,这样的地下管道有五十三个,以翡英城为中心,周围十三个城市共有四百四十二个废弃管道。"这四百多个管道里都住了人?"

塞尔目光沉重:"基本上都住满了。"

波努心中一惊,算下来,被社会遗弃的管道居民超过了五十万人。

希莉透过厚重的眼镜镜片瞄了眼波努,问:"不发表一下感慨吗?"

波努无奈地叹了口气:"难以置信。"

"是啊,除了坎奈尔教授,其他老师可不会告诉你这些,他们只会说国家治理是多么有效,也许对于他们而言,没人提意见就算是'有效'了。"

波努同意了她的说法。四个人走入仓库,搬出棉被开始分发。波努观察塞尔,发现塞尔老成持重,长满雀斑的脸上有着一双炯炯发亮的眼睛,与人交谈时会散发出一种悲天悯人的气质。波努抱着棉被与希莉并行,悄悄问:"塞尔原来是干什么的?"

"他是劳工总会的会长,为了争取工人权益跟企业家集团闹翻了,议会强行取缔了劳工总会,他便离开工人运动的前线,转到了后方。"

"近年来很少发生罢工了。"

"是啊,工人们都怕变成管道里这样的弃民。"

"可他们依旧在支持制造弃民的系统。"

"不支持怎么办呢?摆在强者面前的选项有千百种,可摆在弱者面前的只有生或死。"

"你这个说法太夸张了。"

闻言,希莉眼中闪过一丝失望,虽然只是一瞬,还是被波努捕捉到了。她说:"你知道坎奈尔教授为什么要带你来蜜酒之家吗?"

波努等她说完。

"因为远离民众生活的君王,迟早会被民众抛弃。"

波努蒙了——她说的与刚才那话题有关系吗?

希莉气鼓鼓地把手上的棉被嘭地放在波努手上,转身就走。波努差点没抱稳。

四人忙完回来,时间已经晚了。大部分人离开了蜜酒之家,沙西娅去小房间里陪婴儿了,客厅里只剩戒毒小组的迈赛顿和伯斯坦迪还在商量事。波努接到父亲的通讯,说马上派飞艇来接他回家,便与坎奈尔下了楼。

有着王室标志的飞艇降落在空无一人的街道,波努踏上阶梯,听到坎奈尔在身后喊他。他转过头,见坎奈尔站在灯光昏暗的路边,头发被气流卷得散乱,目光深邃而坚定。坎奈尔对波努说:"你记着,国王是幻象,但成为国王的那个人不是。"

波努胸口漾起暖意,微笑着回答:"我明白了。"

坎奈尔摆摆手,注视着飞艇匿入夜空。

判决下达,布菲亚被无罪释放。面对质疑,法院给出的审判解释是这样说的:开发组提交的抗抑郁药物并没有被公司采纳,而且,该抗抑郁药物与蝎尾糖均采用烟茄提取物,烟茄广泛用于精神类药品,并不能作为两者等同的证据。至于制药生产线上的物质,只是临床营养片的糖衣残留,与蝎尾糖无关。

在母亲莎珂尔的照料下,默泽在家休息了三天,恢复了精神,回到学校。由于警方的保密工作做得很好,默泽被欺凌的具体细节没有流出,几个作案的男生也被转移到了青年教养院。梅佐伦用的是黑市流通的匿名手环联系贾莫里的,没有证据证明他参与了此案,校纪处只以打架斗殴的名义对他和波努记过处分,得益于坎奈尔教授的建议,此事没有公示。

一切似乎恢复了平静,可事实上却远非如此。海鹦制药涉毒案结案不到两周,有关国王迫害布菲亚的流言就遍布大街小巷。布菲亚被描述为极具社会责任感的杰出企业家,而奥讷兰则成了觊觎海鹦制药资产的阴险小人。一些非法引进智能生产线而导致工人失业的公司瞅准风头,把问题统统推给了政府。失业者成群结队地聚集在北鹰河大桥上,抗议国王对企业莫须有的压制,地面交通一度陷入瘫痪。

奥讷兰放下笔,对哥弗兄弟说:"除了翡英城和学校,你们哪儿也别去。外面太乱了，我让伍尔班夫加强了学校附近的警备，放学后你们立刻回家。"

波努和默泽点点头。

奥讷兰问波努："你上次和谁去的厂区？"

波努如实回答："坎奈尔教授。"

"你和他走得挺近。"

"是的，他教我们社科。"

奥讷兰说："坎奈尔的平等理念是有可取之处的，但是'民主'——"他做了个手势，"不行。"

听父亲这么一说，波努心跳加速，血液噌噌地往脸上涌。

"你别和民主派人士走得太近，'无政府'是文明的终结，不是什么先进理想。"

"民主不是无政府……"

奥讷兰打断波努，直接挑明："不管它是什么，你以后别与坎奈尔来往。"

波努垂下眼睛，不再争辩。默泽担忧地看了哥哥一眼。

从书房出来，波努说："明天我跟坎奈尔教授去参加蜜酒之家的活动，就不陪你去上自习课了。"

"父亲不是不允许你和坎奈尔交往吗？"

"他说他的，我做我的。"

"哥哥，你毕竟是要继承王位的，违逆父亲不好吧？"

波努意味不明地笑了下："你是在对我说教吗？"

"不……"

"你要是那么在乎父亲的想法，你去当王储好了，我不介意。"波努淡淡地撂下这句话，转身进了自己的房间。

默泽望着紧闭的房门，一时间分辨不出哥哥是认真的还是在开玩笑。

海鹦制药的会客室传来沉闷的对话声，梅佐伦推门而入，看到父亲和马雷博士正在喝酒。

布菲亚擦了把汗："我被关在局子里什么也做不了，要不是你帮我，我就完了。"

马雷博士端起酒杯："我早就跟你说，找个空壳公司运作蝎尾糖，你就是不听。"

布菲亚喝了口酒，突然想到："最近是不是有个涉及国有谷物的案子？"

"你是说珀多克市的谷物仓库工程串通投标案？"

"对，我看内部消息说，泄露评标信息的谷物交易所的监事是董事长弗兰斯的儿子，他们是旧盐运局派系的。国有企业参与串通投标，这绝对会是媒体感兴趣的大新闻。你再去写点文章扇一把火，说不定能撬动那些老权贵的脚跟。"

马雷摇了摇头："国王虽然是个闷葫芦，但议会可不是吃素的，尤其是麦兰森议长。"

想了想，布菲亚叹了口气："算了，只要能安安稳稳地卖蝎尾糖我就很满足了。"

马雷冷笑道："说得轻松。别忘了，你可是刚出狱。瓦莱克药业一天不倒闭，寄到你家的诉状就一天不会停止。"

布菲亚闷闷地喝了口酒。

梅佐伦突然想到个主意："拂晓学院学生的家长都很有权势，如果让马雷博士回归学校，我们一起拉拢人心，就能让更多的人站出来反对国王。"

马雷眼睛一亮，没吭声。

布菲亚说："想法是不错，但我生怕马雷博士不愿意回去，毕竟以前……"

"我愿意。"马雷握着酒杯的手微微颤抖，"我做梦都想回学校。"

三天后，马雷博士出现在了拂晓学院办公室的门口。七年前，马雷因为极端思想被学院解聘，之后只能靠担任富家子女的私教谋生，而提出解聘马雷的人，正是他当年的挚友兼助手——坎奈尔。

马雷和以前一样，穿着长度及膝的黑色袍子，当年被学生们戏称为"巫师教授"。他的头发过早地全部发白，深陷的眼窝中，一双褐色的眼睛充斥着幽暗怨恨的目光，鼻梁之下那双薄唇曾经吐露过最为刻薄而热忱的话语，如今却毫无血色。

马雷进入办公室，一眼就看到了那张无比熟悉的脸。坎奈尔不为所动，继续忙手头的事。马雷慢悠悠地走到坎奈尔身边，毫不客气地抽走了坎奈尔手中的笔："很高兴见到你，坎奈尔教授。"

办公室里的其他人忍不住回头看了一眼，他们都知道这俩人有过节。

坎奈尔压抑内心怒火，起身礼貌地伸出手："好久不见。"

马雷握住坎奈尔的手，凑近他压低嗓音说："当年你怎么算计我的我可都记得，这次我会连本带利地还给你。"

坎奈尔平静地回道："'威胁他人的人，最容易引火烧身。'"

马雷怔住，他没想到这家伙居然用他的《陨落的王国》自序中的话来回击。

坎奈尔松开手，冷冷地说："我会全力阻止你再次出任教授的，回去跟你的金主知会一声，叫他再给你打点生活费。"

马雷气得差点把笔给掰了。

有了马雷撑腰，梅佐伦乐滋滋地去剪了个头发，好好收拾了一下自己的容貌。当他被同伴们前呼后拥地走进校门的时候，吸引了不少人的目光。波努见梅佐伦那副肚里盛不下二斤油的样子，就知道他又要作妖。果然，在学校举办文化节的那天，梅佐伦拉着媒体记者进入学校，对他和马雷博士进行了专访。他声称自己作为"良心企业家"布菲亚先生的儿子，坚决维护公平清正的营商环境，而马雷博士则更加夸张，说什么拂晓学院是反对国王腐败统治的桥头堡。

坎奈尔看完采访，气不打一处来："我就说马雷回归怎么没有通过校委会决议流程，原来是布菲亚送了钱。"

波努说："马雷最近出的那本《泥淖政治》，写得比《陨落的王国》更加激进。"

"布菲亚就是靠他的这两本书在民间煽风点火。"坎奈尔用手指点了点桌面，"与马雷共事的时候，他曾想拉我加入布菲亚的犯罪集团。后来我发现他反对君主制只是为了鼓吹极端无政府主义，就没再跟他交往。"

原来是这样。波努有些惊讶。

坎奈尔推了下眼镜："以前的事不说了，现在无论如何我都要阻止他回到课堂。"

迫于坎奈尔等一众教授的联名反对，学校仅仅聘请马雷成为客座教授，做些有名无实的工作。虽然马雷那边进展不顺，梅佐伦却没闲着，他成立了"马雷进修课"社团，拉了一帮同学去听马雷宣扬的"王国衰败论"。刚开始马雷还比较收敛，但不到一个月，他就失去了耐心，开始批驳尘埃社，矛头直指坎奈尔，说他是国王和王储的走狗。

与尘埃社成员关系较好的学生当即退出了马雷的进修课，其他同学也陆陆续续离开了，剩下的只有梅佐伦和他的跟班。尘埃社原本寂寂无名，被马雷这么一骂，搞得全校皆知。见状，坎奈尔教授索性出面公开发表言论反对马雷，说马雷的言论玷污校园风气，煽动对立和仇恨。希莉眼尖手快，天天拉着伯灵娜宣传招新，社团成员数量一下子增长了十倍。

眼看着追随坎奈尔的人越来越多，梅佐伦气得牙痒痒。梅佐伦找了一档媒体节目，爆料坎奈尔"七年前迫害马雷博士，破坏学术自由，现在又卷土重来，企图帮国王集团毁灭言论自由"，结尾还顺便宣传了一下马雷的新书。

伯灵娜都快气疯了："梅佐伦太无耻了，解聘马雷是校董会的决定，他骂坎奈尔教授干吗？"

波努叹了口气："梅佐伦知道有校外民众支持，学校就不敢把他怎么样。"

希莉冷哼一声："什么'民众支持'，还不是因为他爸捐了钱，可国王给得更多。校长打着自由言论的旗号两头拿，也没人来管管。"

希莉语惊四座，大家都愣住了。

波努没有否认希莉所言，说："现在的问题是：我们怎么澄清事情的来龙去脉，证明坎奈尔教授的清白。"

伯灵娜愤愤不平："与其费那工夫，不如揭露马雷博士和布菲亚父子俩的关系，把他们那些偷鸡摸狗的勾当公之于众。"

波努说："但布菲亚掌控了很多资源，加上黑帮的威慑，被他煽动的民众恐怕不会相信我们。"

大家都沉默了。

希莉说："如果政府能多考虑一下民众的感受，马雷之流就没那么容易得逞了吧？"

伯灵娜尴尬地低下头——这不等于在骂国王吗？

波努倒不在意："我回去跟父亲说说。"

默泽感觉最近跟哥哥有些疏远，因为波努总在忙尘埃社的事，除了上课以外，其他时候都不见踪影。放学回家后，默泽刚脱掉外套，一转身发现波努又不见了。

书房中，奥讷兰正查看文件，看到波努来了。他关掉手环问："什么事？"

波努说："最近一些别有用心的人盯上了拂晓学院。"

"你是说马雷回归学校的事？"

没想到父亲居然知晓，波努点点头。

奥讽兰说:"那个校长是个两面派,背后有议会的人给他撑腰,我不便多说什么。马雷确实激进,如果你觉得受到了威胁,就回家上课。"

波努赶紧否认:"那倒不用,支持他的学生不多。但他的新书里写的内容……"

"波努。"奥讽兰打断他,"不用纠结这些事。学界、议会、军部、传统权贵、新兴企业家……他们都不是我们的敌人——即使他们互相为敌。而我们作为掌权者存在的意义,就是调和矛盾。"

波努怔住,"不是敌人"和"调和矛盾"这两个词就像闯入寂静洞窟的疯兔,在他脑中来回踢腾。"那调和了矛盾,就能赢得国民的忠诚吗?"

奥讽兰怔住,他没法断定波努的语气是不是反问。波努也心里打鼓,他确实没找到更合适的问法。

奥讽兰说:"民众遵循朴素的内心情感,总是敌视权贵。想要赢得民众的忠诚,就有可能会得罪政要,如果把控不好,最终的结果是被两头反噬,权力被架空。"

波努没说话。

"星门开启必然会导致技术升级,星币和莫元的兑换也会影响经济,这些都是无法回避的问题。想要一切太平,除非毁了星门,严禁任何人出苞星,可那样做的话就成了暴君。你的爷爷就是因为不愿取悦商业集团,始终心系民众,才被修宪运动赶下了台。"奥讽兰的语气变得柔和,"人心有多复杂,政治就有多复杂。我所做的努力,就是为了给你一个更安全的执政环境。"

感觉到父亲的关心,波努胸口涌起温暖。

从书房出来,波努看到默泽站在门口。默泽生气地说:"成天跑东跑西,到处都找不到你。今天是什么日子你忘啦?"

波努挠头:"什么日子啊?"

"生日。"

"啊,真忘了。"

"母亲亲手做了蛋糕,一直在楼下等我们,快走。"俩人赶紧噔噔噔地往客厅跑去。跑到半路,波努手环突然亮了:"糟了,有社团成员说马雷欺负他们,要去找他理论。"波努感觉要出事,"我回趟学校。"

"等等我。"默泽追了上去。

起因是马雷帮某位教授代课,班上几个尘埃社的成员看到他来了,便默默离席。马雷恼羞成怒，去校长办公室告状，说那几个学生扰乱课堂纪律。学生们看到自己被教导处传唤，气得拦住马雷理论，梅佐伦一伙人正好路过，两方发生了冲突。

坎奈尔得知社团成员遭到威胁，急忙赶过来，看到马雷和梅佐伦仗着人多势众把自己的学生们围堵在墙角，顿时火冒三丈。他厉声道："他们没有影响其他同学上课，你凭什么告状？"

马雷也不客气："他们带头罢课，破坏课堂秩序，就该被处分。"

学生们哄闹起来。"我们没有。""你污蔑人。""我们讨厌你的激进思想，就可以拒听你的课，学校手册规定的。"

马雷耳根涨红，指着坎奈尔的脸："你教出来的学生跟你一个样，表里为奸的国王走狗。"

"国王走狗！""国王走狗！"梅佐伦他们起哄。尘埃社的学生被气得失去理智，把书包甩到那帮人脸上，冲了上去。坎奈尔想要劝架，却被学生们挤得站不稳。见状，马雷不但不制止，还把手里砖块重的厚书朝坎奈尔丢了过去。坎奈尔转头看到马雷挑衅的目光，怒发冲冠，冲上去给了他一拳。马雷被揍得两眼冒金星，怒吼着扑上去，抱住坎奈尔的腰把他推倒在地。坎奈尔后脑受到强烈震击，眼前一黑，等他反应过来时，马雷的拳头已近在眼前——"保护坎奈尔！"学生们一拥而上，把马雷连拉带扯地推到一边。

坎奈尔捂着流血的鼻子坐了起来，朦胧中看到校园保安来了，还有伯灵娜、波努他们，他感觉一阵晕眩，又缓缓躺倒在地。波努飞奔过来，查看坎奈尔的伤势，看到梅佐伦跟没事人似的站在一旁，气得要找他理论。

梅佐伦两手一摊："不是我动的手。"

这时，马雷从一地狼藉中爬了起来，掸了掸黑袍上的灰尘，转身就走。波努意识到是马雷打了坎奈尔，拉住他："打了人就想走？"

马雷鄙夷地看了看波努，又扫了眼默泽、伯灵娜、希莉和其他尘埃社成员，说："不走，留下来陪你们玩过家家？"

波努怒道："你身为人师污蔑学生、煽动仇恨，不觉得可耻吗？"

马雷冷哼："轮不到你来教训我，小王子。"

波努还想再说什么时，默泽喊了声"校医来了"，大家立即聚集过来，七手八脚地把坎奈尔抬上担架。

梅佐伦瞟了眼那群人："明明坎奈尔也出手了……"他看到波努瞪了他一眼，便住了口。

"安静。"校园保安说，"除了后来的几个，其他人都跟我去教导处。"

脚步声远离，走廊恢复了安宁。伯灵娜问哥弗兄弟："你们俩去不去校医室陪坎奈尔教授？"

波努有些犹豫。默泽说："我们要先回家一趟。"

见波努没有否认，希莉说："作业可以明天再写。"

波努说："不是作业的问题……今天是我们的生日，母亲在家等我们吃晚饭。"

两位女生有些意外。伯灵娜说："虽然气氛有点糟，还是祝你们生日快乐。"

"谢谢。"兄弟俩回道。

王后莎珂尔托着腮，盯着面前精致的蛋糕发愣。她突然觉得这个蛋糕上花太多了，像是给女孩庆生用的，不过波努和默泽从小就不挑剔，应该不会在意有几朵花。莎珂尔无聊地左思右想，拿起书本翻了翻，又躺在沙发上看了会儿新闻，差点睡着。最终她坐了起来，继续盯着蛋糕发呆，心想这俩小子到底在忙什么，这都几点了还不过来……

"我们回来了。"波努推开门。

莎珂尔眼睛闪耀，张开双臂："生日快乐，孩子们。"

两人赶紧脱下外套走了过去。默泽惊讶道："好漂亮的蛋糕。"莎珂尔开心地笑了。波努用勺切下一块蛋糕。默泽不满："着什么急，我还想拍照呢。"波努嚼着蛋糕，口齿不清地说："我都快饿死了。"

莎珂尔赶紧叫侍者端来饭菜，问道："你们刚才干吗去了？"

波努回答："坎奈尔教授和马雷博士起了冲突。"

莎珂尔疑惑："你父亲不是不让你和坎奈尔……"

"嘘。"波努微微一笑，"替我保密。"

"好吧。"莎珂尔满眼宠溺。

默泽咬了口蛋糕："哥哥，你有没有想过，明年我们就十八岁了，父亲随时都有可能让你当国王。"

波努耸了下肩。

莎珂尔温柔地说："别担心，奥讷兰会尽可能长久地在位的，毕竟当国王要操心的事太多了。"她转头对默泽说:"虽然波努是王储,但你也不能放松学习,以后你的哥哥能依靠的人只有你,你要比他更优秀才行。"

默泽愣住——比波努更优秀?这他倒从未想过,他一直认为有父母和哥哥顶在前头,他能享一辈子清福。

波努放下沾着奶油的勺,笑嘻嘻地说:"默泽太笨了,让他去冲锋陷阵第二天就死翘翘了,还是让他过他喜欢的生活吧。不用担心我,父亲能做到的我也能做到。"

默泽崇拜地看着哥哥,脑中突然产生了一个想法:"明年生日的时候,我们出孢星旅游吧?"

波努来了劲:"去'猫尾星'?"

默泽用力点头。

莎珂尔说:"这主意好,我赞助你们去。"

默泽乐了,伸出手:"那就这么说定了?"

波努笑着握住默泽的手:"说定了。"

夜色渐深,三人相谈甚欢,没有去打扰独自待在书房的奥讷兰。奥讷兰坐在台灯旁,桌面散发的橙黄光芒衍射开来,把四周精雕细琢的书柜映得朦胧昏黄。

他的手环显示出信息:珀多克市谷物仓库工程串通投标案的判决结果下来了,弗兰斯利用职务之便泄露评标信息,获利两百多万莫元,连同他背后的重要人物也被牵连。马雷博士跳了出来,写了篇声讨文章,谩骂政府腐败。

奥讷兰烦躁地叹了口气。

麦兰森发来通讯:"珀多克市的事情你不用太在意。明天我会让媒体把负面新闻删掉。"

奥讷兰放松了:"那就好。"

"另外,'限制引进常宇宙智能流水线'的提案你可以放心大胆地签署,回头我给你名单,给几个议员的企业颁发引进许可证就行。"

"知道了。"

关闭通讯,奥讷兰心想:议员手上的那些企业给民众提供的就业岗位最多,不限制他们用智能机械取代人力,一定会造成大量工人失业。但出于对麦兰森的信任,他的担心很快就烟消云散了。

909 号计划

这天清晨,波努习惯性地早起,打开手环看到了这样一则新闻:凌晨时厂区的一栋宿舍楼突然坍塌起火,火势蔓延到了旁边一处住满了流浪者的管道,引发了更大规模的火情……他赶紧联系坎奈尔教授。果不其然,坎奈尔正在现场,和其他蜜酒之家的同伴们忙得焦头烂额,视频里频频传来混乱的叫喊声。"你千万别过来,这里太乱了。"坎奈尔说完就关了通讯。波努又去找希莉,希莉没接通讯,但三秒后给他发来了现场定位。波努拎起外套就跑。

飞艇抵达厂区,波努隔着窗户看到那片氤氲的黑烟。救援迟迟未到,皮肉烧焦的臭味混合着纤维燃烧的烟雾从瓦砾缝隙中喷涌而出,被困人员的亲人们在一旁急得团团转。波努穿过拥挤人群,见派特兄弟和一些身强力壮的人戴着防毒面罩在废墟边缘救人,希莉和沙西娅维护着现场秩序,防止人们靠近有毒烟雾。

"你怎么来了?"坎奈尔提着防毒面罩走来,眼镜上沾满烟灰。

波努急忙问:"我看新闻里说管道里也着火了?"

"东西都烧了,但人没事,我们安排他们从另外的出口逃生了。"坎奈尔准备戴面罩去救人,"你到后面去和希莉待一块儿。"

波努脱掉外套,拿走坎奈尔手里的面罩:"我去吧,你歇会儿。"

波努戴上面罩加入救援小队。没有工具,他们几乎是徒手进行清理,好不容易找到了一位被困在楼板与衣橱形成的夹角空间内的伤员。众人合力用水管撬动破碎楼板,差点就握住伤员的手时,楼体再次发生了坍塌。围观人群发出惊呼,那位伤员的妻子吓得瘫坐在地。波努从危墙边挖出千斤顶,塞尔又喊了几个工会的兄弟,一行人再次投入救援。终于,在他们整齐的口号声中,倾覆的楼板被掀开,伴随着内部浓烈的烧焦气味,伤员在火势蔓延到脚踝之前得以脱身,沙西娅等人把他转移到安全地带施救。

波努擦了把汗，准备继续救人时，消防队缓慢而至。在众人怨责的注视下，消防员用生命探测仪对焦黑废墟扫描了两遍，发现五名存活着的人，但他们都陷于废墟深处，救援难度极大。消防队队长厚颜无耻地对家属们说："一个人十万莫元，给钱就救。"

波努惊得呼吸停滞，家属们更是无法接受，厂区居民平时生活费都不够，哪里拿得出十万莫元。人们气愤难当，厉声指责消防队，甚至与消防员发生了肢体冲突。队长一声令下，消防员们打开高压水枪，不是冲着闷火燃烧的废墟，而是对着人群打开了阀门。水柱将前排的人们击倒了，现场一片混乱，坎奈尔和派特兄弟一直呼喊着叫大家保持秩序，生怕发生踩踏事故。

队员们关掉水枪，消防队队长再次扫描了废墟，说："已经死了两个了，还剩三个。你们有时间闹事，不如赶紧把钱交了。"

家属们浑身湿透，狼狈而无助地哭泣着。波努实在看不下去了，他愤怒地摘下面罩，走到消防队面前说："这钱我来给，你们先救人。"

队员们愣住了，心想哪里来的毛头小子口气这么大？队长看着波努脏兮兮的脸，突然反应过来，眼睛瞪得溜圆："他是……"

波努冷冷地看着队长。

人们的目光瞬间聚焦在波努身上。队长吓得脸色苍白，飞快地跳下飞艇，招呼队员们开始营救。随着铲车和挖掘设备的轰鸣，消防队仅花了十几分钟就扫除了所有障碍，救出了"被困人员"——五具尸体。刹那间，民众的怒火被点燃了，他们疯狂地叫骂，冲上去推翻了铲车，砸烂了一只救援飞艇。消防队员见势头不妙，爬上飞艇落荒而逃。死者家属们的愤怒无处释放，索性抬起亲人的遗体，朝主路上走去……

坎奈尔见波努还想跟上去，赶紧拉住他："你快回去。"

"不。"波努倔强地说。

"出了事怎么办？你想让我坐牢吗？"

波努刚想反驳，上方突然传来飞艇的引擎声。"波努。"伯灵娜的声音传来，波努和坎奈尔抬头一看——一只军队飞艇悬停在他们头顶，白色装甲闪耀，伯灵娜正焦急地趴在舷窗边，默泽也探出头来："父亲让我来接你回去，你快上来。"

在大家的催促下，波努只得放弃执念，上了飞艇。

舱门关闭。默泽说："你上新闻了。"

波努闷闷地"嗯"了一声，看了下时间："不早了，我们直接去学校吧。"

伯灵娜打量了一下："你这身衣服……"

"没事，我去学校换。希莉估计会迟到，你帮她请个假。"

"知道了。"伯灵娜又担忧起希莉来。

下课后，同学们都去换衣服准备上体育课，波努却坐在位置上一动不动。默泽凑了上来，看到波努的手环正在播放新闻。画面中，民众与警察对峙着，侦察无人机频繁地向地面投下烟雾标记。手无寸铁的民众高声抗议，警察们却无动于衷，最终，死者家属带头冲击防线。一声警示鸣枪，犹如开战讯号，现场乱成一团，尖叫和电击枪声此起彼伏。现场记者被人潮冲得摔倒在地，模糊攒动的脚跟占据画面，接着陷入黑屏……波努关掉手环，沉默着。

默泽震惊地咽了口唾沫，一时不知说什么好。见波努突然站了起来，他心中一惊："你要干吗？"

"准备上体育课啊。"

"哦。"默泽满腹狐疑地跟着波努走出教室。

梅佐伦讨厌上体育课，一直坐在球场边看手环新闻。自从死者家属带着人们走上街头，翡英军的直升机和无人机就不停地往示威游行的方向飞，媒体也从不同的角度报道了此事，甚至隔空打起了嘴仗。也不知会发展到什么地步？梅佐伦抬起头，望着奔跑在绿茵场上的人，发现今天波努格外奋勇，在阳光下挥汗如雨。梅佐伦想起新闻上有关波努的报道——王位继承人竟然和被统治者站在了一起，真是有趣。

体育课结束后，波努独自走到水池边洗脸。水流溅落在池中绽放，在阳光的照射下犹如花火，波努凝视着水花，一时有些失神。他把水龙头关掉，双手撑着水池边缘发呆，过了会儿，终于下定决心联系了父亲。

等了很久，奥讷兰才接通了通讯，他站在阳光充足的走廊中，神情极其平静，卷起的黑色发梢闪着细密的光泽。

波努愧疚地说："我给你添麻烦了。"

奥讷兰说："你做得没错，但问题是你不该出现在厂区。你现在是王储，行事必须慎重，成天和底层民众混在一起会招来非议。"

波努不语。

奥讷兰的语气缓和下来："你的心情我也能理解，我会处理好这件事的，放心吧。"

波努点了下头。

"那先这样。"奥讷兰关闭通讯。

上课铃打响，波努一边走向教学楼，一边回味父亲的话：翡莫迩星三千万人口，有两千八百万厂区民众，他们就算再穷也是国家的主体，不和他们混在一起和谁混在一起？

奥讷兰离开阳光和煦的走廊，回到冰冷阴暗的办公室，桌边坐着麦兰森议长和翡英军部长寇雷格，两人的目光令奥讷兰感觉有些畏惧。

麦兰森看似平和地对奥讷兰说："我就直说了，你要是管不住波努，我可以帮你管。"

奥讷兰脸色发白："我会教导他的。"

"好吧，那我再信你一次。"麦兰森打开手环给奥讷兰发送了一个文件，"关于如何处置那些刁民，台词我帮你准备好了，你照着稿子念就行。"

奥讷兰扫了眼稿子："你打算把他们安置到哪儿去？"

麦兰森对寇雷格使了个眼色。寇雷格粗声粗气地说："这就不用您考虑了，军部会负责到底的。"

下午第二节课结束后，波努看到了新闻。奥讷兰发表讲话，宣布查处那支消防队队长的失职和腐败行为，补偿遇难者家属，全面排除厂区建筑及火灾隐患。游行结束了，紧接着，住在下水管道的人们被警察带了出来，集体前往安置居所。波努这才松了口气。

坎奈尔根据此事发表了一篇《从坍塌事故论民众监督的重要性》，得到大量转发。马雷嫉恨不已，又跳了出来批判坎奈尔，骂他给国王当马前卒，为了操控民众舆论不择手段云云。波努气不打一处来，找坎奈尔商量对策。

坎奈尔安慰波努："不用在意马雷的言论，在他眼里，凡是不反对君主制的人都是敌人。"

"那他为什么总是针对你？"

"因为我曾经也是他的学生，他觉得被我反对而后赶出学院颜面尽失，所以总想对我泄愤。"坎奈尔神情淡然，"说到底，马雷作为布菲亚的门客，觉得政府监管阻碍了布菲亚获利，便去反对国王集团，也在情理之中。"

波努不解："可我们谈论的民主也是反对君主制的。"

"那是因为君主制妨碍了民主，我们才反对它。"

波努有些发蒙："你的意思是……如果君主制能实现民主，那它们也能共存？"

坎奈尔眨了眨眼："很难想象，是吗？"

波努点头。

"我也无法想象国王与民众共同建设国家的体制，但从科学精神角度出发，不排除这种可能性。"坎奈尔微笑着说，"这就是我愿意与你做朋友的原因。"

闻言，波努心中一阵激动。

这天晚上，波努怎么都睡不着，脑中思绪万千。哥弗氏统治翡莫迩星的五千年历史、贵族们的狂欢之夜、简陋肮脏的厂区、无数流浪汉和倒头、父亲和坎奈尔的面孔……纷繁的信息在波努眼前旋转着，他感觉自己不是躺在床上，而是置身于一颗茧中，有一个模糊不清的思想正在被孵化。此刻的他没有想到，打破茧壳的人，竟是那个他最讨厌的家伙。

梅佐伦看到马雷那篇言辞激烈的短文几乎没人关注，而坎奈尔发表的论文在学校疯传，心中愤恨不已。他望着坐在前方的波努，心中萌生了一个想法。

波努正在做笔记，眼前突然落下一个纸团，上头写着"下课我有事跟你说"。波努转过头，看到梅佐伦对他做了个手势。下课后，波努犹豫了一下，还是选择留下来。他让默泽先去吃饭，等同学们走完后，转身把手肘搁在后桌上："什么事？"

梅佐伦开门见山："我看你成天跟在坎奈尔屁股后面转，你不会真的以为能在翡莫迩实现民主吧？"

波努冷冷回道："我怎么'以为'关你什么事？"

梅佐伦挑了下眉："当然不关我的事。我只是很好奇，你的父亲到底把那些住在下水管道里的人带到哪儿去了？你不好奇吗？"

波努没回话，他确实不知道那些人去了哪儿，蜜酒之家的人也没他们的消息。

看波努的反应，梅佐伦知道有戏了："你愿意付出租飞艇的钱的话，我就带你去个地方。你可以开实时定位，带保镖、无人机，甚至让警卫跟着，我都不介意。"他深沉地说，"我只是想让'未来的国王'了解这个国家的真相。"

梅佐伦看上去很诚恳，一时间波努竟愿意相信这个曾经霸凌过他和默泽的人。

"午饭后我在校门口等你。"梅佐伦说完就走了。

波努盯着梅佐伦的身影消失在走廊，低头看了眼手环时间——距离午休结束还有两个小时。

正午，拂晓学院陷入静谧，走廊里偶尔响起零星的脚步声，鸟鸣和树叶晃动的沙沙声交织在一起。梅佐伦站在墙角的阴影里抽烟，烟雾逸出阴影的瞬间分外耀眼。他瞟了眼教学楼门口，见波努来了，便按灭烟头丢进垃圾桶。飞艇升空，尾焰倏地划出一道明亮的白光。梅佐伦输入目的地坐标后，便开始无聊地点弄手环里的游戏，波努则沉默地望着脚下的学院逐渐变小，两人都没讲话。

飞艇一路向东，越过洁白宽阔的北鹰河大桥。成排的工厂和宿舍楼映入眼帘，充斥垃圾的公园里搭满了色彩各异的帐篷。波努以为梅佐伦只是想展现奥讷兰治下低层民众糟糕的生活现状，却没想到飞艇竟然掠过厂区，朝更加荒芜的郊外飞驰而去。笔直的道路逐渐消弭于泥泞小道，长满野草的土丘连绵不绝，被砍尽的森林就像大地的疮疤，星河般不计其数的腐朽木桩中，零星分布着几栋年代久远的"度假林间木屋"。波努俯瞰空无一人的郊区，觉得与翡英城周围的门桥商业街相比，这里就像是在另一个星球。

随着飞艇继续向前，狂风呼啸，黄沙扬起，能见度变得很低。波努把视线转回室内，见梅佐伦仍然陷在沙发里玩游戏，不禁心生疑惑——这家伙到底要把他带到哪儿去？沙尘越来越密，窗外什么也看不清。过了好一会儿，梅佐伦退出了游戏，关掉手环朝外望去。波努也向外望去，昏沉的景色之中突然出现了一抹阴影，并且随着飞艇接近，阴影逐渐延展，直至横亘千里。波努惊讶地瞪圆眼睛——飞艇的前方竟然出现了一堵巍峨的铁灰色高墙，它屹立在沙粒飞扬的天地之间，隔断了两座山脉之间的通路，犹如电子游戏中阻隔了时空的结界。

梅佐伦问："你知道这堵隔离墙吗？"

波努摇了摇头。

"它的真名是'军部909号计划'。"梅佐伦用大拇指戳了戳墙的方向，"我带你去墙的另一端看看。"飞艇尾焰隐没于漫天沙尘，白色艇身消失在巨墙顶端……三秒后，飞艇冲出阴暗的雾幕，骤然而至的暴烈阳光晒得波努睁不开眼睛。过了会儿，波努适应了光线，微微睁开眼，眼前的景象令他惊愕。一座座由巨量垃圾堆成的山丘连绵起伏，呈现出令人窒息的灰色。废弃的工业制造机歪倒在垃圾袋组成的海洋之中，就像大型礁石。更令波努震惊的是：一些衣衫褴褛的人在垃圾山中攀爬，他们挑出包装完好的食物，拂去包装盒上沾满屎尿的纸巾，放进背囊之中。

飞艇继续前行，远方出现一栋破旧的二层楼建筑，外墙上的蓝色油漆斑驳，锈蚀的金属招牌勉强可以看出几个字："福利院"。飞艇下落，气流卷起附近的易拉罐，啪啪作响。波努跟着梅佐伦走下飞艇，无处不在的浓重腐臭气息呛得他有些反胃。

福利院的墙根边坐着十来个人，他们的脸庞因为暴晒而发黑，苍蝇围绕着汗臭的身躯嗡嗡作响。这些人吃了点面包，便开始交换使用毒品注射器。一个女人走出屋子，帮这些吸了毒的人调整好姿势，让他们垂头而坐，以免被自己的呕吐物呛死。波努认出了这些人，他们正是之前蜜酒之家救济的下水管道居民。

梅佐伦说："国王是怎么对待民众的，你现在知道了吧？"

波努没有回应他的话，问道："他们哪有钱买毒品的？"

梅佐伦冷笑："政府免费提供的，你可以去里头看看，房间里堆满了瓦莱克药业的'弥普乐生'，国王集团恨不得他们早点吸毒过量而死。"

波努再也无法掩饰震惊。

"这些人的手环被收走，加上墙和军队的管控，只有租得起飞艇的人才有可能知道隔离墙这一边的情况。"梅佐伦停顿了一下，"不过有钱人即使知道了也不会关心，因为隔离墙就是他们投票建的，他们觉得失业工人只会消耗国家的救济金，根本不值得同情。"

波努蹙眉，胸闷得无法呼吸。

"毒品可以增加这些人对政府的依赖，让他们不敢反抗，这倒不失为一种'缓和矛盾'的好办法。"梅佐伦嗤笑道，"回去问问你那满口平等博爱的父亲，一个把民众变成寄生虫的国家，还有什么希望？"

波努语气发冷："别说了。"

梅佐伦耸了下肩，不再言语。

下午第一节课开始前两分钟，波努赶到了教室，后头跟着梅佐伦。默泽看着他俩一前一后进来，有种不太妙的感觉。果然，一整个下午波努都待在自己的座位上，看起来心思沉重。

回到翡英城，波努得知父亲去参加晚宴了，便在书房外的沙发上等他。夜色渐深，波努等了足足五个小时，才盼到奥讽兰回来。

波努直截了当地说："我今天去了趟隔离墙外部，福利院的那些毒品真的是政府提供的吗？"

奥讽兰背影一滞。

看到父亲的反应，波努知道了答案："为什么？"

奥讽兰转过身来，意图缓和气氛："任何事情都有因有果……"

波努打断他："我不想听大道理，我只想知道你为什么要这么做？"

第一次看到儿子态度这么强硬，奥讽兰情绪波动起来："我也不想这样。议会和军部提出建墙计划的时候我刚刚继位一年，为了获得他们的支持，我只能同意。后来军部接管了墙外的管理，他们有枪有炮，那些被收走手环的人能做什么，我又能做什么呢？"

见奥讽兰极力想要撇清罪恶，波努冷冷地说："所以，你也认可用毒品来消解民众对政府的怨责，是吗？"

奥讽兰没有回答。

"我明白了。"

"波努……"

"我刚查到了，瓦莱克药业的止痛药'弥普乐生'和'蝎尾糖'的成分完全相同。看来，墙里墙外的规则是一样的，你口口声声说要打击'蝎尾糖'，只是因为它动了议员的蛋糕。法律并非被外部势力侵蚀，而是从内部瓦解的。"波努张开手，目光冷峻地看着奥讽兰，"父亲，请告诉我，到底谁才是我们的敌人？"

奥讽兰张了张嘴，却一个字都说不出来。

波努叹了口气，后退一步："我先回房了。"

奥讽兰呆呆地望着波努的身影消失在门口，心底产生不安感——他要失去波努了。

波努步履缓慢地朝自己房间走去，感觉胸口闷痛。父亲的回答证实了他一直深藏心底的观点：只要是与民众分离的政府，必定藏垢纳污。波努抬起头，望着走廊墙上挂着的那幅金框装裱画像。画作中，他的爷爷霍亚德·哥弗身穿国王制服，站立于半个世纪前那场盛大的星门开启仪式前，神情威严而充满慈爱。波努心想，那时的霍亚德又怎会知道，天天对他笑脸相迎的权贵们，会践踏哥弗氏几千年的荣耀，让他的子孙成为受人唾骂的傀儡呢？

默泽听到隔壁咚的关门声，探出头来看了看。

第二天到学校，梅佐伦发现波努一直不言不语，心中暗喜，觉得自己挑拨离间之计成功了。下课后，他邀请波努来到无人处，问："你对国王集团的看法改变了吗？"

波努没说话，看向窗外。

梅佐伦得意起来："你要是愿意，我可以带你认识一些新朋友。"

波努冷哼："你要拉我加入你那个贩毒团伙？"

"别血口喷人。"

"是不是'血口喷人'你自己心里清楚。"

梅佐伦气得牙痒痒，但他还是控制住了情绪："对于这个从根儿上烂透了的国家，还有什么值得留恋的呢？不如及时行乐。"

波努冷哼："我跟你不一样，我绝不会因为憎恶某种罪恶，而去认同另外的罪恶，我要开辟一条新的路。"

梅佐伦皱眉："你太狂妄了。"

波努懒得再搭理他，转身回了教室。

经历了最近的一系列事件，波努决定设计一个社会实践计划，为此经常与坎奈尔教授谈论到很晚。气温降低，翡莫迩星迎来了漫长的冬季。雪花飘落，校园像是被笼罩在雪景水晶球中，同时，波努的方案也设计好了，名为"清雪行动"。校委会同意了他的计划，发放了研究资金。

"清雪行动"第一步，波努匿名在网络上发表了一篇短文，曝光了隔离墙外露天堆放的垃圾，称垃圾会污染水体，降低翡莫迩星人类的平均寿命。骇人听闻的标题一下子吸引了众人的注意。接着，波努和坎奈尔出了趟孢星，联系了生物研究机构。研究人员来了翡莫迩后，分析了隔离墙外垃圾山的物质成分，构建了全菌催化降解体系。波努用研究资金购买了菌群，通过农用无人机喷洒在福利院附近。

一个星期后，被菌群渗透的垃圾堆不再恶臭，而是散发出青草的味道。又过了半个月，垃圾堆犹如融化的冰激淋，被绿茸茸的青苔压垮了。研究人员又复原了翡莫迩星灭绝物种"鼠花"的 DNA，洒下了五百颗人工鼠花种子。第二天黎明，生命力极强的鼠花开遍了青苔蔓延的垃圾山。

在公布清除垃圾进度的时候，波努拍摄了大量福利院居民生活照，并撰写了调查笔记。虽然摆脱不了毒瘾的阴影，但福利院居民们依然努力振作起来，配合波努的工作。越来越多的人开始了解墙外居民的现状，对他们的悲惨遭遇产生了同情。

接着，波努和伯灵娜前往中心城区的食品餐饮店，以减少浪费为由，与店主签下低价收购当日剩余新鲜食材的协议。波努在学校的"清雪行动进度日志"中公布了这些商店的名称。店主们没有想到，只是为了换点垃圾回收费的行为，竟然得到学生支持，门店生意暴涨。渐渐地，他们不好意思再收取费用，自愿支持清雪行动，免费为福利院提供食物。有些餐饮店老板看到商机，甚至主动和尘埃社联系，说愿意参加任何形式的慈善行动。

最后一步，波努、伯灵娜、希莉和坎奈尔教授代表尘埃社出现在媒体中，呼吁大家关心墙外的弱势群体，集资购买更多的菌群箱，消除翡莫迩星上的所有的垃圾山。为了减少成本，比波努他们大一岁的希莉去学习了飞艇驾驶，拿到了成人驾照。伯灵娜给她租了一架飞艇，除了社团成员的出行，她还经常载着对福利院感兴趣的人飞越隔离墙，其中不乏独立媒体人和大报记者。在舆论的帮助下，一些福利院的居民也有了机会回到城内，做些短时义工工作。

清雪行动就像它的名字那样，清除了大家对隔离墙外部的冰冷成见。清洁的墙外环境、被鼠花山脉包围的福利院、重获健康的墙外居民，逐渐成了翡莫迩星一部分人的梦想。

两个月的时间，尘埃社的声望势不可挡。在蜜酒之家的宣传下，波努作为王权继承人并未遭到厂区民众的抵制，反而收获了不少支持，一些居民考虑到波努的感受，甚至花时间洗去了墙上辱骂奥讷兰和莎珂尔的文字。

眼看波努和坎奈尔的声望水涨船高，梅佐伦坐不住了。他匿名控诉药监局局长奥罗纳与瓦莱克药业有利益往来，阻止了所有像"弥普乐生"止痛药那样含有烟茄提取物的私企药品，同时还在网络上放出福利院的偷拍视频。画面中，未拆封的弥普乐生药盒堆得小山般高，周围坐满了"倒头"，正在吞食弥普乐生或通过静脉注射的方式享用提纯出的毒品。厂区的瘾君子们看到昂贵的弥普乐生竟然像垃圾一样倾倒给墙外的人，无法遏制暴怒，集结成群打砸药店和商铺。

毒品的问题甚嚣尘上，妇女权益保障联盟发起了抵制毒品的运动，领袖沙西娅·斯曼抱着几个月大的婴儿，控诉弥普乐生杀死婴儿父母的视频在网络上疯狂流传。在她的感召下，一些病人也开始拒绝服用弥普乐生。为了维持利润，瓦莱克药业提高了药价，却没有增加医生的提成，医生们对瓦莱克药业满腹抱怨，甚至报复性地建议病人去购买蝎尾糖。蝎尾糖销量上升，布菲亚高兴得简直要把他的儿子夸上天。

夜色之中，王宫会议厅中亮着强烈的冷白色灯光，椭圆长桌边坐着来自议会和军部的政要，一个个冰冷的脸庞正对着主座位上的奥讷兰。这场面奥讷兰也不是第一次见了，心中大概能猜到这些人为何事而来。

麦兰森议长问："陛下，关于最近拂晓学院的'清雪行动'，您有什么看法？"

奥讷兰没有回答。

一位议员说："清雪行动扰乱社会秩序，能否考虑终止它？"

奥讷兰说："那是拂晓学院校委会支持的社会实践，我不便干预。"

寇雷格不满："清理垃圾也就算了，波努还在帮福利院。我不懂什么科学研究，我只知道墙外那帮贱民没有给国家做贡献，就没有权利得到面包。"

感觉寇雷格火药味极浓，伍尔班夫瞟了他一眼。

麦兰森说："我赞同寇雷格部长的说法，民间自发帮助福利院这个行为不利于国家稳定，民众一旦享受到社区联合自治的好处，就会藐视政府和军队，汇聚成乌合之众。"

奥讷兰沉默了一会儿，说："清雪行动只是个小小的学生实践，研究资金也有限，很快就维持不下去了，没有你们说得那么严重。"

麦兰森见奥讷兰一直偏袒波努，刻薄地说："波努过度地同情底层民众。您是否还记得，您的父亲也曾受到过此种拥戴，结果如何您很清楚。"

奥讷兰的嘴角微微抽动："波努还未成年，对一个孩子没必要这么苛刻吧？"

伍尔班夫缓和气氛："咱们少说两句，等波努继位以后，一定会念及我们对他的宽容，有利于他更快地融入我们这个团体。"

寇雷格不屑："'宽容'？我看这是'纵容'才对。隔离墙是我们军部建的，清雪行动就是在打我们的脸，我可不受这气。我话放这儿，如果有人闹事——不管是什么人，我都不会跟他客气。"

伍尔班夫转头问："你这是在针对王储吗？"

"我是说'如果'。"

"就算王储表达抗议，你也无权伤害波努一根毫毛。"

"净说屁话。"寇雷格不怒反笑，指着对面那排议员，"你去问问他们，会不会供养一个闹事的国王？"

被点了名，麦兰森不动声色地坐着，其他议员也一同保持沉默。

场上气氛尴尬。奥讷兰头疼起来："别吵了，我回去和波努谈一下，让他早点结束清雪行动。"

闻言，大家都不做声了。散会时，寇雷格对伍尔班夫嗤之以鼻，伍尔班夫却不以为然。奥讷兰很清楚，这俩人私下是多年的好友，即使吵翻了天也不会伤和气。

回到家，奥讷兰放松了不少。这么多年过去，他早就习惯了那些人对自己指手画脚。

莎珂尔走过来："亲爱的，忙完了？"

"嗯。"奥讷兰张开双手。莎珂尔亲昵地搂着奥讷兰，肌肤接触令她心跳加速。奥讷兰把脸埋在她的颈窝，温柔地亲吻她的耳垂："这么晚了还不睡？"

莎珂尔呢喃道："我在等你。"

"抱歉，最近太忙了。"

莎珂尔吻了一下奥讷兰的脸颊，心疼地问："议会那帮人有没有为难你？"

"没有。"奥讷兰撒了个谎，轻轻地摩挲着她的脊背。

莎珂尔笑了："那就好。"

"走吧，去卧室。"奥讷兰握住她的手。

生怕有人指摘波努，奥讷兰从财政部拨了一笔巨款，找了个退税的由头交给麦兰森和寇雷格，让他们平复部下们的不满之声。伍尔班夫表面上收了钱，私下又把钱还给了奥讷兰，说自己的女儿伯灵娜和波努关系很好，收这钱要是被她知道了会生气。

两个月零七天后，清雪行动结束了，学校不再为尘埃社提供资金，但该行动带来的社会影响却没有消失。波努和坎奈尔惊讶地发现，即使没有他们插手，商业街的老板们和一些小企业主们依然在定期给福利院赠送衣食，甚至为福利院的失业工人提供工作岗位，以此提高声望，获得更多的订单。

面对社会上想要清雪行动继续下去的呼声，波努和坎奈尔成立了"校外尘埃社"，定期开展社会实践和讲座。最先前来支持校外尘埃社的人是些老人，他们经历过霍亚德执政时期，对国王和王储抱有好感。接着，在清雪行动中获益的商铺老板们加入了进来，把社团当成商业宣传平台。最后，蜜酒之家成员呼吁厂区民众加入，令校外尘埃社成员数量直奔万人。波努和伯灵娜经常跟着坎奈尔走出学校搞活动，负责登记的希莉更是忙得眼镜又多了几个圈儿。

终于，奥讷兰把波努叫来了书房："清雪行动既然已经结束，你就该收收心，把耽误的学业弄好。"

波努说："我没有放松学业。现在大家对清雪行动反映很好，我想多花点时间经营校外尘埃社。"

听到他提"校外尘埃社"，奥讷兰就气不打一处来。他冷冷地说："尘埃社惹的麻烦太多了，议会和军部对清雪行动也一肚子怨言，所以我已经下令解散尘埃社了。"

"解散？"波努不敢相信，"我以为你是支持我的。"

奥讷兰叹道："我曾经支持过，但你们现在做得太过分了。你要明白，解散社团也是在保护你。"

"这算哪门子'保护'？"

"你不懂，再这样下去，会有人伤害你。"

波努皱眉："也许你保护了我的躯体，但我的理想呢？"

"没有躯体哪来的理想？"

"不能实现理想我宁可不要躯体。"

"我看你是被坎奈尔洗脑了。"奥讷兰语气激烈起来，"国家的复杂程度远超你的想象，你打着道德的旗号为所欲为，是对全体国民的暴力。"

波努也怒了："你说的'全体国民'里包不包括墙外的人？"

奥讷兰怔住。

波努目光炽烈："我不怕危险，我做的一切都是为了让你得到民众的支持，这样你就不用每天看麦兰森和寇雷格的脸色，可以正大光明地发号施令。到时候，民众会给你力量，推倒那些不把你放在眼里的人。"

闻言，奥讷兰突然火冒三丈："你给我听清楚——我就是议会，我就是军队，我不需要民众的支持！"

波努愣住。

奥讷兰脸部涨红，气喘吁吁。

望着失态的父亲，波努无奈一笑："如果自欺欺人是唯一的治国之道，那这个国王我宁可不当。"

奥讷兰一怒之下扬起了手。波努没有躲。一瞬间，奥讷兰竟然从波努倔强的脸上，隐约看到了父亲的面容。他怔了怔，放下了手，神情极度灰暗："你出去。"

波努转头就走。

奥讷兰胸口发痛，他缓缓地蹲了下来，揪住了自己的头发。从心底生出的极度痛苦几乎要把他逼疯……

波努从书房出来，一言不发地走进自己的卧室。他坐在书桌前，望着窗外的花园景色。微风拂过常青植物，发出沙沙声。过了段时间，波努镇定下来，打开手环通讯联系伯灵娜。"校内和校外的尘埃社都被解散了。"

伯灵娜震惊："怎么会这样？"

"坎奈尔教授可能还不知道这件事。"波努叹了口气，"我说服不了我的父亲，他铁了心要阻止我们。"

伯灵娜说："能有什么应对之策就好了。"

希莉从伯灵娜身后冒了出来，推了下眼镜说："我有个主意。"

伯灵娜和波努同时向她投去目光。

希莉拿来一本书，举起晃了晃。

"《鼠花》？"两人异口同声。

燃烧的谢里丹蒂

最近厂区流传一个小道消息,说在一些地下酒吧里正在上演一幕戏剧,名为《谢里丹蒂》,其情节选自小说《鼠花》。神秘的是,所有参演者都戴着面具,直至谢幕也不会摘下。

厚重的路面积雪无法阻挡人们一探究竟的好奇心。慕名而来的观众挤在小小的地下剧场中,一边往喉咙里灌着劣质的烧酒,一边说着笑话,等待传说中的面具演员上场。

聚光灯亮起,投影展现出一派古老的田园风景,两位演员随着悠扬的笛声上场。他们戴着一男一女两张面具,女人穿着飘逸的碎花裙,男人则是干净利落的白衣黑裤。

"今天的空气真好。"谢里丹蒂快走两步,拾起地上一朵干枯的鼠花。"你看。"

斐沙德跟上她:"快要绝迹的鼠花又长出来了?这一定预示着什么。"

"预示着什么?"

"预示大地回暖,万物生机,我们的恋情也将迎来结果。"

谢里丹蒂亲昵地伏在斐沙德胸口,悲伤地说:"我是农民的女儿,你是领主之子,我们的婚姻不会受到祝福,还是放弃吧。"

"不,我永远不会放弃。"

"即使遭到唾弃和迫害?"

"即使遭到唾弃和迫害。"

"斐沙德,我爱你。"谢里丹蒂亲吻了他,把鼠花塞到他的手中,"如果有一天你被父亲赶出家门，变成身无分文的学徒，就来我家，我教你种地纺纱。"

斐沙德笑着说："我可不希望有那一天，我要给你富裕的生活。"

北鹰堡丘维卢特大宅。威夫十分不满地问："今天有人报告说你又和哥弗家族的小妮子混在一起？"

斐沙德回答："是的，父亲。"

"一个农民的女儿，长得也不算上乘，能把你迷成这样？"

"请不要侮辱谢里丹蒂的相貌，她在我的眼里是世界上最美的女人。"

"得了得了，那些鬼话还是留着跟你的小情人儿说去吧。你只要记住，跟她只许玩玩，我们丘维卢特氏是贵族，绝不可能与低贱下民结亲。"

"父亲，请听我说……"

"你走吧，我要午休了。"

从家中出来，斐沙德垂头丧气地走在乡间小路上，他从兜里掏出干枯的鼠花，仔细端详着，差点撞到路人。正午阳光酷烈，斐沙德在路边的秸秆堆旁席地而坐，用指腹碾碎干花，望着那紫红色的碎屑随风飘散。

谢里丹蒂从田间赶了过来："亲爱的，遇到什么烦心事了？"

斐沙德犹豫了一下说："我挨父亲骂了。"

谢里丹蒂坐在他身边，长长地叹了口气。

斐沙德捏紧拳头，语气暗含痛苦："我只是想爱一个人啊，无论她是贵族还是农民，难道是我错了吗？一个爱情不会因血统而割裂的世界，什么时候才能到来呢？"

谢里丹蒂望着烈日暴晒的天空，喃喃地说："快了，那个世界快要来了。"

这时，远处传来骚动声。斐沙德回头一看："着火了。"

"是斯塔夫爷爷家，糟了……"谢里丹蒂一个轱辘爬了起来，"一定是巡逻队来了。"

"巡逻队？"

"唉，一时半会儿解释不清，先去救人。"

两人赶紧跑到骚乱现场。见火势凶猛，谢里丹蒂赶紧冲到水井边打水，胳膊肘里揽着两只，手中还提着一只水桶，把水用力洒在火焰上。斐沙德和其他村民们也赶紧帮忙扑火，直至火熄灭。谢里丹蒂扶着斯塔夫爷爷坐到一边，对站在一边旁观的巡逻队说："丧尽天良的狗奴才，连独居老人的破落茅屋都不放过。"

"你这赖皮娘们儿，我们又没收你的租，你跳出来叫唤啥？"

谢里丹蒂愤怒地指着他们："谁指使你们这么干的？说！"

"说啊。"其他村民附和。

巡逻队队长捻了捻小胡子说："当然是萨德欧老爷，他给你们地种，给你们饭吃，怎么，你们还想造他的反不成？"

谢里丹蒂说："土地是大家的，田也是我们种的，什么贵族老爷，我看他就是个寄生虫。"

"寄生虫！""寄生虫！"

"都给我闭嘴，再喊我开枪了。"

"你们遵从恶魔的旨意，就去地狱陪它吧！"说完，谢里丹蒂把手上两只空水桶砸了过去。冲突一触即发，巡逻队的频繁鸣枪无法阻止村民，他们拿着农具，提着镰刀，朝巡逻队士兵冲去。

现场一片混乱，斐沙德被推得站不稳。"谢里丹蒂！"他焦急地在人群中寻找着爱人。终于，他挤到了队伍的最前方，看到谢里丹蒂正抓着捕鱼的长矛与荷枪实弹的士兵对峙。枪口对准谢里丹蒂的危急时刻，斐沙德不顾一切地扑了上去，挡在她和士兵中间——士兵吓了一跳，枪口上挑，子弹擦过斐沙德的额角飞了出去。

士兵愣住："你是……丘维卢特领主的儿子？"

斐沙德转过头来，拭去伤口的细小血流。

"他真的是丘维卢特的儿子。"士兵吓得赶紧收起枪，"队长，队长！"

"喊什么喊？"队长狼狈地从一堆鸡笼中爬了出来，见斐沙德站在面前，不禁咂了下嘴，给了那士兵一记响栗，"下手也不看清楚？"

"我哪知道北鹰堡的人会和这些乡下佬混在一起啊？"

"快走，别废话。"

巡逻队离开后，村民们用怪异的眼光看了看斐沙德，都散去了。谢里丹蒂查看斐沙德的伤口："还好伤口不深，去我家，我帮你消毒。"

"不用，已经不疼了。"斐沙德握住她的手，沉声道，"答应我，以后不要这么冲动，至少在我能保护你之前，好吗？"

谢里丹蒂胸口起伏："对不起，让你担心了。"

斐沙德张开双臂，轻轻抱住她。他在她的耳边说："父亲很快就会从萨德欧那儿得到消息，我要早点回去。"

"嗯，我等你回来。"

北鹰堡庄严肃穆，军营熙熙攘攘，士兵们在操练场上训练着，吼声与枪声把附近的鸟儿全吓跑了。斐沙德好久没见北鹰堡如此兴师动众过了，他惴惴不安地回到家，还没来得及找到父亲，先被母亲拦住了。

"斐沙德，你的脸色这么差，是发生了什么吗？"

"我在担心她。"

"哥弗家的小女儿谢里丹蒂？唉，爱情会毁了你。"

"不，爱令我得到重生，我一分一秒都不想和她分开。"

"我看你是走火入魔了。"

"母亲，帮我再劝劝父亲，我相信时间会让他改变，承认真正属于他儿子的婚姻。"

"你最好放弃幻想，娶个贵族家的女儿。"

斐沙德躬身行礼，冷冷地说："既然您不愿帮我，就请止步吧，我要独自去见父亲了。"

望着儿子坚定的背影，她嘟哝了句："你会为你的忤逆付出代价。"

斐沙德快步朝前走去，当他推开房间门时，一只水杯突然飞了过来，他闪身躲过，陶制杯身砸在门上，碎片飞溅。

"父亲。"

威夫气得胡须打战："你还有脸回来？你跟着那群暴民胡闹的事传得沸沸扬扬，叫我的脸往哪儿搁？"

"我没有闹事，我只是想保护谢里丹蒂。"

"再提那妖女的名字，你就给我滚出北鹰堡！"

斐沙德垂下头。

威夫从座位上站起来，背着手踱了两步，语气平静了些："你回来的时候看到军营里的队伍没？"

"看到了。"

"硝山地区几个村的农民在闹事，不知在哪儿印了些小册子暗地里传阅，说要推翻你哈林叔叔的管辖，我要出军帮哈林打压一下这些暴民的气焰。"

"您说的'打压'是指杀死吗？"

"当然。农民不种田、不交粮，还闹着要粮，就是群害虫。害虫不杀，我们吃什么喝什么？"

斐沙德没应声。

"现在这股风气也蔓延到我的地盘来了，等处理完哈林那边的事，我要好好整治一下这里。你也该收收心，帮我处理北鹰堡的事务，娶妻生子。我想想，萨德欧老爷的大女儿长得很漂亮，还有拿巴老爷表亲家那个刚成年的莱丝汀姑娘、塔比莎女领主的孙女……至于谢里丹蒂，你可以利用她套出意图叛乱的人员名单，让她死之前派上点用场。"

斐沙德心头一沉，头皮发麻。他沉默了一会儿说："明白了，父亲，我先下去了。"

"去吧。"

斐沙德回到自己的房间。夕阳落下，军营逐渐安静下来。他默默地坐在窗户边，从傍晚一直待到夜深，从万籁俱寂的凌晨坐到旭日初升。最终，斐沙德起身离开了北鹰堡，上马向谢里丹蒂的住处奔去。

谢里丹蒂整夜没睡好，她早早地起床，眺望着雾气弥漫的田间。看到斐沙德来了，她投入爱人的怀抱："你终于回来了。我做了噩梦，梦见狂风暴雨、战鼓齐鸣，你走向闪电，消失在黑暗中，好像恶魔的婴孩回到地狱的怀抱。"

"唉，也许你有未卜先知的能力。"

"什么意思？"

"父亲丧失了心智，我决定阻止他。如果我失败了，你要坚强地活下去。"

"不！"谢里丹蒂紧紧地抓住斐沙德的手臂，"不要这样说，我害怕。"

"我也害怕。可那个老顽固想要消灭所有反抗的人们——包括你，我不能再等下去了。"

"丘维卢特领主有军队、粮饷、武器。可你呢？你不认识一兵一卒，也从未参加过战争，怎么可能胜利？"谢里丹蒂的声音带着哭腔，"只要你能安度余生，我宁愿被你的父亲杀死。"

"绝不可能！如果他要杀你，我就先杀了他，然后背负弑父的罪名自绝。"

谢里丹蒂捂着脸哭泣起来："求你了，打消这个念头吧。从一开始我就很清楚，我们是不可能的。你不要为了一段没有未来的爱情而牺牲，那太愚蠢了。"

斐沙德也哭了，紧紧地抱住谢里丹蒂："没有你在的世界，对我而言毫无意义。所以，就让我做个蠢人吧。"

"斐沙德……"

"谢里丹蒂……"

两人流着泪亲吻。

斐沙德揽着她的腰，将她轻柔地放到床上。他温柔而悲哀地说："让我最后再抚慰你一次吧，我的爱人。"

谢里丹蒂抽泣着，颤抖地搂住了他的脖子。

观众们动容。

趁谢里丹蒂睡着，斐沙德忍着心痛，头也不回地离开了她的住处，往回赶去。

威夫穿上战袍，接过侍卫递来的枪和盾穿戴在身，他将佩剑噌地拔出，仔细端详，确保雪亮的锋刃没有一丝缺口。

"父亲。"

威夫转过头："你从谢里丹蒂那儿套到什么话了吗？"

斐沙德直言："我爱着她，怎么可能对她使诈？"

威夫把佩剑插回鞘中："你说什么？"

斐沙德走上前，缓缓道来："希望您能听完我接下来的话。我们生长的这片大陆地广物博，靠'拉谜'的光芒养育出了精于农耕的远古人类。而我们，无论是贵族、商人、平民、农民还是手工学徒，包括那些运送恶臭粪土的劳工，都是我们伟大祖先的后代。曾经，这片土地上没有压迫和剥削，人们平等友爱，是多么美好啊！可随着时间流逝，一些村民响应了心中的贪婪，把凌驾于同胞的优越感当作心灵的珍馐，他们自封为'上等人'，化为飨食群体劳动成果的饕餮，还意图暴力阻止远古正义的回归。"

威夫怒道："你是在骂我？"

斐沙德没有否认，恭敬地半跪在地："父亲，您是伟大的北鹰堡主人，是万民景仰的丘维卢特领主，我相信在您的内心，一定深爱着所有的人类同胞。我盼望您能收回成命，放那些善良的村民们一条生路。"

威夫诡异地笑了一下："我以前怎么没发现你这么会说漂亮话？"

"这不是漂亮话，是我的真实所想。"

"你给我闭嘴！"威夫暴怒，冲上前抓住斐沙德的衣襟猛地一推，"你那张义正词严的脸我看着就恶心。我怎么养出你这么个满嘴放屁的东西？平等？友爱？你当我是你那个下贱的小情人，是听几句香艳软语就会跟你上床的婊子？"

"不许侮辱她！"

威夫在斐沙德的胸膛上踹了一脚，恶狠狠地说："等我处理完哈林地头的事，回来第一个要杀的就是谢里丹蒂，哥弗家族历来出刺儿头，我要消灭这支肮脏的血统，以免它玷污我的门庭。"

斐沙德怒发冲冠，拔出腰间的佩剑朝威夫头上劈去。威夫迅速地背过身，铛，剑刃落在他背部的盾牌上。见斐沙德再次举起剑，威夫抓住斐沙德下落的手腕，剑锋在他的耳边晃动。

威夫狂怒："你疯了？！"

斐沙德双目通红，用尽全身的力量把剑朝威夫颈边压去。威夫松开手的瞬间俯身躲过剑刃，头发被削去几缕，他趁斐沙德还没收回手，用肩膀猛地撞击斐沙德的胸口。斐沙德后退几步，再度冲了上来。威夫顺手操起墙边的斧钺，与他对打起来。偌大的房间响起叮叮咚咚的兵器碰撞声，外头的军队整装待发，没人知道此刻正发生着什么。

最终，威夫不敌斐沙德年轻力壮，抵挡了他一次重击之后，手腕乏力，斧头哐当掉落在地。他后退一步，没站稳摔坐在地，看着儿子犹如嗜血恶鬼般扑来，吓得抓来墙边的枪——砰的一声，斐沙德高声叫痛，抱着左腿摔落在地。威夫赶紧爬起来，用枪指着地上的斐沙德，犹如在提防一只野兽："守卫，守卫。"

听到枪声的士兵破门而入，看到眼前的一幕都惊呆了。

"把他关进地牢。"威夫朝斐沙德啐了一口，"逆子。"

地牢深处没有灯火，斐沙德静静地坐在黑暗的角落，没有光，也没有人，只有孤独和难以忍受的枪伤痛楚。跳动的提灯光芒出现，脚步和开锁的声音传来，斐沙德抬起头，看到狱卒、端着食物的侍者，以及母亲。

"孩子，只要你承认错误，发誓永远不再忤逆你的父亲，断绝与谢里丹蒂来往，我现在就能带你出去。"

闻言，斐沙德再度埋下头，任凭狱卒手脚粗鲁地帮他换药，一声未吭。

"你为何如此固执？优渥的环境、充盈的钱库、任你挑选的富家千金，这些都无法满足你吗?"

斐沙德摇了摇头:"只有和谢里丹蒂在一起的时候,我才感觉自己活着。"

"唉。"母亲哭了,"威夫说要跟你断绝关系,我求了他两天两夜,他才愿意再给你一次机会。你现在能得到治疗,能免受皮肉之苦,还能吃上新鲜可口的饭菜,是因为你的身份还是丘维卢特之子。如果哪一天他真的与你断绝关系……"

"那就让他断绝吧,没有哪个父亲会杀掉儿子心爱的女人,如果他这样做,他就不配成为父亲。"

母亲怒了:"你要因为一个卑贱的女人而背弃整个家族?"

"人类不分贵贱。"斐沙德坚定地说,"我爱她,就像我爱你和父亲一样。"

"不可理喻!"她愤怒地拂袖而去。狱卒重新锁上牢门,与侍者一起离开了。

牢房重归寂静。斐沙德一动不动地坐在地上,毫无食欲。

之后,母亲和送餐侍者再也没来过,狱卒每天会拿来些水和劣质面包,但不再帮他换药。在漆黑狭小的牢房中,斐沙德感官变得迟钝,察觉不到日夜流转,甚至开始出现幻觉。有一次,他梦到自己快要溺毙,挣扎着醒来时,已撞得头破血流。时间感消失了,没有了过去和未来,他感觉自己正逐渐变得透明,变成一只幽灵,游荡在这充满恶臭馊腐气息的禁锢之地,唯有从流脓伤口传来的阵阵刺痛提醒着他躯体的存在。

"谢里丹蒂。"他时常发出悲鸣,"为何你要如此折磨我?如果你从不存在,我也不至于遭受此种痛苦……不,不,我怎么能怪罪于你?我才是不该存在于世的人。"

因为伤口感染,他高烧不退,开始胡言乱语:"丘维卢特,哈哈,狗娘养的姓氏,说出来都感觉脏了我的嘴,应该把它和威夫那疯老头子一起下葬,叫污秽的蜇虫把它咬成碎片!"

逐渐地,因为熬疼和营养匮乏,斐沙德没有力气再叫喊,整天抱着腿蜷缩在角落,身体不停地打战,嘴里不知念叨着什么。

"领主大人,少爷快疯了。"狱卒战战兢兢地报告。

"哦?带我去看看。"路过墙边时,威夫瞥了一眼上头挂着的日历。

斐沙德咬了一小口长有霉菌的面包片后,呕吐不止。他用袖子擦了擦嘴,把餐盘踢到一边,绝望地坐在地上。

狱卒打开门锁,让威夫走入牢房。

斐沙德抬起头，看到了多日未见的父亲。

威夫问："你知道今天是什么日子吗？"

斐沙德早已没了时间概念，哪还知道什么日子。

"去年我给你办了生日宴会，来了三百个客人，你还叫我明年不要办了，那些姑娘太太扰得你心烦。你看，我很尊重你，今年生日你想怎么过就怎么过，哪怕是在地牢里。"

听出话里的刺，斐沙德没有应声。

"锦衣玉食你不要，非要在这受苦。"威夫蹲下来，目光炯炯地盯着他，"我提醒你，你这腿再不治就废了。就算活下来，你也只能一辈子躺在床上，再也不能骑马，不能狩猎，不能跑出去找你那可爱的谢里丹蒂了。"

斐沙德厌恶道："别用你的嘴提她的名字，我听着觉得恶心。"

威夫扬手扇了斐沙德一巴掌。斐沙德被打得双目昏黑，没有力气反抗，口角流涎。

"你给我听着，你喝着母亲的奶水，在我的北鹰堡的庇护下长大，这二十一年我们可曾苛待过你？而你呢？为了一个下贱姑娘对我举剑。不要忘了，当时你想杀了我，我却只伤了你的腿，这份恩情你想过如何报答吗？你的正义感只不过是无根之木、无源之水；你的爱情也只是叛逆的结果，你恨谢里丹蒂不是贵族，然后再把这愤怒发泄在你的家人身上。"

斐沙德沉默。

威夫站起来，走到牢门口："你根本不值得我再浪费时间。别了，曾做过我儿子的人，愿你的灵魂在死后能得到公正的审判。"

威夫和狱卒走后，斐沙德缓缓地从墙边滑落直至躺倒在地，把脸埋入手肘之间，无声地抽泣起来。这一刻，他多希望谢里丹蒂能在身边。

雪花洋洋洒洒，覆盖了北鹰堡静谧的军营。黑色的鸟儿站在枯枝上，对着地下监牢的窗户啼叫，鸣声喑哑聒噪。牢房中的斐沙德什么也听不到，他裹着仅有的一张薄毯，躲在角落里颤抖不止。他无法站立，没有力气说话，连呼吸都很困难。他察觉自己的生命正在随着散发臭味的伤口流逝，求生的本能如烈火般焚烧着他所剩无几的理智。他时常能闻到烤肉的香味，用舌尖舔舐干涩的上颚会觉得发甜，甚至感觉连尿液都散发着诱人的香气。

当狱卒发现斐沙德五天没吃饭的时候，报告了上去。威夫挥了挥手说："既然他想自我了断，就不要给他送饭了。"

狱卒得令后，便没有再去牢房。

发现狱卒不再送饭，斐沙德知道自己被抛弃了。他在地上蠕动了两步，摸到餐盘，胡乱抓起盘中食物就往嘴里塞，刺鼻的霉味顺着鼻腔抵达大脑，他全吐了，被胆汁刺激得涕泪横流。突然，斐沙德眼前冒出金星，心率飙升，一种失重的下坠感令他陷入极度恐慌。他挣扎着撑起身体，翻身仰躺在地，却无法缓解肺部的窒息感，灼烧的痛楚从食管一直蔓延到全身——死亡——他脑中仅剩这两个字。"不……我不要死！我才二十一岁，我还没看尽河山，没有实现抱负，品尝爱情……"斐沙德疯狂地喘息起来，他用力吸入污浊的空气，想要维持体内的氧含量。"救命，救我……"他呢喃着，却没有任何人能听见。斐沙德抓起手边的餐盘朝铁栏砸去，一次，两次，三次……

狱卒正在晒太阳，突然听到楼下传来声响。他赶紧下楼跑了过去，看到斐沙德正奄奄一息地躺在地上。"少爷！"狱卒全然忘了威夫"不用管他"的指示，快速打开门，扶起斐沙德。斐沙德大汗淋漓，面色潮红，浑身犹如烂泥般瘫软无力。狱卒把他架着抱了出去，让他的头靠着监狱通道的窗户。

呼入新鲜空气，斐沙德微微睁开眼，看到窗外黑色的鸟儿，它在雪地中是那样刺眼。他发了一会儿呆，转头虚弱地对狱卒说："我要见父亲。"

威夫看到狱卒再次前来，心烦地赶他走。狱卒哀求道："这是少爷死前的最后一个请求。"

威夫犹豫了一会儿，还是同意了。他从金碧辉煌的大厅来到阴暗脏脏的地牢，看到斐沙德正趴在地上，腿上的伤口流出黄色的脓液，翻起的皮肉内外蠕动着蛆虫。威夫早已死心，儿子的惨状丝毫不能激起他的怜悯。他走了过去："你想要我给你个痛快吗？"

"不，我想活下去。"

"凭什么？"

"就凭我的意志，父亲。"

"别喊我'父亲'。"

"对不起，是我无知，不懂畏惧死亡，我现在才知道我有多贪恋这个世界。"斐沙德拽住威夫的衣袍下摆，"请您原谅我吧。"

"晚了。"

"求您了……"斐沙德垂下头，亲吻威夫的靴子。

威夫无奈地看了眼窗外，又低头看了看恭顺的斐沙德，问："那你承认错误了？"

"所有的错我都认。"

"你愿意放弃你那可笑的正义和理想？"

"我愿意。"

"你愿意发誓永远不再去找谢里丹蒂吗？"

"我发誓，父亲，我发誓断绝与她的感情。请不要抛弃我，无论您要我做什么，我都会做到。"

台下一阵唏嘘。

"那你现在站起来跟我走。"

斐沙德难以置信地仰起头，他的腿根本使不上劲，怎么可能站得起来呢？

"我不会浪费钱去救一个废物，只要你能站起来，我就带你出去。"

闻言，斐沙德内心燃起求生的火焰。他用手掌撑着地面，颤颤巍巍地支撑起羸弱的身躯，可当伤腿触地时，一股钻心的疼痛袭来，他重重地摔倒在地，擦伤了脸颊。他生怕父亲对他失去耐心，想要迅速爬起来，却再次失败了。威夫没说话，往后挪了一步，给斐沙德让出空间。在失败了五次后，斐沙德对剧痛麻木了，他强压住对截肢的恐惧，孤注一掷地把力量平均分配在两只腿上，终于站了起来。

"很好。"威夫示意狱卒扶着他，背过身，"跟我出去吧。"

经过十几天的治疗和悉心照顾，斐沙德基本痊愈了。他走出房间呼吸了一口冷冽的空气，说："被关在牢里的时候，我从未想过自己还能有一天看到拉谜的光芒，能睡在柔软的卧榻，吃上可口的饭菜，甚至策马狂奔。"

母亲走了过来："你应该感谢你的父亲。"

斐沙德上前扶着母亲："我发自内心地感激父亲的宽恕，我为我曾对他做出的不敬行为而羞愧。"

母亲温柔地抚摸了一下斐沙德的脸："神明保佑，你终于回归了你的家族。"

斐沙德握住她的手，亲吻了一下。"母亲，我听到有声响，外面发生了什么？"

"我过来本想说这事,既然你察觉到了,就自己去找到答案吧。"母亲指着楼梯,"上楼,到北鹰堡最高的露台上找你的父亲,快去吧。"

"是。"

斐沙德登上露台,眼前的景象令他惊呆了。近百亩地的北鹰堡军营中,千军万马摩肩接踵,战旗遮天蔽日,鼓声雷雷。

威夫走了过来:"我一直没去硝山,可怜的哈林,他的城堡大概已经被那群暴民侵占了。"

"您为什么不去帮他?"

"因为我放不下你,即使你想要杀了我。"

"父亲……"

威夫背着手走到露台边,俯视着士兵阵列说:"我给了你第二次生命,比起'活着',你更应该想想'如何活着'。这个世间有它的规则,你的信誉、你的抱负都应该为它服务,一旦社会失序,我们积累的所有经验和财富都将不复存在。"威夫严肃地说:"如果你诚意悔过,就与我一同去解除暴民的威胁,以此证明你的忠心吧。"

斐沙德臣服地半跪在地:"我听从您的指挥,伟大的丘维卢特领主。"

冬去春来,万物复苏。谢里丹蒂推开木门,踏着泛着嫩绿的土地走到田边。她眺望北鹰堡的方向,喃喃地说:"他再也没来找过我,一定是发生了不测。"她摸了摸隆起的腹部,不禁垂泪:"我还没来得及告诉他,我们的爱情有了神圣的结晶。斐沙德,你是否还活着?你现在到底在哪里,又遭受了怎样的折磨,使你无法来见我?"

斯塔夫赶着马车路过:"谢里丹蒂,你可得保重身体。"

"谢谢你的关心,斯塔夫爷爷。"谢里丹蒂抚摸着腹部,坚定地说,"无论发生了什么,我都要保护好我们的孩子,无论他是男是女,我都要让他健健康康地出生、长大,教育他成为像他父亲那样勇敢忠诚的人。如果有一天他们相认,斐沙德一定会感激我的付出,更加爱我。"

从初冬开始,哈林家族的警卫队就一直在吃败仗。硝山地区地势险峻,熟悉地形的农民们提着雪亮的镰刀,啪啪挥舞着赶牛鞭,将士兵们逼到死路上,等他们射空弹药后,抢走了他们身上的武器,一举夺下了哈林的城堡。农民们打开粮仓,把自己种的粮食都分发出去,像贵族一样杀鸡宰牛,彻夜跳舞庆祝胜利。可就在他们纵情高歌、疏忽大意之时,天边飞来蝗虫群一般的箭雨。

"拿起武器,拿起武器!"带头起义的农夫大喊。

"不好了,是北鹰堡的军队。"

"不要怕。"那位农夫说,"他们搜刮我们的粮食,夺走我们的儿女,遇到荒年还强迫我们交租,他们就是群脑满肠肥的猪,我们要吃他们的肉,喝他们的血,把他们的骸骨扔到海里去!"

"杀了他们!""冲啊!"农民们如潮水般一拥而上。

威夫噌地拔出剑:"杀光,一个不留!"

听到命令,北鹰堡士兵举起盾,提着剑冲了上去。

威夫对斐沙德说:"你去救哈林。"

"是。"斐沙德朝城堡的监牢奔去。一路上,他砍死了十几个想要阻挡他的人,鲜血溅满铠甲。

地牢中戒备森严,那些农民看守者哪里是斐沙德的对手,没过几招就被后者刺穿喉咙。斐沙德甩掉剑上的血,大喊哈林的名字。

"我在这儿,我在这儿!"

斐沙德循声而去,斩断铁锁把哈林救了出来。

"贤侄啊,你怎么才来,我差点被那帮流氓杀了。"

"没事了,叔叔。"

"威夫呢?"

"他在外面指挥战斗。您振作点,快跟我走。"

"哎哟,你听,外面都是惨叫和枪炮的声音,我不敢出去。"哈林往地上一坐,"你陪我在这儿待着,就一会儿。"

斐沙德无奈,只得陪着哈林。无意中,他看到侧室有一个奇怪的装置,由水潭和水车组成。

"那是水刑刑具。"面对斐沙德的疑问,哈林没有做过多的解释。

没过多久,打斗的声音停了。斐沙德扶着哈林从地牢中走出,差点被绊了一跤。放眼望去,地面积雪已被染红,尸横遍野。断肢插在折断的矛上,泛着腥气的内脏正被鸟类啄食。那个带头冲锋的农夫死相更是悲惨,几乎没了人形。

哈林转身吐了。

看到父亲在招手，斐沙德忍住胃部不适，带着哈林回到军队。

"哈林老弟，城堡还给你，善后的事我就不管了。"

"那个……"

"我会驻扎些军队在这儿，但这并非长久之计，低贱之人热衷繁殖，没多久又会有一批头脑发热的年轻人想要造反，你必须培育你自己的军队，不能总指望我来救你。"

"我还要跟你报告个事。"哈林伸出手指，颤抖地指着南方，"尤特乌贾平原地区也发生了叛乱，当地农户集结了一群小混混，和斯特万家族打了起来，斯特万求和，放了一个铁矿、两个铜矿和好几百亩田地给他们，简直是疯了。"

"什么？"

"斯特万的金属矿石可是直接供给您的北鹰堡武器库的啊，这样下去，您的地位会受到威胁……"

"那还用你说。"威夫叹了口气，"看来这次出行要多耽搁些时日了。斐沙德，你带将士们去城堡外面扎营整顿，分发粮饷，明天再上路。"

"是，父亲。"

夏过秋至，虫鸣聒噪。谢里丹蒂怀胎八月，走路已不太方便。她看到水井边一些村民正在聊天，便挺着肚子走了过去。

一个村妇说："我昨天半夜听到了枪炮声。"

众人起疑："枪炮声？"

"对，从尤特乌贾平原那儿传来的。"

"平原与我们隔了三座山，两条河，你怎么可能听见？"

"真的，我猜一定发生了战争。"

一个村夫说："硝山几个月前发生了动乱，我一个住在硝山敏斯特镇的堂弟差点被杀死，我猜和这件事有关。"

另一个村夫说："北鹰堡空置半年了，里面的人都不知去了哪儿。要说有关，我觉得'丘维卢特领主率兵出征'才是最有可能的答案。"

谢里丹蒂问他："你怎么知道的？你认识北鹰堡的仆人吗？"

她说完，大家都用同情的眼光看着她。村妇说："可怜的谢里丹蒂，我们都愿意为你恪守怀孕的秘密,但你也应该认清现实,富家子弟岂是我们这些乡野农妇所能高攀的?"

谢里丹蒂无言以对。

一个老鳏夫说:"你父母若不是早亡,看到你帮公子哥儿养私生子,一定会被你气死。"

村妇呵斥:"你这老东西,少说两句。"

"怎么啦,我说错啦?"

谢里丹蒂悲伤地垂下头。

两人正在拌嘴,突然跑来一位农妇,趴在地上大哭起来:"我可怜的孩子啊!"

众人围了上去。

"布莱丁才十六岁,就死在了铁蹄之下,身首异处,两只胳膊都被野兽叼走啦。"

"谁干的?"

"北鹰堡领主的儿子,天杀的斐沙德·丘维卢特!"

谢里丹蒂一惊,走了过来:"怎么回事?"

"尤特乌贾平原发生了战争,布莱丁帮助他的兄弟反抗斯特万那狗东西的野蛮统治,就在他们胜利之时,北鹰堡的军队来了。我的孩子天性善良,杀鸡宰牛都不忍目睹,可他依然英勇地拿起武器反抗,结果被丘维卢特领主的儿子杀害。"

谢里丹蒂惊愕地捂住嘴:"斐沙德还活着?"

村妇咬牙切齿:"他不仅活着,还大肆屠杀我们的儿女和兄弟,他是没有人性的野兽,是肮脏的恶魔,我诅咒他堕入地狱,被烈火焚烧!"

谢里丹蒂跟跄着后退一步,抚着额头:"不,他不会那样做的。"

村妇抽泣不止:"我的弟弟刚从战场逃了回来,一切都是他亲眼所见。谢里丹蒂,污蔑你的爱人我得不到任何好处,况且我的内心现在只有悲痛。"

谢里丹蒂哭了:"不,我不相信,斐沙德不会、他不会……啊!"她抱着肚子痛叫起来。

"糟了,早产。"一个老妪大喊,"快把她扶到屋子里去。"

大半天过后,屋子里终于响起婴儿虚弱的啼哭声。谢里丹蒂抱着孩子,泪水落在他沾着血的肚脐上。"我的孩子,你长得多么像你的父亲,可他的容貌已成了魔鬼的代名词。我让你降生于世，却让你背负如此沉重的血统负担，遭受同胞的唾弃，我是不称职的母亲。神明，请赋予我勇气，让我亲手掐死这罪恶的果实吧！"谢里丹蒂把手伸向婴儿的颈部。

观众惊呼。

犹豫了五秒，谢里丹蒂心软了，抱着孩子号啕大哭了起来："我的儿，我赠予你名'艾偌'，从此你就意味着'苦难'。长大以后，你必须隐姓埋名，远走他乡；你必须继承我给你的热情，抵抗斐沙德给你的冷酷；你必须为大义而流血，为助人而牺牲，以此来报答我的宽恕。"

观众泪目。

田间弥漫着不安的气息。忙于收割的农民们发现，一种奇异的真菌正在令庄稼枯萎，收获上来的粮食不到一天就发黑变质，散发糜臭。东家知道后，派巡逻队前来核查，得知今年颗粒无收，便逼迫人们交出去年的存粮。村子里鸡飞狗跳，巡逻队士兵们从村民家的地窖里搜寻出所有的陈粮，尚未育肥的猪仔和耕地的牛也被强行拉上牲畜马车，士兵们甚至连看门狗也不放过，剥了皮后血淋淋地丢在村口。

纷乱之中，谢里丹蒂匆忙地喂完奶，走出来看到这样一幕野蛮残忍的画面，不禁怒火冲天。她抓起铁铲，朝士兵的坐骑劈去——马受了惊，洪亮的响鼻声引起了村民们的注意，他们看到谢里丹蒂带头反抗，便纷纷寻找武器，围了过去。骚乱发生了，叫喊与械斗声混杂在一起。最终，村民在人数上压倒了巡逻队，迫使巡逻队夹着尾巴逃跑了，马车上的粮食撒了一地。谢里丹蒂赶紧组织大家清扫粮食，筛去上头的泥尘。

"什么，简直反了！"威夫勃然大怒，"沉舟村是谁管的？"

属下回答："是萨德欧老爷。"

"把他给我叫来，还有他的那个没用的巡逻队，一起过来受训。"

"是。"

"斐沙德。"

"在，父亲。"

"你对沉舟村比较了解，你去打探打探，是些什么人在带头抗议，抓回来严加审讯。"

"是。"

粮食收拾完了，谢里丹蒂帮忙掩埋了狗的尸体，这才回到家中，赶忙给艾偌喂奶。沉舟村燃起火把，人们享受着夜晚的安宁，然而这份安宁只持续了片刻，从黑暗的丛林道路中走来一个人。

咚咚咚，一位村民敲响谢里丹蒂的家门："斐沙德来啦。"

谢里丹蒂赶紧把幼儿递给老妪："快从后门走，藏起来。"她深呼吸一口稳定心神，走出家门，躲在人群后头偷偷地观察斐沙德。

斐沙德和几个士兵走上前，身上背的剑盾华丽而锋利，与萨德欧的巡逻队比起来简直天上地下。斐沙德问："你们以下犯上，触怒了领主大人。说，白天的骚乱是谁带的头？还有谁参与了此次动乱？"

众人不语。谢里丹蒂往墙根缩了缩，生怕被他看到。

"这么说，你们坚持要包庇罪犯？那也好，免得我浪费口舌，我这就回去报告领主大人，派兵来把沉舟村夷为平地。"

他话音刚落，那位失去儿子的村妇冲出人群，怒吼着："你这个狗娘养的孽徒，还我儿子命来！"

见她举着明晃晃的刀奔了过来，斐沙德毫不犹豫地拔出剑，刺穿了她的心脏。村妇扑倒在地，没了声息。

村民们愤怒了，举起拳头高喊着。

斐沙德没有收剑，他身后的士兵也举起火枪对着抗议的人群，目光犹如恶狼一般冰冷。

鳏夫喊道："我们种田供你们吃，纺纱供你们穿，却落得被肆意屠杀的下场。你们哪里是什么保卫者？你们是下流的雇佣兵，杀人不眨眼的刽子手！"

"刽子手！"村民们吼道。

斐沙德做了个手势，身后士兵对天鸣枪警告。他说："最后问你们一次，是谁带头发起的骚乱？"

见村民们揎拳捋袖准备冲上来，斐沙德命令士兵瞄准了前头的几个人——"住手！"一声清脆的女声传来，那嗓音令斐沙德怔住。

谢里丹蒂走出来站到人群最前面，对斐沙德说："白天的抗议是我带的头，你带我走吧。"

村民们拉住她："谢里丹蒂……"

谢里丹蒂往前走了一步，直视斐沙德："来啊，把我绑走。"

斐沙德面无表情地看着她。

她冷笑："你没带绳子吗？"

斐沙德收起剑，示意身后士兵也收起枪。他说："我猜到是你，谢里丹蒂，没想到过了这么久，你还没死心。"

"我对你的心早就死了，但我对同胞的爱却更加热烈。你想碰他们，除非从我的尸体上跨过去。"

"你被热血冲昏了头脑，就像当年的我一样，迟早会付出代价。"

"别拿你跟我相提并论，你现在是我们的敌人，是恶魔。"

"我以领主之子的身份，要求你闭嘴。"

"呸。"谢里丹蒂往地上啐了一口，"你的夸耀令我恶心，你把丘维卢特的姓氏奉为圭臬，就像一只披上狼皮的狗，对你的父亲摇尾乞怜，以此维持虚伪奢靡的贵族生活。我曾经发了昏才会爱上你，如果砍掉胳膊能忘却那段恋爱，我会毫不犹豫地挥下斩刀。"

听她讲完，斐沙德冷冷地说："你这么想，是因为你不知道我经历过什么。"

"我根本不想知道你经历过什么，你的尊严已被摧毁，现在的你以血腥镇压为乐，以穷兵黩武为荣。我倒是宁可你死了，至少死亡能证明你是个忠烈之人。现在手脚俱全站在我面前的你，不过是个可怜虫。"

斐沙德怒了："我差点死在牢里。"

"那又如何？"

"你知道濒死的痛苦吗？它就像条蟒蛇缠着你的胸腔，直到窒息。"

"哼，怕死就直说。"谢里丹蒂讥讽道，"你的意志就像你的那根棒子一样软弱。"

观众哄笑。

"你……"斐沙德暴怒地指着她。

谢里丹蒂不屑道:"不要忘了你此行的目的,快带我走,让我当着你父亲的面再好好奚落你一番。"

斐沙德僵滞了一会儿,不甘地放下手,对部下说:"我们走。"

村民发出一阵欢呼。

斐沙德走后,谢里丹蒂站到台阶上说:"各位乡亲,今天这事警告了我们,如果再不反抗,任由那帮贵族在我们头上作威作福,下场不是被饿死,就是被屠宰。在他们眼里,我们都是牲畜,连人都算不上。"

村民们认真听她讲话,跳动的火把光芒把他们愤怒的脸庞刻得棱角分明。

"虽然硝山区和平原区的反抗者们遭受了严酷的打压,但他们的愤怒没有消失,我们应该联合那里的残兵余勇,建立统一战线。我们要囤积粮食,自造兵器,与北鹰堡殊死一搏。"

村民纷纷高喊赞同。

"现在,让我们熄灭火炬,遁入黑暗,好好地睡一觉,从明天起开始酝酿这场战斗。"

场内陷入黑暗,走道灯亮起,有些观众趁这空儿去了趟洗手间。大家小声议论着之前的剧情。

五分钟后,舞台重新亮起。

初冬,雪花覆盖广袤大陆,田间粉妆银砌,洁白的雪片遮住了因真菌感染而发黑的烂根。谢里丹蒂穿上皮革战衣,把唯一的金属护甲片罩在心脏位置。艾偌饿哭了,她将他抱起,拨开衣襟。

村民报告:"萨德欧的军队从铁水镇回来了,带队的是彭斯理士官长。"

"准备出发。"谢里丹蒂把艾偌递给老妪,艾偌立刻哇哇大哭。谢里丹蒂亲吻艾偌的面颊后转身离去,没有丝毫犹豫。

彭斯理士官长正盘算着回去找萨德欧老爷领赏,突然从山坡上杀出一队士兵,他们身着战斗服,背着剑和盾,还擒着锃亮的枪支。彭斯理慌了,正准备调度军队,谢里丹蒂举枪射中了他的坐骑,令他连人带马摔倒在地,被一枪击毙。军队群龙无首,难敌训练有素的沉舟武装队,很快就丢盔弃甲,不战而逃。初战告捷,收获了大量辎重,谢里丹蒂立即把粮食和武器分配了下去,准备下一次战斗。

听闻发生了农民起义，威夫命令辖区内的老爷们动用武力解决此事。可不到两个月，起义犹如野火蔓延，贵族损失无数兵力。眼看着沉舟武装队日益壮大，北鹰堡终于出军了，对沉舟村发动了突袭。谢里丹蒂带领队伍奋勇战斗，用人海战术勉强获得了胜利。

威夫大怒，亲自出征。他任命斐沙德当副手，为他带路。这一次，沉舟武装队的人海战术失败了，北鹰堡的精锐部队兵多将广，弹药用之不竭。几千名武装队队员葬身前线，最终，谢里丹蒂也被逮捕，士兵押着她来到威夫的面前。

威夫用马鞭鞭柄抬起她的下颌："你这妖女，起初诱惑我的儿子，现在又煽动叛乱。说，幕后指使者是谁？"

"没有幕后之人，站在你面前的就是武装队唯一的领袖。"

"笑话，一个女流之辈也能指挥战斗？你不说，我现在就杀了你。"

"我早已做好赴死的准备。吾辈光明磊落，誓为劳苦大众而战，非尔等阴险狡诈之人所能揣度。丘维卢特，痛快地杀了我吧，我要化作厉鬼，在北鹰堡终日哀鸣，让你们永远不得安宁！"

威夫拔剑，刺向谢里丹蒂的腹部。

"不。"斐沙德惊呼。

威夫抽回剑，谢里丹蒂捂住腹部摔倒在地，指缝汩汩地流出温热血液。她颤抖着喊道："我会放弃我的肉身，迎接我的灵魂，去另一个世界继续抗争！"她一眼都没看斐沙德，很快便因为失血过多死去。

斐沙德浑身僵硬。

威夫擦拭剑刃上的血迹："来人，把她肢解了丢到火堆里去，让所有人都看清楚反抗北鹰堡的下场。"

火把落下，四分五裂的肢体在油料和枯枝的作用下熊熊燃烧。斐沙德望着谢里丹蒂那尚未瞑目的头颅，无法遏制地颤抖起来。

威夫下令："给我屠村，一个人都不许放过。"

"是。"众将回道。

威夫对斐沙德说："我们走吧。"

"是，父亲。"斐沙德虚弱地回道。

夜幕降临，斐沙德呆坐在窗边，望着沉舟村的方向，手边的晚餐丝毫未动。

半晌，他站起来径直朝门外走去，外套都忘了穿。

吊桥落下，斐沙德骑着马从北鹰堡疾驰而出。

沉舟村寂然无声，村民的住所全被烧了，焦黑的建筑残骸在夜幕中散发着鬼魅凄凉的气息。斐沙德勒马跳下，失魂落魄地走到谢里丹蒂不成人形的遗骸边上，跪了下来。他挽起骨灰，看着它飘散在风中，哽咽了："谢里丹蒂……"他双手抚地，痛哭起来："到现在我才明白，失去你的痛苦比牢狱之灾更令我无法忍受。你说得没错，我是个彻头彻尾的懦夫，眼看着你被杀死，却没有勇气阻止那个凶手。我遗弃你，令你失望，还成为杀害你的帮凶——天哪，我究竟干了什么？"斐沙德抽出剑，抵着自己的脖颈："就让我以死谢罪吧！"

惊雷响起，电流击中了剑柄，从斐沙德的手中飞脱出去。斐沙德吓了一跳，望向天空，雨点倾洒在他的脸上："谢里丹蒂，是你吗？难道你在天有灵，不希望我此刻死去？"

一声响雷。

"啊，真的是你。"斐沙德绝望地祈求，"如果此刻能燃起大火，我愿意跳入火海与你一同灰飞烟灭。悔恨已经杀死了我的灵魂，就算活着也只是行尸走肉。谢里丹蒂，求你仁慈，让我结束这段屈辱的人生吧。"

雷声滚滚。

斐沙德愤怒地大喊："不，我不接受你的宽恕，我必须受到惩罚！"他爬过去捡起剑，再次对自己举起。突然间，白光乍现，斐沙德失去了意识。等他醒来时，已在烂泥地中躺了许久。借着闪电的光，他看自己手腕被灼烧到发红，剑也莫名地断成两截。

斐沙德崩溃了，哭着说："你留我这条贱命在世上意欲何为呢？是因为你觉得孤苦一生是比死亡更严厉的惩罚吗？还是说……你希望我替你复仇？"

这次，雷声没有回应他，像是默许。

"我明白了。既然我的心已死，不如在自戕之前大闹一场。"斐沙德捡起断剑，扎在了谢里丹蒂遗骸前的泥土中，半跪着起誓："谢里丹蒂，我接受你的授意，为你复仇，完成你的梦想，即使杀父弑母、众叛亲离。"

天刚亮，部下匆匆来报："领主大人，斐沙德带着一万将士和士兵离营了。"

"什么？"威夫掀被而起，跑到窗户边朝军营望去，发现操练的士兵少了一半。

"他们去哪儿了?"

"不知道。值夜的卫兵交代,斐沙德说是奉了您的命令,秘密出征。"

"放屁!把那两个值夜的给我关到牢里去。"威夫焦躁地来回踱步,"一万人走不了多远,立即派人侦查,抓住那逆子,我要亲自审问。"

门外传来声音:"报告领主。"

"又有什么事?"

"沉舟武装队的残余队员在萨德欧的庄园附近闹事。"

"那群余孽蹦跶不过冬天。让柯灵克带兵去灭了他们。"

"是。"

柯灵克得到命令,带着三百士兵前去替萨德欧解围,结果在庄园外的小溪边被斐沙德给截住了。柯灵克刚想与他理论,后者却杀了过来,仅用了五分之一的兵力将其剿灭。

斐沙德说:"你若归顺于我,便留你性命。"

柯灵克啐了一口:"你对北鹰堡背信弃义,我绝不会加入你这叛党。"

斐沙德刺杀了他,然后调转队伍,朝萨德欧的宅邸奔去。

萨德欧出门一看,差点吓得尿裤子:"斐沙德·丘维卢特,伟大的领主之子,您突然大驾光临,令我好生惶恐。来人啊,快准备酒菜。"

斐沙德说:"不用了,我过来是与你订立契约。从此以后,你要遵守我定下的规矩,按照契约规定收取租金和粮食,丰年不可多收,荒年必须放粮。你的法律也必须与我一致,涉及人命的案子要交给我审判。最后一点你竖起耳朵听好:如果在你的地盘发生任何欺辱佃农的事件,我就把你的庄园烧个干净。明白了吗?"

"是是是,明白了。"

"今年庄稼遭了瘟疫,你知道该怎么做。"

"我、我这就叫人开仓放粮。"

"很好。你现在就签下契约,解散你的巡逻队,只许保留守夜人。如果有人侵袭你的宅邸,我会帮你摆平。"

"解散巡逻队?"

"是的,你有什么不满吗?"

望着斐沙德背后的军队，萨德欧擦汗："我遵从您的命令。"

从萨德欧的宅邸出来，斐沙德带着部下们朝硝山奔去，与正准备袭击萨德欧宅邸的沉身村武装队擦身而过。武装队队员们看到北鹰堡的斐沙德无视自己，正纳闷，突然被卷入了前来领粮的农民人潮，从萨德欧的仓库领到十几麻袋的粮食。

哈林正唱着小曲吃着坚果，被窗外的炮响吓得一跃而起。

"报告，斐沙德带着军队攻进来了。"

"啊？他怎么来了？"哈林赶忙穿上外衣。

哈林城堡的驻军是北鹰堡的军队，他们看到斐沙德丝毫没有戒备，被斐沙德一举攻入。斐沙德命令部下活捉敌人，投诚者直接吸纳入队。

哈林见大势已去想要逃跑，被斐沙德抓住。

"贤侄啊，你忘了一年前是你拼死把我救出的吗？你要违逆你的父亲，杀害血亲，做一个被千古唾骂的叛徒吗？"

"我成为怎样的人已经不重要了，我现在只是个为谢里丹蒂寻求复仇的幽灵。"说完，斐沙德拔剑刺死了哈林，把哈林的脑袋砍了下来。

斐沙德提着哈林的脑袋，骑着马在硝山区的各个村落转了一圈。当地村民看到恶贯满盈的哈林被手刃，无不对着斐沙德高声欢呼，一些在反抗斗争中失去丈夫的女人甚至跑出来，跪在地上对斐沙德感恩戴德。

斐沙德愧不敢当："请起身，我不值得你们原谅。我曾参与过杀害你们丈夫的行动，为我的无知付出了惨痛的代价。如今，我只是在赎罪，如果你们真的想要感谢，请在心里记住谢里丹蒂·哥弗，是她拯救了我。"

斐沙德越是谦逊，越是表达他对爱人的歉疚和思念，村民们越是同情他、热爱他，几乎达到疯狂的程度。

"请成为我们的君王。"村民们说。

斐沙德拒绝了："我会为你们主持正义，但我不能用我恶浊的灵魂玷污这个光荣的头衔。亲爱的同胞们，我现在要走了，我与我的父亲丘维卢特领主还有一番大战，无论我是胜是败，拉谜的光都将永远照耀你们。"他把哈林的头颅抛在地上，愤怒的村民们犹如饿虎扑食般围了过去。

北鹰堡鼓声雷动，士兵队列整齐。威夫站在露台上眺望着远方。

部下来报："斐沙德杀了哈林，占领了哈林的城堡，还命令硝山区所有的农庄老爷签订了契约。"

威夫点头，挥退部下，戴上锃亮的头盔。他走下露台，走到军队面前说："人言虎毒不食子，可这世上没有哪一个父亲能够忍受儿子的背叛。斐沙德把我的尊严踩在脚下，作为北鹰堡之主我必须反击，夺回他从堡内偷走的兵将和辎重。我威夫·丘维卢特今天宣布，我与斐沙德断绝父子关系。无论将士还是普通士兵，只要能杀了斐沙德，一律重金赏赐。"威夫拔剑高喊："消灭叛军！"

"消灭叛军！""消灭叛军！"

威夫剑指硝山："出发。"

斐沙德正在指挥士兵拆除城堡地牢里的水刑刑具，突闻威夫率兵来袭，便立刻放下手头的事，组织迎敌。

正午时分，哈林的城堡前，两军对峙。

威夫说："愚蠢之人，放着易守难攻的城堡不用，偏要与我正面交战。"

斐沙德回道："如果投机取巧可以收获人心，我早在北鹰堡时就将你暗杀，但我没有，我要堂堂正正地与你决斗。"

"决斗？你不配和我决斗。"

"那就换个说法，我要杀了你，为谢里丹蒂报仇！"斐沙德拔出剑，"跟我上！"战鼓响起，在后方火枪队伍的掩护下，斐沙德带着骑兵和步兵朝前冲去。威夫也拔出剑命令冲锋。两方军队迅速接触，前锋士兵陷入混战，吼声和刀剑碰撞声迭起。斐沙德和威夫在战场中央交锋，威夫铠甲坚硬，斐沙德的剑根本无法刺穿，几回合下来，斐沙德被压制得气喘吁吁。就在这时，一支箭扎进了威夫的马的后腿上，马受惊扬蹄，斐沙德趁威夫仰头之际，出剑刺穿了其喉咙。威夫捂着鲜血喷涌的脖子，摔下了马。

"领主死了！"斐沙德吼道。

"领主死了！""丘维卢特死了！"捷报传遍战场。北鹰堡的士兵们不再听从将领命令，纷纷抛戈弃甲，落荒而逃。

斐沙德下令："追，一个都不许放过。"

傍晚时分，哈林的城堡恢复了宁静，死尸被埋葬，俘虏乖乖地坐在地上。得知斐沙德获胜，当地村民们纷纷前来，送来整车的瓜果和粮食，斐沙德象征性地拿了一只水果，婉拒了他们的好意。

村民们纷纷跪倒在地。村长说："斐沙德，我们真心希望您成为我们的主人、领主、国王……无论哪个头衔都行。请您体恤我们对于长久遭受欺凌的恐惧，赐予我们心灵的安宁。"

斐沙德不忍再拒绝。他回头看了眼哈林的城堡，说："我计划把哈林的城堡改造成公共建筑，给你们划分出集市、仓库、手工作坊和书舍。我听说硝山地带盛产翡英石，就把这儿命名为'翡英城'吧，我来做你们的城主。"

村民们激动地高喊："城主大人！"

斐沙德点头："我还要回趟北方，不必担心，我很快就会回来。"

第二天，沉舟村的废墟中出现了士兵，他们穿着便服，在斐沙德的指挥下重建村落——即使村中空无一人。士兵在村口立起谢里丹蒂的墓碑，斐沙德在墓碑前半跪下，放上花束："亲爱的，我帮你报了仇。现在，我要把这里恢复成你在时的样子，让人们继续在沉舟村繁衍生息，守护你纯洁的魂灵。"

这时，斐沙德听到身后传来脚步声，转头一看，竟然是逃到郊外避难的沉舟村村民们。

斐沙德垂着头说："我没有颜面见你们，我害死了谢里丹蒂。"

他们动容地望着斐沙德。半晌，从人群中走出一位老妪，怀抱着艾偌："看看他吧，斐沙德，他是你的孩子。"

斐沙德一惊，起身奔了过去。

"谢里丹蒂对我说，如果斐沙德不知悔改，继续作恶，那就把艾偌带走，永远不要让他们父子相认。"

斐沙德哽咽了："艾偌，他是叫艾偌吗？"

老妪点点头。

斐沙德大哭起来："谢里丹蒂，想不到你竟然给我留了这样一份美好的礼物。我以为余生都将困苦黑暗，艾偌的出现让我又看到了光明。"

老妪把婴孩递给斐沙德："虽然他名为'苦难'，但他是你的儿子，也是谢里丹蒂唯一的骨血，请给他冠以父姓，让他拥有一个完整的人生吧。"

斐沙德说："不，丘维卢特配不上他高贵的出生，他必须继承母姓，成为哥弗氏的后代。"

村民们十分惊讶。

斐沙德举起婴儿，骄傲地说："艾偌·哥弗，我的儿子，我一定会为你缔造和平盛世，让你得到最好的教育，让你周游五湖四海，让你收获忠贞的爱情。而你，必须秉持你母亲的热情和勇敢，为翡莫迹大陆带来永久的繁荣。"

众人仰望斐沙德。

天边，晚霞撩人。

　　幕布降下，观众们陷在情绪之中，三秒后，爆发了热烈的喝彩。他们交头接耳地谈论剧情和人物，还有人立即用手环调出《鼠花》，浏览艾偌·哥弗治世的章节。

　　波努跑到后台，关掉变声器，把斐沙德的面具摘去，气喘吁吁道："水。"

　　伯灵娜赶紧给他递去饮料："后天在蛾丽丝还有一场。"

　　波努拭去嘴角水渍："知道了。戏服来不及脱了，希莉，给我件长风衣。"

　　希莉丢给波努一件风衣，麻利地收拾好其他人的戏服，拎起她的谢里丹蒂戏服箱。尘埃社社员们从酒吧后门迅速离开，以免遇到热情的观众暴露了身份。

　　《谢里丹蒂》受到追捧，两个月来演了十场，把波努和希莉给累坏了。虽然他们奔波劳苦，但收效显著，五千年前的那段历史穿透时空的裂隙，与人们的心灵发生共振，斐沙德、谢里丹蒂一心为民的精神令观众们重新拾起了对哥弗王室的信任。

　　梅佐伦感觉波努最近鬼鬼祟祟的，一到放学就没了踪影，留下默泽孤零零地乘飞艇回家。他看到网上流传的地下剧场的演出视频，斐沙德的扮演者和波努的体型身高差不多，但声音不同，引发了他强烈的怀疑。

　　在马雷博士的建议下，梅佐伦买了几个跟踪器，趁午休之时偷偷塞到波努的书包里，结果一连几天都没动静，因为波努根本不带书包出校。接着，他又叫一个女生假扮成爱慕者，给波努送了藏有跟踪器的一大盒糖果，没想到波努转手就送给了默泽，第二只跟踪器死在了翡英城的垃圾桶里。梅佐伦又想在波努上体育课冲凉时把跟踪器放在他的鞋子里，结果试了几次都没成功，因为兄弟俩总是同进同出，他压根没机会下手。

　　跟踪器快用完了，梅佐伦想了个歪招，他等波努在走廊里和伯灵娜说话时，故意与同伴们大声喧哗，吸引纪律委员的注意。接着，梅佐伦与纪律委员发生争执，把纪律委员推到波努和伯灵娜身边，招呼同伴们围了过去，趁波努保护伯灵娜没空分心时，绕到背后往波努的衣摆内侧贴上了跟踪器。

　　跟踪器成功运行，梅佐伦高兴坏了，一直盯着手环里的追踪器定位。波努放学后果然没有回翡英城,而是乘坐飞艇到了厂区,然后又马不停蹄地去了门桥商业街的一家餐馆,停了好一会儿才再次行动,在一栋居民楼前停住了。难不成这栋居民楼里有猫腻?梅佐伦打开卫星地图,找到那栋居民楼。整栋楼在十二点之后便全部熄灯了,梅佐伦守到凌晨三点,也未发现任何异常。

第二天,梅佐伦昏昏沉沉地醒来,发现迟到了。他来不及吃早饭,匆忙赶到学校,回避着老师责备的眼神钻进教室。

波努轻蔑地瞟了眼梅佐伦。

下课后,梅佐伦确认周围无人,一边啃着饼干,一边悄悄地打开手环。追踪器定位显示,波努在凌晨四点离开居民楼,相继跑了九个地方,遍布翡莫迩星,并且目前还在移动中。

"我在哪儿?"

梅佐伦吓得差点把饼干扔了,抬头一看,波努正伏在前方椅背上,青绿色的眼睛冰冷闪亮。

"我问你呢,我现在在哪儿?"

梅佐伦赶紧按灭手环,满头冒汗。波努轻蔑一笑,起身离开了。梅佐伦擦了下汗,这才意识到波努一定是把跟踪器丢在出租飞艇上了。回想起刚才波努看他的目光就像在看一只蠢虫,梅佐伦内心窝火,决心一定要整一整这家伙。

蛾丽丝酒吧灯火通明,酒吧前台张贴着地下剧院的《谢里丹蒂》戏剧海报,前来看戏喝酒的人把座位都占满了。酒吧屋顶的天台上,波努和希莉正拿着饮料,坐在天台边缘聊天。因为要演出,希莉换上了隐形眼镜,不受厚镜片遮挡的面容十分精致,鼻头娇小,睫毛卷翘,眼睛也大了一圈。她好奇地问波努:"你说,当国王会是什么感觉?"

"不知道,但肯定不轻松。"

希莉悠闲地喝了口饮料:"斐沙德挺了不起的,他没有当国王,却开创了一个时代。"

"开创君主统治的不是他,是艾偌·哥弗,艾偌相较于他的父亲更加激进。"

希莉没有搭话,她没有波努那么了解历史。

波努说:"哎对了,能进入拂晓学院的学生非富即贵,但我一直没听你聊过你的家族。"

希莉指着自己:"我的家族?"

"嗯。"

希莉抿了下嘴唇，望着脚下繁华的街景："我不是贵族，我是矿工的女儿。我的父母是在贝马尔矿业的三号矿井里认识的。"

波努有些惊讶，紧接着就想到一个令人揪心的事。

"挖矿工资很高，他们全部省了下来给我交学费，后来……"

见希莉有些吞吐，波努说了出来："后来发生了贝马尔三号爆炸事故。"

希莉点头："他们希望我以后不要从事危险的工作，自己却葬身矿场。"

波努感到悲伤，不知该说什么。

她说，"那套挖矿设备是从常宇宙进口的，事发前就有技术员报告称孢星内外宇宙常数不同，需要调整某些参数的阈值，矿业总经理佩柏不想多花钱，没有调整，出了事以后还通过议会施压，制造舆论，硬是把责任推给矿工和签下设备引进协议的国王，拒绝任何赔偿。"

"佩柏今年当上了议员。"

"是啊，佩柏用那些半吊子的挖矿设备赚疯了，矿场年年死人，赔偿款却只是零头，议会可不把他奉为座上宾。"

波努叹了口气，望着街道，突然感慨道："你确实很适合演谢里丹蒂。"

闻言，希莉转过头，波努的侧脸在夜景之中显得柔和英俊，深色卷发与夜空融为一体，青绿色的虹膜映射着五彩流光，目光炽烈而深邃。察觉到希莉在看自己，波努也转过头来。希莉立即回避他的目光，喝了口饮料。

此刻，一个阴暗的角落，手环相机镜头正对着遥远的酒吧天台，画面放大到可以看清波努和希莉的脸时，咔咔几声，照片成像。

伯灵娜推开天台的门："你俩下来吧，准备演出了。"

镜头画面中，三人离开了天台。确认了波努他们在这家酒吧演出后，梅佐伦关掉相机，打开通讯录，联络黑帮领袖拜特勒。

戏剧演到谢里丹蒂斥骂斐沙德的情节时，突然从门外闯进十几个人，登上了舞台。观众们还以为是戏剧情节，直到那些现代装扮的"演员"抽出手枪。现场才惊叫四起，波努见拜特勒准备开枪，抓起手边的幕帘猛地扬起——惊人的枪响过后，子弹穿过飘荡的幕帘嵌入木柱。拜特勒冲过去掀开幕帘，发现波努他们已经不知所踪。"给我找。"拜特勒说。

一群人消失在舞台上，留下惊恐万分的观众。

梅佐伦正躲在较远的街道暗处，拿手环的相机镜头对着酒吧后门。果不其然，戏服都没来得及脱的尘埃社社员们推门而出，一边摘面具一边跑到街边，跳上刚刚抵达的出租飞艇。梅佐伦全程录像，正窃喜不已，最后一个上飞艇的波努突然转头看了一眼镜头，把梅佐伦吓得缩到墙角。等波努他们乘出租艇离开后，梅佐伦发通讯给拜特勒，内心依旧惊惧不安："我让你吓唬一下他们，你怎么开枪？"

拜特勒骂道："要不是看在布菲亚的面子上，我才不给你这种学生党打工。少废话，拿钱来。"

梅佐伦不敢得罪他，只好把报酬付了。酒吧门口响起警笛声，从地下剧院出来的观众们正在散去。梅佐伦远远地望了一眼，离开了。

第二天，梅佐伦兴冲冲地把偷拍的证据拿给马雷博士，本以为会得到赞赏，却没想到马雷来了句"演戏又不犯法"，直接给他浇了盆冷水。

马雷说："你总盯着波努做什么？那剧本一看就是坎奈尔写的。"

梅佐伦主意来了："要不我找黑市买个人信息？"

马雷撇撇嘴："你知道黑市的信息多贵吗？你最好别让布菲亚发现你拿他辛苦赚的钱去对付小小的学生社团。"

梅佐伦查看了一下手环："父亲不会知道的。我手上的钱刚好够买一个，你说咱们买谁的？"

"波努和伯灵娜的你买不到，就坎奈尔的吧。"马雷说。

黑市效率极快，梅佐伦上午交了钱，中午就拿到了坎奈尔手环最近三个月的收发信息。梅佐伦把坎奈尔的通讯记录筛查了一遍，除了一篇希莉发来的"有关同盟的论述"有点奇怪以外，其他没有任何可疑线索。

梅佐伦把资料拷贝了一份，发给了马雷。马雷大致浏览了一下就把资料删了，以他对坎奈尔这个人的了解，他猜到坎奈尔心高气傲，不可能做偷鸡摸狗的事。

让梅佐伦白花了钱，马雷有点过意不去，花了半天时间写了一篇批驳"清雪行动"的长文，骂坎奈尔"表面上宣传民主，实则在替国王打工，巧妙地掩人耳目，用最低的成本提升王室形象，转移民众对王权压迫和剥削日益增长的不满"，更恶劣的是，他还隐晦地污蔑尘埃社女性成员用暴露的衣着吸引民众眼球。

这篇文章一放出来，希莉热血上头，把马雷堵在办公室的必经之路上，逮住他说:"把那篇碎嘴文撤回。"

"凭什么?"

"就凭你抹黑我们尘埃社的女学生。"

"我写的都是事实,都怪你们自己行为不端,像你这样穿着暴露……"

希莉把眼镜一摘,瞪着马雷:"看你这么大年纪,我让着你。"说完一拳挥了过去。马雷闪躲不及,被拳锋擦中脸颊。

"保安,保安。"马雷没想到希莉居然这么厉害,吓得转身就跑。希莉拉住他的衣领往回一拽,马雷身形不稳,脚下打滑仰倒在地。

希莉扑了上去跨坐在他身上,半露的胸部和迷蒙凶狠的目光显现出一种异样的美丽性感。她再次抡起拳头:"老娘爱穿什么关你鸟事?"

马雷吓得抱紧脑袋。

"把文章撤回。"

马雷不说话。

希莉单手抓住他的手腕,硬生生把它掰开:"给我撤回文章。"

"住手。"校园保安来了。

希莉瞟了眼走廊尽头的保安,放开马雷站起来,不慌不忙地捡起地上的眼镜,拔腿就跑。

"哎,站住。"保安追了上去。

马雷看着两人飞快地消失在走廊另一头,用手背蹭去颧骨上的血。

"站住!"保安歇斯底里地喊道。希莉毫不理会,在人来人往的通道里穿梭。教学楼顿时鸡飞狗跳,大家看着这两人一前一后地在教室外窜来窜去,推算这个保安还能坚持多久。

希莉甩开保安一段距离后,脸不红气不喘地推开广播室的门,反锁。她打开全校广播,说:"马雷出口成脏,污蔑女学生,绝不能让这种道德败坏的人渣玷污校园。"

咚咚咚,保安疯狂敲门。

她大喊:"马雷滚出拂晓学院!"

锁头哗擦一声,保安用手环权限打开了门,气喘如牛地指着希莉,希莉只得作罢。离开广播台的时候,她不小心碰到了播放键,全校喇叭开始播放节奏轻快的乡村老歌。在"夕阳映我眸,谷草拂我心,美丽的姑娘我找寻"的歌声中,大家怔怔地望着希莉被保安带离教学楼——像个英雄一样。

这场风波让所有人都知道了马雷的那篇文章。马雷原本只是想杀杀坎奈尔的风头，结果文中对于女学生的"道德言论"反而令他身陷舆论漩涡。学校里反对马雷的人越来越多，坎奈尔趁机发起了联名信，希望校委会能撤除马雷的职务，全校学生有53%的人签了名。迫于压力，校长只得再一次把马雷请出学校，连申诉的机会都没给。

马雷气得脑袋发晕。七年前，坎奈尔这个曾对他俯首帖耳的学生屁股一转，在课堂上大肆污蔑他为"极端分子"，最终导致他被赶出校园，如今坎奈尔卷土重来，再次剥夺了他仅剩的一点尊严。走之前，马雷找了根木棒，趁大家都不在的时候锁上办公室的门，开始疯狂泄愤。坎奈尔和同事们回到办公室时，已是满地狼藉，尤其是坎奈尔的位置，椅子都被摔散了架。

这还没完，马雷出了学校，立刻成立了读书会，布菲亚支持他加印了三万本《泥淖政治》，赠送给之前参加过清雪行动的人。在马雷的洗脑宣讲之下，有些人的观念转变了，认为清雪行动是一场作秀，王储欺骗了民众，令他们沦为王权政治的牺牲品。好不容易通过清雪行动和出演《谢里丹蒂》建立起来的民众与王室之间的信任被瓦解，失望、仇恨的情绪回到了社区，蝎尾糖销量随之攀升。

蜜酒之家中，戒毒小组的迈赛顿气得咬牙切齿："这个马雷简直是毒瘤。"

波努说："有布菲亚的资金支持，他当然有恃无恐。"

坎奈尔皱着眉朝窗外看了一会儿："不是所有的事都能靠钱解决的。"他打开文教局的通讯列表："看来只能用最后一招了。"

一夜醒来，马雷发现自己写的《陨落的王国》和《泥淖政治》突然成了禁书。"怎么会这样？"他惊慌地跑上大街，见图书馆和社区阅读栏的员工把他的书打成捆，像扔垃圾一样丢进运输车，即将运往废物处理厂集中销毁。马雷大脑一片空白，步履蹒跚地跟着垃圾车走了两步，然后瘫坐在路牙上。路人向他投去怜悯的目光，窃窃私语着，可马雷却毫无反应，神情呆滞地盯着地面。

梅佐伦发来文字信息："我查到了，是文教局审查部副部长科塔文禁了你的书。"

科塔文是坎奈尔的发小。马雷咽了口唾沫，用颤抖的指尖关掉手环。冬日天空阴沉，景色黯淡，来往穿梭的人群就像毫无情感的机器。马雷像丢了魂儿似的发呆，满脑袋都是埋头创作那两本书的艰难记忆。最终，他扶着路灯杆站起来，缓缓地朝漆黑的小巷深处走去……

结束了一天的课程，坎奈尔正准备回家，接到科塔文的通讯。

科塔文说："除了居民藏在家里的，市面上所有的马雷的书都已经送到处理站了。"

坎奈尔很高兴："辛苦你了。"

"我仔细看了，他写得确实失德、偏执，你怎么没有早点举报？"

坎奈尔叹了口气："马雷以前是我的老师，也共事过一段时间。要不是他这次太过火，我也不想把事情做得这么绝。"

科塔文点头："我理解，这么一来，马雷一时半会儿嚣张不起来了。你今天过来喝点酒吧，我准备了些菜，咱们聚聚。"

"好，你等我。"坎奈尔关掉手环，收拾好东西后离开了办公室。

傍晚时分，阴沉了许久的天空放了晴，卷起一片片橘红色的晚霞。坎奈尔走到校门口，与这片美景极为不和谐的一幕出现了。马雷披着黑袍，浑浊的双眼充斥怨恨。坎奈尔本不想理睬，却被他正面拦住。

"为什么？"

坎奈尔没回答，侧身绕过他。

马雷上前一把抓住坎奈尔的衣襟："为什么要这么做？"

坎奈尔抓住马雷的手腕："我要喊警卫了。"

马雷暴怒，猛地推开坎奈尔，坎奈尔后退两步差点摔倒。马雷吼道："要不是我提携你，你至今都还在做代课教师，你有今天的成就完全是因为我。你呢？把我赶出学校，禁我的书，你就是这样报答我的？"

坎奈尔本要发火，看到有学生投来目光，便忍住了，想换条道走。马雷再次拦住他："给我说清楚。"

坎奈尔平静地开口说道："如果你写得没问题，就算我说破嘴皮科塔文也不会禁，这事你心里没数吗，我的'恩师'？"

马雷呼吸一滞，突然从黑袍里掏出一把枪。坎奈尔惊愕，下意识钳住马雷的手——砰，子弹掠过坎奈尔耳边，学生们都吓了一跳。

坎奈尔吼道："来人，警卫！"

马雷把枪口用力往下压，坎奈尔死死抓着他的手，不让他有机会开枪。眼看着校门的警卫拔枪冲过来，马雷索性松开枪，由于惯性，坎奈尔身形不稳，就在这时，马雷又掏出一把枪，对着坎奈尔。

坎奈尔难以置信地最后看了一眼马雷。

枪口扬起一小撮烟雾，子弹穿透颈动脉，裹着鲜血在地上弹射。坎奈尔捂着脖颈仰躺在地，血液汩汩地从他的指缝喷涌而出。他抽搐了一会儿，双眼逐渐变得无神，歪斜的眼镜映射着校园东北部的玫瑰色山峦……

全场寂静，警卫和学生都愣住了，一秒后，警卫赶紧按亮手环，叫救护车、报案，激动地对着手环报告情况。手枪滑落在地，马雷浑身剧烈颤抖，颤颤巍巍地坐在地上，不敢看一旁的尸体。半分钟过后，他忽然抱着头号啕大哭起来。

波努从教学楼狂奔出来，看到眼前血腥的一幕，驻足愣住。伯灵娜和希莉随后跟来，差点失声尖叫。波努不敢破坏现场，也不敢私自救助坎奈尔，只能站在远处，呆呆地看着医护人员从飞艇上跳下，急救忙活了一阵后，把坎奈尔的身躯装进裹尸袋。马雷被警察带走后，学生惊魂未定地逐渐散去，波努却还站在原地。

默泽走了过来，扯了扯波努的衣袖，见波努没动，便陪着他站在那儿。

过了好一阵，波努才反应过来，吸溜了一下鼻子："抱歉。"

默泽摇摇头："没事。"

"走吧。"波努像小时候那样拉起了默泽的手。

校门口的枪击案震惊全国，拂晓学院和社会人士群情激愤，请求法院严惩马雷。眼看马雷被判死的呼声越来越高，梅佐伦急得团团转，十年的师生情感令他无法坐视不理。梅佐伦去找父亲，布菲亚说没法插手，他又去找马雷的律师，律师一个字都没透露。最后他只能去问黑市商人，后者说这种重大刑事案件由政府督办，目击证人太多，马雷也被禁止保释，他着实帮不上忙。梅佐伦为了马雷东奔西走，但他心里很清楚，人命官司不是他一个学生所能介入的。

距离审判日还有三天，马雷被判处死刑几乎已经板上钉钉了，梅佐伦心灰意冷，去了趟拘留所，想要最后见一次他的老师。在警察的带领下，梅佐伦穿过监控严密的通道，步入会面室，坐在玻璃隔板的这一边。不一会儿，马雷来了，穿着囚服。

梅佐伦压抑悲伤："你最近还好吗？"

马雷微微点了点头，捋了一下凌乱的额发。他的眼角皱纹深刻，监禁生活似乎令他一下子衰老了。

"我给你带了吃的，他们说到了饭点会送给你……"

"不需要，你拿回去吧。"

梅佐伦愣住。

意识到言语太过冰冷，马雷语气软了下来："一切都结束了，你不要再来了。"

梅佐伦低下头，鼻头发酸。

看他那副样子，马雷不忍地叹了口气："对不起。"

梅佐伦摇摇头："如果我有能力阻止坎奈尔对你的伤害的话……"他看向马雷，马雷也回视着他。马雷那双微微发亮的褐色眼睛弥漫着绝望、悲伤和后悔，可梅佐伦却从那片阴霾之中，发现了一丝微弱的对生命的渴盼。刹那间，梅佐伦的心脏疯狂跳动起来，一种强烈的使命感涌上心间。

从拘留所出来，梅佐伦乘坐出租飞艇回到学校，一头钻进图书馆，在法律的书架前席地而坐，疯狂地寻找能够减轻马雷罪责的条文。他整整一夜没睡，只喝了点水，双眼熬得通红。可直到第二天晚自习结束，他也没能找到证明马雷罪不至死的证据。

眼看还有十个小时就要开庭，梅佐伦瘫坐在一堆凌乱的法律书中，绝望地撑着额头。这时，墙壁上的电视中传来一则新闻：麦兰森议长回应质疑，称909号建墙计划从来都不是秘密，属于国家规划项目等等——麦兰森？议会？梅佐伦突然大脑像过了电般，他打开手环，快速浏览着信息。

距离开庭还有八个钟头的时候，梅佐伦问父亲要了一笔钱，从黑市商人那里购买了麦兰森议长的通讯名片。他发送了信息，直接说自己是布菲亚的儿子，有重要的事希望能与麦兰森议长面谈。忐忑不安地等了一会儿，梅佐伦收到一则匿名通讯，没有图像只有声音："找我什么事？"

梅佐伦吓了一跳，紧张得额头出汗："您好，我是梅佐伦·布菲亚，我想用一个秘密换取马雷博士的命。"

"你那秘密值几个钱？"

梅佐伦斩钉截铁地回道："比马雷的命值钱。"

通讯那头沉默了两秒，再次响起："那你过来吧。不过我警告你，别耍滑头。"通讯结束，五秒后，一条地址信息发了过来。

根据指示，梅佐伦坐车向城北的富人聚居区飞去。接近目的地时，他谨慎地改用步行，顶着漫天雪花走到了麦兰森的宅邸门口。警卫似乎认识他，搜身过后便让开了道。梅佐伦踩着积雪进入院子，发现脚边都是价值千万星币的常宇宙草木，奇怪的是，在这些名贵草木之中，竟然摆着两盆价格低廉的普通花草，还被照顾得很好。

在管家的带领下，梅佐伦穿过金碧辉煌的前厅，踏上铺着奢华毛毯的台阶。进入会客房后，他忐忐不安地坐在沙发上，脊背挺得笔直。

没多久，麦兰森来了。他看起来比电视上更加年轻，穿着量身定制的正装，大概是刚参加完某个会议。麦兰森摘掉手套，不客气地丢在梅佐伦所坐沙发的扶手上，然后点上烟，陷在单人沙发里慵懒地吸了一口："说吧。"

对方开门见山，梅佐伦也不含糊："我手上有一个文件，能够证明尘埃社意图谋反。如果您能保住马雷博士的命，我就把这份文件发给您。"

麦兰森吸了口烟说："现在就给我。"

梅佐伦也明白自己有求于人，没有谈判的筹码，只得把希莉发送给坎奈尔的那篇有关同盟的构想文章发给了他。

麦兰森飞快地扫视完，问："这个希莉是谁？"

"她是尘埃社的骨干成员之一。她在文章中提到一个叫'蜜酒之家'的团队，我怀疑是由坎奈尔领导的反叛组织。虽然坎奈尔死了，但波努依然很活跃，他和坎奈尔一样过分迷恋民主，很有可能会继续领导这个秘密组织。"

麦兰森看了他一眼，幽幽地问："你这是在挑拨我和王室的关系？"

梅佐伦心中一惊，但表面上依然保持镇定："我只是建议您防患于未然。"

麦兰森掐灭烟头，睥睨着他："你知道瓦莱克药业最大的股东是谁吗？'蝎尾糖'冲击'弥普乐生'的账我还没跟你们算呢，你就敢只身跑到敌人家里来。"

梅佐伦大脑一片空白，口不择言道："等有一天我掌管公司，一定跟您分红蝎尾糖的利润。"

闻言，麦兰森打开手环，点弄了一会儿，挥手把投影甩到梅佐伦面前。画面中，布菲亚正与黑帮团伙讨论如何让更多人沾染"蝎尾糖"，每个字都录得一清二楚。

梅佐伦脸色煞白。

麦兰森说："你们在干什么我一清二楚，想要钱的话，我早就把布菲亚杀了。"

"那您……"

"我只是不想让国王日子过得太舒服，顺便再给军部那帮猪猡找点活儿干。"

梅佐伦接不上茬了，麦兰森权势滔天，说话还一套一套的，他根本不是对手。可即使这样，梅佐伦也没忘自己来的初衷，最后争取道："您能不能看在我提供叛乱信息的份儿上，免除马雷博士的死刑？"

麦兰森又点上一根烟吞云吐雾起来，思考着什么。梅佐伦不敢说话，安静地等待。半晌，麦兰森问了句："你了解烟茄对人体作用的剂量吗？"

梅佐伦不敢撒谎："了解。"

麦兰森掸了下烟灰："我可以赦免马雷，但你要给我做件事。"

梅佐伦心生希望："什么事？"

麦兰森的灰色眼珠微微发亮，没有回答。"你回去准备接马雷出狱吧，具体任务我以后再联系你。"他示意梅佐伦可以走了。

梅佐伦走出宅邸，突然有种上了贼船的感觉。

判决那天，波努一直用手环刷法院的公开页面，想要在第一时间知道结果，午饭也没心思吃。下午课程开始前，结果出来了：法院认定马雷的开枪行为是"正当防卫"，仅因非法持有枪支并威胁他人判处马雷一年有期徒刑，缓刑半年，已被保释出狱。

默泽惊呆了："'正当防卫'？"看到波努二话不说拎起外套就往外跑，他匆忙跟了过去。

梅佐伦偷偷地瞟了眼哥弗兄弟俩，看到手环显示出一条马雷的信息："我已出狱。"

波努离开教学楼，遇到游泳回来的伯灵娜和希莉。伯灵娜说："我们看到判决结果了，那明明是谋杀，怎么会……"

她浑身汗湿，胸口一起一伏，默泽不好意思看她。

波努点了下头："我现在就回去问父亲。"

希莉说："你问国王有什么用？他又不是法官。"

"因为我怀疑有人在捣鬼。"

闻言，两位女生相视了一下。

默泽提醒哥哥："马上上课了。"

"顾不了那么多了。"波努看到飞艇到达，朝校门口走去。

伯灵娜问默泽："你也要翘课吗？"

默泽犹豫地看了眼教学楼，又望了望哥哥的背影，叹了口气，拔腿跟了过去。

翡英城十分安静，王宫大厦高耸于冬日阴沉的天光之中，内部隐隐透出光亮。两人赶回家后，默泽去换衣服，波努独自往父亲的书房走去，他推开门，看到奥讷兰正与麦兰森议长谈话。

麦兰森瞥了波努一眼，放下跷着的腿站起来："我先出去了，你们聊。"

奥讷兰淡淡地"嗯"了一声。麦兰森掠过时扬起的微风，令波努起了一身鸡皮疙瘩。

虽然之前与奥讷兰发生过口角，感觉与父亲有了些距离，但波努打心底还是愿意相信他的。波努说："马雷不是正当防卫，是蓄意谋杀，在场的学生都看到了，监控也拍得很清楚。"

奥讷兰说："监控只拍到了坎奈尔的背面，律师利用了这一点，说当时坎奈尔抢夺手枪成功，意图射杀马雷，马雷为了自卫才使用了第二把枪。"

"这是胡扯。"

"我理解你的心情。"奥讷兰安慰道，"刚才麦兰森议长过来也是跟我说这个事情。他知道你在乎这个案子，特地来把一些关键材料和坎奈尔的尸检报告送给你，希望你能早点释怀。"

波努没有看材料，继续说："有目击证人说两人争抢手枪的时候，马雷故意松开手，趁坎奈尔没法防备时杀了他。为什么不采用目击证人的发言？马雷可是带着两把枪去找坎奈尔的，这就是蓄意谋杀的证明。三岁小孩都明白的道理，法律上居然无法认定？"

"这我不清楚，我只相信法院的判决，毕竟是政府督办的案子。"

政府督办的就不会受到干扰了吗？波努没说出口。"布菲亚会不会从中作梗？我看负责这个案子的是达玛伊德大法官，他和审判布菲亚贩毒案的法官是同学关系，他们如果和'蝎尾糖'生意有利益往来，那保护马雷……"

奥讷兰脸一沉："达玛伊德是你爷爷提拔的大法官，修宪会议上他是站在我们这一边的，议会都动不了他，何况布菲亚那帮人。"

默泽换好衣服从房间出来，听到书房里波努和父亲谈论得正热烈，便没有打扰他们，换了条过道想去给哥哥拿点吃的。路过会客室的时候，他听到里头飘出人声:"嗯,对,还好坎奈尔当场死了,不然马雷出不来。"

默泽脚步一顿——有人在说马雷的事?

"达玛伊德我打点过了,两百万够他舒坦一阵子了。不过说实话,马雷不值那么多钱。"

默泽听出了麦兰森的声音,震惊得捂住嘴。

"民主比无政府主义更可恶你知不知道?坎奈尔死了也好,省的以后我动手。"他停顿了一下,"不用在意波努,只要奥讷兰还听我的,他翻不出什么水花儿。"

默泽紧张得屏住呼吸,蹑手蹑脚地走过会客室,到达楼梯拐角。他转身背靠着墙,松了口气,抹去额头的汗珠。突然,他的身侧光线一暗,麦兰森悄无声息地出现,逆着光的两只灰色眼珠冰冷明亮。

默泽吓得浑身一震。

麦兰森充满压迫感地问:"你在这儿干什么?"

默泽嗫嚅着说:"我、我打算去拿点吃的。"

"拿点吃的?"

"拿吃的……给哥哥。"

麦兰森刚想说什么时——"麦兰森先生。"麦兰森转头一看,神情变得柔和:"下午好,王后殿下。"

莎珂尔笑意盈盈地走了过来:"您那么忙,今天怎么有空过来的?"

麦兰森坦言:"听说波努对马雷的案子有疑虑,我过来送点资料给他。"

"我替波努谢谢您。"

"应该的。"

"您留下来吃晚饭吧,我让后厨准备佳肴。"

麦兰森礼貌地回道:"感谢邀请,但是不了,我过会儿就走。"他转过头对默泽说:"你刚才说要给你哥拿吃的,别忘了。"

默泽一惊,刚稳定的心脏又狂跳起来。

莎珂尔冷冷地瞥了麦兰森一眼。

等麦兰森进入会客室,莎珂尔拉着默泽朝楼下的餐厅走去。她什么都没说,默泽也什么都没问。

波努从书房出来后,便下楼去餐厅找默泽:"你还回学校吗?我和伯灵娜他们约了去图书馆碰面。"

默泽点点头，把碗里的饭扒拉完，拎起餐桌上的一袋小圆饼。

飞艇中，波努有一口没一口地啃着小圆饼，出神地盯着窗外的繁华都市。紫红色的晚霞与霓虹灯交织，高楼大厦浸没在傍晚的安宁祥和之中。他犹记得十七天前的这个时刻，他站在坎奈尔教授的尸体前，眼睁睁看着那潭血泊变成死水。

默泽琢磨着找个机会把麦兰森说的话告诉波努，因为飞艇上有录音设备，他打算回了学校再说。

伯灵娜和希莉正坐在图书馆三楼，"尘埃社"的招牌已经被揭去了，曾经的活动角已成了普通的阅览区。见波努和默泽来了，她们迎了上去。

波努说："我的父亲相信达玛伊德大法官的判决。"

伯灵娜感到气愤："这里面一定有问题。我们应该继续在达玛伊德大法官身上找突破口，无论是何种交易，最终都会到他头上，他不松动，马雷是没有机会逃脱的。"

波努抱着手臂来回踱了两步："有道理，但回来的路上我也在想，是不是我们的方向错了？"

"什么方向？"希莉问。

"我们总是在考虑布菲亚和法官的问题，可如果救马雷的另有其人呢？"

闻言，默泽紧张地盯着波努。

伯灵娜不解："另有其人？除了布菲亚他们，谁会愿意冒风险去救几乎没有社会地位的马雷？"

波努抬起眼睛："讨厌坎奈尔的人。"

伯灵娜和希莉愣住了。希莉说："你的意思是政府高层也有嫌疑？"

波努点头："讨厌坎奈尔的人未必支持马雷，但他一定是反对民主的，翡莫迩星最反对民主的人就集中在翡英城里，当然，也包括我那不知民主为何物的父亲。"

默泽忍不住站了起来："咱们收手吧，不要再调查马雷的事。"

三人同时看向默泽。波努问："为什么？"

"因为那幕后之人咱们得罪不起。"默泽说出实情，"你和父亲在书房谈话的时候，我从会客室路过，听到麦兰森议长在打通讯，说他给达玛伊德大法官送了钱，救了马雷。"

伯灵娜和希莉惊讶得屏住呼吸。波努也难掩震惊神色："是麦兰森干的？"

默泽点头。

"他在跟谁通讯？"

"不知道，没听出来。"

希莉推了下眼镜："这么说，议会救了马雷。他们要用他做什么呢？"

默泽几乎是在哀求："总之别再调查这事了，无论议会要做什么，都不是我们能够阻止的。"

波努深呼吸一口，控制情绪说："确实，麦兰森救了马雷，父亲就算知道真相也不会去得罪他。另外，如果军部有人牵涉此案，那把伯灵娜拉下水，对她而言也不公平。"

默泽点点头。伯灵娜没说话。

波努攥紧双拳："可是被害者是坎奈尔啊，我怎么能让杀害他的人逍遥法外呢？"

闻言，两个女生露出悲伤神情。

默泽说："麦兰森是个很可怕的人，他能掌控议会、掌控父亲，一样能掌控你。麦兰森救马雷肯定有他的目的，你现在跳出来往他的枪口上撞，不是送死吗？"

波努平静地说："只要能改变这个世界的肮脏法则，我死也愿意。"

默泽急了："为什么非要改变？像父亲一样与世无争不好吗？"

"因为我做不到！"波努头一次发这么大火，"我看不得民众受辱、法院颠倒黑白，看不得军部建墙，用毒品消磨国民意志，我要让每个人都过上体面的生活。"

默泽懵了："那是不可能的。"

伯灵娜说："可不可能试过才知道。"

希莉也点头。

波努冷静下来："至少现在我们明确了作战目标。我们必须发动全体国民声讨议会的暴行，把坎奈尔教授的民权运动继续下去。"

希莉问："墙内还好说，墙外的人如何动员？"

"用工业炸药。"

三人惊呼："炸药？"

"对。"波努的瞳孔中燃起火焰,"炸掉那堵墙,就不分内外了。"

引擎轰鸣响彻上空,战机的尾焰划出一道光弧,向着大陆东北方的军区延伸而去。翡英军军区宽广辽阔,以司令部大楼为中心,军火仓库、装备部大楼、能源供给处等环绕四周。黑灰色的军事建筑安静伫立,建筑周边供能管线纠缠,红色航标灯犹如萤火闪烁,正在执行巡逻或训练任务的战机队伍在军区上空飞舞穿梭,远望就像苍蝇群围绕着庞大的沼泽怪物。更远的港口,翡英军太空舰队赫然阵列,"火桅号"星际航母矗立薄雾之中,数以万计的炮口沉寂着,甲板上堆满了军备物资。

麦兰森与随行人员进入战略控制中心,一路上没有遇到任何阻拦,自由得如入无人之境。司令部大楼内部与外部一样冰冷黑暗,空气中弥漫着金属的气味,接待和服务人员全是荷枪实弹的士兵。麦兰森到达顶部的会客室,推开门,看到翡英军部长寇雷格和伍尔班夫将军坐在沙发上。寇雷格身着军队制服,伍尔班夫穿着训练用的作战服,两人身形都很魁梧。麦兰森坐在他们对面,不慌不忙地点上烟:"蛾丽丝酒吧黑帮火并的事你们都知道了吧?"

寇雷格点头:"知道。"

麦兰森说:"门桥街区的地下娱乐藏污纳垢,必须要整顿。"

伍尔班夫说:"那件事是黑帮老大拜特勒搞的,拜特勒是布菲亚的人。您不去找布菲亚问清楚,跑到军部来提要求——我不明白。"

麦兰森打量了一下他俩,讥讽道:"我说你们这帮武夫,脑袋里只有一根筋。布菲亚从来都不是,也没有资格成为我的敌人。真正的敌人在我们的内部,它可能是具体的一个人,也有可能是某种思潮。"

寇雷格听不懂:"直说吧,敌人是谁?"

麦兰森弹了下烟灰:"你觉得是谁?"

寇雷格说:"我看波努的清雪行动就是在煽动叛乱——当年支持建墙的人被他们带动,居然转头回来骂我们。"他往地上啐了一口:"要不是看在王储的面子上,我一定把他们全抓起来,关个十年八年。"

伍尔班夫看了寇雷格一眼。

麦兰森说:"没错。黑帮冲击了蛾丽丝酒吧地下剧场《谢里丹蒂》的活动演出,后者正是清雪行动的余韵。再不整顿,让几个小孩动摇国家的根基,你们翡英军可就成笑话了。"

寇雷格脸发红："那绝不可能。"

伍尔班夫问："《谢里丹蒂》是讲的《鼠花》里的谢里丹蒂吗？"

"对，"麦兰森吐出烟，"斐沙德就是波努演的。"

寇雷格和伍尔班夫有些惊讶。

"从戏剧选取的情节来看，波努是想给哥弗氏正名。波努很有斗志，像他的爷爷，但民众不需要有个性的国王，他们只需要贫困的生计和对军队的畏惧。"

寇雷格表达赞同。

麦兰森说："我建议奥讷兰选更软弱的默泽做王储，他没听，早知道波努喜欢惹事，那个时候就该强硬点。"

伍尔班夫说："他们兄弟俩长相一样，性格却完全相反。"

麦兰森说："不管了，十几岁的毛头小子成不了气候。你们只需按我说的做：整治所有的酒吧、夜店、娼寮，逮到地下非法集会该抓就抓，该杀就杀。"

伍尔班夫提议："需要实施宵禁吗？"

寇雷格说："没必要，因为黑帮闹事就军事戒严，军部的脸往哪儿搁？这事交给警局就行了。"说完，他对麦兰森做了个金钱的手势。

"哼，话说得那么硬，要钱的时候倒像个娘儿们。"麦兰森叼着烟，打开手环的资产账户。

新规定一出，警察对门桥街区的经营场所逐个巡查，酒吧和夜店的老板们为了避免麻烦，把很多娱乐项目都停了。劳累了一天的人们只能待在家里，对酒精的依赖度上升，"弥普乐生"和"蝎尾糖"也销量大涨，黑暗小巷里挤满了"倒头"，斗殴和袭警事件频发。以为禁了娱乐就万事大吉的麦兰森怎么都没想到，在他呼呼大睡的时候，波努、希莉、伯灵娜和其他蜜酒之家的成员们正在不眠不休地准备着。

空旷的废弃厂房内人影绰绰，拉谜光芒透过高处的天窗洒下，形成一道笔直的光束，映亮了锈蚀的制造机，机器上一片片苔藓正在贪婪地吸取着露珠中的养分。忽然，露珠周围光线一暗，工人推着装满炸药药卷箱的推车路过后，露珠们又重新散发光辉。工人把药卷箱搬下推车，进入临时搭建的危险品存放仓库，放在一整排橘黄色的电子雷管旁边。

波努站在爆破专家身后，看着他布置炮孔位置、计算总装药量。这位专家是蜜酒之家的原林业局局长达尔顿请来的，曾经参加过霍亚德执政时期发起的退建还林的环保行动。波努正专注观看，默泽的通讯来了，他走到一边接通。

默泽有些忧郁："你最近怎么样？"

波努回答："挺好的。"

"昨天伯灵娜没来学校。"

"嗯，这两天有点忙，我们有一个行动。"

"很大的行动吗？"

"是的。"

默泽紧张起来："我担心，我怕你出事……"

波努想了想说："那你一起来参加行动，我们正好缺个盯梢的，伯灵娜会教你怎么操作网络系统。"

默泽的眼睛亮了起来："好。"

兄弟俩又聊了一会儿才结束通讯。波努回到专家身后，看到他的手环投影显示：根据模拟分析指标可视化计算，爆破方案通过了。

派特兄弟找来不少工会的人来帮忙，众人齐心，在隔离墙边上成功搭建了一个简易舞台。希莉放出消息：《谢里丹蒂》戏剧组将在简易舞台露脸出演。消息不胫而走，勾起了人们的好奇心，无论看过戏剧还是没看过的人都想一睹演员的真容，即使街上风声鹤唳，他们也愿意冒这个险。

演出日期临近，伯灵娜以写有关国家安全的论文为由，让她的父亲调取军部的实时影像。因为外部监控不涉及军事机密，伍尔班夫登录监控后台时没有回避。伯灵娜记住了账户和密码，又从家里门把手上提取了伍尔班夫的指纹，但因为没有虹膜信息，所以权限受限，只能看到模糊的缩略图影像，不过这足够监视军部动态了。

伯灵娜找到默泽，把伍尔班夫的指纹指套和账户密码都给了他。她教他的时候，两人脸贴得很近。好在流程简单，默泽记住了，伯灵娜离开了很久，他还沉浸在那种虚幻的亲密感中。

经过紧锣密鼓的筹备，在一个平平无奇的工作日深夜，简易舞台四周点亮了灯火。观众们席地而坐，翘首以盼。戏剧开始前，演员们戴着角色面具登场。波努和希莉携手往前走了一步，摘掉了斐沙德和谢里丹蒂的面具。台下的人们惊呆了，他们没想到主演竟然是王储和主导清雪行动的女学生。

戏剧开始。没有面具的遮挡，演员们的情绪得以释放，观众更容易被感染。当演到谢里丹蒂死去时，人们举拳怒吼；斐沙德在遗骸前痛哭流涕，人们也跟着流泪；当士兵们高喊"领主死了"的时候，台下也欢呼雷动。灵魂的共鸣令舞台上下融为一体，人们或悲或喜，徜徉于情感的狂风骤雨之中……

自从波努他们赶去演出后，默泽一直盯着监控画面，晚饭只啃了两个面包，眼珠子都没转过。

戏剧结束，趁观众们还沉浸在情绪中，波努回到舞台中央。他依然身着斐沙德的戏服，没有了布景投影的衬托，五千年前的人物似乎穿越了时空，来到了今非昔比的翡莫迩大陆，站在祖祖辈辈生活在这片土地上的乡民们面前。

他开口说道："朋友们，我从未想过自己有一天会以这样的姿态站在你们面前。我多么想与你们共享荣华、把酒言欢，而不是站在这黑暗贫瘠的郊外忍受寒风——但我不能，因为这个国家之中盘踞着一条恶龙。"

见观众的好奇心被唤起，波努继续说："自从翡莫迩修建星门与常宇宙互通有无之后，一些人开始变得贪婪，他们疯狂攫取财富，欺骗民众，制造成瘾药物腐化人心。为了扼杀当年的国王霍亚德的主张，这群人分化了军队、财政、司法、医疗等重要机构，使其脱离国王的掌控，还通过操纵新闻媒体来让人们相信：民众口袋里的钱是被国王掏空的，他们生活变坏都是国王疏于理政的结果。"波努停顿了一下，语气变得激烈："是的，这条恶龙就是议会。睁开眼睛看看吧——"波努放大手环投影，议会成员名片一字排开："制造了成瘾药'弥普乐生'的瓦莱克药业董事长胡凯里尼，拒绝出钱调试设备从而导致矿井爆炸的贝马尔矿业老板佩柏，批驳全民医保的约纳院长，支持烟茄提取物滥用的生物学会会长吉琳，手下拥有全国占比近一半的娼寮经营者达姆兰……"

人们盯着投影中的议员们，眼中灼烧着愤怒。

"试问，这些人会替民众说话吗？"波努握拳一挥，"不！他们都是议会会长麦兰森的手下，是群嗅血而动、自私肮脏的鬣狗。我们辛勤劳作，在生养他们的这片土地上繁衍生息，结社建国，却连主宰自己的国家都做不到，还要被那帮畜生牵着鼻子走，你们能接受这样的命运吗？"

人们齐声高呼："不能！"

"你们能忍受他们侵吞公共财产，建墙隔离同胞，玩弄法律，把亲友变成'倒头'，每天靠成瘾药维生吗？"

"无法忍受!"

波努往前走了一步,目光毅然:"我波努·哥弗,以一个普通国民的身份向麦兰森宣战:从现在起,我与他势不两立,我要保护我的同胞,保护我的家族,绝不允许他继续玷污神圣国土。"

"打倒麦兰森,净化议会!"高喊声一浪接着一浪。

波努举起引爆器:"今天请你们过来,是为了让你们见证历史的一刻。我要炸掉那堵丑恶的隔离墙,让所有的歧视、不公、罪恶、耻辱,统统都化为乌有。"波努按下按钮。

几声清脆的爆炸声过后,地面震动,排山倒海的轰鸣随之袭来,巨石垮塌掀起的尘埃墙堪比沙尘暴,沙石飞掠而过,把舞台打得沙沙作响,所有人都背对着爆破点,用袖子捂住口鼻。二十秒后,轰鸣声逐渐停止,两分钟后,烟雾浓度下降,从巨石嶙峋的墙体废墟对面,射来了冷白色的手电光。渐渐地,手电光柱愈来愈多,把碎石堆映照得像雪雾里的冰山。波努也打开手电筒朝对面晃了晃。听到大家的呼喊,墙外的福利院居民们爬上隔离墙残骸跳了下来,冲出尘雾,与曾经的同伴们会合。看到一些熟悉而消瘦的面孔出现在面前,派特兄弟激动得热泪盈眶。难以名状的激情从隔离墙的缺口决堤而出,人群躁动着,友爱和愤怒形成了两股力量,冲击着、拉扯着人们的身体。借着众人的激情,波努、伯灵娜、希莉和其他蜜酒之家成员们开始带着大家朝厂区行进,意图唤醒更多同伴加入。

郊外棚户区的失业工人们被爆破巨响惊动,寻找声音来源,看到了从黑色迷雾中走出的游行大军。听闻派特兄弟的解释,他们毫不犹豫地加入了队伍。游行人群分散成三支队伍踏上厂区的主干道。"打倒麦兰森,消灭议会!"口号声响彻厂区,早早关灯的宿舍楼再次亮起灯光,人们纷纷下楼,倒头们也走出肮脏小巷……被吸引加入队伍的人愈来愈多,街道人头攒动,游行犹如海浪席卷厂区,人们爆发出的怒吼就像一支强心针,注入翡莫迩王国的那颗腐朽的心脏,强迫它再次跳动起来。

默泽全神贯注地盯着屏幕,生怕错过军部的动向信息,这是他第一次参与哥哥主导的行动,他可不想搞砸。从伯灵娜发来的现场视频来看,游行活动进行得很顺利,参加的人也很多,如果能通过和平手段迫使议会做出改变,那就太好了。默泽一边想着,一边看着监控缩略图,突然间,他发现视频下方模糊的时间数字似乎不再跳动——默泽头皮发麻,飞快地趴到窗口俯瞰,惊愕地发现警用飞艇的尾灯犹如群星闪烁，正在密密匝匝地向城郊移去。

游行队伍踏上北鹰河大桥，打算进入门桥街区唤醒更多的人时，警笛声自远方响起，不到五秒，引擎轰鸣连成一片，上百只警艇飞跃桥面，在他们面前形成一字阵列。色彩变幻的警灯映亮了示威者的脸庞，场面犹如鲨鱼群盯着几只小鱼。

波努得知默泽遭遇了军部的网络防御，没能及时发出警告信息的时候，已经寸步难行了。警察们收到命令，锁定人群按下发射按钮，电击弹从飞艇的炮口中冲出，在半空中交织成网，毫无偏差地扎入游行队伍。一眨眼的工夫，许多人中弹昏迷，大家吓得惊叫，朝街边建筑和巷道中逃窜。

波努找到一处宽阔的雨棚，高呼"这里"，希莉和伯灵娜赶紧带着人们钻入雨棚。波努又跑了出去救了沙西娅，当他看到派特兄弟被人群冲散，弟弟科里文因为经验不足，竟然带着工友们跑到飞艇的最佳射击视点时，不顾一切地冲了过去，顶着上方火力把他们拉到相对安全的地点。波努以为警察不会射击他，却没想到后背一凉，被一发电击弹打得失去了意识。

"波努！"伯灵娜想要救波努。

希莉拦住她："不能过去，你如果被捕，伍尔班夫将军会有麻烦。"

伯灵娜心急如焚，却只能作罢。

飞艇降落，几个警察走下来围住了昏迷的波努。与此同时，参加游行的人群犹如溪流淌入湖泊，也消失在茫茫黑夜之中。

麦兰森气定神闲地坐在家中，看着警方打着强光手电筒，挨家挨户地搜查游行者，包括那些连手环都没有，却还在通过隔离墙缺口进入城区的"贱民们"。

寇雷格发来通讯："我抓到波努了。"

"把那架直升机的指挥权限都给我，之后不用你管。"得到权限后，麦兰森联系了梅佐伦。

梅佐伦没空跟布菲亚解释为什么军方的武装直升机会降落在他家门口，捂着耳朵急匆匆地上了飞机。进入舱内，他看到波努正被士兵看守着，一副不省人事的模样，不禁紧张起来。麦兰森发来通讯告知他："工具我给你准备好了，到了地点你就按照我发给你的任务去做。别让我失望。"

梅佐伦正打算查看工具箱，看到波努的手环亮了。原来是因为昏迷时间过长，手环的体征报警功能自动启动，即将发送实时方位给紧急联系人。士兵向麦兰森报告了此事。麦兰森下令："砍掉他的手，丢到北鹰河里去。"士兵拿出激光战术匕首，手起刀落。梅佐伦没来得及回避，溅了一脸鲜血，吓得浑身僵直。

"啊……"波努被痛醒了，浑身大汗淋漓。士兵把波努的断臂简易包扎了一下，捡起地上还戴着手环的断手，打开舱门，扔进了北鹰河的湍流之中。

梅佐伦惊惧地擦去脸和脖子上的血迹，吓得脸色煞白，后来他一直盯着座椅扶手，动也不敢动。

直升机降落在南十字街警局的停机坪上，士兵拉开舱门的瞬间，梅佐伦推开士兵跳了下去，逃跑了。士兵知道这人是麦兰森派来的，便没管他，只是报告了麦兰森。

梅佐伦不敢坐车，浑身哆嗦着往家走去。到了家他才发现，布菲亚被抓了。他的母亲赛莉拉瘫坐在地上，满脸泪痕："那些人……那些人把布菲亚带走了……"

梅佐伦害怕母亲情绪失控，赶紧喊来家庭医生，接着联系警方，结果发现手环功能被限制了，连通讯都发不出去。他意识到了什么，不禁双腿发软，额头的汗一个劲儿地往下淌。就在这时，麦兰森再次联系了他。

"怕了？"

梅佐伦无法遏制情绪，吼道："你把我父亲带到哪里去了？"

麦兰森淡淡地说："布菲亚和马雷涉嫌参与毒品交易，怎么，不能抓吗？"

梅佐伦语塞。

"我帮你救了马雷，你却跟我玩临阵脱逃，真令人失望。"

"波努已经没有反抗能力了。你还要我做什么？难不成要我杀了他？"

麦兰森没有回答，只是向梅佐伦展示了一个画面：在一个幽暗逼仄的牢房内，两个身着警服的壮汉正围着布菲亚，用拳头和警棍肆无忌惮地殴打着他。

梅佐伦脑中嗡的一声。

麦兰森盯着镜头冷冷地说："回南十字警局我再告诉你任务内容。你做到了，我就考虑放了布菲亚。"

梅佐伦死死捏着拳头，把掌心剜出了血。

大规模的冲突持续爆发，街道四处传来火焰烧灼的噼啪声和枪响。按理来说，这种级别的游行事件早就该通知翡英城了，可直到波努的体征警报响起，奥讷兰还一直被蒙在鼓里，更令他震惊的是：炸了隔离墙发起游行的竟然是波努。

默泽推开书房门，看到奥讷兰正在给各个部下发通讯要求全力寻找波努，莎珂尔在一旁心急火燎地来回踱步。默泽焦急地问:"找到哥哥了吗?"

莎珂尔眼眶发红,摇了摇头:"他的体征警报停了,不知道在哪儿。"

奥讷兰关掉手环,怒道:"波努居然背着我们搞出这么大的事,真是……"

莎珂尔说:"现在最重要的是找到波努,一切等他回来再谈。"

奥讷兰当然知道孰轻孰重,现在不光波努的安危难以保证,愈演愈烈的警民冲突也有失控的可能。他联系寇雷格部长,要求军方以王储和民众的生命为优先,不得使用致命性武器,寇雷格却说宪法规定紧急时期议会和军部的集体决议不必通过国王,没法保证不出人命。奥讷兰又联系麦兰森,麦兰森没接。

哐当,铁门向下滑动,士兵把波努拽进密不透风的审讯室,强迫他坐在位于中间的椅子上,用铁铐把他的脚固定在椅子上,反绑双手。剧烈的幻肢疼痛令波努呼吸紊乱,他咬着牙一声没吭,豆大的汗珠从两鬓落下。

梅佐伦走进房间,把医疗箱搁在地上打开,从中取出一支贴着红色标签的注射器。在士兵的注视下,他走到波努身后,借着刺眼的吊灯光线,把针头扎入了波努的右手手肘处的静脉。突如其来的刺痛令波努仰起了脸,神经毒剂在血管中疯狂流窜,剧痛在胃部掀起狂澜,令他不断干呕,头颅也沉重得像被灌入铁水。因为嘴被封着,波努只能用鼻子急促地抽吸。看波努一副痛不欲生的模样,梅佐伦往地上盘腿一坐,闷闷地掏出烟抽了起来。

过了一阵,波努几乎连呼吸的力气都没有了,熬疼熬得双目通红,汗水顺着裤管滴落下来。估摸着药效已完全挥发,梅佐伦丢开烟头,从药箱里取出一只有着蓝色标签的注射器,将其中溶液输入了波努的手臂。

刹那间,清凉的感觉从手臂扩散至全身,疼痛感被瞬间瓦解,波努感觉自己就像溺水的人终于获得了氧气那般欢欣。他清醒过来,发现了梅佐伦和他的"工具箱",意识到了梅佐伦是在给他注射毒品,强烈的抗拒和恐惧迫使他极力挣扎起来,重心不稳连人带椅摔倒在地。士兵上前把波努扶起,看他挣扎得厉害,抽出了电棍。

梅佐伦立即对士兵喝道:"我警告你:要是你的行为导致我的任务失败,我会如实向议长禀告的。"

士兵愣了一下,收起电棍,继续站在墙边。见他作罢,梅佐伦坐回到地上,冷着脸拿出烟。

时间过去了两个小时，救援人员依然没有任何回应。比起混乱的城区，奥讷兰更担心波努的安危，一直盯着救援进度。莎珂尔和默泽则在一旁焦急等待。终于，救援队来信息了，看到波努戴着手环的断手图片，莎珂尔感觉头晕目眩。救援人员说："陛下，我们刚才检测了断手的DNA，与王储相同。"

奥讷兰手指颤抖地指着镜头："继续搜救，一定要找到波努。"感觉衣袖被拉了拉，奥讷兰转身，发现默泽的眼中充满恐惧。

"这一切都是麦兰森干的。"默泽颤抖着说，"因为哥哥的这次行动的目标就是向麦兰森宣战，麦兰森一定不会放过他。"

闻言，莎珂尔抬起泪湿的双眼。奥讷兰也愣住了："波努向麦兰森宣战？"

默泽害怕地点了点头。

奥讷兰怔了两秒，突然猛地把书桌上的东西捋到地上。默泽吓了一跳，莎珂尔捂着脸哭了起来。奥讷兰怒气冲冲地来回踱步："如果真的是他下的手，那就完了，麦兰森做事向来滴水不漏，我们又没有证据，他想拖多久就可以拖多久。"

莎珂尔哭着说："可是波努撑不了那么久……怎么办？"

奥讷兰面色铁青地考虑了一会儿，说："既然麦兰森不想让我们追踪到波努，波努就有很大概率还活着。我现在就去趟他家。"见莎珂尔一副胆战心惊的模样，奥讷兰温柔地拭去她的泪水："你放心，我会跟他好好谈的，等我消息。"

莎珂尔哽咽着点点头。

父亲走后，默泽迷茫地站在原地，望着垂头僵坐的母亲和窗外混乱的光景，心想不能被动地等下去。他回到自己的房间，联系了伯灵娜。伯灵娜正在和警察躲猫猫，她不敢大张旗鼓地叫父亲派飞艇来，只能和希莉蜷缩在一个瘾君子的帐篷边，大气都不敢出。默泽意识到伯灵娜不方便接通讯，便发了文字消息来，告知了波努的遭遇以及父亲去找麦兰森的事，还附上了断手的图片和DNA鉴定图。

黑暗中，两个女生震惊得呼吸停滞。

希莉悄声问伯灵娜："警方是你父亲掌管的？"

伯灵娜摇摇头："他只管实战训练那块儿，像镇压游行这么大的事一定是寇雷格部长下的令，寇雷格只听麦兰森的。"

希莉快速思考了一下，发通讯给默泽："你到维林西路来跟我会合，我们一起去救你哥。"

默泽讶异："你知道他在哪儿？"

"不知道。"

"那怎么救？"

"发动民众冲击警局。"

"那么多警局，你怎么知道波努在哪里？"

"那就每个都冲击一遍，我就不信了，麦兰森能把我们都干掉？"

伯灵娜拉住她："这个计划太危险了。"

希莉推了下脏兮兮的眼镜："再危险，也没有波努的处境危险。"

伯灵娜眼中泛起泪光。

默泽同意了希莉的提议，问："大桥被封了，你们怎么过来？"

"有的是办法。"希莉说。

审讯室内十分安静，波努一动不动地垂头坐着，似乎睡着了。梅佐伦坐在满地烟头中，叼着烟发呆。忽然，波努醒了，毒品的效用消退，神经毒剂造成的疼痛汹涌袭来，加上伤口的刺痛，令他剧烈颤抖起来。梅佐伦起身，又给他注射了一支毒品，波努很快平静了下来。梅佐伦见波努流了很多汗，生怕他脱水，便揭去波努嘴上的胶带，喂他水喝。波努咕咚咕咚喝下一整杯水后，垂着头大口喘息着，汗水不断滴落在腿上。他终于有力气说话了："你为什么要这么做？"

梅佐伦脸色发白，没有回答。

"帮麦兰森毁了我，对你有什么好处？"波努抬起头，用赤红的双目盯着梅佐伦，"为了救马雷，你被麦兰森胁迫了，对不对？"

梅佐伦动作一滞。

波努知道自己猜对了，冷笑道："你有勇气帮他犯罪，为什么不敢像我一样反抗他？"

"反抗的下场就是像你现在这样。"

"只要我还活着，就没有输。"

梅佐伦烦躁地皱眉，重新封上波努的嘴，从药箱拿出神经毒剂注射针："或许'蝎尾糖'能治治你狂妄的臭毛病。"

和平示威被迫终止后，民众心中的怒火却没有因为队伍解散而消弭，他们依然充满愤怒，不停地与警方发生冲突，街道上四处可见燃烧着的警车。飞艇中的奥讷兰望着脚下的一切，觉得这个国家的现状就像他的心情一样，处于失控的边缘。到达麦兰森的宅邸，他稳定了一下情绪，走下飞艇，跟着管家来到书房。

管家还没离开，麦兰森多少还给奥讷兰点面子，站起来说："很抱歉没有出来迎接。我听闻波努遭遇袭击，正忙着和军部商议扩大搜寻范围。"

"辛苦你了。"奥讷兰坐到沙发上。

等管家走后，麦兰森坐到奥讷兰身边，拿出烟："抽吗？"

奥讷兰拒绝了："这次破坏隔离墙和游行是波努策划的，我一直以为他只是对社团活动感兴趣，没想到竟然到了这种地步。"

麦兰森说："你每天忙政事，疏于对波努的关心也在情理之中。"

奥讷兰叹了口气："他似乎在煽动民众对议会的不满。"

麦兰森看他说得这么委婉，便把话挑明了："没关系，我不介意，小孩子总是缺乏边界感，教育一下就好了。"

闻言，奥讷兰看向麦兰森。

麦兰森没有回避目光，吸了口烟。

奥讷兰冷冷地说："你说得没错，波努的性格有问题，我当时就应该听你的，立默泽做王储。"

麦兰森吐出烟："现在改还来得及，默泽不是好好地在你身边吗？"

听出了话外之音，奥讷兰的怒火瞬间冲上大脑，他抓起茶几上的水杯朝麦兰森砸了过去。趁麦兰森躲避水杯的间隙，奥讷兰扑上去抓住他的衣襟，吼道："把波努还给我！"话音刚落，从门外冲进来三个士兵，飞快地抓住奥讷兰，把他双手反绞，压着跪在地上，一切都在电光火石之间结束。

麦兰森走到奥讷兰面前，薄怒道："我帮你教育一下波努，你发什么火？"

奥讷兰咬牙切齿："不许伤害他，否则我就杀了你！"

"说什么大话？"麦兰森抱起双臂，"波努把国家搞得一团乱，你还宠着他。"

"不管他做了什么，他都是我的儿子。你把当年对我父亲的允诺都忘了吗？"

"我没忘啊。但你养出个乱咬人的狗崽子，成天鼓动民众造反，你叫我怎么办？"

奥讷兰怒瞪着他。

麦兰森站了起来，示意士兵放开奥讷兰。"我本来打算教训一下就让他回去的，但是你这一闹——"他目光如冰，"要看我心情了。"

奥讷兰浑身颤抖，指甲嵌进掌心，他却感觉不到疼痛。波努的手得到救治了吗？他有东西吃，有水喝吗？他会不会被折磨得奄奄一息，躺在某个黑暗的角落里变得冰冷？恐惧的泪水涌上眼眶，奥讷兰不敢再想，也没有力气再跟麦兰森对抗。他卑微地低下头："埃克，求你放了波努吧，求你……"

麦兰森瞥了他一眼，嘲讽道："你这副样子哪里像个国王。"

"求你了，让我做什么都行。"

麦兰森望了眼窗外，又看了看奥讷兰，叹了口气说："这样吧，你让莎珂尔陪我一夜，我就让波努回去。"

奥讷兰僵住。

麦兰森面无表情地说："我说到做到。她随时可以过来。"

奥讷兰不知道自己是怎么被带出府邸，上了飞艇。当他回过神来的时候，已经站在翡英城前，望着巍峨高耸的王宫大厦，他感觉自己渺小如尘埃。

见奥讷兰回来了，莎珂尔迎了上去。

奥讷兰无力地说："波努确实在麦兰森手上，但他不肯放人。"

莎珂尔吓得手脚冰凉："波努不会被杀吧？"

奥讷兰绝望地撑着头："不知道。我太无能了，我什么都做不了，连拯救自己的儿子都做不到。"

莎珂尔边哭边安慰他："还有没有其他办法？警局呢？军部那边呢？"

奥讷兰摇了摇头："别问了。"

莎珂尔敏锐地察觉到了什么："是不是麦兰森提出了让你难以回应的要求？"

奥讷兰垂头不语。

"是钱？权力？还是……"

"我叫你别问了。"奥讷兰打断莎珂尔，突然紧紧地抱住她，"求你别问了。"

莎珂尔突然明白过来，心脏怦怦乱跳："他是……想要我？"

奥讷兰收紧手臂，痛苦地闭上眼睛。

莎珂尔感觉大脑一片混沌，下意识地说道："我要救波努，我一定要救他。"

奥讷兰急了："不行，不许去。"

莎珂尔恍惚地推开奥讷兰，转身就要走。奥讷兰用力拽住她，眼眶发红："我不能让你受这种侮辱。你听到了吗？不许去。"

"你很清楚，这个时候不救他，我们的余生都无法心安。"莎珂尔喃喃地说，"我愿意为了波努的生命而忍受这份屈辱。"

奥讷兰愣了一下，颤抖地握住她的手贴在自己的面颊上，泪水顺着她的指尖落入掌心。"莎珂尔，"他痛哭起来，"对不起，对不起！"

莎珂尔搂住他的脖子，睫毛沾满泪珠："亲爱的，让我最后再吻你一次吧。"

得知波努的危险处境后，蜜酒之家的成员们决定把游行继续下去。正如希莉所言，北鹰河大桥并不是连接厂区与门桥街区之间唯一的路——住着流浪汉的废弃管道也能通到门桥街区。走之前，希莉让伯灵娜先回去，想办法从伍尔班夫嘴里套出波努的位置，然后跟着派特兄弟他们进入了漆黑的下水管道。

维林西路一片混乱，警笛呜呜作响，高空悬停的武装直升机把窗户震得发颤。电阻拦带没能拦住暴怒的人群，他们戴着绝缘手套，硬生生把发电器拆了。警察一看拦不住了，朝人群丢出催泪弹和烟雾，狂怒的人们把烟幕弹又扔了回去，趁警方视野不清时冲上去点燃了两辆警车。

这时，希莉的背影出现在人群后方，她坚定地朝前走去，无视周围纷乱的人影和警察的叫嚣。砰砰砰，警方鸣枪警示，民众高声抗议着，继续朝他们投掷石块和酒瓶。希莉对着手环说："行动。"

一架空艇下降到半空，扩音设备响起了默泽的声音："朋友们，救救我的哥哥波努·哥弗吧，他被麦兰森砍去手臂，关在某个警局中，麦兰森还以此威胁我的家人……"悬停的直升机突然把炮口对准了空艇，半秒过后，空艇爆炸。在场的人们都愣住了，眼看着空艇残骸在面前燃烧坠落。

这时，希莉跳上烧焦的警车车顶，指着飞艇坠落点怒道："你们看到了吧？这就是麦兰森的所作所为，他根本不把我们放在眼里，对王室都敢下毒手。"她把一旁的默泽拉上车顶，握住他的手说："波努被警察抓走下落不明，现在，我希莉·荻米特里将继续响应他的号召，把反抗议会统治的斗争进行到底！"希莉站在熊熊燃烧的飞艇残骸前，逆着光的身影犹如谢里丹蒂的剪影，旗帜鲜明地鼓动着人们团结起来。人们目睹军机企图杀害王室，又听到希莉如此慷慨的发言，不禁群情激昂。"跟我走！"希莉高呼。

警察们没想到希莉和默泽会联手号召民众，急忙端起麻醉弹枪，对着海啸般涌来的人群扫射。中弹的人倒下了，却不能阻止前赴后继的人潮。希莉带领人们冲击封锁线，夺取警方武器分发给大家。"去维林路！"希莉一呼百应，人们踩踏着化为狼藉的封锁线，朝维林路警局奔去。

波努每过一段时间都会被注射毒品，当它的效用消退，神经毒剂和伤口带来的疼痛都会加倍增长，他好几次都感觉自己快要痛昏过去了，必须靠蓝色标签注射针里的毒品溶液才能重获意识。梅佐伦感觉到波努对蝎尾糖稀释溶液产生了依赖，再次给他注射了神经毒剂。剧痛在脑内炸开，波努出现了管状视觉，五感变得迟钝，耳朵就像浸在深海中什么都听不清。他隐约感觉到梅佐伦解开了他的右手，接着，血红模糊的视野中出现了放有蝎尾糖鼻吸剂的托盘。波努此刻只有一个念头，就是结束这场疼痛的酷刑。他被本能驱使，把手伸向了托盘中的"蝎尾糖"……

一架飞艇幽幽地掠过甚嚣尘上的街区，降落在静谧的麦兰森府邸前。舱门打开，莎珂尔身着一身黑色丧服走下飞艇，她没有化妆，面色惨白。

麦兰森正坐在沙发上查看寇雷格发来的现场视频，听到敲门声，便关掉手环。士兵打开门，莎珂尔缓步走了进来，直视着麦兰森，目光如冰。麦兰森似乎并不介意她这身装扮，摊开手掌："里面请吧，王后殿下。"

无论伯灵娜怎么发通讯，伍尔班夫就是不接，她只好回了家，走到窗边焦急地望着维林路的方向。街道上火光冲天，即使相隔甚远，她依然能隐隐地听到人们的呼喊。伯灵娜很清楚，按照希莉的个性，不达目的是不会罢休的，一旦麦兰森把希莉和游行民众划归为叛军，就全完了。她在窗边来回踱步——要怎么才能联系到父亲呢？她脑中思绪混乱，这时，电视里响起制药公司的广告，伯灵娜突然有了主意。她跑到父亲的卧室，从床头柜里找到父亲曾经用来治疗心动过缓的药物。

伍尔班夫正独自在指挥室中，突然手环警报疯狂闪烁，显示伯灵娜体征异常，心率快速上升，他吓得赶紧发通讯过去。

伯灵娜接通了，面色有些异常："我没事，不小心拿错药了。"

伍尔班夫也没多想："我喊个医生去帮你看下……"

"不用，我没事。"她赶紧抓住机会问，"听说波努被警察抓了？"

伍尔班夫不想说这个话题，但还是回复了她："他破坏了隔离墙还挑起游行示威，你和他走那么近，不知道这事吗？"

伯灵娜撒谎："不知道。警局是军部管的吧？什么时候才能放了他？"

"不知道。你别掺和，波努这次属实做得太过分了，议会和军部都很反感他。"

"你们不会……不会要杀了波努吧？"

伍尔班夫没作声。

伯灵娜立马哭了出来。

伍尔班夫一下子慌了神："你……你别哭呀。"

伯灵娜抽泣着说："我不懂政治，我只要波努好好活着，他是不是国王我根本不在乎。"

伍尔班夫看不得她哭，心疼地说："我理解你的心情，别哭啦。"

伯灵娜哭得梨花带雨："我喜欢波努这事只有你知道，你说会撮合我们的，你骗人。"

伍尔班夫心软了："我没骗你。"

"你都不愿意救波努，叫我怎么相信你？"

"这……"伍尔班夫面露难色，"这涉及犯罪和政治大事，我也没办法。"

"你一定有办法。"

"唉，实话跟你说，麦兰森是单独联系寇雷格去逮捕波努的，这事我并不知情。女儿啊，我一直都在维护王室，这你心里清楚。"

伯灵娜又抹起眼泪："我不管，你不想办法救波努，我就上街和民众一起游行。"

"你……"伍尔班夫气得面色发青，"我现在还在这儿指挥士兵封锁街道呢，我怎么能叫部下拿枪对着你啊，我的小伯灵娜。"

见他松口，伯灵娜继续施压："我不跟你说了，我要去救他。"

"行行行，你等一下。"伍尔班夫暂停通讯。画面黑了一阵，重新亮起，伍尔班夫展示一张路线图，无奈地说："这是寇雷格单独调动的直升机，我追踪了它的动态，它很有可能是绑架波努的那架，你自己去看吧。"他最后警告了一句："不许上街，听到没？"

"知道了。"伯灵娜乖巧地回答，等伍尔班夫关闭通讯后，她立即打开路线图。图中，直升机从军部起飞，在城区绕了一圈，径直飞到北鹰河上空停了一会儿，降落在南十字街警局，最后停在三叉桥警局。"他会在哪个警局呢？"伯灵娜突然想起，上次他们在蛾丽丝酒吧演出遭遇黑帮袭击后，三叉桥警局对周边的监控设备进行了升级，麦兰森绝不会把波努放在一个有全方位街道监控的区域，这么说，波努是在……

维林路警局的警员们逃光了，希莉他们搜完警局，一无所获，正犹豫接下来该走哪条路时，收到了伯灵娜的消息。希莉定睛一看："波努在南十字街警局。"人们听从了她的指挥，全体向南行进。

默泽被人群冲得站不稳，希莉拽住他站稳，递给他一个药箱。"你会急救的吧？"

"会。"

"如果没有救护员，你就负责照顾你哥。"希莉提起一把电枪，熟练地更换弹匣，上膛。默泽有些崇拜地看着她，心想她是在哪儿学的枪？

无人机的侦察画面中，人群乌泱乌泱地朝南十字街涌去，直升机飞过，那一颗颗攒动的脑袋在探照灯的光芒中犹如星河绵延。寇雷格板着脸看着这一切，自从动乱开始，他就一直在犹豫要不要动用常规武器，可麦兰森议长不松口，他只能耐着性子，挠痒痒般地使用非致命性武器。现在看来，这群暴民没那么好对付。

"该死。"寇雷格骂道，人都快冲到家门口了，麦兰森这会儿不知道怎么了，就是不接通讯。

伍尔班夫推开司令部的门："我调了两百个特警防守南十字街警局，气溶胶弹和扩音炮已经到位了，应该能阻挡他们一阵。"

寇雷格看着他，突然来了一句："你说，他们怎么知道波努在南十字街的？"

伍尔班夫保持镇定："不知道。麦兰森怎么说？"

"他不接通讯。"寇雷格考虑了一会儿，站起来，"你来负责调动军队，具体行动我一会儿告知你。"

"调动军队？"看寇雷格不回答往外走，伍尔班夫又问，"你去干吗？"

"我去趟现场。"

拉谜逐渐升起，淡色光芒推开清晨雾霭，洒在翡莫迩星的大陆上。南十字街警局的前方站满了民众，他们战斗了一夜，脸上却没有丝毫疲惫，愤怒情绪就像烧不完的燃料，让他们保持着清醒。南十字街的警察早已望风而逃，迫使人们停下脚步的，是警局前方整齐划一的士兵队伍和天空中绵延百里的恢宏舰队。

寇雷格站在一艘战舰的舰桥中，俯视着下方黑压压的人群。人群也望着他。翡莫迩星的历史中，从未有哪一个早晨像现在这样安静，好似有无数条紧绷的弦从战舰的炮口连系到众人的大脑神经，在凝固的空气中编织着血肉横飞的未来场景。

默泽站在希莉身后，紧张地咽了口唾沫，小声说："看来波努真的在这个警局里。"

"嗯。"希莉盯着那些她从未见过的庞大舰艇，脑内推演着如何冲进去救波努。

这时，一个青年醉醺醺地走出公寓楼，见这阵势，捡起地上的饮料罐朝士兵头上砸去，大声骂着脏话。刹那间，舰船炮口下降，士兵举枪。

被无数个黑洞洞的膛口对着，人们恐惧了，但没有退缩。

寇雷格满腹怨气，心想自己一夜没睡，陪着这群乌合之众胡闹，到头来还要背负骂名。他正想下令让民众尝点苦头时，麦兰森发来了通讯——

"撤吧。"

"撤？"

"嗯，把波努还给他们。"麦兰森叼着烟说。

寇雷格火了："这些畜生在我头上拉屎一整夜，你叫我就这样放了他们？"

麦兰森把烟拿下："我有我的计划。"

"我才不管你的什么破计划，我要教训他们。"

"别嚷嚷了，我再给你一些军费，你消消气。"麦兰森关闭了通讯。不到三秒，五百亿星币到账。寇雷格黑着脸看着进账记录，只得下令撤离。

确定寇雷格开始撤兵后，麦兰森关掉手环，继续靠在床头抽烟。莎珂尔裹着毛毯，蜷缩在床边不停地发抖，强忍着屈辱的泪水。麦兰森悠悠地抽完烟，掐灭烟头："你可以走了。"闻言，莎珂尔挪动身体下床，毯子滑落至赤裸的脚踝。

嘭，警局的门被愤怒的民众冲开。希莉喊道："去审讯室找人。"大家兵分几路，一间一间搜寻，终于在最角落的审讯室中找到了波努。

"哥哥！"默泽飞奔过去。

听到呼喊，波努微微睁开眼，严重脱水令他视线模糊。

默泽赶紧从药箱里拿出速生水杯，按下按钮，咕嘟一声，杯中瞬间生成了满满的糖盐水。他把糖盐水杯递给希莉，绕到波努身后切断绳索，解开触目惊心的血红绷带，又生成了一杯淡盐水清洗断腕处，用雪白的纱布重新包扎。

波努喝完水，有了点力气，虚弱地看向希莉和她身后伤痕累累的人们，问道："有人死了吗？"

希莉回答："暂时没有。"

波努松了口气，垂下眼帘，汗水顺着睫毛滴落。

人们簇拥着波努走出警局时，王宫派来的飞艇也到了，默泽扶着波努走上飞艇。关门之前，波努对着前来救他的人群深深地鞠了一躬。飞艇升空，人们遥望着它消失在阴云之中。

梅佐伦在空阔的街道上奔跑着，脚步声格外刺耳。这一夜发生的事完全超出了他的预计，血腥的记忆片段割裂着他的大脑，令他感觉周遭的一切都变得极为不真实。终于，他再也无法忍受汹涌的情绪，找到一间公共洗手间，躲进隔间里无声地哭了，压抑的恐惧和对波努的愧疚像海啸般从他的泪腺中奔涌而出。这一刻，他感觉自己不再是人类，而是一只内心充满扭曲黑暗的怪物……

这时，梅佐伦不小心按亮了手环，一则新闻跳了出来：海鹦制药因制造蝎尾糖证据确凿而被查封。法庭上，布菲亚被当场宣判死刑，离谱的是，马雷博士竟然出现在证人席上，他的证词坐实了布菲亚制造销售毒品的事实，导致布菲亚失去任何保释或缓刑的可能。梅佐伦目瞪口呆，无法相信眼前的这一幕，原来就在他回到南十字警察局强迫波努染上毒瘾的这段时间，麦兰森早就把一切都安排好了。意识到母亲赛莉拉一个人在家，他拔腿朝家奔去。

十五分钟后，梅佐伦回到了家，家里黑灯瞎火的。"母亲？"——无人回应。梅佐伦忐忑起来，摸到电源刚想开灯，突然手被握住，他吓了一跳。赛莉拉赶紧捂住梅佐伦的嘴，警惕地朝他摇了摇头。梅佐伦这才发现，几个激光瞄具射出的光点正在墙上游移。赛莉拉指了指楼上，示意可以从三层阁楼窗外的户外直梯逃生。梅佐伦点头，拉着她悄悄往楼梯走去。

他们刚上到二楼，就看到楼下人影晃动，激光光点聚集在了楼梯口。梅佐伦脸色苍白，拉着母亲的手也止不住开始颤抖。赛莉拉却意外地冷静，自从布菲亚被捕，她背着医生偷偷服用了超量的精神类药物，一直保持着清醒。被士兵们发现的瞬间，赛莉拉猛地推开梅佐伦，枪响过后，赛莉拉头部中弹，瘫倒在地。梅佐伦想要回身救她时，木质楼梯扶手被一发霰弹击得粉碎，吓得他跌坐在地。看到脚边母亲那沾满血污的碎裂头颅，梅佐伦惊慌失措地蹬腿爬起来，拼命地往楼上奔去。子弹从背后袭来，晃动的激光光束就像从地狱中伸出的鬼爪，想将他拉入深渊。

梅佐伦钻入阁楼，门外立即响起细碎的脚步声，他飞快地打开窗户爬了出去，子弹洞穿窗户，碎玻璃像冰雹一样洒在他的头上。梅佐伦抓着直梯扶手向下爬去，中途用脚踹开伸缩保险，梯子的下半段倏地落地，他不顾一切地滑了下去，手掌被摩擦得灼痛万分。

落地后，梅佐伦翻过一座矮墙，钻入了绿化带的树林，朝商业街的方向奔去。上午的街道人潮拥挤，梅佐伦从地上捡了个脏兮兮的帽子戴上，混在人群中。原以为敌人会就此罢休，没想到他们居然追了过来，毫不掩饰手中那一米多长的步枪。梅佐伦七拐八绕，却发现无论他怎么绕路，那群人总能找到他。不一会儿，有个士兵认出梅佐伦的背影，贴了上来，梅佐伦转身就跑，听到子弹在身后乒乒乓乓响起。他感觉自己要丧命于此了，突然从小巷中伸出一只手，把他拽了进去。梅佐伦瞪大双眼："拜特勒？""跟我来。"黑帮老大拜特勒带着他往小巷深处跑去。

不记得拐了多少次，转得梅佐伦都快分不清方向时，拜特勒拉着他钻进一栋破旧的房子，爬梯子下到地下室，室内坐着几个小混混。

拜特勒说："他被追了，你们谁帮他弄一下手环？"

"我来。"一个痞里痞气的年轻男人走了过来，在梅佐伦的手环上按了几下，对接自己的手环说，"毁坏官方系统后，敌人就没法通过定位追踪到你了，但是同时通讯录也没法用了。"

梅佐伦黯然地点了点头。如今他还需要联系谁呢——即将被执行死刑的父亲、叛徒马雷，还是惨死的母亲？

滴的一声，梅佐伦的手环应用系统重启，与官方网络彻底断开了链接。拜特勒对他说："你可以用暗网和人联系，不过我提醒你：用暗网的都是黑帮和逃犯，你最好不要相信他们任何人。"

"知道了。"梅佐伦说。

拜特勒咳嗽了一下："布菲亚在生意上一直很照顾我们，给我们的蝎尾糖都是最低价，我是讲道义的，你以后有什么难处可以找我。"

梅佐伦垂下眼帘，揉了揉鼻头："谢谢。"

奥讷兰听闻波努进了医院，莎珂尔也回到了家，心情终于稍微放松了一些。他走进会议室，看到议会和军部全体成员围坐在桌边。

麦兰森正襟危坐，目光高傲而冰冷："接下来轮到您来宣布抓人了，国王陛下。"

灾蚀

翡英城的会议厅内,讨论完示威游行和国家内部安全问题后,奥讷兰宣布散会。寇雷格他们和其他议员都陆续出了房间,麦兰森却没起身,依旧坐在位置上。待到室内只剩两人时,麦兰森打开手环投影,蜜酒之家成员名单赫然出现在桌面上方。他说:"这些人就是当时响应波努,煽动叛乱的主谋。"

奥讷兰扫了眼名单,看到了希莉的名字。

麦兰森靠着椅背说:"他们都是坎奈尔的党羽,一群信奉民主的疯子,必须尽快消灭。我决定这件事不走公诉程序,由你直接宣布处决,公开执行。发言稿我给你拟好了。"

奥讷兰愣了下:"你要我越过法律杀人?"

"是的。"

奥讷兰强压怒火:"还是走公诉程序吧,以达玛伊德大法官那颠倒是非的能力,把他们交给法院审判更省事。"

奥讷兰那微小的反抗令麦兰森感觉可笑:"我这不是给你一个树立威信的机会吗?"

奥讷兰一字一词地回道:"我不想成为暴君。"

麦兰森冷哼:"我好心让波努回家,你就这样报答我?"

奥讷兰攥紧双拳。

"你要是不配合,波努再做了什么出格的事,下一次我就没那么好说话了。"

奥讷兰听出威胁之意,只得勉强同意。他指着名单说:"那你把希莉从名单里去掉。"

麦兰森不屑道:"怎么,还想讨好波努?听着,波努没用了,他被那些乱七八糟的思想洗了脑，不会再归顺你了。"

"与波努无关，我不同意杀掉希莉。"

"不行，她是主谋之一。"

"她才刚成年。"

"成年人就要为自己的行为负责。"

嘭！奥讷兰捶了拳桌子，站起来骂道："你为自己的行为负过责吗？当年要不是我的父亲救你，你早就死在教养所里了。你呢？把我的妻儿害成那样，王室对你的恩情你就用这种方式偿还？"

麦兰森愣了一下，突然拔出手枪顶住奥讷兰的额头，吓得奥讷兰浑身僵直。麦兰森鲜有地动了怒，语气冰冷得令人毛骨悚然："你信不信我现在就让这个国家改制？"奥讷兰惊慌地咽了口唾沫。几秒后，麦兰森控制住情绪，收起枪，什么也没说，离开了会议室。奥讷兰瘫坐下来，恐惧和无助在胸口震荡。

莎珂尔从麦兰森府邸回来后，情绪极度低落，一直把自己关在房间中，医生给她开了些精神类药物她也没吃。奥讷兰焦急万分却又不敢刺激她，只好让她独自待着。令奥讷兰难以忍受的是，他几乎每天都会遇到麦兰森，他内心极度怨恨麦兰森，却还要维持表面上的平静，这种压抑始终令他处于狂躁的边缘。

因为左手臂在河水中浸泡时间过长，无法接上，医生对波努的断肢伤口进行清创缝合，等待伤口愈合后装人造肢体。在波努的强烈要求下，医生同意让他出院休养。默泽见哥哥这么快就回来了，赶紧把他扶进房间。

躺下后，波努拉住默泽："别走。"

"怎么了？"

"你不要告诉任何人。"波努眼中闪过一丝恐惧，"梅佐伦强迫我染上了毒瘾。"

默泽惊愕地屏住呼吸。

波努冷汗涔涔："麦兰森命令他这么干的，他们想毁了我，我必须戒掉毒瘾。"

默泽握住波努的手："我帮你。"

街道上风声鹤唳，警察开始挨家挨户地搜查，凡是参加过暴乱行动，或者藏有任何揭露议会罪恶书籍的人，统统被划归为"极端分子"，押上了囚车。恐怖的搜查给冰冷冬季增添了肃杀的气息，全国上下人心惶惶。

可这种气氛丝毫没有对梅佐伦产生影响，他吸食着自家生产的蝎尾糖，每天游荡在垃圾遍布的街区，与倒头、妓女和流浪汉打交道。得知父亲布菲亚被执行死刑，海鹨制药也被瓦莱克药业收购后，他愈发悲伤消沉，在地下室里待了整整五天，几乎没吃什么东西，直到被拜特勒发现，把他强行拽出门。

走到小商铺门口的时候，梅佐伦看到电视荧幕里出现了那张熟悉面孔，那个人依然穿着黑袍，精神矍铄的面孔一改牢狱中的黯然。

"坎奈尔是什么人？他是个疯子。"马雷正在大放厥词，"坎奈尔竟然想要让民众参与政治——这不可笑吗？罢工和游行只会迫使企业家们引进更多的自动生产线，令更多的人堕落为吃救济金的流浪汉，这对每一个勤恳工作、贡献税收的国民而言都是不公平的。"

梅佐伦往前走了两步，停了下来，再次转头看荧幕。

"问题产生的根源就是君主制，像猪一样贪婪的国王夺走了民众的积蓄，迫害为民众提供工作机会的企业家，让他们替自己的贪念扛罪。所以说，一个能制约王权的议会是多么重要，而身为议会会长的麦兰森先生一心向民，却被某些极端分子污蔑……"梅佐伦后悔刚才停下了脚步，他压抑着对马雷的反胃，朝杂货店走去。

呼，玻璃杯碎片飞溅，差点划到默泽的脸。默泽飞快地钻进房间关上门，跑到波努身边："你没事吧？"

波努狼狈地趴在地上，把刚才吃的东西全吐在了盆里。默泽递给他一杯温水，波努喝了两口又吐了，蜷缩在地上剧烈颤抖。默泽用湿毛巾擦拭波努汗湿的额头和嘴角，轻声说："忍着点，很快就过去了。"

波努眯着布满血丝的眼睛，虚弱地问："门……锁了没？"

"锁了。"默泽端起盆去洗手间把呕吐物倒了，回来后想把波努扶到床上，波努却做了个"不用"的手势，继续躺在地上。默泽细心地擦拭波努的眼泪和鼻涕，这两天波努几乎没睡，一直在和瘾症对抗，而默泽唯一能做的就是陪着哥哥。

忽然，波努感觉万箭穿心的痛，死死地抓住默泽的手腕。默泽被他握得生疼，但没有吱声。

"揍我……"波努咬着牙说。

"啊？"

波努把默泽的手抵在自己额头，气喘如牛："揍我，快点。"

这种要求令默泽手足无措。

见默泽下不了手，波努说："去拿两瓶烈酒来。"

"烈酒？你不会喝酒……"

"快去。"波努难以忍受地抱住头。

见波努如此痛苦，默泽只好起身出了房间。不一会儿，他把偷来的烈酒递给波努。波努打开瓶盖，仰头便灌。默泽知道劝不住他，只能眼睁睁看着他喝光。波努丢开空酒瓶，打开第二瓶酒的时候，突然猛地推开默泽，低头吐了，空气中弥漫着浓烈的酒精气味。

默泽拿擦布准备清理，一转身看到波努又开始仰头狂饮，急了，扑上去抢酒瓶："别喝了。"

波努抱着酒瓶躲到一边，咕嘟咕嘟把剩下的半瓶酒倒入腹中，当啷丢开酒瓶。他背靠着床腿瘫坐在地，双目无神。

默泽赶紧把地面收拾干净，贴着波努坐下："难受吗？还想吐吗？"

波努没回答。

默泽见他比刚才平静了许多，便问："感觉好点没？"

波努闭着眼睛摇了摇头。

默泽用毛巾擦去波努鬓角的汗水，发现波努好久没剪头发了，浓黑的卷发几乎和他的头发一样长，不禁伤感地笑了一下。

波努微微睁开眼睛："你笑什么？"

"这个发型不适合你。"

波努把断臂放在胸口，再次闭上眼睛："等戒了瘾，我去剪。"

默泽悲伤地看着这张与自己一模一样的面容。刚才波努哀求他动手的时候，他差点崩溃了。原来毒瘾如此恐怖，可以把性格刚强的波努折磨成这副模样。在酒精的作用下，波努沉沉睡去，默泽却愈发清醒。他知道下一次毒瘾发作很快就会来，长夜漫漫，他必须做好准备。

在电视节目中骂完坎奈尔和国王，马雷疲惫地回到公寓。打开灯的瞬间，他吓得面色刷白——几个全副武装的士兵正拿枪口对着他。"去阳台。"其中一个士兵说。马雷只好颤颤巍巍地走到阳台，根据士兵的要求爬上没有任何防护的高台。望着深渊，马雷腿脚发软，跪坐下来，惊恐地哭了起来。手环亮了，是麦兰森的通讯。马雷气急败坏地说："你叫我做的我都做了，为什么不能放过我？"

麦兰森淡然地说："我发通讯来只是想道个别,没打算回答你的任何问题,再见了。"

士兵上前猛地一推,马雷舞动着四肢朝地面坠去,他的袍子上下翻飞,像一团黑色火焰。

马雷"自杀"的新闻在当晚就传得人尽皆知,每一个认同坎奈尔的人都感觉心中的石头落地地,但梅佐伦认为马雷是被"他杀"的,可惜死无对证。

七天后,波努终于从没日没夜的折磨中解放了,脱离了瘾症,虽然心瘾依然若隐若现,他已经不在乎了。人工机械义肢要等伤口完全愈合才能装,他让默泽先去把检修好的手环拿来。等待默泽的空隙,波努忽然发觉好久没见到母亲了。他找遍了卧室、书房、花园和后厨,终于在一间从未使用过的客房里发现了她。

波努走了过去:"母亲?"

莎珂尔正坐在单人沙发中,呆呆地望着窗外。听到波努的声音,她转过头来,眼窝深陷,神情极度憔悴。

波努心疼地问:"你的脸色怎么这么差?"

莎珂尔没回答,站起来端详着波努的脸庞,确认他恢复得不错后,伸出手摸了摸他那被切断的左手手腕,蓦地落下泪来。

波努安慰道:"过几天我就去装义肢。"

莎珂尔点点头,却无法抑制泪水。

波努从未见过母亲的状态如此糟糕:"发生了什么?"

莎珂尔痛苦地闭上眼睛,嗓音沙哑地说:"你答应我:无论发生什么事,都不要再跟你的父亲争吵了。"

波努蹙眉,心头发沉,仿佛一直沉到深渊里。

"答应我。"

"好,我答应你。"波努嘴上说好,思绪却不知飞到了哪里。之后无论他怎么问,莎珂尔都不再说话。见医生来了,波努便退出房间,看到默泽拿着手环站在门外。

"母亲怎么变成这样了?"波努问。

"不知道,可能是因为担心你。"

"你为什么不早点告诉我?"

"你的状态比她还糟,告诉你也没用。"

波努叹了口气,接过手环打开,新闻显示奥讷兰发表全国电视讲话下令追捕"叛乱者",军部在这七天抓了两万多人,包括希莉在内的蜜酒之家成员们全部被捕。他难以置信地愣在原地,大脑一片空白,瞬间便把刚才对母亲的承诺忘得一干二净。看到哥哥转身往书房走去,默泽知道拦不住他,跟了过去。

波努嘭地推开门,看到父亲正坐在那儿看文件,一个箭步走过去一拳捶在桌面上。

奥讷兰抬起头,平静地问:"你来干什么?"

波努咬牙切齿:"我挖空心思笼络人心,消除民众对王室的误解。你呢?麦兰森动个手指头你就怕了,把那些对你重拾信心的人投入监牢,你到底是站在哪一边?"

奥讷兰冷冷地说:"那还不是为了救你?"

"我不要你救。我要你像个国王一样活着,而不是成天舔麦兰森的屁股。"

"闭嘴!"奥讷兰指着波努,"你知道我和莎珂尔为了救你付出了多大代价?又有多少人因为你的轻率鲁莽而获罪?国家养育了你,你却通过煽动叛乱来回报国家,不知感恩的东西。"

波努气得发晕:"'煽动叛乱'?你把草菅人命、建墙隔离、玩弄法律、毒品泛滥都称之为'正义'的话,我就承认这个罪名。"

奥讷兰抿了下嘴。

波努怒吼:"说啊,它们是'正义'的吗?!"

奥讷兰瞪着波努:"不管怎样,你应该庆幸麦兰森放了你,否则你现在只能在地府里跟我叫嚣。"

"呵……"波努怒极反笑,后退一步说,"你听着,我一定会把民主运动进行到底。你要是和麦兰森同流合污,我就连你一起反对。"他掏出那枚奥讷兰当众授予的金质徽章,狠狠地掷向自己的父亲:"这个王储我不当了!"他摔门而出。

过了好一会儿,奥讷兰才回过神来,木然地看了看门,又看了看脚边的徽章。

默泽目瞪口呆地望着哥哥离去,走进书房:"父亲……"奥讷兰没有回应,只感觉脑袋发晕,晃晃悠悠地走到沙发边瘫坐下来。默泽看到地上的金色徽章,皱着眉头把它拾了起来。

拉谜沉入地平线。波努站在翡英城最高的楼顶露台,俯瞰着脚下的大地,门桥商业街灯火辉煌，厂区却一片漆黑，只有郊区的矿业生产线闪着零星的灯光。手环亮了，是伯灵娜的通讯。她着急地问："我听父亲说，希莉他们会被公开处刑，我们怎么办？"

波努不假思索道："救他们。"

"处刑现场戒备森严，我们又没武器，怎么救？"

"让我考虑一下。"波努关闭通讯。

露台的风有点大，波努仅穿着一件单衣，但他却没觉得冷。他把双手搁在栏杆台面上，凝望着夜空与大地的交界处，逆着光的脸颊线条分明。他就这样一动不动地待了很久，直到默泽来了，给他递上外套。

波努穿上后说："你明天自己去学校吧。"

"你呢？"

"我要去一趟常宇宙。之前我和坎奈尔教授出孢星时，看到一张宣传海报，说在一个名为'钢锯'的星球会定期举办武器军备展销会。"

默泽紧张起来："你要去买枪？"

波努点头："无论用不用得上，想要救出希莉他们必须做好万全的准备。"

默泽欲言又止，不自觉地捏紧了衣兜里的那枚王储徽章。"那你买完枪以后还会回家吗？"

波努没有立即回答，他遥望着远方，淡淡地说："默泽，从这里望下去，你能看到什么？"他自问自答："高楼、霓虹灯、巡逻艇、广告牌……唯独看不到人。"

默泽转头看着哥哥的侧脸。

微风拂过，波努额前的卷发颤动着，双目闪烁着坚定的光芒："我早就厌倦这片风景了，我要去能看到人的地方。"

默泽垂下眼帘，松开了衣兜里的徽章。

波努转头看着弟弟，语调轻松地说："不用担心，等忙完我就回来。"

默泽没有再追问："别忘了去猫尾星旅游的约定啊。"

"我记着呢。"波努轻轻地拍了拍默泽的臂膀。

两天后，波努去了趟医院。仿真皮肤包裹着高强度合金的机械义肢看起来与真的手臂没有区别。麻药过后，手腕处的神经痛袭来，波努却跟没事人似的，毕竟这种疼痛和梅佐伦给他注射的神经毒剂相比，几乎可以忽略。

波努正盘算着怎么去常宇宙时，抬头一看，伯灵娜站在医院门口。伯灵娜冷着脸问："你后来一直没有联系我，是不是打算撇下我自己去救希莉？"

波努挠挠头："没有，我想出趟孢星看看，外面危险……"

"别说了，我要跟你一起去。"

波努拗不过她，只好同意。伯灵娜带他去了树桥街区她家的别墅，这栋别墅没人住，四周树木没有修剪，十分隐蔽。两人换了身便服，低调地坐车前往星门，然后混在一队工作人员里登上了货运舰船。

经过几次辗转，他们乘坐固定线路的星际巴士客运舰到达了钢锯星。低矮的围墙之外，一个个巨型舰船把暗蓝色的天空切割成不规则的形状，修理工就像是趴在鳄鱼头上的蚂蚁，焊接的火花映亮他们的身影。两人惊叹于这片异星风景，一路左顾右盼，直到根据指示牌进入军备展销大厅。

大厅里人头攒动，商家们唾沫横飞地向顾客介绍着自家的舰载炮和智能武器系统。最大的展区莫过于波吉族的，那群长得像仓鼠般的可爱小人正向台下的观众们展示最新的智能无人舰载机。

波努和伯灵娜查看展区地图，来到单兵武器区。阳光从落地玻璃窗外透入，把鳞次栉比的枪械铺照得犹如黑曜石的海洋。伯灵娜扫了眼标牌，发现价格不菲。出孢星时他们生怕引起怀疑，没有兑换大数额的星币，现在看起来，两个人手上的星币连一把枪都买不起。

伯灵娜有些气馁："还不如直接从厂区的黑市买枪，黑市商拆掉了追踪芯片，麦兰森不会追查到我们的。"

波努说："黑市的枪都是常规枪，弹药需求量大，还要专门给它制作橡胶子弹。"

"你想买非致命性的束能武器？"

"嗯。"

伯灵娜撇撇嘴："希莉要是知道你费尽心机出孢星就是为了买个打不死人的防暴枪，会不高兴的。"

"她就是嘴上说说。"波努话音刚落，广播里提示到了午间休息。

人们陆续走出展厅，呼朋引伴地前往餐厅。为了省钱，波努和伯灵娜去供应处领了两个类似三明治的食物，趴在二楼栏杆上。两人正考虑接下来该怎么办的时候，一个顾客模样的男人也趴到栏杆上啃起了免费三明治。他穿着格子衬衫和灰色马夹，外面套着件长长的米黄色风衣，戴着同样颜色的宽檐帽，金色卷发干净整齐，鼻梁高挺，天蓝色的眼睛闪烁着敏锐的目光。他微微一笑，搭话道："你们过来买什么的？"

波努回道："枪。"

男人打量了一下这两人："没看中？还是钱不够？"

波努直言："钱不够，出孢星的时候没有兑换太多。"

男人惊讶道："你们是孢星公民？"

波努和伯灵娜点点头。

"来常宇宙的孢星公民不是官员就是投资家，再不济也是个商队，像你们这种平民单独出来的情况，还真是少见。"男人看似随意地问了句，"你们是哪个孢星文明？"

伯灵娜从背后扯了扯波努的衣摆，示意波努不要说。察觉到两人的警觉，男人掩饰地一笑，打了个响指："我建议你们去趟加工厂，那里可能会有你们能买得起的装备。"

"加工厂在哪儿？"波努问。

"从门口的大道向西走到头。"男人朝他们挥了挥手，啃着三明治离开了。

波努把吃了一半的三明治丢入垃圾桶，说："去加工厂看看？"

伯灵娜点头。

从会场出来，空气变得冷冽，天空中不断飞过各式各样的舰船，轰鸣声震击着耳膜。两人顺着大道一直往西走，空气的湿度升高，弥漫着难以言喻的腥臭味。加工厂原本是加工肉类食品的地方，污水排入海中把港湾染成了腐绿色，工厂搬迁后此区域就沦为了黑市，被星际流窜的军火贩子把控，贩卖些来路不明的武器装备。

两人踏上通往加工厂的泥泞小巷，波努察觉到周围不善的目光，下意识地握住了伯灵娜的手。第一次与波努牵手，伯灵娜不禁脸颊发热。波努分不清路边那些人是商贩还是地痞流氓，因为他们不像展会里的商人那样热情，只是冷冷地看着他们俩。他们俩走到头又返回来的时候，一个苍老的声音叫住了他们。

"看枪？"

两人转头望去，一位老人正倚在青灰色的墙边。他须发皆白，衣服肮脏破旧，硕大的酒糟鼻，一只眼睛因为白内障而失明。老人指了指墙内，示意他们进去挑选商品。波努与伯灵娜相视了一下，跟着老人颤颤巍巍的背影走入墙内。简易货架上摆着十来把手枪，老人指了指货架，示意他们自行挑选，然后坐在石阶上抽起烟来。

波努扫了眼货架上的枪，问老人："有没有束能枪？"

"左边数第二把。"

波努拿起那把银色的枪，犹豫了一下，又问："孢星里能用吗？"

老人没好气地瞟了他一眼："你一个孢星公民跑到这里来买束能枪？你是在耍我吗？"

波努不知他所言何意，直接说："我要非致命性的束能枪，没有的话我就走了。"

看他一副少不更事的样子，老人无奈地猛吸了一口烟，丢下烟头踩灭："等下。"他晃晃悠悠地站起来走入里屋，半晌，端出来一个匣子，匣子里有一只黑色金属仪器，和两把看起来很普通的手枪。老人拿起手枪，确认模式后，走近墙边一个看起来半死不活的流浪汉，对着他的脸扣下了扳机。枪口蓝焰膨胀，流浪汉中弹瘫软倒地。

波努吓得后退一步，伯灵娜死死捂着嘴不敢出声。

老人举起流浪汉的手腕，手环显示体征正常。"这是不是你要的枪？"

波努点点头，心想这试枪方法也太野蛮了吧。

老人拨动枪管底部的暗扣切换模式，然后对着流浪汉身边的铁箱扣下扳机，射出的焰体变成了血红色，厚铁皮被击出了洞，洞口边缘火光闪烁。老人锁上枪的保险，把它丢给波努："'爱宝枪'，双模式的。那个黑疙瘩是供能设备，你回去以后根据说明书操作就行。另外，这把枪的制造图纸也可以给你。"

波努把枪握在手里看了看："多少钱？"

"五万星币，不讲价。"

波努看了眼伯灵娜，伯灵娜朝他点了点头。

付完钱后，波努把黑色设备和枪放进背包，和伯灵娜一起登上了返回枢纽星的星际巴士客运舰。与翡莫迩的贸易人员联络后，两人跟着贸易队伍回到孢星。

出租飞艇在别墅前降落。波努提着装有爱宝枪的背包和伯灵娜下了飞艇。推开门，伯灵娜愣住了。伍尔班夫正在客厅桌边正襟危坐，壁灯映亮他那晒得粗糙的面颊。"你们俩去哪儿了？"他开口问道。

伯灵娜紧张得语塞。

"我们出了趟孢星。"波努神色自若地走进客厅，把背包搁在沙发上。

伍尔班夫盯着他，言语十分直接："如果你在谋划什么，我警告你：这次跟之前不一样，不要妄想仗着王储的身份胁迫议会。"

波努淡淡地回道："我现在已经不是王储了，只是个普通人。"

伍尔班夫和伯灵娜同时露出惊讶神色。

波努坐下，右手手指与义肢手指交叉，垂着眼睛说："国王昏聩，想用霍亚德统治时期就被废除的'谋反罪'处决希莉他们，我不站出来反对，难不成指望你吗？"

突如其来的攻击性话语令伍尔班夫怔住。伯灵娜不知所措地揪着衣摆。半晌，伍尔班夫沉重地呼出一口气说："你所骂的国王是你的父亲。"

"他口中的'叛党'也是他的儿子。在大是大非面前，血缘关系并不重要。"

看他那副油盐不进的样子，伍尔班夫无奈地叹了口气："随便你怎么想吧，不要把伯灵娜卷进去就行。"

伯灵娜急了："我不……"

"闭嘴，你背着我参加游行的事我还没跟你算账呢。你再消耗我的耐心，就给我待在家里哪儿也别去，学校也别去！"

父亲第一次对她这么严厉，伯灵娜委屈得泪水盈眶。

波努黯然地看了伯灵娜一眼。

伍尔班夫站起来，抓住伯灵娜的手臂："跟我回城。"伯灵娜拗不过他，离开前回头望了一眼波努，后者定定地坐在沙发上，背影灰暗。伍尔班夫把门带上，毕竟奥讷兰没有宣布废除波努的王储身份，加上考虑伯灵娜的心情，他没有理由把波努从自家别墅里赶走。希望那浑小子能拎清局势，不要再做愚蠢的反抗，他想。

听到飞艇远去的声音，波努沉默地坐了一会儿，然后拿起背包走到后院。他打开匣子，为爱宝枪供能的小型黑色仪器——恒星能源集散舱，正闪烁着诡异的金属光芒。波努按照说明书的步骤，开启了该设备的自动调试功能。能源集散舱的芯片启动物理常数匹配程序，红色指示灯不断闪烁，过了一段时间，指示灯灭了，校对完毕。波努按下运行按钮，能源集散舱立即开始上浮，它的动力系统十分奇异，看不出来是消耗的何种能源，没有任何可视的喷气或尾焰。波努望着它像幽浮一样朝天空飘去，直至完全消失在黑暗的夜空中。三分钟后，波努拿起爱宝枪，发现"能源不足"的提示灯灭了，"供能充足"的标识取而代之。波努把两把枪放回背包，离开了别墅。

由于议员们逃税风气盛行，赤字增加，政府只能驳回民众的退税申请，以此来缓解财政压力，这对于厂区居民来说无异于雪上加霜。就在国家电网被私人电力公司收购，电费飙升之际，抗议游行再一次爆发，奥讷兰宣布全国进入紧急状态，命令军队暴力遣散游行，曾经被波努挽回的王室形象再次下滑。

短短二十多天，社会风气急转直下，经济萧条带来的恐慌不断蔓延，连富裕阶层也开始惶惶不安。厂区更是弥漫着躁动气息，吵闹和打砸的声响时不时从街道上传来。波努这些天一直待在蜜酒之家的三层小楼里研究如何救出希莉他们，一遍遍改写公开处刑当天的战斗计划。空闲之时，他练习枪法，还跟着工会朋友们学习了很多实用的技能。许多得到过蜜酒之家帮助的人们都愿意参与波努的救人计划，但他们同时也惧怕警察手里的枪。

奥讷兰公布了处刑日期，时间就在五天后，可波努依然没能敲定方案。毕竟要从警方严密监视中救出囚犯就已经很难了，他手上又只有两把爱宝枪，怎么可能做到不伤一人，救出希莉，还要能全身而退呢？就在这时，沉寂了许久的伯灵娜发来了通讯。

她气愤地说："父亲把我的手环通讯限制了，还天天派人接我上下学，哪也不让我去。"

波努很无奈，不知该说什么："学校里还好吧？"

"不好，马雷的书又上架了，还摆在图书馆门口，他人都死了还要来恶心我们，气死我了。"

波努皱了下眉。

"你计划得怎么样了？有没有我能帮上的？"

波努坦言："缺武器。"

"武器……"伯灵娜想了起来，"那个老人是不是给了你爱宝枪的图纸？"

"对。"

伯灵娜思考了一会儿，说："我有个办法，但是要你跟我里应外合。"

军工厂的老板萨利塔没想到，伍尔班夫将军会突然造访，当即大摆宴席，带着他的儿子图特尼出席晚餐。不等父亲开口，伯灵娜说明了来意："拂晓学院的军训课有意开设枪械训练课程，可能会在明年年初对训练用枪支供应进行投标。"

萨利塔一听，立马满脸堆笑："那关于招标信息……"

伍尔班夫说："别着急，拂晓学院还没有正式发文，枪支管理可不是儿戏，就算是训练用的枪也必须装芯片，并且通过军部批准。"

"那当然。"萨利塔举起酒杯，"为了我们共同的利益干杯。"

酒过三巡，伍尔班夫和萨利塔聊着有关军需品供应的事。萨利塔的儿子图特尼一直得体地回应父亲和伍尔班夫的谈话，丝毫没有阿谀奉承之色。他身材高瘦，举止优雅，双眼极其明亮。晚餐期间，他多看了伯灵娜一眼，仅仅这一眼，伯灵娜便察觉到了机会，提议让图特尼陪着去军工厂逛逛，伍尔班夫同意了。离开餐厅时，伯灵娜偷偷给波努发了信息，波努立即和搬运工接近厂区后门，搭绳梯翻墙入内。

图特尼边走边说："我在学校门口看见过你。"

伯灵娜有些惊讶："你也是学院的学生？"

图特尼不好意思地挠挠脸："我没考上中级学院，现在在上私教课，明年想尝试直接考入拂晓学院的高级学院。"

伯灵娜笑着说："明年我也进入高年级了，说不定我们会成为同学呢。"

"很有可能。"图特尼挥了下手，"厂房在那边，我带你去。"

两人一路聊着走进车间控制室。伯灵娜透过超大的玻璃窗从高处向下望去，车间内部仅有地灯照明，上百条生产流水线井井有条地一字排开，宛如钢铁形成的瀑布。流水线的末端是制造机，它们类型各异，外壳银白，在高悬的微弱光照中影影绰绰。

"我把灯打开给你瞧瞧。"图特尼说着就要去按亮照明。

"不用了。"伯灵娜赶紧阻止他，"我听说你家工厂有个神奇的'物质凝聚'技术。"

图特尼笑了："你是说'粒子向度增材制造'技术？说白了，这个技术就是普通增材制造的高精度版本，适用范围覆盖了常宇宙2%的宇宙战争级别的枪械图纸。"

伯灵娜惊呼："这么厉害？"

"是的，所以我的父亲引进了两百只制造机，这是我们厂近年来最大的一笔投资。"

"你能给我演示一下制造原理吗?"

"当然可以。"图特尼打开研究台,点弄着投影。

伯灵娜看到制造机的流水线编号,立马偷偷发给了波努。波努收到后,和搬运工们猫着腰从后门钻入厂房,摸黑找到了制造机。波努打开制造机,断了它的网络,然后打开脱机制造功能,把图纸输入进去,机器识别成功。他依次打开了十个制造机,同时开始制造爱宝枪。为了屏蔽制造时闪烁的光芒,他和搬运工们合力把遮光布罩在制造机上。

时间过去七八分钟,伯灵娜有点着急,从控制室向下望去,没有任何异常动静,也不知道波努弄得怎么样了。她不得不打断侃侃而谈的图特尼:"图特尼,我……"

"怎么了?"

"我有点口渴,想喝甜茶,你这儿有吗?"

"这里的甜茶叶没有餐厅的好,要不我们回去喝?"

"我现在就想喝。"

"那你等一会儿,我去给你泡。"

伯灵娜点点头。等图特尼出去后,她赶紧联系波努:"还要多久?"

"马上好,在装箱。"波努望向高处亮着灯的控制室,伯灵娜的身影清晰可见,"你能看到我们吗?"

"看不到。"

"但是上方监控能拍到我们,留下证据会对你和你的父亲不利。"

"应该没事,没警报很少有人会去调查监控。"她话刚说完,听到了脚步声,赶紧关掉通讯。

图特尼走入室内,把杯子递给伯灵娜:"我泡茶水平欠佳,你不要笑话我。"

伯灵娜笑了一下,喝了口茶,继续拖时间:"你去过军区吗?"

"没有,我的父亲去过。你呢?"

"十岁之前我经常待在那儿,后来不去了。"

"为什么?"图特尼加问了一句,"你介意我抽烟吗?"

"不。"伯灵娜继续说,"我小的时候因为母亲身体不好,父亲就会把我带到军部照顾我。后来母亲过世,他过于悲伤,怕影响到我,就让我住校了。"

听她说着，图特尼放松地靠在控制台边，点上烟刚想往嘴里送，一只手不小心碰到监控屏幕电源，瞬间，波努和工人们的身影出现在了夜视监控画面的正中央。就在图特尼转头的刹那，伯灵娜心中一急，把手里的茶杯扔了，甜茶泼洒在图特尼的衣襟上。"啊，对不起。"她赶快趁他分心时伸手关掉了显示器电源。

"怎么了？"图特尼关心地问。

"茶杯很烫……"伯灵娜假装抻了抻手指，"抱歉，把你衣服弄湿了。"

"没事。"图特尼掸去领口的水珠，重新拿起烟，却发现烟头已经被茶水浸湿了。他无奈地笑道："你还是介意我抽烟的，对吗？"

伯灵娜被他逗笑了。

图特尼丢掉烟，打开手环："可以跟你互换名片吗？"

伯灵娜点点头，满心愧疚地添加了图特尼的通讯名片。

两人回到餐厅，伍尔班夫和萨利塔也差不多谈完了。与萨利塔父子俩道别后，伯灵娜借口去公共洗手间，偷偷跑到工厂后门。四下无人，她寻找波努，听到嘀嘀两声汽车鸣笛。

伯灵娜跑过去，拉开车门爬上副驾驶位置："顺利吗？"

波努回答："顺利，制造了三百把。"

"你会开车？"

"跟工友学的。"

"哦。"伯灵娜看向窗外。

波努瞟了她一眼："怎么了？"

伯灵娜犹豫了一会儿，最终还是道出实情："刚才图特尼不小心按亮了监控屏，差点暴露了。"

"后来呢？"

"我把茶水洒了，趁他不注意关掉了屏幕。"

波努眨了眨眼："所以我们没被发现？"

伯灵娜不满："你只关心这个吗？"

"啊？"波努愣住。

伯灵娜心想她都快吓死了，这家伙居然一句安慰的话都不讲。"给我一把爱宝枪。"她嘟着嘴说。

波努不敢惹她也不敢多问，把自己的那把枪给了她。伯灵娜拉开车门跳下车，头也不回地走了。波努望着她离去，挠了挠头，松开手刹。发动机声响起，孤独的货运卡车缓缓地朝厂区驶去……

翡莫迩大陆夜色正浓，但在星球的另一面，万物正沐浴在拉谜的光芒中。蹲坐于树枝的长尾鸟扑棱棱飞走了，阴影中的小鼠再次看到了拉谜的光，它那敏锐水灵的大眼睛侧视着，似乎察觉到了某种异样——10亿公里之远的星系中心，拉谜这颗直径是太阳3倍的A型恒星，正爆发着巨大的日冕喷流和环形耀斑。波努释放的"为爱宝枪供能"的恒星能源集散舱，几乎是贴着拉谜的光球层，在距离它260万公里处贪婪地吸收着能量，并且不断地复制自身，已成长到之前的500倍大小，像一口诡异的大锅。时间流逝，一眨眼的工夫，小鼠眼中的阳光消失了，它重新钻入地下，而翡莫迩大陆的人们却迎来了哥弗王朝统治历史中最为残酷的一个早晨——

"公开处刑是必要的。"奥讷兰对着扬声器说，"我要告诫那些躲在阴影中、意图谋反的人：王权不容蔑视。"

街道上的人们抬头望着巨幅投影屏，画面中，国王正在慷慨陈词。

"我宣布，塞尔·派特、科里文·派特、杰·伯斯坦迪……希莉·荻米特里等人，犯'谋反罪'处以死刑，公开执行。"奥讷兰说到最后一个姓名的时候，明显迟疑了一下。他的身后，麦兰森、寇雷格等人正盯着他，伍尔班夫则在一边维持现场安防。

突然，人群中一位男青年喊道："'谋反罪'早就被废除了，国王未经法院审判就肆意杀人，暴君！"人群骚动，两个警察把那个男人拖出人群。"暴君——"他还在口齿不清地叫喊，直至吃了一记电棍昏了过去。广场上响起零星的抗议，人们的神情变得悲愤交加。

奥讷兰脸色发青，继续念麦兰森给他的台词："自从艾偌·哥弗称帝直至今天，哥弗氏已统治翡莫迩大陆五千余年，如今星门贸易增加，我们与常宇宙的联系更加紧密，开辟孢星外采集业和新的栖息地势在必行……"

"反对殖民扩张！"又有些人喊了起来。一个商店老板叫道："先给我把税退了。"

警察冲进人群，抡起了警棍。

奥讷兰紧张得额头冒汗："在这关键的时刻，我绝不允许叛乱分子破坏国家安定，任何不符合全体国民利益的行为都将受到严厉打击。"

根本没有人在听奥讷兰讲话，每个人都陷在愤怒情绪中，抗议的人越来越多。寇雷格火了，下达命令。警示鸣枪如放鞭炮般响起，人们的声音这才小了一些。

一架闪着警灯的飞艇从人们头顶飞过，缓缓降落在高高的行刑台上。穿着囚服的十个人被反铐双手，押入为了公开行刑临时搭建的透明玻璃房，犹如木偶进入了盒子剧场。戒毒小组二人站在最靠门口的位置，派特兄弟在中间，希莉站在最靠里的位置。

背后的行刑者充满压迫感，令希莉不禁开始揣度，他腰间手枪中的哪一颗子弹将结束她的生命。她深呼吸一口，令自己冷静下来，透过厚厚的镜片快速扫视人群。骚动的人们犹如沸腾前的热水，时不时爆发一两朵抗议的气泡。不够，完全不够，单凭那些散兵游勇是无法改变形势的。突然，人群后方的一个熟悉身影映入眼帘，令她的心脏怦怦跳动起来。

波努戴着帽子，尽量遮挡脸部，躲避着警察的视线没入人群。伯灵娜和其他同伴根据计划分散行动，站在可以作为临时掩体的树木、花圃和商铺旁，等着波努的号令。波努观察了一下四周，压低帽檐，挪到人群的边缘，趁巡逻警察背过身的刹那，迅速钻入树丛，等了一会儿，感觉周围没动静，才开始慢慢移动，猫着腰朝临时搭建的警队指挥亭挪去。

"国家尊严神圣不容践踏，我热爱这片土地，也热爱每一个维护社会和平的国民。国王和民众是一体的，面对危机与苦难，我永远站在你们这一边。"奥讷兰终于把稿子念完了，他擦了把汗，感觉自已经历了一场酷刑。他最后说道："准备处决。"

行刑者们推了下囚犯，示意他们跪下，然后拨开枪的保险，等待最后的命令。民众开始骚动，谩骂声四起。希莉感觉到枪口正指着自己的后脑，不禁心跳加速，汗水顺着下颌滴落在膝盖上。面对强大的国家机器，她平生第一次感到强烈的恐惧。

奥讷兰站在扬声器前浑身发抖，他知道一旦下令，他将成为几千年历史上第一个行使暴政的国王，强烈的屈辱令他怎么都张不开嘴。

麦兰森看奥讷兰那副犹豫不决的样子，上前轻拍了一下他的后背："没事吧？"

察觉到麦兰森的威胁，奥讷兰摇了摇头。

"那就请下令。"

奥讷兰深呼吸一口，打开扬声器的电源。

波努也深呼吸了一口，扑上去撞倒了面前的警察，然后对着不远处的警长扣下扳机，警长中弹瘫倒在地，旁边的警察反应过来给了两枪，波努却已躲到警亭的侧面，子弹擦身而过。"上。"波努对着手环说。

刹那间，银蓝色的光芒从几百只爱宝枪中绽放，人群中的行动队员们带头冲袭，警察还没来得及反应过来就被冲散。见状，民众跟着行动队员一起涌向封锁线，他们的叫喊声犹如海啸般高涨，淹没了警铃。因为警长缺位以及人数上的差距，警察一边鸣枪一边后撤，甚至吓得逃跑。

奥讷兰傻眼了，麦兰森和寇雷格他们也愣住了，他们谁都没想到手无寸铁的民众居然会冲击刑场。伍尔班夫背对众人给伯灵娜发通讯，后者没接，吓得他头发都竖了起来。国王没有下令处决，行刑者不知该如何是好，有几个人甚至放下了枪。希莉望着骚乱的人群，心里又惊喜又担心。派特兄弟和戒毒小组二人也很激动，一直在考虑如何响应援救，可又因为惧怕行刑者手中的枪而不敢动弹。

波努被三个警察围困在警亭后方，伯灵娜率先突围，赶过去帮波努。她用爱宝枪对准一个警察，蓝色火焰一闪，警察倒地。"波努！"

波努根据伯灵娜声音的方位，估计她击中了南边的警察，也就是说她现在面朝东面。波努做出判断，探出身几乎与伯灵娜同时开枪，同时解决了另外两个方向的警察。

寇雷格打开通讯器，准备向军队下达开火命令，伍尔班夫却拦住了他："等下。"

"还等什么？"

伍尔班夫展示人员名单，所有遭袭的警察都体征平稳。"他们没杀人。"

寇雷格难以置信："他们从哪儿搞来那么多非致命性手枪？仓库出了叛徒？"

伍尔班夫严肃地说："不可能，仓库是我亲自管的。"

寇雷格极度烦躁："议长大人，你倒是说话啊。"

麦兰森抱着双臂冷笑一声，没说话。奥讷兰看了麦兰森一眼，紧张得冷汗涔涔。

民众围住了警亭，波努爬上亭子顶部，摘下帽子甩到一边。他拿起警方的传声设备，指着不远处的侦察无人机说："奥讷兰·哥弗，你给我听着。"

奥讷兰一惊，这是儿子头一次喊他的全名。

"我无所谓你是怎么想的，有没有勇气承担责任，抑或被议会操纵。今天，你要么放人，要么把我的胸膛射穿，用我的血清洗你的暴政之路！"说完，波努跳下警亭，在大家的簇拥下朝行刑台跑去。

寇雷格暴怒："这就是你们一味容忍他的结果。"

奥讷兰闭上眼，无力地说："要不放了他们吧，毕竟他们没有杀人。"

寇雷格快气炸了："放了他们？"

伍尔班夫生怕女儿也在现场，赶紧帮腔："赦免囚犯显示陛下的仁慈，对社会稳定……"

寇雷格吼道："你站在哪边？！"

伍尔班夫闭了嘴。

麦兰森不动声色地扫了眼众人，打开手环通讯，冷冷地对行刑者下令："不用等了，立即枪毙犯人。"这是他第一次在公开场合僭越王权直接下令，所有人都露出惊讶的神色。

后脑再次被枪口顶住，希莉吓得屏住呼吸。千钧一发之时，波努远远地举起枪，蓝色光芒在空中划过一条直线，击碎玻璃，掠过希莉的头顶，她身后的行刑者瞬间失去意识。其他行刑者见"暴民"涌了过来，出于自保本能举枪射击。数发子弹在台阶上弹射，压制得波努无法前进。

见此情景，塞尔和科里文对视了一下，两人同时行动。塞尔起身用肩膀撞向身后的行刑者，和他一起倒在地上，用尽全力制住他的行动；科里文用同样的方式撞击行刑者，行刑者对他举枪，科里文狠狠咬了口他的手腕，迫使对方弃枪，然后一脚把枪踢开。见状，戒毒小组的伯斯坦迪和迈赛顿也一跃而起，加入反抗行动。

玻璃房内乱套了，对外攻击明显减弱，波努赶紧趁机冲了上去。门口传来嘭的一声，接着玻璃碎裂，波努丢开警棍，踹开摇摇欲坠的门框，一行人冲进玻璃房。行刑者们吓得举起枪，还没来得及扣下扳机，数发蓝焰掠过半空，行刑者昏倒在地，十名囚犯全部生还。

麦兰森冷冷地望着这一切，没有说话。他不发声，其他人也不敢讲话。

波努打开手铐，给了希莉一把爱宝枪。她把枪翻来覆去看了看："这是什么枪？"

"非致命性的枪。"波努没提它的致命模式。

希莉火冒三丈:"我差点死了你还在为敌人考虑?"

波努也火了:"我这不是来救你了吗?"

"用玩具枪救?!"希莉突然暴怒,举起爱宝枪对着波努,"我们不需要你这种软弱的领袖。"

伯灵娜吓了一跳,赶忙推开她:"你干什么?"

波努怒发冲冠,抓住希莉的衣襟用力把她按在玻璃墙上,一字一句地说:"关于'和平抗议'的底线我重复过很多次了,你不能遵守,就给我滚。"

希莉怔住,波努青绿色的双眼散发着陌生、锐利的目光,令她寒毛直竖。突然,一颗橡皮子弹扎入玻璃墙的裂缝,整面玻璃龟裂。伯灵娜赶紧拉开二人:"别吵了,快走。"

前来支援的警察举着防爆盾朝玻璃房逼近。民众畏惧于他们手中的电击枪,四下逃散。在同伴的掩护下,波努等人顺利离开玻璃房,在漫天的催泪瓦斯浓雾中,根据计划好的路线从西边的燕伦希大道分散撤离。

看到人群散去,奥讱兰长吁了一口气。

麦兰森说:"波努那小子倒是有点能耐。"他的语调虽然轻松,却令全场气氛仿佛结了冰。他站起来:"行了,好戏演完,我们也撤吧。"

等奥讱兰、伍尔班夫等人走后,寇雷格问:"你不管那群叛乱者了?他们手里还有枪呢。"

麦兰森点上烟,慵懒地说:"那种枪没用。波努信奉'谁先杀人就输了'那套小孩子把戏,我就是陪他玩玩,你还当真了?"

"那你打算怎么收拾他?"

麦兰森眯起眼,烟雾朦胧了他的面庞:"那要看他下一步如何行动。"

拉谜升至穹顶,照耀着狼藉遍地的行刑现场。从距离拉谜最近的第一行星向前望去,银白色巨型光团中央,出现了一个肉眼可见的黑斑,并且还在不断扩大。那黑斑正是恒星能源集散舱的阴影,它的复制能力正在呈指数级上涨,拉谜的能量狂澜在它那冷酷的黑色外壳上投下颤动的光影。

希莉关掉水源,从雾气腾腾的淋浴间走出。听着水流入下水道的滴答声响,她的心情平静了很多。她换上干净衣物,戴上眼镜,意识到镜子中的自己在三个小时前差点变成一具死尸，枪口顶着后脑的恐惧不由得涌上心头，但它只持续了一秒，又消逝了。

考虑到警察不会来搜伍尔班夫的别墅，伯灵娜让波努和希莉待在这儿，自己去了学校。波努通过爱宝枪的手环管理功能，关闭了所有散落在民众手中的爱宝枪的电源，以免发生意外。他打开新闻页面，发现媒体关于劫囚事件的报道只有寥寥数语，以及最后那一行字——"到目前为止，无人员伤亡。"

希莉擦着头发走了出来，坐到波努旁边："抱歉，我被恐惧冲昏了头，在广场上说了过分的话。"

波努淡淡地回道："我也是，抱歉。"

希莉环顾室内："伯灵娜呢？"

"去学校上课了。"

说完，两人同时陷入沉默。

过了会儿，希莉把头上的毛巾扯下来，无神地盯着天花板："接下来该怎么办？"

波努关掉手环，朝后一靠，也看着天花板："没想好。"

"要不……你回趟翡英城？"

"回去跟奥讷兰吵架？"

"唉。"希莉叹了口气，"你怎么没有早点发现你的父亲向着麦兰森？"

"我察觉到了，但那时还心存幻想，以为等继承王位后，可以通过自己的努力改变王廷。"

"现在呢？"

"现在我要通过民众的力量去改造这个国家。"

希莉冷笑："把反叛说得这么好听。"

波努纠正："这是'革命'。"

"好吧，'大革命家'，你有没有想过，如果今天麦兰森心情不好，让军队大开杀戒，我们还有没有机会改造这个国家？"

见她又提起这茬，波努语气一冷："你有完没完？"

希莉把脸偏开，望着角落里的花瓶："我只是觉得你被宠坏了。"

伯灵娜用一套完美的说辞骗过了伍尔班夫，让他以为她一直乖乖地待在学校。放学后，她回到别墅，见波努和希莉正坐在桌前，与蜜酒之家成员们开视频会议。派特兄弟他们疲于警察的追捕，脸始终紧绷着。

波努说："从清雪行动、破坏隔离墙和今天的劫囚三次行动来看，有相当一部分民众愿意支持我们的行动。"

希莉说："但那些人都是平民，富人有钱有军队，穷人却只有性命，我们不能再拉着他们冒险。"

塞尔赞同希莉的说法："破坏隔离墙和劫囚都太过激烈了，一旦擦枪走火，议会不仁，结果谁都无法承担。"

全场陷入沉默。

波努思忖再三，打开手环调出地图，指着港口附近的一个坐标点说："这是个位于军区之外的装备库，总共五层，地下三层，地面两层，存放了大量的炮弹、枪械和后勤物资。如果我们能占领这座军火库，却不动用库内任何一枚弹药，以此申明我们的主张，或许能迫使议会做出改变。"

伯灵娜记得历史上哥弗王室对地方势力使用过这种战术。"'静默战'？"

"是的。我这儿有份声明，你们看下。"波努把文件发送给了每个人。声明上说了几点，要求司法独立，银行联合会需控制星币和莫元的汇率波动，民生方面要求全面禁止烟茹，电力公司和医院收归国有，以及限制工厂引入全自动智能设备等。

波努说："我考虑全程进行直播，吸引媒体和网络的关注，用舆论压力保障安全。"

伯灵娜点头："这倒是个好办法。麦兰森应该不会在全国民众面前屠杀抗议者。"

希莉没表态。

塞尔说："我和科里文可以负责动员。但既然要去军区附近，就必须要有防弹衣。"

达尔顿说："防弹衣我能搞到部件，但要找人组装。"

伯斯坦迪说："我能找到工人进行组装。"

沙西娅说："这次行动我就不参加了，我要照顾孩子，抽不开身，但我可以配合派特兄弟一起动员民众。"

波努点头："还有爱宝枪的问题：三百把肯定不够，如果发生冲突，我们至少要有能力脱身。"

伯灵娜举起了手："爱宝枪的事我来想办法。"

图特尼没有料到，伯灵娜竟然会主动联系他。他应邀来到餐厅进入包厢，看到伯灵娜早就在里面等他了，她穿着日常的服装，头发梳得一丝不乱。图特尼把外套脱下挂在一边，拉开凳子坐下："很高兴再见到你。"

"我也是。"伯灵娜微笑道。

两人用投影出的菜单点完菜后。图特尼说："你约我出来，应该不是想要跟我谈情说爱吧？"

伯灵娜笑了："我是有事情想找你帮忙。"她通过手环展示出爱宝枪的图纸："我想要两千把这种枪。"

图特尼扫了眼图纸，目光闪过一缕复杂神情："这是军部的单子吗？"

"不是，我个人的。"

"两千把可不是小数目。"

"我知道，所以我请你帮忙，让我分期付款。"

"你要用零花钱付款？"

伯灵娜点点头。

图特尼揶揄："恐怕不够吧？"

伯灵娜笑了："不要小看我。"

"好吧，我回去会和父亲说的。"

伯灵娜松了口气："我把图纸发给你。"

"不用，工厂的制造机记录里有。"

伯灵娜怔住。图特尼看着她，微微一笑。服务生及时出现，打断了两人的对话。伯灵娜低头挪了挪餐盘，等服务生出去后才再次抬起头来："你既然知道我骗了你，为什么今天还来赴约？"

图特尼大方地回答："因为我对你有好感。"

伯灵娜双颊泛红，不好意思看他。

图特尼拿起餐刀切着肉排："不过生意归生意，我知道你并不孤单，钱凑一凑还是有的。只要能赚到钱，我不在乎政治上的事。"

伯灵娜小声说："那天的爱宝枪的制造费用我会打给你的。"

"没关系，那些就当样品送给你了，这样你的'民主社会'理想也有我的份儿了。"图特尼笑意盈盈地把肉块送进嘴里。

伯灵娜也腼腆地笑了,胸口涌起一股暖意。

随着"静默战"的临近,爱宝枪和防弹衣逐渐堆满下水管道。在蜜酒之家的动员下,除去之前追随波努的三百人,另外还有四千多人愿意参加行动。波努安排他们分散在可以被统一行动调度的区域范围,保持着高度的隐蔽性。

五天后一个凌晨,行动开始。三点,波努他们到达既定位置,放眼望去,装备库孤零零地坐落在距离军区三公里的位置上,北部港口的舰船剪影在星空下嶙峋突兀,其中"火梭号"航母犹如史前巨兽蹲伏在舰队中央,其庞大身形压得人喘不过气来。

哨所里的士兵打了个哈欠,并未察觉黑暗中的人群。波努轻手轻脚地贴近岗哨,蹲在墙边,然后捡起石块掷向门框,士兵开门查看,被波努一枪制服。因为爱宝枪并未伤士兵分毫,体征平稳没有触发警报,波努从他身上搜出密钥门禁卡,回到队伍中。

派特兄弟用激光深熔焊接器打开了网络线路的保险箱门,伯灵娜打开通讯干扰器,然后入侵装备库的网络,用门禁卡上的信息操纵了安保系统。装备库的大门徐徐打开,内部灯光和巡逻士兵的身影映入视线,气氛刹那间变得紧张起来,因为一旦伯灵娜切断所有的监控,战斗必须在极短的时间内结束。所有人都屏息凝神,蓄势待发。波努确保人员各就各位后,让伯灵娜切断了监控摄像头。"行动。"波努说。

第一支队伍由希莉带领,队员仅有五人。他们猫着腰,摸着墙根深入腹地,解决了两个巡逻的士兵,到达指挥所。希莉披上军服,不慌不忙地打开调控室的门。室内有两名通信兵,他们正在说监控失灵的事,完全没有在意来者是谁。希莉绕到他们身后举起枪,枪口蓝焰闪烁,两人趴在操作台上失去了意识。

收到希莉作战成功的消息,波努、派特兄弟和达尔顿局长分别带领三支队伍跨入大门。达尔顿负责带人伏击沿路巡逻士兵,为派特兄弟清出一条道路。派特兄弟穿过操场来到士兵休息营,科里文一脚踹开宿舍门,队员们鱼贯而入,没放一枪就把正在休息的士兵全逮了,把他们双手铐住摁在地上。波努和伯灵娜带着队员冲进军官办公室,放倒了三名军官,然后用军官的权限降了装备库的警戒等级,避免安保系统向翡英军司令部发送警告。

战斗结束，波努和伯灵娜离开办公室，回到人群之中。门外等待的其他同伴陆续进入装备库。宛如流沙漫灌，人们不徐不疾地走向军营、步道、停机坪和仓库，直到占据整个装备库。此时，拉谜的光芒透过清晨迷雾，打亮了一小片天空。人们的面颊被微弱的青色天光映亮，他们对于波努的主张能否得到实现毫无底气，军工巨兽群距离他们也仅仅一墙之隔，但他们依然站在那儿，等待翡莫迩大陆从晨曦中苏醒。

第一个发现情况的是一个通信兵，他赶忙把装备库现场情况发给寇雷格，寇雷格一惊，要求通信兵不得泄露消息，并与伍尔班夫前往军部碰头。可不到一分钟，媒体记者便蜂拥而至，把装备库围得风雨不透。

寇雷格大发雷霆："谁泄的密？"

伍尔班夫点开手环查看，发现有人在网络论坛上开了直播。虽然播放者匿了名，但他猜测一定是波努。

"无法无天。"寇雷格把军帽往桌上一甩，"这次一定要教训他们。"

伍尔班夫拦住他："国王和议长都没指示。"

寇雷格瞪着伍尔班夫，最终，他还是坐了下来，强忍着愤怒。

"我去趟调度室。"伍尔班夫走出指挥室，飞快地躲到无人处给伯灵娜发通讯，伯灵娜没接。伍尔班夫顿感不妙，疯狂地给她发信息，依然没有收到任何回应。情急之下，他启动紧急联系人权限，强制调取了伯灵娜的定位。果不其然，女儿的位置确实在装备库，伍尔班夫顿时感觉天都塌了。他感觉自己所在的司令部与装备库相距不过两分钟车程，却仿佛隔着天堑。伍尔班夫神色灰暗地走回司令部，看到麦兰森来了。

"主谋是谁？"寇雷格问。

麦兰森倚坐在桌沿抽着烟，看起来一点也不着急："你猜不到吗？"

"波努？"

麦兰森点头，淡淡地说："陪他演了这么长时间的戏，是时候该收网了。"

"怎么'收网'？那么多记者盯着呢。"

麦兰森看了眼手环上的时间："让那些记者替我们宣传一下入侵军区的后果，未尝不可。"

伍尔班夫走了过来，紧张地说："我看到波努提出的主张都是些陈词滥调，即使我们答应下来，解释权也在我们手上，不如安抚民众，遣散媒体，然后再跟波努他们慢慢算账。"

寇雷格冷冷地说:"都打到我们眼皮子底下来了,还要退让?"

麦兰森眯起眼睛看向伍尔班夫,抽了口烟。

伍尔班夫说:"国家军队本就应该保卫国民,况且波努并未杀人,如何处置也应该由国王来定夺,我们没有权力伤害王储。"

寇雷格不以为然:"少他妈跟我说漂亮话。叛党就是叛党,管他是什么皇亲国戚,一律消灭。"

伍尔班夫激动起来:"不能这么做。"

寇雷格踢倒凳子,恶狠狠地说:"你脑子进屎了?让这群人得了逞,国家还有安宁之日吗?"

麦兰森掐灭烟头:"别吵了。"他对伍尔班夫说:"这样,我给你二十分钟,你单独去救你女儿。"

伍尔班夫愣住了,寇雷格也惊讶得瞪大眼睛。

"快去啊。"麦兰森催促。

闻言,伍尔班夫转头就跑。寇雷格望着他的背影,有些发蒙:"伯灵娜在现场?"

麦兰森背对着寇雷格"嗯"了一声,然后转过身来微笑着说:"这下你可以一网打尽了。"

麦兰森的笑容极其冰冷,令寇雷格打了个寒战。

装备库内部静默无声,外围却人声鼎沸,记者们对着镜头叽叽喳喳,念着波努的抗议主张。突然,一架直升机飞快地降落在装备库旁的空地上,伍尔班夫拉开门跳了下来,直奔装备库大门而来。记者们一拥而上。"让开。"他推开记者,步入装备库大门。

参加行动的人们都认识这位将军,没人拦他。"伯灵娜,伯灵娜!"伍尔班夫焦急呼喊着。希莉和派特兄弟注视着他路过,没有说话。

伯灵娜听到伍尔班夫的声音,浑身一个激灵:"糟了,父亲来找我了。"

波努回过头,看到一顶军帽在人头之间穿梭。伍尔班夫怒气冲冲地拨开人群,见伯灵娜和波努站在一块儿,怒气更甚。他指着波努,咬了咬牙,最终还是把指责的话咽回腹中。伍尔班夫抓住伯灵娜:"跟我走。"

伯灵娜甩开他的手,后退一步:"我不走。"

伍尔班夫再度抓住她,用力把她往外拽。伯灵娜挣扎着,想要脱离伍尔班夫的掌控,却根本无力撼动他。感觉到周遭异样的目光,伯灵娜哭了。女儿的哭声令伍尔班夫更加烦躁,他朝周围的人叫嚷道:"都给我回家去,不要命啦?"

希莉悄悄地问波努:"伍尔班夫好像得到了什么消息,我们要不要撤退?"

"不撤。"波努坚定地说。首先,他不相信奥讷兰会对自己的儿子下手,再者,他叫了这么多媒体记者过来,就是为了遏制寇雷格他们动武的念头。然而此时,奥讷兰还什么都不知道,他起床后去看了一下莎珂尔,发现她仍在熟睡,便不慌不忙地洗漱、吃早饭……记者们更是无从知晓,就在伍尔班夫离开军部之后,寇雷格便在麦兰森的要求下出动了军队。

军工巨兽从清晨的水汽中苏醒,伴随着各类引擎的轰鸣,探照灯犹如巨型蜘蛛的复眼缓缓睁开,瞪着装备库里那些渺小如虫的抗议者们。第一枚炮弹降落时,大家还沉浸在议会会妥协的幻梦之中,冲击波混合着火焰瞬间膨胀,把站在军营旁边的工会兄弟们炸得血肉模糊。

波努抬起头,难以置信地望着战机编队呼啸而来。希莉见他在发呆,赶紧把他拽到有遮挡物的墙边阴影中。第二轮轰炸再度降临,航空机炮扫射,机载炸弹犹如大雨倾覆,整个军备区被淹没在烈火与浓烟之中。人群尖叫逃窜,伯灵娜和伍尔班夫走散了,伯灵娜不顾父亲的呼喊,转身往回跑去,边跑边叫着波努和希莉的名字。伍尔班夫焦急地寻找女儿,却被上千人的逃难大潮冲得站不稳脚跟,他没想到寇雷格会失信,甚至打算一同除掉他。这一瞬间,他竟然动了帮助波努的念头——早知如此,倒不如帮王室夺取政权,或许还有回转的余地。

踩踏事件毫不意外地发生了,人们把装备库大门口堵得水泄不通,混乱不堪。更糟的是,弹药库在持续不断的轰炸中发生殉爆,烈火直冲云霄。爆炸产生的碎片犹如千万把利刃,把人们的身体割得四分五裂,许多人被迫躺在自己的血液中失去呼吸。蔓延的血泊很快就被火焰烤干,变得漆黑发亮,犹如一道道地裂深壑,把装备库分割成死亡的破碎群岛。

装备库的惨景终于映入了奥讷兰的眼球,新闻标题中"由王储带领的'静默战'行动"这几个字令他血液逆流。奥讷兰联系寇雷格,寇雷格神情古怪地看着他,一个字都没说。他意识到麦兰森肯定在寇雷格旁边,便赶紧关掉手环冲出书房,急得连外套都没穿。

爆炸轰鸣仿佛迅雷过境,好不容易才停歇下来,波努用力推开压在面前的金属门板，哗，门板上的石块滑落，灰尘从开裂的钢架间漏出，倾洒在他身上。光线涌入，波努看到面前一名队友被石头砸成了两截，内脏流了一地，他慌了神，奋力爬出废墟。眼前的景象令波努呼吸停滞：断瓦残垣之中遍布尸体，面如死灰的队员们横七竖八地倒在地上，有的失去半身，有的脑袋仅剩了一半，断肢汩汩地淌着鲜血。

波努紧张得手脚发冷："伯灵娜！希莉！"

"我在这儿。"

波努回过头，希莉从断墙边一瘸一拐地走了过来，左胳膊被划伤，血顺着指尖不断滴落。她焦急地问："伯灵娜呢？"

"没找到。"波努转身对着废墟喊道，"伯灵娜，伯灵娜！"突然间，他看到伍尔班夫正蹲在地上，脚边露出一只衣袖破烂的女性手臂，沾满鲜血和污泥。波努心中一沉，头皮发麻。他跑过去一看，伯灵娜正躺在草丛里，右边半个身子被炸没了，白骨嶙峋的胸腔中，隐约可见破裂的心脏。波努大脑停转，两脚的血液仿佛被抽空了般发软。随后而至的希莉见此情景，死死捂着嘴，泪珠倏然落下。

伍尔班夫凝视着女儿失去血色的容颜，嘴唇颤抖着。他缓缓站了起来，忽然转身抓住波努的衣襟，一拳挥了过去。波努头晕目眩，漫天金星之中，他隐约看到伍尔班夫那恶兽般的通红双眼，仿佛要把他撕成碎片。伍尔班夫抬脚把波努踹倒在地，然后上前把他拎起来，再次抡起拳头。波努无意反抗，他承受着这位父亲的怒火，这样似乎能让他心里好受些。

希莉蹲在伯灵娜的尸体旁泣不成声。一些幸存者颤颤巍巍地走了过来，望着波努和伍尔班夫，不敢吱声。派特兄弟也逃过一劫，塞尔见伍尔班夫下手极狠，犹豫着要不要上去劝阻，却始终迈不开脚步。

伍尔班夫毫不留情地倾泻着悲痛，一拳接一拳地揍在波努的身体和脸上，直到波努鼻青脸肿、皮开肉绽。最终，他抓着波努的衣襟，牙齿咬得咯咯作响："你害死了她！"

波努微睁着肿胀的眼睛，嚅嗫道："对不起……"

伍尔班夫皱眉，泪水顺着眼角滑落。他松手猛地一推，波努摔倒在地咳嗽不止，带有血丝的唾液滑下嘴角。伍尔班夫用衣袖抹了下泪湿的眼睛，回到伯灵娜的躯体旁，俯身抱起那具轻飘飘的遗骸。

拉谜的光芒从地平线喷薄而出，映亮了被炸成碎饼干渣般的装备库。直升机嗒嗒地飞过装备库上方，向地面投下灭火剂。记者们涌了进来，伍尔班夫抱着女儿尸体的景象被全方位地记录着，就在他们还想拍摄更多"王储起义失败"的照片时，警笛响起，警察和士兵的混编部队从飞艇上跳下，驱逐记者。全副武装的士兵进入装备库，举着带有激光瞄具的步枪，优先锁定了希莉、派特兄弟和达尔顿等人。

大势已去。波努沉默地盘腿在地上，手环投影中，来自默泽、奥讷兰和莎珂尔的通讯闪烁不已，他却没有心情接听——不，是没有接听的必要。发生这一切都是他的错，他中了麦兰森的圈套，在对方一步步地退让之中失去了警惕，令四千多位同伴沦为他政治理想的牺牲品。波努抬起头，望着纵横交错的战机尾迹云，心想接下来会面临怎样的狂风暴雨呢？正在他感觉愧疚绝望之时，突然发现白花花的清晨云雾正在逐渐变暗，云层边缘出现了晚霞时才会有的细长光线……他揉了揉发痛的眼睛，再度望向天空，却什么都看不见了——翡莫迩大陆突然间遁入漆黑。

司令部亮起灯。麦兰森和寇雷格朝窗外望去：方才还朝霞绚丽的地平线蓦然变得黢黑，就像时间倒流。

寇雷格诧异："日蚀？"

"不可能。"麦兰森眼珠转动，对寇雷格说道，"把空天防御打开。"

"开那玩意儿干吗？"

"快打开！"一直沉着冷静的麦兰森竟然面露惊惧。

寇雷格吓了一跳，赶紧用手环打开各项权限，令部下飞速启动了建成后从未使用过的空天防御系统"羽翼"。太空中，武装卫星响应命令，按照预设编队模式一簇簇包围星球表面；遍布大陆的发射井亮灯，井盖打开，上万只防御飞行器闪烁着警报灯，急速飞向门桥街区和厂区；星门断开电源，启动电磁保护。

"'羽翼'打开了。"寇雷格话音刚落，天空中光芒爆闪，包裹拉谜的恒星能源集散舱碎裂成亿万黑色碎片，绵密细雨般洒向太空。氢壳聚变产生超高速带电粒子流以每秒 1700 公里的速度向外部袭去，拉谜在几秒内膨胀到之前的五倍大小，直接吞噬了第一行星，第二和第三行星也紧跟着灰飞湮灭。即使有"羽翼"的防御且距离较远，翡莫迩星也难逃如此大规模的震荡，整片大陆发出恐怖的呜咽声。浓雾扬起，天地间一片橙黄，火雨般的流星在天空中划出一道道明晃晃的裂痕。大气层被恒星风削弱，地表气压急剧降低，龙卷风骤然卷起，咆哮着奔向厂区，以摧枯拉朽之势铲平所经之处的建筑。整个世界都只剩下天崩地裂的轰鸣，人类微弱的惨叫声几乎轻不可闻……

炎热风暴倏忽而至，暴风和沙尘就像钝刀子锉着地面。原本打算来逮捕希莉等人的士兵被风刮得迈不开步子，厚重装备令他们在高温中迅速失水，有的人还没来得及摘去头盔就昏倒在地。空中的直升机被烈风卷得犹如无头苍蝇，挣扎着坠毁。派特兄弟合力撬开变形的格栅盖板，招呼同伴躲入地下室，希莉也拉着波努钻了进去。

同样躲在地下室的还有梅佐伦，他听到上方传来猛烈的风声和建筑物的倒塌声，不知道发生了什么，惊惶地联系拜特勒，后者却没有反应。

奥讷兰乘坐的飞艇差点坠毁在军区大门口，他没能进入司令部，被士兵带到了会议室。波努不接通讯，莫名其妙的灾难又令城区尽毁，奥讷兰在会议室中来回踱步，心急如焚。

司令部内警报声连成一片。寇雷格嚷道："行星磁场增幅功能耗能太多，'羽翼'快撑不住了。"

麦兰森强硬地说："不行，必须撑下去。"

"我上哪儿变出能源来？"

"电力局的储备池和卫星配电网呢？"

"不行，储备池和配电网是重大灾难后重启用的，现在电厂都瘫痪了，再把储备池耗干……"

"你懂什么？"麦兰森打断他，"'羽翼'失效我们就完了，这个孢星就灭亡了！"

寇雷格没想到这么严重，只得按照麦兰森要求的做。

事实证明，这是麦兰森做得最正确的一次决定。"羽翼"虽然消耗掉整个星球的能源，但却防御住了拉谜膨胀带来的毁灭性冲击。灾难持续了整整十个小时，直到傍晚风力才开始减弱，地表温度稍许下降，但依然滚烫。国家能源储备被耗得一干二净，电力系统彻底瘫痪，监控设备也都被磁暴损毁。麦兰森走到窗边，望着满目疮痍的城区，神情冰冷。他让警局启动最高级别的调查，又向科学院下达了指令，一定要第一时间找到灾难发生的源头。

地下室极其闷热。希莉想要上去，达尔顿拦住她："不能出去，外面一定有很高的辐射。"

塞尔擦了擦汗："这地下室连接着仓库，我们去找找，说不定会有防辐射的装备。"

大家同意了，打开通往内部的门。希莉看到波努依然垂头坐在地上，问："你不一起去吗？"波努抬起头，脸上青一块紫一块的："你们去吧。"希莉知道他还沉浸在伯灵娜死亡的悲伤中，便没有强求。

过了会儿，他们抱着一摞防辐射斗篷回来了。希莉把斗篷递给波努。波努没动，也不吭声，呆呆地盯着地面。希莉叹了口气，语气柔和地说："振作点。伯灵娜虽然走了，但我们都还在呢。"

波努看了她一眼，点了点头。

大家穿上防护服走出地下室，顿时被眼前的末世景象吓愣了。装备库几乎被夷为平地，远方的民宅、商铺、高楼被恒星风暴毁得看不出原形，唯有军区主建筑和翡英城的王宫大厦还勉强矗立着，就像沙漠里的绿洲。他们无法想象，连造价颇高的门桥街区建筑都被毁得破烂不堪，厂区里那些年久失修的住宅楼如何能经受住冲击。而实际上，"羽翼"防御系统是霍亚德执政时期安置的，霍亚德要求着重保护民众安危，所以"羽翼"的一万五千只地面防御飞行器有七成飞向了厂区，大部分聚集在北鹰河南岸的工人宿舍。虽然受损严重，厂区还是在"羽翼"的保护下挺了过来，一部分民众保住了性命。

此时军区会议室乱成了一锅粥，麦兰森不在，议会与军部因为"能源供应优先级"的问题吵翻了天。奥讷兰没法维持会议纪律，因为没人听他的。

议员说："必须先给工厂供能，恢复生产。"

寇雷格说："不行，灾难过后出暴民，一定要优先军区供能，维持治安。"

议员急了："经济垮了，我们没钱赚，你也得跟着吃土。"

"国家都毁成这样了还惦记赚钱，我看你们是疯了。我不管，你们要是不识时务，就别怪我动手。"

闻言，几个靠常宇宙贸易发达的议员叫了起来。其中一人指着寇雷格的鼻子骂道："军费我们一个子儿都没少给你，你这吃饭砸锅的东西。"

寇雷格捶了拳桌子："给我嘴巴放干净点。"

奥讷兰木然地看着这群人争吵，脑袋嗡嗡作响。

"你这头猪！"议员骂道。

寇雷格红了眼，拔枪指着他："子弹不需要供能，你懂吗？"

众人惊呼。

麦兰森推门而入，神情一凛："寇雷格，你想干什么？"

寇雷格不得不收起枪，悻悻地坐了下来。

麦兰森冷着脸走进会议室，把刚从科学院拿来的资料往桌上一甩，双手撑着桌面："听着，形势很严峻，我们可能要放弃这颗星球了。"

大家似乎没听懂。

麦兰森用手环展示出调查结果："科学院调取了卫星监控，发现有个叫'恒星能源集散舱'的设备贴着恒星'拉谜'的光球层自我复制，数量呈指数型增长，在今天早晨达到最大值，对拉谜形成了合围。短短五秒，拉谜度过了七十亿年才能走完的主序星阶段，直接进入红巨星衰老阶段。"

座下极其安静，人们似懂非懂。

一位议员不解："五秒内度过七十亿年，这怎么可能？"

麦兰森切换恒星能源集散舱的影像，神情凝重地说："在常宇宙，这种收集能源的设备很常见，但这只集散舱搭载了一个奇特的功能模块，加速了拉谜的核聚变。"

"恒星核聚变还能加速？"

"是的，利用'时间晶体'。"麦兰森再次切换资料，指着复杂的计算公式："孢星诞生时位面发生暴胀，宇宙常数和因果规则在此时得以确定。而集散舱搭载的功能模块就是将孢星诞生时的环境与拉谜的核聚变组合，形成'时间晶体'，使得拉谜在五秒内数次响应了虚假的孢星诞生时的暴胀。说直白点，它改变了孢星的因果规则，加速了拉谜的燃烧。"

大家目瞪口呆。

寇雷格冷汗直冒："那么现在该怎么办？"

"拉谜老化，外壳会扩张超过一百倍，很有可能会吞噬翡莫迩星。我们可以在原第七行星'伊希恩'建立栖息地，把星门也迁过去，拉谜膨胀顶多把伊希恩星推离公转轨道，并不会危及人类存亡。"

一位军部将领说："伊希恩是极寒之地，我们所有的军事基地和住所都要全部重新设计。"

麦兰森点头："这个方案确实造价过高，但总比待在翡莫迩等死强。"

奥讷兰回过神来，面色灰暗地说："哥弗氏世代统治和保卫着这片土地，几千年的荣耀岂能说弃就弃？我不走。"

会议室刹那间安静下来。麦兰森转过头盯着奥讷兰，灰色眼睛冰冷而明亮。奥讷兰不禁瑟缩了一下。麦兰森问："你知道这场灾难的始作俑者是谁吗？"

奥讷兰表示不知。

"是波努。"

会议室一片哗然。奥讷兰感觉颈动脉在突突地跳动。

麦兰森说："王储毁灭了翡莫忢星，这不是荣耀，是耻辱。"他怕自己再听到奥讷兰的愚蠢言论会控制不住怒火，指着门口说："你可以出去了。"

奥讷兰僵住。

"滚！"麦兰森突然爆发。

奥讷兰吓得差点从椅子上摔下去，他跟跄着站起来，几乎是逃出了会议室。在众人的惊惧目光中，麦兰森迅速恢复平静，坐下来说："你们刚才说的供能优先级的问题，我赞同寇雷格的说法。科学院预测拉谜的下一次喷流会在十四天后，要做的事很多，一秒都不能耽搁。"说完他打开手环，众目睽睽之下登录了国王权限下的国家事务系统。

伪王

树叶在一瞬间凋零，枯草丛发生自燃，气味刺鼻。朦胧的火光烟雾之中，遭到重创的民宅摇摇欲坠。听说有辐射，人们蜷缩在危墙的阴影里，抱着哭闹的孩子不敢动弹。他们不明白到底发生了什么，令山明水秀的世界突然改换了风景。数架运输直升机掠过天空，工作人员把成捆的防辐射斗篷分发给民众。大家这才敢暴露在天光下，意欲寻找丢失的贵重物品或回家躲着，可令他们没想到的是，横在路中间的不光有折断的路灯，还有一排排荷枪实弹的士兵队伍。

"放开我！"一个男人挣扎着，企图挣脱钳制住他的士兵。下一秒，一颗子弹穿过了他的胸腔。军官收起枪，做了个手势。在人们惊恐的目光中，男人的尸体被士兵们拖走了。没人敢再说话，民众按照军队的命令前往清理废墟的现场或能源加工厂。更可怕的是，为了保证生产，士兵会把孩子抱离他们的父母，若有人不放手，三次警告后便开枪。

灰黄天空下，来自军靴的脚步声与悲惨哭喊交织回荡，民众被分组编队，浩浩荡荡地前往指定地点。翡英军部长寇雷格在媒体上发表了讲话，大致意思是灾难当头，全国实行战时管制，民众必须配合政府调度，建设伊希恩星的栖息地，建成后会举国搬迁，未成年人将由教育委员会统一照顾，父母可以在每天工作结束后申请看望。

民众自顾无暇，没人在意为什么国王没有站出来说话，他们不知道国王此刻正坐在书房里，对着霍亚德生前最爱的那只酒杯发呆。

麦兰森把拉谜的灾难报告发送给了全体民众，报告由科学院的专家联名撰写，里面展示了拉谜老化的前因后果，以及波努把"恒星能源集散舱"带入孢星，导致灾难发生的翔实调查。一切水落石出。波努看完报告，震惊得僵立原地,他这才知道,原来爱宝枪根本不需要供能,它自身有产能模块——他被骗了。

刚巧一队士兵押着民众路过,得知真相的人们向波努投去异样的目光。一个年轻女人愤恨地捡起石块掷向波努,没击中。三秒后,更多的石块袭来,同时传来谩骂声。波努头脑混沌,听不清他们在说什么,当他回过神来,人们已经冲到了面前。"这一切都是因为你,你毁灭了翡莫迩!""我的孩子死了……""罪人!"他们抓住波努的衣襟疯狂叫喊着。士兵上前阻止,却挡不住愤怒的人群。希莉他们跑过来想要解救波努,也被人们推到一边。士兵忍无可忍,朝天鸣枪,费了好大劲才把人群与波努分开。波努看到士兵用怜悯的目光看着他,明白自己遭受万民唾弃,连被逮捕的价值都失去了。

在高涨的骂声中,波努缓缓地走回到装备库旁,望着伯灵娜遇难的草丛发愣。希莉、派特兄弟和达尔顿手足无措地站在一边,不知该怎么劝他。希莉的手环亮了,是默泽的通信。

"我哥他怎么样了?"

"他没事。"

"我不信,我要跟他说话。"

希莉黯然地看了眼波努的背影:"你现在最好别打扰他。"

默泽急了:"我看了调查报告,这不是波努的错。是麦兰森伤害他还强迫他染上毒瘾,他受不了才想要出孢星寻找方法的。"

希莉皱眉:"染上毒瘾?那是怎么回事?"

默泽愣了一下,他一着急忘了哥哥嘱咐过叫他保密。"总之你让我跟他讲话,快点。"

"我说了'他没事'……"

"别骗我了,他肯定很在意那个调查。"

希莉面色一冷:"与其关心你哥,不如去看看你的父亲在干什么吧。到目前为止,国王都没出来说一个字,他死了吗?"

默泽哑然。

"不要再发通讯来了。"希莉关闭手环。

默泽叹了口气,走到书房门口,看到父亲依然坐在放酒杯的盘子旁,像个失了魂魄的人偶。默泽刚想说什么,莎珂尔从背后走了过来,手环上的调查报告还没来得及关。

她面色苍白地问:"这是真的吗?"

奥讷兰这才机械地转动眼珠,点了点头。

莎珂尔捂住嘴:"波努毁了翡莫迩……"

奥讷兰回想起方才在会议室的遭遇,感觉极度委屈,眼中聚满泪水:"麦兰森要把国家迁建到伊希恩星上去,可翡莫迩是哥弗氏的荣耀之地,我不同意,他就把我赶了出来。"

莎珂尔走上前紧紧握着他的手,泪如雨下:"别难过……"

默泽看着他们俩哭成一团,没来由地感到厌恶:"无论在翡莫迩还是伊希恩,你们都是国王和王后。民众水深火热,哥哥也联系不上,你们两个能不能振作点?"

两人眨巴着泪汪汪的双眼,望着默泽发愣。默泽叹了口气,转身离开了书房。

灾难令翡莫迩星大气层变薄,傍晚时分剧烈降温,气候刹那间从炎夏进入寒冬。波努在北鹰河大桥上踽踽独行,寒风透过单衣,毫无暖意的拉谜光芒笼罩在他的头顶。来自家人的通讯请求令手环不断地亮起、熄灭,他却像没有看到。

断了电的厂区萧索荒凉,青壮年居民都被士兵们押走了,只剩下一些老弱体虚之人。宿舍楼坍塌,他们无家可归,只能披着棉被坐在路边哆嗦。波努路过时,人们已经没有力气再吐出一个字,只能用怨恨的目光盯着这个曾经博得过他们好感的王储。

波努走到蜜酒之家,看到曾经温馨的、承载了他与坎奈尔教授交往记忆的三层小楼已经坍塌,几个负责搜查的士兵站在断成两截的楼梯边,他们刚从废墟里救出一个婴儿,但可惜婴儿已面色紫绀,没了声息。士兵们正讨论是否该把婴儿就地埋葬时,沙西娅突然冲出阴影:"还给我,她还活着!"

波努一惊,迈开腿奔了过去。

一位士兵认出沙西娅是通缉犯,举起枪——"住手!"波努吼道。枪响过后,沙西娅摔倒在地,抽搐了两下就不动了。"沙西娅!"波努扑上去,见她的胸口汩汩向外淌血。波努捂住弹孔,却无法阻止血液溢出。沙西娅迷蒙地睁开眼,看到了波努的面孔,指了指死去的婴儿,然后闭上了眼睛。波努赶紧打开手环叫急救,但医院尽毁,最后的两只救护艇被议会掌控,根本无人响应。"沙西娅……"波努焦急地呼喊,想要叫醒她,连士兵什么时候走的都不知道。

是夜,寒风刺骨,荒地中传来声响。波努铲开冻得无比结实的泥土,把沙西娅和婴儿的尸体一同放入墓穴，盖上土，瘫坐在地。

第二天清晨，拉谜的橙色光芒自地平线涌起，温度飙升。积雪消融，山峦的陡峭高崖蒸腾着热浪。听到远处传来声响，波努抬起一夜未眠的通红眼睛，看到多名士兵跳下军用卡车，忙着些什么。他支撑起僵硬的身体，朝军队走了过去。夹杂着刺鼻气味的热风拂过，波努向下望去：坑中堆满了尸体，全是死于装备库占领风波和拉谜衰老灾难的人，他们有老有少，四肢交叠，有一些已经开始腐烂，腹部膨胀成圆球状。坑口边，新运来的尸体源源不绝地从军用卡车的屁股中滑落，伴随着鲜血、残肢和隐约可闻的微弱惨叫……终于，波努崩溃了，他扑通跪在地上，死死地揪住自己的头发，泪水涌出眼眶。士兵们发现了波努，交头接耳地议论着，却无人上前。

此次灾难死亡人数超过千万，数十个焚尸坑就像暗夜中的冥灯，在千疮百孔的翡莫迩大陆上燃烧着。过了很久，焚尸坑的火焰才完全熄灭。空气冷热交替，脏污的雨水落下，滴在波努的后颈。不一会儿，阴云压境，闷雷滚滚，小雨逐渐变成倾盆大雨。波努依然一动不动地跪坐在泥泞之中，被雨水浇得浑身透湿。过了很久，他才晃晃悠悠地站了起来。他打开手环，关闭了一百多个未接通讯提示后，一个网络视频跳入眼帘。视频大概是麦兰森放出来的，内容是波努在南十字警局被梅佐伦强迫沾染毒品后，主动伸手拿蝎尾糖鼻吸剂的画面。人们在评论区留言，大骂波努是"倒头"，嘲笑视倒头为领袖的起义者们，极尽污蔑之词。而实际情况是，当时波努拿起蝎尾糖鼻吸剂后，狠狠地甩在了梅佐伦的脸上。不过，现在说明真相已经没有意义了。波努摘下手环丢入坑里，手环坠落在累累白骨之中，弹跳着失去光芒……

哐，沉重的铁门打开，寇雷格走入单人监狱，看到了身着囚服的伍尔班夫。"我已经叫人把你的女儿火化了，骨灰瓮放在山脚的那座公墓。"

伍尔班夫沉默地看着他。

寇雷格把门关上，揉了揉鼻子："在这儿住得习惯吗？"

"有话直说。"

寇雷格掩饰地咳嗽了一下："虽然你涉嫌颠覆国家政权，但确实没有证据证明你背叛了我们，当时你也是救女心切，可以理解。拉谜的下一次冲击马上会来，军部急缺人手，所以只要你声明反对伯灵娜参与的行动，我就可以让你出去继续负责军队事务。"

伍尔班夫面无表情，眼睛就像两颗冰珠。

寇雷格被他盯得浑身发毛。他和伍尔班夫毕竟是多年的好友兼拍档，应麦兰森的要求对伍尔班夫背后放枪确实有失信义。

伍尔班夫沉声说："我可以帮你，但我不会做任何声明。"

"那我就没法给你申请恢复原职了。"

"无所谓。"伍尔班夫掠过寇雷格，哗地拉开监狱铁门。寇雷格强装笑脸，拍了下伍尔班夫的肩膀："别生气了，今晚请你喝酒。"他似乎忘了伯灵娜是死于他的攻击命令，但伍尔班夫没忘，也绝不可能忘。

为了避免被追踪，希莉、派特兄弟和达尔顿关掉了手环电源。戒毒小组二人早在灾难发生时就联络不上了，波努也不知去向，街上到处都是警察和难民，情况比他们想象得还要糟糕。因为还挂在通缉名单上，他们不敢暴露行踪，只能躲藏在厂区的残垣断壁之间，靠废墟中的罐装食物维生。

大部分民众进入能源工厂，每天工作超过十个小时，其余的人在军警的监视下清扫门桥街区的瓦砾。夜晚，富人聚居地亮起明灯，平民却只能躲在临时搭建的帐篷里。他们忍受着极端气温，内心担忧孩子和厂区年迈的父母，怒气逐渐在心底聚集。很快，第一批前往伊希恩星的人员名单下来了，全是底层民众。面对这趟有去无回的旅途，有些人企图在夜间逃跑，帐篷区时不时响起警察的枪声。

足足过了两天，奥讷兰才打起精神参加了会议。会上，他再次倡议："不要放弃翡莫迩星。波吉族擅长建造基础设施和军事工业，可以让他们的队伍来孢星内部重建国家，加强'羽翼'的功能。"

麦兰森冷哼："让波吉族来翡莫迩，怕是不到两分钟我国就要被攻占了。"

奥讷兰不解，也不敢问。"我听说有个行星轨道改造方案，可以应对宿主星衰老的问题。"

麦兰森烦躁地说："我解释过，你儿子带回来的那个'能源集散舱'改变了孢星内部的因果规则，导致拉谜加速燃烧，你说的那种方案只能应对恒星的自然衰老，无法解决拉谜快速膨胀的问题。"

奥讷兰闭了嘴。会议继续，顺利通过了伊希恩星栖息地的基建和核电计划。散会后，麦兰森首先离开会议室，议员们没有任何人与奥讷兰讲话，也陆续离开了。奥讷兰走到窗边，俯视着排队进入工厂的人们，他感觉自己成了他们之中的一员，毫无尊严，低贱如尘。

这时，部下报告说在焚尸坑里找到了波努的手环。奥讷兰吓了一跳，以为波努出事了，部下说手环是波努自己摘下的，并且军用卡车上的摄像头拍到了他离去的画面。奥讷兰这才松了口气，心跳慢慢放缓，双拳却逐渐攥紧，直至发颤。

狂风掠过厂区，扬起的尘埃迷蒙了正午暴烈的阳光。军队的脚步声远去后，梅佐伦披着防护服走出地下室。距离灾难发生过了三天，昼夜温差越来越大，好在杂货店为难民提供了食物和御寒衣物，蝎尾糖也没有停止流通。虽然艰难，但梅佐伦和拜特勒他们还能勉强度日。

热浪蒸腾，汗水浸透衣服，梅佐伦拭去汗水，朝巷子口走去。忽然，他用余光发现了一个趴在地上的人。这些天来，梅佐伦对尸体的出现早就见怪不怪了，但他还是走了过去。越是接近，梅佐伦越是感觉眼熟，当他把那人的身体翻过来时，惊讶得呼吸一滞。"波努？"波努没有任何回应，他嘴唇干裂，面色灰白，看起来昏迷了一段时间了。梅佐伦摸了下波努的颈动脉，立马联系拜特勒，然后架着波努的双臂把他拖到阴凉处。拜特勒赶到，赶紧上去帮忙。

过了会儿，波努的体温依然降不下来。拜特勒说："这样不行，把他抬到地下室去。"两人合力将波努抬进地下室。没有自来水，梅佐伦只得把重金购买的大桶饮用水往波努身上浇，直至他的肌肤不再发烫后，再把他搬到床上。一通折腾过后，拜特勒走了，梅佐伦坐在一边开始抽烟，抽得满屋子烟雾缭绕。

二十分钟后，波努微微睁开眼，眼前一片模糊。他支撑着坐起来，视野逐渐清晰，这才发现他被梅佐伦救了。梅佐伦看了眼波努，没说话。波努一言不发地下了床，拖着沉重的身体爬上楼梯，迈过满地的碎玻璃和石渣，推开门走了出去。猛烈的热浪袭来，波努揉了揉眼睛，看清了眼前的"风景"——由一排排几近倒塌的工人宿舍组合而成的荒废之地。蓦地，焚尸坑的场景浮现在脑海，痛苦情绪涌上，波努虚弱地靠着墙滑落，坐在地上大口喘气。

梅佐伦推开门，看到波努垂着头坐在地上，便走过去坐在他的身边。梅佐伦沉默地抽了一会儿烟，把烟盒递到波努面前。波努看了看，拿出一支。虽然第一次吸烟感到呛得慌，但随着烟丝里的非法烟茄成分充盈肺部，他觉得好了一些。

人们没日没夜地劳作，能源工厂终于全部恢复运行。为了弥补在灾难中损坏的军备，军工厂彻夜亮灯，弹药、火炮源源不断地运往仓库。由于时间紧迫、人力物力不足，麦兰森在会议上提出："为了确保伊希恩栖息地的建设，我决定让寇雷格部长带着军队出征，收购常宇宙中低度文明星球的资源。"

听出此言含义，一位议员表达反对："对低度文明星球发动掠夺战争违背我国宪法。"

"这也是没有办法的事。现在资源不够，总不能坐着等死吧？"

"可是如果被宇统厅发现，翡莫迩人在常宇宙的行动就会受到限制。"

麦兰森冷笑道："我看你不是担心'翡莫迩人'受限制，而是担心自己的享乐受限吧？"

那位议员沉默了。

麦兰森清了下嗓子说："我知道你们有人心里想：孢星灭亡关我什么事？我有钱，可以逃到常宇宙过逍遥日子。"他轻蔑一笑："不是我小看你们，你手上那点星币，连'海萝'星度假村的一杯香槟都买不起。"

议员们露出困窘的表情。

见他们不再有异议，麦兰森对寇雷格说："就这么定了。我给你一天时间整备部队，准备出征。"

麦兰森给了寇雷格一大笔钱，让他带着两个集团军浩浩荡荡地出了星门。三天后，寇雷格回来了，军队有所损耗，但收获显著，掠夺来的矿产资源、原料、半成品堆得如小山般高。他把军舰订购单送给麦兰森过目，然后马不停蹄地准备下一次出征。

民众看到翡英城、军事基地、工厂和富人居住区优先得到供电供暖，而自己却只能面对冰冷的帐篷，再也无法忍受，发起了罢工。零星的罢工抗议在国家的铁骑面前犹如蚍蜉撼树，枪响过后，拖动尸体形成的蜿蜒血迹令人触目惊心。

清晨，气温极低，结着白霜的广场上，第一批前往伊希恩星的人员正在等待运输舰的到来。他们之中的大部分人都没来得及与家人告别，现场气氛愁云惨雾。排列整齐的运输舰队缓缓地驶了过来，向广场投下一片片深暗的阴影。人们抬起头，就像仰望鲸群的小鱼。运输舰相继停在空地上，士兵们走下舷梯。人群开始躁动不安，有些人崩溃地蹲在地上哭泣，他们知道伊希恩星极寒且缺氧，第一批登陆的人说白了就是去送死的。

扩音设备里响起军官的声音："每个人根据自己的编号排队登舰，如有违规行为，一律枪毙。"

在枪口的威胁下，人们拢紧防辐射斗篷，朝黑洞洞的舱门走去。就在这时，一声轰鸣，突破音障的白色战机飞掠上空投下炸弹，三只运输舰瞬间爆炸起火，紧接着战机俯冲而来，机炮子弹刺穿了多名翡英军士兵的胸口。众人尖叫四散。没有制空武器，士兵只能徒劳地举枪反击。

寇雷格目瞪口呆："它们哪儿来的？"

麦兰森说："你把王室保卫军给忘了。"

寇雷格这才发现白色战机上的金色标志，多年未见，他真忘了翡英城还有个只听命于王室成员的驻军队伍。"要不要灭了他们？"他问。

麦兰森掐灭烟头："等我过来。"

十几只武装运兵艇下降，佩戴王室徽章的保卫军士兵举枪击毙了翡英军军官，迅速包围了广场。执行登舰任务的士兵原本就少，没了军官的指挥，一个个都放下枪束手就擒。民众不知道这些戴着徽章的军人是什么来头，站在原地不敢动弹。

晨曦的微光中，奥讷兰走下舰船，身着只有在重大场合才会穿的礼服，衣扣闪闪发亮。他望着惊魂未定的人们，眼中浮现出复杂的目光。奥讷兰用国王权限把现场视频传输到每个人的手环中，然后说道："抱歉，我来晚了。我以为妥协议会能令国家稳定繁荣，却换来他们一再的背叛。波努固然有错，但把灾难引入孢星并非他的本意。你们有怨气请冲着我来，因为是我的退缩激起了他对议会的仇恨。为此，我郑重地向你们道歉。"奥讷兰对在场民众深深地鞠了一躬。

人们悲伤地看着他，目光有些动容。

接着，奥讷兰发了一份《致国民书》到每个人的手环中，里头细数了议会是如何迫害上一任国王霍亚德，逼迫奥讷兰背离民心，同意了各种违背宪法的政策。他把隔离墙计划，弥普乐生如何一步步降级为常规药毒害民众的过程也放了出来。奥讷兰说："议会和翡英军屠杀和平示威游行的民众，罪行累累，现在又想要用你们的性命去填伊希恩那个冰窟窿——我反对。翡莫迩王国属于哥弗王室和它治下的所有民众，绝非议会说了算，所有心怀正义的翡莫迩人，请立即停止效忠议会和军队。"他举起拳头："反抗议会暴政，全民罢工！"

关键时刻，人们响应了国王的号召。车间、矿场、电厂即刻发生了大规模的罢工。灾难发生以来积攒的仇恨全面爆发，人们砸烂了制造机，冲进厂领导办公室，甚至抢夺警卫手中的警棍。由于罢工人数众多，没有得到命令的士兵不敢擅自行动，只能一边鸣枪一边后退。

寇雷格暴怒地挥拳砸桌，头发根根竖起。他指着监视屏里全国陷入混乱的画面:"这些暴民根本就没把我的军队放在眼里。"

"别急。"麦兰森冷冷地说,"奥讷兰手上就一个王室保卫军,其他什么都没有,那群乌合之众很快就会哭着回来求我们救济他们。"

寇雷格焦躁地踱步:"但是四天后拉谜就会再次喷发,再拖下去就来不及了。"

"建栖息地也不是一朝一夕的事。你派兵守好工厂,监督'羽翼'的运行,其他的交给我。"

餐厅中,默泽闷闷地吃着冷掉的饭菜。方才他想出门,被门口的王室保卫军拦住了,说国王实行了警戒,不允许任何人出城。翡英军战机编队一遍遍地掠过王宫上空,威胁意味不言自明。六天前军队血洗装备库,伯灵娜死了,紧接着拉谜爆发,哥哥和希莉他们全部失踪,父亲又上了前线……世界仿佛在刹那间被颠覆了。默泽没心思吃饭了,放下餐具回到自己的房间。他刚坐下,房门响了。莎珂尔严肃地说:"快跟我走。"默泽还在懵懂中,被莎珂尔拉出房间。两人快步走到门口,看到奥讷兰风尘仆仆地赶了回来,他的身后,站着成千上万的民众,他们衣衫褴褛,神情憔悴,目光却闪耀而坚定。

麦兰森这次预测错了,罢工的人潮没有因为缺水缺粮而回到工厂,他们跟着奥讷兰进了翡英城。莎珂尔打开城门,毫无偏私地让人们住进王宫,而后又在周边搭起了临时居所。即使每天经历酷热和严寒的轮番折磨,也没有一个人离开翡英城,屈服于议会的淫威。

四天后,拉谜如期爆发,火流星漫天飞舞。狂风卷起建筑残骸,像长了眼睛似的往人身上砸去。尖啸的风声盖住了人们的惨叫,在残破不堪的大陆上回荡……风暴过后,王宫脚下一片狼藉,死伤无数。因为医疗系统被议会控制着,没有任何一艘救护艇抵达现场,莎珂尔只能自己组织人手治疗伤员。奥讷兰和默泽也加入救援,与王室保卫军一起重建居所。

工人全体罢工,好不容易运转起来的工厂再次陷入瘫痪,眼看着备用能源越来越少,甚至必须对"羽翼"防御系统进行降级才能维持其运行,议员们坐不住了,他们不敢质疑麦兰森,急得团团转。

终于,麦兰森给奥讷兰发去了通讯:"你打算什么时候收手?"

"放弃建设伊希恩,解散议会,我就让他们回去。"

"你开什么玩笑?"

"我没开玩笑。"

麦兰森很清楚,灾难减少了大量人口,如果再损失劳力,不要说建设新栖息地,恐怕连翡莫迩星都难以维持——这点真是被奥讷兰拿捏得死死的。

奥讻兰说:"翡英城的食物已经消耗完了,没有多少时间留给你做决定。"

闻言,麦兰森怒了:"我主张修建栖息地是为了翡莫迩文明的延续,你身为国王却拿民众做人质。"

奥讻兰冷笑:"你现在知道谁是国王了?"

麦兰森厌恶地啐了一口:"少他妈跟我摆谱。就你这种货色也配当国王?跟霍亚德比起来你差得远了。"他懒得再跟奥讻兰打嘴仗,关闭通讯,联系寇雷格调集军队,心想既然奥讻兰不投降,那就进行武力威胁,恐惧之下必定会有人愿意回去工作。

默泽看到王宫周围空域逐渐被翡英军空军部队占满,不由得紧张起来。他很清楚,民众这次是铁了心要跟国王站在一起,但是跟议会硬碰硬,搞不好会酿出惨剧。

果然,面对实力上碾压王室保卫军的翡英军,民众没有溃散,而是更加紧密地围聚在王宫门口。见他们死不悔改,麦兰森示意寇雷格动手。盘旋着的轰炸机打开挂弹架,集束炸弹犹如天女散花般落下,地面掀起爆炸巨浪,脆弱的临时居所化为齑粉,无数弹片在冲击波的推力下向民众飞去。王宫的外墙也被炮火侵蚀,石块碎片簌簌下落砸向人群,惨叫和哭泣声交织回荡,血流汇聚成河……过了段时间,第一轮轰炸结束了。莎珂尔打开门,惨景映入眼帘。民众的尸体全都血肉模糊,看不出人形。王室保卫军士兵趴在地上,断裂的手臂依然死死抱着弹匣充盈的步枪,他们涌出的血液将城门前干枯的喷泉池都填满了。

"回来!"默泽把莎珂尔拽回门内,轰的一声,爆炸火光湮灭了她面前的难民营,血雾弥散。默泽望着肢体模糊的惨状,再也忍不住了,朝楼上跑去,人们纷纷给默泽让出路来。默泽推开书房的门,对着正在调动保卫军的奥讻兰说:"父亲,投降吧。"

"你闭嘴。"奥讻兰对着手环喊道,"不要放弃,继续回击……"他话还没说完,眼前一道阴影闪过,手环被默泽强行关闭。奥讻兰抬头怒道:"你干什么?"

默泽冷冷地说:"你这样会毁了这个国家。"

似乎被戳到痛处,奥讻兰怒了:"是麦兰森毁了翡莫迩,不是我,你懂什么?

让开。"他再次打开手环。

父亲的一意孤行令默泽体会到了哥哥的心情,他离开书房,在众人的注视中沉默地走到门口,拉开门。战机轰鸣,炮火漫天飞舞,尚有气息的躯体在火焰中不断蠕动直至僵硬。莎珂尔跪坐在一个少女的尸体边,捂着脸哭泣着。默泽攥紧双拳,转身朝保卫军的停机坪走去,身躯被照明弹拖曳出一道浓黑细长的阴影。

麦兰森冷酷地看着现场画面,就像在看一幕与自己无关的戏剧。数据显示,王宫底部的临时居所已没有活口,寇雷格几次想停止轰炸,但看麦兰森没有开口便作罢了,毕竟造弹药的钱都是麦兰森给的。忽然,麦兰森的手环亮了,来自默泽的通讯请求跃入眼帘,令他有些意外。麦兰森走出司令部接通,看到默泽严肃的脸庞出现在投影中,差点把他错认成波务。

默泽眼中闪烁着愤怒:"没有人去开发伊希恩,去维护'羽翼'系统,下一次拉谜喷发我们都会死,你真的想要这样吗?"

麦兰森说:"无所谓,我手上的钱足够我在常宇宙过一生了。"

默泽盯着他:"我听说'孢星流亡者'在常宇宙是最低级的贱民。"

麦兰森神情一滞。

感觉到有机会,默泽正色道:"废了奥讪兰,立我为王,我来想办法让人们回工厂。"

"我凭什么相信你?"

"你不需要相信,如果我做不到,你就按原计划放任翡莫迩孢星毁灭,去常宇宙做你的低等公民便可。"

麦兰森眯起眼睛,烟雾迷蒙了他的瞳孔。

对面不讲话,默泽也保持沉默,神情毫无退缩之意。

思考了一会儿,麦兰森掐灭烟头:"我可没有权力废掉国王。这样吧,你去杀了奥讪兰,自立为王,我可以让军队暂停轰炸。"

人们抱成一团蜷缩在大厅里,脸上满是血迹和烟灰,爆炸巨响仅一墙之隔,本能的恐惧令他们颤抖不已。突然,门被推开,人们吓了一跳,发现是默泽时才松了口气。

默泽穿过人群上楼,走到父亲的书房门口,深呼吸一口,拿出手枪,查看弹匣——满的。把子弹上膛后,他握着手枪打开门。

奥讪兰很不耐烦:"你怎么又来了?"

默泽举起枪。

奥讷兰一惊："你干什么？"

默泽朝沙发开了一枪，枪声震耳欲聋。他晃了下枪口："出去。"

奥讷兰惊悚地瞪着默泽，大脑一片混乱。他不知道，此刻默泽的手环隐藏了通讯界面，麦兰森正通过镜头看得一清二楚。默泽再次示意父亲出去，奥讷兰这才缓缓起身，战战兢兢地走出书房。

看到默泽押着奥讷兰出现在门口，莎珂尔哑然失色。人们望着这一幕令人费解的场面，不敢言语。就在这时，半空传来直升机螺旋桨的噪音，接着一声枪响，一发子弹射向默泽。默泽痛呼，捂住右手臂，血液从指缝中涌出。直升机下降，两个保卫军士兵跳下机舱，抓住奥讷兰和莎珂尔。见状，默泽把枪从受伤的右手换到左手，举枪射击，一枚子弹扎破了士兵的防弹衣。士兵们回击，默泽不得不躲避子弹，一边开枪一边后退。舱门合上，直升机飞快地拉升，朝星门全速驶去。

见此情景，麦兰森冷笑一声："居然跟我玩这种把戏。"他关闭通讯，回到指挥室对寇雷格说："拦截他们。"

三架翡英军战机追了上来，子弹如暴雨般倾泻在直升机机身上。舱内叮叮当当，防弹玻璃上满是裂痕。

莎珂尔哭喊道："不，快停下，我们不能就这样逃走。"

奥讷兰也情绪激动："默泽都叛变了，这个世界疯了。"

"不，这一定是他的计策，他绝不会……"莎珂尔话没说完，一枚穿甲弹刺破了防弹玻璃，扎穿了副驾驶员的脖子。"啊——"莎珂尔尖叫。舱内血液四溅，警报声狂响。她惊慌地说："默泽、波努都还在这里，我们不能走……"

奥讷兰安慰道："别担心，麦兰森不会把他们怎么样的。我们先出孢星避难，等过两天再回来。"

"不！"莎珂尔疯了般吼道，"我宁可去投降，我不能抛下我的两个儿子和民众，这是我的责任。"

奥讷兰气急败坏，扬手甩了她一巴掌："你给我冷静点。"

莎珂尔难以置信地看着他。

"对不起。"奥讷兰抱住她，"你听我说，现在不走，我们都得死，不是死在默泽手里就是被麦兰森杀掉……"

莎珂尔推开他，眼中的泪水消失了。砰的一声，第二枚穿甲弹洞穿直升机装甲，擦过莎珂尔的头颅，莎珂尔连惨叫都没来得及发出便瘫倒下来，混合着脑浆的血液从她头部伤口中涌出。奥讷兰吓得面色煞白。直升机剧烈摇晃，失去平衡，奥讷兰回过神来，发现驾驶员也中了弹，趴在操作台上一动不动。"不，不……"他向前探身，胡乱地拍弄操作台上的按钮，意外地开启了智能飞行和平衡自动校正。直升机稳住机身，在敌机的尾随轰炸中继续朝星门驶去。

最终，直升机晃晃悠悠地来到星门前，还未停稳，敌机发射了火箭弹，起落架被击毁，机身蹭着地面歪斜着滑了出去。舱内着火，奥讷兰恐惧得呼哧直喘，理智尽失。他拼命地撞开残破不堪的舱门爬了出去，丢下生死不明的莎珂尔，头也不回地跑进了星门……

现场传回画面，王室保卫军的直升机熊熊燃烧着。百米之外，翡英军飞行员把莎珂尔抱离危险区域，放在地上进行急救。军部的命令只是"拦截"，对敌人进行人道救援完全符合军法，没人能指责他的行为。可直升机中的那两位保卫军士兵却因为执行了默泽的计划而失去了生命。

从莎珂尔头部淌出的血迹来看，状况很糟。默泽关掉视频，闭上眼睛控制焦急情绪，重新睁开眼睛时目光已变得平静而明亮。他对在场的民众说："各位请听我说，你们对死亡的恐惧是真实的，对国家的忠诚也是真实的，但你们对议会的愤怒却是虚妄的。议会的存在合理合法，麦兰森议长也是由议员们投票选出，奥讷兰指控议会，是出自他的无能，他挟持民众进行政治斗争也正好说明了这一点。造谣、煽动、污蔑、伪造证据，奥讷兰无所不用其极，就是为了证明'他才是国王'，而议会'只是'且'只能是'他的附庸——这毫无道理。国王不理政务，只晓得拿民众的性命作为自己谈判的筹码，他就不配为王。"默泽拿出一直带在身上的波努的王储徽章，用沾满血迹的手颤抖着举了起来："因为波努·哥弗的叛逆，奥讷兰早已更换我为王储，现在奥讷兰抛弃妻儿和民众逃出孢星，算作自行退位，我将继承王位。"

人们惊讶地看着他，场面一片安静。

默泽放下徽章，提高音量说："我们的当务之急是要生存下去，而不是搞政治斗争。建设伊希恩栖息地是科学院的研究结果，并非什么阴谋。我保证：作为国王，我会和你们一起前往伊希恩，绝不让任何一个人死在那里。"

人群中响起零星的呼喊，表达对新国王的支持。

默泽眼中泛起泪光："这个星系回不到从前了，国家也在崩溃的边缘，再拖下去，翡莫迩文明将在宇宙中消失。朋友们，我恳请你们回到工作岗位，我会尽全力保护你们的亲人，改善你们的生活。请相信我，回去吧。"

也许是恐惧翡英军的铁骑，也许是出自对这位年轻国王的微弱信任感，在一部分人的响应下，人们遵从了默泽的请求，排着队走出翡英城。寇雷格撤回了军队，前来维持秩序的军警被现场的气氛感染，没有再举枪威吓任何人。

见民众都回去了，默泽这才转身朝直升机坠落点狂奔而去。莎珂尔躺在地上一动不动，呼吸微弱。帮她包扎好伤口的飞行员坐在一边等待救护艇，结果救护艇没等到，却看到了默泽。

"母亲！"默泽飞奔而来。

飞行员赶紧拦住他："不要碰她，她的头部受了很严重的伤。"

默泽焦急地问："救护艇呢？"

飞行员摇了摇头。

默泽心急如焚，再次联系麦兰森："我让他们回工厂了，你是不是也该拿出点诚意，派人来救我的母亲？"

麦兰森吸了口烟，不慌不忙地说："可以。"

"还有，停止通缉波努、希莉和所有蜜酒之家的成员，不许再拿枪对着民众。"

麦兰森眯起眼睛，嘴角扬起一丝笑意："您现在是国王，您想赦免谁都行。"

"杀虫剂"

莎珂尔陷入昏迷,被医生宣布为"植物人"。军方取消了对希莉等人的通缉。希莉和派特兄弟进了工厂,戒毒小组二人去医院当了护士,达尔顿则进入了科学院,参与灾害预警工作。他们之间经常会交流,却没有人再提起波努,好像这个人和他曾经发起的轰轰烈烈的民主运动都随风而逝了。

寇雷格第三次出征,带回大量矿产和能源。工厂日夜运转,用于搭建伊希恩栖息地的建筑材料像雪片般飞向装卸码头,万吨集装箱堆满了运输舰的仓库。依然是一个清晨,默泽与第一批栖息地建设队成员登上了舰船。麦兰森加派了医疗保障队和气候监测专家组——看来他暂时还不想失去默泽这个棋子。有国王一同前往,建设队伍士气高涨,完全不知他们接下来会面对怎样的困境。

伊希恩星呈淡蓝色,直径7855千米,公转周期将近两千个恒星日,5千米厚的冰盖之下,有着大量的水和热岩。舰队降落,眼前的景色一派冰冷孤寂。伊希恩的大气层稀薄得几乎没有,天空中仅有几缕灰色的条状云,云后便是一览无余的漆黑太空。广袤无垠的雪地平原没有任何生命迹象,雪山山脉绵延千里,山腰上裸露的黑岩碎片星星落落、斑驳刺目。默泽心想,看来民众宁可跟着奥讷兰躲在翡英城里也不愿来开拓伊希恩是情有可原的。他穿上笨重的防寒服,与同伴们一道走入这无边无际的黑白天地。

一期计划要求建造大型居住舱、地热钻井,铺设采暖和发电管线。由于被潮汐锁定,伊希恩星自转与公转周期相同,开拓队伍登陆以来,拉谜在天空中几乎没有改变位置。大家都丧失了时间感,只能遵循时钟饮食寝兴。开荒工作极其艰难,大家谨慎地推进工作,生怕发生意外。一个月后,居住舱整体结构完成,又过了二十多天,十个最主要的钻井建设完毕。当地热能源第一次点亮了居住舱的灯和供暖机时，办公室内欢声雷动。大家激动地互相拥抱，完全没有察觉到三公里外的八号钻井附近正在酝酿着危机。

因为人类活动，伊希恩星的气温升高了0.6摄氏度，气候监测组一直发布通报，说可能会发生气旋，但所幸从未发生过。在大家庆祝发电设备首次成功运转之际，灾难降临了：暖性反气旋逐渐形成，盘踞在米塔尔斯山脉，冷气流从峰顶下沉，在气旋的干扰下变得干燥温暖。前期地质勘探时，工程师发现位于米塔尔斯山脉背阴面的冰层较薄，便不顾气候监测组的反对，在山脚下建造了八号钻井，正位于此次灾难发生的中心位置。

望着监控传回的画面，众人停止欢呼，露出惊恐的神情。画面里出现了一幕前所未有的景象：米塔尔斯山脉背阴面竟然产生了"焚风"，浓密的羽状云顺着山坡倾泻而下，瞬间淹没了钻井，更可怕的是，钻井里还有57名工作人员。

通知预测将有雪崩发生，全员准备参与八号钻井的救援时，默泽已经穿上防寒服，戴上头盔跑了出去。他跨上飞行雪地车，把引擎调到最大功率输出。机翼展开，双排气管喷出蓝焰。车子疾驰向前，默泽紧盯着地平线，稠密的雪片在他的青绿色虹膜上划出细长白线。到达地点，他跳下车，发现焚风的白色水汽已经遮挡了钻井平台，只能看到井架顶端的航标灯还在闪烁。同时赶来的还有医疗车和救援直升机，指挥员正在组织第一批逃出来的人员撤离。

三分钟后，焚风中出现了身影，一个、两个……听到指挥员说全员离开了钻井，进入安全地带，默泽这才松了口气，转身朝雪地车走去。突然，他感觉脚下震动，手环亮起提示：雪崩发生了。在焚风的掩映下，积雪从半山腰滑落，万马奔腾般朝山脚袭去——已经撤离到安全地带，就算雪崩也不会有大碍吧。默泽正想着，耳边突然响起裂帛般的尖啸声，高压水汽从地底猛地喷出，像尖刀一般切碎了致密冰层。五十多名工作人员集体陷入困境，他们被迫三五成群地站在漂浮的冰层上，吓得拼命挥舞手臂。医疗车的履带车轮陷入碎冰难以移动，救援直升机也无法降落，只能甩出绳梯一个一个救。

没时间多想，默泽再次跨上车子，在飞行功能的辅助下，于翘起的巨大冰岩之间飞速穿梭，一次载两个人，来来回回几趟，救了十九人。这时，默泽发现有一个人被水汽冲击，飞出去十米远，而后重重摔落，他的位置又被浮冰阻隔，医护人员短时间内无法救助他。默泽驾车调头，再度冲进水汽风暴。地面上到处都是碎裂的冰块，根本没有平坦的地面，水蒸气更是贴着身体冲上高空，随时都有丧命的危险，但默泽此刻心里只有救人的念头，他绷紧神经，努力控制雪地车全速前进。

经过一路颠簸的低空飞驰，默泽到达那位伤员身边，发现他不仅身受重伤，连增氧呼吸器也都丢了。眼看着伤员即将缺氧而死，默泽把自己的头盔脱下戴在那人头上，把他架上雪地车。

看到默泽不戴头盔载着伤员在水雾间穿梭，远在几百米开外的人们都惊呆了。在这缺氧的极寒之地，没有呼吸器两分钟内就会昏迷，这还不算驾驶雪地车所消耗的身体能量。默泽把油门拧到了底，感觉肺部像灌了岩浆，胸口绞痛，他本能地急促呼吸着，视线开始变得模糊。缺氧的痛苦正在吞噬他的意识，可他一心只想赶到对岸，把舌头咬出了血，用疼痛强迫自己保持清醒。

接触到坚硬冰架的瞬间，默泽眼前一黑，松开了油门，趴在雪地车的把手上。人们飞奔过去，给他戴上呼吸器，对他实施急救。默泽逐渐醒了过来，他艰难地支撑起身体，确认伤员还活着，其他人也成功撤离后，才放松下来，躺在雪地中仰望着漆黑天空。

办公室中挤满了人，建设队员们小声议论着此次意外，气候监测专家组和工程师团队却分开坐在两侧，全体沉默着。默泽靠墙站着，视线在人群中来回扫动。

建设总指挥长贝法女士走了进来，推了下眼镜，打开手环上的勘探资料："米塔尔斯山主峰井下检波有浅层热源反应，气候组报告称该位置在多个气候预测模型中都属于灾难多发地带，为什么八号钻井的选址还是通过了审核？"

无人回应。

见没人愿意站出来，贝法直接点名："萨德罗，你是钻井工程负责人，你来讲。"

萨德罗站起来，犹豫了很久才说："因为在这里建八号钻井，能省下不少建筑材料。"

贝法惊异道："只是为了节省材料，就让建筑队冒生命危险？"

"对不起。"萨德罗的语调带着哭腔，"前期勘探数据有出入，导致建筑材料不够，如果十个钻井都按照原方案实施，我们至少还要等三批建材运输队。我……我想早点回家。"

闻言，大家心中浮现思乡之情，垂下眼睛。贝法叹了口气，不知该说什么好。

默泽走了过来，说："我也想回家，可我答应了民众和议会要完成开荒任务，也答应了你们的亲人要让你们活着回去。"

大家把目光转向默泽。

默泽对贝法说："钻井可以再造，但生命不能。贝法女士，请拆除并重建所有存在安全隐患的钻井，务必把队员的生命放在第一位。"

贝法颇为感动，下定决心："萨德罗，你去休息两天。工程师团队与气候专家召开研讨会，拆除所有不合格的钻井，回收材料进行重建。"

看到大家开始讨论改造方案，默泽走出办公室。他倚着栏杆，望着一马平川的雪原，内心感到一丝久违的平静。

建筑材料欠缺，一期建设工期延长，翡莫迩星的人们忙得焦头烂额，一边加班加点制造建材，一边还要维护"羽翼"抵挡拉谜的爆发。所有人都提心吊胆，生怕建不成栖息地，生怕建设队命丧伊希恩。好在五个月过去，建设队完成任务安全归来，大大地鼓舞了人们。默泽回来后陪护了母亲一夜，可他连凳子都来不及坐热，第二天又跟着第二批建设队去了伊希恩。

时间流逝，距离拉谜初次喷发已经过去了两年，翡莫迩的生存环境日益恶化。帐篷已无法屏蔽急剧升高的辐射，工人们不得不睡在冰冷的厂房里；隔离墙外的鼠花全都枯萎了，垃圾山的毒液渗透到地下；虽然尸体均被严格处理，但时不时会爆发小规模瘟疫，医院始终是满员状态。灾难来临前的倒计时就像悬在头顶的剑，令每个人都焦虑不安。这段时间，包括议会和军部在内，大家的目标都只有一个：以最快的速度建成栖息地。

队员们昼夜不停地艰苦建造，冰天雪地之中，陆续出现了一栋栋圆形建筑，液压基座支撑着上层的银灰色生态舱，远望形似飞碟群落。库房、机场、医院、消防站等设施全部建设完毕，伊希恩星栖息地终于初具规模，生态住所环境指标接近灾难发生前的翡莫迩。

科学院预测拉谜即将发生迄今为止最为剧烈的膨胀时，默泽和最后一批建设队伍回来了，宣布栖息地竣工，星门顺利完成迁移。举国沸腾，人们在厂房里欢呼雀跃，激动得拥抱彼此。

趁着工厂生产防寒服、罐头食物等生存配套用品的间隙，默泽去了趟厂区。两年来，巡逻士兵一直会报告波努的活动范围，但默泽从未去那里找过波努，如今栖息地建成，他觉得是时候去见哥哥了。

默泽乘坐飞艇来到士兵报告的位置，发现这地方极其荒凉，拉谜初期喷发造成的废墟依然堆在那儿，应该是从一开始就被遗弃了。他踩着建筑垃圾往前走去，听到沿路的破损房屋中传来男女低语和婴儿的哭声。

默泽走到一半，从狭窄的巷道口闪出一个人，两人相视一愣。梅佐伦没想到会在这里遇到默泽，猜测默泽大概是来找波努的，便指了指不远处的一间破落屋子。默泽点头："谢谢。"梅佐伦看了眼默泽的背影，心想在学校时这家伙还是个任人欺负的软蛋，现在倒是变得不太一样了。

吱嘎，默泽推开门，浓烈烟味混合着腐臭味钻入鼻腔，他忍着恶心走入屋子，感觉自己像进了垃圾场。桌上地上全是包装袋、空烟壳和没有洗的碗勺，波努正坐在床边，手上夹着已经熄灭的烟蒂，脚边的盆中污秽不堪，堆满烟灰。波努的头发一直没剪，把脸全都遮住了，只露出满是胡碴的下巴。听到声响，他以为是梅佐伦，转头一看发现竟然是默泽，浑浊的眼中闪过一缕光芒，但转瞬即逝。

默泽关上门走过来，捋开桌面上的垃圾，把波努的手环放下，然后从衣兜里拿出那枚象征王储身份的金质徽章，放在手环旁边。

波努沉默着。

默泽刚想开口，突然间发现桌面的包装袋下有一个针头。他心中一惊，揭开包装袋——注射器。默泽扫视四周，这才发现房间各处散落着此物和蝎尾糖鼻吸剂空壳。默泽惊愕地后退了一步，踩碎了一支注射器。

波努似乎并不介意默泽知道自己复吸，他把烟蒂丢掉，又点上了一支含有烟茄的烟。

愤怒一下子涌了上来，默泽清楚记得他帮波努戒毒的那段时间两人过得有多辛苦。他攥紧拳头说："来之前我心里一直很愧疚，我觉得我冒用了你的王位，很多事情也没有处理好，可是现在我不愧疚了。"

波努没回话。

默泽毫不犹豫地离开，嘭地关上门。

房间光线一明一暗，波努再度被阴影笼罩。

拉谜高悬，黄澄澄的天空中，翡英军舰队载着全体议员、军官和富人们驶离翡莫迩星，朝伊希恩的新栖息地飞去。民众的上船地点在装备库废墟附近，现场乌泱泱聚满了人，多艘运输舰停靠在驻泊点，发出嗡嗡巨响。舷梯打开，士兵持枪下船维持秩序。人们根据各自编号排好队伍准备登舰，受到过高等教育和持有职业技术证明的人排在队伍的前方，流水线工人们排在后方，每个人脸上都洋溢着笑容。

伍尔班夫坐在一艘护卫舰中，透过舷窗望着脚下那只被拆得只剩空壳的金字塔状星门。寇雷格发通讯来说："风雷号航母部队有事耽搁了，你来负责转运，和最后一批运输队一起来伊希恩。"于是伍尔班夫命令护卫舰原地等待，联络了风雷号航母的指挥官凯登。回归翡英军的这段时间，伍尔班夫做着和以前完全一致的工作，虽然没有官复原职，但军官们依然对他敬畏有加。凯登听说伍尔班夫负责转运，立马对他开放了风雷号的战略通讯权限。

厂区里的人们也开始行动，携家带口朝港口走去。窗外传来脚步和交谈声，可波努就像没听见，依然一动不动地躺着。默泽送过来的手环和徽章搁在桌面上，连位置都没挪过。

梅佐伦推开门："你走不走？"

波努没反应。

梅佐伦把装满弥普乐生提纯剂的注射器放在桌上，离开了屋子。

过了很久，波努才支撑着床面坐起来，把手伸向注射器，忽然，他的手停住了，换了个方向拿起手环。波努盯着手环的电源开关，过了很久，才下定决心打开它。投影亮起，两年内发生的新闻、文字消息、未接通讯记录喷涌而出。

科学院人去楼空，空荡荡的办公室内，回响着微弱的警报声。环境监测电脑屏上，拉谜的下一次喷发倒计时正在根据数据预测模型变化着，倒计时的天数从两位数变为个位数……此刻，撤离舰队中一只不起眼的飞艇里，达尔顿心神不宁地僵坐着，他身边的一干同僚全都板着脸，客舱内气氛极其凝重。就在几个小时前，科学院发现拉谜的爆发日期提前了，可议会却要求他们封锁消息，泄露信息者枪毙。他们被士兵驱赶进飞艇，一直被严加看守。

同事们一个个噤若寒蝉，达尔顿心里愈发焦急——不行，派特兄弟和希莉他们都还没上船，一定要让大家知道这件事。达尔顿借口解手，在士兵的注视下钻进洗手间，悄悄地反锁了门。

在厂领导的安排下，希莉和工友们来到港口，她寻找着派特兄弟和戒毒小组二人，不小心碰撞了一个人。

"抱歉。"男人说。

希莉抬头一看，发现这人穿着破旧的工作服，气质优雅、目光机敏，估计在灾难发生前是个有钱人。

他看希莉一副急匆匆的模样，说："还没轮到我们上船呢。"

"我在找派特兄弟。"

"工会的？"

"对。"

"工会的人在队伍那头，挺远的。你还是不要乱跑了，小心被军警盘问。"

希莉点点头。她感觉这个人十分友善，便伸出手："希莉·荻米特里。"

他握住她的手，微笑着说："图特尼·萨利塔，喊我图特尼就好。"

希莉搜索脑内记忆："你是伯灵娜的朋友？"

突然听到伯灵娜的名字，图特尼愣了一下："是的。"

"你的军工厂呢？"

"灾难发生以后，我家的军工厂被议会收购了，但你知道，现在莫元什么都买不到，银行也不给兑换成星币。"

希莉叹了口气："很遗憾。"

"这不算什么，真正令人遗憾的是伯灵娜。"图特尼望着混沌的天空，目光变得悲伤，"我原本以为做商人可以不问政治，但当我知道伯灵娜死于自己的理想时，才发现我的想法有多狭隘。"

刹那间，记忆涌了上来。希莉想起自己在蜜酒之家和拂晓学院度过的时光，想起坎奈尔教授、伯灵娜、波努，那个时候，大家一起对付马雷和梅佐伦，演出戏剧，挖空心思发起一次次民权运动，直面流血与暴力……她垂下眼帘，推了下厚重的眼镜。

图特尼话锋一转："不过还好，我们有了伊希恩栖息地，还有了年轻的国王。哥弗家族统治了几千年，他们的继承人应该比较可靠。"

虽然知道他指的是默泽，但希莉还是不禁想起了波努。她无奈地笑了下："但愿。"说完，希莉突然感觉眼前白茫茫一片。

图特尼也揉了揉眼睛。

希莉疑惑道："我是不是眼花了？我怎么感觉刚才拉谜闪了一下？"

"我也感觉到了。"图特尼抬头仰望。拉谜在氤氲沙尘之中忽隐忽现，看上去很平静。"大概是我们多想了。"图特尼刚说完，又感觉到一阵爆闪。

工人队伍骚动起来，一些人指着拉谜说好像有爆发迹象，另一些人认为不可能，说科学院预测拉谜的下次爆发是在十五天之后。人们吵吵嚷嚷之际，手环突然间全都亮了起来，大家低头一看，是灾害预警部共享了科学院计算室的实时监控视频，电脑屏幕上，拉谜的下一次爆发倒计时天数已变成一个大大的"0"。这时，运输舰突然关上了舷门，工人们这才明白自己被抛弃了。运输舰准备起飞，推进器发出嗡嗡声响。工人们冲上去拼命敲打舷窗和舱门，疯狂叫嚷着，还把几个没来得及登舰的人拖了下来。希莉和图特尼好不容易挤出人群，发现一切都失控了，人们正疯了般朝正在上浮的运输舰涌去。

议会和军部乘坐的"火桅号"星际航母最先起航，已经飞了五分之一的路程，此刻翡莫迩星地表上发生了什么肉眼根本看不清。医疗舱内，默泽照顾着莎珂尔，心里揣摩着抵达伊希恩后的工作，此时，手环亮起希莉的通讯，画面显示她站在一处高地，手环镜头正对着骚乱现场：上万的民众犹如蚁群，聚集在每一个能进入运输舰舱内的入口处，甚至不要命地爬上了机翼，攀着硕壮的尾喷管。"发生了什么？"他问。

"我们被抛弃了。"希莉的语气充斥愤怒。

默泽倒吸一口凉气，朝门口跑去，拉开门却看到了黑洞洞的枪口。

"您的工作结束了，陛下。"麦兰森挥了下枪，士兵立马上前制住默泽，捂住了他的口鼻。

门锁碎裂的声响传来，达尔顿吓得一跃而起，抓起手边的皮掇子。士兵踹开洗手间的门，对达尔顿举起枪时，后脑勺突然传来重击，他打了个趔趄正欲转身，被人从背后勒住了脖子。见状，达尔顿扑上去抓住士兵握着枪的手，用全身的力量制止其挣扎。一分钟后，士兵窒息昏迷了，年过七旬的科学院院长这才松开手臂，紧张得脸庞涨红。

达尔顿走出洗手间，看到地上乱七八糟的，椅子全倒了，玻璃杯碎片溅开了花，另一名士兵也昏迷地躺在地上。他的同僚们站在原地，有的拿着烟灰缸，有的人提着沾着血的灭火器，一个个都挂了彩。达尔顿还以为这些成天和数据打交道的科学家们不敢反抗，没想到他们比他更勇猛。

院长说："达尔顿做得很对，我们科学院不与议会、翡英军为伍。现在我想听听你们的意见，如果过半数的人同意，我们现在就回去救助民众。"

所有人都举起了手。

港口一片混乱，在死亡恐惧的驱使下，人们用尽一切办法想要阻止运输舰的起飞。看到工人们涌进客舱，第一批登舰的人竟然操起工具锤朝对方头上砸去，血液飞溅，染红了天花板。他们谩骂那些曾经相濡以沫的同伴，和他们打作一团。军警懒得再维持秩序，直接举枪扣下扳机。枪声响起，中弹者倒下，人们踩着尸体前赴后继，甚至爬上起飞的运输舰，不顾耳道被噪音震得流出鲜血。

屋子里异常安静。波努盯着手环投影，一幕幕影像在他的脑海中翻搅：拉谜频繁爆发，大批民众被押入工厂，死亡人数在拉谜一次次喷发中继续上升，奥讷兰丢下莎珂尔逃出孢星，默泽成为国王并带领建设队开拓伊希恩……波努关掉新闻页面，打开通讯录，发现希莉等人的名片都亮着。他用手指滑动着那一个个熟悉的名字，目光停留在灰色的伯灵娜名片上。过了会儿，他继续滑动列表，打开莎珂尔的名片，点开权限栏，进入阅读模式。国家法律规定，在患者长期处于植物性状态时，将自动认定为死亡，家属继承患者财产，包括手环上的记录。

莎珂尔手环资料访问次数为零，可见默泽从未查看过，波努滑动列表，翻到他炸毁隔离墙，被抓到南十字警局那天，日志显示莎珂尔曾多次联系警方，还存有两条奇怪的视频。波努点开第一条，发现是她自拍的。

莎珂尔正位于自己房间。她眼睛红肿，努力控制着情绪说："波努在麦兰森手上，麦兰森要挟奥讷兰和我，要我去他家换波努回来。"

波努瞪大双眼。

莎珂尔忍不住哭了："我不知道会发生什么，我很害怕，可是我必须去。"她抹掉眼泪继续说："接下来我会开启隐秘录像，如果看到这个视频的你——无论是谁，有能力对抗麦兰森，请以此为证揭发他的罪恶。"

第一段视频结束了。波努手指颤抖地点开下一个视频。从莎珂尔见到麦兰森进入卧室后，镜头就开始晃动。音频中传来莎珂尔的哭声和麦兰森粗重的喘息，虽然画面模糊不清，但莎珂尔被麦兰森侮辱的事实昭然若揭。

波努把手环放到一边，痛苦地抓住自己的头发……当视频中传来莎珂尔的求饶声时，他站起来猛地踹翻了桌子，疯狂地砸东西，不断发出怒吼。波努无法控制暴怒，更无法控制这具遭遇压力就会犯毒瘾的身躯。他趴到地上，从满地垃圾中找到注射器，毫不犹豫地拔掉针头上的保护套，把它对准了自己的手臂。——针头颤抖，他根本无法对准满是针眼的右手手腕，试了好多次都没能扎入。最终波努还是放弃了，丢开注射器，蜷缩在地上死死地抱住头。他急促地呼吸着、干呕着，长久压抑的愧疚和绝望就像一只巨蟒捆住了他的胸膛……这时，余光里出现了一抹细微的金光，波努伸手过去，抓住了那枚王储徽章。金色的光芒在他青绿色的眼眸中闪烁着，他用力握住徽章，自虐般地将锋利的边缘扎入指腹。锐痛迫使理智回流到大脑，他终于感觉清醒了一些。

麦兰森回到舰桥："运输舰都起航了？"

"是的。"寇雷格调出影像。画面里，那些趴在尾喷管上的人从半空滑落，被喷管的超高温尾焰直接碳化成骨渣。

麦兰森来了句："好像在喷杀虫剂。"

寇雷格忍不住笑了。

梅佐伦一直在外头守着，倚着墙抽烟，波努突然推开门把他吓了一跳。波努朝天空望去，运输舰上依然趴着一些人，他们被狂风刮得松开了手，从百米高空接连坠落，像一只只飞舞的蚂蚁，即将摔成血泥。波努攥紧双拳，他记得坎奈尔在《致青年书》中写过："人是万物之灵。"可他现在却觉得有些"人"不能称之为人，他们是牲畜、恶魔、渣滓！波努扎起头发，戴上防护服的兜帽朝前走去。

"你去哪儿？"梅佐伦问。

波努转过头，嗓音冰冷沙哑："你要不要跟我走？"

对视上波努火炬般明亮的双目，梅佐伦猛吸了一口烟，丢开烟头跟了上去。

港口附近犹如人间地狱，工人们站在遍地尸体之中，对空中缩小得只剩几个黑点的运输舰队怒吼着，尸体逐渐被踩得血肉模糊。拉谜的小规模爆发逐渐频繁，每一次光芒爆闪都像是死神的脚步，令人们发出恐怖的尖叫。

希莉和图特尼找到了派特兄弟。希莉问："我记得装备库有个地下通道，那里能躲多少人？"

塞尔说："躲不了几个，而且照现在这个情况看，告诉他们有地方可以避难，恐怕会发生更严重的踩踏事故。"

希莉蹙起眉头。

图特尼叹了口气遥望着天际，拉谜光芒跃动，淡黄色的云层呈鱼鳞状堆叠，云层细碎的边缘就像游动的金环蛇……末日景象竟也显露出一丝美感。

灼热狂风卷起浓烈尘埃，人们捂住口鼻咳嗽不止，等风停下，大家抬头一看，发现拉谜再次开始膨胀。"啊——"尖叫声四起，人们抱头鼠窜，寻找一切可以躲避的地方，但他们很快发现，军部在撤离时带走了所有的物资，切断了供电，军区大门紧锁，只剩下空荡荡的停机坪。工人们绝望了，有的人恐慌得趴在地上呕吐，有的人企图攀爬军部的高墙，却被墙上的倒刺扎破动脉，还有的人蜷缩在墙根的阴影里，嘴里不住地念叨着。

望着眼前的悲惨景象，当初被困在行刑台上的那种恐惧再度涌上希莉的胸口。图特尼沉重地叹着气。塞尔思考着还有什么地方能躲，他的弟弟科里文索性蹲在地上哭了起来。突然，一声尖叫贯穿耳膜，他们回头望去，看到一个穿着工服的男人端着一把不知从哪里捡的步枪，脚边躺着具胸口中弹、尚有余温的尸体。男人双眼通红，鼻孔不停地翕动："我不想死，我不想死！"他再次扣动扳机，第二名受害者应声而倒。

希莉惊愕地捂住嘴。

塞尔怒道："必须阻止他。"图特尼拦住他说："那种步枪没有匹配军部程序，弹匣会被锁定，只能使用两发子弹。"他话音刚落，第三名受害者的腿骨被击穿，痛得昏死过去。

持枪男人狂奔起来，抓住了一个女人，把她扑倒在地，疯狂地撕扯她的上衣。女人踢腾着腿拼命挣扎，发出悲惨的叫喊，周围的人们畏惧他手里的枪，不敢上前营救。就在这时，男人突然察觉到后方阴影笼罩，他转过头，余光看到赤红一闪，火焰从后脑勺贯穿至眉心，两只眼球瞬间爆裂，头骨混合着大脑组织炸开，仅剩半个下颌。尸体软倒在女人胸口，把她吓得浑身僵住。尸体的背后，站着衣摆溅满鲜血的波努。

全场瞬间安静，人们目瞪口呆。希莉揪着衣领，心脏扑通乱跳。波努收起爱宝枪，俯身捡起男人手里的步枪，卸掉弹匣，然后朝女人伸出手。女人清醒过来，无视面前脑浆横溢的尸体，握住波努的手站了起来。"想活命的跟我来。"波努说完，转身朝路口走去。女人立即跟了上去。人们面面相觑，只有零星的几个人走了出来。希莉等人相视点头，朝波努跑了过去。科里文边跑边朝人群挥手呼喊："走啊，走啊！"人们这才行动起来，挪动脚步跟了上去。

希莉惊讶地发现梅佐伦居然也在，她掠过梅佐伦走到波努身边："你有什么计划？"

波努说："拉谜的膨胀是有限度的，科学院预测翡莫迩不会被吞噬，只会变成死星。也就是说，如果大气层被摧毁，我们要面临缺氧、缺水、辐射和极端温度。"他打开手环，地图显示出数个地下仓库和通道："地下密闭空间是避难的首选，所以要先解决缺氧的问题。我查了这两年的资料，供给伊希恩建设项目的制氧厂里有储氧罐、藻类反应室，还能制造便携式制氧设备，厂区位于地下水中央井区，就在蓄水库旁边。"

"或许我们可以把氧气和水源一并保护起来。"

"很难。制氧厂有备用电力，但蓄水库没有，水很快就会蒸发掉。"

图特尼插嘴："叫电工去把医院的应急电源接过来。"

波努查看地图："医院太远了，开车赶不回来。"

梅佐伦突然说道："有飞艇的话，我可以带电工去医院，我会驾驶。"

波努和希莉朝他投去目光。

图特尼高呼："我想起来了，军工厂里还有一架没完工的飞艇，只是缺了三块左舷舱壁。"

梅佐伦问："能飞吗？"

"其他部件是全的，反应室里也有燃料，低空飞行应该没有问题。"

梅佐伦说："那一起去吧。"

图特尼同意了。

波努望了眼两人的背影，对派特兄弟说："附近的避难点容不下这么多人，我们要把大型制氧机搬到较远的避难点去。"

塞尔点头："我来安排。"

太空中，载着科学院成员的飞艇接近近地轨道时停住了，舱内报警声呜拉乱响。三分钟前，由于拉谜持续膨胀，星系环境多项数值触发警戒，智能飞行系统启动了一系列规避风险的措施，导致燃料迅速消耗，直至完全无法动弹。眼看着拉谜愈发耀目，危险环境数值呈山峰状波动，达尔顿他们慌了，这样下去，不仅做不成好事，还得把命丢了。

"拉谜自转角速度为六百千米每秒，螺线与径向矢量之间夹角是五十二度……"一位鼻梁上夹着厚重镜片的科学家跪在地上，对着手环投影不住地念叨，像是失了智。

科学院院长也满头大汗："还有储备能源吗？"

达尔顿无奈地摇头。

院长说："实在不行，只能卸除飞艇的推进系统，减轻质量，也许能在风暴中侥幸存活。"

"你的意思是把飞艇作为逃生舱使用？"

"电离层系统偏离正常状态,离子密度超过三百每立方厘米……"科学家还在念叨着。

院长点头:"按照预测,这次拉谜膨胀后,翡莫迩的大气层会严重受损,不会产生超过飞艇所能承受限度的燃烧高温。"

达尔顿觉得不可行:"但剩余的能源只能支撑维生设备再运行二十分钟,等不到降落我们就完蛋了。"

院长来回踱步:"那要另外想办法。"

"近地轨道行星际等离子体,周向角三百七十二,北向分量触发地磁扰动……"

"你给我闭嘴!"院长情绪失控。

那位科学家受到惊吓,哇的一声吐了。客舱里弥漫着酸臭和绝望的气息。就在这时,混乱的警报声中突然冒出奇怪的高频警报。大家跑到窗口一看,一艘巨大得如同山脉一般的舰船停在了他们的面前,漆黑的巨大舰炮正对着这艘渺小的飞艇。

院长惊呆了:"翡英军又回来了?"他话音刚落,对面战舰的机库缓缓开启,从里头探出两只金属机械臂,嘡地夹住了飞艇。舱内一阵晃动,达尔顿他们无法站稳,有人不幸踩到呕吐物滑倒了。不一会儿,小小的飞艇就被战舰吞没入腹。库门关闭,战舰校准方向,舰艏朝向翡莫迩星,硕大的主炮外壳划过一道刺目的拉谜光芒。

制氧厂在备用电力的驱使下运转起来,未成年人和孕妇优先得到了便携制氧器,这种制氧器通过藻类光合作用产氧,可用于缺氧环境,使用周期最长。可惜为了满足伊希恩的建设,剩余的材料只够做六千个藻类便携制氧器,其他人只能用分解富氧化物或变压吸附式制氧机。

波努和工人们合力把储氧罐抬上车厢,开着卡车来回运了二十几趟。温度越来越高,为了节省能源,波努没有开空调,车内温度超过了40摄氏度,汗珠顺着他的额发不断下落。

希莉发来通讯:"面罩的材料用光了,目前制成了一百八十万个便携制氧器和两千只储氧罐。"

波努皱眉:"不够,装备库地下应该还有机载氧气系统,我去拿过来。"

"装备库一直没清理,地下入口早就被堵了,清理要花很多时间。"

"没有氧气干什么都没用,我让科里文把车子开回去,先把剩下的几百个储氧罐送到位。"波努关闭通讯。

到了装备库，波努跳下车，从车厢里拿了只铲子。在拉谜毒辣的光芒下，波努大汗淋漓地忙活着，他铲除了入口处的石块，用力掀开隔热板，撬开锈蚀的金属条。背后传来呜呜的引擎声响，他转头一看，希莉骑着一辆军用摩托车来了，后座上还带着一个人。"我们来帮你。"

三个人齐心合力打开了地下入口。科里文送完储氧罐载着工人回来了，一行人从地下仓库搬出机载氧气系统放进车厢，车厢逐渐堆满。希莉得到消息，兴奋地说："蓄水池有电了，图特尼他们成功了。"波努松了口气，刚想联系梅佐伦，拉谜突然光芒一闪。他们赶紧戴上护目镜，发现拉谜亮度倍增，几乎是以肉眼可见的速度在膨胀。

梅佐伦驾驶飞艇从医院起飞，图特伦用隔尘罩取代了缺失的三块舱壁，导致舱内温度异常增高，四处弥漫着电缆绝缘胶被热熔的焦味。梅佐伦发现惯性补偿和平衡功能频繁报错，只得切换为半自动模式，满头大汗地在控制台前忙碌。图特尼和电工紧张地站在一边，不敢出声打扰他。

因为拉谜屡次爆发不稳定的喷流，飞艇勉强飞了一段路，反应室的冷却通道出了故障，冷凝器停止工作，接着发动机温度飙升，舱内警报此起彼伏。梅佐伦查看地图，发现如果现在降落，距离避难点太远，跳伞的话，倒是可以借助飞行器快速到达。"跳伞。"他说。

图特尼从橱柜里拿出降落伞包，三人穿戴好后，梅佐伦帮他们把降落伞飞行器的主控装置打开："你们先走。"

图特尼疑惑："你不走？"

"等一会儿。"梅佐伦没有时间回答，情况紧急，他必须把飞艇上升到能安全开伞的最低高度。当海拔数值到达 700 米时，梅佐伦喊道："跳伞，往东飞。"

图特尼打开舱门，与电工陆续跳下飞艇。两人离开后，狂风灌了进来，飞艇失去平衡，梅佐伦尽力稳住艇身，等他们都成功飞远后，才离开控制台跑到舱门口。一直断断续续工作的平衡器在这时失去响应，飞艇剧烈摇晃，梅佐伦紧紧抓着扶手，拼尽全力想要跃出舱门，突然间，舱门的自锁失效，猛烈的晃动令舱门因为惯性而闭合，梅佐伦赶紧去拉舱门，但滑槽变形，门只被拉开了一条缝，手臂都伸不出去。梅佐伦紧张地跑回驾驶室，去拽侧窗上的应急拉手，结果窗户纹丝不动。

半空中，图特尼和电工朝上望去，看到飞艇像个无头苍蝇似的在空中翻转，不由得担心起梅佐伦来。

报警器宕机，耳边纷乱的报警声停了，风从薄弱的防尘罩钻入舱内，发出刺耳的尖啸声。梅佐伦恐惧地拼命摇动侧窗拉手，却怎么都打不开。飞艇旋转着下坠，梅佐伦被晃得站不稳，最后一刻，他按下智能迫降按钮，抱着脖子蜷缩在座位上。毁灭性的冲击令飞艇的外壳瞬间崩解，火花四射，残骸飞溅。它触地后弹跳了两下，翻滚了一阵后才停下，飞艇腹部发生了小规模的爆炸。梅佐伦睁开眼睛，不敢相信自己还活着，他发现驾驶室的侧窗玻璃全碎了，便拼了命地朝窗户爬去。

储氧罐就位，上百个避难点挤满了人，却依然无法容纳所有的民众，男人们让自己的老婆和小孩躲入避难点，自己茫然地站在外面。波努心想，拉谜膨胀带来的灾难等同于全球多点热核爆炸，极有可能发生飓风和地震，所以一定不能躲在建筑物内，那么只剩一个最原始的办法：挖壕沟。

波努招呼站在外面的人们开始挖掘。在死亡的驱使下，人们即使体力透支也依然奋力劳动。波努挥动着铲子，心里不停地打鼓，五分钟前他就联系不上图特尼他们了，眼看着拉谜愈发不稳定，那三人没有护目镜和呼吸器，万一出了事……科里文指着天空："他们回来了。"

在飞行器的控制下，图特尼和电工安全降落，他们赶紧脱掉降落伞背包跑了过来。

波努发现梅佐伦不在："他人呢？"

图特尼与电工相视了一下，悲伤地说："他没能逃出来，飞艇出了故障，可能已经坠毁了。"

波努心中一沉，打开手环再次联系梅佐伦，后者依然没反应。见波努极度担忧的样子，塞尔拍了拍他的肩膀："把手头的事做好吧。"波努沉默了一会儿，不甘心地关掉手环，拎着铲子回到壕沟旁。他跳下壕沟，铲了几次泥土，突然又翻身爬了上去，把铲子递给旁人，朝摩托车奔去。

图特尼问："你去哪儿？"

"我去找他。"波努跨上摩托车，发动引擎。

"别去，坠落地点很远。"

塞尔也焦急地跑了过来："拉谜随时都可能爆发。"

波努没有言语，把油门拧到最大，一溜烟冲了出去。

倾颓的屋子旁，梅佐伦靠着半截墙体坐在地上。不远处，飞艇残骸熊熊燃烧，火焰跃动着发出滋啦声响。他戳了戳手环，发现它坏了，便长吁了一口气，忍着胸部的剧痛从兜里掏出烟。拉谜的光芒时明时暗，翡莫迩星似乎离末日不远了，也不知道波努他们找到藏身处没有？梅佐伦吸了口烟，痛得紧蹙眉头，这才察觉到右侧肋骨大概率挫伤了。他沮丧地丢开烟，呆呆地盯着火焰，脑袋就像被掏空似的停止了运转。忽然，远处传来摩托车发动机的声音，他定睛一看，惊讶得屏住呼吸，波努竟然循着飞艇残骸赶来救他了。

"梅佐伦！"波努呼喊。

梅佐伦痛得发不出声，便抓起手边的铁罐丢了出去。听到声响，波努急刹后调头驶来，停下车跑向梅佐伦。梅佐伦戴上波努递过来的护目镜和便携制氧呼吸器，搭着波努的肩膀上了车。发动机再度发出轰鸣，载着二人的摩托车咆哮着朝装备库驶去。

来自拉谜的高速亚原子撞击翡莫迩星，地表温度持续升高，地面垃圾中的火焰接连自燃。摩托车燃料箱连接过滤器的金属管开裂，泄露的燃料被高温炙烤发出噼啪声响。察觉车况糟糕，波努紧盯着前方，谨慎地绕开明火，尽量保持急速行驶。梅佐伦紧紧抱着波努，颠簸令他胸部剧痛。

逐渐，拉谜膨胀的强烈耀光令人看不清前路，仿佛身处雪原。手环投影显示器罢工，地图消失，波努咬紧牙关，压抑内心的恐惧，根据记忆原路返回。废墟街道中，蚂蚁般渺小的摩托车呜呜作响，极力逃脱死神挥下的镰刀……历经艰难，装备库的影子终于出现在了两人视野中，可就在这时，一阵狂风卷来，波努没能把控住方向，车轮打滑，沾惹了地面一处微弱的明火，火焰顺着漏出的燃料噌地燃起，刹那间包裹了波努的右腿。

梅佐伦惊呼："快停车。"

波努冷静地看了眼反光镜，镜中，拉谜变成一只无法辨认边界的巨大光团，以前所未有的速度在天空扩张。波努心一横，无视脚边的火焰，继续朝前驶去。梅佐伦俯身拍打火焰，却无济于事："停车啊，你不要命了?!"小腿被灼烧的剧痛袭来，波努蹙眉盯着前方，还有一点路，再坚持一会儿……嘭！发动机爆裂，摩托车倾倒滑了出去，燃料箱爆炸引发大火。波努和梅佐伦幸运地被甩到一边。波努抱着右腿痛得浑身打战。梅佐伦忍着胸口痛楚爬起来，踉跄着跑了过去，看到波努的右腿被炸得血肉模糊。"振作起来，使点劲儿。"梅佐伦把他拽起来，架着他跌跌撞撞地往前迈去。没走两步，两人又重重地摔在地上，波努因为出血过多和脱水，意识有些模糊，怎么都爬不起来。梅佐伦顺着波努的位置躺下，把波努的手搭在自己肩上，抓着他的腿翻过身，让波努趴在自己背上，然后手脚撑地颤颤巍巍地站了起来。

  肋骨处传来难以忍受的痛楚，梅佐伦把牙龈咬出了血，大颗汗珠从脸颊两边滑落。他抓着波努的双腿，躬身往前慢慢走去，他不知道自己为什么要这样帮助波努，就像他想不明白当年为何要为了救马雷那个人渣而听从麦兰森的指使一样——似乎他做的所有决定都是为了别人，从未考虑过自己。该死的！梅佐伦心里骂道，艰难地背着波努一步步朝前走。空气温度逼近人体所能承受的极限，当梅佐伦感觉自己快撑不下去了时，远处传来呼喊声。希莉、图特尼和派特兄弟全都来了，后面还跟着十几个工人同伴。梅佐伦松了口气，腿一软，和波努一起缓缓地倒在地上。

  拉谜爆发前的半分钟，一行人带着波努和梅佐伦回到装备库，翻身躲进壕沟，每个人都裹上了五六层防辐射服。大地震动，从地底深处传来裂帛般的悲鸣，电闪雷鸣鞭笞地表，却没有一丝云或雨滴，卫星群也在近地轨道瓦解，形成壮观的流星雨……躲在地下避难点的人们惊恐万分，他们无法知晓外界发生了什么，只能默默祈祷。而藏身于壕沟中的人连祈祷的空闲都没有，他们互相挽着手臂，忍受着灼热气流和疾风迅雷。波努被腿伤折磨得脑袋发晕，梅佐伦因为胸痛呼吸不畅，他死死抓着波努的手臂，生怕后者失去意识。

  波努眼神迷蒙地向上望去，天地已融为一体，整个星球好似被丢进了一个熔炉，分不清地平线在哪儿。他闭上眼睛想，壕沟里的人会是第一批死去的，储氧罐枯竭以后，附近的几个避难点的人也会死亡，最后轮到女人和小孩……绵长的尖啸声打断了他的思绪，大家转头望去，巨型龙卷风正以排山倒海之势朝他们碾了过来，气旋发出百列蒸汽火车齐鸣般的噪声，刺激着人们的耳蜗神经。有的人惊恐到失去理智，挣扎着爬出壕沟，被建筑残骸像扫落叶一般拂走，还有人疯疯癫癫地又哭又笑。塞尔大喊着叫人们镇定，可他的声音微弱得无人能听到。

  龙卷风的阴影逐渐覆盖了壕沟，天光昏黄，四周暗了下来，人们绝望地等待死神降临……在这危急时刻，尘雾中忽然出现了耀眼的红色航标灯，接着气流扰动，一艘气势恢宏的翡英军星际航母拦在了龙卷风与壕沟之间。舷梯降下，伍尔班夫带着士兵跳了下来："上船！"人们发现来救兵了，急忙爬出壕沟，披上士兵递来的军用防护服，弓着腰冲舷梯跑去。波努上了担架，军医扶着梅佐伦在后面跟着。不一会儿，壕沟中的人全部得救，航母迅速上浮，绕过灰色的柱状气旋，驶入高空。

舱内异常安静，惊魂未定的人们蜷缩在座位上，嘴唇哆嗦得说不出话。希莉抱着手臂倚在窗户边，下方，壕沟已被龙卷风吞没，四周的建筑瓦砾被卷得一干二净。

图特尼走了过来："不知道拉谜什么时候能平静下来？"

希莉摇头："这问题不重要。"

"那什么问题重要？"

希莉推了下眼镜，冷冷地说："你不会真的以为翡英军会好心来救我们吧？"

图特尼愣住。

"希莉，塞尔。"

众人回头，看到了科学院的全体成员。达尔顿激动得脸颊通红，跑过来拥抱了希莉和派特兄弟："谢天谢地，你们还活着。"

希莉疑惑："科学院不是第一批走的吗？你怎么会在这儿？"

达尔顿挠挠头说："别提了。我们想回来救你们，结果自己差点送了命，还好伍尔班夫将军及时赶到。"他看了看周围，沉重地叹了口气："你们已经尽力了，可惜只救了这么点人，也不知道波努是否还活着？"

"波努在手术室。翡莫迩的两百多万人被安排在隔热隔辐射的地下设施里，有氧气设备，暂时没有生命危险。"希莉对目瞪口呆的达尔顿说。

波努拒绝了全身麻醉，让军医迅速处理了一下伤口就下了手术台，他挂着拐杖推开门，看到梅佐伦坐在外头，胸部打着绷带，也只做了简易的包扎。

波努问："你看到伍尔班夫了吗？"

梅佐伦摇头。

波努掠过梅佐伦朝外走去，他到达客舱时，伍尔班夫正好来了，紧张的气氛顿时在舱内弥漫开，人们把目光齐刷刷地投向二人。

伍尔班夫扫了眼波努的腿说："你不好好躺着，跑出来做什么？"

波努没回应他这句话，直截了当地问："你打算怎么处置我们？"

伍尔班夫摊开双手："我只是个转运联络员，如何处置我要请示上级。"见大家都沉默地盯着自己，伍尔班夫叹了口气："可以肯定的是，你们会去伊希恩。"

"那翡莫迩的二百四十万民众呢？"

"伊希恩栖息地容纳不下这么多人。"

波努拄着拐杖走到门口："那烦劳您让我下船，我做不出让百万人陪葬母星，自己苟且偷生这种事。"

伍尔班夫眯起眼睛。两人之间的火药味很浓，人们不由得屏住呼吸。梅佐伦也走了过来，站在角落观望。

伍尔班夫毫不客气地说："你少说漂亮话，这一切不都是因为你吗？是你瞎了眼带那破玩意儿回来，才害得我们差点亡国灭种。"

波努直视他说："我记得有本书上写过'把错都归咎于国王就行了'。因为这样，操控政府的、助纣为虐的、杀害无辜的人，统统都可以逍遥法外。"

"你骂谁呢？"

"你说呢？"

伍尔班夫吵不过他，气急败坏地抓住波努的衣襟："别忘了，伯灵娜因你而死，我永远都不可能原谅你。"

波努掰开伍尔班夫的手说："我不需要被原谅。我只要活下去，直到有一天能亲手杀了麦兰森。那个畜生玷污了我的母亲，我要让他付出代价。"

闻言，大家都怔住了，伍尔班夫也蹙起眉头。突然，地面剧烈震动，舰身朝一侧晃了过去，人们吓得缩成一团。眼看波努要摔倒，伍尔班夫下意识地扶住了他的臂膀。五秒后，舰船恢复平衡，从窗外透入诡异的红色光芒。大家转头望去，原本空虚的星系景色几乎被拉谜占满了，它膨胀到之前的四百倍大小，光球层上的颗粒形态和耀斑清晰可见，环形日珥沿着磁场线喷发，形成壮观的弧形火焰。由于喷发猛烈，它的四周还出现了丝絮状的星云，淡绿与玫红色光芒交织辉映。两颗行星被摧毁吞噬，翡莫迩星被挤出了原本的轨道，变为第一行星，直面红巨星拉谜。

地狱般的橙红光芒笼罩客舱，人们惊恐得说不出话。与拉谜相比，翡莫迩星如此渺小、脆弱，很难想象那两百多万民众即使在地下避难点里逃过一劫，又该如何面对如此恶劣的生存环境。

寇雷格发来通讯，伍尔班夫接通后说："有事耽搁了一会儿。"

"我知道你调头救了几个人。"寇雷格与麦兰森言语了一下，继续说，"这正好能证明我们没有放弃民众，省的他们乱讲话。还有，我把你女儿的骨灰瓮从公墓请过来了，以免她跟着翡莫迩星一起粉身碎骨。"

伍尔班夫皱眉："谁让你动她的？"

"我这不是考虑你的心情嘛。"

"我不用你考虑，你有那闲工夫，为什么不多去救几个人？"

寇雷格舔着脸，带有讨好意味地说："那些蛆虫哪有你的女儿重要？"

"死人绝不可能比活人重要。"

寇雷格讪笑道："哎呀，你较什么真？等你来栖息地，我给你官复原职。"

伍尔班夫气得掐断通讯，在众人的目光中来回踱步，烦躁地抚着额头。

波努冷冷地瞥了他一眼。

电梯门开了，风雷号航母指挥官凯登走了过来："议会发来消息，说翡莫迩星有人在给伊希恩栖息地居民发消息，造谣政府屠杀民众，让我们摧毁翡莫迩星地下设施。你来舰桥，我们讨论一下清剿的事宜。"

伍尔班夫愣住。

波努突然来了句："你还在等什么？"

伍尔班夫转过头看向波努，四目相对，那双青绿色眼眸中暗藏的火焰点燃了他，刹那间，他的眼前仿佛出现了一支骁勇善战的革命军，铁蹄铮铮、鼓角齐鸣，正用鲜血与战火烧尽议会里那群鼠雀之辈……伍尔班夫吁了口气，从腰间拔出手枪指着凯登。

凯登僵住："你、你干吗？"

"跪下。"伍尔班夫说。

凯登只得跪在地上。伍尔班夫把枪递给波努，绕到凯登背后把他铐住，押着他进了电梯。

风雷号航母整编部队失联，不光指挥官凯登，所有将士都联系不上了。最后的信息是由舰内的一个通信兵发来的，图片中，凯登被伍尔班夫按着脑袋，双手反铐，波努在一旁用枪指着他。寇雷格呆呆地望着图片，大脑一时转不过弯来。

麦兰森说："我早就跟你说伍尔班夫有二心，你不信。"

寇雷格瘫坐在椅子上，气得脸通红："我好心把他从牢里放出来，他居然背叛我。"

麦兰森望向窗外，冰天雪地之中，翡英军舰船陆续进入停泊区，火桅号星际母舰矗立在星门的旁边，一切都井然有序。他淡然地说："不着急，等我们安顿好了再去收拾伍尔班夫。翡莫迩星已死，他手上又只有一个风雷号，不足为惧。"

星球坟茔

飓风停止，不是因为灾难结束，而是因为翡莫迩的大气层已经不复存在，地表完全暴露在猛烈的星风之中。在这种酷烈环境下，别说人类，恐怕连嗜热菌都活不了。伍尔班夫命令风雷号航母部队回到地面，为了避免被翡英军追踪，他打开了通讯干扰器，并让科学院建立了新的手环网络。波努通过新网络告知还在避难点里的人们，他们回来了，并且成立了"建设办公部"，随时欢迎任何人加入，然后便与派特兄弟一起穿上防护服，走下风雷号航母。

拉谜占据了天空三分之二的面积，尽情释放着生命终末的能量。经此劫难，翡莫迩大陆几乎看不出曾存在何种文明，路面碎成了齑粉，王宫大厦也被毁得仅剩地基。波努透过护目镜，望着拉谜表面的能量风暴，内心既震撼又悲哀。母亲被掳去伊希恩，默泽也联系不上了，两人生死不明，至于奥讷兰——算了，不提也罢。

避难点里的工人们看到波努他们回来了，十分振奋，纷纷响应科学院的地下城建计划，报名加入施工队。希莉和图特尼随后赶到，也投入劳作。梅佐伦肋骨有伤行动不便，便和拄着拐杖的波努一起待在休息区，做些后勤工作。

在科学院专家的指导下，大家修复了七个小型光伏发电站，把逆变器转移到地下，用超导磁体低温箱存储电力。车辆全报废了，为了搜寻工厂里的剩余物料，派特兄弟带着一帮人拉着手推车，顶着烈阳进入工厂废墟，寻找能用的制造机和原料。挖掘工作也热火朝天，叮叮咚咚的敲击声从各个避难点地下传来。

希莉忙了一阵，从挖掘现场爬上来，满身土灰。她喝了些水，问波努："如果翡英军打过来，伍尔班夫要怎么对付他们？"

"不知道。"

希莉放下水瓶："且不说他有多少兵力,他会背叛寇雷格,一样会背叛我们。"

波努想了想说："哗变在军法里是死罪,他肯定是回不去了。但如果有一天他杀了寇雷格,或者取代了议会,倒是有背叛我们的可能。"

"你们在聊什么?"图特尼擦着汗走来。

希莉回答："军队的事。"

图特尼说："我刚才听几个工人说想参军,干掉那些把他们踹下运输机的人。"

波努说："现在必须先搞建设,不能大量征兵。"

图特尼叹了口气："不征兵,靠伍尔班夫那帮人也撑不住啊,翡英军那么厉害。"

波努思忖了一会儿,说："说到这个,科学院规划的地下城市难以容纳风雷号航母,但中小型战机倒是有大把的地方可以放。我在想:我们的作战目标是防守翡莫迩、抢夺伊希恩基地,不如放弃大规模作战,加强战机部队,采用空中奇袭或小规模的陆空协同游击战。"

希莉觉得有道理："确实,航母机动性太弱,不适合地面运动战。"

梅佐伦突然开口："可以把航母的炮台拆下来做基地防御,零部件重新熔铸做新战机的装甲。"

波努看了他一眼,点点头。

图特尼摇头："我觉得伍尔班夫将军不会同意我们的观点。"他话音刚落,伍尔班夫来了,身后跟着一群全副武装的士兵。大家不知道他为何意,一下子紧张起来。伍尔班夫扫了眼众人,命令道:"都给我上。"士兵们放下步枪,拿起墙边的电钻和铲子。大家这才松了口气。伍尔班夫摘下头盔,对波努和梅佐伦说:"你们俩回医务室,把伤养好了再来。"

拉谜变为红巨星后,翡莫迩成了第一行星,紧邻着翡莫迩的伊希恩就成了第二行星,刚好位于新的星系宜居带。冰消雪释,微生物在裸露的陆地上大量繁殖,形成青苔状的地衣,令这座冰雪之城有了新的色彩。迁居而来的人们沉浸在劫后余生的欣悦中,忘了在翡莫迩星还有百万同胞生死不明。

之前负责栖息地建造任务的贝法女士应邀前往会议室,看到包括麦兰森在内的所有议会成员都在场，便感觉不妙。果然，议会提出围绕星门建造浅层油气开采站，为出征的翡英军快速补充燃料。

贝法没有同意："前期勘探数据表明，在星门附近建造开采站容易诱发灾害，就像之前八号钻井事故那样。"

一个议员说："那就把星门移到地质环境更稳定的位置。"

贝法摇头："移动星门必须经过科学院的数据计算，否则星门会失效。"

会议室霎时无声，谁也不敢提科学院叛逃的事。

贝法劝说道："现在的矿井、核能电站和地热管道完全能满足五十万人的生活起居，不如先扩建栖息地，暂停军队出征……"

麦兰森打断她："什么时候轮到你来做决定了？"

贝法抿住嘴。

麦兰森盯着她说："成本不用你考虑，你只要解决问题就行。"

"不是钱的问题，在那种地方作业会出人命。"

"死几个人没关系。"

"默泽就不会这样讲。"

麦兰森抬起眉毛："哦？"

贝法语气有些激动："你看到米塔尔斯山脉的钻井废墟了吗？要是没有默泽支持我改建钻井，栖息地根本无法及时完工，我们都会死在翡莫迹。"

麦兰森不徐不疾地点上烟："照你这么说，我可得好好感谢他。"

有议会成员看向麦兰森，他们知道麦兰森已经怒了，可贝法没有察觉。她继续说："事故发生的时候，默泽拼命救出二十个队员，事后还一直参加建设，从未责备或放弃任何人。伊希恩能有今天，是他和我们一起努力的结果。"

麦兰森吐出烟，冷笑道："看来我小瞧了哥弗家族的人，他们别的本事没有，蛊惑人心的能力倒是一流。"

有些人很配合地笑了。

贝法终于明白麦兰森阴阳怪气地想要表达什么。

"贝法女士，"麦兰森幽幽地说，"你要知道，一个人可以有很多作用，比如让她接受教育培育新人，发挥她的专业知识建设国家项目，或者——把她杀了用来警告捣乱分子。"

贝法的部下惊愕地站在落地玻璃窗前，眼睁睁看着他们的上司被士兵强行推到门外。贝法没有呼吸器也没穿抗寒服，捶着门疯狂挣扎，胸口急促起伏。不一会儿，体内的氧气耗尽，她栽倒在雪地中，挣扎了两下便不动了。士兵出门，把她僵硬的尸体拖往垃圾焚烧站。

议会最终采取了贝法死前的建议，没有实施开采计划，只在星门附近搭建了充能站点和燃料仓库。在麦兰森的资助下，寇雷格扩张军队，多次掠夺常宇宙低度文明星球，把大量的莫元兑换成星币，换取了更多的军火和议会采购清单中的物品。

时间流逝，伊希恩因为拉谜的剧烈活动而温度升高，栖息地周围的融雪形成淡水湖泊，从常宇宙引进的厌氧树木种子也发芽了。风景的略微改变令居民们产生了希望，开始幻想伊希恩会变为曾经的翡莫迩。可三个月过去，人们却悲哀地发现，因为没有昼夜之分，即使厌氧植物大规模生长，也无法消释头顶那太空景色的冰冷压抑。

单调的自然环境和时间感的丧失令人们无法忍受，许多人出现了精神障碍。麦兰森见机行事，授意瓦莱克药业的老板胡凯里尼向民众倾销"弥普乐生"止痛药，并把药价压到之前的三分之一。人们开始用药物麻痹神经，有些人甚至把药当饭吃。药物滥用引发了更多精神问题，军警不得不频繁巡逻，随时逮捕精神错乱的人。

平民居住区水深火热，富人区却歌舞升平。他们让寇雷格从常宇宙买了昂贵的环境模拟器，在人造的蓝天白云下，面对粼粼海浪举起酒杯。议会和翡英军军官们经常聚集在一起，庆祝翡莫迩文明起死回生、国库充盈、军队战果辉煌。

脑满肠肥的议员们与舞女寻欢作乐，寇雷格拿着酒杯坐到麦兰森身边说："我派了两架侦察机去翡莫迩绕了一圈，这是拍摄到的画面。"他打开手环，画面显示出鱼鳞般密集排列的辐射能电池板、奇怪的地下入口、车辙痕迹和停在地表的风雷号航母。"因为电磁干扰，侦察机没进入预定轨道就坠毁了。"

麦兰森弹了下烟灰："这么说，他们还活着。"

寇雷格说："拉谜风暴太强烈，舰船装甲必须上特殊涂料才能去翡莫迩，那种涂料很昂贵。"

"放心，军费上我不会亏待你的，但是现在没必要。距离拉谜的下一次剧变还有二十年，足够我们逍遥一阵了。"他打了个响指，美丽的女侍者款款地走了过来。"去好好休息一下吧。"

"不用。"寇雷格晃了晃酒杯,"我有这个就够了。"

议会和军部狂欢之际,医院都快忙疯了。因为弥普乐生的滥用导致病例增多,上至院长下至清洁员全都忙得连轴转。蜜酒之家的戒毒小组成员伯斯坦迪、迈赛顿,在灾难发生后进入医院当护士,后来跟随大部队迁居伊希恩,经常忙得彻夜不眠。

这天,两人难得有空在医院食堂相聚,感叹着即使换了个新的栖息地,人们也无法摆脱旧大陆的毒品顽疾,不禁悲从中来。正聊着,突然一个面孔从伯斯坦迪眼前一闪而过,他用手肘碰了碰迈赛顿:"你看三号窗口倒数第二个穿白大褂的。"

迈赛顿望向三号领餐队伍,惊讶道:"他怎么会在这儿?"

伯斯坦迪使了个眼色:"先吃饭,一会儿出去堵他。"

迈赛顿郑重地点点头。

用完餐,两人出门躲入暗处,等那个穿白大褂的人吃完饭出来,不声不响地尾随他,待他走进僻静通道时,同时扑了上去。迈赛顿从后头捂住他的嘴,伯斯坦迪打开他的手环。

迈赛顿急忙问:"怎么样?他是不是冒用了其他人的身份?"

伯斯坦迪蹙眉操弄着手环信息,没有回答。

"啊!"迈赛顿呼痛。那人用手肘猛地顶了一下迈赛顿的腹部,转身把他顶到墙上,死死压着他的脖子。"别动。"他拿出枪,指着伯斯坦迪,"敢过来我就杀了他。"

局面一下子反转,两人都不吭声了。

"断人财路的猪猡们,跑到这儿来也不消停?"拜特勒朝地上啐了一口,"在厂区的时候我就该找人把你们做了。"

迈赛顿掰着拜特勒的手臂,呼哧喘着粗气:"你一个黑帮毒贩居然成了医生,真是笑话,我要举报你冒用他人身份。"

"你去啊。要是查不出来,我就告你诬蔑,你他妈给我滚出医院。"

一旁的伯斯坦迪没说话,他刚才看了医生名牌信息,确实是拜特勒本人,可能是拜特勒串通了职业评定人员,用虚假的技能证书买了医生身份,获得优先登船的资格。现在翡莫迩毁了,证据资料都没了,医院又紧缺人手,他们很难劝说医院开除身为"医生"的拜特勒。

"想清楚了没有？"拜特勒问。

两人黑着脸不语。

拜特勒这才松手，用枪指着他们，从地上捡起甩落的平光眼镜，后退着离开了。

看到他们没跟上来，拜特勒把枪揣回兜中，掸了掸白大褂上的灰尘，回到了自己的办公室。他瘫坐在椅子上发了会儿呆，然后打开就诊名单，名单上过半患者的症状都是因为过量服用弥普乐生，这种"病"只有一种治疗方法：开更多的弥普乐生给他们。拜特勒心中咒骂，这破地方吃不好穿不好，还被瓦莱克药业的高管每天盯着，当年卖布菲亚的蝎尾糖好歹还有收入，现在给病人开弥普乐生一根毛都捞不到。可气的是，迈赛顿和伯斯坦迪那两个疯子居然也在医院。

拜特勒一肚子不满，切换手环网络，打开了曾经的暗网。暗网只有他一个人在线，曾经的同伴不是死于灾难就是失联，偌大的黑帮如今就剩了他一个人。"唉……"拜特勒长长地叹了口气，瘫靠在椅背上发呆。寂静之中，突然响起"滴"的一声。拜特勒像被惊醒似的坐起来查看手环，发现暗网列表中梅佐伦的名字竟然奇迹般地亮了起来，他赶紧发通讯过去。

梅佐伦见拜特勒穿着白大褂，戴着眼镜，人模狗样地坐在办公室里，忍不住想笑："你真当起医生来了？"

"真的。"拜特勒拿起病人资料冲镜头晃了晃。

梅佐伦揶揄："用蝎尾糖治病吗？"

拜特勒挠挠脸："差不多吧。"他转移话题："你那里怎么样了？"

"还能活。"梅佐伦点上烟吸了一口，脸颊泛着昏暗的白炽灯光："但像住在坟墓里。"

"波努呢？"

"在组建军队。"

拜特勒讶异："你们要打过来？"

"也许吧。"

"打过来记得放我一马，我可是救过你一次。"

梅佐伦吐出烟，淡淡地笑着说："没忘，但流弹不长眼。"

咚咚，办公室有人敲门，拜特勒赶紧掐断通讯。

梅佐伦关闭手环，坐在狭小的单人房间里慢慢地把烟抽完，然后起身推开房门。广阔的地下隧道展现在他面前,隧道顶部呈拱形,牢固的抗震混凝土穹顶发出微弱的弧光,衍射着电焊工手边的火花光芒。刀削般笔直的墙壁上凝结着水珠,潮湿空气弥漫着金属和泥土混合气味。工人们聚集在货物装卸区,十几只巨型升降梯在警示灯的闪烁中上下浮动。

梅佐伦把手肘搁在栏杆上,远望着忙碌的工人,掏出烟包想再抽一根时,一辆卡车开了过来,发动机噪音钻入耳膜。

希莉从后车厢跳下:"波努叫你去办公部。"

梅佐伦愣了一下,查看手环:"他没给我发信息啊。"

"快去,别耽搁了。"希莉戴上安全帽,朝卸货区走去。

梅佐伦只得把烟包揣回兜中,下楼梯搭上一列轨道列车。

自翡英军抛弃母星,迁居伊希恩已经过去了五个月,被戏称为"蚁巢"的翡莫迩地下城市初具规模,放射状和环形交错的铁路串联了各个避难点,辐射能电力网络、藻类制氧管道、主粮及人造蛋白培育舱等设施也迅速完工,可以容纳两百余万人的饮食起居。

虽然地下昏暗,条件简陋,伍尔班夫依然没有放松对士兵的训练,时不时会让飞行员驾驶战机去地表巡逻。他让图特尼负责后勤,监督军事建设。图特尼一心扑在军工厂和地下机库上,每天只睡五个小时。军事区不断扩大,直至容纳了风雷号航母才停止了扩建。

"蚁巢"的建设办公部位于整个地下网络的中心,伍尔班夫早早地来到了会议室,看到波努也在。投影器显示的地图中,铁道线路纵横交错,密密麻麻的环境监测点、区域联防工事、水氧供给管道和装卸货区一览无余。见波努在认真研究地图,伍尔班夫没有言语,习惯性地抱起手臂靠墙站着。过了会儿,科学院的人来了,接着派特兄弟和几个工会领导也来了,梅佐伦、希莉和图特尼最后赶到。

人到齐了后,波努放大地图,指着统一规划的生活区、工厂区和军事区说:"目前的区域分类太过集中,如果翡英军打过来,切断了交通,各个区域之间无法交互,会造成很严重的后果。我提议改变布局,给每个避难点都设置小型工厂、仓库和防御工事。这样,如果发生战争,每个避难点都能够自给自足,独立对抗敌袭。"

图特尼说:"但那样会增加运输成本,也不利于大型军工业发展。"

知道他指的风雷号,波努直截了当地说:"可以考虑大批量制造小型战机,组建精锐飞行部队。另外，给民兵配发常规军火，也能应对地面入侵。"

伍尔班夫反问："常规军火能抵挡得了翡英军？"

波努回道："抵挡不了，但你那艘航母同样也无法招架。"

伍尔班夫冷哼："我不同意，军工厂和工人宿舍必须集中管理，否则会影响生产进度。"

"弃用风雷号，训练战机飞行员，组建机动性更强的空军部队才是理性的选择。"

伍尔班夫眯起眼睛："你总是盯着航母做什么？用不用航母是你说了算吗？"

波努拒绝退让："航母占用地下空间、引擎噪音扰民不谈，你每天叫几百人去维护它，浪费了太多人力物力。往大的说，敌军来袭，航母要是失火、燃料泄露爆炸，我们全得给它陪葬。"

伍尔班夫怒了："要不你来指挥军队？"

波努也怒了，愤懑地看着伍尔班夫，伍尔班夫回之以同样的目光。气氛温度骤降，全场人们都盯着他俩。

"既然如此。"波努站起来对众人说，"我以个人名义成立翡莫迩革命军，目标是防守翡莫迩，攻占伊希恩，解放所有被议会和翡英军压迫的民众。愿意加入我的人请表态。"

大家没想到他会来这么一句，都愣住了。

伍尔班夫厌恶道："你这是在搞内部分裂。"

波努目光灼亮："随便你怎么说，我会坚持我的主张。"

希莉胸口涌起热流，举手："我加入。"波努对她点了下头。塞尔朝前走了一步："还有我。"他的弟弟科里文也随后举起手。"我们也加入。"达尔顿和科学院院长同时说。伍尔班夫愣住——这些人因为地下缺氧而神志不清了吗？波努转头看梅佐伦，梅佐伦回避他的目光，没有表态。波努深呼吸一口说："一共六个人，革命委员会成立。我们第一步行动就是改变地下格局，增加每个避难点的抗压能力。"

伍尔班夫放话："我警告你们：不许碰风雷号和军事区，否则别怪我不客气。"

波努没回话。

会议不欢而散。伍尔班夫转头回了军事区，图特尼跟着他一起走了。波努和希莉他们去了趟科学院办公室，敲定了部分区域的改造方案。梅佐伦则搭上装甲列车，独自回到了自己的小屋。"蚁巢"里的人们各怀心思忙碌着，谁也没有察觉，在距离2亿公里之外的伊希恩栖息地，正在酝酿一个针对翡莫迩的阴谋。

起因是寇雷格在一次常宇宙出行时，发现了一个未在宇统厅登记过的低度文明星球"马魁克"，这颗星球有着极其丰富的高价宝石"血蚰"的矿产。寇雷格盯上了这批血蚰宝石，但问题是马魁克的原住民——一群穴居人类已迈入热兵器时代两百年，已研制出电子通信。如果贸然攻打，留下罪证记录，翡英军就会被宇统厅制裁，人工虫洞环和航路线路受限，很多文明星球的太空港也会禁止进入。

听闻此事，麦兰森说："那就把他们都杀了，别留活口。"

寇雷格说："就算杀光他们，他们放在洞内深处的电子设备也会发出信号，被有些好事的高度文明星球捕捉到。"

麦兰森思考了一会儿："可以伪造成自然事故。"

"什么事故？"

"你还记得贝马尔矿业三号矿井么？被堵在矿洞里的工人大多是被有害气体毒死的。"

寇雷格眼睛一亮："你的意思是用生化武器？"

麦兰森点头："灭绝了马魁克的穴居人，我们再去开采这颗无主的死星，这样就没人会指责了。有记录也只会是'洞穴内产生'的毒气数据，和我们没关系。"

"可哪怕只有一个人活着，站出来指控，我们就会被通缉。"

"怕什么，翡莫迩上不是有现成的实验材料吗？你先去丢一些毒气弹试试，要是伍尔班夫他们还能活着逃出来，就加大毒剂剂量。"

寇雷格打了个响指："就这么办。"

在革命委员会的努力下，三百多个避难所重新规划，工厂搬迁、改道物资配送管道，铁路也新修了数条，人们从人员密集的宿舍迁居到多个避难点，重新分配了工作。每个避难所都集生活和军事保障于一身，自成体系，就算与周围暂时失联也不会崩溃。

自从上次会议结束，梅佐伦几乎没和波努他们说过话，天天叼着烟趴在栏杆上，目光虚无地望着铁道上车来车往。这天，梅佐伦从房间出来，看到波努趴在门前栏杆上，不禁有些意外。他走过去给波努递了支烟，见波努没接，他不耐烦地说:"没有烟茄成分。"

波努这才接过烟:"超过两千人响应了革命军的征召。你在模拟飞行测试中得分很高,我希望你也能加入我们的队伍。"

梅佐伦吸了口烟:"不。"

"为什么?"

梅佐伦冷冷回道:"因为我看你不顺眼。"

波努没有回话。两人沉默地吸着烟,气氛变得有些寒冷。过了会儿波努说:"麦兰森害了你的父母,你不想报复吗?"

梅佐伦弹了下烟灰:"想有什么用?又打不过他。"

"没打怎么知道打不过?"

梅佐伦转身背靠着栏杆,望着水泥穹顶长长地吐出一口烟:"你有盼头是你的事,我只想活一天算一天。"

波努把烟头丢在地上踩灭:"随你吧。"他刚准备走,上方突然传来一声闷响,他脚步一顿。

"陨石?"梅佐伦问。

又是一声闷响,震落了顶部的些许灰尘,从铁道深处传来不祥的高频哨音。"不对,是敌袭。"波努话音落下,最高级别的警报声骤然响起,一趟装甲列车在他们面前急刹,铁轨火花四溅。

梅佐伦慌了:"从哪里来的?"

波努的手环投影涌起大量的警戒信息。"装备库,还有军部一号地下入口。"波努瞪大双眼,一条令他震惊的科学院环境监测告警映入眼帘——"大量化学污染"。

近地轨道中,第二批来袭的百枚携带有重型侵彻钻地弹头的巡航导弹形成V字阵列,在火箭发动机的推进下朝翡莫迩地表飞驰而去。它们掠过天空,在拉谜橙红的球体光芒中投下鸦群般的剪影,接着呼啸着扎入地面,尘埃漫天。大部分炸弹没能穿透地下穹顶的超高性能的含铅混凝土结构层,但个别炸弹扎透了穹顶的薄弱处,弹腔内的毒气混合着爆炸冲击波瞬间扩散。"嗤——"毒气释放的声音与人们惊恐的叫声同时响起。距离坠弹较远的人携儿带女逃了出来,军工厂宿舍里的人则没那么幸运了,淡绿色的烟雾瞬间淹没了宿舍,人们在毒雾中挣扎、爬行,发出嘶哑的求救声……

波努和希莉第一时间赶到现场救助伤员、安排洗消部队支援。派特兄弟带着运输队随后到达，分发防毒面罩和防毒衣。波努等人穿戴防护装备，冲进毒雾把一息尚存的人们抬了出来。伤员呕出黄绿色的黏液，严重的肺水肿令他们无法呼吸，发黑的血从皮肤的薄弱处渗出，抽搐不止。许多人被救出来后，没过两分钟就死了。

眼看着毒气依然在大范围蔓延，希莉拉住波努，推了下眼镜说："封锁区域吧，这样下去只会死更多的人。"

波努紧锁眉头，打开环境监测，上头显示十五个避难点沦陷，三分之二的军工厂宿舍被波及，再不阻断毒气后果不堪设想。虽然封锁区域是伤亡最小的方案，但那样就等于放弃了一部分原本可能被救出的人。波努攥着双拳，犹豫了一下，然后坚定地召回前方的医护人员，启动应急防护程序。

伍尔班夫组织了军区人员逃离扩散的毒雾，带着一帮部下赶来时，密闭门已经开始下降。红色禁行灯在众人忧郁的脸庞上来回扫动，直到雾气被彻底隔绝在厚重的门体背后，灯才熄灭。全场无人说话，只有伤员的咳嗽声和医护人员繁忙的脚步声。梅佐伦搭车来到现场，看到波努他们灰暗的背影，忍不住掏出烟，想到有伤员在场，又把烟塞回兜中。

大家沉默地忙着手头的事。过了会儿，从门的那端传来诡异的哭喊和砸门声，并且越来越密集，吱吱咯咯的声响令人头皮发麻。一个小男孩睁着结膜发炎的血红双目，揪住护士的袖子说："我的妈妈还没出来，你们会救她的吧？"闻言，大家心酸不已。波努摘掉了防护面罩，郁闷地站在原地。伍尔班夫板着脸站在一边，目光充斥愤怒。

二十分钟后，达尔顿发来通讯："封闭区域的毒气浓度下降到安全值，地外遥感检测也显示没有新一轮来自太空的攻击，可以打开密闭门了。"波努启动开门程序。随着门沿上升，堆在门口的尸体像破布娃娃般滑了出来。他们肢体松软，浑身被黑血覆盖，神情狰狞，鼻梁塌陷，黄绿色的呕吐物从嘴角滑落到其他尸体的脸上，几百颗血红的眼珠盯着虚空。望着死尸堆砌的惨景，大家都难忍悲戚。希莉惊愕地捂住嘴，移开目光。派特兄弟浑身僵住，图特尼直接吐了。

波努叹了口气站起来，重新戴上防毒面罩："把伤员速送医院，洗消部队负责善后，尸体全部深埋，塞尔、科里文，你们去把冷冻箱、冷冻车运到这里来。"说完他转头看了眼梅佐伦，发现后者眼中泛着泪光。

伍尔班夫查看死亡数据。此次毒气炸弹污染了十五个避难点和军工厂宿舍，共死六万余人。因为波努的重新规划，每个避难点死亡三千人，而他的军工厂宿舍面积不到避难点的一半，却因为人员密集导致高达八千人遇难。嘭！他狠狠地捶了拳金属管道，骂道："寇雷格那个畜生。"

寇雷格查看侦察机发回的测量数据，毒气弹在翡莫迩地下造成总面积约一百二十平方公里的污染，伍尔班夫他们没有丝毫动静，地表也没有任何生命迹象。他下结论："毒气策略奏效了，我现在就去整备部队前往马魁克。"

"等下。"麦兰森说，"你可以带走精锐部队，但是要保证伊希恩的防御力量，对翡莫迩星的日常侦察也不能放松。"

"明白。"

以火桅号母舰为核心的翡英军舰队再次前往星门，到达常宇宙后，穿过人工虫洞环横跨百万光年，来到距离马魁克星五光分之远的同系矮行星的背阴面。寇雷格偷偷发射了携带大量毒气弹的自动寻的火箭，还用无人机对马魁克的地表投下上万枚小型毒液喷洒器。不一会儿，美丽深邃的绛蓝星球扬起灰黄色雾霾。火桅号的红外传感监视屏显示，原住民被迫离开洞穴，他们互相搀扶着逃往地表，大量吸入毒气后挣扎着死去。

寇雷格忍不住冷笑，心想这堆蛆虫怎么配拥有高贵的血蚰宝石？

带着防毒设备的士兵跳下舰船，跨过穴居人的尸骸进入地下，炸开了尘封许久的矿洞。强光手电照射洞壁，血蚰宝石闪烁着诡异夺目的猩红光彩，布满了这座超过三十层楼高的大型矿洞。寇雷格眼睛都直了，迅急派出开采部队。很显然，如果没有翡英军的出现，当发展到一定阶段，这些穴居人便可用这些血蚰作为马魁克星际文明的启动资金，可现在，他们只剩累累尸骨。

几天后，翡英军回来了。麦兰森从铺着绒布的木盘中拿起一颗血蚰宝石，璀璨的红色晶体之中，仿佛包裹一只蚰蜒，密麻的步足漆黑而卷曲。血蚰扭曲了麦兰森的灰色眼珠，令他的瞳孔变成了一条狰狞的弯曲线。他放下宝石："很好。储量多少？"

寇雷格回答："3 吨。"

麦兰森打开手环算了一下："1 克血蚰的价格在 19 万至 22 万星币浮动，那至少能换 5700 亿。我给你十分之一，剩下的由我支配，没意见吧？"

寇雷格不满："十分之一？"

麦兰森说："这些钱拿到交易市场上去转一圈，最多能翻上百倍。我有了钱，少不了你的。"

寇雷格凑过来问："你又打算去找鬼蝠党？"

"当然，要不你以为军费都是哪里来的？"

寇雷格妥协："好吧，我加快挖掘进度，这块肥肉可不能落到别人嘴里。"

"蚁巢"中，风雷号航母已被开膛破肚，工人们像蚂蚁般趴在它身上忙碌着。巨大的桶形推进器被运送到机库，数座近防炮炮塔也被拆了下来，医疗舱、整备室、机库、弹药库等更是被掏了个干净。伍尔班夫站在一地零件中，仰望着形单影只的主桅，内心无比平静。

经历了毒气灾难后的第二天，伍尔班夫来到革命委员会，对波努的决策表达了认同。波努二话没说，直接让出军权，让伍尔班夫成了革命军总司令，新晋的两千名士兵和维持治安的民兵部队统统归于他的麾下。

科学院的专家起早贪黑，设计出了新型隐形战斗机"纸鳞"，它采用三角翼和垂直尾翼，卸掉了核能储舱，仅装备小型离子发动机，出色的气动设计令它能够应对无重力太空、大气圈高空或对流层等任意高度的空域战争。针对"纸鳞"的飞行员选拔考核提上了日程，教练员由空军指挥官图喏担任，伍尔班夫负责评审。

波努与五百多位新兵一起参加了初级模拟飞行测试。在红蓝队对战测试环节中，因为人数分配问题导致蓝队少了一个人，指导员正准备调换队员，梅佐伦来了，填补了那个空缺。波努和梅佐伦操控各自的战机，在虚拟战场上打得不可开交。最终，他们俩与364位新兵通过初级模拟飞行测试，经过三周的理论学习后，登上了教练机。

革命军士兵们顶着酷烈的骄阳，在航道上汗流浃背地训练，寇雷格的采矿部队也在没日没夜地搜刮马魁克星的血蚰。穴居人的尸体堆成了小山，持续焚烧了一个月还没停，凌乱的火舌光影舔舐着士兵们的防毒面罩，好似无数冤魂在舞动。寇雷格经常陪同部下一同前往洞穴，监督进度、保证后勤物资供应。他的亲力亲为鼓舞了士气，屠杀穴居人产生的愧疚感也在热火朝天的工作中逐渐淡去。

第二期采矿任务超额完成，寇雷格发表了麦兰森帮他写的演讲词，内容大致为采矿部队每人都会得到大笔奖金，出矿量最高的采矿队还可以申请"夜莺工厂"一日游等等。矿洞内响起欢呼，大家拍手吹哨、乐不可支，可就在这时，突然响起震天撼地的爆炸声。地面摇动，昂贵的血蚰原石从松动的岩壁中掉落，摔落在地碎成渣。寇雷格打开战略通讯一看：陌生舰队逼近，它们和马魁克星一样没有登入信息，舰身上喷涂着宣扬暴力血腥的图案。

在部下的火力掩护中，寇雷格与矿工们逃出矿洞，满头大汗地回到火桅号母舰舰桥，发现来袭的敌军异常凶猛，那些涂得花里胡哨的敌舰并非"绣花枕头"，它们发射的弹头型号不一，却都有着极高威力，有些晶矿驱动的炮台仅用一发炮弹就能洞穿翡英军的护卫舰装甲。

"死老头子，滚回娘胎去！"公共频道传来敌军的叫骂，口出狂言者是个十几岁的少女。她浓妆艳抹，紫色头发扎着双马尾，嘴唇涂着翠绿色的口红。寇雷格还没来得及回复，她又骂道："孢星臭猪，敢抢我们'婴鬼'的肉？"

寇雷格一拳砸在通讯按钮上，双目赤红："闭上你的脏嘴！"

少女刚想开口，被一个女人拦住了。她虽然打扮和少女风格一致，但明显成熟很多。"这些血蚰是我们的了。"女人扑闪着浓密的睫毛，目光里充满警告意味，"你们再不滚，就别怪我去宇统厅告状，说你们屠杀马魁克星人。"

寇雷格虽然心中暴怒，但冷静地意识到对方是在虚张声势，她们根本没有证据证明毒气的来源。寇雷格没有再跟她们废话，调动军队准备包围敌军。见威胁不起作用，婴鬼军也放弃幻想，火力全开。

翡英军的白色舰队形成阵列，炮口频繁闪烁，将婴鬼军舰船上的涂鸦花纹炸得斑驳破烂。婴鬼军机动性很强，派出两只突击舰击毁了翡英军的运兵船，造成大量士兵死亡，接着突击舰直接扎入残骸，几乎是以自杀的方式撞击了火桅号的护卫舰。一步之遥的爆炸火光映亮了寇雷格的面庞，看到方才还在矿洞中欢呼的将士们葬身太空，他不禁双目通红，死死盯着姿态傲慢的婴鬼军。

马魁克星近地轨道金鼓喧阗，地表却万籁俱寂，矿洞中，碎裂的一颗颗血蚰反射着暗红光芒，就像死于毒气的人的眼睛，望着这场盛大绚丽的太空烟火……

星门底部灯光亮起，门徐徐打开，伤痕累累的翡英军舰队出现在拉谜的橙红光芒中。许多舰船破烂不堪，白色舰身布满漆黑炮眼，管线外露，滋滋冒着火花。一些小型飞船没能坚持抵达港口就抛锚了，就像垂死的海鸥。

麦兰森正在看战斗记录，寇雷格回来了。他脸色铁青地坐下，拳头抵着额头，手指骨节泛白。麦兰森瞟了他一眼说："撤退是正确的决定。"

寇雷格沉重地叹了口气，没说话。

麦兰森打开账户，爽快地给寇雷格拨款："去加强军队，把咱们的血蚰拿回来。"

寇雷格惊讶地盯着仿佛天文数字般的进账记录。

麦兰森眯起眼睛："花掉这么多钱，要是还打不过他们，你就辞职吧。"

受伤士兵被抬入医院，病房全满，院门口的空地都被临时搭建的医疗帐篷占满了。医生们应接不暇，连拜特勒这种假冒的医生都不得不跟在同事的屁股后头有样学样，医治伤员。忙碌了整整六个小时后，拜特勒累得发晕，想找科室主任申请休息时间，却怎么都找不到人。于是他自顾自地往办公室走，正巧看到主任的身影从楼道口一闪而过。常年混黑道的直觉令他不自觉地迈开脚步，悄悄尾随了过去。

滴，门禁系统认出身份，打开了门，主任走入病房。拜特勒躲在墙后，探头看了一眼，心想这个病房常年显示"维修中"，主任进去干吗？难道里头有什么秘密？过了会儿，主任接到一个紧急通讯，匆忙离开病房。眼看着房门即将自动闭合，拜特勒避开主任的视野，奔过去用笔头卡住了门缝。确定周围没人，他唰地拉开门。

拜特勒走入病房，发现两张病床上的病人竟然是默泽和莎珂尔，体征仪器显示他们都还活着，心率和氧饱和数值正常。拜特勒走到默泽身边，心中一惊，他看到默泽的手臂上满是红通通的针眼，一旁的垃圾桶中凌乱丢弃着数支安定注射器。察觉到头顶上方正在运行的监视器，拜特勒假装查看了一下默泽和莎珂尔的电子病历，便退出房间关上门。他忐忑地回到办公室，差点和主任撞了个满怀。

"你去哪儿了？"主任问。

拜特勒吓了一跳，装出疲劳的模样："我刚从重症监护室回来。"

主任拍了拍他的肩膀，和蔼地说："我知道你忙了一个上午，去休息吧，下午两点再来上班。"

拜特勒赶紧点头。主任走后，拜特勒登上暗网，想要把默泽和莎珂尔被控制的事告诉梅佐伦，结果梅佐伦不在线。

波努结束低空飞行训练，从座舱下来。自从加入飞行训练队，他把头发剪短，恢复了当年在拂晓学院时的干练气质，之前因沉溺蝎尾糖而变得羸弱的身体也逐渐结实起来。波努关掉头盔的防黑视功能，遥望着天际。尘埃飞扬的天空中，"纸鳞"战机正在原舰队空军飞行员的操控下做着漂亮的机动动作，拉谜的光芒掠过它们那深红色的机翼，反射出耀目的金色弧线。波努露出羡慕的目光，心想不知道什么时候自己才能与他们一道飞行？

呼的一声，一架教练机停在隔壁跑道上，梅佐伦下了飞机。作为同期训练员，波努和梅佐伦同时接到了回待命室的通知。空军指挥官图喏面对35位学员，宣布他们完成了220小时的飞行训练，将以预备飞行员的身份完成第一次任务。波努被分配到的是固定航线巡逻任务，双机编队，波努做长机，梅佐伦是僚机。

三天后，两架"纸鳞"战斗机做完飞行前检查，先后进入起降井，被固定在弹射架上。指示灯变为绿色，两架"纸鳞"从地底一跃而出。眼前瞬间改换风景，从昏暗的地下环境变为橙黄明亮的地表，波努改平机翼进入预定航道，梅佐伦跟了上来，平稳地位于他的右后方行驶。拉谜在他们的身侧烈烈燃烧，壮丽的日珥形同拱桥，与星云交相辉映。

短波加密频道十分安静，除了通报方位、确认任务，两人没有一句多余的话。波努检查了维生设备、电磁屏障和武器，一切正常。航线进入转弯段后再次变得笔直，两架战机到达了航路的最高点，面对着弧状的地壳外沿，曾经的那抹淡蓝光弧被泛滥的极光取代，绿色光带蛇行于土黄色的地表之上。

橙色光芒弥漫在座舱中，令人感觉时间变慢。波努舒了口气，透过座舱盖俯视脚下的大地。城区安静颓废，干枯的北鹰河成了一条粗长的沟壑，距离沟壑较远的郊区，那道被他炸出豁口的隔离墙依然矗立着，他似乎能闻到墙后那混合着凋零鼠花和垃圾的臭味。

星风阵阵袭来，两架"纸鳞"稳稳当当地完成了巡逻任务。波努说："准备返航。"梅佐伦调整副翼和尾翼，跟着波努转弯。拉谜被甩到身后，舱内光线变暗，各种仪表灯光、全息指示汇聚在眼底，就像一片闪耀的疏散星团。突然，雷达中发现了异常，传感识别到敌机型号，敌袭预警响起，一架翡英军侦察机出现在屏幕中。按照标准接战程序，波努把情报发给了地面塔台，得到了"回避战斗，继续返航"的命令，可就在这时，那架敌机竟然从雷达屏上消失了。波努心中一惊，通知梅佐伦保持防御队形，来回扫视仪表盘信息、传感器反馈图和周围环境，心里估计侦察机一定是开启了全频谱隐身，想要暗中偷袭。果然，一枚导弹倏然而至，迫使两人左右分开。那枚导弹在梅佐伦释放的干扰弹中化为烟火，雷达中再次亮起敌机位置，显示它正与他们对向而行。

梅佐伦报告："我被锁定了。"

波努说："你负责诱敌。"

梅佐伦迅速爬升，与此同时，波努下降高度，脱离了敌方探测范围。就在那架侦察机专心对付梅佐伦时，波努成功绕到了敌机后方，对着它的尾部发射了导弹。敌机避险，拉升的同时释放了干扰弹，梅佐伦和波努会合，趁势对敌机发起突击。尾部完全暴露在对方瞄准具中的翡英军侦察机难逃两架"纸鳞"的火力倾泻，像只屁股着了火的白鹅，在太空中来回扑腾，最终化为乌有。

不到两分钟的短暂战斗对于这两位新晋飞行员来说却尤为漫长，波努紧张得心跳加速，梅佐伦也手心出汗。返航的路上他们依然不讲话，但多了一份默契。

回到地下基地，梅佐伦看到拜特勒的未接通讯，便回拨了过去。画面先是一片漆黑，接着惨白的灯光自下亮起，拜特勒的脸突然出现，把梅佐伦吓了一跳。

拜特勒用被子把自己捂得严严实实，神秘地说："我发现了一个秘密：院方囚禁了默泽·哥弗，把他和王后莎珂尔一起关在病房里。"

波努正在和机务长检查战机。"他在哪儿？"梅佐伦声音提高，引起了波努的注意。

"就在楼上，住院部十二楼东南角。"拜特勒压低音量，"医院里到处都是伤员和'倒头'，这破地方没法待了……对了，禁毒组的那俩人也在伊希恩。"

梅佐伦皱眉："谁？"

"迈赛顿和伯斯坦迪。"

梅佐伦感觉这两个名字有点耳熟。

波努走过来问："你在跟谁通话？"

"拜特勒，他发现默泽和莎珂尔被囚禁在住院部的一间病房里。"

波努怔住，他本以为麦兰森会下狠手杀了他们。他问拜特勒："他们状况如何？"

"体征平稳，暂时应该没事。但科室主任每天都会给默泽打安定剂，恐怕会有呼吸停滞窒息风险。"

波努紧张起来："你能帮到他吗？"

拜特勒摇头："他们的病房门只有主任能打开。"

波努焦急地踱了两步："翡英军最近动向如何？"

"寇雷格经常带部队出孢星，医院的执勤士兵也减少了很多。"

波努思忖了一下:"知道了,我会跟伍尔班夫汇报此事,如果需要你做内应,我会提前告知你作战计划。"他说完就走了。

拜特勒蒙了:"这小子拽什么啊?谁说我要帮助你们的?"

梅佐伦苦笑:"他就这样。"

情报中心内,伍尔班夫正在与其他军官们进行作战推演。根据目前的敌我战斗力对比,在寇雷格带着大部队出孢星的期间,革命军与伊希恩驻守部队作战能够取得一定优势,如果破坏其机场、指挥中心、枢纽要道等军事主体,能为第二阶段战斗创造有利条件。图特尼在一旁勤快地记录着军备需求。

伍尔班夫说:"伊希恩驻守部队的最高指挥官至少是中将级别,他们并非泛泛之辈,最终的战场极有可能会是两颗星球之间的太空区域。"他把战场标志移动到位于翡莫迩星和伊希恩星之间。

一位军官说:"能不能诱敌深入,在太空布置隐形雷区?"

伍尔班夫抱起双手:"我考虑过。但是太空环境复杂,稍有不慎会自取其祸。"手环亮了,伍尔班夫发现是波努的申请,便让他直接来会议室。

波努来了,看到满屋子的长官,立即站正行礼。

伍尔班夫回礼:"你要报告什么事?"

波努说:"默泽和我的母亲被囚禁在医院,医生每天都会给默泽注射安定剂,情况危急,我请求长官考虑营救他们。"

闻言,大家十分震惊。

伍尔班夫问:"你怎么知道的?"

"拜特勒通过暗网联系了梅佐伦,告知了此事。"

拜特勒?暗网?大家小声议论起来。

伍尔班夫问:"你有什么想法?"

波努说:"把敌军主力部队诱出伊希恩,然后派出突击队开辟第二战场,轰炸伊希恩的通讯台和机场,期间守住星门,避免他们出孢星给寇雷格报信,同时掩护地面部队抵达医院展开营救。"他补充了句:"拜特勒可以做内应。"

他说完,议论的声音更大了。

伍尔班夫考虑了一会儿,说:"拜特勒没有受过军事训练,不能用他做内应。你的想法我知道了,去休息吧。"

"是。"波努再次敬礼,准备离开。

"等下。"伍尔班夫叫住他,"今天你和梅佐伦打得很漂亮,保持状态。"

波努的神情变得柔和,他点点头,退出房间。

从情报中心出来,波努遇到了希莉,这才意识到自从飞行训练以来,已经三十多天没见过她了。希莉身着褐色的迷彩军服,背着枪,戴着特制的高度数运动眼镜,精神饱满。

希莉朝他挥手:"好久不见。"

波努走了过去:"你最近在忙什么?"

希莉转身亮出身后两把枪,一把霰弹枪,一把步枪。"如果你们这些飞行员靠不住,我们就要准备打地面战了。"

波努难得地笑了一下:"派特和达尔顿他们呢?"

希莉没有回答,用大拇指指了指车站的方向:"去训练场瞧瞧?"

波努看了下时间,同意了。

两人乘坐列车到达地下训练场,训练场呈长方形,长约五百米,宽约三百米,场中布满探照灯、靶场、障碍物、掩体、攀登架等设备,士兵们正在其中奋力训练着。虽说是民兵训练场,革命军士兵却随处可见,教官们对待他们一视同仁,严苛之至。

两人趴在高处的栏杆上。希莉说:"考核达标的民兵可以申请成为革命军士兵。"

"你达标了吗?"

"当然。派特兄弟也当上训练员了。"她指着场地一处。波努看到塞尔正在监督十来个民兵训练,科里文在一边帮忙整理器材。她说:"虽然达标,但我们都没有加入革命军的正规部队,因为民兵队伍不能缺少领导。而且毒气惨剧爆发以后大家心里都憋着一口气,想杀敌泄愤,你不在,只能让塞尔出面平复他们的情绪。"

波努点头:"按照麦兰森的性格,他不会容忍我们存活,等寇雷格把常宇宙的事忙完,他一定会考虑对付我们。虽说跟翡英军在高空和太空爆发战争的可能性更大,但一旦打起来就难说了,万一他们打到'蚁巢'来,你们就有得忙了。"

希莉叹了口气,目光沉重。

达尔顿打完靶,擦着汗走来,红扑扑的圆脸泛着水光:"嗨,你们怎么在这儿?"

希莉说:"我带波努来看看。"

达尔顿问波努:"你要不要去打两枪?"

"不了。"

"我听说你和梅佐伦击落了一架敌机?"

"嗯。"

"真是厉害。"达尔顿轻轻拍了下波努的背,"梅佐伦不愧是打靶榜第一,操控航炮和导弹应该也很厉害吧?有他帮你,你一定能多杀几个敌人。"

波努脱口而出:"我不用他帮忙。"接着他又歪着头问:"他是打靶榜第一?"

"是啊。"

波努有点不爽:"带我去靶场。"

望着波努倔强的背影,希莉心里觉得好笑。她把目光再次转向训练场,场上人影绰绰,士兵们正在汗流浃背地训练,漆黑的胶质地面令他们看起来如临深渊。

斩首行动

寇雷格站在瞭望塔上，俯视着伊希恩的茫茫冰原，军港阵列着翡英军舰队，修整完毕的舰船正在做起飞前调试，漆黑的炮孔与白色冰面形成鲜明对比。他用麦兰森的钱订购了三艘大型星际航母、二十艘驱逐舰、六十艘护卫舰和上百艘支援类飞船，准备出孢星与婴鬼军大战一场。可这时，情报部门发来录像，两架红色战机赫然出现在画面中，正围绕着翡莫迩星进行巡逻。寇雷格皱起了眉——伍尔班夫那帮人不仅没被毒气杀死，竟然造出了新型战机？

麦兰森发来通讯："侦察录像我看到了，你不用管他们，按原计划先把血蚰夺回来。"

寇雷格有些犹豫："可是……"

"区区几架小型战机成不了气候。"

寇雷格觉得放弃眼下的敌人并不合理，但血蚰的巨大利益又使他无法拒绝麦兰森的提议。他想，伊希恩有反舰卫星、防空体系，地面还有驻留部队，若是伍尔班夫他们来犯，霍格尔中将足以应付。"那我尽快回来，如果发生战争你就去地堡待着，我专门给你留了一层，只有你能进。"

麦兰森满不在乎地挥了下手。

寇雷格命令起航，舰船轰鸣，军队浩浩汤汤地进入星门，当最后一艘舰船在星门的一开一合之中消失时，一份完善的进攻计划也摆到了翡莫迩地下情报中心的台面上，行动代号"赤鹿"。

全频谱隐身飞行器从"蚁巢"起飞，在火箭发动机的推进下穿过翡莫迩稀薄的大气层，启动光学迷彩进入伊希恩高空，在栖息地数颗卫星、太空传感设备和地面监测器的扫视下悄悄着陆。机械式软着陆设备打开，圆盘状的足垫啪地落在地上，载着磁暴弹头的微型无人机脱离着陆设备，激光脉冲器测绘图景，找到了那座巨大的金字塔状星门。

无人机在导航的指引下飞向雪原，穿过道路和桥梁，掠过空荡荡的军港，来到星门面前。它找到一处埋有地下管线的控制器，拉开携带的磁暴炸弹引信，炸弹爆炸，消声阻尼外壳降低了冲击波的响声，并未引起附近人员的注意。强烈的电磁波干扰损坏了电子元件，星门系统报警后进入安全模式，关闭了位面传输通道，断绝了伊希恩与常宇宙的联系。工作人员查看后，只发了一封常规报告给上级，毕竟拉谜衰弱后产生的不稳定星风经常会干扰电子设备。

星门修复程序照常进行，没有人对此次事件产生疑虑，直到五十颗反舰武装卫星宕机，残骸坠向大气层时，军情警报才骤然响起。天空中，"纸鳞"战机群聚而来，犹如红肤鬼煞阿修罗，向这片冰雪天地倾泻怒火。

霍格尔中将赶往司令部，眼前密密麻麻的敌情警告令他目瞪口呆，他镇定下来，立刻把基地警戒防御等级推到最高。防空炮最大火力输出，在定位激光的投射下，云层间闪烁着一片片红蓝交织的光芒，"纸鳞"部队从中呼啸而过，就像穿越雷暴区。"纸鳞"先遣队发射的发烟火箭弹标记，随后而来的中型轰炸机联队精准释放陆攻导弹。一时间，伊希恩军事设施火焰四起，重型钻地炸弹在弹体舵面的控制下击穿桥梁，瘫痪了好几个重要的交通枢纽。

麦兰森看着远处的军官们商议对策，没有介入。他得知星门故障，无法派人出去唤回寇雷格时，目光变得阴郁。

伊希恩防空设备全面启动，高爆火箭弹从发射井窜上云霄，漆黑的天空霎时变成一片火海，群星黯淡。对于大气圈内的战斗，太空舰船不占优势，霍格尔中将便命令舰载机部队出击。翡英军战机与"纸鳞"部队短兵相接，虽然"纸鳞"在性能上碾压敌机，但面对敌方数量庞大的驻留部队还是感觉力不从心。最危险的是来自中央雷达站的实时扫描，它会锁定空中所有的"纸鳞"，把它们的位置共享给全基地的防御火炮。

伍尔班夫决定实施"赤鹿行动"的作战目标之一：摧毁中央雷达站。波努与梅佐伦领到任务，朝雷达站飞驰而去。他们保持着距离飞行，高射炮弹在身侧爆炸，浓烟掠过舱盖，爆炸气流频繁冲击机腹。

"后方有敌人。"梅佐伦话音刚落，导弹预警响起。波努拉升并释放干扰弹，梅佐伦左转脱离敌方攻击范围，两人会合后保持疏散防御队形。敌情报告上显示,他们背后有四架翡英军战机,呈箱形战斗队形。

波努说:"夹击3号机。"

"收到。"梅佐伦握紧操纵杆。

两架"纸鳞"分开后做出回旋机动,梅佐伦到达目标侧翼时开了火,波努则趁敌机队伍还未做出反应,对位于后方左侧的3号敌机发起俯冲。在两股精准的机炮攻击中,那架敌机机翼起火,坠向地面。带头的两架敌机不得不分散防御,这使得队伍末尾的另一架战机单独暴露在梅佐伦的导弹射程内,梅佐伦手疾眼快,按下了发射按钮。爆炸火团掠过翼下,二对四的战斗不到十五秒就成了二对二。

一下子损失两名队友,敌方长机不甘心地打开加力燃烧室,推杆爬升,令自己的尾翼脱离波努的瞄准具,接着急速转弯,对波努发起正面攻击。梅佐伦为了掩护波努,强势地拦住敌方僚机,迫使敌人改变飞行路线,但他同时也无法顾及波努那头的战斗。

波努一边冷静地操控战机,一边密切观察敌情,当他发现对方在持续增加目标方位角,意识到敌人企图对他发起前半球截击时,他看准时机,在进入对方导弹射程之前急剧偏离路线,航迹间隔骤然拉大,敌机失去目标。同时,波努大角度转弯,趁敌人还没来得及做机动动作,从后方咬了上去,四枚中程雷达导弹从翼下挂架脱缰而出。敌机无奈地释放金属箔条和干扰弹,却只解除了三枚导弹的锁定,在最后那枚导弹击中自己前,敌机飞行员拉开了弹射座椅,眼看着敌机飞行员的座驾化为烟火。引擎轰鸣声碾过头顶,飞行员抬头仰望"纸鳞"那深红色的机腹,惊羡不已,啪,主降落伞打开,挡住了飞行员的全部视野。

波努前去支援,发现最后一架敌机已被梅佐伦撑得精疲力竭,他飞过去与梅佐伦形成钳形攻势,轻松地包抄了它。消灭了四架敌机,两架"纸鳞"掠过爆炸火焰,一上一下交叉转弯,冒着湛蓝光芒的尾喷管划出四道云雾,直奔中央雷达站而去。

巨大的半球形晶格穹顶反射着空中战场的火光,它的内部,交错层叠的浮萍状相控阵雷达正在全力运作。监控室内的仪器频繁发出嘀嘀声,工作人员紧张地监视着探测器数据,确保全空域扫描结果能够稳定地传输到翡英军战机的侦察系统。

抵达目标空域后,波努在短波频道里说:"我俯冲投弹,你来帮我定位。"

"明白。"

波努提前推杆下降，保持防御机动，利用雷达较晚识别贴地飞行目标的特性，进入了雷达站区域。监控室内，工作人员正有条不紊地忙碌着，突然间，爆炸从天而降，冲击波把室内炸得一片狼藉，工作人员吓得抱头鼠窜。波努驾驶"纸鳞"倏地掠过破损的屋顶，再次对机房和监控室投下火箭弹。

毁掉机房，波努盘旋一圈，锁定了中央雷达。为了避免被接下来的爆炸冲击卷入，波努拉升机头，在经过雷达穹顶时，根据梅佐伦的高空辅助定位指示，毫无偏差地及时打开了内置负载舱。高达3吨重的对地导弹几乎是盲投下去，却成功命中目标，直径450米的巨型雷达设备扭曲变形，半透明的晶格壳穹顶刹那间化为璀璨的齑粉。波努大仰角飞行，毫发无伤，他看了眼尾后熊熊燃烧的雷达站，关闭负载舱舱门，前往高空与梅佐伦会合。

"干得漂亮。"波努说。

"你也是。"梅佐伦难得地给了正面回复。

雷达被摧毁，翡莫迩地下情报室内的紧张气氛稍许缓解。失去情报支持，敌军落入下风，革命军逐渐夺取了制空权。伍尔班夫宣布"赤鹿行动"进入第二阶段，数艘小型运兵舰艇出动，在最新一批架次的"纸鳞"部队的掩护下前往战场。

翡英军司令部人心躁动，霍格尔中将知道革命军取得制空权后，一定会派来空降部队占领地面目标，要求全体军官转移到地堡。其他议员早在空袭警报响起时就躲了起来，只有麦兰森始终待在指挥室，一直紧盯着星门修复情况。

霍格尔中将走过来说："请您移步地堡，车子在外面等着了。"

麦兰森"嗯"了一声，把烟头丢进烟灰缸。

波努和梅佐伦接到返航命令，朝集合撤离点飞去。望着这片由默泽监督建成的栖息地，波努心潮涌动，视线不自觉地朝医院的方向投去。当年如果不是默泽挺身而出，挽回他和奥讷兰制造出的糟糕局面，哪还有他杀回来的机会？等第二阶段作战胜利，一定要回去郑重地向弟弟道歉。波努正想着，敌情警报突然响起，显示前方道路上有一支武装装甲车队，波努原本没太在意，毕竟地面战斗是第二批行动队员的任务，可当他看到情报快照中竟然出现了麦兰森的脸，显示对方正在登车时，热血猛地冲上大脑。

梅佐伦看到波努突然转向，询问道："你去哪儿？"

"麦兰森在那支车队里，跟我去杀了他。"

"不行，遵守军令返航。"

"杀了他战争就结束了。"

梅佐伦冲口而出："你他妈老毛病又犯了。"

"你走吧，我一个人去对付他。"波努撂下这句话，一意孤行地朝车队飞去。

梅佐伦被气得脑袋发晕，按理说他不能丢下同伴，但违抗军令是绝对禁止的。他把手放在能联系到司令部的战略通讯按钮上，复又拿开，内心充斥纠结愤怒。

麦兰森坐进装甲车，打开手环继续查看星门状况，突然间，爆炸声轰击耳膜，车身剧震，吓得他抓住扶手。霍格尔中将的声音在车辆通讯中响起："继续行驶，继续！"

波努再度朝装甲车队投下火箭弹，炸得车身持续摇晃。车队一边对波努发射对空火炮，一边向翡英军空军发出呼救。不一会儿，两架敌机尖啸而至，朝波努开火。波努满脑都是麦兰森如何欺辱母亲、软禁默泽的画面，盛怒令他的反应能力提升，在一系列令人炫目的机动下，波努一对二消灭了敌机，再度朝车队发射了穿甲燃烧弹。燃烧弹命中了麦兰森前方的护卫装甲车，爆炸火光映亮了他灰色的眼睛。这时，车队进入了米塔尔斯山脉中的一段隧道，无法继续拦截。波努拉升战机，不紧不慢地越过山峰，准备等车队出来后进行俯冲轰炸。

梅佐伦愤懑地在返航路线上飞着，一直在犹豫要不要回去帮波努。星门逐渐进入视野，一架小型舰艇鬼鬼祟祟地驶入其中，消失不见。梅佐伦脑中仿佛电流窜过——星门修复了？他急速转向，尾迹云在空中划出 U 形弧线。

波努驾机在天空盘旋，紧盯着下方的隧道出口，因为过于专注，他完全忽略了情报，直到伍尔班夫的声音从通讯中响起："行动终止，全员撤退。"倏忽之间，舱内报警高鸣迭起，波努心中一惊，迅速驾离原位，数发高能激光从他的脚下洞穿山体，雪崩爆发，彻底掩埋了隧道出口。巨大的阴影笼罩了过来，波努那小小的战机呈现出凝血一般的暗红。波努惊恐地调转机头，发现火桅号母舰竟已矗立面前，长至千米、宽七百的巨型舰身遮挡了拉谜的光芒，侧舷的近防炮炮口整整齐齐地对着他。毫无悬念，炮口再度亮起，就在波努即将被命中的瞬间，一架友机冲了过来，释放数发干扰弹，一连串的剧烈爆炸横贯天空。

梅佐伦吼道："走啊！"

波努冷静下来，握紧操纵杆，绕过火桅号正面火力范围，冲着炮台较少的甲板方位驶去。

寇雷格盯着主屏幕，下令追击那两架红色战机。虽然"纸鳞"性能优越，但无力应对星际母舰的强势攻击，在纷乱火炮的追撵下，波努和梅佐伦一次次失去对战机的控制，如同浅海中的小鱼，只能随着浪头颠簸。干扰弹用尽之后，两人只能靠极限机动来躲避袭击，波努的战机背部着火，电压调节器失效，导致仪表盘投影紊乱；梅佐伦座驾的一侧机翼被束能火炮划出三道极深的豁口，副翼受损降低了转弯性能。尽管如此，他们依然尽力掩护对方，向高空疾驰而去。

"准备主炮。"寇雷格说。

部下汗颜："长官，近地位置发射主炮会影响大气圈层环境。"

"少废话，不能让它们逃了。"

部下只好打开主炮标准程序，校对发射参数。

波努发现那艘翡英军母舰没了动静，察觉不妙，立马与梅佐伦拉开距离，果不其然，聚变等离子高爆弹陡然而至，气流柱直抵深空，纯白的爆炸光芒令人瞬间致盲。虽然没被击中，但两人的战机被气流裹挟，在稀薄的大气层中失速翻滚，朝地表坠去……

得手了。寇雷格说："快杀了他们。"

突然间，天际出现一大片"红色阴云"，本该返航的革命军飞行队全部飞了回来，一窝蜂地拥上去包围了火桅号母舰，对其炮台和传感设备发起猛攻。寇雷格愣住了，"纸鳞"在主屏幕上翩翩飞舞，炮台一个接一个宕机报警，他感觉火桅号成了一头被老鼠群戏耍的大象。

伍尔班夫下达了营救波努和梅佐伦的命令后，一直盯着战报，眼底反射着冷光。他身旁的空军指挥官图喏忙个不停，不时下达战斗指令，想要以最快的速度救出那两人。

下坠时，嘟的一声，战机应急系统生效，副发动机成功点火，智能电脑调整机头角度，改平机翼，驾驶舱电子设备再次亮了起来。波努眨了眨被爆炸闪光刺痛的眼睛，重新接过飞机的控制权，他看到梅佐伦也回到了短波频道中，在下方飞着。安全模式无法打开加力燃烧室，也不能做极限的机动动作，波努担心被追踪，查看情报，这才得知他们俩被救了。

在三百多位队友的掩护中，波努和梅佐伦逃离了火桅号的炮火封锁，遁入漆黑无声的太空。"纸鳞"部队全部撤离，退出伊希恩行星边界。路上，波努遇到了走到一半接到返航命令的第二批行动部队。因为战机受损，他和梅佐伦只能慢悠悠地飞着，拖在队伍末尾抵达了翡莫迩地下机场。

一下飞机，波努发现梅佐伦的战机受损程度更为严重，副翼和尾部全部报废，难以想象他是怎么控制着这架战机持续保持高度机动的。梅佐伦看到波努跟没事人似的站在那儿，再也控制不住怒火，摘掉头盔扔在地上，上前抓住波努的衣襟猛地一推，波努差点摔倒。

梅佐伦怒道："你想害死多少人？"

波努说："'赤鹿行动'的目的就是斩首，我没做错。"

"没错？"梅佐伦怒极反笑，"违抗军令没错，还是拖别人下水没错？"

"我叫你回去的。"

梅佐伦气得咬牙，一拳挥了过去："你他妈给我清醒点！"波努回过头来，拭去脸颊血迹，扑上去回了他一拳。两人打了起来，一旁的维修人员都愣住了。空军指挥官图喏接到报告来了，插到两人中间想要劝架，却被梅佐伦误伤，一肘子抡出鼻血。最终，伍尔班夫来到现场，用一声鸣枪制止了他们的交战。"两个人都给我去反省。"他厉声说。于是波努和梅佐伦双双被关进小黑屋，即使寇雷格归来，大战在即，也没人敢为他们求情。

翡英军装甲车队跟着积雪清障车驶出隧道。麦兰森回到指挥室，看到寇雷格的舰队只剩火桅号母舰和零星的几艘突击舰回来时，气得差点把桌子掀了，直到寇雷格把保险箱嘭地搁在他面前。

"全夺回来了，3700 箱。"

看着箱中大块的血蚰宝石，麦兰森这才消了气，点上烟说："先把翡莫迩那群蟑鼠灭了，咱们再合计怎么花这笔钱。"

寇雷格点头，起身走到窗边，凝望着遍布狼烟的栖息地，心中逐渐形成了一个计划。

过了一天，波努被放了出来，得知梅佐伦已经回到了飞行队，而他却被禁飞了——意料之中的事。他违抗命令冒险去杀麦兰森的时候，就已经做好了牺牲或被禁飞的准备，只是没料到梅佐伦和伍尔班夫会决定救他。因为不用再飞，波努又开始抽烟了，经常叼着烟趴在栏杆上发呆，远远望着一架架"纸鳞"被推入起降井。

　　与伍尔班夫预计的一致，仅仅三天后，寇雷格便纠集了翡英军剩余部队，编成了一个以火桅号母舰为中心的集团军，朝翡莫迩星杀了过来。伍尔班夫应战，登上原风雷号航母部队中的最后一艘突击舰"纪念碑号"，把寇雷格截停在两颗行星的公转轨道之间。

　　无垠太空中，翡英军舰队的洁白涂装衍射着拉谜的橙红光芒，舰船上炮台林立，彰显着强大的武力，而它们对面的革命军仅剩一艘弱小的突击舰，二者相比犹如巨鹰与鼹鼠。寇雷格看到伍尔班夫的座驾如此渺小，不由得嗤之以鼻，正欲下令攻击时，屏幕上突然亮起密密麻麻的敌情红点，那艘孤零零的"纪念碑号"突击舰附近竟然出现了数千架红色战机，它们呈球状把伍尔班夫包裹在内，从远处看，革命军的军队阵容竟然是翡英军的三倍之多。

　　蜂群一般密集的"纸鳞"战机令人头皮发麻，寇雷格想起在伊希恩被这种红色战机戏耍的经历，怒从心生，命令开火。敌军炮口骤然闪烁，"纸鳞"们仿佛幽灵一般散开，扑了空的炮弹在两军之间爆炸，犹如发令枪的鸣声。刹那间，翡英军的巡航炮弹倾巢而出，"纸鳞"部队也从四面八方涌入战线，尾焰余影交织成网。

　　翡英军空军部队出动，与"纸鳞"展开搏斗，红色与白色战机群交错飞行、攻击，刺目火焰割裂黑暗太空。梅佐伦作为一支三机编队的长机驾驶员，在僚机的掩护下击落了四架敌机，随后陷入一艘护卫舰的防御炮火，损失了一名队友。他瞟了眼亮起"死亡"标志的队友图标，与另一名队友确认后，朝那艘护卫舰飞去。

　　与近地空域战斗相比，大规模的太空战斗几乎没有规律可循，随时可能被飘来的流弹击中。梅佐伦贴近护卫舰，瞄准具中出现了一排多联防空导弹发射装置，他警惕地盯着它们，把手指移到机炮发射按钮上……突然之间，十二只炮口齐刷刷亮起，梅佐伦一惊，拉升战机："回避。"队友闻之立即蹬舵急转，数发导弹在梅佐伦的机尾处飞散，犹如惊窜的火蛇朝他们两人扑来。梅佐伦打开加力燃烧室，进行极限的防御性滚转，把导弹群引向了拉谜，两枚红外热寻导弹被拉谜的光芒误导，直接爆炸了，另外五枚混合制导导弹依然紧紧跟着梅佐伦。发动机舱报警，留给梅佐伦的加速时间不多了，可雪上加霜的是，那艘护卫舰似乎铁了心想击落梅佐伦，再次单独对他发射了数枚导弹。

发动机和冷却系统指示灯疯狂闪烁，提醒他关掉加力燃烧，否则会有熄火的风险。望着身后集结成群的导弹，梅佐伦觉得这次逃不掉了。这时，他的僚机飞了回来，成功吸引了梅佐伦身后的一部分导弹。梅佐伦刚想开口，僚机被导弹追上，继而爆炸，深红色残骸飞散，这位队友的通讯图标也消失了。

梅佐伦满腔怒火，无视耳边的蜂鸣警告，加速朝那艘护卫舰冲去，几乎是贴着它的甲板掠过，在边缘处九十度转弯，垂直向下俯冲，掠过位于侧舷的发射装置——十二只炮口发出恐怖的光芒，勾勒出"纸鳞"的剪影——眨眼之间，剪影消失，尾随梅佐伦而来的数枚导弹与冲出炮口的导弹两方碰撞，即刻引爆。强烈的冲击不仅摧毁了多联防空导弹发射装置，还令护卫舰偏离原位，滑入了"纸鳞"部队的火力范围。

梅佐伦飞离现场，紧张得喘息急促。他看到那艘护卫舰身陷革命军的攻击，便关掉加力燃烧室，稍稍松了口气。因为长时间极限机动导致各项数值下降，上级命令他返回翡莫迩更换座驾。梅佐伦改平机翼飞离战场，拉谜光芒在他的座舱中洒下一片金黄。

直到自己的战机移入地下机库，转交到机务长手中后，梅佐伦才意识到自己还活着，而队友们变为灰色的通讯名片却再也不会亮起，悲伤情绪难以抑制地涌了上来。他申请了休息时间，望着维修员对着战机敲敲打打，大脑似乎停止了转动。过了会儿，情绪退去，他产生了一个想法。

梅佐伦搭乘装甲列车到达了军工厂门外，看到希莉等人正与工人们一起加固防御工事。波努刚干完活，背靠着栏杆抽烟，金属左臂搭在铁锹上，人造皮肤上沾满泥土。

梅佐伦走了过去，一把拽下波努嘴里的烟头。

波努皱眉："你干什么？"

梅佐伦冷着脸没说话。

"又想打架？"

波努的声音吸引了希莉的注意，她转头看着他们俩。

梅佐伦打开手环，发送通讯请求。指挥官图喏的脸出现在投影中，背后的屏幕显示出混沌的太空战场。梅佐伦说："我损失了两名队友，鉴于之前我与波努的合作经验，我请求长官考虑让波努复飞，补充他们的位置。"

波努怔住。

图啫有些犹豫，询问身边的伍尔班夫，两人快速交谈了一下。图啫说："恢复你们的双机编队，三分钟内抵达战场。"

"是。"梅佐伦和波努同时回答。

看到两人小跑着离去，希莉无奈地叹了口气，把波努留下的铁锹拿了过来。

图特尼搁下弹药箱："梅佐伦把波努拐跑了？"

"是啊。"她倒是不希望波努走。

两架载满弹药的崭新"纸鳞"驰入战场，以迅雷之势消灭了三架拦路的敌机，加入革命军飞行部队的整体行动中。收到指令，波努和梅佐伦朝寇雷格所在的火桅号母舰飞去。

在伊希恩遇到火桅号时光顾着躲避炮火，没有仔细观察，如今在太空中目睹这艘星际母舰的完整模样，令波努无比震撼。他们的任务是摧毁隐藏在炮座甲板下的火控系统，与火桅号相比"纸鳞"太过渺小，波努很难想象如何能完成这个任务。突然，远方的爆炸燃起硕大火球，舰船残骸四散，周围的"纸鳞"就像麻雀群般飞动。梅佐伦定睛一看，丧命的舰船正是之前被他毁掉导弹发射器的那艘护卫舰。

火桅号少了一个挡箭牌，侧翼完全暴露在纪念碑号突击舰的正前方。伍尔班夫可不会放过这个机会，立即开火。重型粒子动能炮以摧枯拉朽之势掠过小型护卫艇，击中了火桅号的右舷，但火桅号的装甲极其厚实坚固，虽然动能炮造成了一定损伤，却没能撼动它。很快，其他敌舰飞来补位，火桅号母舰形成更为牢固的防御，对纪念碑号发起猛攻。警报频繁响起，伍尔班夫不得不后撤了一段距离。

火桅号的火控系统藏在林立的主甲板上的炮台之中，会锁定一切企图接近舰体的敌人或巡航导弹，把采集到的情报传输给附近的近防炮。波努、梅佐伦进入火桅号的近防范围，立即遭遇了炮台的集中攻击。波努感觉火桅号就像个刺猬，无从下手。

梅佐伦说："我去诱敌，你负责电磁扫描，找到目标。"

波努领悟到梅佐伦的计划，梅佐伦是想近距离掠过炮台，迫使光学目标识别仪器启动高频脉冲雷达暴露自身位置。波努说："我去诱敌，你支援我。"

"好。"梅佐伦拉升战机，确认武器存量。

波努踩下方向舵、打开副翼大角度转弯，设计好切入路线和撤离策略后，启动加力燃烧室，驰向鳞次栉比的炮台群落。识别到敌机来袭，炮台纷纷转向波努，此时，梅佐伦发射了巡航导弹，吸引了几个炮台转向，接着又释放了电磁干扰弹、红外干扰弹和烟幕弹。炮台被一片火焰和浓雾遮蔽，见状，波努驾驶战机扎了进去，首先用机炮点射，毁坏了一面探测器的透镜阵列，然后根据事先计算好的路线飞行，沿路倾倒机载的所有弹药，扰乱火控系统的识别功能。爆炸冲击贴身而过，近距离的震动令波努感觉自己正踩在刀尖上行走。

终于，火控系统的智能程序为了追捕波努，开启了高频扫描。梅佐伦仪表盘上的情报投影倏然一亮。"捕捉到了，快撤。"

波努拉杆打舵进行桶滚，躲过两发差点射中机翼的火箭弹，为了避免后半球暴露在炮口下，随后便保持高速机动，交替左右横滚，终于在敌方穷追不舍的攻击中冲进了梅佐伦的支援范围。梅佐伦发射反导导弹击落了跟在波努身后的导弹，与之会合。梅佐伦把火控组件的位置共享给波努，两人同时发射了唯一一发机载高能激光束弹，隐藏在甲板下的火控系统被烧灼殆尽，任务完成。

火桅号母舰的副火控系统启动，但它的搜索能力要比原先的相差一大截。见状，图喏长官调动"纸鳞"部队飞往敌阵中心，不断扰乱火桅号的防御边界。翡英军失去优势，寇雷格却并不着急，有条不紊地继续指挥防御，他很清楚，战场优势很快就会向他倾斜。

革命军看似主宰了战场，但包括伍尔班夫在内谁也没想到，一艘大型运兵舰在反侦察隐身、光学迷彩和队友的掩护下，从伊希恩公转轨道边缘绕行，借着红巨星拉谜的遮掩，正全速朝翡莫迩星驶去——对偷袭还之以偷袭，就是寇雷格的撒手锏。

"蚁巢"中，一列满载人员的装甲列车驶出车站，速度提高到三百公里时速，绵长蜿蜒的铁轨隆隆作响。突然，暗处尾焰一闪，火箭弹猛地窜来扎入车头，爆炸轰然而起，车轮歪斜，这条钢铁长龙冲出轨道，狠狠地撞击隧道墙面，直到断裂成几节才停了下来。乘客们被惯性甩得摔倒在地，许多人磕得头破血流、昏倒在地。尖叫声穿破耳膜，然而比尖叫声更令人惊悚的是机枪的嗒嗒声。雨幕一般密集的子弹击碎玻璃，刹那间，倾覆的车厢内部残渣四溅，血雾弥漫。不一会儿，狭小的车厢就成了一片红海。

"北4号入口被入侵，编号323趟列车遭到敌袭脱轨。"情报员的声音传到了"蚁巢"的各个角落和纪念碑号。伍尔班夫心中一惊，要求部下迅速查明翡莫迩的状况并组织军队反击。希莉、派特兄弟和图特尼得到消息，立马动员民兵部队，准备支援正规军。

翡莫迩地表，敌人的运兵舰赫然停靠在地表的北4号入口，士兵跳下舷梯，一窝蜂地钻入被炸开的入口。他们破坏电力设备和控制箱，看到任何活动的物体——不管是士兵还是平民，直接击毙。与袭击列车的先遣部队会合后，他们确认脱轨列车中已无任何生命迹象，便踩踏着尸骸继续前行，朝"蚁巢"内部纵深前行。

枪声像放鞭炮似的响起，在空旷的隧道中回荡。革命军兵民队伍没有妄自行动，统统守在交通要道和居民区的掩体背后。希莉、图特尼和派特兄弟分发完武器弹药后，焦灼地盯着隧道拐角，他们的身后便是后勤重点区域——军工厂和军火仓库。

图特尼紧张得直咽唾沫："要是敌人打过来，咱们能防得住吗？"

希莉说："敌人续航能力不足，只要我们保证弹药供给，守到伍尔班夫他们回防应该没有问题。"

图特尼瞪大眼睛："那万一他们不回防呢？"

希莉语塞。

塞尔说："要相信他们。"

停放着崭新的"纸鳞"战机、堆满机载武器弹药的地下机库是"蚁巢"最重要的设施之一。革命军正规部队正准备去防守机库，被敌军半路截住了。敌军发射了肩扛式火箭燃烧弹，封住通往机库的路，接着子弹和手榴弹雨点般招呼上来。伍尔班夫训练出的将士深谙翡英军的路数，利用"蚁巢"道路的纵横交错，让一支特种作战部队从下水管道绕到敌方背后发起突袭。

翡英军阵脚大乱。敌军军官改变策略，决定让军队从中央车站绕行到平民区，迂回突破防线。急促的脚步声响起，空无一人的中央车站突然被乌泱乌泱的翡英军占领，半分钟后，车站回归寂静，平民区的哨站响起了惨叫声。敌军朝民众投掷混合着白磷的燃烧弹，呛得人们涕泪横流。有人发现皮肤被粘上燃烧剂，吓得尖叫，抓住队友寻求帮助，可他的队友却在瞬间变成火人——敌军士兵打开纵火器，锥形火焰呼啸而来，贪婪地吞噬着空气中的氧气和民兵的生命。因为装备差距过大，很多民兵还没来得及开枪就葬身火海。皮肤呈焦炭状的尸骸遍地堆积，许多人直到死前还紧紧地抱着被白磷弹烧灼至胫骨的双腿。

屠杀画面经由监控发送到了伍尔班夫的手环上,他火冒三丈,狠狠捶了拳桌面。

图喏忍着悲痛说:"咱们回防吧。"

伍尔班夫紧攥着拳头:"不行,现在撤退会成为靶子。"

图喏头脑发昏,心中的话冲口而出:"我感觉寇雷格在耍我们,也许这场战争注定失败。"

伍尔班夫怒了:"收回你的这句话!"

图喏惊觉失言:"抱歉,长官。"

伍尔班夫望着主屏幕中的火桅号母舰,目光愈发冰冷。他打开通讯器,对驻守"蚁巢"的将士说:"必须守住,绝不允许退缩。"

敌军生怕被放黑枪,逐个地搜查宿舍,许多人被当成便衣民兵杀害了。逐渐地,他们杀红了眼,即使前方被革命军正规部队堵截,从漆黑楼道中传来的枪声也一直没有停歇。

听闻民众遇袭,塞尔带着科里文等人离开了军工厂。他们路过堆积成山的焦黑尸体,悄悄地绕到敌军右侧。敌军忙于应付前方的革命军士兵,没察觉到身边的黑色墙壁不过是轻飘飘的泡沫板。塞尔拿出肩扛式无后坐力炮,把炮筒架在肩上,迅速扣下扳机。炮弹脱膛而出,击碎泡沫板扎入敌军,轰的一声,火焰冲天而起,泥尘飞散,几个敌军士兵当场毙命。趁着烟雾弥漫,塞尔等人把机枪架上掩体开始扫射,致使不少敌人中弹倒地。敌人反应过来,朝他们投掷手雷,塞尔被炸得耳鸣目眩,不得不带着大家转移阵地,好在革命军士兵包抄上来,阻断了敌军追击塞尔的脚步。

机库中,上千架"纸鳞"静静地搁置在金属架上,等待前线归来的飞行员置换座驾。突然间,机库一侧的起降井井口发生猛烈爆炸,金属碎片被激光高温灼烧,伴随着炽烈红光四散飞扬。烟雾之中,翡英军特战士兵循绳而下,落地后便朝机架投掷燃烧手雷。机库顿时火焰四起,被熔断的飞机零件坠落,引发了更大的火势……十秒前,地表的敌军运兵舰通过地下结构扫描找到机库,飞到了机库起降井井口,放下了特战士兵。这下,不仅机库落入敌手,原本想要守住机库的革命军部队还被前后夹击,情势危急。

见此情形,塞尔挥了下手:"跟我从南门走。"一行人从地下坑道绕到机库南门,隔着熊熊大火射击敌人。火焰阻挡了视线,敌人一时没察觉到子弹的来处,只能盲目回击。塞尔的骚扰令敌军无暇应对正面战线,革命军正规部队抓住机会发起冲锋,迅速突破了战线,把敌军部队拦腰斩断,发起围剿。

机库火势愈发旺盛,塞尔他们从南门退了出来,加入后勤,将一箱箱弹药搬进推车运往前线。虽说战斗还在继续,但大家心里清楚:机库失守,"蚁巢"已经失去了回防的价值,现在杀再多敌人都没用。当时科学院故意把机库设计得易守难攻,没想到竟然便宜了敌人。

子弹来回穿梭,手雷频繁爆炸,硬碰硬的战斗毫无怜悯可言,战线附近的尸体逐渐堆砌,涓涓血液形成血泊,映射着子弹蹭出的火花。最终,革命军士兵败下阵来,迫使支援后方的民兵队伍暴露在敌军枪口下。敌军发现了一直偷袭他们的派特兄弟那帮人,派出一队特战士兵专门去对付他们。

塞尔等人哪里是特战兵的对手,敌人们越过掩体举枪瞄准,塞尔的胸膛瞬间冒出十几个枪眼,子弹击碎了他的肋骨和内脏,令他瞬间失去知觉,僵硬地倒在地上。"啊——"科里文疯狂地嘶吼,操起塞尔的冲锋枪朝敌人疯狂扫射,一阵枪林弹雨过后,他倒在了哥哥身旁,兄弟俩的血液融合在了一起。

希莉和图特尼看到派特兄弟的名片变为灰色,大脑一片空白。强烈的悲痛和恐惧涌上胸口,希莉望向空无一人的隧道,感觉它愈发的扭曲深邃,就像要把她的灵魂卷入进去……

纪念碑号的舰桥中,图喏神色凝重地说:"机库失守,我们的后路被断了。"

伍尔班夫没有回应,他的目光从"蚁巢"机库的惨景转到主屏幕中的火桅号母舰,火桅号的侧舷装甲已经被初步修复,留下一个巨大的、焦黑的圆形痕迹。伍尔班夫走到船员身边,吩咐他们调整纪念碑号的航线、武器预备发射和发动机舱保护等数据,然后转身对图喏说:"接下来由你负责战场总指挥。"

图喏内心产生不好预感:"你的计划是?"

"我要去杀了寇雷格。"

图喏疑惑:"那艘母舰坚不可摧,更别提现在被断了后路,'纸鳞'没法回翡莫迩更新弹药装备……"

伍尔班夫抬手打断了他:"我有我的策略,你只要负责和船员离开这艘突击舰,继续指挥战斗就行。"

图喏突然明白过来:"你不会是要单独驾驶这艘船去撞击火桅号,进入母舰内部吧?"

伍尔班夫默认。

图喏惊呼："这太冒险了！你不知道那艘母舰里有多少敌兵。"

"'纸鳞'的弹药快用光了，我们撑不了多久。"伍尔班夫望着火桅号的方向，布满血丝的双眼炯炯发亮，"况且我跟寇雷格还有一笔账要算。"

"可是……"

"这是命令。"伍尔班夫说完，拍了一下图喏的肩膀，"倘若我死了，你要想尽办法多拖一会儿，给翡莫迩的人创造时间。因为如果还有希望，那它只会出现在'蚁巢'中。"

图喏怔怔地看着伍尔班夫，没有再言语。

此时波努和梅佐伦还不知道翡莫迩地下出了事，因为弹药在摧毁火控组件时消耗过多，他们的任务变更为游弋支援友军。波努感觉很奇怪，环顾战场，"纸鳞"们都伤痕累累、弹药匮乏，但图喏似乎很久没有下达回翡莫迩进行补给的命令了，难道出了什么事？疑惑之际，他收到掩护命令，掩护对象竟然是纪念碑号突击舰。梅佐伦也很奇怪，但他什么也没问，与波努一同向突击舰方向飞去。

寇雷格欣喜于捣毁了"蚁巢"的机库，没有注意伍尔班夫的动向，直到部下提醒他纪念碑号行为异常。

纪念碑号的船员设定好了伍尔班夫交代的一切，跟着图喏指挥官登上武装飞艇，在"纸鳞"的火力掩护下离开机库。伍尔班夫穿上作战服，背上枪和弹药，与十多名特种作战士兵前往中枢通道。在自动驾驶程序的运行下，突击舰的四个引擎室同时发出轰鸣，推进器尾焰蓦然膨胀，推动舰体朝火桅号飞去。一路上，突击舰倾泻携带的所有炮弹，自杀式地与周边敌舰发生冲撞，侧舷装甲被爆炸掀起，火光四溅，密密层层的遮流板碎片向真空飘散。纪念碑号内部的控制室、轮机房全部暴露，燃起烈火，但它依然顽强地突围飞行。敌机企图阻截纪念碑号，被"纸鳞"拦住。敌我交织的狼烟之中，纪念碑号速度骤然提高，它无惧周围炮火的狂轰滥炸，舰艏直直地撞向火桅号的侧舷，剧烈震击令火桅号偏离原位，舰身倾斜，受过伤的侧舷甲板碎裂，出现了一个扭曲的大洞。

太空战场似乎出现了一秒钟的静谧。看到以如此粗暴的方式"登入"母舰的突击舰，两方将士都愣住了，寇雷格更是瞠目结舌。

在接近目标时，纪念碑号根据预设程序关掉了发动机，启动对总电源和燃烧室的保护，避免了撞击震动可能导致的引擎爆炸。伍尔班夫带着士兵们从侧舷的应急出口跳下，射杀了视野范围内的两个巡逻士兵，然后调出火榄号的平面图，朝内部奔去。

意识到伍尔班夫曾经做过火榄号的舰长，手里一定有母舰的内部资料，寇雷格慌了，集结舰内的所有士兵，打算从四面八方堵截伍尔班夫。

血红的警报灯闪烁，映亮了伍尔班夫笃定的目光。他没有躲在部下背后，而是带头冲入敌阵。因为从未间断过体能及枪法训练，伍尔班夫的身手一如往常，总能率先开枪，精准击毙敌人。

没多久，一行人到达了位于母舰内部深处的冷藏室，室内货架上摆满了精密配件，温度瞬间降到零下五十摄氏度，放射状的冰纹集结在靴子和护目镜上。一名士兵在与伍尔班夫对话时，被武装监控器识别到了嘴部微弱的热源。监控底座上的炮口收到攻击指令，一发大口径的子弹疾驰而去，击碎了士兵的头盔，炸烂他的口鼻，刺穿后颈落在地上。颈部动脉的鲜血从喉咙涌出，淹没了碎裂的颌骨，他眼睛都没来得及闭上就死去了。伍尔班夫切换步枪上的高倍瞄准镜，把子弹更换为磁击弹，对准监控器，子弹脱膛而出，击中目标，释放的电磁脉冲同时破坏了监控电子芯片和炮座的信号接收器。

危机解除，他们踩着被冻得无比坚硬的金属地板继续前行。突然，安静的空气被数发子弹扰乱，子弹打在金属箱上弹射出耀目火花。伍尔班夫他们扔出烟幕弹，躲在货架后头，朝枪声源头方向进行火力压制。室内扬起腥风血雨，因为温度过低，时间似乎都变慢了，冷藏室犹如一颗圣诞水晶球，迅疾的子弹变得肉眼可见，它扎入士兵胸口时溅起的血液形状就像一朵朱红色的百合……战斗结束，敌人被消灭，伍尔班夫损失了四名队友，他带着剩下的七个士兵，越过敌人尸体继续前行。

同一时刻，"蚁巢"中异常寂静。战报显示，翡英军消灭了剩余的革命军部队后，为了彻底控制"蚁巢"，阻断后援，把目标转向了军火仓库，也就是希莉和图特尼所在的军工厂区域。

从隧道口出现人影到战斗发生前后不到三秒，翡英军前排士兵架着盾，后方士兵火力全开，压得希莉他们头都抬不起来。"撤出哨站。"希莉下达指令，带着图特尼等人退到工厂门前的掩体。敌军追了过去，原本以为对方已经穷途末路，却没想到面前出现了一个百米之高、由高强度混凝土与岩石筑造的多层洞窟。洞窟内部有着弹药仓库和纵横交错的补给通道，墙面上布满密密匝匝的射击孔。他们没料到"军工厂"是如此构造，明显停顿了一下脚步。

图特尼躲在掩体后面，吓得面色发白："完了完了，我们要死在这儿了。"

希莉鄙夷地说："怕死你去后方啊。"

图特尼握紧枪杆，咽了口唾沫，没说话。

希莉把枪架好，通过瞄准镜盯着敌方动静："不走就别废话，准备战斗。"

翡英军采用了传统的方法，丢出燃烧手雷和毒气手雷，但很快他们发现，对面早有防护，毒气没能把任何人从掩体中逼出来，火焰也很快被扑灭了。于是翡英军又架起临时掩体与革命军对峙，但军工厂每层都有狙击手，还有强光探照灯来回扫动，翡英军位于低地势，根本看不清狙击手在哪儿，更别提还手了。

军官只得带着军队撤到狙击范围外。军队被一群装备简陋的民兵拦住去路，军官无比恼火，他想要寻求寇雷格的帮助，可后者一直不回复。情急之中，这位军官突然想起地表的那艘运兵舰，向它发送了求援信息。

然而此时，收到求援信息的翡英军运兵舰正苦于"纸鳞"的骚扰。虽说革命军主力部队没有回防，但图喏还是派了上百架"纸鳞"回到翡莫迩星，对停在机库升降井的运兵舰发起攻击。运兵舰武装规格较低，主炮和近防系统很快就被"纸鳞"给收拾了。舰长急得满头大汗，毕竟同伴还在下方作战，他不能走，可留下来又会被"纸鳞"摧毁，这个时候收到"释放近地核爆弹"的求援信息，简直就是让他拿命去赌。舰长考虑了一下，还是决定响应求援信息，命令船员把运兵舰行驶到军官通报的位置。"纸鳞"们追了上去，向运兵舰发射数枚导弹。运兵舰顶着"纸鳞"毁灭性的攻击，打开了舰腹的弹仓，重达1.7吨的寻的钻地热核导弹脱离挂弹架……

希莉他们正奇怪敌军为何撤退时，眼前突然炸开一道粗壮的白光，接着气旋自脚底拔地而起，以惊人的风速裹挟着火焰扩散开来，就像一只巨大的火龙卷，疯狂咆哮着席卷军工厂。图特尼死死抱着一截断裂的石柱，惊悚地朝上望去，发现洞窟的外墙被绞碎，没有任何防护的同伴被卷入热核风暴，在千万摄氏度的高温火焰中化为灰烬。希莉抓住了一个地窖的把手，眼睛被强光刺激得直流泪，金属把手温度极高，把皮肉烫得滋滋作响，但她不敢松手。

军工厂在核爆中悲鸣，预示着"蚁巢"最后防线的崩溃。过了段时间，小型核弹制造出的灼热风暴逐渐停歇，拉谜的光芒从破损的天顶洞口倾泻下来，掠过浓烟形成一道金色光束。好在有防护服和面罩，幸存下来的人们没有因为辐射或缺氧至死。图特尼站在半截石柱边，怔怔地仰望着这片残垣断壁，他为这座工厂倾注了所有心血，现在却只剩一片废墟。图特尼压抑内心悲愤，走出碎石堆，捡起了地上的枪。

没有人投降，他们跳下残破不堪的洞窟外墙，寻找丢失的武器，从尸体下面摸出手雷，聚集到军工厂门口。看到毫发无伤的翡英军将士出现在面前，图特尼忍无可忍，带头怒吼着冲了上去，朝敌人近距离射击，这一瞬，他的恐惧消失了，内心只剩愤怒，与他一起冲锋的还有全体民兵。敌军没想到民兵遭此劫难还有勇气战斗，赶紧反击。

希莉躲在半截围栏背后，从侧方狙击敌人。她的手被烫得皮肉模糊，枪口却异常稳定，一颗子弹都没浪费。从她的瞄准镜中望去，民兵与翡英军短兵相接，中弹的同伴死去，活着的人越过同伴尸体继续冲锋，步枪刺刀划出道道光弧，鲜血流溢的刃口映亮破碎的军徽……

冲锋枪子弹用完，图特尼从地上捡了块略微破损的盾，拔出手枪冲入敌阵，他拿盾牌砸向敌军士兵的头盔，趁对方慌乱之时用手枪射击其颈部。图特尼的耳朵被子弹擦伤流血，手臂也布满被弹片划出的极深伤痕，但他始终没有退缩。终于，图特尼引起了敌军后方射手的注意，一发子弹穿过盾牌的裂隙击中了他的肩膀，血液从伤口涌出，瞬间染红了衣襟。图特尼捂着肩膀倒在地上，希莉从瞄准镜中看到了这一切，赶紧爬起来朝他奔去。敌方射手再度开枪，子弹擦伤了希莉的大腿，划出一道极深的伤痕。

"别过来！"图特尼吼道。

希莉仍然忍着剧痛朝图特尼奔去，在敌人射出下一发子弹前捡起图特尼的盾牌一挡，子弹正好射在盾牌上，盾牌彻底碎裂。希莉丢开盾牌残片，举起手枪疯狂射击，暂时压制住了那个射手的行动。她转过身想要扶图特尼时，用余光发现了另一个敌方射手，后者正朝他们俩举起步枪。完了，她脑中产生这个想法的同时，忽然一颗子弹飞来，那个射手头盔碎裂，脑浆混合着血液飞溅。

"回避——"达尔顿的声音响起，紧接着，手持枪支的民众山呼海啸而来，希莉和图特尼都愣住了。人们在科学院成员们的带领下冲入敌阵，把翡英军吓了一跳，他们没想到普通平民会参战，赶紧开枪阻拦。民众毫不畏惧，与敌人展开近身搏斗，把枪塞到他们的防弹衣缝隙中扣下扳机，甚至扑向拉开手雷的敌人同归于尽。

见民众犹如海浪一般涌入战线，希莉眼眶湿了："不……"不能用人海战术，大家好不容易从拉谜风暴中活下来。她看到达尔顿一边杀敌，一边做手势叫她走，便咬着牙把浑身是血的图特尼搀扶起来，架着他一瘸一拐地朝后方撤去。

图特尼躺在地上睁开眼睛，看到希莉正含着泪帮他打绷带，不禁心中一动，握住了她的手。

希莉朝他的脸呼了一巴掌："我又不是哭你。"

这下图特尼也想哭了。

不知道过了多久，怒吼、嘶叫和激烈的枪声终于逐渐停歇，直至安宁。希莉走出去，看到军工厂前方血流成河，敌人和民众的尸体互相交叠，地上堆满弹壳。激情消弭，方才还坚毅勇猛的民众丢下枪，哭泣着寻找亲友的尸体。达尔顿和科学院院长站在一边，悲伤地望着人们，院长的手臂也滴着鲜血。突然，上方又传来一阵剧烈的爆炸声。大家吓得抱头蹲在地上，十秒钟过后，却什么都没发生。达尔顿收到来自附近"纸鳞"飞行员的消息，舒了口气："他们把那艘翡英军运兵舰收拾掉了。"

闻言，悲痛中的人们得到一丝慰藉，含泪而笑。

希莉回身对图特尼说："子弹要尽快取出，我扶你去。"

见她要来扶自己，图特尼苦笑着说："让其他人来吧，你也有伤。"

火桅号母舰的内部深处不断响起枪声。伍尔班夫又损失了两名队友，身上多处被子弹擦伤。他带着剩下的五人来到配电室，驱逐了工作人员后，关闭发电机，断开了配电盘与主电源的联系。位于舰桥下方的备用配电盘启动，保证了母舰的基本运作，但内部防御系统和监控受到限制。寇雷格看到监控屏中有一大半分屏变为漆黑，不由得紧张起来，命令所有士兵都去配电室围堵伍尔班夫。

敌人到来的速度之快令人咂舌，他们甚至在门口架起了机枪，无差别地对室内进行扫射。伍尔班夫朝门口丢了颗烟幕弹干扰敌人视线，然后一枪崩掉地门的电子锁，撬开地门，与队友们下到轮机房。轮机房内放满了超导电动机，它们刚刚停止运转，依然保持着高温。伍尔班夫举起枪，电动机的热量令红外瞄准具中一片橙黄，突然，轮机房门口闪现出热源——"掩蔽。"他话音刚落，敌人扔来的手雷爆炸，轮机房被震撼得泥灰下落，多只发电机起火，电缆发出浓烈的焦臭味。

伍尔班夫隐蔽在墙后，多次探出身开枪。敌人察觉到他的方位，对着墙体疯狂开火。墙体破裂剥落，伍尔班夫不得不转移位置。在他奋力作战的过程中，又有三位队友牺牲，只剩最后两位队友。"长官，跳窗走。"一个队友说。伍尔班夫明白他们俩是想牺牲自己掩护他撤离，拒绝了。此刻形势愈加糟糕，敌人逐渐把他们三个逼到墙角，两方距离近得能看清面罩后的面庞。队友再次焦急喊道："走啊！"伍尔班夫咬紧牙关，同意了他们的提议。伍尔班夫在两名士兵的保护下挪到窗口，用枪托击碎窗户后爬了出去，士兵射空最后一个弹匣后，往自己脚下丢出了燃烧弹，瞬间引燃整个轮机房。火焰封堵住了窗口，敌军士兵不敢上前，等他们好不容易灭了火，跨过两具烧焦的尸体往窗外一看，哪里还有伍尔班夫的影子。

幽暗狭窄的通气管道中响起窸窸窣窣的声音，伍尔班夫挪动手肘和膝盖，根据平面图朝舰桥方向移去。刚才爬出轮机房后，他进入废料管理间，爬上楼梯到了后厨，踩着冷柜钻进空调风道。此时，寇雷格还在命令士兵搜捕伍尔班夫，哪里知道伍尔班夫已经抵达了舰桥顶部……砰！寇雷格吓了一跳，急忙寻找枪声的来源。又是砰的一声，锁扣被击断，通风口的金属栅栏应声坠落，伍尔班夫从通风口一跃而下，把还在懵懂中的寇雷格扑倒在地。寇雷格抓住枪口，第三声枪响，本该穿透寇雷格额头的子弹打碎了地面。

"住手！"寇雷格吼道，"我从未亏待过你，你居然要杀我？"

"因为你杀了伯灵娜。"伍尔班夫双眼通红，抬起拳头挥向寇雷格的太阳穴。

寇雷格被打得头晕眼花，只能勉强用左臂防御着伍尔班夫的拳头，眼看着枪口又移了过来，他索性放开枪突然勾住伍尔班夫的脖颈，然后双腿发力，用尽全力把伍尔班夫推翻，神情狰狞地扑了上去。手枪滑到一边，寇雷格死死掐住伍尔班夫的喉咙，伍尔班夫掰着他的手，却没有办法阻止氧气断流。寇雷格内心暗喜，以为自己赢了，没想到伍尔班夫冷静地从腰侧拔出匕首，狠狠插进了寇雷格的脖子。鲜血喷溅，寇雷格捂着脖子倒下了，伍尔班夫爬起来，把匕首拔出，再次戳入同样的位置，一次，两次，三次……直到寇雷格的脑袋和身体只剩一层破皮连接着。伍尔班夫甩开手上的血液，推开寇雷格的尸体站了起来，看到手无寸铁的船员们蜷缩在座位中，一动也不敢动。

寇雷格的名片变为灰色，体征显示为"死亡"。麦兰森狠狠捶了下桌面："这个废物！"知道伍尔班夫还在舰内，他接管了翡英军最高指挥官的所有权限，启动了火桅号母舰的自毁程序。

伍尔班夫刚想说话,警报灯突然疯狂闪烁,舰内扬声器响起:"该舰将于六十秒后自毁,请迅速撤离。"船员们一听,更慌了。其实在场的船员伍尔班夫全都认识,他知道自毁程序是麦兰森启动的,和这些人没有关系,便说:"你们跟我来。"见他们不敢动,伍尔班夫用衣袖抹掉脸上的血迹:"走不走?"船员们这才纷纷起身,跟着伍尔班夫离开舰桥。

一行人跑到应急舱,打开单人逃生飞船的控制权限。最后一位船员进飞船时,激动地对伍尔班夫说:"长官,请您一定要活下来,来伊希恩解救我们。"伍尔班夫很感动,但他来不及多说什么,只是紧紧地握住船员的手。

十一只逃生飞船从火桅号机库弹射而出,尾迹划出壮观的白色光弧,几乎是同时,火桅号在自毁程序中爆炸解体,连同纪念碑号突击舰一道化为燃烧的宇宙尘埃,在两颗行星的公转轨道之间制造出堪比小行星爆炸的辽阔火海……

因为不知道伍尔班夫在哪只逃生船中,麦兰森下达了格杀勿论的命令。翡英军战机飞了过来,对十一只逃生船进行无差别的攻击。伍尔班夫看到那个说"盼望他去解放伊希恩"的船员的八号飞船被翡英军战机一炮洞穿,湮灭于火焰,内心对麦兰森的愤恨又多了一层。

革命军收到伍尔班夫的求援信息,立即前去掩护。察觉到革命军的动向,翡英军的剩余部队也像蝗虫群一般飞了过来,两军正面冲撞。太空中再度燃起团团烈火,映亮了"纸鳞"们的深红机腹。为了让伍尔班夫尽快与图喏会合,波努和梅佐伦打开加力燃烧室,与友机一同扎入敌阵。因为弹药不足,波努用航炮点射驱逐敌机,梅佐伦谨慎地使用最后几枚导弹,每一发都命中了敌机。

逃生船燃料有限,伍尔班夫以最短路线朝图喏所在的武装飞艇驶去,眼看着即将对接上飞艇,突然从远方射来炮弹,其势之猛令伍尔班夫不得不放弃对接,与飞艇分离。漆黑太空中,十二架翡英军重型战斗机"长鳄"逆着拉谜的光芒群聚而来,赫然出现在革命军面前。这是"长鳄"的首次登场,它是翡英军针对"纸鳞"设计的,大小是"纸鳞"的两倍,机动性并不出彩,但防御和火力都很强悍,硕大的挂弹仓就像死神手中的镰刀,闪烁着锋利的光芒。

新型战机的出现并未扰乱"纸鳞"部队的战斗节奏,它们迎面而上,与"长鳄"激烈交火。波努发现这种新型敌机虽说机动性差一些,可一旦被它们咬住就糟了,它们的超强火力足以抵消"纸鳞"的优势,轻松取得胜利。

"去保护伍尔班夫。"梅佐伦提醒波努。

波努转头一看,伍尔班夫正操控逃生船绕行,想要从战场边缘与图喏会合。波努放弃追击敌机,与梅佐伦一道转向掩护逃生船。

"长鳄"无视"纸鳞"的袭扰,往逃难船方向飞去,铁了心要杀死伍尔班夫。没有什么更好的方法,波努和梅佐伦只能硬生生地拦在伍尔班夫与敌机之间,靠着所剩无几的弹药与之缠斗。伍尔班夫也不敢贸然突进,尽量迂回着靠近飞艇,他看到逃生船燃料储量逐渐见底,不由得紧张起来,因为一旦停下,他就会成为敌机瞄准具中的活靶子⋯⋯就在这时,一条神秘的孢星内部入侵警告骤然显现,上至卫星监控,下至战机传感器同时亮起警告灯,显示有外部势力入侵,但情报不详。

太空战场出现一瞬停滞,梅佐伦抓住机会,发射了最后一枚导弹,弹头击中了正对着伍尔班夫的一架"长鳄",座舱爆炸,驾驶员当场毙命。损失了队友,其他"长鳄"顾不上奇怪的敌情警报,迅即对梅佐伦展开报复。波努飞过去帮梅佐伦分担火力,两人在"长鳄"的攻击中垂死挣扎。长时间的机动飞行令他们俩的发动机都严重受损,终于,梅佐伦的座驾主发动机熄火,当它切换副发动机的瞬间,机体速度变慢,一发航炮子弹追上了他,从上方刺穿了座舱。

"梅佐伦!"波努疾驰而去,朝追击梅佐伦的敌机疯狂开火。那架敌机被吓得赶紧回避,波努不依不饶地追了上去把它击毁了。

"我没事⋯⋯"梅佐伦气喘吁吁,他的右腿被炸烂了,庆幸头盔中的止痛喷雾起了作用,没被痛晕过去。梅佐伦用沾满黏腻血液的左脚踩下蹬板转向,勉强退到后方,拿起止血剂喷在血肉模糊的右腿上,直到碎裂突兀的尖锐腿骨滴下剂液。

在"纸鳞"飞行员的浴血奋战下,伍尔班夫对接上了飞艇,安全地回到图喏的身边。波努知道梅佐伦在竭力控制座驾没力气说话,便没有再多问,一直伴飞在梅佐伦机旁,默默地保护他。

麦兰森难以置信地望着司令部的屏幕,"不详敌情"调查结果逐条显现:孢星内部凭空出现了一个星系,它贴着翡莫迩星系边缘,有一颗淡金色的主序星和八颗行星,位于第三公转轨道的蓝色行星上有智慧文明城市,另外在第四行星和第六行星的卫星上均设有防卫哨站。孢星内部怎么会突然出现其他文明星系?这难道与之前波努带回来的那个"时间晶体"设备有关?麦兰森冷静下来,心想万一那个奇怪星系的军队打过来就麻烦了,他没必要为了消灭革命军残党而把自己置于险地。"撤退。"麦兰森对前线的翡英军下令。

见敌军撤退,波努这才有空联系希莉:"梅佐伦受了伤,你快联系医生,我们马上回机库……"

希莉打断他:"机库没法用。你们停到东边的地面临时港口,我让医疗队上去。"

"机库怎么了?"

她转头看了眼忙于抢修基础设施的人们:"回来你就懂了,这里快忙疯了。"

"后来的事你都知道了。"波努看着陈义说,"麦兰森发现地球就像曾经的翡莫迩,比伊希恩栖息地的生存环境优越太多,且武备差于翡英军,就动了心思,想要夺取地球的控制权。"

陈义叹了口气:"看来他完全没把你们放在眼里。"

"他不把任何人放在眼里。让这样一个卑劣之人获取至高权力,是我们国家的失败。"波努叹了口气,继续说,"两百四十多万民众要从'蚁巢'搬迁到伊希恩,还有很多伤员需要照顾,所以我们商议后决定让伍尔班夫、希莉等革命军的骨干留下,图喏长官带着我们这些'纸鳞'飞行员出孢星应战。这样就算我们牺牲了,他们也能管理好伊希恩。"

"你的搭档梅佐伦,他没事吧?"

"没事,就是腿伤了没法下病床。"波努说完,两人同时收到一条来自上级的命令,说星门明日竣工,调查团成员明早五点集合,清点军备准备出孢星。

陈义叹道:"终于等来了这个时刻。"

"是啊,去做个了结吧。"

舷窗反射出波努和陈义的脸庞,远方,崭新的星门正在淡金、橘红两种恒星光彩的晕染下闪耀着。

第 3 章 赤星迷踪

代号"K"

地球历3381年7月23日，星门开启。

此刻北半球正值酷暑，人们待在空调房中看着新闻媒体发来的画面：城市重建工程队穿梭于钢筋水泥之间，泰坦星基地恢复功能，火星基地迎来新的驻扎军队，联合国调查团整装待发驶入星门……夏季午后阳光明丽，窗外蝉鸣嘈嘈，手边茶水已冷，人们依然沉浸在噩梦般的战争伤痛中，心情颓靡。从去年年末至今，整整七个月兵连祸结，死伤无数，地球文明险遭毁灭。但当下时刻，调查团成员们却紧张而兴奋，内心充满斗志。

位面传输完成，以东方号航母为核心的调查团舰队抵达常宇宙的镜像星门——位于银河系人马座旋臂的福比罗枢纽星。福比罗星一派安宁祥和，数座镜像星门开开合合，战舰、商船和飞艇来往穿梭，在此处歇脚的行人吃着美食聊着天，丝毫没有发生了某种"宇宙危机"的紧迫感。

见此情景，陈义有些迷惑："难道孢星融合真的是个例？"

"不太可能。"波努说。

舰队停泊到港口后，波努、安东和几个部下前往福比罗星的孢星事务部。波努首先询问了麦兰森的消息。

工作人员说："麦兰森在萨美尔联邦星出手了以吨位计算的高价宝石'血蚰'，至于他的行踪属于隐私信息，我们无法调取。"

波努继续问："他有一艘驱逐舰，能查到吗？"

"驱逐舰的型号或名称？"

"不知。"

"购买记录呢？"

"也没有。"

"很抱歉，没有基本信息，我们无法从交易系统中找到您要的答案，而且麦兰森本人名下也没有任何公开的舰船数据。"

虽然在意料之中，波努还是有点失望。

安东把地球历3380年12月20日联合国星际事务部出孢星办理业务的人员名单递交给他们，其中包括洛克姗、兰德、怀亚特等航天学院的学生。

工作人员告知，除了五名学生，其他人员都已在赞扎达星的黑洞碰撞事件中身亡，红珊瑚号后来自行离开，不知去了哪里。

安东说："我刚才尝试联系他们，没有回应。"

"可能是因为他们关闭了通讯频道，或者身处孢星内。黑洞游走导致的孢星融合的报告目前已经上升到了两千多次，除去无生命的孢星，有近三百个孢星文明受到冲击。你们还算是比较早修复完星门的，有很多孢星国家至今都毫无音讯。"

波努忍不住问："第一个修复完星门的是哪个国家？"

工作人员咽了口唾沫，目光闪露一丝畏惧："波吉族。他们只用了三天就出来了，还把与他们融合的孢星文明——卡萨布军国给除了名。"

大家很惊讶，没想到"仓鼠"的战斗力这么强悍。

安东说："麦兰森领导的军队对地球和翡莫迩犯下了不可饶恕的罪行，我们必须要找到他，你们作为官方机构能不能提供帮助？"

"孢星内部的战争是不受任何谴责或管制的，除非你能找到麦兰森在常宇宙进行犯罪的证据，拿到宇统厅警局立案，否则只能自己想办法。"

安东叹了口气："我明白了，谢谢。"

一行人走出服务大厅，回到东方号。陈义看到他们一脸迷茫的样子，就知道没问出线索。

同一时刻，在一个黑暗的房间中，搁在床上的手环亮了起来。吱嘎，戴着灰色工帽的人影推门而入。他发现手环有动静，赶紧拿起来查看。宇统厅孢星信息公开页面显示："确认翡莫迩孢星与地球孢星融合，星门修复完成。"

门外响起粗犷的嗓音："贾利克你快点，35区缺人手。"

"我上个洗手间就来。"他把手环藏在枕头下匆匆离开。

波努望着福比罗星的淡黄色天空，心想既然麦兰森在萨美尔联邦星出售了血蚰，说明萨美尔有他认识的人，不如就从那里开始着手调查。波努正思考着，忽然看到天际出现了密集的黑点,他以为眼睛花了,用力眨了下眼睛,就在这短暂的 0.02 秒内,天空一暗,火焰就像从地里长出来似的极速扩张,炮弹像苍蝇群似的漫天飞舞。

"上船!"安东喊道。

镜像星门区域首先遭受袭击,方才还惬意安闲的行人们吓得尖叫逃窜。陈义朝上空望去,一种看不清面貌的黑色炮艇部队呼啸而过,在云间投下闪动的阴影,却没有留下任何轨迹云。

舰内警报响起,要求全员回避。陈义和其他士兵立即奔往避难舱,训练有素地穿戴好减震背带。很快,安东他们回来了,波努也来到了避难舱。爆炸毫无停歇之意,镜像星门一个接一个被摧毁,有些刚完成传送,还未来得及走出镜像星门的孢星人类被困在其中,烧得连骨头渣都不剩。

安东发出指令,调查团全部舰船开启亚光速引擎。推进器疯狂运转,震耳欲聋的轰鸣声震得人耳膜发痛。陈义紧张地攥着背带,看到窗外风景变换,直到从战火连天的朦胧昏黄变为清澈安宁的太空景象,他才松了口气。可就在他放松的一瞬,窗外的群星突然被一片巨影遮挡,他定睛一看,那种诡异的炮艇竟然出现在距离他五十米的位置,它的机身覆满密密麻麻的金属黑色鳞片,在光线的照耀下发出金铜色与青紫色交替的光泽,更恐怖的是,它正从三角形变为圆形,机身四周倏地伸出数根粗壮炮管,犹如缠绕着的百只巨蟒,吐出灼热的信子。轰——地板剧烈晃动,陈义紧闭双眼,等待爆炸冲击的降临,结果什么都没发生。他转头一看,一艘调查团护卫舰出现在东方号身侧,挡住了敌人的视野,可仅仅五秒过后,黑鳞炮艇便用炮火切碎了护卫舰的腹部,从侧舷的破洞冲了出来,护卫舰断成两截,被黑鳞炮艇像切蛋糕般肢解……波努和陈义惊愕地看着窗外这一幕。

好在护卫舰拖了些时间,黑鳞炮艇没能追上东方号,调头回了福比罗星。避难舱中,大家惊魂未定。波努擦了把汗,陈义浑身僵硬,两人一时无语。东方号舰桥的主屏幕上,上百名护卫舰船员通讯名片亮起"死亡"提示。安东愤怒地攥紧双拳,对部下说:"联系宇统厅。"

图劳星位于银河系英仙臂的仙后座疏散星团 M103,它是一颗淡蓝色 B 型次矮星的行星之一,也是宇宙事务统管局银河系分部临时办公点。因为害怕被 K 军的黑鳞炮艇盯上,多个宇统厅分部都从接近星系中心核球的位置搬迁到了星系边缘。图劳星毫不起眼,它所环绕的恒星也只有太阳的一半大小,但曾经冷冷清清的星系此时却无比喧哗，它周边的十一个类地行星上停满了遭遇敌袭的难民舰船，每颗行星都被开发成了难民营，补给船和医疗艇川流不息。

通过十多次人工虫洞环的超空间跳跃，地球联合国调查团舰队抵达图劳星，同时到达的还有著名的"弥罗教"医疗舰队。因为护卫舰的舍身保卫，调查团其他人员无一受伤，安东没有申请急救，直奔宇统厅办公大楼。

安东坐电梯到了办公楼层，差点被人群推出来。大厅里挤满了人，警卫一直通过扩音设备高喊着让人们保持秩序。安东无奈，只得回到门口查看自助设备。

自助机器人说："我已将您反馈的'福比罗枢纽星遭到袭击'的信息上传，至于您舰队的损失，我们深感遗憾，以下是最近的医疗机构、临时驻点和补给处……"

安东打断它："那种会变形的黑色炮艇是怎么回事？"

机器人脑袋上的指示灯闪烁了一会儿，由红变绿："您说的'黑色变形炮艇'标签对应的是代号为'K'的不明军团。"

安东愣住："'K'？"

"'K'并非您所在的地球文明的英文字母K，它只是一个常宇宙通用的辨认符号。K军团的炮艇与黑洞游走、孢星融合等事件同时出现，目前已造成多起危机事件。名为'骸骨议会'的军事组织提供了针对K军队的警告装置图纸，建议您去钢锯星安装'K军报警盒'。"

"不能在这儿装吗？"

"这里的库存已经售罄，您可以联系钢锯星隶属的宇统厅鹰隼星系分部，确认存货情况。"

对话结束，安东赶紧回到东方号航母，把航行目标设定为钢锯星。

钢锯星的维修库中人影忙碌，火花从气焊喷嘴处溅起，在斑驳的飞船装甲上映射出朦胧的光晕，维修员调整了一下防护眼镜，继续焊接，发出轻微的滋啦声响。那位名叫"贾利克"、戴着灰色工帽的男人检查完传动部件，穿上静电防护服，进入燃烧室清洁轴承。因为燃烧室屏蔽了通讯信号，等他忙完出来才看到，新一批即将安装"K军报警盒"的舰船已经登记在案。他滑动舰队列表，看到"地球联合国调查团"赫然在列，拔腿就往业务大厅跑去。"哎，你的活儿做完没有？"工长喊道。

来到钢锯星，波务要做的第一件事就是去找卖给他"爱宝枪"和"能源集散舱"的那个小贩。他顺着之前与伯灵娜走过的大道，直奔黑市商贩聚集区，结果那家商铺只剩空空如也的货架和满地青苔。波努询问周围商贩，他们大多不认识波努说的那个人，有印象的也只说那个老人很早以前就离开了这里。波努叹了口气，离开了黑市。

加装"K军报警盒"需要时间，因为报警盒不是只有一只，而是一整套设备，不光要安装在舰艏、舰艉、侧舷和主桅上，内部还要加装多个，以免外部报警盒失效。好在"骸骨议会"军团免费提供了图纸，没有专利费，报警盒只收取制造和人工费用，价格极其便宜。安东让将士们分批自由活动，和陈义两人站在一边，看着那位戴着灰色工帽的男人忙里忙外。

安东神色沉重："接下来有些棘手了。"

陈义说："麦兰森作为流亡的孢星政府军头领，能把血蚰挂到萨美尔联邦星的交易市场上，一定是有人在帮他，能不能让联邦政府帮忙查一查？"

安东叹道："跟萨美尔政府对接的都是大商团和国家的首领，我们恐怕没有资格要求他们帮忙。"

陈义沉默了。他突然想到波努，如果波努继承王位，成为翡莫迩的国王，说不定能撬动萨美尔政府的牙关。他正胡思乱想着，波努回来了。

陈义问："那小贩还在吗？"

波努摇了摇头，把目光投向正走过来的灰帽维修员，维修员也看到波努，两人相视一愣。

"怎么了？"陈义问。

波努本欲掩饰，但想想还是算了："他就是奥讷兰·哥弗。"

陈义瞪大眼睛："你的父亲？"

"嗯。"波努走了过去，对奥讷兰说，"你怎么在这儿？"

奥讷兰低下头，用帽檐挡住波努的目光。他没有回答，把手上的报警盒放在地上，拿起工具对着侧舷挡板焊接起来。波努也没再说话，站在他身后看着。安东对陈义做了个手势，陈义立马跟着安东离开了现场，给他们父子俩留下单独相处的空间。

奥讷兰安装完最后一个报警盒，把售后单发给波努："签个字。"

波努没签："你还没回答我的问题。"

奥讷兰知道逃不掉诘问，摘掉工帽，垂下眼帘说："我记得你的爱宝枪是在钢锯星买的，就来到这里，想要找到那个毁灭翡莫迩的罪魁祸首。但正如你刚才看到的那样，他早就不在这里了。"

"那你为什么不回翡莫迩？"

奥讷兰幽幽地说："我不敢回去。"

"现在宇统厅登记的翡莫迩君主依然是你。"

"我知道，所以我买了个黑户身份的手环，国库的钱我一分没动，我转给你……"

波努打断他："君主依然是你，就请你履行职责。"

奥讷兰摇了摇头："我抛弃了国家，没有颜面再回去了，而且莎珂尔也死了。"

"母亲还活着，另外我们还救下了二百四十万民众。"

奥讷兰震惊地抬起头。

"母亲大脑受伤，现在是深度昏迷的状态。麦兰森把妇孺老人都丢在伊希恩栖息地，绑架所有的男性公民和地球战俘逃到了常宇宙，包括默泽。"

奥讷兰怔住："默泽也……"

"是的。伍尔班夫将军、希莉和科学院的人正在着手重建国家。"

奥讷兰的目光变得复杂，各种情绪最终汇聚成自责，眼底泛起泪光。他缓缓跪倒在地，无力地支撑着额头，泪水四溢："对不起，是我软弱，让你们承担了太多责任……"

波努心底泛起酸楚。他也半跪下来，抚着奥讷兰的肩膀说："当务之急是要找到麦兰森。"

奥讷兰点点头，控制情绪，从兜里拿出自己的手环，展示出一个坐标。"我一直开着翡英军的战略通讯，虽然寇雷格退出了频道，但他忘了关闭支援舰给王室成员设置的对接平台。这里就是他们最后一次出现在常宇宙的地点。"

波努查看坐标，地点位于弧光星系中部的一处恒星星系，尚未有任何智慧文明在此处登记。

"你去那里看看有没有线索吧。"奥讷兰说。

波努点头，扶奥讷兰站起来："你跟我们一起走。"

奥讷兰擦去泪水："不了，我现在是贾利克，有很多维修工作要做。"

"你打算一直这样逃避下去吗？"

波努的目光令奥讷兰内心刺痛，他不知该如何回答，也不敢再直视儿子，把售后单再次发送了过去。波努签了。奥讷兰戴上工帽："如果有我能帮上忙的，联系我。"

波努皱眉："联系你的哪个名片？"

奥讷兰抿了下嘴："原来的那个。"

波努眉头舒展，轻轻点了下头。

见图喏指挥官来了，奥讷兰压低帽檐，最后看了波努一眼，转身离去。

图喏说："波努，你来看下战机的数据，常宇宙的规格好像和孢星内部不太一样。"

"来了。"波努关掉手环。

两人往前走了一段路，图喏忍不住转头瞥了眼奥讷兰消失的通道："刚才那个人很像国王陛下。"

波努没有回话，青绿色的眼眸微微发亮。

调查团舰队起航。K军报警盒会在10光秒以外发现敌人时发送警报。感觉安全了一些，安东与其他长官商议，决定前往波努提供的坐标位置。

经过多次虫洞环跳跃，他们来到弧光系。弧光系和银河系一样是棒旋星系，但直径只有银河系的五分之一，其核球泛着乳白色的唯美光芒，由无数恒星组成的棒状末端伸出两条悬臂，短小而朦胧。

四天飞行过后，调查团抵达了坐标点——一个荒凉的、连名字都没有的恒星系。在该星系的第七行星公转轨道附近飘荡着大量形状怪异的碎片。调查团派出飞行队，波努、陈义等人飞过去一看，那些碎片竟然是舰船残骸。他们等考察艇抵达碎片区后，前往第七行星继续调查。

第七行星远观并无异常，飞入大气圈后，波努和陈义看到令人发指的一幕：人工搭建的地下隧道的入口处，有着三座小山般高的骨堆，尸体肌肉腐烂，破碎的衣物挂在颅骨上随风飘荡。骨堆周围散落着许多遗骸，他们或保持相拥的姿态，或独自趴在地上，用手卡着自己的脖子，样貌惨烈。更远的地方，竟然还有十个盛满灰白骨灰的大坑。

此景令波努产生了一种不好的预感。

确认周围没有埋伏，飞行队着陆。波努、陈义和其他飞行员穿上防护服，戴上氧气面罩进入隧道。很明显，这是一处仍处于低度文明的人类地下建筑，与翡莫迩的"蚁巢"有点相似，内部功能区域规划整齐。可惜的是，他们没能抵御住外部侵袭，所有的电子设备和纸质文件全都被敌人销毁了。

越往深处走愈是崎岖，经过了一段漫长黑暗的走廊，他们的面前突然豁然开朗，说话都能产生回音。陈义打开强光手电，发现这是一处废弃的血蚰矿洞，不少挖掘工具遗落在现场。波努的预感实现了，他记得拜特勒曾经说过寇雷格那段时间经常出孢星，很有可能就是在此开采血蚰。

考察艇和飞行队把调查资料带回调查团。图喏一眼就认出有些碎片来自翡英军舰船装甲，但另外一些碎片来源不明。

波努拿着环境样本数据来到舰桥，说："果然是这样，环境里没有留下任何证据，就像当时他们对付'蚁巢'那样。"

图喏皱眉。

安东问："翡英军对你们做了什么？"

"他们用钻地弹头搭载生化武器，想要用毒气把我们困死在地下。"

"那种毒气不留痕迹？"

"是的，它很快就会蒸发。翡英军用同样的办法屠杀了马魁克人，夺走了血蚰矿藏。"

安东说："这个星球没有登记，周边也没有监控，加上资料都被毁了，我们没有翡英军犯罪的证据。"

"你们看这个。"图喏指着那些来源不明的舰船碎片："看样子还有另一伙人发现了血蚰，和翡英军大打了一场，那些人手上说不定会有证据。"

波努说："那些人一定是强盗。若是警察，翡英军现在应该已经挂在通缉榜上了。"

安东和图喏都沉默了——强盗可不会告诉你他们在哪儿，这等于线索又中断了。

波努挠了挠头，提议道："要不我们先去鉴定这些舰船碎片，看看能不能通过买家信息顺藤摸瓜找到那些人。"

"只能先用这办法试试看了。"安东说。

士兵都去餐厅了，休息舱里只剩陈义。见波努回来了，陈义问："查出什么来了吗？"

波努摇头："先要去鉴定舰船碎片的来源。"

陈义叹了口气："这样耽搁下去，麦兰森会不会撕票？"

"难说，麦兰森什么事都做得出来。他下令砍掉我的左手时，奥讷兰还没离开孢星呢。"

听他这么一说，陈义感觉郭寻杨凶多吉少，心情变得沉重起来。过了会儿，他问："为什么不带你的父亲一起走？"

"他不愿意。"

"你是不是吓着他了？"

波努莫名其妙："什么意思？"

"没人告诉过你，你很凶吗？"

"是吗？"

陈义点头："你挺像郭寻杨的，不过郭寻杨不爱讲话是因为呆，你是真的冷酷，对任何人甚至是喜欢你的女孩都不说软话。"

波努无奈反驳："'呆'在你们的语境里也不是褒义吧？"

"至少跟冷酷的人相比，呆头呆脑的人比较可爱。"

波努苦笑了一下，无言以对。

官方机构要价过高，调查团无法承担，安东几经辗转打听到一个私人交易所的鉴定服务，价格只有官方的十分之一，但前提是必须在交易所完成五笔以上的订单。该交易所位于圆潭星系的一颗类地行星"佛林三号"，它是海洋星球，大面积的海洋包裹着唯一一块大陆岛屿。碧水蓝天，花草掩映，白色水鸟群聚岸边，岛屿四周遍布人工岛和空港，蛛网般的跨海通道朝四周扩散。这颗星球是"佛林资产"开发的第三个市场，前来参加拍卖和交易的舰船络绎不绝。

安东和部下们下船后，首先听到的不是鸟鸣，而是佛林拍卖行里高昂的喊价声。进入交易所，他们看到许多外星人，他们的外形和样貌大多与地球人相仿，也有一些机械人或矮小生物。安东找到几位散客，给了他们一些星币，让他们以调查团的名义完成买卖后，拿着交易记录去了鉴定部。

鉴定部是为定制飞船市场设立的，因为定制船造价过高，零部件容易出现假冒品，所以鉴定零部件真伪是必要的配套服务。接待安东的是一个洛盟星人，他满嘴胡茬，两只兔耳耷拉着，一直在打哈欠。他把安东递过来的飞行处理器芯片放在传送带上，然后便不管了，没精打采地刷着手环里的娱乐网站。

等了将近一个小时，安东实在忍不住了，问那个兔耳接待员："什么时候能鉴定完？"

接待员懒懒地说："我也不懂，等着吧。"

安东不爽，也不好说什么。接待员瞟了安东一眼，继续看手环。又过了半个小时，安东发现比他后来的顾客都拿到了鉴定结果满意离去，顿时火了，上前捶了拳柜台："你不想帮我办，还是想要钱？说清楚。"

接待员吓了一跳，他看到有同事朝这里看过来，便关掉手环，清了下嗓子说："鉴定工作有流程……"

安东打断他："你是不是觉得地球人好欺负？"

地球？接待员眼中闪过一道光芒，查看资料看到安东他们果然来自地球孢星。这个洛盟星人的兔耳朵竖立了起来，兴奋地说："早说你是凯烈安尼亚族的后裔，我就给你开快速通道了。"他犹记得三十年前他还是个孩子的时候，洛盟星曾做过"白塔联盟"的专题纪录片，凯烈安尼亚人驱赶海盗、对抗垩兽，在他眼里就是英雄的化身。以至于当海神星以地球孢星的形式重生，凯烈安尼亚族后裔地球人进入常宇宙时，他还小小地激动了一下。

见他态度变好，安东作罢，并未细究他话里的意思。

鉴定结果很快就出来了，芯片是由卡刺尔人制造的。接待员免费帮安东查询了卡刺尔人的军工组织，显示他们最后一次在商业信息面板上报备的地点在天鹅座的谢卜利106号星云中的一个恒星系。

调查团离开佛林三号星，前往天鹅座。谢卜利106号星云像一只由群星组成的沙漏，中间那条暗红光色的气体尘埃带分隔了两端蝶翅般的星云，明亮的靛色气团之中，年轻的恒星正在不断诞生。调查团舰队穿过闪烁的星团，找到了目标恒星系，找了大半圈才发现了一颗灰黄色的小行星。与天空璀璨的星河相比，这颗行星太过凄凉，地表唯有荒漠，没有任何高大建筑，只有一个军事哨站。

说明来意后，哨站准许他们登陆，但人数不得超过三个。陈义和波努毛遂自荐，驾驶"纸鳞"前往。哨站基地内堆着临时掩体和军火，军火仓库不大，但装备齐全，士兵也穿着宇宙战争级别的防护服，背着多支高级枪械，精神十分振奋。一个军官模样的人走了过来，他面色红润，中气十足："你们好，我叫扈什，是卡刺尔政府军总司令。"

"你好。"波努与他握手，拿出飞行处理器芯片，"这种芯片是你们制造的吗？"

扈什用手环扫描了一下芯片，笃定地说："是的，我们的军工产品数量繁多，品质优良，卖到常宇宙的各个角落……"

情势紧迫，波努没时间听他吹嘘："您能提供购买这种芯片的顾客名单吗？"

扈什打量了一下波努："你要顾客名单做什么？"

波努直言："使用这个芯片的某支军队手上有我们需要的信息。"

扈什说："不行，我们必须保护顾客隐私。"

"我会付报酬。"

"这不是钱的问题。"

现场气氛骤然变冷。察觉到波努的焦急，陈义插嘴："扈什长官，你们能把制造的配件卖给全宇宙，想必产量很多，可我在这里没有看到任何工厂，为什么？"

"因为这里只是哨站，军工厂都在母星。"扈什解释，"我们遭遇到了难以战胜的敌人，我为了鼓舞士气才来这里，如果发生危险，我一定要和我的士兵们在一起。等赶走了敌人，我要建更多的工厂，向常宇宙证明卡刺尔人的伟大和荣耀。"

陈义附和："我发现您的士兵都是受过专业训练的，你们一定能赢。"

扈什转过头："你倒是很有眼光，跟那小子不是一路人吧？"

陈义尴尬地笑了下："我的星球遭遇了敌军入侵，百万将士牺牲了自己的性命才勉强守住了母星。我们背井离乡，来到常宇宙，就是为了与敌人展开最终决战。您作为统帅，一定能理解我们这些士兵的心情，对吧？"

扈什沉重地叹了口气，点头道："听你这么一说，我确实有了同感。虽然我们所属的国家不同，但身为军人，抵御外侮、追求正义的心情是一致的。"

成了。陈义心中暗喜。

"名单给你们吧。"扈什打开手环，把资料发给了陈义。

波努松了口气。

陈义接收完资料，多嘴问了一句："长官，你们的敌人是谁？"

扈什望着前方："一种会变形，有着黑色鳞片的炮艇，你们见过吗？"

两人一惊。波努问："K军团？"

"我不知道它叫什么、从哪里来，但它确实厉害。"

波努环顾四周："你们的装备水平能对付它吗？"

"我们有这个。"扈什从腰间拔出一把枪，"这枪的致命模式能打穿它的外壳。"

波努定睛一看——爱宝枪？

扈什晃了晃爱宝枪，咧嘴一笑："它有能源集散舱供能，厉害着呢，我还打算在此基础上升级我的军工产品。"

"你被骗了！"波努大声道。

扈什不解，忽然警报器狂响。"敌人来了。"扈什转身朝士兵们奔去，"掩蔽，准备作战。"

陈义和波努惊慌地望向前方，只见远处的沙漠出现了一条横贯天际线的黑影，正以惊人的速度朝他们这儿奔来。"快走。"陈义拉着波努往战机停泊点跑。黑色的影子逐渐变化，那是一道上及天穹，下至地底的漆黑之墙。——那是什么物质？他们俩无暇顾及心中疑问，飞快点亮座驾。黑影瞬间逼近，几乎是擦着机腹呼啸而过，陈义终于看清了"黑墙"的真相：它并不平整，而是像奔腾的黑色浪涛，浪头的尖端，能很明显地看到那仿佛三维建模布线一般的光影结构，所有被黑浪吞噬的物体，都成了它线性结构的一部分。"归返荣耀"的军事基地被淹没，扈什和他的士兵们被卷入黑浪，就像一只只埋没于沙盘的人偶，沉沦于闪烁着微光的线性结构……

两人震惊得屏住呼吸。

安东发来消息："你们没事吧？"

波努反应过来："没事。"

图喏说："系统检测到这个星球发生了气候剧变，你们注意飞行安全。"

陈义回道："明白。"

黑色浪涛席卷了这颗小行星，但很快，它就像墨迹沉淀般消失了。星球恢复了沙漠的灰黄色调，那个简陋的军事基地也再次出现在地面上。

波努考虑了一下，语气深沉地说："长官，我申请再次降落。"

"准许。"图喏回道。

"资料都拿到了你还回去干吗？"陈义见波努头也不回，只好又跟了过去。

两架"纸鳞"再次降落在沙地之中。波努从驾驶舱一跃而下奔向基地，被两个士兵拦了下来。扈什走了过来："你们这些来访者真是一点礼貌都没有，也不发个信息确认一下。"他拿出爱宝枪："不怕被射杀吗？"很显然，扈什已经不认识他们了。

"长官，你手上的爱宝枪根本不需要供能，它会自动充能，那个'能源集散舱'才是始作俑者，它改变了你们星球的因果规则，把你们困在了这一天，事实上你们已经输了。"

"闭嘴。"扈什拿枪指着波努，"竟然敢说我们卡刺尔人输掉战争？"

波努恳切地说："我的孢星就是被能源集散舱毁了的，您相信我，跟我们一起走，离开这个星球，你就会知道真相。"

扈什冷哼："我绝对不会离开哨站，我的士兵们更不会，我们卡刺尔人永不言败。"

陈义拽住波努："别说了，你这样会激怒他。"

波努不忍："我不能看着他遭受与我一样的苦难。"

陈义沉声说："他有他的任务，而你的任务是营救同胞，回去建设你的国家。虽然没有证据，但就算是 K 军团制造了能源集散舱祸害一方，你现在也战胜不了他们。"

波努沉默了。警报响起，黑影再次出现。"走。"陈义推着波努往战机方向跑。黑浪席卷沙丘，吞没了哨站，再次重置了这颗小行星的现状。两人飞回东方号。

图喏问："名单拿到了吗？"

"拿到了。"陈义上交资料。

波努垂着头坐在一边，说："所谓的'气候剧变'就是数据重置，这颗星球也被能源集散舱毁了。"

图喏震惊，安东也转过头来。

波努继续说："集散舱改变了这颗星球的运行规则，强迫它一直回溯记录的数据节点，星球上的人类被困在了同一天，如果没有外力干涉，他们不会老去或死亡，只会永恒地重复体验这一天。"

舰桥内一片安静，大家感觉脊背发凉。

陈义叹了口气，对波努说："走吧，我们的任务完成了。"

出了舰桥，陈义见波努神情忧郁，便说："你与扈什的遭遇并不相同，你没必要同情他。"

波努抬起眼睛。

"你想啊，虽然他们被困住了，但他们自己并不知道，就算是重复体验战斗在即的紧张、兴奋和集体荣誉感，对他们而言也是意义非凡的。如果有一天扈什自己打破了循环，他至少能获得经验和功绩，你强行带他离开只不过是宣布他的失败罢了。"

波努觉得有道理，点了点头。

陈义耸了下肩："常宇宙里要命的事儿太多了，咱们管不过来。"

卡剌尔人的顾客名单极其冗长，有五百多万个团体或个人，但宇统厅的通缉名单更长，是它的数百倍，不进行筛查的话至死都找不到线索。考虑到那伙强盗会抢翡英军的"血蚰"，胃口一定不小，安东打算从顾客名单中的大型商团入手。

他首先把名单发给了一个曾经与地球合作过的档案馆服务台，付费让他们对顾客进行了分类，找出其中的343个大型商团。登记在册的商团都要定期报备、上传交易记录和行踪，所以这343个正规商团均排除了由强盗伪装的可能性。

因为商团大多都有过货物被强盗劫掠的经历，介于对自身信誉度的保护，他们不会透露分毫遇袭经历。安东无法核实，只好去交易市场查询，提取出一个月内没有任何动向的170个商团。他让部下伪装成生意人，联系这170个团体，询问他们的交易成功率和与镖行合作的情况。

最终，一个名为"霜雨社"的商业团体引起了他们的注意，自从三年前购买了卡剌尔人的飞行处理器芯片后，该商团就再也没有任何动向。霜雨社舰队三万多人，如今只剩一位名为"塔·罗奈薇"女士还能联系到，她在一个偏僻的疗养院中。

疗养院杂草丛生，寥寥数个护工照顾着院内三百多个精神障碍患者。大多数患者都没有得到及时的治疗，只能挨日子。安东带着部下来到插着"塔·罗奈薇"名牌的房间，推开门，看到一个瘦弱的女人正背对着门，盘腿坐在环境模拟器营造的翠绿草地中，脚踝边野花环绕。

"塔女士。"安东喊道。

罗奈薇的双肩瑟缩了一下，转头用惊恐的目光看着安东。

安东赶忙说："我不会伤害你，只是来请教你一些问题。"

"滚出去！"罗奈薇突然吼道。

生怕她情绪失控，安东只好退出，关上门。

一个护工走了过来，抱着双臂吊儿郎当地说："愿意付钱的话，我可以帮你给她打药。"

"什么药?"

"能让她冷静下来的药。"

"镇静剂?"

"哈哈,你太小看这些疯子了,镇静剂对他们已经不起作用了,发狂的时候他们就像野狗,连屎都吃。我们的药虽然对大脑有损伤,但能让她瞬间变成正常人……"

"那不用了。"安东皱眉打断他。

护工撇撇嘴,走了。

安东让部下在门外等着,深呼吸一口,再次推开门。罗奈薇好像没有听见声响,一直呆呆地望着全息投影制造出的碧蓝晴空。安东见她手臂上有一条条自残或自杀未遂的痕迹,关上门半跪下来,轻声问:"罗奈薇,你很想解脱吗?"

罗奈薇转过头来,看到与她处于同一高度的安东,犹豫了一下,木然地点了点头。

安东说:"我可以结束你的痛苦。"

以为这个陌生人愿意协助自己自杀,罗奈薇眼睛一亮:"真的?"

"真的,但是你必须要配合我完成一件事。"安东打开手环,展示出系统处理芯片,"你们'霜雨社'商队曾经购买过卡刺尔人的这种芯片,后来全舰队失联,我想知道你们遭遇了什么?"

闻言,泪水溢出了她眼眶。罗奈薇捂住脸绝望地说:"我害怕……我不想回忆,对不起。"

安东起身走了过去,靠近她说:"别怕,我会保护你。"

抽泣了一段时间,罗奈薇控制住了情绪,说:"货船出了故障,我们让卡刺尔人帮忙修好了船,结果在运货途中遭遇了强盗。"她浑身颤抖:"他们抢走了货物和舰船,还屠杀了商队里的所有人。"

"他们是谁?"

罗奈薇摇了摇头:"我不知道……都怪我,都怪我。"

"怎么了?"

"是我建议商队亲自运送那批血蚰。"

安东一惊——又是血蚰?

她继续说："我们伪装成劳工运送队运送血蛆，被那帮强盗偷袭的时候，还以为是进入了哪个禁止奴隶贩运的星系呢，根本来不及逃跑。"

"你们没有请保镖？"

"没有强盗会去抢劳工运送队的，请保镖反而显得欲盖弥彰，容易招惹到他们。"

安东叹了口气："这么说，霜雨社舰队覆灭，只剩了你一个人。"

罗奈薇的泪水簌簌下落："是我害了他们，三万四千条人命……"

"不要这样想，凶手是那帮强盗。"

罗奈薇抬起遍布泪痕的脸庞，望着这个面容粗犷的斯拉夫人。

安东问："对于那伙人，你有没有什么信息可以提供？"

罗奈薇思考了一会儿："我在昏迷之前，看到了舰桥通讯屏中传来的画面，可以确定的是，敌方将领至少有两个人，都是女人，十分年轻。"

"你对她们还有印象吗？"

"有。"

得到罗奈薇的许可，安东让画像师进入房间。画像师根据她的描述勾勒出了那两个女人的面庞。黑白的素描画中，出现了两个浓妆艳抹的女人，一个是十几岁扎着双马尾辫的少女，另一个女人有着浓密的长卷发，衣着性感，像是少女的姐姐。安东拿到画像后，对罗奈薇道谢。

见安东要走，罗奈薇急忙拉住他问："你刚才答应结束我的痛苦的呢？"

安东沉声说："当然，我会找到那帮恶人，让他们为屠杀霜雨社成员付出代价。"

罗奈薇愣住。

"好好活下去，等我的消息，好吗？"

闻言，罗奈薇的眼底泛起泪光，她垂下眼帘，轻轻点了下头："谢谢。"

安东温和一笑，离开了房间。走之前，安东给了护工一笔小费，让他照顾好罗奈薇。

安东回到舰船联系了宇统厅警局，很快就收到了回执，通过面部对比，她们俩是通缉榜单中"婴鬼军"的首领。因为婴鬼军反侦察能力很强，流窜作案且杀人灭口，所以线索极少。有关婴鬼姐妹的最后一次目击报告是在一个"粉红麻雀"快餐店中。

鼠路

拜特勒迷迷糊糊地睁开眼，发现自己躺在狭小的床上，房间是六人通铺，其他五人都没醒。他坐起来，把手伸入乱糟糟的头发挠了挠，混沌的记忆逐渐清晰：士兵队伍进入医院，把他们这些医护人员像押犯人一样拽进巨大的驱逐舰，之后便没了意识，可能是吸入了氧气面罩中的麻醉剂。

拜特勒下床，轻轻打开门，被扑面而来的黑暗吓了一跳。他用脚尖试探了一下，确认外面是平地才走了出去。眼睛还未适应黑暗，拜特勒隐约察觉到有红色的光亮，便摸着黑走到一排闪烁着红光的窗户边。外头暴风咆哮，荒凉的平原飞沙走石，急速掠动的云层间，一轮血红色的星体熠熠生辉，该星体的色球层布满密密麻麻的黑子，甚至能用肉眼看出它的自旋速度。难道这是红矮星？拜特勒从他那稀少的天文知识中捞出一个名词。另外，在遥远的天地交界处，频繁出现剧烈的、形状不明的白色闪光。那又是什么？他正观察着，身边响起人声——

"你醒了？"

拜特勒吓得差点跳起来，转头一看是科室主任。主任看上去有些异样，他的淡色虹膜变成了红色，五官就像融化的蜡一般下垂。

主任说："你去看一下3区15床的病人，他的截肢创面一直在渗血，你去给他注射一支弥普乐生。"

拜特勒蒙了。很明显这里不是伊希恩，3区在哪儿，15床又是谁？

"哦，忘了给你。"主任从兜里拿出嵌着笔的记录本和一张病区地图："以后没法用手环，病员情况和用药记录只能通过手写。"

拜特勒这才发现手环没了，刚想询问，叮，电梯鸣声阻止了他。惨白顶灯亮起，照亮了轿厢内的麦兰森和其他议员们的脸，他们的眼睛同样泛着红光。

气氛愈加诡异恐怖，拜特勒紧张得耳鸣，麦兰森掠过他时，耳鸣声到达最高峰。他看到麦兰森等人走过的地方留下了黑色的脚印，而这些脚印并非泥尘，而是像生物的血肉一般蠕动着，散发着硫酸蒸发时的烟气。拜特勒望向麦兰森他们的背影，看到这些议员们的身躯竟然像烂泥一般垮塌下来，泛着恶心的气泡趴在地上晃动，犹如一坨变质腐烂的肥肉。听到脑后传来声响，拜特勒惊惧地转身，发现主任那异样下垂的五官也开始变为黑色……

拜特勒一骨碌坐了起来，浑身大汗，胃部一阵阵犯恶心，他又出现了麻醉过后的症状。与噩梦里的场景一模一样，拜特勒身处六人通铺的下铺，其他五个人都没醒。异样的恐惧弥漫胸腔，拜特勒深呼吸稳定情绪，下床推开门。门外同样是一条宽广昏暗的走廊，地灯感应到拜特勒的脚步，齐刷刷亮了起来。拜特勒走到窗边，看到了那颗斑驳的红矮星和天际线处的白色电光。他极其迷惑——这难不成又是另一个噩梦？

"你醒了？"科室主任走了过来。

拜特勒压抑着紧张，瞄了眼主任的眼睛，发现它们是正常的浅黄色。他稍微放松了些，问："我们的手环呢？"

"手环被军队收走了，具体原因我也不知道，以后工作都要靠手写了。"主任把笔记本和病区地图递给他，"你去重症区 3 号病床看一下，记得回护士站提交用药记录。"

"知道了。"拜特勒把地图嵌入笔记本。

主任说："这里的条件可不比伊希恩，用药省着点。"

"这里是哪儿？"

"嘘，别问问题，要是被军队里的人听到了，你的下场就会和那些地球人一样。"主任指指拜特勒的笔记本，示意他尽快完成任务，然后便离开了。

地球人？拜特勒更疑惑了，之前传得沸沸扬扬的孢星融合事件是真的？叮的一声，电梯门打开，两个身着翡英军军服的士兵走过来。其中一个士兵指着拜特勒："不要在走廊里停留。"拜特勒赶忙揣着笔记本溜了。

拜特勒根据地图指示，穿过几条弧形走廊，到达了所谓的"医院"。他打眼一看——这哪是医院呀，分明就是监狱。该建筑是空心圆柱体结构，就像一个巨型斗兽场，中央矗立着一栋塔形建筑，其上布满隐形的监控摄像头和探照灯。强烈的白色灯光从中央塔四射出去，照亮了一排排狭小的房间。

拜特勒乘坐电梯到达最上层的医疗区，看到病人被关在单人监狱一般的房间中。房间没有门，里头放着床、洗手池和坐便器，顶部的通风系统不间断地发出令人烦躁的呜咽声，压抑的环境令病人的状态每况愈下。拜特勒检查了几个病人，开了一些弥普乐生，把药单送到了护士站。等待护士长确认签字时，他趴在栏杆上向下望去，发现这座环形建筑有八十层，如果住满，根据每层居住五百人来推断，大约有四万人被困于此。多如牛毛的监房中时不时传来悲泣之声。他们全是工人、下级官员、士兵，唯独没有罪犯。自从被驱逐舰带到这里，他们再也没能与外界取得联系，被迫与伊希恩的妻儿和父母分离。

红矮星透过天窗洒下猩红的垂死光芒，照耀着这座环形监狱。虽然看不清房间中的人在做什么，但透光栅栏的房门会让人感觉被时刻监视着，如厕仿佛在当众便溺。拜特勒感觉格外压抑，他意识到，议会已经不再把他们当作同胞，而是视作某种威胁或报复他人的血肉材料，最终，这四万条无辜的生命一定会沦为议员们穷途末路的注脚。必须要做些什么。他想。

东方号航母的舰桥内，婴鬼姐妹俩的画像投影在半空中亮着，安东等人正在讨论接下来该怎么办。

安东说："虽说婴鬼军挂在通缉榜上，但线索太少，赏金猎人都不感兴趣，宇统厅警局又不负责抓捕。我们唯一的线索就是这张她们在快餐店就餐的照片，这还是半年前拍的。"

一位参谋长官说："我们应该求助'粉红麻雀'，调取最近的门店监控记录。"

安东知道这办法不行，但还是尝试联系了粉红麻雀，果然被一口回绝。

波努说："粉红麻雀快餐店大多开在城市中心，有道路监控，不知道能不能找当地政府调取？"

图喏摇头："这些城市属于不同星系的联防机构，咱们没实力，也没有权力要求他们帮我们筛查。"

安东指出："照理来说，这些城市享受着宇统厅带来的秩序，协助调查通缉犯是它们应尽的义务。"

图喏耸了下肩："话是这样没错，但……"

"你们知道还有谁对道路监控有需求吗？"波努停顿了一下，"黑帮。"

大家愣住。

"黑帮从事非法或灰色交易，需要掌控领地安全、警方和对头帮派的动向，入侵道路监控系统是必要的技能。"波努考虑了一下，"贫困星球有大帮派，但他们的技术水平有限，在萨美尔联邦那种发达星球更容易找到对我们有用的黑帮。"

安东抱起双臂："但人家凭什么帮你？如果他们要价高还耍赖，我们不仅浪费了钱，还有可能跟他们发生冲突。"

对于安东的疑问，波努也无法给出肯定的答案。"去趟萨美尔吧，让我试试。"

圣卜岚市是萨美尔联邦星国会大厦的所在地，也是该星球最为繁华的城市。它的高层建筑群把天空挡得严严实实的，导致一些街道路段需要全天开着路灯。高耸的写字楼从不熄灯，藏在云端的漂浮游乐园却只在夜晚开放，那里是富人们挥金如土的天堂。

波努和陈义从空港出来，乘坐出租艇来到它最大的地面主干道。波努环顾四周，一眼就看到了远处立交桥下的灰色帐篷群，以及帐篷外头行尸走肉般的流浪者们，与曾经的翡莫迩厂区一模一样。

"接下来去哪里？"陈义问。

波努下载了圣卜岚市的详细地图，查看后说："等天黑我们先去酒吧打探一下。"

两人坐在街边的长凳上，看着形形色色的人群来往穿梭。因为萨美尔昼夜交替只有十二个小时，很快，天空暗了下来，灯光犹如群星一般骤然亮起，巨幅广告投影与霓虹交相辉映。躁动放纵的气息弥漫开来，街道上开始出现一些三五成群的男女，夜店和酒吧就像喂不饱的饕餮，把花花绿绿的人群吞入腹中。

他们进了一家比较安静的酒吧，吧内播放着节奏舒缓的音乐，顾客不多。波努要了两杯酒，向酒保打探黑市的情况。

酒保说："黑市在帮派手上，他们不会向你们这种新来的异乡人出售服务的。"

"给钱也不行？"

酒保摆摆手："小声点，别让任何人知道你有多少钱，这里没你想象得那么安全。"

"那要怎样才能联系到帮派？"

"不知道，你去问其他人吧。"

陈义搁下酒杯，对波努使了个"走"的眼色，波努轻点了下头，与他离开了。酒保收走酒杯，冷冷地瞥了眼两人的背影。

走出酒吧，他们有些迷茫。波努说："实在不行就去黑巷子里找人买药，顺便问一下。"

意识到"买药"的意思，陈义撇撇嘴："不能换个办法吗？"

波努眨了眨眼，说："还有个办法，买春，妓女和黑帮通常都是一伙儿的。你愿意去吗？"

陈义叹气："还是用第一个方法吧。"

两人走到一个幽深的小巷口，篝火勾勒出两个晃动的人影，低沉的人声飘荡。波努指了指里头，陈义点点头，站在路口。波努一个人走了过去，还没开口，那俩人就拉上兜帽跑了。

波努回来，感觉莫名其妙："我看起来很奇怪吗？"

陈义撇撇嘴，没回答："再换个地方试试。"

绕了两条街，他们又找到一个巷子，里头站着两女两男，衣着鲜艳而暴露。这次波努还没来得及走过去，他们就退避三舍，头也不回地溜了。

"见鬼。"波努有些烦躁，"去买瓶酒，我就不信了。"

他们从旁边的便利店买了瓶烈酒，找到一个酒吧的后门。波努打开瓶盖就往头上浇，用衣袖抹了下脸，坚定地朝后门走去。

波努假装醉酒，晃悠着掠过一个独自抽烟的女孩，对着墙根发出呕吐的声音。女孩皱了下眉，但她并不在意，继续抽烟望着街口。

终于遇到一个没逃跑的，波努心中暗喜。他害怕吓到她，便远远地问她："美女，你知道哪儿有卖货的吗？我快难受死了。"

女孩不屑地瞟了波努一眼，浓密的睫毛扑闪着。波努不知道她是没听清还是不愿回答，重复了一遍，但她依然不开口。完了，又失败了，波努想。这时，女孩往地上啐了一口，不耐烦地说："去火葬场。"

火葬场？波努愣了下，没敢多问。

见波努满身酒气地回来了，陈义迎了上去："问到没？"

"她叫我去'火葬场'。"

陈义打开手环查看："不对啊，火葬场离这里有三十公里。你确定她不是在骂你？"

波努无奈道："再找人问问。"

汽水屋的老板听到波努的问话，头发都炸了："你们这些不三不四的小痞子，成天就知道说黑话。我怎么知道'火葬场'在哪儿？我他妈还没死呢。滚！"

陈义差点吃了一笤帚，赶紧拉着波努跑出老板的火力范围。波努气喘吁吁地说："'火葬场'一定就在附近，继续问。"于是他们沿路找街边的老店询问，终于得知，被称为"火葬场"的是两年前爆发火灾的一个物流仓库。火灾原因是物流公司违规存放能源舱等特级危险物，公司董事会拒绝为仓库安置通风、安全出口等消防设施，导致消防人员救火困难，一百多名员工被闷死在仓库内，烧得只剩骨头渣。波努想到贝马尔矿业爆炸事故，心中掠过一阵寒意——真是相似的剧情。

因为事故地段环境脏脏，对死者家属的赔偿也没谈拢，地产商不愿意接手这个被烧成空瘪盒子的仓库，它便成了流浪者和黑市商贩的聚集地。地图上的"火葬场"地点依然是某某仓储物流，政府甚至连名字都懒得改。

两人乘坐出租车，很快就到了目的地。被烧得只剩个空架子的仓库周围遍布帐篷，铁皮桶内篝火跳动，映亮了席地而坐的人们的脸。他们呆滞、麻木，对身边发臭的垃圾无动于衷，两三个小贩在墙面的阴影中进行着毒品交易。

"你在这等我。"波努整了整酒气弥漫的衣襟，朝帐篷区走去。小贩看到波努走来，戒备地戴起帽子，但没有躲开。

陈义看到波努与小贩交谈，小贩一直在拒绝，后来竟然嚷了起来，作势要打他。陈义有些不安，正考虑要不要过去时，波努放弃了与小贩纠缠，走了回来。

"不行吗？"

"不行，他们的戒备心太强了。"波努揉了揉鼻子，双手叉腰，望着泛起微弱光亮的城市天际线，"我们先找个地方休息一下，晚上再说。"

他们在网上找了家便宜的旅店，正欲前往出租飞艇站点时，在巷子里被人围了。四个小混混拿着生锈铁钎和棍棒，两前两后堵住他们的去路，成员之一便是与波努交谈过的酒保。

"听说你很有钱。"酒保咧嘴一笑，铁钎招呼上来。波努早有准备，右手接住铁钎，左手一拳打在酒保腹部。酒保吐出白沫，波努夺过铁钎，反手给了酒保旁边小混混一击。那人捂着出血的鼻头往后退了两步，又扑了上来，波努闪身躲过。

看到老大被打，另外两个小弟也一拥而上，陈义为了避免波努后背遭袭，提前拦住他们，躲过第一轮袭击后踹倒其中一人，捡起地上的铁棍，把另一个人撞到墙根，用铁棍死死地压住他的脖子。陈义瞟了波努的方向，发现酒保把手伸进了上衣里："他有枪！"波努闻言俯身躲避，好在子弹射空，酒保刚想重新瞄准波努，眼前突然蓝焰一闪，失去意识。波努枪口一甩，第二个人倒下了。见此情景，陈义那边的两个小混混僵住了。波努拿枪指着他们俩："还不滚？"闻言，两人丢下棍棒落荒而逃。

陈义松了口气，扫了眼地上那两具"尸体"，问："不会有事吧？"

波努把爱宝枪上了锁，放入里兜："不会的，够他们睡一会儿了。"

生怕再出什么事，到了旅店后，他们打算订一个标准间住，结果标准间没了，只剩一个单人房。波努让陈义睡床，陈义说床太软睡不惯，打了地铺。波努躺了一会儿也浑身难受，卷起被子也打了地铺。两人就这样隔着张单人床，在地上睡了几个小时。

两人几乎是同时被饿醒。服务员送来餐食，他们洗完脸坐在窗边吃饭。陈义看波努那副心事重重的样子，说："如果还用之前的策略，你会失败的。"

"为什么？"

"因为你太另类了，他们不会把毒品卖给你这种人，更不会跟你透露帮派的信息。"

"另类？"波努瞟了眼浴室玻璃的反光，"没有吧，我很普通啊。"

"那些流氓就是看你普通且正派，才会排斥你。人在处于弱势或感觉对方有危险性的时候就会选择回避。"

"难不成我要穿奇装异服，打扮得花里胡哨的，他们才愿意搭理我？"

陈义摊了下手，继续吃饭。波努却没心思吃了，心里一直琢磨着。

他们从旅店出来已近黄昏，下班的人们在交通指示灯的作用下大规模游移着。波努去买了身衣服，然后去理发店做了头发，还打了耳洞，忙得不亦乐乎。陈义拎着购物袋一路跟着他，竟然有种在陪女友逛街的感觉。最后，波努买了个淡红色的墨镜戴上，外形像是换了一个人：他的黑色卷发上挑染了一撮白毛，两只耳朵戴着夸张的银质耳钉，上身穿着无袖的金色坎肩，套着花纹张扬的暗红色马甲，下身是一条黑白斑点的七分牛仔裤，脚上穿着跟坎肩一套的金色拖鞋。陈义绷紧了八块腹肌才忍住没笑，他严重怀疑波努对小混混的审美有什么误解。

天黑后，两人乘坐出租艇到达"火葬场"附近。波努没有着急过去，而是拉着陈义来到一处无人角落。

"揍我两拳。"波努说。

陈义蒙了:"什么?"

"你说人在自己脆弱或对方有危险的时候会选择躲避,那如果我不仅没危险,还受伤虚弱,成功率岂不更高?"

好像有点道理。陈义摸了摸下巴:"行吧,那回去你可不许打我的小报告啊。"

"不会。"波努做好了准备,等着陈义出手。

陈义看着他,没动。

"快点啊。"

"你把墨镜摘了呀。"

"哦。"波努摘下墨镜的刹那,陈义一拳挥了过来。波努感觉天旋地转,直到肩膀撞到墙面才停了下来,黄金拖鞋全飞了。没等喘口气,陈义的第二拳来临,揍得波努满眼冒星,脸颊火辣,嘴里弥漫着血腥味。

"行了吧?"陈义问。

波努捂着脸,痛得一个字都说不出来,他对陈义竖了下大拇指,赤脚走了几步穿上拖鞋,捡起破碎的墨镜,晃晃悠悠地走了。陈义望着波努略显滑稽的狼狈背影,无奈地叹了口气。

果然,这次的行动策略奏效了。波努的这副装扮并未激起任何人的警惕,当他满脸血迹地哀求小贩卖给他药物用来止痛时,小贩同意了这个交易。波努向他们借了个胶条,然后对着墙席地而坐,叼着注射器,隔着衣服把胶条捆在手臂上。因为他动作娴熟,没人对他产生怀疑,小贩和瘾君子们继续靠在墙边聊天,时不时爆发一连串的脏话。

波努把手臂搁在大腿上,把注射针调整到他们的视线盲区,将药物洒尽,然后垂下头假装失去意识,竖起耳朵听小贩们的对话。

"狼帮有一批货丢了,硬说我有问题,明明是赖瘤头想要多拿,只派了两个人押货,结果被条子抄了,关我屁事?这帮脑子进了屎的杂碎。"

"狼帮让你赔钱了?"

"当然赔了,我敢不赔?我以前帮草间派跑过腿,他们要是抓着这点不放,我的命都得丢。"

"草间派还活着呢?"

"活着,就剩十来号人了,有一半儿都在卖屁股。"

"哈哈,你知道得很清楚啊。"

"那当然，不过我可不救济他们。"

波努心想，这个"狼帮"应该是本地比较大的黑帮，他们灭了"草间派"，却不想染指毒品生意，还让这种小贩帮忙进货跑腿，似乎有点高傲。

"说真的，我不想替狼帮干活儿，他们总是一副高高在上的嘴脸，装什么贵族，实际上蛇鼠一窝，真他妈恶心。"

"你就忍忍吧，这地段归你也是因为有他们罩着，不然赖瘤头铁定做了你。"

"呸！我也不是好惹的。赖瘤头有野心，吞了好几个小帮派，在西岸码头那边集结一帮人。我感觉他最近挺神秘的，说不定有什么计划。"

"他不会想要跟狼帮干架吧？"

"他们最好闹大点，让条子一窝端了，老子正好东山再起。"

"得了吧你……"

过了一个多小时，波努回来了，裤子上沾满泥巴。不等陈义问，波努说："我回去洗把脸，咱们去趟仪器改装厂。"

之前住在"蚁巢"的时候，科学院发明了一个指向型的超远距离监测器，用来监测伊希恩上的翡英军动向。波努考虑将这个仪器小型化，用于窃取"赖瘤头"的信息。酷烈的正午阳光晒得陈义睁不开眼，他在仪器厂门口等了三个小时后，波努回来了，手上拿着一个半个鸡蛋大小的监测器。

西岸码头是个被废弃的老港口，虽然还有不少商家在用，却因为没有市政维护而变得又脏又乱。在一片空的集装箱堆放区，以赖瘤头为首的帮派成员们盘踞其中。波努找到附近一处较高的写字楼，以看房的名义让工作人员带着他们到了顶部楼层。陈义拉住工作人员在客厅瞎聊，波努趁机走到阳台，用胶带将监测器黏在墙体外侧，正对着西岸码头那片花花绿绿的集装箱，监测数据瞬间传至东方号航母的接收器中。

两人回到东方号。之后波努天天守着舰桥里的信息接收器，陈义连他的面都见不到。三天后，好消息来了：窃取到的电光传感信息解调成功，波努拿到了赖瘤头与小弟的对话记录。波努与长官们商议，确定了下一步计划。他打听到狼帮据点后，单独去见狼帮老大。

狼帮老大是个光头壮汉，名叫以罗，装着两只机械电子眼球，脸上有着十几道可怖的伤疤。他身材高大结实，外露的手臂比普通人的大腿还粗。待在自家酒吧喝酒时，小弟报告说有陌生人来找，以罗本不想搭理，听说来者有内部消息才勉强同意。

落座后，波努开门见山地说："你们在'火印'买了一批军火，后天到货，对吗？"

以罗没说话，沉默地盯着这个穿着飞行员夹克的男人。

见他默认，波努继续说："有人扣了你这批货。"

"不可能。"以罗开口，"'火印'是中立军火交易行，他们没权力动我的东西。"

"赖瘤头已经把火印交易行控制了，现在跟你们接洽的'工作人员'全是他的手下。"

"什么？"

"赖瘤头想要颠覆你，早就开始做计划。你拿不到货，火力上他就能占到优势，结果会怎样不用我说了吧。"

以罗狐疑："你有证据？"

"不光有证据，我还能帮你一手。"波努把赖瘤头阐述计划的录音发给了以罗，然后展示出调查团舰队位于火印交易行附近的画面。"我的军队已经在那边了，随时可以解除赖瘤头部下们对交易行的控制。赖瘤头不知道你会拿到货，你大可以趁他掉以轻心之际轻松取胜。"

以罗打量了波努一眼："看样子你是想跟我谈条件。"

"是的，我想请你帮个小忙。"

以罗的两只电子眼球闪烁着红绿交织的诡异光芒，他轻蔑地说："你一个外乡人凭什么跟我谈？我把你灭口，再派人去杀了控制交易行的那群狗杂种，几乎没有成本。"

波努展示出自己的名片："第一，我是孢星公民，你不想惹麻烦吧？"他敏锐地察觉到以罗等人的神情闪过一丝畏惧。"第二，无论是你自己派人去交易行还是匿名报警，都容易把事情闹大，如果警方追查过来，你摆平事端的成本恐怕要比帮我个小忙多得多了。"

波努所言确实句句属实。以罗冷哼一声，态度缓和了一些："那你想要什么？先说来听听。"

波努关掉名片，打开婴鬼军姐妹俩的画像："从粉红麻雀快餐店所在的城市道路监控中，筛查出这两个人的行踪，第一时间告诉我。"

"就这个事？"

"对。"

"行。"以罗回答得很爽快，可见入侵政府系统查看监控对他而言并非难事。"现在就让你的部队解除火印交易行的状况，把我的货发过来。我拿到货你就可以走了，等我有了那两个女人的线索会联系你。"

事成，波努当着以罗的面联系了安东。

火印交易行挂着"暂停营业"的牌子，赖瘤头的人霸占了通讯器，把工作人员全部关在仓库。安东指挥地面部队攻进去的时候，那些小混混们还没反应过来。他们虽然会耍刀弄棒，但面对正规军队毫无抵抗力，被调查团士兵收走了手环，五花大绑地丢在地上。

交易行的工作人员没想到自己还能活着走出库房，哭着向调查团士兵道谢。他们赶紧把狼帮的货物装箱，送入运输舰，四个小时后，这批走私军火进入萨美尔联邦星，很快就到了以罗的手上。清点货物后，他按照约定让波努安全离开了。

波努走出昏暗的地下酒吧，强烈的阳光刺得他眼睛酸痛。被高楼切割出的狭小天空中，排列成V形的表演飞行队呼地掠过，政府职员和志愿者正在给行道树缠上丝带，置放气球和鲜花。广告投影嚷着："萨美尔联邦史上最盛大的建国纪念日来啦。拿好你的优惠券，来市民广场挥霍一番吧！前一百位有好礼……"

波努无视聒噪欢乐的气氛，朝出租车站走去。人潮涌动，脚步声、广告播音、飞艇穿梭的呼呼声与孩童的吵闹夹杂在一起，波努感觉时间流逝变得缓慢……蓦然间，一个人与他擦肩而过，那人穿着米黄色的风衣，金发蓬乱，一双敏锐的蓝色眼睛……波努猛然转过身——人头攒动，熙熙攘攘。他眨了眨眼，刚才那一瞬间，他好像看到了那位曾建议他和伯灵娜去加工厂买枪的风衣男人。

人群中，男人压了下差点被风吹走的米色宽檐帽，抬起淡蓝的眼睛，继续往前走去，消失于人群。

波努回到舰队，向安东等人汇报完后来到休息舱。

陈义丢给他一瓶水："搞定了？"

波努接住水瓶："没问题，接下来等着就行。"

"你这么肯定以罗会帮你？他拿到了他想要的，大可以拍屁股走人。"

波努喝了一口水，说："不用担心，以罗自视清高，像我这种过客，连让他背信弃义的资格都够不上。"

狱中枪声

拜特勒老老实实地上了几天班，了解了这栋建筑的大概布局。类似于环形监狱的居民区是建筑的主体，周围的物资生产车间被士兵们严密看守着，工人每天定时出入；食材培育室与厨房是一体的，因为人员流动密集，管理相对比较宽松，另外还有军营、配送间、原料仓库等地方。拜特勒还想摸清士兵的巡逻路线，但他一个人做不到。在翻阅护理记录的时候，蜜酒之家戒毒小组那两个人的名字跃入眼帘，他有了个主意。

迈赛顿和伯斯坦迪从伤员护理区出来，被告知他们调到了重症监护区。两人赶紧跑到重症区，看到拜特勒抱着双臂，背靠着护士站工作台站在那里，不禁双双愣住。拜特勒推了下眼镜，对他俩做了个手势。谁也不敢在这个有着无数监控和士兵眼线的地方乱来，他们只好跟着拜特勒往电梯方向走去。

电梯里也有监控，三人沉默不语，气氛十分诡异。到了药房的楼层，拜特勒没有前往药房，而是带着他们进入了一个偏僻的公共洗手间。洗手间干净明亮，几乎没有使用的痕迹。

拜特勒说："这里没有监控。"他从兜里掏出烟，递给他俩。两人不懂拜特勒闷葫芦里卖的什么药，又怕烟里有毒品成分，没敢接。拜特勒不耐烦道："普通的烟。"两人相视了一眼，这才接过了烟。

打火机的声音响起，三缕烟气弥散开来。拜特勒说："我计划反抗这里的军事监管。"

迈赛顿有些惊讶。伯斯坦迪似乎料到了，平静地看了拜特勒一眼。

拜特勒继续说："这地方管控严密，想要组织人员，送信收信，搬运军火，我一个人忙不过来，你们参不参加？"

伯斯坦迪开口:"照你说的这些,恐怕要动刀子。"

拜特勒挥了下手:"杀人的活儿我包了,你们只要听我的安排,配合好就行。"

迈赛顿打了个寒战:"被发现就完了。"

"什么都不做也是死路一条。"

迈赛顿叹气,伯斯坦迪沉默地掸了下烟灰。

拜特勒说:"我知道我们之间没有任何信任,一起做事,总会有把柄落在对方手里。如果不是万不得已,我也不会冒着被告发的危险来找你们。"

伯斯坦迪下定决心,按灭烟头:"说吧,什么计划?"

拜特勒拿出地图:"首先要搞到枪,军火仓库在这儿。然后是放出人员,生活区的管理员手上有钥匙,他的办公室距离仓库很远,所以要切断监控,监控电源在配电室……"

迈赛顿惊讶地打断他:"你打算发动全员反抗?"

"当然。"拜特勒吸了口烟,"你不会以为靠我们三个就能搞定一切吧?你也太小看翡英军了。"

迈赛顿哑然。伯斯坦迪说:"拜特勒的想法是对的,可以利用我们在医疗上的优势来制造机会。"

拜特勒点头,在地图上面画来画去:"详细计划以后再制定。这几天我发现了一些重点区域,你们先拷贝一下。接下来需要调查士兵的巡逻路线和交接班时间,你们住在哪里?"

迈赛顿回答:"23、25号房。"

"很好,跟我是相反的路线。"拜特勒用笔在地图上画出区域,"你们把这几段路的巡逻情况、周边的配餐室和医械室的监控探头查清楚,后天的这个时间,我们还在这里碰头。"

两人点头。

等他们拷贝完,拜特勒吩咐道:"你们现在去药房拿药,记得多申领一份镇静药,后天给我。"

闪烁的画面中,伯斯坦迪和迈赛顿拿着药回到重症监护区,他们身着白色护士服的身影掠过护士站,就像两只被关在长方形牢笼中的老鼠,与周围成千上万个同样忙碌的身影形成庞大的数据流,由人工智能程序时刻排查着可疑的人和事……密密麻麻的监控画面下方,麦兰森坐在沙发中,拿起酒杯喝了一口。

拜特勒回到岗位,感觉到环形建筑中央的监控塔锁定了自己,漆黑镜头正贪婪地攫取光电信息。他不动声色地继续工作,盘算着接下来该做些什么。医疗区只占这座环形监狱建筑的顶部两层,下方还有七十多层,那里住着的四万人才是他反抗计划的主体。

三人完善了监控点和巡逻情况后,拜特勒开始下一步计划。重症监护室一位病人逝世了,他篡改了死亡记录,把死亡原因改为"吸入大量霉菌导致肺部感染,引起呼吸衰竭后死亡",接着又修改了三十多位病人的肺功能报告单。他令科室主任相信:通风系统无法有效过滤空气污染。主任与管理人员交涉后,后者同意对整栋建筑内的人进行健康检查。

为了保障生产进度,工人每天要工作十几个小时,为了不耽搁工作,拜特勒三人被允许进入生产区。迈赛顿和伯斯坦迪检查时偷偷记下各个生产组长的工号,拜特勒则盯上了生产主管马塞——一个大腹便便的中年男人。在技术工为厨房通风系统安装强效除菌滤网的时候,拜特勒趁四下没人,偷了两瓶烈性酒。

午餐时,拜特勒故意坐在马塞附近,拧开酒瓶。见马塞咽了口唾沫,拜特勒招呼他,两人推杯换盏起来。不一会儿,马塞醉了,趴在桌子上咕噜咕噜说着胡话,眼看着要昏睡过去。拜特勒假装凑上去询问他的状况,把手伸入桌下,拿出袖中藏着的注射器,把镇静剂隔着衣服注入了马塞的手臂肌肉。

"马塞。"拜特勒故意大声惊呼,吸引附近就餐者的注意。马塞面色苍白,嘴唇发紫,胸膛起伏缓慢,庞大的身躯逐渐向地面滑去。拜特勒焦急喊道:"来人,快把他带到抢救室去。"一旁待命的迈赛顿和伯斯坦迪立刻放下刀叉跑过来,把早就准备好的担架车推了过来。三人在众人和监控的注视下,合情合理地带走了马塞。

抢救室内同样有监控,三人把马塞推进房间后,伯斯坦迪和迈赛顿准备输液药剂,拜特勒假装观察马塞的状况,检查手腕脉搏时顺走了他腰间的一串钥匙。因为没有手环,仓库和车间都采用了传统门锁,马塞统管生产,所以他的这串钥匙里头可能会有军火仓库的钥匙。

拜特勒去护士站提交了诊断记录,拐入洗手间,躲在隔间里拿打火机烧热钥匙,用胶带粘下钥匙表面的炭黑,把胶带贴在半个巴掌大小的薄铁皮上,铁皮上瞬间形成了黑色的钥匙形状痕迹。他用这种方式拷贝下所有的钥匙形状后,回到抢救室，把钥匙扣到马塞的皮带上。

"唔……"马塞醒了过来，察觉到身边三人关切的目光。

拜特勒说："还要再观察一个小时，您喝得太多了。"

马塞握着拜特勒的手，激动得都快哭了："还好有你在。"

拜特勒微笑道："不用谢，下次再请你喝酒，放心，我已经知道你的酒量了。"

马塞被他逗乐了，圆滚滚的腹部抖动着。

接下来的工作是复制钥匙。夜晚，拜特勒他们躲在被子里，打着手电筒锉铁皮，一直忙活到深夜。连续锉了五天，三个人都熬出了黑眼圈，终于完工了。

为了避免被怀疑，他们消停了一阵子。半个月过后，拜特勒拿着药品使用记录去了趟制药间，从车间主任嘴里套出制药原料堆放处的位置。接着，拜特勒和伯斯坦迪两人前往原料堆放处，拜特勒拿着药品预制清单与管理员进行校对，伯斯坦迪则打扮成搬运工，从管理员眼皮底下偷走了一盒叠氮化钠。

校对到清单的最后一行，管理员发现用于制作抗生素的叠氮化钠不见了。"奇怪，我记得今天到货的。"管理员又找了一遍，没找到。他开始怀疑："刚才来的那个搬运工……"

拜特勒赶紧打断他的思路："叠氮化钠也是炸药的原料，会不会是混到军工生产原料里去了？"

管理员想了想："有可能，说不定是分拣出了问题。"

"这批抗生素必须加紧生产，好几个重症患者等着用呢。"

"别急，我现在就去找军工部的人。"

管理员当即带着拜特勒前往军工车间。他们前往军工原料堆放处，没找到，于是拜特勒顺势提出去军火仓库瞧瞧。军工车间负责人虽然极不情愿，但医疗部也是人命关天的部门，他不敢得罪，便带着拜特勒他们去了军火仓库。进入仓库，看到货架上堆叠的漆黑枪支和塞得满满的高爆炸药，拜特勒血脉偾张。趁管理员寻找叠氮化钠，他不露声色地默记下管状炸药的尺寸。

军工部这趟依然一无所获，管理员垂头丧气地回到制药原料堆放处时，那盒叠氮化钠早已被伯斯坦迪送回来了。管理员本以为自己会受到责罚，没想到只是"粗心大意"看漏了，喜出望外，把整件事情的疑点抛诸脑后。

拜特勒他们仨忙着时，工人们不堪忍受超长时间工作和与亲人分离的痛苦，爆发了抗议。结果可想而知，士兵用橡皮子弹攻击了他们，当场射中了一名工人的眼睛，血流不止。他的工友们群情激昂，扑向士兵，被士兵用电击棍殴打到昏迷。

医疗区又多了一些伤员，他们遍体鳞伤，有的人内脏出血，情况危急。可工人们的伤还没养好，士兵就拔掉输液针，强迫他们回去工作。拜特勒看到他们被押走时那空洞的眼神，决定开始最重要的一步行动。

进行健康检查时，拜特勒根据工号找到生产组长们的单人房间，然后背对监控，用褪色墨水在诊断卡背面写道："我能搞到枪，七天后起义，有意请动员部下，无意就撕掉卡片。"字迹很快就消失了，没有留下任何证据。第二天拜特勒来收卡片，发现无一人撕毁卡片，他们目光坚定，表示愿意跟随拜特勒行动。

拜特勒叫迈赛顿从冷冻柜中取出五具尸体，掏空内脏后进行防腐处理，把用医疗废物制作的假的管状炸弹塞进尸体的腹腔。接着，拜特勒拦住一个送货员，说军火仓库内发现了致命霉菌，让他把搁置着炸弹的货架清空，把炸弹统统送往消杀室。

消杀室内没有监控，伯斯坦迪飞快地将真假炸弹进行调换。拜特勒又以消毒为由收走送货员的工作服，把混有假管状炸药货物的手推货车还给他。送货员拉着货车出来，伯斯坦迪和迈赛顿已把藏匿有真炸弹的五具尸体推出了消杀室，穿过人员拥挤的走道，送回了停尸间的冷冻柜。为了避免炸药受潮，加上尸体已经做了防腐处理，他们没有开启冷冻功能。接着，拜特勒向物资部门提交了定制金属橱柜的需求单。

监控画面中，一只高大的多功能金属橱柜被搬运工拉入停尸间内，但他换了几个角度都没能把金属柜塞入空位，在拜特勒的催促下，他只好把它搁置下来，挡住了一小部分监控范围。因为遮挡范围较小，柜子并未引起监控智能系统的警觉。

时间很快到了拜特勒与生产组长约定的那天。拜特勒换上送货员的工作服，乔装打扮后，从停尸间拉来装着炸弹的金属柜，前往配电室。配电室周围看守严密，许多士兵在站岗巡逻。拜特勒压抑住内心的紧张，一路接受盘问。炸弹被分散装在柜子的隔层中，不拆解柜子很难用肉眼察觉，凭借这点，他一次次通过了检查，抵达了配电室。

配电室里只有一个值班主任在忙，拜特勒把柜子搬下来，假装检查柜子内部时，把炸弹引线扣在柜门的钩子上。走之前，他装模作样地让值班主任进行签收，神色如常地再次穿过警卫们的视线。拜特勒回到医疗区，与伯斯坦迪、迈赛顿会合，三人默默地抽烟，静待炸药被引爆。

配电室中，值班主任写完了报告，打了个哈欠，懒洋洋地站了起来，开始检查信号装置和仪表。转完一圈，他来到那只陌生的金属柜前，吱嘎拉开柜门。轰的一声，火焰如利剑般窜出配电室的门缝，警卫们都愣住了。刹那间灯光全暗，连配电室地下的备用电源都被爆炸摧毁了，同时监控摄像头也全部失效。

拜特勒丢下烟："走。"三人打着手电筒跑出洗手间，直奔军火仓库。

巡逻士兵去配电室救火了，走廊里几乎没人。他们畅通无阻地到达军工部，看到只剩一名士兵守在仓库门口。伯斯坦迪根据计划上前搭话："长官，楼下发生了爆炸，我看到好多人在往配电室跑。"

士兵打量了一下伯斯坦迪："你是哪个部门的？不要离开工作岗位，有问题让我们军队来处理……"他话未说完，拜特勒已经绕到他身后，拿出手术刀猛地插入他的脖颈动脉——小股血液飞溅，与此同时，伯斯坦迪和迈赛顿扑上去压制住士兵的挣扎。拜特勒咬紧牙关，用尽全力把手术刀横着拉了过去，温热血液涌出，冲刷着他的指节。不一会儿，士兵就不动了。三人放开士兵，拜特勒甩掉手上的血，把从马塞那儿复刻的钥匙丢给迈赛顿。

迈赛顿一把一把地试钥匙，紧张得直冒冷汗，伯斯坦迪也紧张起来。拜特勒搜出士兵尸体上的手枪，关闭保险，子弹上膛，举枪对着楼道口："别着急，慢慢试。"闻言，迈赛顿冷静下来，终于找到了钥匙，唰地拉开库门。三人赶紧进入仓库，以最快的速度揣上枪械，穿上防弹衣，尽量多地携带了弹药。这时，门口突然闪出一个身影，他们转头一看，竟然是马塞。马塞站在士兵尸体旁，圆瞪双眼："你们……"他下个字还没说出来，额头中弹，沉重的身躯倒在地上。拜特勒收起枪，带着二人迅速离开仓库。

环形监狱中弥漫着躁动的气息。悉知今日反抗计划的工人们在看到监控塔宕机，感觉有了希望，恨不得徒手掰开房门，冲出去杀了那帮不把他们当人看的翡英军士兵。不知道是谁带头喊了一声，引发了人们的集体怒吼，吼声一浪接一浪，在这巨大的监牢剧场中回荡着。

拜特勒三人闯入值班室，拿枪抵着管理员的后脑，强迫他打开生产组长的监牢，各个组长再用每个楼层的钥匙放出了自己的组员。环形监狱就像血管得到疏通的手臂，每个愤怒的工人都是一个血细胞，他们冲出监牢，朝手臂神经末梢聚集，形成了坚实的拳头。

最先发现工人起义的是一个普通厨师，他吓得帽子都掉了，连滚带爬地从后厨专用通道爬到楼上，通知了翡英军。翡英军士官派出士兵守住楼道口，短兵相接，枪声噼里啪啦地响起。

因为人员数量庞大，又是多线作战，拜特勒三人只能在各自的战线上奔忙。迈赛顿一直在仓库负责军火供给，伯斯坦迪与工人们杀出了一条血路，率先抵达了配电室所在的楼层。拜特勒位于队伍的中后位置，用手枪频繁点射，消灭了十几个敌人。到了岔道口，拜特勒让一位组长带着一百多名工人上楼支援伯斯坦迪，自己与另外几百名工人转向军营。

军营位于环形监狱的中间层，一到门口，拜特勒他们就遭遇了猛烈的抵抗。面对训练有素的军队，他们唯一的优势便是来自迈赛顿的后方补给。手雷一颗接一颗地飞入军营，频繁的爆炸压制住了翡英军的回击。拜特勒便带着同伴逐步推进，发现军营里的士兵并没有想象的那么多。

伯斯坦迪消灭了配电室的敌军后，来到军营与拜特勒会合，朝军营发起冲锋。锋利弹片上下翻飞，爆炸冲击波震得拜特勒心跳失速，他无视双耳流血，眯着眼睛瞄准，在烟火风暴中又射杀了多个敌人。伯斯坦迪与同伴冲到了最前线，打光子弹后，索性拔出战术匕首与敌人展开了肉搏，上衣被黏腻的鲜血浸润……

军火仓库人头攒动，迈赛顿忙碌地搬运弹药箱，期盼着前线传来捷报。当他把手雷箱递给一名工人时，那名工人的头颅突然被子弹贯穿，太阳穴开了花，瞬间毙命。迈赛顿抬眼一看，数发子弹横掠半空，击中了工人们的身体，人们好像枯萎的稻草秆一般弯折伏地。迈赛顿还在发愣，翡英军士兵突然端着枪出现在门口，漆黑枪口正对着他的眉心。

拜特勒等人得知后方遭袭，赶忙原路返回。伯斯坦迪看到军火仓库门口的数量众多的尸体，吓得面色煞白。拜特勒查看后说："这里没有迈赛顿的尸体，他还活着。"

"他们一定是被带回监狱了。"伯斯坦迪说。

难不成翡英军要用他们做人质？拜特勒想。"万一被抓了就糟了，我们从两个方向回去。"

伯斯坦迪同意，两人带着同伴往环形监狱的主体奔去。

环形监狱的底部广场逐渐出现工人们的身影，他们被士兵拿枪指着，朝中央的监控塔方向走去。迈赛顿举着双手，他几乎能感觉到脑后枪口散发的热量。

拜特勒和伯斯坦迪同时出现在敌军狙击手的瞄准镜中，拜特勒在三十层的中央门，伯斯坦迪在三十五层的侧门。他们看到下方被俘虏的同胞，同时也察觉到遥遥相对的狙击手，一时间不敢动弹。

军官通过扬声器说："放下武器，我可以给你们留条生路。"

拜特勒可不相信这种鬼话，他坚信敌方没有立即开枪一定有原因。他鼓起勇气，突然朝右侧跑去，子弹飞掠过他身边，击中栏杆溅起火花。他边跑边朝翡英军的方向盲射，枪声你来我往刺激着人们的耳蜗。他带领的工人们醒悟过来，跟随他朝敌军奔去。

伯斯坦迪对身后工人一挥手："敢冲的跟我上。"三十五层的工人们也开始行动，集体朝与拜特勒相反的方向奔去，对敌人形成包抄之势。

果不其然，翡英军根本没有调派足够的队伍来看守这座监狱，五个狙击手无法击毙所有的反抗者，等拜特勒等人冲到身边时，他们已经子弹用尽，躲到了后头。面对全副武装的翡英军士兵，拜特勒他们没有退缩，一鼓作气涌向敌人。工人们枪法不准，也没有战术指挥，只有满腔的怨恨，他们无畏地冲了上去，甚至扑向拉开手雷保险环的士兵与之同归于尽。翡英军没想到这些"囚犯"会跟他们拼命，吓得慌乱反击。伯斯坦迪占据上方优势，自上而下扫射敌人支援拜特勒。很快，所剩无几的翡英军士兵束手就擒，丢下武器。拜特勒把军官铐在栏杆上，要求他解除下方广场的武装。

见士兵放下武器跪在地上，迈赛顿激动地呼喊："我们胜利了！"

"胜利了，我们胜利了——"人群爆发欢呼，冲散了整座监狱久积不散的悲伤。人们欢笑着，叫喊着拥抱彼此，自从来到这地方，他们第一次强烈地感觉到了希望，回到孢星、回到亲人身边的梦想仿佛唾手可得。迈赛顿站在欢悦的人群中，望着上方的那两人，觉得他们就像英雄一样。伯斯坦迪也感动不已，揉了揉发酸的鼻头。

拜特勒没有耽搁，拿枪指着军官："说，飞船在哪儿？"

军官回答："停在地下机库，只有两艘登陆艇，不够载你们这么多人。"

拜特勒转念一想，这里是常宇宙，可以叫宇宙救援。他又问："没有手环你是怎么联络总部的？"

"在南边有个通讯塔,距离这里一公里。"

拜特勒回忆起那片白色的奇怪闪光,莫非那就是通讯塔周围避雷针的电光?"带我们去。"他正欲解除军官的手铐,突然察觉到异常情况。被红矮星光芒映亮的尘埃光柱中,飘荡起了奇怪的黑色粉末,拜特勒伸手用指腹捻了一下,嗅闻后惊觉不妙。"快带大家走。"拜特勒说完又朝楼下喊道:"迈赛顿,快带大家出去,快跑!"

迈赛顿赶快组织工人们往外跑去。拜特勒和伯斯坦迪也带着人们从不同的路线撤退。看到自己被丢下,军官惊恐地喊道:"给我解开手铐!"可他没能得到任何回应。

此时,接收到外部信号的控制器正在把成吨的铁屑源源不绝地送入风机,同时封闭了出风口,建筑内的铁屑密度已经高得令人睁不开眼睛。人们压抑着内心的恐惧,保持秩序来到监狱大门口。嘭,嘭,环形监狱紧锁的门被彻底破坏,工人们踩踏着门框蜂拥而出,进入外部世界——赤星闪耀,烈风尖啸,猛烈的风沙令人寸步难行。

"别挤在门口,往前走。"拜特勒催促。

人们顶着狂风,互相搀扶着朝前跑去。好在这颗星球大气浓密,氧气含量也正常,工人陆续逃了出来,脱离危险地带。当他们终于有空回望这栋监狱时,其内部的铁屑含量也达到了临界值——最初的爆炸发生在厨房区域,接着传来一连串的爆炸声,火焰从走廊瞬间钻入监狱主体,引发了最大规模的粉尘爆炸,矗立的监控塔被摧折成两段,直直地砸向被铐在栏杆上的翡英军军官和他的部下们……轰的一声,巨大的圆形屋顶被掀开,扭曲的火柱从环状建筑的中心直冲云霄,就像从地狱伸出的巨兽之爪,贪婪地抓取着监狱附近所有的氧气。

工人们看呆了,心想只要稍晚一步,他们也会和建筑一同灰飞烟灭。拜特勒指着远方的通讯塔:"继续走,到那里去。"人们听从拜特勒的指挥,顶风前行。

红矮星洒下瘆人的血红光芒,荒凉的平原大地像是动物的内脏,包裹着衣衫单薄的工人们。电闪雷鸣之中,人们浩浩荡荡地缓慢前行,犹如寻找天堂的朝圣者。乌云变幻,数道闪电降下,电光之中出现了通讯塔的剪影。人们看到了返航的希望,纷纷加快了步伐,即使伊希恩栖息地曾让他们苦闷至极,现在他们却急迫地想要回到那尚且能称之为家的地方。

在他们即将触碰到通讯塔的地面机房时,一枚重型炸弹突然从天而降,冲击波把队伍前排的人炸得尸骨全无，通讯塔轰然倒塌，五只避雷针全部失效，该区域恢复了它原本的气候样貌：对流层雷暴频繁，云层与地面被闪电连为一体，人类每走一步都有被雷击中的风险。不一会儿，士兵的脚步声传来，子弹如雨点般扎入人们的躯体。有的人抱着腿在地上打滚，有的人捂着血淋淋的半张脸消失于尘埃。"迈赛顿，伯斯坦迪——"拜特勒呼喊着，但回应他的只有无数惨叫。

过了会儿，子弹停歇了，漫天尘埃逐渐飘散，拜特勒看到脚边躺着数具尸体，有的人死于爆炸冲击，有的人被射杀，还有的人被雷击致死。四万人死了大半，剩下的人惊恐地站在尸体堆叠的旷野之中。巨大的阴影降临，低沉轰鸣震得心脏发痛，人们畏缩地向后退去，时不时踩到同伴的尸身而摔倒。翡英军驱逐舰遮蔽了红矮星，用足以摧毁舰船装甲的主炮对着他们这些连防弹衣都没穿的人。

舷梯降下，翡英军士兵队伍端着枪，在人们面前一字排开。拜特勒知道现在抵抗毫无意义，便带头放下枪，伯斯坦迪和迈赛顿也把枪放下。工人们陆续丢下武器，跟着他们三个一起跪在地上。士兵们上前收走枪械，把他们双手反铐。

麦兰森走下舷梯，轻蔑地望着这些反抗者："谁带的头？"

无人回应，气氛犹如绷紧的弦。拜特勒用余光查看四周，感觉到了人们的恐惧。麦兰森见无人说话，便做了个手势，士兵们整齐划一地举起枪。拜特勒刚准备开口承认，队伍那头传来声音——"是我。"迈赛顿抬起眼睛，颤抖着却又无比坚定地说："是我策划的。"

麦兰森扬了下眉毛，掏出枪对着迈赛顿的脸扣下扳机。听到迈赛顿身躯倒地的声音，伯斯坦迪暴怒得面红耳赤，却不敢有任何动作。拜特勒也心跳加速，额头淌出汗珠。

"都带走。"麦兰森下达命令，转身踏上舷梯。

士兵用黑色头套蒙住了拜特勒的脸，把他拽起身，拿枪抵着脊背强迫他朝前走去。

婴鬼姐妹

等待狼帮消息的时候，波努、陈义和其他飞行员们从未放松训练，随时准备战斗。八天后，他们收到以罗的讯息，在铁布卡星的粉红麻雀快餐店前，出现了婴鬼姐妹的身影。以罗连她们的名字都调查到了：姐姐叫阿帕妮，妹妹叫蕾辛。

调查团立即动身前往铁布卡星，十五分钟后便抵达了目的地。为了避免惹人耳目，安东、陈义和波努三人行动，两架"纸鳞"和一艘单人登陆船从铁布卡星的太空港降落于地表。安东把登陆船停在了港口，陈义和波努租了两处高楼天台的停机坪。陈义下飞机后与安东会合，波努则站在楼顶，原地放飞了一架隐形无人机。

铁布卡星是常宇宙的新兴星球，不算繁华，但充满了生活气息，蜂窝一般的公寓住满了原住民和租客，路边摊的食客络绎不绝，集市也熙熙攘攘。粉红麻雀快餐店就在两片居民区的中间道路上，距离港口不远。

波努操控无人机越过密匝的电线，摄像镜头对着餐厅玻璃窗，图像解析显示，姐妹二人的身影出现在靠里的位置。波努在加密通讯频道中说："她们在34号桌，陈义你在道路东侧的汽水摊点附近等。"安东和陈义通过耳内接收器听到后，开始了各自的行动。

粉红麻雀快餐店有自治权，在店内跟她们起冲突可能会被店员射杀，安东假扮顾客进店点餐，坐在婴鬼姐妹的侧后方。陈义戴着飞行员墨镜，单手叉腰，站在汽水摊边喝着饮料，时不时和小贩聊上两句。

安东不露声色地瞟了她们一眼。姐姐阿帕妮上身穿着火红色的夹克，下身是黑色皮裤，长卷发整齐地扎在脑后，妆容浓烈性感，身材曲线起伏。妹妹蕾辛化了烟熏妆，穿着背带短裙，黑白条纹的长袜，头发挑染得花花绿绿的。姐妹俩聊着天啃汉堡的模样就像普通人，一点也不像屠戮无度的婴鬼军团首领。过了会儿，她们起身离开座位，等她们走到门口，安东也站了起来。

"出来了。"波努提醒。

陈义把汽水瓶还给小贩，面对着姐妹俩走去，与此同时安东也跟在她们身后。两人刚想行动，姐妹俩却早已察觉到情况，突然往相反的两个方向跑去。安东转身便去追姐姐阿帕妮。陈义差点抓住蕾辛的手臂，被她躲开了。蕾辛钻入人群，淹没在路人身影之中。

"陈义，前方路口右拐。"波努说完，把镜头转向安东，看到他正紧追阿帕妮，两人跑入一处狭长的通道，身侧是两栋破落的居民楼，空间幽暗逼仄。

安东掏出电枪，阿帕妮察觉到俯身躲闪，电击弹扎入水洼，溅起一串带电水花。阿帕妮停下，转身抬腿踹向安东的手腕。电枪脱手，没想到她的力量如此强悍，安东不再轻敌，抡起粗壮的拳头朝她扑去。阿帕妮后仰躲过他的拳头，下巴感受到了拳锋挥过的微风，为了避免被抓住破绽，她直接向后翻去，身体摆正后腹部蓄力，后腿用力一蹬，一拳勾在安东的下颌骨上。安东被打得偏过头去，等他把视线转回来时，阿帕妮已跑出七米开外。

西边集市一阵鸡飞狗跳，蕾辛在挑着担子的商贩之间穿梭，她跨过菜摊，打翻畜笼，惹得行人叫骂连连。陈义没别的办法，只好追着她跑，他身形没有蕾辛那么小巧，经常被遮阳棚打到头，好在有波努帮助，他没有跟丢。

"出集市朝东，黑墙方向。"波努的声音在耳道中响起，陈义跑出喧闹的集市，在一堵刷着黑漆的墙根看到了蕾辛的身影，一口气冲了过去。蕾辛被陈义从后面一把抱住，她拼命挣扎也无法逃离一个成年男人的桎梏，索性扯开嗓子哭喊起来："放开我，不要碰我，救命啊！"周围的民众全都转头看他俩，陈义愣了一下，被蕾辛逮着机会，手臂举起向下一蹲，脱离了陈义的怀抱，陈义追上去，蕾辛一不做二不休，竟然冲到警局门口，从警察腰间拔出手枪，对着陈义一通乱射。枪声啪啪响起，路人吓得尖叫逃窜，陈义赶紧钻到花坛背后，子弹从他的头顶飞掠而过。蕾辛丢下枪，在警察惊愕的目光中转身逃离，等陈义从花坛背后出来时，她已经没影了。"南边民宅，上楼。"陈义听到波努的指示，跑进右手边的废弃居民楼，蕾辛的脚步声正在上方阵阵回荡。

阿帕妮拐入一处更为狭窄的小巷，踩到杂草掩蔽的泥潭时脚打了个滑，被安东撑上，她回过身交叉双臂，硬生生挡下安东的一拳，被他的力量冲击得后退了两步。阿帕妮知道现在掏枪容易被对方趁机偷袭，只好被迫与安东展开搏斗，安东也没有因为对方是女性而手软，他全身肌肉鼓起，每一拳都倾尽全力。

阿帕妮为了避免被安东近身缠住，抬腿踢向安东腹部，遏制距离后一跃而起，落地时突然右转身体，左腿横摆狠狠踢中安东的腰肋。痛楚传来，安东皱了下眉，趁势抓住她的脚踝往后一拽。阿帕妮失去重心，仰头摔倒在地，被安东按在地上。

阿帕妮瞪着他，咬牙切齿道："你们是什么人？是不是宇统厅派来的？"

"你无须知道。"安东冷冷地说，左手压着她的双臂，右手伸到腰间打算拿枪。

这时，阿帕妮却先他一步，扯动绑在手指上的线，一把袖珍手枪瞬间从袖口抵达掌心——砰！还好安东躲得快，子弹擦着他的颧骨飞过，划出一道血口。砰砰砰，阿帕妮再次开枪，安东这时已来不及制止她，只得侧翻躲避，起身后掏枪对着她的方向扣下扳机。"唔……"阿帕妮右臂中弹，皮肉焦黑外翻。她忍着痛把枪换到左手继续回击。安东需要她的口供，开枪有些犹豫，只得左右闪躲避免被她瞄准，心里盘算着如何才能再次抓住她。阿帕妮边跑边射击，不给安东靠近的机会。

波努一直把无人机镜头对着阿帕妮和安东交战的小巷，他看到阿帕妮冲出巷子口，对着工地点弄手环，接着恐怖的一幕发生了……波努喊道："安东快后退！"安东听从了波努，回身奔去，只听到呜的一声巨响，巷子口前方工地的塔式起重机电脑失控，七十米长的起重臂朝巷子口挥来——轰！吊臂从楼体中央横切过去，拉杆断裂，吊钩上的数根钢筋砸中建筑外墙，滑脱至巷子口。钢筋坠落的哐当声伴随着玻璃碎裂、建筑物崩塌的声音交织响起，小巷中扬起浓烈的烟尘。安东捂着口鼻不停地咳嗽，他看到尘土中那堆叠得如山一般高的阻碍物，只得原路返回。

阿帕妮关掉手环中的电子干扰器，捂着伤臂站在工地中，抬起头环视四周楼顶，在耀目的阳光中发现了那个小小的身影。

蕾辛推开天台的门，强风呼呼地刮过脸颊。五秒后，陈义冲出门口，看到蕾辛站在天台边缘无路可退，便说："跟我走，我不会伤害你。"

"滚，臭男人，臭死猪。"蕾辛骂道，转头看了一下身后，突然攥紧双拳，从天台边缘跃起，跳到了隔壁高楼的天台中。她屈膝半跪落地，黑白长袜刮出破洞。

陈义没想到她会冒险一跃,也跟着跳了过去。紧张的追逐再次上演:一个娇小少女和一个高壮男人在高楼群落的顶部跳跃奔跑,他们越过几十米的高空,路过嗡嗡作响的通风井和配电箱,一次次迈过深渊般的楼宇间隙。好几次,蕾辛都因为体力不支而差点摔倒,可她始终没有放弃,一直拼尽全力逃跑。终于,她被逼到一处兀立的天台,东南两面悬空,西边被陈义堵住,而北边距离下一栋楼顶平台有两米的距离。

陈义考虑了一下,没有拿枪威胁她:"够了,跟我走。"

看到陈义一步步朝自己走来,蕾辛眼中泛起惊恐的泪水,她看了看陈义,又看了看那距离两米的楼顶,竟然一脚踏上栏杆,朝对面跳了过去。陈义心惊,跑过去一看,蕾辛的前脚掌刚好攀到对面平台的低矮护墙,她身形不稳,晃悠着向后仰去……陈义想都没想,翻过栏杆纵身一跃,稳稳地落在护墙上,抓住她的后领把她推回到安全地带。

蕾辛转身,看到陈义逆着光的高大身影,突然面露凶相:"去死吧你。"她抬手推向陈义的胸膛。陈义感觉天旋地转,脚跟一滑坠落下去。"陈……"波努下个字还没说出口——啪,陈义双手牢牢地攀住墙头,踩住外墙的凸起物翻身而上。波努松了口气,惊出一身冷汗。

陈义爬上去,看到蕾辛还在往前跑,不禁愣住:这地方四面八方都没有落脚点,她是要自尽吗?蕾辛跃上护墙,娇弱的身躯在空中划出一道光影,裙摆在阳光的照耀下轻舞飞扬,她那化着浓妆的稚嫩脸庞闪耀着纯真灿烂的笑容。下方,阿帕妮正坐在飞艇中,张开双臂紧紧拥抱了她,满目温柔宠溺。

"快走,她们来了。"波努的警告传来,陈义拔腿就跑,他听到脑后传来引擎声响,赶紧飞身扑到一个水泥浇筑的蓄水池后卧倒,数十发机炮子弹尖啸而至,炸穿了水池,激起漫天水花。

见状,波努丢下无人机控制器,翻身进入"纸鳞"驾驶舱。

陈义浑身湿透,他瞟了眼水泊反射出的飞艇方位,预判它下一次攻击的角度,然后起身奔入它的射击盲区,翻出天台护栏,从户外金属楼梯飞跃至对面楼层的阳台扶手,爬进阳台。飞艇越过楼顶,粗长的炮管对准阳台一通射击。枪林弹雨之中,陈义飞快地穿过客厅,踩着窗棂跳出厨房窗台,凌空一秒后,嘭地抓住对面楼体上的下水管。阿帕妮把瞄准具对准陈义,按下发射按钮,一枚穿甲弹扎入陈义上方的楼层,爆炸令墙体粉身碎骨,碎渣朝陈义头上落去。

"后面!"蕾辛喊道。阿帕妮转头一看,一架红色战机突然出现在尾后,冲她飞来,只得放弃陈义,迅速拉升飞艇。

陈义牢牢抓着水管,没被碎石砸下去,他掸去头上的石块,继续朝上爬。波努对陈义说:"快点跟上。"陈义一鼓作气,手脚并用从破损的外墙缺口爬到屋顶,他的"纸鳞"正稳稳地停在眼前。

两架红色"纸鳞"先后起飞,攥着婴鬼姐妹的飞艇尾翼扎入云层。为了避免伤及无辜造成外交事件,他们飞出铁布卡星大气层后才打开武器系统准备拦截,却发现婴鬼军舰队早已在近地轨道等着了。在同伴的接应下,姐妹俩顺利地回到母舰,把陈义和波努甩到身后。

根据计划,不等调查团舰队集体行动,波努和陈义率先追了过去,避开婴鬼军队后部的四艘护卫舰,朝队伍中央的主力部队发起攻击。也许是急于逃离,婴鬼军并未应战,直到一艘战舰的推进器在两人的交叉火力中爆炸,战舰失速打乱了舰队阵型,阿帕妮才正眼瞧了下主屏幕中的那两架红色战机。收到命令,一艘敌军护卫舰转向而来,朝二人发射炮弹,陈义与波努被迫分离,在机炮子弹的追踪下横滚防御。他们清楚,仅凭两架战机是无法对抗整支舰队的,他们的任务只是拖住敌军。

波努说:"执行1号计划。"

"收到。"陈义与波努左右分开,与敌军舰队两翼高速飞行,穿过炮弹和高能光束的刀光剑影,保持相同的速度抵达舰队前方。两人同时蹬舵急弯,两架"纸鳞"的尾焰在婴鬼军前方画了个大大的"X",密集的浮空雷从机腹洒出,犹如飘散的真菌孢子。浮空雷通过自动组群系统形成一个庞大而松散的球状体,封住了婴鬼军的去路。因为绕开雷区的时间和代价过高,阿帕妮只得停下舰队,派出扫雷船,命令部下消灭波努他们。

波努和陈义交会后朝相反的方向飞去,敌方的机炮子弹、导弹和高能激光束同时袭来,其势之猛是两人从未见过的。他们在护卫舰的狂轰滥炸中穿梭,终于在敌军尾部再度会合,但为了避免被集中消灭,他们不得不再次分开。两架"纸鳞"无法掩护彼此,只能各自为战,在敌军的穷追猛打中挣扎。

很快,雷区清理完毕,阿帕妮让舰队再度前进。这时,陈义和波努同时收到信号,立刻冲出禁区,下一秒,一发轨道离子束炮横贯太空,击中了一艘婴鬼军护卫舰的侧舷,直接将其切成两段,舰体轰然起爆。阿帕妮一惊,看到侦察影像中出现了一支庞大的舰队,为首的东方号航母的舰艏上,地球联合国旗帜赫然在目。陈义和波努回到大部队,顿时感觉安全许多。

安东在战区通讯频道里说:"阿帕妮,你及时收手,我可以跟宇统厅说你是'自首',减轻罪行。"

阿帕妮没想到在铁布卡星与自己交手的人竟然是敌军司令。她厌恶地回道:"还没打呢就说大话,你们孢星猪狗的傲慢真是臭不可闻。"阿帕妮让两艘战舰去补充失去护卫舰的右翼,然后令舰队转向,正面迎敌。安东见对方拒绝投降,也认真起来,全情投入指挥。图喏一声令下,"纸鳞"部队犹如迁徙的候鸟群从东方号机库涌出,对敌军两侧发起攻击。

漆黑太空被战火点亮,爆炸火焰在"纸鳞"的座舱盖上反射出绚丽光芒。能够与翡英军一战的部队绝非浪得虚名,婴鬼军弹药充足,火力极猛,战舰严重受损后会自杀式地冲入敌阵。调查团舰船也毫不示弱,安东在与阿帕妮交手时就看清了她的路数,从不与之缠斗,而是绕开敌军火力范围,再四两拨千斤地进行精准打击。两方炮火齐鸣,战况胶着,一时间谁也没能占到上风。

为了应对"纸鳞"袭扰,婴鬼军也派出飞行部队。波努观察发现,阿帕妮和蕾辛所在的婴鬼军母舰位于两艘战列舰的中间,战列舰机动性差但火力很强,单凭他们俩难以突破。刚好这时图喏下达了歼灭敌机的命令,两人跟随队友来到战列舰附近。波努看到敌方母舰机库大开,战机正源源不绝地从中飞出,心中有了主意,与陈义一齐朝婴鬼军母舰飞去。

母舰甲板边缘的自动高炮发现了他们俩,立即开炮射击,一连串的爆炸冲击波令波努面临失速。陈义推杆俯冲,冒着被近防炮锁定的风险朝自动高炮投下炸弹,炸弹虽然没能炸穿炮体装甲,但把测距仪毁了。高炮失去准心,波努得以喘息,一边释放红外电磁干扰,一边把战机拉升到最佳射击位置,锁定了机库。五枚重型火箭弹离开波努座驾的挂架,窜入敞开的机库口,刹那间,机库内火光交织,战机残骸从机库口飘出。完成任务,陈义引领波努飞出危险区域,两人会合。

机库失事令阿帕妮心烦意乱,她决定对调查团发起冲锋,一决胜负。安东察觉到她的意图,令全舰队后撤并转向。婴鬼军舰队引擎全开冲过来,安东把全军调到它的左侧,令它扑了个空。看到东方号与"纸鳞"部队会合,阿帕妮深感不妙,她的飞行部队已经所剩无几,也就是说,她已无力干扰对方的精准打击。果然,图喏指挥"纸鳞"部队发起协同攻击,它们就像披着红羽的鹰群,张开锋利的爪子扑向庞大的钢铁猎物。爆炸迭起,婴鬼军的战舰逐个被"纸鳞"围剿,残骸碎片散落在漆黑太空……舰船图标一个个变成灰色,阿帕妮心知落了下风,决定放弃受损部队,携带完好的战舰进行最后反抗。蕾辛也感觉到了危机,但她完全不懂军事,始终乖巧沉默地蜷坐在姐姐身旁。

安东判断阿帕妮即将采取最终行动,立刻调整阵型,让机动性强的护卫舰进入舰队的中央位置,火力强速度慢的战舰位于队伍的两侧,"纸鳞"全部回防,故作封锁态势。阿帕妮果然中了计,心想就算不能取胜,重伤调查团然后突破战线逃跑也是可以接受的结局,便命令军队炮火全开,朝调查团全速驶了过去。

安东紧盯着战场态势图,时机成熟后一声令下,队伍中央的四只护卫舰迅速朝两侧转移,调查团立马分成两股势力,对婴鬼军形成左右夹击的态势。阿帕妮发现自己坠入调查团设计的罗网,顿时慌了,她看到身后一片火光,友军的舰船残骸甚至砸到了母舰舰体,接着发生了更出乎她意料的事:她所在的母舰前方突然出现了一片磁暴浮空雷。婴鬼军母舰一头扎了进去,强烈的电磁干扰令舰桥遁入漆黑,变为普通前景视窗的主屏幕上,"纸鳞"机群的尾焰犹如千万条的星弧闪耀——火团怒放,频繁的爆炸形成一片浩瀚的烟火海洋,婴鬼军舰队遭受四面八方的冲击波撞击,舰船逐个损毁爆炸,猛烈的震动甚至隔着真空传来,发出末日交响的哀鸣和弦。

舷窗外火光冲天,脚下不断剧震,蕾辛害怕地缩成一团:"姐姐……"

"别怕,我在。"阿帕妮搂住她。

舰桥里的船员沉默地坐在自己的位置上,他们知道战斗结束了,同时结束的还有他们的强盗生涯。

在调查团的持续攻击下,阿帕妮所在的母舰六只硕大的推进器先后爆燃,舰身缓缓停了下来。调查团舰队包围了上去,派出特战士兵,谨慎向舰内推进。婴鬼军没有再做抵抗,纷纷束手就擒。很快,敌军全体人员被押了出来,包括阿帕妮和蕾辛。

剿灭了通缉榜名单上的强盗,安东却没有立即上报宇统厅,而是把姐妹俩分开,单独进行审讯。

审讯室内光线惨白明亮,阿帕妮被铐着双手,安静地坐在位置上,容颜被屋顶的灯光映得冰冷而美丽。

安东走进来看了她一眼,不徐不疾地坐下,说:"我希望你能配合我完成一个调查。"

阿帕妮知道调查团没有立即报警一定有原因。她冷笑道:"我配合你,你就不会把我移交给宇统厅了吗?"

"当然不可能,但如果你帮我们调查出另一桩案子,宇统厅也许会给你减刑。"

"被判几百年监禁还是几千年没有任何区别。你可以滚了。"

安东叹了口气,深沉地说:"根据我的观察,你的妹妹蕾辛没有参与制定掠夺和屠杀计划,婴鬼军也是由你一人统领的。你可以选择不配合我们,我不会强迫你,但如果宇统厅坚持认为蕾辛也参与了犯罪,我也可以保持沉默。"

阿帕妮的脸上闪过一丝动容。

安东捕捉到了她的动摇,继续施压:"你可以为你的选择负责。她呢?她的人生还没有开始。"

阿帕妮垂下眼帘。

另一间审讯室中,蕾辛哭闹不止,一直嚷着要姐姐,根本听不进任何人的话,图嗒等人对她束手无策。

考虑了一会儿,阿帕妮抬起眼睛,晃了晃手腕的手铐:"解开。"

她身上没有武器,也看不出反抗的意图,安东便打开了她的手铐。

"烟。"

安东丢了打火机和一包烟过去。

烟雾腾起,朦胧了阿帕妮的面庞,她吐出烟:"什么调查?"

安东从手环里调出马魁克星的调查图片,太空战场遗址、原住民的累累白骨、被挖空的矿洞……"有印象吗?"他问。

阿帕妮点头,掸了掸烟灰说:"一支白色舰队用生化毒气灭了马魁克人,开采他们的血蛆,被我打劫了。后来那支舰队又杀了回来,抢走了血蛆,就是这样。"

"你说的'白色舰队'是翡莫迩孢星政府军'翡英军'吗?"

"不知道。"阿帕妮按灭烟头,"整整三吨的血蛆可不是笔小数目,对方实力也不差,我光顾着和他们交战,没弄清对方是谁。"

"可以把战斗记录给我吗?"

阿帕妮说:"可以,但是你要答应我一个要求。"

"说。"

"把我们送宇统厅警局之前,让我和蕾辛单独待一会儿,不许监听我们对话。结束以后,我可以把与翡英军有关的数据统统给你。"

安东一口答应,立马安排姐妹俩会面。听说能见到姐姐,蕾辛停止哭泣,跑向阿帕妮所在的房间。安东把门关上,和图喏守在门外,盯着房间内的监控。

图喏说:"还好阿帕妮愿意合作。把麦兰森和翡英军挂到通缉榜上,应该很快就能收到线索。"

安东说:"我担心的是马魁克人灭亡,没有人站出来指控翡英军。"

"宇统厅警局不会提出公诉吗?"

安东摇头:"它不是政府机构。"

图喏叹了口气:"那如果不能立案,我们又要从头开始寻找线索了。"

安东没说话,沉默地望着窗外,好像希望就在群星之间……

过了会儿,安东敲了敲房门:"时间差不多了。"他推开门,看到蕾辛已经停止了哭泣,花了妆的脸看起来又可怖又可怜。

阿帕妮对安东说:"你一定要给蕾辛请律师,帮她脱罪。"

安东回道:"她原本就是无辜的。你放心,我会跟进审判,确保蕾辛得到公正的对待。"

听到安东这样说,阿帕妮放松了,坚硬的目光也软了下来。"带我回母舰,我把翡英军的资料导出来给你。"

宇统厅警局位于"卜马拉"星,它与地球极其相像,八成地表被海洋覆盖,山清水秀。警局仅六层楼高,但占地面积却高达五百万平方米,建筑风格简洁,纯白外墙笔直得犹如刀削,佩戴着警徽的警员进进出出。

根据流程,安东把阿帕妮等人送入监禁所后,在办公大厅提交了抓捕婴鬼军的全过程。警局工作人员抹去了通缉榜上婴鬼军的名字,向安东发放了奖金,并给地球和翡莫迩孢星添加了追剿罪犯的功绩记录。可当安东提出通缉翡英军时,他却拒绝了。

工作人员说:"没有证据证明马魁克星的原住民是被翡英军用生化武器杀害的。"

安东说:"阿帕妮提供了证词。"

"她是在逃犯，规定不得采信她的说法。想要通缉翡英军，必须要实物证据或马魁克人的亲自指控。"

"遗留在马魁克矿洞里的凿斧一定留有翡英军成员的 DNA。"

"那请您鉴定后拿着公证书再来一趟。如果没有公证书，就请您找到马魁克人来完成亲告罪的立案程序。"

安东火了，捶了拳柜台："你的意思是只要杀光原住民就不用负任何法律责任？"他声音很大，引起了周围人的注意。

工作人员冷冷地说："这里是警局，一切都要按程序办事。"

察觉到警卫的目光，安东只好窝火地离开柜台。

安东回到舰桥。图喏看到他那副样子，猜到了结果："没立案？"

安东摇头，闷声说："他们不采信阿帕妮的证词，判定翡英军与婴鬼军的战斗只是抢夺'无主财富'，想要立案必须有新的证据或来自马魁克人的指控。"

"可是马魁克人已经灭亡了。"

安东无奈地耸了下肩。

图喏皱眉："真是混账。"

舰桥中的人们陷入沉默，好不容易抓住的线索又消失了，他们就像大海中失去灯塔指引的孤帆。

波努看着垂头丧气的众人，思索再三，说道："那三吨血蚪是'无主'的，但翡英军不是。"

安东投去目光。图喏明白了波努的意思，但转念一想：奥讷兰不是失踪了吗？

波努说："再去一趟钢锯星吧。"

破损机翼切割完毕，奥讷兰关掉电源，八米长的电锯自动收回到维修库顶部装置中。他抱起沉重的残骸搁置在推车上，把小车推到回收站。嘭，残骸顺着宽敞的箕形口滑了下去，管道中发出隆隆回音。奥讷兰擦着汗望向库门，电锯声响聒噪，照明灯的白色光线中，浑身油污的维修员与衣装革履的顾客们来来往往、身影交错，令他有种恍如隔世的感觉。工头以为奥讷兰在偷懒，指了指他。奥讷兰赶紧压低帽檐，抓起推车的把手。

回收完垃圾，奥讷兰累得气喘吁吁，工头签完字后给了他三分钟的休息时间。奥讷兰坐在台阶上，掏烟时不小心把兜里的另外那只手环带了出来，他拿起一看，有一条波努的信息："我预计在钢锯星时间的下午3∶30到你那里。"奥讷兰瞟了眼时间——3∶25，没空抽烟了，他抓着手环站起来。"喂，你活儿还没干完呢。"工头没能拦住他。

调查团舰队抵达钢锯星。波努走下舷梯，看到奥讷兰已经查到东方号的泊位，站在那里等他了。随后下来的图喏看到奥讷兰，惊得嘴巴都合不拢。

波努走上前说："我们遇到了问题。唯一能够证明翡英军罪行的人是个通缉犯，宇统厅警局不采纳她的证言，没法对翡英军立案。"

奥讷兰问："没有其他证据？"

"没有。"

奥讷兰与波努对视了一下，明白过来："你想要我以翡莫迩君主的身份出面，向警局报案？"

"是的，调查团是地球联合国的下属单位，级别不够。"

奥讷兰转头看向别处，考虑了一会儿说："如果成功立案，翡莫迩孢星政府会被冠上恶名，你们以后在常宇宙的行动会受到诸多限制。"

波努叹了口气："我知道，但现在只剩这一个办法了。"

奥讷兰摘掉工帽，挠了挠头："好的，听你的。"

"去房间换身衣服吧。"

看着奥讷兰，一直处于懵懂状态的图喏终于反应过来，俯身想对奥讷兰行礼，被后者阻止了。奥讷兰谦和地说："这一路辛苦你了，图喏长官。"

图喏百感交集，鼻头发酸。

奥讷兰去冲了个澡，洗干净脸上油污，把夹杂着白丝的卷发整齐地向后梳起。他走出浴室，看到床上搁着一套全新的正装。波努说："我来的路上买的。"奥讷兰穿上后发现刚好合身。

奥讷兰衣着笔挺、容貌高贵地走出房间，门外的工头差点没认出来："贾利克你……"

"我有事，先走了。"奥讷兰跟随波努离去，房内床上留下了贾利克的手环和工牌。

经历了孢星融合和两方惨烈的战争，翡莫迩君王第一次出现在地球人类的面前。虽然奥讷兰当了一段时间的维修工，翡莫迩的帝制政体也名存实亡，但他曾作为国家领袖的气势犹在。安东与他握手时，也下意识地收敛了目光。

一行人回到卜马拉星的警局。接待过安东的工作人员看到安东又回来了，后面还跟着几个人，以为他要找碴，按下了警戒按钮。警卫们走到便于行动的位置上，紧紧地盯着他们。安东并不在乎周围目光，毕竟这次的主角不是他。

奥讷兰走到柜台前，展示自己的身份后说："翡英军是我国的流亡政府军，屠杀了马魁克原住民，我作为翡英军曾经的主人，要求警局对他们立案。"

工作人员愣住了，他还是第一次遇到孢星君主亲自来警局报案，指控对象还是自家政府军。

看他傻愣在那儿，奥讷兰冷冷地说："你能不能处理这事？不行让你的主管过来。"

工作人员反应过来，手忙脚乱地查找了一通程序，终于在不常用的列表里找到了适用于此类情形的立案程序。

奥讷兰一看，从申请到立案至少要二十多天，不禁皱起眉头："不行，立案时间太长了。"

工作人员一改之前的傲慢，唯唯诺诺地解释道："因为需要给各大星球的太空港通报案件消息，等待他们发来针对翡莫迩孢星公民的限制条款，警局审核后才能进行立案或更新通缉榜……"

奥讷兰打断他："别说了，我今天就要立案。"

面对奥讷兰的强硬态度，工作人员无奈地站起来，欠身道："稍等。"他跑向主管的办公室。过了会儿，主管和他急匆匆地走了出来，进入员工通道。奥讷兰他们只得站在原地等待。过了会儿，电梯打开，一个穿着制服的中年男人走了过来，他容光焕发，身躯强健，肩膀上的警衔标志显示他等级很高。

中年男人对奥讷兰伸出手，礼貌微笑着说："您好，哥弗先生。我是宇统厅警局局长廖韦克，请移步贵宾室详谈。"

奥讷兰示意身后波努等人的存在："让他们跟着。"

廖韦克点头同意，做了个"请"的手势。

贵宾室陈设奢华，堪比高级的度假酒店。等大家都坐下后，奥讷兰说："廖韦克局长，时间紧迫，我必须赶快找回背叛了我的军队。"

廖韦克回道："我能理解您的心情，但警局有程序。你们孢星文明作为宇统厅最高级的会员，每年交纳那么多会费，我若不按程序办事，会被多少孢星国家指责，您知道吗？"

"我知道,但事态紧急,我急需翡英军的线索。"

廖韦克叹了口气:"恕我不能特殊照顾,上头知道我接到报案就去通缉孢星政府军,恐怕会把我撤职。您放心,二十天后程序走完,我一定第一时间满足您的要求。"

奥讷兰不语,波努和安东看了他一眼。过了会儿,奥讷兰露出无奈的神情,对廖韦克说:"那我只能求助媒体了。'宇统厅警局涉嫌歧视,以不采纳罪犯口供为由拒绝立案',这个新闻怎么样?"

廖韦克僵住。

"抑或者'警局效率低下,或将成为罪犯帮凶'。"

廖韦克假装咳嗽掩饰了一下:"您何必……"

奥讷兰说:"麦兰森绑架了我的儿子、我的国民和地球同胞,我必须想尽一切办法救他们,你现在拖延我们的每一秒都在增加他们遇害的风险。"

廖韦克叹气,苦闷地摸了下额头:"我有个办法,但是……"

"你说。"

"翡英军名义上归属于您,所以您可以……"廖韦克犹豫了一下,"可以通过'自首'来简化程序。"

奥讷兰怔住。安东感到惊讶,波努则紧抿嘴唇望着奥讷兰。

"你的意思是,让我承认是我指使翡英军屠杀了马魁克人?"

"是的。"廖韦克搓着手,有些不安,"这样的话一切都好办了,既能立刻通缉翡英军和麦兰森,又能避免被上头怀疑我为您破例行事。"

"你确定这样可行?"

"一定可以。"

"好,我同意你的建议。"奥讷兰毫不犹豫。

廖韦克指出:"我必须提醒您:一旦您承认了罪行,您的名声毁了,以后在常宇宙会遭到不可想象的困难。"

奥讷兰淡然地说:"为了营救家人和民众,我的个人声誉不值一提。"

波努认真地看着父亲,这是自从他与奥讷兰分道扬镳之后,头一次对父亲产生了敬佩之情。

"那好吧。"廖韦克站了起来,"我现在就更新通缉榜,'自首'的立案程序没有走完之前,您不能离开警局,我会给您提供最优待的生活条件。"

得知会被软禁，奥讷兰一点也不惊讶，也站了起来："我马上去录一段你的免责声明视频，出具地球联合国调查团舰队追捕翡英军的委托书，并追加额外的赏金。"

　　"明白了，我会把收到的线索及时发给调查团。"廖韦克转过头，"你们谁是调查团团长？"

　　"我。"安东走了过去。

　　廖韦克与安东交谈时，波努走到奥讷兰身边："你在这里要注意安全。"

　　奥讷兰心头一暖："没事，他们不会把我怎么样的。你不要给我发通讯或者文字消息，接下来我的手环会被严密监视。"

　　波努点头："等我救出默泽和大家，过来接你。"

　　奥讷兰心潮涌动，感动地伸出手。波努没有拒绝，紧紧地握住了父亲的手。

　　安东办完通缉手续，帮蕾辛聘请了律师，并联系宇统厅未成年人扶助机构负责她的饮食起居后，带着大家离开卜马拉星，留下了奥讷兰·哥弗一人在警局。

　　调查团舰队驶入太空。星辰浩瀚，航路纵横，希望的灯塔再度亮起。

最后的线索

拜特勒的记忆停留在脑后的一记重击。他摘掉黑色头套，发现自己躺在地上，额头被磕出了个包。拜特勒爬起来，刚站直身体，嘭的一声，脑袋又挨了一次撞击，头顶多了个包，他这才发现牢房狭小得几乎没法站立。牢房中只有一盏小照明灯，墙上有餐食自动配送柜，便池和床靠在一起，床小得只能搁下半个身子。

拜特勒趴到门上，透过狭窄的缝隙朝外望去，看到对面有一排同样窄小的牢门，地面铺设连接着发电机组的高压电缆裸线，碰触就会变成火人，难怪他没看到任何看守。拜特勒试探性地敲了敲门——没有狱卒的呵斥，也没有收到任何回应。于是他壮着胆子用力又捶了两下，三秒后，咚咚，两声清脆的回应从同排牢房中传来，接着，更多的敲门声从四面八方传来。

"伯斯坦迪！"拜特勒喊道。

"我在。"伯斯坦迪的声音从极远的方向传来，声音中还夹杂着一种他听不懂的语言。拜特勒疑惑，难道传言说麦兰森绑架了异星人质的事是真的？

拜特勒继续喊道："你能不能看到电缆的走向？"

"看不到，它被压线槽挡住了，通向外部走廊。"

拜特勒叹了口气，他知道就算电源开关近在咫尺，他也没有任何工具能破坏牢门。这时，墙上的餐食自动配送柜指示灯亮了，柜门打开，盛满简陋食物的餐盘出现在暗格中。拜特勒突然有了主意，确定房内没有监控后，他用勺子卸下了床腿上的螺丝，拆下了一截铁管。等吃完饭送入空着的餐盘时，他用铁管卡住了柜门，啪，柜门没能合上，漏出一丝缝隙。可智能系统却以为配餐完成，信号从控制器顺着网线一路向上，经过配餐间、储藏室、杂物间和楼梯曲折的过道，到达百米之上的总机。拜特勒所在的44号牢房显示"配餐完成"，翡英军后勤部的人员上前确认任务结束，忙别的事去了。等了半天没任何动静，拜特勒握住铁管向下一撬，柜门扭曲，他再度用力下压，柜门哐地脱落，柜体内部暴露在外。

此时的麦兰森正坐在距离配餐室很远的指挥室中，他从手环消息中得知自己和翡英军被挂到了通缉榜上，目光变得阴暗。麦兰森点上烟走到窗户边，红矮星映亮他的面庞，灰色眼眸泛着红光。

等待通缉线索的空隙，调查团去了一趟疗养院。罗奈薇女士看到安东，激动地迎了上去。

安东说："我们抓到了婴鬼军的头领阿帕妮，犯罪证据确凿，她现在被关押在宇统厅警察总局。"

没想到商队遭到屠杀的冤屈竟能得到伸张，罗奈薇感动得落泪："我现在就去上交指控书，我要让她坐穿牢底。"

安东同意了，带着她从疗养院出来，抵达最近的一处警察分局，提交了指控。办完手续，罗奈薇拉住安东，诚恳地说："我可以跟着你们吗？我不会添乱的。"

"抱歉，我们在行军中。"

"我有钱，我可以给你们很多钱……"

安东严肃地打断她："一旦发生战争，我无法保障你的安全。等尘埃落定，欢迎你来地球孢星。"

罗奈薇很失望："好吧。"

安东把罗奈薇送回了她的母星——一颗部族众多、人口稠密的大型行星。因为安东帮助了罗奈薇，部族首领同意让调查团舰队暂时停靠在太空港中。

过了几天，安东收到警局来信，廖韦克局长把对麦兰森的通缉置于榜首，安东还收到了报告。报告显示在穆塔系边缘的一个低度文明星球旁边，出现了麦兰森的翡英军驱逐舰，但因为星系辐射干扰，周边环境模糊不清。

调查团成员精神振奋，立即动身前往目的地。经过多次虫洞跳跃和长达一百多个小时的飞行后，他们到达了坐标点。远远望去，那艘驱逐舰果然停在图片中的位置，被庞大的超新星爆发遗迹包裹着。密密匝匝的碎石带环绕之中，坍缩为磁陀星的恒星正在快速旋转，超强磁场裹挟着高能量电磁辐射向外溢出，位于遗迹中央的驱逐舰在蓝色磁星的光芒中形成了一个狭长的投影。

安东不禁感到奇怪：报告称这里有低度文明星球，可生命根本无法存活于此。麦兰森为什么要来这种地方？

驱逐舰似乎没有察觉到调查团的存在，没有任何行动，于是安东决定先发制人。囿于周围碎石太过密集，不适合出动飞行部队，安东下令发射了数枚追踪导弹。导弹扎入碎石带，半分钟后，火团自远方亮起，翡英军驱逐舰侧舷装甲破裂，熊熊燃烧，可它依然没有反应。安东头皮发麻，开始怀疑这是个陷阱，这时，主屏幕中的景象发生了变化，蓝色的磁陀星竟然伸出一根尖锐的光带向后延展而去，它的后方，居然出现了一只巨型黑洞。磁陀星被黑洞引力拉扯、撕裂成一条淡蓝色的光带，黑洞吸积盘附近的物质喷流犹如挥展的蝶翅，瞬间铺满了整个舰桥屏幕——嗡的一声，引力波摧毁了调查团所有舰船的电力系统，舰桥陷入黑暗。恐惧刹那间吞噬了人们的理智，很多人害怕得尖叫起来。

安东直冒冷汗："启动备用电源。"

"无法启动。"船员回答。

"通讯器呢？"

"没有网络。"

突然，陌生的警报疯狂尖鸣，前景屏幕显示：从正在吞食磁陀星的黑洞侧面，竟然飞出成千上万只闪耀着七彩磷光的黑色炮艇。

休息舱中，波努难以置信地看着窗外："K军。"

陈义难以置信："怎么会……廖韦克骗了我们？"他话音刚落，蜂群一般的K军炮艇掠过舷窗，地面剧震，许多士兵被晃得摔倒在地。陈义心悸起来，他还记得在逃离福比罗枢纽星时所看到的，单单一只K军炮艇就能轻易地把护卫舰剖腹断肠，更别提现在这千军万马的敌情。

黑鳞炮艇像幽灵一样变换着形状，集体穿梭于调查团舰队周围。多艘战舰受损、起火，甚至被拦腰斩断，而由于引力波的干扰，断电断网的舰队毫无反抗能力，只能任由K军手起刀落，将这片黑洞制造的光之漩涡变成大型屠宰场。眼看着舰船一艘接一艘被击破，部下们葬身火海，安东咬牙切齿，内心极度不甘。其他军官沉默地站在一边。图喏垂着头，回想着自己跟随伍尔班夫将军的戎马历程，内心翻江倒海。

就在大家都感到绝望的时候，上万只奇怪的黑色立方体突然掠过面前，在调查团舰队与黑洞之间形成梯形排列，同时启动功能，刹那间，大规模的时空涟漪对冲了黑洞吞噬磁陀星制造出的引力波——干扰消失，灯光亮如白昼，前景天窗也恢复了屏幕功能，众人打眼一瞧：一支庞大的黑色舰队劈波斩浪而来，舰队航母如云，各类战舰和飞行部队更是不计其数，密密匝匝的炮管反射着磁陀星濒死的蓝光。K军被黑色舰队吸引，立即抛弃调查团转向新的敌人。双方短兵相接，炮弹流光飞舞，其交火之猛烈是安东他们从未见过的。

忽然，通讯器里出现了一位高大的男人，他有着头狼般深邃勇猛的金色眼睛，略长的黑发绑在脑后，浑身肌肉无比健壮。他神态威严地说："谁让你们来这里的？你不知道这是K军势力范围的边缘吗？"

安东愣住，他确实不知道。"但是那艘驱逐舰……"

通信器再度亮起，这次出现的是个脖子上有伤疤的男人，穿着正式军装："驱逐舰里没人，是个陷阱。"

"哼，我就知道。"金色眼睛的男人对安东说，"还不快滚？"说完和伤疤男同时掐断通讯。

安东赶紧下令撤出。调查团舰队如获大赦，开启亚光速引擎，飞速撤离混乱的战场。

东方号休息舱恢复了平静，大家忐忑地坐在位置上，直到K军报警盒不再鸣叫才放松下来。

陈义擦了擦汗："不知道那支黑色舰队是谁？"

波努说："K军是宇宙公敌，能与他们一战的军队肯定来头不小。"

调查团回到安全地带，停靠在一颗枢纽星的太空港中。安东查看人员伤亡状况，松了口气，好在那支黑色舰队及时搭救，舰队损失比预计的要小。他琢磨着要不要回趟地球增加补给，但转念一想全球各国都拿出了压箱底的军备和最精锐的将士，即使回去也无法得到更多支持，于是作罢。

廖韦克局长来电："对于你们的遭遇我深表遗憾，我让部下甄别过这则线索，信息来源是可靠的。"

"这么说，你们也被麦兰森误导了？"

"是的。"

安东没有追责，说："那你帮忙查一下驱逐舰使用虫洞环的记录，这样就能摸到麦兰森的藏身之处。"

"我查过了,没有行驶记录。"

"怎么会这样?"

廖韦克摸了摸下巴:"只有一种可能:这艘驱逐舰使用了私人虫洞环。"

闻言,舰桥内一片哗然。私人虫洞环?那只有宇宙中的顶级富豪才能修建得起。

廖韦克说:"私人建筑受到《常宇宙联合宪章》保护,在不干涉他人权利的情况下我无权调查,公开所有人信息会涉嫌侵犯隐私。"

安东叹了口气:"那不烦劳您了。"

通讯投影消失,舰桥陷入沉默。没过几秒,通讯界面竟然再度亮起,显示有一则匿名来电。安东犹豫了一下,接通,一名年轻女性出现在画面中,她乌黑的卷发整齐地绑在脑后,双瞳异色。安东觉得她有点眼熟。

洛克姗看到安东,惊讶地眨了眨眼:"伊万诺夫教官?"

安东想起来了:"你是航天学院的三年级学生?"

"是的,我是洛克姗。我看到通缉榜榜首的报案人是联合国,才知道地球修复了星门。"

安东有些激动:"我出孢星的时候就联系你了,没有回应。"

"我更换了手环网络。"

"那既然联系上了,我来接你回地球。"

兰德出现在镜头中:"我们红珊瑚号的五个学生目前很安全,身上也有其他任务,暂时无法跟随您返航。之所以联系您,是因为我看到地球调查团被引诱到穆塔星系,差点被K军消灭的信息。"

安东脸色变得阴沉:"是的,一支来路不明的黑色舰队救了我们。"

洛克姗疑惑:"来路不明?"

安东把当时的通讯记录发了过去。两人一看,同时露出惊讶神情。洛克姗说:"他们是'骸骨议会'军团,金色眼睛的人是大领主奎狄,另外一个人是他的副将尤利厄斯。"

"'骸骨议会'不就是免费提供K军报警盒的那个组织吗?"

"是的,就是他们。"

没想到会被传说中的圣使后裔所救,舰桥中的人们露出不可思议的神情。安东清了下嗓子说:"现在的问题是,警局没有权限调查私人虫洞环,我们没法顺藤摸瓜找到麦兰森的藏身处。"

兰德说:"我发现了这点,正好我们最近在追踪一个运送非法劳工的商会组织,商会领袖犹图最大的竞争对手就是私营监狱大亨耶什克,耶什克在穆塔星系有业务,极有可能建造私人虫洞环来掩盖贩卖人口的肮脏生意。"

安东眼睛一亮:"这么说,耶什克帮了麦兰森?"

"不确定,但根据侦察信息,犹图和耶什克都与一个金融组织'鬼蝠党'有合作。"

"鬼蝠党……"

"目前的线索只有这么多,我们还在追查。"兰德听到身后有人在叫,转头看了一下,回过头来严肃地说,"K军扰乱了宇宙秩序,许多犯罪组织趁机兴起,我们也忙得不可开交,有新消息我会通知您。"洛克姗补充道:"请一定要注意安全。"说完关闭了通讯。

图喏说:"我知道鬼蝠党。伍尔班夫将军说过,翡英军的军费来自麦兰森在常宇宙的金融业务,而非国库。鬼蝠党有自己的经纪公司,高级会员全是富可敌国的人,麦兰森就是其中之一。"

安东思考着说:"耶什克能把生意做那么大,一定与很多高度文明星球政府有利益牵连,而且明面上合法合规。想要调查出他的底细,假扮生意人这招肯定是行不通了,耶什克没那么好糊弄。"

图喏打开手环在宇宙网络中搜查"耶什克",翻了五十多页对他和他的私营监狱充满溢美之词的条目后,在网页角落里发现了一则两年前的新闻,称耶什克曾受到过某人权协会的抨击,报道者是"青炉报社",可当图喏想要点开新闻详情时,却显示"不可查看"。

安东联系了洛盟星的青炉报社,接线员称所有的新闻数据都在报业联合图书馆,图书馆不提供线上服务,想要资料只能实地前来。二话不说,安东设定了通往洛盟星的航路。

此刻的洛盟星正在举办星际电玩嘉年华,东大陆街道上人山人海,来自各个星球的动漫游戏爱好者们三五成群,围着打扮成心仪角色的演员们拍照聊天。嘉年华的热闹气氛顺着跨海大桥传到了西部,一些与动漫公司有合作的影业集团也趁机开展了小众艺术电影节,吸引了不少游客。

报业联合图书馆位于东陆的靠海沿岸,与周围忙碌的电影城和宇宙资讯集团大厦相比，显得宁静萧索。仓库中，新闻存储芯片就像化石碎片，孤独地躺在各自的金属匣中。

安东、图喏等人进入图书馆大厅，发现这个巍峨建筑竟然保持着古老的砖墙结构，圆拱形的墙体上有着一排排方格通风窗，恒星光芒洒落，一排排放满存储芯片的书架沐浴在温暖的光束中。安东发现一位长着兔耳的洛盟星女性坐在大厅入口处，正用温和而严肃的目光看着他们。

"请出示您的名片。"图书馆接待员说。

安东展示了他的名片，然后滑动手环信息，指着那则耶什克被控诉侵犯人权的新闻说："我需要这条新闻的详细报道。"

接待员查阅了下电脑，说："很抱歉，这则新闻被买断了，虽然有存档，但是未经所有人的同意不能给您。"

安东心里一凉："所有人不会是耶什克吧？"

接待员点头："正是耶什克先生，他花重金购买了这则信息，根据宇统厅的规定，我们只能发布这则新闻的简报。"

"你们青炉报社不是以保持中立、伸张正义为名么？居然收取钱财帮人掩盖证据？"

"并非您想的那样，原因是报道中涉及了他的个人隐私和财务状况。"

安东刚想再度开口，身边忽然传来一个女人的声音——"你们可以把事情原委告诉我。"安东等人转头一看，方才坐在门口的洛盟星女人不知何时走了过来。

她推了下黑框眼镜，略显苍老的面容未能掩盖目光中的锋芒："忘了自我介绍，我是芮拉，图书馆馆长。"

安东与她握手，简略讲述了自孢星融合起直至当下发生的所有事情。芮拉平静地听完，点点头，兔耳晃动："跟我来。"

一行人跟着芮拉前往书库，掠过散发着木质清香的书架，来到一个深色柜子前。芮拉打开柜子，查看编号，指了指高层角落："76号。"

安东抬手取下 76 号匣子。

她打开匣子，拿出芯片对接手环，那则新闻的详细报告投影出现在半空，其中不仅有庭审记录，还有耶什克当庭承认使用穆塔星系的私人虫洞环运送非法劳工的事实。当时，耶什克公布了私人虫洞环的位点，但官司结束后，他又以虫洞环失修毁坏为由申请了私人财产保护，杜绝了任何公众的监督。

安东放大了虫洞环的位置，发现它们的传送范围果然覆盖了那颗磁陀星。鉴于距离磁陀星最近的公用虫洞环有五百光年之远，可以推断出：翡英军驱逐舰正是使用了耶什克的私人虫洞环，才能在短时间内到达磁陀星。

没想到这么轻易就获得了想要的线索，大家都很惊讶。安东忍不住问："您这样做是违反规定的吧？"

"作为馆长，我有这权力。"芮拉推了下眼镜，"不过就算被质疑也无所谓，我已经老了，想在走之前再为宇宙和平做点事。"

"那报酬……"

"不用。"回忆起过往，芮拉有些动情，"我知道你是地球孢星公民的时候就已经决定帮你了。毕竟我人生的一大半时间都在与凯烈安尼亚人并肩作战。"

安东疑惑："我多次因为凯烈安尼亚族而受益，始终感觉受之有愧。三十年前的那段海神星的历史对你们来说真的这么重要吗？"

芮拉笑了，眼角泛起烟花般的皱纹："何止'重要'，它承载了一代人对实现宇宙正义的理想。"

安东被触动，图喏等人也深受感动。

离开图书馆，安东联系了"劳工联盟人权协会"。协会负责人确定他们与耶什克有过这场官司，并且透露：十年前，他们发现耶什克修建了一批监狱，这些监狱采用环形建筑、中央监控的设计，极不人道，也不符合宇统厅对于惩戒类建筑的要求。

"后来耶什克封存或遗弃了这些监狱，我们也从未收到过这批非法监狱的使用报告，便没有公之于众。"负责人说。

安东一阵激动，他转头看了一下图喏等人，确定他们想法一致：麦兰森很有可能就躲在耶什克的非法监狱里。"这批监狱在哪儿？"

"很遗憾，我们没能调查出，耶什克把它们藏得很深。"

安东感觉心情像过山车似的。

一行人回到舰队。图喏问："接下来该怎么办？"

安东看着耶什克的照片，此人微胖，个头约一米九，肤色发灰，眼神有着一股精明劲儿。一想到这人帮助了麦兰森，令上万名同胞深陷灾难，安东下定决心："只能做一回恶人了。"

安东请私家侦探调查了耶什克的行踪，得知他常去海萝度假星游玩，便组建了一个地面小队。小队由安东、特战士兵和几个得力部下组成，包括波努、陈义。根据日期，他们先于耶什克到达海萝星开始任务部署。

海萝度假星是大型行星，遍布大小海岛。高级度假酒店掩藏于青山绿水之中，造型不拘一格。奢华游艇在海面尽情穿梭，观光飞艇在阳光中悠闲游荡，浮空城全天闪耀着五彩霓虹。

度假星消费不菲，若不是有对孢星组织开放的行政通道，安东他们恐怕寸步难行。侍者走后，安东他们立刻从写字楼里出来，通过花园的后门进入了度假区。因为来到该星球的人不是超级富豪就是孢星文明的王侯将相，所以侍者即使发现了也会装作没看见，毕竟假借办公之名来此消费的政府官员不在少数。

安东租了两艘游艇，前往耶什克常去的拉普维花岛，岛上有五个度假酒店，其中一座银色流线型外墙的酒店是最豪华的，它的后院还有个露天温泉。

红彤彤的恒星沉入海平面下方，天际线被艳红霞光肆意涂抹。万里无云的夜空中，浮空城闪烁着妖娆的灯火。耶什克在空中酒廊尽兴后，被保镖队伍护送着回到住处，走入那有着银色围墙的酒店。

温泉池边的石灯亮起，萤火飞舞，虫鸣霍霍，泉水散发着诱人的热气。耶什克穿着泳裤走入温泉，把大半个身子没入温热水流中，听着音乐享受。他不知道，此刻安东等人正藏在周边枝叶掩映的树丛中。

门廊附近有三个保镖时不时朝四周观望。特战士兵从草丛中挪到门廊位置，两人躲在阴影中，一人轻手轻脚地爬上雨棚。接着，三个特战士兵同时发起袭击，两人从草丛窜了出来，一人从雨棚跳下，保镖们反应过来时已被乙醚手帕捂住口鼻，失去了意识。

看到门廊处的作战成功，躲在茂盛蕨草后的波努和陈义拔出手枪，从温泉池的两边同时冲了出来。波努从背后挽住右侧保镖的脖子一拽，保镖一屁股坐在地上，正欲反抗，察觉到波努的枪口抵上了自己的太阳穴，吓得不敢动弹。陈义从背后猛踹左侧保镖的腿弯，趁对方身形不稳直接将他扑倒，把枪口抵着他的后脑。

耶什克惊得从水里跳了起来："什么人？"

"别动。"安东从温泉池正面走了过来，用枪指着他。耶什克环顾四周，看到五个保镖统统被制服，不禁四肢发冷，就连温泉水也无法让脚底板热乎起来。

安东说:"如实回答我的问题,我不会伤你分毫。"

耶什克紧张地咽了口唾沫。

"你是不是帮麦兰森转运了他的驱逐舰?"

耶什克眼珠子一转:"没有。"

安东扣下扳机,子弹嗖地掠过耶什克腿边,吓得他一屁股坐在水里。安东冷冷地说:"第二个问题,你是不是给麦兰森提供了非法监狱用于藏身?"

耶什克狼狈地坐在池子里,嘴唇发着颤。

波努劝说道:"耶什克先生,只要你协助我们抓到麦兰森,我以孢星公民的身份向你保证,我们的这段对话录音一定会删除。"

耶什克知道兜不住了,只好坦白:"我和麦兰森是通过鬼蝠党的经纪公司认识的,他最近出手了一大笔血蚰,向我购买了一个废弃的老旧监狱。"

安东问:"监狱在哪儿?"

"在朱冠星团的'蜜壳'星上。"说罢,他把监狱平面图和麦兰森的交易合同都发给了安东。

安东一查,发现朱冠星团距离太阳系约2700光年,没想到转了一圈又回到了银河系。

耶什克窘迫地说:"至于你们说的那什么驱逐舰,我真的不知道什么情况,我只是想赚笔虫洞环的服务费……"

安东懒得再听他解释,对部下们挥了下手。一行人迅速撤出,跳上游艇。等耶什克报警,警卫来到现场时,安东他们已经回到了东方号。

回到舰桥,安东查询通往朱冠星团的虫洞环,神色一暗:"朱冠星团属于军管星系,任何人靠近星系边缘都会触发联防警报,被武力驱逐。"

这下大家又没了主意。图啫叹气:"真是一波三折,不知道被绑架的人们还能撑多久?"

感觉舰桥气氛变得沉重,安东说:"先散会吧,我再想想办法。"

从舰桥出来,波努进入休息舱,望着窗外稀稀拉拉的星辰发呆。陈义知道他心情不好,便没有搭话。过了会儿,波努叹了口气,坐下来打开手环。陈义凑了过去,看到波努在浏览游戏星球"猫尾星"的网页。网页上充斥着音乐节、游戏艺术展、美食街活动的广告,甚至连私人影院的排映表都满满当当。波努的目光停在浮空旋转自助餐厅"旋羽之巅"上,鸽子羽翅般的异形建筑包裹着透亮的一排落地窗，窗内有着雅致唯美的用餐包厢。他垂下眼帘："我曾经答应默泽要和他去猫尾星玩的。"

陈义不知该说什么好，挠了挠头："我去过一趟猫尾星，那会儿正在举办游戏节，人多得把路都堵死了，我拍了几张照片就回来了。"他打开手环，划拉了半天才找到当时的照片。

波努打眼一看，画面中全是人头，不仔细看都找不到陈义，只有遥远的激光投影能够证明此地是猫尾星。他多看了两眼，发现后方的投影与实景相比奇大无比，甚至显得不太真实，便指着问："这里在搞什么活动？"

陈义回想了一下："好像是花车巡游。"

"花车？"

"就是给舰船装上巨幅投影仪，在星系里飞来飞去。"

波努眨了眨眼："意图是什么？"

陈义蹙起眉头："我记不太清了，好像是宣传反战的。"

波努把目光转回到猫尾星的网页上，换了好几个关键词才搜索到了这个活动——"鲸和飞舟"。该活动是由猫尾星某艺术家组织发起的和平游行，每年都会在各大星系举办，今年的游行即将开始，已经开放了报名。波努指着介绍页面："这次的游行航路经过朱冠星团，猫尾星政府一定是取得了星团联防机构的信任。"

"能混进游行队伍就好了。"陈义查看加入条件，"上面说任何舰船都可以申请加入花车游行队伍，但必须解除武器系统。"

波努说："调查团全是军舰，炮台肯定不能拆，更别提库里那一大堆火力充沛的'纸鳞'，咱们根本没法过审。"

陈义关掉手环："走，去找安东聊聊。"

两人来到舰桥，陈义向安东讲了"鲸和飞舟"的事。

"你们有什么打算？"安东问。

波努指着蜜壳星监狱图说："这个环形监狱易攻难守，麦兰森那么狡猾，肯定不会用它做基地。而且合同显示，购买监狱的钱只占那批血蚰价格的百分之三，所以麦兰森新建军事基地的可能性很高。如果能加入游行，哪怕只是取得翡英军阵地的布局，也比什么都不做强。"

安东考虑了一下说："确实，花车游行可以提供侦察的机会。"

陈义与波努对视了一下，确认彼此想法后，语气坚定地说："让我们两个去吧。"

安东有些犹豫，毕竟参加游行要解除战机的武装，一旦被麦兰森发现，可能连逃生的机会都没有。他可不想损失这两名锐兵，但其他飞行员他又不甚信任。安东想来想去，最终还是无奈地说："好吧，我同意你们以个人的身份参加游行，去趟钢锯星，把'纸鳞'的武器系统拆除。"

"是。"两人同时行军礼。

猫尾星此刻热闹非凡，前来参加"鲸和飞舟"的舰队占满了天空。活动负责人在检查确认参展船只不携带任何武器后，会给它们装上官方扫描器，一旦拆除扫描器或改装船只，扫描器就会报警，主办方将立即取消他们的参展资格。

两架"纸鳞"降落在停机坪，陈义和波努先后跳下驾驶舱，去受理台申请加入游行队伍。管理员确认两架战机拆除了炸弹挂架、封闭了负载舱，便通过了申请，把他们编入第四花车队。管理员给"纸鳞"装上巨幅投影仪，与第四花车队的两艘星际航母、十五只观光船、三十艘运输舰停放在一起。

距离"鲸和飞舟"活动开始还有五天，两人在猫尾星住下，安东他们则前往朱冠星团附近的一颗枢纽星，随时准备接应他们俩。旅店窗外的广告轮番播放，人潮喧嚷，娱乐活动热火朝天。波努却完全没心思观赏，除了下楼吃饭，他一直待在旅店里关注着"鲸和飞舟"的准备进程。陈义心想闲着也是闲着，不如出去看看。他经常坐在猫尾星的主干道路边，看着打扮个性的乐队成员们来来往往，一待就是几个钟头。

心焦的等待终于在"鲸和飞舟"的启动仪式中结束了。波努和陈义驾驶携弹量为零的"纸鳞"，跟随花车团队飞入人工虫洞环。游行舰船的巨幅投影仪亮起的刹那，令他们震撼得屏住呼吸。两只航母在投影的包裹下变成了两头巨大的鲸，其他舰船也被光影包裹，变幻成斑斓的鱼群、烟花状的水母和脊背上呈现出星群斑点的鳐……波努和陈义的两只小型战机则被打扮成了翼翅硕大的海鸟。光影交融，流光溢彩，海洋主题的第四花车队就像遨游于宇宙的鱼群，让观者产生了鲸群高鸣的幻听。

陈义忍不住观察前方的神话主题花车队，它们幻化出著名的神话人物——爱情之神、中立的天使团、邪恶神明及五道轮回之都，无不令人惊叹。一共十个花车队，包含了山林白鸽、动画游戏、四圣使、宇宙民族多样性等多个主题，加上"鲸和飞舟"自带的休战协定，队伍途经之处一派太平景象，引来不少路过舰队的围观。

因为花车队速度较慢，到达朱冠星团时已经是游行的第三天了。朱冠星团是极其古老的球状星团，将近四分之一的恒星都已衰弱成了各类矮星，麦兰森所在的行星"蜜壳"就在星团边缘的一个红矮星恒星系中。

波努与陈义确认计划，在接近蜜壳星时进行特技飞行表演，围绕第四花车队进行大范围的旋转飞行。观众惊叹于两只巨大海鸟在太空中展翅翱翔，完全没有察觉他们俩启动了战机上的侦察设备。扫描电波抵达蜜壳星，穿过它那被红矮星光芒染成粉红色的浓厚大气层，瞬间生成出蜜壳地表状况，一个正圆形、占地面积广阔的大型军事基地出现在情报投影中。两人把情报发给了东方号航母。

波努表面上很平静，心里却翻江倒海。他想到默泽和同胞们就在触手可及的地方，而且随时有丧命的风险，自己却无法营救他们，便止不住地发急。

陈义察觉到了什么："你还好吧？"

波努深呼吸一口："还好。"他稳定情绪，跟上花车队。

这时，令人意想不到的事发生了。一支超大规模的舰队突然出现在花车队前方的虫洞环中，铆足马力挺进星团边境。两人心生不祥预感，果然，那支舰队冲进了朱冠联防哨所，血雨腥风骤然而至，火焰瞬间映亮了一派祥和的活动现场。花车队发生骚乱，一些小型飞船为了避险飞离队伍，投影图案变得一派散乱。

朱冠联防部队没想到敌人会在星团开放虫洞环时乘隙而入，一怒之下出动了大军。两方混战，流弹雨点般地扎入花车舰队，一时间，毫无防备之力的和平之舟被鲜血浸染，前一秒还乐乐陶陶的乘客眼看着爆炸在脚底发生，观光船崩解，人们在真空中因缺氧而挣扎，被随后而来的飞弹残片斩断肚腹。不一会儿，"鲸和飞舟"全体部队被卷入战场，犹如进入了碎纸机的纸团，被绞得粉碎。

波努和陈义关掉战机上的海鸟投影，拼命逃离战场。等他们抵达较为安全的区域后转头一看，第四花车队只剩一只鲸鱼的投影还亮着。

安东发来通讯："发生了什么？"

陈义回答："朱冠部队和他们的宿敌发生了战争，花车队被波及。"

波努灵光一现："朱冠星团的虫洞环还没关闭，调查团可以混进来偷袭蜜壳星。"

"你们原地等待,不要擅自行动。"安东说完,赶紧命令舰队进入虫洞环。

果然,为了保留花车队逃生和后援部队通道,朱冠联防部门没有关闭所有的虫洞环,安东顺利建立了超空间跳跃任务。调查团陆续驶出星团边缘的一个虫洞环,东方号主屏幕上,太空战场磅礴而残酷,硕大的火团在花车队残骸中绽放,其光芒与朱冠星团的恒星群交相辉映……凄美的景象令舰桥中的人们惊讶而沉默。两架"纸鳞"逆着光飞来,安东立即打开机库,波努、陈义成功与大部队会合。调查团舰队转向,飞速前往麦兰森的藏身处——蜜壳星。

决战蜜壳星

红矮星旋转于星系中央，其光芒把第二行星蜜壳星的大气层外壳染成淡粉色。调查团舰群扎入粉红色的云团，云层掀起滔天巨浪，包裹舰身，当舰腹下的雾气散去，轰雷掣电、狂风怒号的幽暗地面景象令人感觉仿佛从天堂坠入地狱。

与波努调查到的一致，大陆中央盘踞着一座占地广阔的军事基地，基地中央有一座银灰色的硕大炮塔，塔身有着最高级别的宇宙战争防御装甲，塔尖耸入云霄。中央主炮塔周围矗立着七座副炮塔，不计其数的近防炮和高射炮蹲守在底部。从炮塔群向四周延伸出更为宽广的地域，火箭弹发射基地、反舰导弹发射组、地下机库口等赫然在目，基地最外围还有一圈密密麻麻的炸弹发射器。

地下指挥室中，工作站和指挥台嗡嗡作响，工作人员不多，由麦兰森统一指挥。麦兰森盯着屏幕里涂着地球联合国标志的舰船，目光警惕。他没想到花车队会引来敌军入侵，更没想到地球人这么快就找到了这里，居然还趁乱混了进来。麦兰森让部下启动基地最高警戒后，坐在战场态势图前点起了烟。

调查团舰队触到警戒范围，敌方基地最外圈的炸弹发射器一番嗵嗵作响，猛烈的炮火粉碎了先头部队的无人艇，一艘护卫舰的舰艏也被炸得变形。安东让护卫舰后撤，调动部队从三个方向远程攻击基地主体。千枚飞弹横贯天空，尾迹连成一片犹如云雾丛林，敌方防空炮启动，霎时间火焰四起，弹体纷纷坠落，但还是有一部分飞弹躲过了拦截，冲向基地中央，七座副炮塔骤然启动，一眨眼的工夫，飞弹群被高能激光灼烧殆尽，星星余火飘散于风中。

见远攻不行，安东实行突击作战。十艘调查团战舰挺进敌军基地，立即引发了防御炮台的狂轰滥炸。战舰艰难地在敌方炮火中前行，舰腹被炸得一片焦黑。终于，它们抵近了一座副炮塔，舰长们下令打开弹仓，炮弹集体冲向副炮塔，副炮塔承受不住炮火，摧折断裂，大家欢欣雀跃。可就在这时，中央主炮塔骤然一亮，上百束白色光芒霎时间散开，十艘调查团战舰蓦然起火，被切割成了一堆废铁。

安东看到战舰与其船员的图标亮起"死亡"，面色变得阴沉。他很清楚，虽然取得了一些战果，但损失和收益根本不成正比，这样下去手上的资源迟早会被耗光。他联系了警局的廖韦克，希望得到支援，廖韦克却告知朱冠星团的联防部队已经关掉了所有通往本星系的虫洞环。安东的心情更加沉重，他看了眼外部环境，数据显示当前气候能见度极低且有遭到雷击的风险，不适合飞行部队作战，但面对如此棘手的状况，他只能冒险出动"纸鳞"。

红色机群冲出机库，飞行员们形成各自的编队，一头扎入防空炮火中。"纸鳞"部队入场导致目标增多，敌方炮台明显有些应接不暇，但安东依然不敢贸然靠近，只是尽量远程协助"纸鳞"部队。

陈义和波努驾驶战机飞到火箭弹发射基地，向发射架投下炸弹，但收效甚微。火箭弹成排起飞，闪动的尾焰一波波冲向天空，就像造物主在拨动琴弦。火箭弹无视身边飞舞的"纸鳞"，朝远方的调查团舰队冲去，在舰队防卫系统的围追堵截中扎入舰船装甲。收到图喏的命令，众多"纸鳞"战机前往火箭弹基地，它们在飞弹中穿梭，用转膛机炮射击火箭弹。西部空域炮弹横飞，许多"纸鳞"被爆炸冲击得踉踉跄跄，波努和陈义努力避开冲击波，拦截敌军火箭弹的同时掩护队友撤离危险区域。在飞行员们的努力下，越来越多的火箭弹被中途引爆，调查团舰队压力减小，少许推进了一段路途，对基地中央的炮塔群发起猛攻。

自开战以来，波努和陈义就一直奇怪麦兰森为什么不派出飞行部队，而且敌军基地的高射炮几乎没有动静，这态势就像是一种引诱……在"纸鳞"们把目标一致转向反舰导弹发射组时，两人担心的事发生了。基地底部隐藏的引雷装置同时启动，千万条闪电瞬间降落，刺目的条状光芒在暗红的天地间骤然炸开，电流强度被雷电增幅器提升至百万安培。"纸鳞"集体深陷其中，有的系统失灵，犹如断翼的鸟儿般翻滚下坠，有的直接被雷电的高温炙烤到引擎爆炸。

陈义和波努心惊不已，无奈地穿梭于友机坠落的浓烟之中。突然间，陈义用余光察觉到情报警示灯，赶紧喊道："掩蔽！"波努反应过来，迅速推杆蹬舵。两架"纸鳞"的机翼在空中接连划出旋转弧线，飞入副炮塔的阴影中，下一秒，来自中央主炮塔的激光核聚变炮再次启动，剧烈白光绽放，能量扰动令他们俩的驾驶舱内报警高鸣，机身震动得难以控制。白色光束掠过副炮塔的阴影，正中调查团飞行部队，被雷电击中的"纸鳞"难逃光束切割，在空中爆炸解体。待光芒消失，两人心惊胆战地飞出阴影，发现友机损失过半。接着，位于基地东部的地下机库入口开启，翡英军战机部队从中涌出，重型战斗机"长鳄"就像一群嗜血的白色幽灵，张开獠牙扑向红色机群。

监狱中，拜特勒听到楼层上方传来震动，知道有人来救他们了，但这同时预示着：麦兰森随时可能杀掉他们这些人质。因为遮挡机柜内部的挡板被异形铆钉钉得死死的，他没有工具不能轻易地打开铆钉，只能用刀叉慢慢地磨。为了尽快逃出去，他每天只睡三个小时，经过八天的艰苦努力，终于把挡板拉开一丝缝隙，巧的是，电源刚好在挡板的边缘位置。上方再次传来剧震，震得天花板灰尘洒落，拜特勒决定行动。他把棉被撕开，用棉花和棉布缠绕叉柄进行绝缘，然后握着叉子对准电源的输电线猛地刺了下去，火花飞溅，一瞬间，他所在的一排监牢同时因短路而断电，陷入漆黑。

遭受了雷击、激光核聚变炮的屠戮，又被"长鳄"缠住，"纸鳞"部队犹如困兽之斗，不断减员。麦兰森深知这种红色战机的实力，早就设计好了这个圈套，让"纸鳞"飞行员们误以为他们还能主宰战场，再来个一网打尽。

图喏保持着冷静，组织人员全力投入作战。安东查看地形后发现，敌方没有设置掩体，也没有打算发动任何地面战争的迹象，看来麦兰森为了维系庞大的防御基地和空军已经耗尽了所有人手，于是他出动了陆军部队。军靴踩踏舷梯金属板的声音嗒嗒响起，全副武装的士兵井然有序地跑出运兵舰。由两万名士兵组成的陆攻部队分成三股向前推进，小型飞艇开启防御偏导护盾穿插在队伍中，减低被流弹命中的几率。

麦兰森看到敌方部队从地面攻了过来，便调动战机前去袭扰。白色敌机轰鸣掠过，沙土就像间歇泉水一般直冲云霄，迷蒙了红矮星。狂风裹挟着石块砸在士兵的头盔上，发出令人心惊的噼啪声，他们举枪对空射击，却看到掩护他们的飞艇凌空爆炸的惨象。一名战士拿出肩扛炮发射了一枚导弹，却被敌机航炮射中胸口，他摸了下自己的胸口，透过鲜血流溢的指间，他看到自己的那枚导弹失去目标徘徊于天空，在失望中死去了。士兵永远地闭上双眼时，波努杀入战场，在陈义的掩护下，将两只敌机驱逐出友军上空，与之展开厮杀。陈义和波努先合力击坠了一架战机，波努在另一架战机企图偷袭时拉升翻转，反咬对方尾部，吓得敌机立马防御性螺旋下降,就在这时,那枚迷失的导弹重新找到目标,朝这架敌机猛冲而去——爆炸火焰迎风招展,敌机飞行员与机体一同化为灰烬。两人返回,锁定下一个目标。"纸鳞"部队浴血战斗,掩护地面部队得以继续推进。

风沙呼号,乌云遮天蔽日,为了不暴露位置,士兵队伍连手电筒都不能用,只能一个跟着一个在沙地上匍匐前进。基地最外围的炸弹发射器一直在用多光谱扫描器凝视着前方,当传感器接收到一缕热源时,炮管立马甩了过来,火光四射。最前排的士兵整齐划一地打开防弹护盾,第二排士兵迅速搭起临时掩体,架上数只机枪——枪声齐鸣,子弹就像黑夜中的蜂群涌向前方,迅速击毁了两只发射器。位于三个方向的士兵队伍齐力攻击,发射器组成的外围防线被撕开了一道口子,在队友的掩护下,背着便携式重型炮火的士兵进入基地,架起了机枪和榴弹炮。

麦兰森看到一座副炮塔竟然被对方的陆军攻击得警报连连,便启动了该炮塔周围所有的炮台,朝来者倾泻弹药。燃烧弹的尾迹云犹如垂柳枝条般洒落下来,没有掩蔽处,含有黄磷的油性物质粘在了士兵的身上,开始了无穷无尽地燃烧。现场极其惨烈,一些无法忍受剧痛的士兵甚至将头盔摘下,滚入烈火之中,企图让自己早些解脱。安东望着屏幕红了眼睛,尽管内心悲痛不忍,他还是下达了攻击的命令。第二批士兵队伍涌入基地,冲上去扶正已经牺牲的队友的机枪和炮,顶着头顶的炮火继续以命相搏……

拜特勒浑身汗湿,自从断了电,恒温器失效,牢笼成了一个黑暗的蒸锅,温度攀升到了令人煎熬的程度。他听到隔壁传来敲门声,知道同伴们也接近忍耐的极限。监狱管理员忙了一圈回来,发现断电事故,赶紧拿着工具箱前往电梯。因为监狱位于发电机正下方,没有恒温器不到半个小时就能把人蒸熟,他必须尽快修好电源或转移犯人,否则人质死了他也没好果子吃。

外头传来啪的一声,拜特勒从门的缝隙中张望,发现地面的裸线电流被关闭了,通往楼道口的方向出现人影。他的心跳加速,把早已磨得锋利的餐刀从床垫下抽了出来。伯斯坦迪趴在门口,看着狱管提着工具箱从面前走过,估摸拜特勒开始行动了,赶紧把外套穿上。

钥匙的声音骤然响起,拜特勒退到后方,看到一支插着手电筒的手枪从门缝伸了出来。"蹲下,别动。"狱管说。在手电光的照射下,拜特勒只得照做。狱管把拜特勒的一只手铐在水管上,查看了一下送餐柜,转身拿工具箱,他不知道拜特勒早就对水管动了手脚。拜特勒悄悄地抓住水管，趁狱管俯身拎箱子时，稍微用力一拽，松动的螺丝啪嗒掉落。狱管听到声响，打着手电筒转身一照，拜特勒已经扑了过来，手电光疯狂晃动，拜特勒抡起水管挥向狱管的头，趁他晕眩时将他推倒在地，用水管死死压住他的上半身。狱管摸到手枪意欲射击，拜特勒先行一步，掏出餐刀猛地扎入狱管的脖子。鲜血飞溅，手电筒啪嗒摔落在地，将不断扩大的血泊照得刺目殷红。

很快，狱管失去了声息。拜特勒赶紧拿起手电筒，擦拭掉手上粘腻的血液，从狱管身上找到钥匙打开手铐，然后搜出手枪、警棍和各个监牢门的钥匙。大家看到拜特勒作战成功，激动得一阵躁动。拜特勒先把断电了的四个监牢打开，把钥匙分发给他们，五个人打开其他人的牢门，继续发放钥匙，参与解救的人越来越多，直到关押着地球俘虏的区域也被解放。伯斯坦迪被救出后，打开了隔壁的监牢，发现里头关着的竟然是默泽。

默泽认识伯斯坦迪，当时要求麦兰森停止通缉蜜酒之家成员的时候，这个戒毒小组成员之一的头像就在名单上。默泽记得小组里还有一个人，好像是叫什么……"迈赛顿呢？"

伯斯坦迪悲伤地摇了摇头："走吧，别问了。"

郭寻杨听到外头有人在用她听不懂的语言叫喊，不知道发生了什么，紧张地寻找任何能当作武器的东西。忽然，门锁响起，牢门吱嘎打开，出现了一个年轻男人，他有着青绿色的眼睛和略长的黑色卷发，长得和当时在联合国发言的翡莫迩人波努·哥弗一模一样。他对她做了个"出来"的手势就离开了。"有人来救我们了，快走！"一句英语叫喊钻入耳膜，她赶紧推门而出，看到了曾经一起参加"复仇女神"行动的战友们，激动得脸颊泛红。

轰——热核弹爆炸的蘑菇云腾空而起，调查团士兵的惨叫声淹没在了被电磁辐射干扰的通讯噪声中。火焰在球状的云团中忽明忽暗，具有抗热抗辐射和供氧功能的维生设备减缓了士兵们的死亡，令他们饱受高温等离子体的炙烤后才离开人世。爆炸余波过去，躲在掩体背后的士兵们绕开燃烧区域，继续轰击副炮塔。因为热核炸弹会影响基地的火控系统，麦兰森没有再次使用，他本想调动飞行部队，却发现数量上明显多于"纸鳞"的翡英军空军，减员速度竟然超过了前者。

在调查团部队的协同作战下，又一座副炮塔失去了动力，同时陆军也损失惨重。安东心想，这个麦兰森避免自己不擅长的战斗指挥，用钱砸出这么个棘手的军事堡垒，倒也算聪明。计算下来，要击垮剩余的五个副炮塔几乎要耗尽所有兵力，这还没算上中央主炮塔，加上人质还在麦兰森手上……安东正思前想后，突然发现异状，基地剩余的五只炮塔关掉了探照灯，竟然开始下降，他愣住了，头皮一阵发麻。

士兵们身陷尘埃，当他们察觉到炮塔消失时，已经来不及逃开。"撤！快撤！"安东话音刚落，五只被收回基地内部的炮塔充当了增能器，将塔尖集体指向了中央主炮——刹那间，能量增幅过百倍的激光核聚变炮遽然启动，比原先射程增加了十倍的致命光束横贯长空，击中了安东所在的东方号。光炮从舰艏刺穿进去直至舰体内部，引爆了燃烧室，硕大的火球腾空燃起，巨大的航母碎片就像钢铁暴雨般砸向周围的友舰。

东方号的舰桥晃动得东倒西歪，突如其来的灾难把大家吓蒙了，三秒短暂的寂静过后，通讯联络和警报声乍然回到他们的耳道中。"纸鳞"飞行员们也没料到中央主炮塔还有这招，震惊不已，但他们没空多想，必须继续与翡英军战机周旋。看到有敌机朝东方号飞去，陈义和波努急忙转向去拦截。

安东稳住心神，查看主舰受损情况，舰船的平面区域图上，绝大多数区域飘红，或因设备损毁而失去功能，或因引擎部位的火灾而隔离，而且火势还在向仓库和机库蔓延。

船员紧张地说："长官，可能要考虑弃舰。"

安东看向陆军部队通讯录，士兵列表已全部亮起死亡图标，他又查看了其他舰船的状况，下定决心："我们转移到猎鲲号战列舰上去。"

东方号机库打开，上万只飞艇、小型舰船和最后的五十架"纸鳞"飞出航母。为了避免被集中消灭，它们分散行动，一些进入舰船机库，一些负责在外面掩护。确认航母清空后，调查团阵型变化，紧靠航母的护卫舰队后撤，航母的智能系统根据船员的设定，把最后的一点备用能源全部用在了推进器上，巨大的残破舰体朝基地中央驶去。

猜到对方会用这招，麦兰森再次启动了主炮。激光核聚变炮的光束迅速切割东方号，东方号在碰触到主炮塔前化为不可计数的碎块，陨落在主炮塔周围，虽然主炮塔未受损伤，但航母碎块重创了周围的其他小型炮台。麦兰森看着报废炮台列表，目光无比平静。事到如今，他早已心生鱼死网破之念，放弃副炮塔就是为了加快战争的进程。他看了眼主炮塔的充能时间，灰色的眼睛中闪烁着决绝，与他的目光同样发亮的还有他手边的监狱毒气开关。此时的他还不知道，毒气管道接通的监牢中已经空无一人。

一万三千名俘虏逃出了监禁区，但因为没有手环无法组织起来，地球人和翡莫迩人语言又不通，所以行动有些迟缓。拜特勒考虑一旦出了监牢区就会被监控拍摄到，当务之急是要找到武器，可他们一路只遇到几个管理人员，除了抢到五把手枪以外，没有找到任何看起来像军火储藏室的地方。

默泽提议："狱长办公室一定就在附近，先把地图搞到手。"

拜特勒赞同，叫上伯斯坦迪一起行动。

办公室里只有狱长一个人在，他正在奇怪部下怎么都不接通讯时，办公室的门被一脚踹开，拜特勒和伯斯坦迪举着枪冲进来，吓得狱长举起双手。

拜特勒说："打开区域图。"

狱长把基地平面图的投影点亮，缩到办公桌后头。他惊讶地发现默泽也在人群中，不禁心想，国王会站在这群反抗者队伍里，是否说明了议会和翡英军是叛徒？狱长犹豫了一下，还是用脚踩下了隐藏在地板里的报警器。

麦兰森听到报警转头一看，拜特勒等人不光逃出监狱，还把地球人全都救了出来。他心生愤怒，难怪当时觉得迈赛顿看起来不像是反抗领袖，原来带头的另有其人。大战当即，麦兰森没有多余的人手去对付这群乌合之众，便启动了紧急隔断墙。

电击蜂鸣，隔断墙开始下降，眼看着通道即将被分割，人们害怕被屠杀，恐惧地朝拜特勒的方向聚集而来，无论拜特勒怎么喊他们都不听。隔断墙下降到小腿位置时还有人想要钻过来，结果惨遭切割，肠子流了一地。郭寻杨没有冒险逃跑，她站在原地，看着地球同伴们在求生欲的驱使下盲目逃窜，直到两堵隔断墙之间只剩她一个人还活着。

安东等人成功登入猎鲲号战列舰，中央主炮塔也充能完毕，纯白光芒如利剑般刺向调查团，天穹中出现了一片火海。战舰被爆炸肢解，又把周围的武装飞艇卷入气流漩涡，舰队变成了一团乱麻。引擎呼号，三架"长鳄"掠过，向猎鲲号投下炸弹，但炸弹在半空被拦截，于猎鲲号上方轰然爆炸，波努和陈义确认拦截成功，驾驶"纸鳞"从安东面前呼啸而过，追着那三架敌机而去。

安东心知不能再这样拖下去了，但麦兰森想要速战速决，他也不能按照敌人的思路走。他考虑了一会儿，与图喏等人商议后，确定了战术。

麦兰森惊讶地发现，压倒性的中央主炮塔攻击不仅没让调查团退缩，后者竟然还不要命地围了上来。调查团舰船对中央主炮塔形成圆形包围圈，包围圈逐渐缩紧，直到中央主炮塔进入射击范围后才停了下来，开始了持续性的轰炸。四面八方而来的炮弹尾迹云形成了一张巨大的圆网，网中频繁燃起的火焰就像大脑神经末梢的电流。

麦兰森再次启动中央主炮塔，却因为调查团舰船太过分散，一发核聚变炮光束只能摧毁一两艘舰艇，无法形成之前那样大规模的杀伤效果。麦兰森的面色愈加阴沉。原本有利的形势变成了对赌式的消耗战，他必须在中央主炮塔被摧毁前消灭掉所有的调查团舰船，否则必输无疑。麦兰森调动战机，要求它们飞往包围圈，把机载的所有反舰导弹全部用在火力强悍的调查团战舰上。

翡英军战机收到命令，冒着被"纸鳞"追击的风险集体调转方向，把目标转向调查团战舰。反舰导弹从机身内部负载舱落下，在火箭推进器的作用下扎入混沌风沙。由于能见度太低，"纸鳞"部队难以判断导弹的方向，释放的干扰弹大都扑了空，他们只能缩短与敌机的距离，通过近距离的缠斗阻止敌机发射。

在反舰导弹和中央主炮塔的联合攻击下，多艘战舰被击毁。猎鲲号身侧的一艘同型号战列舰遭到解体，爆炸火焰瞬时充斥在安东面前的屏幕上。图喏要求飞行员们不惜一切代价阻止敌机来犯，可"纸鳞"的数量已经在长时间的战斗中被消耗殆尽，加上东方号航母毁灭，无法回库补给弹药，要让仅剩的五十多架"纸鳞"阻挡三倍之多的敌机，可谓无米之炊。

波努和陈义尽量用最小的代价取得战绩，依然感觉力不从心。波努放弃了"人质还活着"的期望，这样他若面临战死，想到能在死后世界见到默泽，心灵还能得到一瞬的安宁。陈义跟波努相反，他坚持认为郭寻杨还活着，强迫自己打起精神，全情投入战斗。

敌机再次发起一轮反舰导弹攻击。一枚反舰导弹从敌机机腹坠落，推进器点火，在制导系统的指示下向猎鲲号飞去，硕大弹体反射血红色的天光。它侥幸地躲过了猎鲲号的超视距反导和舷外干扰，经历了短暂的偏导护盾冲击后，拉升到高空重新锁定目标，向猎鲲号发起俯冲。突然间，该导弹的雷达收到一阵强烈的杂波，当它恢复正常时，已经极大偏离了预定轨道，尾部的摄像头显示有两架"纸鳞"对它进行了反辐射干扰，它来不及转向，一头扎进了基地中部的金属地面——轰！巨大火焰刹那间绽开，被调查团轰炸得不堪重负的地面装甲断裂，强烈的震动从麦兰森所在的指挥室一直传到地下深处。

陈义看到中央主炮塔微微颤动了一下，不由得担心起人质的安危来，他没想到他和波努拦截下的那枚导弹竟然飞回去炸了自家基地。

上方传来震耳的爆炸声，拜特勒发现狱长办公室的墙体出现颀长裂缝，天花板上龟裂的细密纹路正在蔓延……"小心。"他把伯斯坦迪往后一拽，天花板崩裂，巨大的石渣和上方楼层的设备叮叮哐哐砸了下来，阻断了走廊通道，把狱长室整个掩埋。与死神擦身而过，伯斯坦迪吓得面色煞白。

默泽掀开肩上的碎石板，发现只有他一个人被坍塌物隔离在了通道这头。

拜特勒扯着嗓子对那头喊："默泽你没事吧？"

"没事，你们先走。"

拜特勒查看四周，发现北部通道的多堵隔断墙因为爆炸震动而碎裂，许多同伴的尸体混合在石块中，通道看起来犹如地狱之路。"跟我走，小心脚下。"拜特勒喊道。地球士兵虽然听不懂语言，但还是选择跟着翡莫迩人朝北走去。

默泽摸了下衣兜，还好之前拜特勒给了他两支手枪，一共十八发子弹。他确认楼梯道路通畅，便握着枪谨慎地转过楼梯口，身影消失于满是裂纹的白墙。

一分钟后。啪哒，砖石下落，一根变形的铁管伸了出来，卡住变形的隔离墙向上一撬，破损的天花板淅淅沥沥地落下碎石。嘭，嘭……铁管一下一下敲击着天花板，终于在第二十四下敲击后，整个塌了下来。灰尘腾空而起，原本卡得死死的水泥板向下滑去，堆砌的建筑残骸上方出现了一个洞口。郭寻杨确认洞口周围的天花板残余部分不会砸落在逃生路线上后，丢掉铁棍，蹬上淹没了隔离墙的建筑残骸小山，爬入洞口，吐出一口气憋住呼吸，伸腿从狭小的洞口里滑了下来。

她打眼一看，面前竟然又是一堵废墟，失望之际，却惊喜地发现墙角竟然有楼梯，立即振作起来朝楼梯走去。没走两步，她的余光被吸引，被废墟掩埋的狱长办公室中，坏了的投影器正毛毛刺刺地闪烁着，轮番播放基地平面图和外部战报。郭寻杨定睛一看，画面中正在与翡英军战机作战的，不正是当时救了他们三个的神秘红色战机吗？一股冲动在她心底升起，她赶紧默背下基地平面图，虽然文字不明，但她知道那有着飞机图标的地方一定是机库或维修库。郭寻杨捡起地上的钢铁短棍和可以做匕首的金属碎片，急忙朝楼梯口走去，路过一堵裂纹遍布的白墙。

在安东的指示下，舰船快速回到原位，继续朝中央主炮塔丢掷炮弹，但主炮塔外壳装甲的坚固程度超出了所有人的想象，始终纹丝不动。在主炮塔频繁地攻击下，多艘战舰受损严重，只得迫降，轰炸力度明显减弱。陈义和波努的携弹量已经见底，他们有时不得不停止追击敌人，把所剩无几的弹药用在拦截反舰导弹上。

麦兰森见包围圈出现多个缺口，多数调查团战舰损毁，终于放松下来，命令部队清除所有的"纸鳞"。

敌机突然转向，波努他们赶紧采用防御机动。由于敌机数量众多、火力充足，许多"纸鳞"在它们的包围下殒命战火。看着队友们身陷困境，陈义和波努却帮不上忙，因为他们也被盯上了，四架重型战斗机"长鳄"正傲慢地朝他俩飞来。两人被强行分开，波努被三架敌机围住，陈义被一架敌机紧追无力帮波努解围，便联络周围的队友，发现存活的飞行员数量减少到了两位数，有几个亮起了已经跳伞的标志。陈义不再考虑求援，专心对付身后的敌机。

"长鳄"虽然没"纸鳞"灵活，但火力极猛，一旦被它咬住尾翼等同于宣判死刑。陈义保持机动，极力避免自己出现在它的正前方，然后寻找短暂的时机进行点射。敌机似乎没有耐心跟他周旋，总是轻敌地把防御较弱的机身后侧暴露在陈义的瞄准具中。陈义屡次得手后，承受了数发机炮子弹凌迟的敌机机身终于起了火，陈义趁敌人慌乱之时发起俯冲袭击，强迫敌人弃机跳伞。

陈义回去找波努，却看到令他心惊的一幕：三架"长鳄"的凶猛炮火几乎贴着波努的机身掠过，波努座驾左翼起火，尾部的防御炮也被毁坏了，状况十分危急。陈义启动加力燃烧室冲了过去，对着波努侧后方的一架敌机发射导弹。那架敌机企图拉升防御，结果机腹被炸得零落破碎，很快便掉了队。波努见陈义回来了，考虑到自己的战机受损，不想拖陈义的后腿，便在短波通讯里说："我来做僚机。"

"不，保持原有编队。"陈义很清楚，以波努的战机状况根本完成不了僚机的职责。

他们在空中会合，陈义配合波努完成大角度转弯，他们身下，中央主炮塔再度将死亡光束的利爪伸向远方，刺目白光映亮了两架"纸鳞"的腹部。面对"长鳄"的紧追不舍，他们依然斗志昂扬，在天空盘旋啸鸣……

默泽跨过散乱倾倒的物资箱，踩着玻璃碎渣往前走。上方传来沉闷的炮击声，每当飞机引擎声掠过，都会发生震动，令他紧张得停下脚步。默泽感觉这个基地好像是由老旧建筑改造的，灯具老旧泛黄、设施陈旧，墙壁上刷着只有在历史书里才能见到的绿漆。点着灯的走廊尽头传来模糊的人声，他紧张地握住枪，慢慢地走到了光亮处，轰，天花板掉落灰尘，墙皮啪地砸了下来，吓了他一跳。一个人影在吊灯光芒中忽大忽小，光影在绿漆墙上诡异地晃动着……突然间，默泽发现影子蓦然变大，脚步声近在咫尺，慌乱之中，他冲着来者扣下扳机，眼看着那具身躯倒了下去。

"啊，不要杀我。"不远处传来尖叫。

默泽慌张地举枪对着他。

那人高举双手，拼命求饶："不要杀我，我没有枪。"

默泽这才发现他们只是普通的送货员，没有配枪。望着地上的尸体，愧疚感袭上心头，默泽赶紧离开物资配发室，却怎么都无法逃离良心的谴责。

默泽想起全民迁徙至伊希恩栖息地的那天，他被麦兰森拦住，注射了麻醉剂后，记忆便中断了，直到在楼下的监牢中醒来。他不记得自己是怎么来到这颗星球的，也不记得发生了什么，唯一记得是他跟哥哥说过的最后一句话，那句话没有表达任何支持，只是为了泄愤。

默泽鼻头发酸，加快了脚步，平面图显示指挥室和避难室同属负二层，与他相隔两个楼层——往上走总归没错。默泽从安全出口出去，踏上充满裂纹的楼梯。可当他路过负三层想要继续往上时，道路却中断了。他不得不退回到负三层，蹑手蹑脚地推开安全门，一条狭窄的通道出现在他面前。通道光线极其昏暗，相隔很远才有一盏地灯。默泽感觉有些恐怖，但依然鼓起勇气迈开脚步，他现在只有一个念头：杀了麦兰森，和大家一起回孢星。

脚下传来震动，耳边回荡着战机的呜咽声，黑暗的通道尽头就像深渊巨兽的口，默泽压抑恐惧往前走，直到暖黄色的光亮出现在视野里。他擒着枪转过拐角，眼前豁然开朗。这是一间仓库，堆叠的军用货箱高耸于白炽灯的光线中。听到声响，默泽小心翼翼地举着枪走过去，见一个穿着便衣迷彩服的男人背对着他，正在往传送带上搬运机载弹药。

这次默泽没有贸然行动，悄悄地举枪对准男人的后背："别动。"

男人举起双手，惊讶道："陛下？"

突然听到这个称呼，默泽一时没反应过来。

男人继续说："我是机库的维修员帕维，请您不要开枪，我没有武器，绝不会伤害您。"

默泽打量了他一下，确实没有看到任何枪套或刀具，便放下枪问："去指挥室的路从哪儿走？"

帕维指向仓库的西边侧门："从那里出去，过走廊朝右拐，经过警卫室往上就到了。请您一定要小心，警卫室有很多士兵。"

默泽点了点头，朝西边的侧门小跑而去。

默泽转身的瞬间，帕维的神情变得冰冷，从里兜里摸出手枪，拨开保险扣住扳机，对准了默泽的背影……"啊！"一声惨叫。默泽惊讶地转过身，看到帕维的脖子正涌出鲜血，之前他释放的地球女人正站在帕维身后，再度朝后者脖子举起金属残片。鲜血涌出，帕维的身体软倒下来，郭寻杨赶紧夺下他手中的枪，见默泽紧盯着自已，郭寻杨指了指天花板上的弹孔："你太不小心了。"

虽然听不懂，默泽还是明白了她的意思："谢谢你救了我。"

郭寻杨摆摆手："我要去机库，这里应该能通向机库。"

默泽不解。

郭寻杨用手语做了个"飞机"的意思，接着做了个"战斗"的动作。

默泽看懂了，明白她是想要参战，便丢给她两个备用弹夹："祝你成功。"

郭寻杨心头一热，感动地说："谢谢。"

默泽从西门离去。

郭寻杨查看传送带旁的路线图，确定机库的大概位置后，从仓库北门走了出去。上方传来猛烈的爆炸声，郭寻杨快跑两步，走廊顶部的金属板突然在她身后垮塌下来，郭寻杨察觉不妙，飞快地跨过翘起的地板，推开倾覆的置物架，拾起一只从墙面脱落的金属板挡住头部迅速蹲下。迄今为止最为剧烈的震动发生了，石块噼里啪啦地砸在头顶的金属板上，郭寻杨蜷缩在地上一动也不敢动。

半响，震动停止，后路被完全封死，郭寻杨丢掉金属板站起来，穿过走廊尽头打开安全门，发现自己位于金属楼梯的二层，下方，正是她苦苦寻找的翡英军机库。规模宏大的机库里停放着各种类型的白色战机，包括那种曾经把他们三人撑得鸡飞狗跳的重型战斗机。大概是因为人手不够，许多战机被锚定在机位上，落满灰尘。机库东部有一条简约短小的跑道，每当库门开启，有战机从跑道起飞或降落，红色的天光就会洒落在跑道的尽头。

郭寻杨蹲下身，慢慢地挪下楼梯，在周围士兵忙着给战机补充弹药时，溜到一个堆满零部件的货架背后。有个士兵用余光察觉到了她，转头看了一下，却什么都没发现。郭寻杨趴在地上，透过货架底部的缝隙观察士兵的脚部，趁他们背对货架时，爬起来跑到一架"长鳄"战机的后方。确定仍然没人发现自己，她避开敌人的眼线，在停机区域谨慎地穿梭移动，从一架战机走到另一架战机，终于来到待飞区。待飞区的战机都解除了地锚并且做好了起飞前的准备，跑道灯在它们白色的机身上投射出一连串的光影。

郭寻杨猫着腰绕到一架标准战机旁边，正欲踏上机翼，下方传来一声呵斥。"你是谁？"郭寻杨二话不说，直接举枪射击，那人躲得快，子弹弹射在尾翼上。枪声瞬间吸引了士兵们的注意，机库响起警报。郭寻杨东闪西躲，回避身后的子弹，专注地回击敌人，射击准确度因为求生本能而提高了不少。

枪声在机库中回荡着，不一会儿，郭寻杨杀了两名士兵，被另外三名敌人围到一架战机后头，背后就是一面墙。郭寻杨决定背水一战，她换上默泽给的弹夹，先把一个鲁莽冲过来的士兵杀了，接着开了两枪压制敌人，跑出战机的阴影。子弹从身后射来，郭寻杨边跑边朝背后盲射，抵达待飞的战机后一脚踩上机翼，趴下身体按动座舱盖的开启按钮，在它还未完全打开时钻了进去，飞快地按下关闭按钮，座舱盖开始缓缓闭合……啪的一声，子弹突然擦着机身弹射出去，郭寻杨下意识地抱住头，发现子弹被座舱盖外沿弹开了。敌方继续攻击，但此时座舱盖已经关闭——郭寻杨暂时安全了。

她戴上面罩，系好安全带、胸带，扫视驾驶舱内的按钮和仪表盘，揣摩它们的功能。"她在这里。"那两个士兵大声叫喊。越来越多的敌人朝她奔来，来不及考虑，她凭着经验按下类似电源的几个按钮，按到第三个就试出来了，接着她又尝试着打开仪表盘等十几个开关，接通导航和控制器，最后成功地启动了发动机。

呼的一声，战机推进器亮起高温蓝焰，把周围的人都吓傻了，尾焰点燃了停在周围的战机，士兵们本还想灭火，看到火势无法控制后仓皇逃窜。半个机库陷入火海，郭寻杨可管不了旁边那些蝼蚁的死活，她把战机移动至跑道，打开加力燃烧室。尾焰瞬间膨胀，郭寻杨撞开正在跑道上准备起飞的一架战机，加速朝机库门冲去，门口的士兵吓得尿了裤子，转身逃开。郭寻杨目光笃定地看向前方，在机库门下降到一半时成功冲了出去，一头扎入暗红天空。

中央主炮塔正在熊熊燃烧，它的外壳在轮番轰炸之中开裂剥落，内部管线多处受损。尽管如此，炮塔还是挣扎着履行它的职责，一次次启动核聚变炮，射杀周围所剩无几的调查团舰船。猎鲲号战舰幸运地躲过了致命一击,却因为侧舷着火,自动封闭了一部分弹药库,火力输出减弱大半。安东本想安排空军掩护,却发现"纸鳞"的飞行员只剩下十二人还在作战,好在陈义和波努的名字还亮着,他放下心来,可下一秒,波努的头像因为座驾状况不良而闪烁了起来,令他又提起了心。

波努感觉机身抖动得厉害,他查看状况,看到敌方炮弹把机翼后侧炸开一道深痕,两只机翼都在燃烧。波努冷汗直冒,驾驶战机在空中横滚防御,火焰交叠旋转。见状,陈义心急如焚,他们已经把一架"长鳄"打回了机库,可另一架敌机状态极佳,他们手里只剩几枚导弹,就算全部命中也未必能全身而退。可就在这时,更恐怖的一幕发生了:最新一批架次的翡英军战机飞出机库,根据麦兰森的命令打开了内部负载舱,三吨的巨型炮弹从天而降,刹那间,光线强度暴增,数只蘑菇云腾空而起,烟尘直冲云霄,飓风与雷击同时降临,所有的战机都被卷入了冲击波的洪流。敌机也显然没有料到,麦兰森竟然把伪装成反舰导弹的热核炸弹塞到他们的挂弹架上,害得他们也陷入了导航和通讯消失的恐惧中。

"波努,波努。"无论陈义怎么喊叫,短波通讯那头始终只有杂音。他找不到波努也看不清前路,只能根据印象避开沙尘风暴。

调查团舰船被核弹炸得七零八落,包围圈溃散,猎鲲号不得不迫降,紧急修复它的舰内冷却系统。好在核爆干扰了中央主炮塔的火控组件,激光核聚变炮没有了目标,只能散乱地发射,几乎无法命中。通讯受阻,安东无法调动舰队,心想麦兰森会用这种玉石俱焚的战术,一定是无牌可出了。战争到了分出胜负的时刻,只要空中部队能再多撑一会儿,就有取胜的希望。

在陈义看不见的空域,波努依然在被"长鳄"追赶,因为零部件受损严重,他几次都没能控制住战机而坠入核爆的高温烟尘,差点机身着火。剧震突然从后方传来,尾翼被炸毁,波努眼前的风景急速旋转,他赶紧打开惯性补偿和自动平衡功能。"长鳄"追着波努进入烟尘,在能见度极低的沙尘中继续攻击波努。

敌方机炮子弹嗒嗒地在外壳上弹射着,有几发扎入了薄弱位置,引发了燃烧。波努无视耳边的报警,他必须冲出烟雾才能打开弹射座椅,否则生还率极低。他努力控制"纸鳞"在尘雾中穿梭,几次差点撞上对向而来的战机。数次命悬一线的危机过后,他终于冲出了烟雾,眼前豁然出现一幕壮丽的末日景象。血红色的天光下,三十多个核爆的烟雾柱耸立于天地之间,尘埃云缓缓涌动,犹如深海热泉，寥寥十几架"纸鳞"依然在与敌纠缠，就像热泉烟柱旁飞舞的浮游生物。敌机一边驱逐"纸鳞"，一边围绕着残破的基地上空飞行，继续攻击地面。与此同时，苟延残喘的中央主炮塔持续发出黯淡光束，摧毁着奄奄一息的调查团舰船……

"波努……"短波中传来模糊的声音。

波努看到陈义正在不远方，身侧出现一架敌机。"你的左侧。"波努喊道，可短波通讯又失灵了。看到陈义差点被左侧的敌机命中，波努想去帮他，没想到被身后的"长鳄"再度追上，五枚导弹冲出烟柱，凝视着波努座驾的尾翼。波努心惊胆战地拉升战机，却在上方遇到了另一架翡英军战机，这架战机的白色装甲上一丝伤痕都没有，一看就是刚起飞的，一定携带有足量的弹药。波努知道这次逃不掉了，正准备弹射，那架崭新的翡英军战机竟然调转机头，对波努身后的"长鳄"发射了导弹。波努怔了一下，放在弹射按钮上的手指又缩了回去。"长鳄"飞行员也懵了，他以为是友机误伤，一时没有转移方向，结果遭到那架翡英军战机更为猛烈的攻击。"长鳄"飞行员意识到事态不对时已经晚了，他控制不住失速的座驾，只能打开弹射座椅。

陈义消灭掉敌机赶来支援，释放干扰弹和反导导弹，先后击落了追着波努的五枚导弹。波努转头回望，翡英军的白色战机漫天飞舞，他一时找不到那架刚才救了自己的战机。没有时间喘息，为了保护跳伞的队友和迫降的舰船，最后的十架"纸鳞"再次投身空中战场，射完弹药后，他们冲向敌机，想要在最后一刻启动弹射座椅，用冲撞的力量消灭敌人，却往往与敌人一同消殒于风中。

在这令人绝望的时刻，那架反叛的翡英军战机再度出现，它掠过垂死挣扎的"纸鳞"们，毫不犹豫地向敌机倾泻弹药。敌机群反应过来攻击它时，它灵活地避开炮火，数次拉升后俯冲攻击，把敌军搅得一团乱。"纸鳞"飞行员们都愣住了——这是敌人内部出了叛徒，还是调查团的伪旗行动？

"就是它，它刚才救了我。"波努的声音从战略通讯频道里响起。

陈义这才发现电磁干扰减弱了："我感觉它的作战路数有点眼熟，说不定是我们的人。"

波努说："走，去帮他。"

两人的对话也被其他队友们听到了。"纸鳞"部队重燃斗志，在勇气和胜利的感召下，与敌机群发起对冲，刹那间，天空中的火团连成一片。

地面状况极其糟糕，中央主炮塔再次发起了攻击，把迫降在地面的调查团舰船毁得零落不堪。一道光束击中了猎鲲号战列舰，舰桥猛烈晃动，报警嘶鸣，主屏幕光影紊乱直至漆黑。安东决定撤离舰船，船员们赶紧穿上防护服、戴上维生头盔，跑向出口。舰船内部发生爆炸，恐怖的震动再次袭来，大家发出惊呼。"别慌，保持秩序。"安东带着人们穿过安全通道，踹开略微变形的舷门。呼——刺耳的风声钻入众人耳膜。安东先下了船，顶着风抓住栏杆，朝人群喊道："快下来！"图喏壮着胆子领先跳下舷梯，其他人也跟着陆续下了船。最后一个人着陆时，猎鲲号发生了更大规模的爆炸，虽然外壳装甲依然保持着形状，但内部已炸成了碎饼干渣。

安东查看四周：一片平坦的荒原，没有丘陵或谷地可做掩体，到处散落着残骸和残破的尸体。图喏抬头仰望，不禁红了眼睛，中央主炮塔上方，只剩个位数的"纸鳞"部队还在浴血奋战。

因为尾翼受损，自动平衡系统介入导致波努操控战机的灵活度下降，在敌机的围追堵截中显得很吃力。

陈义忍不住说："你别飞了，去找猎鲲号。"

"还有两枚导弹，用完就去。"波努话音刚落，风沙中突然迎面出现航行灯，他赶紧蹬舵侧翻，与敌机擦身而过。察觉到敌机会调头攻击自己，波努爬升至高点，压低机头，瞄准转弯回来的敌机。波努射出的航炮子弹刺穿了敌机机翼，敌人正打算横滚飞离波努的射击范围，发现陈义又撑了过来，只好推杆下降。见陈义追上了敌机，波努改平机翼，打算从上方对敌机进行拦截，却在尾后发现了另一架敌机，大有可能是刚才那架敌机的僚机。陈义见波努没有跟上来，对敌发射了一枚导弹进行压制后，立刻调头往回飞，惊愕地看到波努身陷敌阵，身边出现了六架敌机。陈义打开加力燃烧室冲了过去，但已来不及掩护。嘭，一枚导弹在波努身侧爆炸，左侧机翼被削去一半，战机失速翻滚。"波努！"陈义焦急万分却无法靠近，眼看着敌机群将波努包围……这时，那架反叛的翡英军战机闯入敌阵，对紧跟在波努身后的那架敌机发起猛攻，敌机推进器着火，不得不离开队伍。接着它又开始攻击另外的敌机，甚至用危险的贴近飞行逼迫敌方做出防御机动，再趁机锁定敌机尾翼发射导弹。

很快，波努控制住了座驾，陈义也得以回到波努身边。陈义看了眼孤身奋战的翡英军战机，说："我们去跟他组队吧？""同意。"波努和陈义一同飞到白色战机身边，以双僚机的姿态掩护它的行动。这架翡英军战机顺其自然地与陈义、波努形成三机编队，作为长机领导着战斗。虽然无法交流，但陈义总觉得这架战机的行动风格似曾相识，让他回忆起曾经与郭寻杨、宋何同飞的感觉。翡英军战机有了两架"纸鳞"的护卫，势不可当，接二连三地击落敌机，一些落单的敌机甚至吓得逃离战场。

一阵爆炸轰鸣，中央主炮塔的高能光束刺破了猎鲲号残骸，击中了躲在猎鲲号背后的船员，上百人被灼烧致死，现场血肉模糊、焦味弥漫。大家被吓得直哆嗦，抱着枪不知所措。安东知道这样躲着不是办法，咬牙高喊："所有人拿起枪，跟我上。"

图喏见波努、陈义等六位飞行员头像还亮着，但因为电磁干扰无法得知空中的详细战况。他对安东说："空中力量不足，如果敌机转向攻击我们，可能会全军覆没。"

安东拉动枪栓，坚定地说："不行动就是等死，现在没有别的办法了。"

在安东的命令下，调查团发起了最后一次冲锋。其他舰船的幸存人员也拿起枪，招呼同伴跟着安东一起上。焦黑的空旷荒地上爆发出震天撼地的嘶吼声，人们踩着尸体和舰船管线，穿梭于红白相间的战机残骸，朝中央主炮塔狂奔而去。爆炸不断地在人们脚边炸开，有些人手臂上全是血，痛得抱不住枪，有些人脚被炸断，却依然在地上匍匐爬行。他们意志坚毅，躯体却极其脆弱，来自中央主炮塔的光束就像死神之手，把这些勇士的炽烈魂魄拽入深暗地狱……

此刻，麦兰森正在指挥室监督中央主炮塔的发射，他知道炮塔不倒就有胜利的希望，但他不知道，楼下正有一个人以他为目标朝指挥室跑来。

默泽与郭寻杨分开后继续往楼上走，果然如帕维所言看到了警卫室。警卫室里有四个全副武装的士兵，凭他手上这几枚子弹无论如何都不可能突围。默泽躲在暗处思考再三，决定冒险。

士兵们正有一搭没一搭地讨论着战况，忽然发现墙后走出来一个人。"站住。"一个士兵抱着枪站起来，"谁在那儿？"

默泽停下脚步说："我要上楼找麦兰森。"

士兵们很久都没见到过这个名誉上的"国王"了，很奇怪他怎么会出现在这里。其中一个士兵警觉地说："议长有命令，谁都不能通过。"

默泽叹了口气："楼下监牢发生暴动，我差点被那些地球人杀了，好不容易才逃出来,还要被你们盘问。"他严肃地说:"你们在这儿躲着,不镇压暴动也不出去战斗,是在等着投降吗?"

士兵们愣住。

"麦兰森让我去指挥室商议战术。你们要么让开,要么派人跟我去,如果耽搁时间导致战争失败,后果你们承担。"

士兵们相视确认,同意让默泽通过。一个士兵招了下手:"来,我带你去。"

默泽迈步朝前走去,他维持着平静的表情,心脏却疯狂跳动。他不徐不疾地路过三个士兵,走到搁着枪的架子旁,趁他们放松警惕,突然抓起一把霰弹枪,拨开保险飞速上膛,十多颗合金弹丸通过滑膛冲出枪口。"啊。"离他最近的士兵受伤倒地,第二发霰弹结结实实地打在另一个士兵的面庞上。前方带路的士兵转过身,惊悚地看到默泽端着枪扑了上来,接着喉咙感受到了冰冷的枪口,强烈震击过后,他那与身体分离的头颅在剧痛中晃动了两下,失去感知。默泽大口喘着粗气,抹去额头汗珠,撑着遍布血液的地面站起来。四具死尸的脸和胸口像破布一般鲜红骇人,他却丝毫不觉着害怕。默泽扔掉霰弹枪,扒下士兵的防弹衣穿上,补充手枪弹匣,背上一把冲锋枪,揣上手雷,镇定地朝楼上跑去。

指挥室中,麦兰森站在技术人员背后查看资料,发现中央主炮塔的能源储备已经见底,并且塔身多处受损。技术员预测它只能再发射三次,前提是它能顶得住调查团的炮火。麦兰森刚想开口,突然咔嗒一声传来,手雷撞在墙面上弹落到距离不远的供电机柜前。麦兰森愣了一下,赶忙俯身躲在控制台后。轰,指挥室的空气剧烈震动,弹片四溅,电力系统受损,顶灯和电脑屏幕紊乱闪烁。

默泽双手握着冲锋枪,一步步朝指挥室中间走去,手雷烟雾明暗交织,气氛变得令人惊悚。他看到技术员们蹲在地上举着双手,犹豫了一下没有杀他们。突然,默泽看到主控制台后方有身影晃动,立即横跨一步离开原位,子弹从他身侧飞过,弹射到墙面形成漆黑痕迹。他朝子弹射来的方向扣下扳机,三发子弹掠过控制台上方,射空了。

距离中央主炮塔不远的地方,一架白色敌机栽了下来,残破的机身在地面翻滚,它还未静止,便被下一架陨落的战机砸得粉身碎骨。火焰猛烈膨胀,点亮了周围大片的残骸,景象极其惨烈。距离战机坟茔不远之处,安东他们接近中央主炮塔,头顶上便是激烈的空中战场。

陈义和波努想去支援安东他们，却没办法把计划告诉那架翡英军战机，幸运的是翡英军战机察觉到了他们的心思，消灭掉眼前的敌人后，转弯前往安东的上方，开始驱离敌机。图喏看到头上一白二红三架战机组成了编队，心里十分奇怪。突然，一颗失去方向的导弹从天空坠入地面，炸起漫天烟尘。

"闪开！"安东猛地推开图喏，自己的肩膀却被弹片打伤，皮开骨裂。

图喏看到安东的肩膀淌出鲜血，着急地说："我给你包扎。"

"别管了。"安东忍着肩伤，带领部下们继续作战。

因为郭寻杨破坏了一个机库，另一个机库的库存战机也早已倾巢而出，敌机队伍补给告罄。而"纸鳞"部队的状况更糟糕，仅存的六名飞行员两个先后遇难，一个在跳伞时被敌机击落，只剩陈义、波努和另外一个始终在边缘帮忙"补刀"的同伴，以及那架反叛的翡英军战机。

波努在掩护翡英军战机时被一架"长鳄"追上，此刻他手上只剩最后一枚导弹，只能尽量与敌周旋，寻找最佳发射时机。"长鳄"大角度转弯时，波努从上方垂直掠过它的身后，用机炮扫射其尾翼，"长鳄"被迫爬升防御，波努转弯后仰起机头，再次锁定其尾部，正准备发射导弹时，突然发现不远处有一架敌机受伤，飞行员大概是发现自己无法弹射，便索性把机头对准地面的人群，想要拉安东他们一起死。波努放弃眼前目标，飞快地把瞄准具移向那架正在坠落的敌机——导弹于机腹下成功点火，毫秒之间抵达目标，偌大的火球绽放，敌机残骸呈球状四散，飘过中央主炮塔上方。见安东他们平安无事，波努松了口气，下一秒，刚才那架"长鳄"突然出现在了他的面前。转膛机炮疯狂开火，子弹扎入装甲发出刺耳的噼啪声，波努的驾驶舱内警报狂鸣，舱盖出现多道裂纹。"长鳄"与波努对向掠过，贴近时丢下数枚子母炸弹，无数只细密的火团包裹机身，机翼和驾驶室舱盖被炸得焦黑变形，滚滚火焰从受损尾部的洞口钻入了机身内部。陈义和那架翡英军战机发现了波努的情况，立刻飞过来掩护波努逃生。

驾驶舱温度直逼五十摄氏度，维生氧气面罩的冷却功能疯狂运转，即将在十五秒后消耗完降温材料。为了避免战机迫降时炸到人群，波努一直没有打开弹射座椅，因为失火诱发了引擎保护，这架"纸鳞"现在只能靠残存的电力储备飘行。尽管如此，波努依然坚持飞了半分钟，抵达了一片残骸组成的战机坟场。他打开弹射座椅，在半空中与伤痕累累的座驾分离，降落伞成功开启后，他第一时间摘去充斥灼热空气的头盔，大口地疯狂喘息。不远处，"纸鳞"坠落后发生了小规模的爆炸，之后便静止不动了。陈义看到波努的降落伞缓缓落到地面，终于放下心来，继续跟着翡英军战机作战。

中央主炮塔周围，红白战机光影交错，时不时有人被坠落的战机残片重伤致死，但这无法阻碍安东他们的脚步。经历艰难险阻后，安东他们终于进入了射程。这时，奇怪的事发生了，不知道什么原因，中央主炮塔竟然暂停了发射，虽然指示灯还亮着，但它就像宕机了一般毫无动静。安东赶紧指挥大家捡起之前陆军突击队留下的装备，扶正机枪和火炮、架起掩体，他忍着肩部剧痛扛起火箭炮，对准炮塔扣下扳机。不一会儿，其他人也跟上了安东的脚步，枪炮声如海浪一般涌起，子弹频繁扎入中央主炮塔那燃烧变形的侧装甲部位，引发了更为猛烈的大火⋯⋯

从调查团进入蜜壳星遭到阻止，地面部队突袭失败，"纸鳞"惨遭屠杀，到后来的副炮塔为中央主炮塔增能，核爆攻击⋯⋯这场发生在朱冠星团的一颗不起眼行星上的秘密战争，终于在中央主炮塔的哀鸣声中迎来了尾声。行星防御级别的坚固外壳出现多道裂缝，火焰烧灼内部管线，从顶部的炮闩传导至能量前置放大器，向下一直烧到激光振荡仓、磁铁推力器，最后到达了热核燃料室——一道令人致盲的粗壮白色光束自炮塔内部直冲云霄，浓厚的大气层瞬间被冲击出了一个上万平方公里的破洞。云中出现一只巨大的、飞速旋转的漩涡，漩涡中央显现出格外清晰的红矮星，以及它身后璀璨的朱冠星团恒星群。气压剧变，飓风以摧枯拉朽之势席卷基地，地面和空中均难以幸免，人群离散，战机失速，天地间的万物都被卷入混沌之中⋯⋯

外部的灾难也殃及指挥室。默泽被剧烈震动晃得无法站稳，甚至感觉有一瞬的失重。指挥室的天花板和墙体纷纷垮塌下来，砸向了已经毫无用处的控制台，几个蹲在地上的技术员当场毙命。默泽抱头躲到了一个结实沉重的金属柜旁，可金属柜却被后方倒塌的承重墙倾覆，他感觉山一般沉重的压力几乎要把他的内脏给挤出来，细密的灰尘直往肺部钻，因为无法咳嗽而憋得双颊发烫。

轰，梁柱轰然倾塌，上层建筑的残骸簌簌下落，封住了前路。默泽从扭曲钢筋的剪影中发现了麦兰森的身影，咬着牙抽出怀里的冲锋枪，对着他扣下扳机。麦兰森一边闪躲着跑动一边回击，子弹弹射在默泽手边的钢板上溅起火花。默泽继续开枪，十几秒后，对面的枪声停止了，麦兰森消失了。默泽丢掉冲锋枪，想要推开压在身上的柜体，却丝毫无法撼动它，更可怕的是，他发现垮塌房梁的一端出现了跳动的焰尖。

风暴逐渐停歇，大气层回流，逐渐填满了天空的破洞，迷蒙的红矮星光芒重新照耀着这片满目疮痍的大地。安东和图喏他们从船体残骸背后走了出来，看到中央主炮塔已经损毁，地下基地装甲也完全塌陷，位于地下一层的装弹室和控制间尸体横陈，通往地下二层的楼梯断裂，从下方传出火焰的橙色光芒。想到人质还在下面，安东的冷汗倏地冒了出来，再次联系了廖韦克局长，廖韦克说会与朱冠星团联防部队协调，让救援舰队进入，但办手续需要花很多时间。安东心想来不及了，关掉手环喊道："没受伤的跟我去救人！"

方才的混乱之中，陈义被主炮塔爆炸产生的冲击波推得无法操控战机，费了好大劲才平安迫降。风暴结束后，他从驾驶舱出来，焦急地寻找那架一起作战的翡英军战机，终于在荒地中看到了它。陈义站在原地，看着翡英军战机打开座舱盖，里面的飞行员摘除了头盔，露出黑色的短发——

"郭寻杨?!"

郭寻杨听到声音转过头，看到目瞪口呆的陈义。她笑了，泪水充盈眼眶。看到陈义跑过来，她飞快地解开安全带，踩着机翼跳下战机，奔过去一下子抱住了陈义。泪水瞬间涌了出来，两人激动得说不出话，只能紧紧地抱住彼此。自从伊希恩一别，两人各自经历的悲伤、无望和恐惧在这一刻得以释放。

陈义哽咽着说："我猜到是你了。"

"我不信。"郭寻杨微笑中带着泪花，"你和谁一起飞的？"

"波努·哥弗。"

郭寻杨松开环抱，讶异道："那个翡莫迩的发言人是你的队友？"

"对。"

"我看到他成功跳伞了，人呢？"

陈义环顾四周，挠了挠头："诶？刚才还在呢。"

波努估计救援队一时半会儿过不来，从舰船残骸中找到一些铁锹和锯子，抱到坍塌的洞口边。大家拿起工具，在应急灯的照耀下开始撬挖废墟。没有专业的救援人员和设备，挖掘进展极其缓慢，安东把肩膀包扎好后，不顾伤口依然在流血，继续回到一线，雪白绷带逐渐变得殷红。图喏在后方安排人们轮换工作，搜集灭火装置和医疗物资。

波努带着尚有体力的船员搬运建筑垃圾，不一会儿，陈义和郭寻杨也跑过来加入了波努的队伍。波努看到郭寻杨的时候愣了一下，他没想到逃出监牢、把战机搞到手还飞得那么猛的人，竟然是个不认识翡莫迩文字的地球人。

郭寻杨看到波努，说："我遇到了一个和你……""等下。"陈义把自己的手环摘下来给郭寻杨戴上。她赶紧打开翻译模式说："我和其他人是在狱长办公室附近分开的，我遇到了一个和你长得一模一样的人。"

波努激动地问："默泽还活着？"

"他往负二层的指挥室去了。"

"指挥室……他是想去杀麦兰森？"

郭寻杨不知道麦兰森是谁，摇了摇头。

安东凑了过来："你刚才说的办公室在哪里？"

郭寻杨在地上找了个红石块，凭记忆画出监狱平面图，指出监牢、狱长办公室、仓库、机库和指挥室的位置。安东分析，办公室的路被截断后，那些人只能往北走。于是，救援有了方向，他们开始大刀阔斧地劈凿，不停地向内呼喊。一段时间过后，终于在一堵倒塌的墙体后方收到了回应，黑暗深处传来的敲击声点燃了大家内心的希望。安东用蛮力掀开一块倾颓的楼板，看到了缝隙中晃动的手电筒光，他大喊："能听到吗？"

"能听到。"对面大声回应。

"有多少人？"

"六千多人，我们在军营里。"

"有没有火灾或毒物泄露？"

"没有。"

安东观察了一下坍塌状况，估计一时半会儿无法救出他们，便叫部下用绳索先送一些应急物资下去，接着继续扩大救援通道。

波努搬运着建筑垃圾，发现瓦砾深处的火焰正在弥漫，黑烟一个劲儿地往外冒，他生怕默泽出事，感觉内心像被架在火上烤一般焦躁。突然，一阵落石的声响传来，他看到陈义和几个人凑在那儿议论着，赶紧丢开砖石跑了过去。一个硕大的黑洞出现在破碎的墙体裂缝中，洞中隐约传来呻吟声。

陈义说："根据郭寻杨的地图，这下面应该就是指挥室。"

波努惊讶道："看到默泽或者麦兰森了吗？"

"看不清，下面的人都受了重伤，没有人能回应我们。"

波努趴到洞口，高喊道："默泽！默泽你在吗？能听到吗？默泽——"

默泽还以为自己幻听了，直到他第五次听到波努喊自己的名字，抓起手边的冲锋枪，用力掷向断裂的钢筋。

波努听到哐当一声，心跳加速，立马脱掉厚重的防护外套，抓着手电筒跳入狭小的洞口。"别下去，波努！"陈义没来得及阻止他，只能眼睁睁看着波努的头顶消失在红色的天光中。

听到鞋子踏在碎玻璃渣上发出的声响，默泽知道波努来了，可他却因为被压迫而发不出声音。"默泽！"波努一边喊着弟弟的名字，一边打着手电筒查看，发现在指挥室的一角，熊熊烈火已经顺着残骸的易燃物蔓延了过来。波努冲洞口喊道："有火情，放绳索下来人救火，快点！"陈义他们听到，立刻跑到安东那里拿救生绳和氧气面罩。一个技术员看到波努，虚弱地指了指断裂房梁后方的位置，波努把手电筒晃过去一看，默泽正被承重墙和柜子压着半跪在地上艰难地喘息着，他飞奔过去。

"哥哥……"时隔多日再次见到波努，默泽忍不住心潮涌动，泪水集聚眼眶。

"对不起我来晚了。"波努极力忍住眼泪，嗓音颤抖地说，"别怕，我来救你。"他捋开脚边的碎石，想要凭一己之力推开几吨重的墙体。

默泽说："别管我了，麦兰森就在前面的安全屋，你快去找他。"

"我先救你。"

"万一麦兰森再耍什么花招就麻烦了，你先去把他抓住。"

波努犹豫了。

"波努！"

听到陈义的声音，波努扭头喊："在这儿。"

陈义循绳而下，拿手电筒晃了一下："你没事吧？"

"没事，快点先灭火。"

看到陈义拿着灭火器冲向火焰，其他人也顺着救生绳跳下来加入救援。波努稍微放心了一些，对默泽说："那我去找麦兰森，你在上面等我。"

"嗯。"默泽点头。

波努让陈义负责救助默泽，检查了一下手枪，钻入断裂房梁的缝隙，来到被钢筋水泥碎块堵住的安全屋房门。波努捡了块钢板，用尽全力迅速铲除建筑垃圾，顾不上板子边沿割破手掌。逐渐地，变形的房门开始松动，波努砸开一道细缝，踹开房门，然后警惕地躲到墙后。安全屋内一片死寂，没有子弹射出，也没有人声。波努怀疑地靠近门口，看到有血液从门沿下方流了出来。

波努深呼吸一口，端着枪走入房间内部，看到麦兰森正坐在沙发上叼着烟，手边放着一把枪，地板上躺着八具议员的尸体，他们都曾是翡莫迩权倾朝野之人，看样子是被麦兰森所杀。

麦兰森面无表情地瞟了波努一眼，摘下嘴里的烟："你终于来了。"

波努没说话，把枪口对着他，避开尸体缓缓走了进去。

麦兰森嗤笑道："想动手就快点。"

"把枪丢过来。"波努说。

麦兰森没动，懒懒地吸了一口烟。

波努走上前，把麦兰森的枪撇到地上。"站起来。"

麦兰森依然无动于衷，突然来了句："你知道吗？你母亲的身体真的很美妙。"

波努两鬓青筋凸显，濒临暴怒。

麦兰森直视那双泛红的青绿色眼睛，淡淡地问："后来奥讷兰还和她睡一张床？他不嫌她脏？"

砰！波努扣下扳机，子弹射入麦兰森耳边的墙面，把他的耳朵刮出一道血红的口子。

麦兰森有些意外，他原本以为能够成功激怒波努杀了他。

开枪泄愤后，波努炽烈的目光很快就变得冰冷："我一定要让你受到审判。起来，跟我回去。"

麦兰森冷笑一声，掐灭烟头："奥讷兰居然养出你这么个难缠的家伙。"他做了个投降的姿势，站了起来。

波努走到麦兰森身后，拿手铐把他的双手铐住，用枪口抵住他的后背："走。"

两人到了门口，波努看到陈义正抱着机械工具从洞口下来。陈义看到波努出来了，说："我找到了千斤顶，来搭把手。"

波努刚要过去，突然地面剧震，墙壁崩裂成了石渣，碎块雨点般砸落下来。波努看到洞口大规模垮塌，陈义的身影在半空中变得模糊。"陈义！"波努喊道，被灰尘呛得咳嗽不止。混乱之中，波努把麦兰森推入断墙支撑出的安全三角区域，自己钻入一处有破损楼板遮挡的角落。他隐约听到陈义在喊，却被落下的石块砸得不敢抬头，根本无法回话。

大规模的二次垮塌犹如天崩地裂，地面下沉，楼板坠落，身边的建筑垃圾越堆越高。波努紧紧地抱着头，心里默念着秒数，不停地祈祷弟弟没事。等他数到三十的时候，响声完全停止了，终于尘埃落定。波努睁开眼睛，一片漆黑。他掀开压在头上的木板和石块，打开手电筒，发现周围的一切都变了样：原本横在指挥室中间的房梁被石渣掩埋，五六个控制台嵌在裸露的地板钢筋中摇摇欲坠。安全屋整个垮了，议员们的尸体坠落到了负三层。波努确认麦兰森还活着后，操起地上一截金属管，爬到房梁上开始清理堆叠的石块，他闻到火灾的焦臭味，心跳加速，疯了般地用力开凿石堆，顾不上手掌被管体锐刺划出鲜血。

终于，波努在石堆上打开了一个洞，把金属管塞进去撬动了沉重的楼板。随着瓦砾坠落的哗啦声响，楼板滑脱，波努赶紧趴着钻入狭小缝隙，来到了指挥室的另一边，拿手电筒一照，看到默泽依然被承重墙压着，头和手臂都被砸出了血，陷入昏迷。波努焦急地扒开默泽身边的石块，轻拍默泽的面颊："快醒醒，你能听到我说话吗？"过了会儿，默泽有了意识，微微睁开眼，在一片眩晕的金星中看到了波努。波努刚想开口，突然爆炸声传来，他立马护住默泽的头。爆炸过后，火焰就像窜动的游龙，从指挥室门口一下子烧了进来。

见状，默泽轻推了一下波努："不要管我了，快走。"

波努似乎没听到，他翻越了几个障碍后来到洞口下方。洞口被坍塌物封闭了，好在陈义被拉上去前，把手头的氧气面罩和千斤顶丢在了地上。波努把工具抱了回来，给默泽戴上氧气面罩，然后启动千斤顶。顶盘升起，承重墙松动了一些，金属柜对默泽的压力减小，但直到顶盘升到最高，其产生的空隙也不足以救出默泽。火愈烧愈旺，眼看焦烟往指挥室另外一头钻，波努不得不费力地钻过房梁，给麦兰森戴上氧气面罩，然后再回来救默泽。

默泽看波努大汗淋漓地推动墙体，他却丝毫没有感觉到任何松动，说道："放弃吧，火马上就会烧过来。把体力用在打通洞口上，你也许还能获救。"

波努皱眉："大家都在等你回去，不要再说这种话。"

默泽心头感觉很温暖，点了点头。

爆炸再次发生，上方楼板倾颓，着火的物件哗啦砸了下来，点燃了周围的垃圾，火势加剧。默泽慌了，波努也紧张起来。火焰迅速窜了过来，沾上了默泽的衣摆，默泽无法动弹，只能任由其发展，直至半个身子被点燃。波努心急如焚，把力量集中在手臂上，用脚顶着身后的断墙，死死抓着压住默泽的墙体边缘往前推。"啊——"波努嘶吼着用尽全力。由于承受了太多力量，他的机械左臂皮肤崩裂，露出内部的金属结构，手臂不断变形，扭曲的零件溅起火花，与断臂结合处也冒出鲜血……墙体与柜子之间发出尖锐的摩擦声响，在波努的左手彻底报废之前，承重墙终于稍稍滑向另外一边。左手没法用了，波努用左肩死死抵住柜子："快出来……"

在求生欲望的驱使下，默泽顾不上膝盖的剧痛，拼命地从狭小缝隙中挤了出来，在地上翻滚着扑打火焰。波努赶紧捡起一块毯子覆盖默泽的身体。很快，火被扑灭了，二人都气喘吁吁。默泽的右手臂，脖子和脸颊都被烧伤了，但不太严重，没有生命危险。默泽看了看发红的手掌，不敢相信："我居然还活着……"他看向波努，波努对他笑了一下，张开双臂。默泽激动地扑了上去，兄弟俩紧紧相拥。

火灾还在蔓延，虽然有呼吸面罩，但面罩拖延的那点时间已经无法等来救援了。兄弟俩安静地坐在废墟之中，面前炽焰舞动，橘红色的火光映亮了他们容貌一致的面庞。

波努平静地说："我去了趟猫尾星。"

"好玩吗？"

"没玩。"

"为什么？"

"因为你不在，没心情。"

默泽苦笑道："看来咱们没机会再去了。"

波努没有说话。

过了会儿，默泽问："人死了以后会去哪儿？"

"不知道。"

"有'来世'吗？"

"不知道。"

默泽望着火焰发怔："那你说，我们脱离躯体的灵魂也会像双胞胎的 DNA 一样完全相同吗？"

波努被他逗乐了："应该不会。"

默泽也笑了。

他们不再言语。波努轻轻地搂着弟弟的肩膀，静待死亡的来临。就在这时，突然传来奇怪的声响，石块簌簌下坠。两人吓了一跳。几声斧凿敲击，接着哗的一声，一大块盖在洞口的建筑垃圾滑落。"波努！默泽！"奥讽兰的声音传来。两人无比惊愕，赶紧爬起来。"我们在这儿！"波努喊道。一位救援人员把激光打了下来："远离指示点。"两人赶紧挪到一边。覆盖洞口的建筑残骸猛地坠落，光线强烈的探照灯刹那间把指挥室照得雪亮。两位救援人员从被拓宽的洞口跳下，一个人迅速灭火，一个人给波努和默泽穿上救生背带。

回到地面，两人看到了庞大的救援舰队，舰身上有着宇统厅警局的标志。奥讽兰激动地迎了上去，发现默泽被烧伤、膝盖也有伤，赶紧叫医生把他抬上担架。他看到波努的机械手臂坏了，断肢处在冒血，心疼地说："你跟默泽一起去医疗舰，赶快把伤口处理了。"

"我没事。"波努对救援人员喊道，"还有一个人活着，在断裂房梁的西北角。"

奥讽兰问："还有谁在下面？"

"麦兰森。"

因为房梁阻隔了火灾和波努的保护，麦兰森毫发无伤。当他被救援人员带到地面，出现在奥讽兰的面前时，奥讽兰的怒火终于爆发，扑上去狠狠地给了他一拳。麦兰森手被铐着，无法保持平衡摔倒在地。奥讽兰一脚踩在麦兰森的胸腔，令他痛得蜷起身体咳嗽起来。

见波努站在原地没动，陈义凑了过去："你不打算阻止你的父亲吗？"

波努抱起双臂，没说话。

陈义忍不住问："为什么不杀了麦兰森？"

波努叹了口气，青绿色的瞳仁中回忆流动："因为曾经有个人对我说，由着自己的冲动而报复他人是私刑，是暴政。"

奥讽兰回想起过往的屈辱经历，拽住麦兰森的衣襟，咬牙切齿道："给我道歉。"

麦兰森浑身泥土狼狈不堪，脸上全是血，目光却依然傲慢。

奥讽兰一拳抡了过去："你他妈的给我道歉！"

麦兰森啐出一口血沫："没有身后那些人给你撑腰，你还吠得起来么？况且，赢得这场战争的是波努，不是你，你连做我敌人的资格都没有。"

极度羞愤令奥讷兰失去了理智，把手伸入装着枪的衣兜——

波努走来："够了。"

"让开。"

"够了。"波努重复了一遍，冷峻地看着父亲。

奥讷兰只好作罢，松开麦兰森的衣襟。

波努看着麦兰森被士兵带走，察觉到奥讷兰依然陷在愤怒之中，便走近他问："你是怎么说服廖韦克带人来救我们的？"

奥讷兰控制情绪，回答道："和廖韦克无关，我跟朱冠星团的联防部长联系了一下，请他放行。"

波努有些意外："你认识那个部长？"

"不认识。"

波努点了下头，看似随意地说："那等回了家，你一定要把交涉的手段教给我。"

奥讷兰这才意识到波努是想安抚他的愤怒情绪，不禁心头一暖。

另外一边，救援人员用起重设备移走了压在军营上方的最后一层坍塌楼板。看到光亮，军营里的人们欢呼起来。五分钟后，第一批"人质"被救出，他们有的是地球人，有的是翡莫迩人。看到同伴安然无恙，人们额手称庆，激动相拥。

拜特勒和伯斯坦迪是最后一批出来的。波努看到这两个水火不容的人竟然走在一起，感觉有些奇怪，但没有问。

拜特勒问波努："梅佐伦没跟你一起来？"

"他的腿受伤了。"波努扫了眼队伍，问伯斯坦迪，"迈赛顿呢？"

伯斯坦迪回答："他被麦兰森杀了。"

波努悲伤地叹了口气："下葬了吗？"

"没有，他的尸体在一个环形监狱附近。"

波努打开手环，展示出耶什克的蜜壳星监狱："你说的是这个监狱吗？"

伯斯坦迪和拜特勒同时点头。

"它就在这颗星球的背面，在另外一片大陆上。"

波努报告了此事，安东赶紧带着部下赶往监狱。救助伤员，清点人数，尸体入殓……三个小时后,救援人员完成工作准备离开,安东向他们租赁了一艘大型救援舰返航地球。

休息舱里坐满了人,经历了九死一生,人们更愿意聚在一起以消解内心的恐惧。地球士兵们没有手环,只能蹩脚地用各国语言拼凑着交谈,尽管如此,他们依然聊得十分愉快。那两个曾对波努出言不逊的美国兵也在,在知晓翡莫迩人如何拼死奋战营救他们后,看波努的目光也变得尊敬起来。

陈义问:"你回去以后第一件事想做什么?"

波努回答:"全民投票。"

"我是问个人方面的。"

"个人?"

"你不想吃喝玩乐,放松一下吗?"

波努望向窗外,目光复杂:"还有好多事要做。"

陈义耸了下肩:"不知道以后我们的孢星会叫什么?'地球—翡莫迩孢星'?"

"名称不重要,重要的是两方能和平相处。"

"哎,也对,名称什么的交给那些政治家来决定吧。"陈义突然想起来,"哦,我忘了,你也是翡莫迩的政治家。"

波努笑了一下,没有否认。

兀姆纪 1221 年——地球公历 3381 年 9 月 5 日,调查团返航。满载人员的救援舰驶出两个星系之间的星门,舰桥同时收到了来自地球和翡莫迩的通信讯号。得知赢得战争、抓住了罪魁祸首并成功营救了一部分同胞,地球万国欢腾。翡莫迩人也欢欣鼓舞,涌上伊希恩的街头期待英雄的归来。

分别之前,波努郑重地对陈义伸出手:"这一路你帮了我很多。"

陈义紧紧地握住他的手:"希望你回去以后,能振兴你的国家,成为民众心里最重要的那个人。"

波努很感动,忍不住说出了心里话:"我想让每个公民都过上公正、幸福的生活,你一定很难理解这种想法吧?"

陈义眼中闪着光芒:"我能理解。"

波努再次握紧了陈义的手,轻松地说:"下次再请我喝柚子汽水。"

陈义哈哈一笑:"没问题。"

他们的旁边，默泽对郭寻杨说："谢谢你救了我。"

"不用谢。"郭寻杨捋了下短发，露出友善而温柔的笑容，"记得要对他人有防备之心。"

默泽腼腆地点点头。

舰桥中，安东与图喏握手："很荣幸能与你共同指挥战斗。你的'纸鳞'部队是我见过的最骁勇的空军。"

图喏用力握住安东的手："地球人为结束翡莫迩内战所做的努力，我们永远都不会忘记。"

安东点头："后会有期。"

"后会有期。"

经历了生死与共的征途，调查团正式解散，地球人和翡莫迩人即将回到各自的星系。安东带着部下和地球士兵登上联合国的舰船，把救援舰留给了波努他们。图喏接手舰船，指挥船员缓缓朝红巨星驶去……

清晨，天刚蒙蒙亮，鸟群在窗台上叽叽喳喳十分聒噪，家中却很寂静，郭耀一动不动地坐在窗边，清冷的天光笼罩在他的身上。从医院回来后，他几乎没说过话，杂货店也暂停营业了。每天，家居服务公司的无人机都会把饭菜搁在小小的停机坪上，而他总是没心情即时取货，直到无人机发出催促的鸣叫。

郭耀望着爬墙虎的叶子，看着它们犹如海浪一般波动，揣摩着今天的风向。突然，门锁响了。郭耀转过头来，看到郭寻杨出现在门口，嘴唇颤抖了一下。

郭寻杨关上门，放下行李箱，对郭耀微微一笑："我以后不飞了。"

瞬间，郭耀情绪失控，所有的恐惧和思念一股脑地倾泻出来，泪珠断了线般涌出眼眶。

郭寻杨也落下泪来，笑着说："哭什么呀？这不是你盼望的吗？"

郭耀用力点头，还是哭得停不下来。阳光从地平线喷薄而出，把鸟儿的羽翅染成粉色，光芒越过前方建筑的楼顶，洒在父女二人中间……

后来，郭寻杨告诉陈义，她之所以不飞，不是为了满足父亲的愿望，而是因为她在飞的时候总会想到宋何，想到他救她的那一瞬间。陈义在收到她的消息时，已经考上了预备指挥员，进入了太空军指挥部。他表示理解，没有再多说什么，也没有给任何建议，只在心里盼望有一天能与她再次一起驰骋天空。

过去的这一个多月，伊希恩栖息地不仅运转良好，还在科学院的规划下开始了新的建设，全息穹顶投影工程、拓建新工业区、居住地改善计划等等全都列入建设日程。波努他们乘救援舰回来时，除了个别重要岗位的人员，其他居民们都来到了现场。在民众的围绕下，伍尔班夫携众将士迎接了图喏等出征军人，并为烈士举行了遗骸交接仪式。

希莉得知波努他们回来了，放下一堆待处理的文件，拎起外套就往外赶。图特尼拿着刚起草的商业恢复建议书正要来找她，差点被她撞倒。希莉赶到现场，被庄严肃穆的气氛感染，她安静地站在人群中，注视着棺椁缓缓进入灵车。直到车队离开后，她才看到站在救援舰旁的王室成员。波努站在奥讷兰和默泽中间，他依然精神饱满，只是曾经年少轻狂的面容多了一份风霜洗礼过后的矜重。希莉遥望着他，镜片后的眼睛闪烁着思念的光芒。

仪式结束后，奥讷兰赶往医院去照顾莎珂尔。波努陪默泽换好烧伤药，独自走出医院，看到希莉站在门口。"工作做得怎么样了？"他问。

虽然很清楚波努的秉性，但听到他第一句话还是问工作时，希莉多少有点失望。"走，我带你去看。"她领着波努往办公楼方向走去。"科学院就在我们楼上，委员会成员也增加了……"两人聊着，乘电梯到达三层，希莉带波努来到她的私人办公室。波努踏进门，发现室内堆满了文件、电脑和通信设备，光投影屏幕就五六个。

"不好意思，有点乱。"希莉笑着推了下眼镜，拿起图特尼的商业草案递给波努，"这是我们最新的规划。"

波努浏览了一下，放下文件："我刚回来，很多事情都不了解，你做决定不用问我。这几天我要督促全民投票的事，等弄完我就来加入你们的工作。"

希莉点头："知道了。"

波努刚转过身，忽然想起陈义的话，又转了回来，看着希莉。

希莉感觉莫名其妙。

波努柔和而沉缓地说："这些天辛苦你了。"

希莉怔了一下，忍不住笑了："你出去打个仗，倒学会关心人了。"

"因为我遇到了一个很棒的朋友，他提醒我关注身边的人。"

希莉把手别到身后，脸庞洋溢着灿烂的笑容："这么说，我是你'身边'的人喽？"

波努有些害羞地挠了挠头,脸颊微微泛红。

因为拜特勒带领了两次反抗牢狱的行动,大家似乎忘了他曾经是打家劫舍的黑帮,认定他为英雄。拜特勒去申领住所的途中遇到许多人跟他打招呼,搞得他心烦不已。到了登记处,拜特勒看到伯斯坦迪也在,假装没看到他,往前台走去。工作人员给拜特勒展示出空着的公寓房间,让他选择。

伯斯坦迪走了过来:"以后可没有蝎尾糖了,你打算干什么营生?"

拜特勒心想,关你屁事,但他换了个说法:"你管不着。"

"我就是问问。"伯斯坦迪看似漫不经心地说,"我准备加入军队,你去不去?"

"我才不给政府打工。"

伯斯坦迪见他一副雷打不动的样子,便不再言语。

拜特勒选了间偏僻的公寓,签好字离开前台。他背对伯斯坦迪挥了挥手:"再会啦。"

波努从办公楼出来,来到梅佐伦的公寓。梅佐伦腿上绑着石膏,正架着拐杖靠在窗边喝水。听到敲门声,他喊了句"门没关"。

波努走进来:"腿好些了没?"

梅佐伦看到是波努,搁下水杯:"抓到麦兰森了?"

"在牢里呢,五天后审判。"

梅佐伦松了口气:"他会被判死刑吧?"

"光屠杀和叛国就够他死几次了。"

"那就好。"梅佐伦重新端起水杯,"救回来多少人?"

"只有三千多,奥讷兰和默泽都回来了。"

"嗯,我看到新闻了。"梅佐伦酸溜溜地来了句,"全家团圆啊,祝贺你。"

波努没有回应他的这句话,换了个话题:"你以后有什么打算?"

"没打算。"

波努犹豫了一下,说:"有很多事务要处理,要不你来帮我吧?"

"我不懂政治。"

"没关系,挑会做的工作就行。"

梅佐伦转过头,烦躁地说:"你就不能消停会儿?之前拉着我开'纸鳞'就算了,我都这副样子了你还来烦我?"

"我做事容易冲动，你可以提醒我。"

"'提醒'？我看你就是欠骂。"

波努没否认，笃定地看着他。

"唉。"梅佐伦拗不过他，心软了，"等我腿伤好了再说。"

波努点点头，转身准备离开。

"下次过来的时候带点烟。"

"知道了。"波努关上房门。

从公寓出来，波努感觉前所未有的轻松，尽管手上事务堆积如山，脚步却依然轻快。他穿上防护外套，戴上维生面罩，走出栖息地建筑，来到一汪雪水融化形成的湖泊边。水面反射着拉谜的红巨星光芒，层层叠叠的金红碎光随着波涛闪烁，就像陨落于梦境的流星群。波努走到湖边，看了一会儿风景，然后从兜里掏出那枚象征着王位继承人身份的金色徽章。回忆涌上心头，从徽章被佩戴到胸口的刹那，到它被他愤怒地掷向父亲，再到默泽把它放在堆满蝎尾糖的桌面，最终回归到自己手中……时间似乎过得很快，这一路，金色徽章就像幽灵一般如影随形。

而如今，它已完成了它的使命。波努握着徽章扬起手——一道金色弧线掠过半空，湖面激起微小的水花。

两个月后，波努和奥讷兰又出了一趟孢星。奥讷兰注销了自己翡莫迩君主的身份，波努拿着全名投票的结果，在宇统厅修改了翡莫迩文明的政体，将国家名称改为了"翡莫迩人民民主共和国"。他好奇地选定"人民""民主""共和"这三个标签，查阅同类型国家，瞬间，数以亿计的孢星和常宇宙国家列表展现在面前，他们的国旗大多为红色，象征着革命与牺牲。波努这才知道，他并不孤独。

如今，翡莫迩星的"蚁巢"已寥无人烟。曾经热闹的居住区静谧无声，杂草丛生；被核爆摧毁的军工厂废墟沉浸在红巨星的光芒中，犹如一片鲸落；贴在打靶室墙壁上的榜单在高温炙烤下发出悉索声响，列表的第一名是梅佐伦，第二名是波努……

至此，孢星融合带来的灾难告一段落，地球人与翡莫迩人成了邻居，享受着孢星位面屏障带来的安宁。而孢星之外，骇人的危机正在酝酿。

第 3 章 | 赤星迷踪

　　黄沙弥漫的星球某处，一位少女去水井取水，突然被沙丘谷底中的黑色仪器吸引了目光。她丢下水桶，好奇地跑了过去，扒开沙子把它抱了出来。少女按下了仪器顶端的按钮，突然间，头顶的阳光被冰冷阴云取代，云层散开，她的黑色瞳仁反射出十几颗形态各异的恒星，光芒剧烈的星体在天空旋转，犹如末日之景。阴影浸漫，少女惊慌地后退一步，一艘巨大军舰的剪影遮蔽了天空，气流卷起狂沙，令她的视野遁入黑暗……

外传：礼物

　　蕾辛从未尝到过母亲的乳汁，井水兑上劣质奶粉的淡苦味令尚在襁褓中的她哭闹不止。自懂事时，她便敏锐地察觉到身边女人们的异样笑容和从黑屋中传来的木棍击打声。她从被称为"妈妈"的老鸨口中得知，再过几年自己也会面临与姐姐们同样的命运，六岁的蕾辛就再也没笑过。

　　她清洗着姐姐们房里的床单，上头触目惊心的血迹令她产生了反抗的念头。可六岁的孩子又能做什么呢？她经常趴在铁栅栏围住的窗户前，望着围墙外面随风招展的树枝，幻想着自己的亲生父母来赎她。但七年过后，她没能等来救星，却等来了第一次接客的日子。

　　老鸨要求蕾辛洗了个澡，把她认真打扮了一通，送入一间她从未见过的小卧室，卧室墙上贴着不堪入目的色情招贴画。蕾辛看到虎背熊腰的男人走进卧室，贪婪地打量自己时，吓得发蒙，她拼命反抗，被摁在床铺上依然不屈不挠，用膝盖猛地顶了男人的下体。男人痛得差点哭了，捂着裤裆一瘸一拐地离开了房间，娼寮不仅退还全部嫖资五千星币，还赔了三千医疗费。接下来便是老鸨和娼寮的打手疯狂的报复。蕾辛浑身鲜血、奄奄一息地趴在地上时，打手强暴了她，随后老鸨提来夜壶把她的脸摁入屎尿之中。

　　经历了五天五夜的折磨之后，蕾辛终于学会了看到人就露齿微笑，无论那个人是姐妹、老鸨还是强奸了她数次的打手。老鸨觉得可以试着让她工作了，便把她带到了客人面前。这次的客人是个衣着干净，身材匀称的男性，手上戴着价格高昂的手环。蕾辛下意识地对着他笑，引起了对方的注意。

　　害怕再被老鸨报复，蕾辛把恐惧压在心底，不停地自我催眠，想象这个男人是能给她快乐梦幻的"男朋友"。进入房间关上门后，男人望着面前这个十三岁女孩，却什么都没做。蕾辛紧张起来，生怕得罪他，学着姐姐们的样子做出引诱的动作。

男人不为所动，沉声问："你叫什么名字？"

"蕾辛。"

"蕾辛，"他的目光深邃而锐利，"请保持你的愤怒。"

蕾辛愣住了，感觉空气中弥漫着异样的燥热。

"你要相信，无论遭遇过什么，你的身躯都是圣洁的，你的高贵灵魂也绝不会被门外那些恶心蛆虫所玷污。"

第一次听到这种话，蕾辛再也维持不了虚假的笑容，泪水倏地溢出眼角。

男人轻柔地抹去她的泪滴："想离开这里吗？"

蕾辛拼命点头，泪花飞溅。

"我是外星球的人，出入任何场所都被警察盯着，没有办法单枪匹马地把你带走，我的资产也不足以赎出这里任何一个女人。"他把手伸入衣兜，掏出一把装着消声器的小型手枪，"所以你必须依靠自己，我会尽量在外面接应你。"

蕾辛不敢相信："这是……给我的？"

"是的，里面有八枚子弹，你可以随意使用，但一定要全部用在敌人身上，听懂了吗？"

这是蕾辛第一次收到礼物。她接过枪，神情坚毅地点了点头。

男人走后，蕾辛把枪藏在梳妆台底下，脱去衣服裹上被子，假装交易完成。老鸨收了钱，听到男人对她提供的"服务"表达满意，便没有起疑。

两天后，暴风骤雨夹杂着漫天沙粒席卷娼寮区，十米开外不见人影。毫无停歇的沙尘暴令客人数量骤减，老鸨叹了口气，双手叉腰站在门口，望着空荡荡的街道。好不容易来了一位客人，点名要年轻的女孩，老鸨便给他推荐了蕾辛。

客人走进房间，迫不及待地把蕾辛推倒在地毯上，压根没有料到他的人生将在这里结束。蕾辛决心行动，从梳妆台下抽出那把手枪，把枪口悄悄地对准趴在她身上的客人的头。噗的一声，男人头顶开花。她推开他沉重的身躯，打开门，门外的打手还不知道发生了事，被蕾辛举枪射爆了脑袋。"啊——"一旁的女人们吓得尖叫。蕾辛拔腿朝外跑去，打手们察觉到骚乱，前往各个楼道口进行堵截。他们没想到瘦弱幼小的蕾辛会反抗，对蕾辛放松了警惕，等她举起枪时已来不及躲避。砰，砰……消音器阻挡了枪声，却无法阻挡子弹穿过肉体，不一会儿，各条走廊出现了打手们的尸体。

蕾辛跑到门口，看到惊慌失措的老鸨，毫不犹豫地举枪射击，老鸨喉咙中弹，捂着脖子摔倒在地。蕾辛无法控制对她的憎恶，朝她的额头补了一枪。老鸨目光呆滞，瞬间就不动了。蕾辛正准备跨出门槛，那个曾经强暴过她的那个打手突然从背后扑了过来，死死地抱住了她，她向后开枪，这才发现子弹用光了。"放开我！"恐怖的记忆涌入大脑，她发了疯般挣扎尖叫。忽然，蕾辛察觉到远处传来炫光，啪，打手的太阳穴被激光弹打中，一半脑袋刹那间消失。

"上车。"

蕾辛转头一看，那位送她手枪的男人穿着全套的骑行服，戴着黑色头盔，跨坐在一辆摩托车上朝她招手。蕾辛撒腿跑过去跳上摩托车。"抓紧了。"他说。蕾辛用力环抱他的腰。摩托车引擎轰鸣，一溜烟冲了出去。夹杂沙粒的狂风横飞，刮得脸颊生疼，蕾辛咬着牙一声不吭，男人脊背传来的温暖令她无比心安。她忍不住看了一眼后方，万恶的娼寮早已消失在了沙尘暴的雾气之中。

不一会儿，警笛声响起，打着警灯的轿车纷纷出现在摩托车两边。男人毫不慌张，拿出冲锋枪首先解决了左边警车的驾驶员，然后朝右边警车的轮胎疯狂射击，两辆警车失控旋转，挡住了路。后方警车射来子弹，打在了摩托车的尾翼和轮毂上，蕾辛吓得尖叫。男人保持曲线行驶，单手拉开手雷保险环向后一丢，后边那辆警车被炸得车头翘起，向后翻去。男人把油门拧到底，在道路上奔驰，拿冲锋枪破坏沿路集市的帐篷、凉棚和建筑工地搭建的钢筋笼，制造路障。

过了很长一段时间，警车没有再追上来。渐渐的，尘雾淡了，身边的建筑物变得稀少，蕾辛看到一艘小型飞船停在前方荒地中。男人停车，把蕾辛抱了下来，然后将摩托车放入飞船仓库，跳入驾驶舱点亮了驾驶舱。"来。"他朝蕾辛伸出手。蕾辛抓住他的手进入驾驶舱，舱盖闭合的瞬间，眼前的风景向下移动，在强大动力的推进下，飞船五秒内就上升到了高空。

蕾辛惊讶地向下望去，破落的民宅、脏污的集市、警车聚集的娼寮尽收眼底，而沙尘暴退去后的天际线又是如此美丽，天空湛蓝，淡橘色的云层如鱼鳞般覆满整个苍穹……瞬间，她的内心百感交集，泪腺发酸。

"哭出来吧。"男人轻声说。

"啊——"蕾辛放声大哭起来，积压的委屈和悲苦化作泪水冲刷脸庞。

看她那副可怜模样，男人心疼地叹了口气。

进入太空的安全地带，男人停下飞船，转身帮蕾辛擦泪。蕾辛也控制住了情绪，乖乖地坐在那儿让他擦。

等他擦完，蕾辛问："我可以问你是谁吗？"

男人微笑着点了点头，摘掉头盔，从下巴将人皮面具撕开，淡棕色的卷发滑落肩头，发丝缭绕之间，显露出一张性感美艳的女人脸庞。

蕾辛瞠目结舌。

她摘掉贴在后颈的变声器说："我叫阿帕妮。"她的嗓音温柔如水。

"你女扮男装就是为了来救我？"

"是的。"

"你认识我？"

阿帕妮摇了摇头，轻抚着蕾辛的后脑，柔声说："原因是这样：我以前也被困在那种地方，后来我逃了出来，我的妹妹却被抓住，老板想通过灌药控制她，过量的毒品直接终结了她的性命。"

蕾辛打了个寒战。

阿帕妮神情悲伤："我很痛苦，想要找个和她差不多年纪的女孩，搭救她以消除内心的愧疚。"

闻言，蕾辛心底涌起一股陌生的使命感："那我……我能替代你的妹妹来安慰你吗？"

阿帕妮温柔地说："至此发生的一切，还不足以回答你的这个问题吗？"

蕾辛心跳加速，热血涌上脸颊，她投向阿帕妮的怀抱，阿帕妮亲密地搂住她。"姐姐，"蕾辛眼角闪着泪光，露出了平生第一次发自内心的笑容，"以后我们不会再分开了。"

闻言，阿帕妮哽咽了，紧紧地贴着蕾辛的面颊，两人的泪珠融为一体。

小小的飞船离开星球边境，蕾辛的噩梦终于结束了。她始终把那支手枪带在身上，在阿帕妮带着她建立强盗军团掠夺财富的路途中，这把空弹匣的枪就像护身符般，守护着她对姐姐隐秘的爱意……

外传：埃克·麦兰森

埃克进了少年教养所。十三岁的他个头不高，身材匀称偏瘦，头发棕黄细软，有着一双明亮的灰色眼睛。严苛的家教令他举手投足间透露出优雅高傲的气质。埃克踏入教养所大门，立刻被来自同龄人的不善目光给盯上了，他们都很奇怪：这样一个从不与平民阶层有任何接触的贵族子弟怎么会出现在这里？

人们不敢相信，颇负盛名的投资家兼全国最大的保险公司董事长布罗恩·麦兰森，竟然死在了自己的儿子埃克手上——而他的妻子，刚在两周前因为急病死亡。按照法律规定，埃克必须在少年教养所待到十六岁，他继承的巨额遗产将由当时的翡莫迩国王霍亚德·哥弗暂时保管。

短时间内失去双亲，埃克的神情却平静得就像什么都没发生。他住进了与自家府邸条件天壤之别的简陋宿舍，脱下昂贵的定制衣物，换上教养所的统一服装。刚走出宿舍，他就被来自厂区的不良少年团体堵住了去路。

"杀人犯，渣滓。""你不是很有钱吗？怎么到这里来了？哈哈哈……""咱们弄死他。"他们谩骂着，把埃克推搡在地拳打脚踢，往他身上吐唾沫。埃克勉强护着头，依然禁不住他们十几个人轮番的殴打，脸上挂了彩。

体育训练时，教官看到埃克被欺负了，却假装没看到。那群不良少年在操场上再次围住埃克，教官只是懒懒地呵斥了一下，然后跷着腿继续看手环中的娱乐视频。

埃克性格倔强，挨了打既不求饶也不与之同流合污，那群不良少年知道他看不起他们，便变本加厉。埃克记不清他在医务室醒来的次数，却牢牢地记得他进入教养所的日期，每天醒来的第一件事，就是计算这场漫长刑罚的所剩天数。

那天，埃克又被那群人围住，后脑遭到铁棍重击，一下子昏了过去。从重症监护室醒来时，已经过去了整整六天，埃克缓缓睁开眼睛，朦胧中看到有人坐在身边。过了一会儿，视野逐渐清晰，他看清了那个人。

"感觉好点了？"霍亚德轻声问。

埃克虚弱地点点头，用尽全力从被褥中伸出手。

霍亚德握住埃克的手。

宽大的手掌传递来热量，温暖了埃克冰冷的手指。痛苦情绪海啸般涌上胸口，埃克忍不住哭了："我想回家……"

霍亚德深深地叹了口气。虽说世人难以理解，但他很清楚埃克弑父事件的来龙去脉。霍亚德考虑了一下，沉声说："我可以带你走，因为你需要接受教育，继承你父亲的公司。但是你要明白：你的冲动行为令国家失去重臣，令我失去挚友，我永远也不会原谅你。"

埃克沉默地垂下眼帘，泪水浸湿眼角。

国王赦免了埃克·麦兰森。埃克在不良少年们嫉恨的目光中离开了教养所。他虽然回了家，但每天都必须乘坐王宫的飞艇到翡英城报到，霍亚德安排了私人教师给他单独上课。

一次课间休息，埃克出门透气，遇到了奥讷兰·哥弗。奥讷兰与埃克同龄，黑色卷发乱糟糟的，青春洋溢的面庞闪耀着光彩，一看就是被宠溺着长大的。

奥讷兰笑着跟埃克打招呼："好久不见。"

埃克点头："你怎么跑到这里来了？"

"我作业忘了交，追着维托曼老师过来，没想到他也教你。"

"嗯，他在里面休息，你快去。"

奥讷兰掠过埃克进入教室。埃克回头看了眼他的背影。

过了会儿，奥讷兰走出教室，看到埃克正叼着烟望着天空发呆，忍不住问："你在抽烟？"

埃克从兜里拿出烟盒递给奥讷兰。

"我不会。"

"试试。"

奥讷兰记得国家规定成年以前不许抽烟，不过他还是接过了烟。适应了一阵后，奥讷兰不再排斥烟雾进入肺部的感觉，更重要的是，他用一支烟续上了与埃克的友谊。

奥讽兰问："你现在管公司吗？"

"只旁听会议。"

"董事会会让你做决策吗？"

埃克摇头："目前还是你的父亲在负责。"

"嗯。"奥讽兰把话题转到自己感兴趣的方向，"明年我要去拂晓学院了，你呢？"

"一样。"

奥讽兰无奈一笑，心想这家伙真是惜字如金。"这周休息天，你跟我去猎场玩吧？"

"去不了，我每天都要来这儿报到。"

"没事，包在我身上。"

霍亚德同意了奥讽兰的请求。两人自从去过一次猎场后，奥讽兰便经常喊埃克出去玩。霍亚德没有阻止二人交往，毕竟埃克将来要子承父业，成为这个国家上流阶层的一员，奥讽兰与他走得近一些也无妨。

一年后，埃克和奥讽兰同时进入拂晓学院。那个时候学院没有分班，学生数量极少，全是王公贵族的子女，想听什么课全凭自愿。奥讽兰和埃克选的课差不多，经常一同出入教室。奥讽兰交友甚广，成绩中等。埃克却喜欢一个人待着，经常独自学习到深夜，成绩名列前茅。

一天上完实验课，两人最后离开教室，负责把实验器材送回库房。路过绿植园时，遇到一位女生，正拎着两只装满水的硕大木桶。

奥讽兰上前道："我帮你拎吧？"

"不用。"女生虽然瘦弱但手臂很有力，桶里的水只是轻微晃动。

奥讽兰多看了她一眼。女生微卷的棕色头发飘逸浓密，五官精致美丽，青绿色的眼眸像绿湖翡英石一般闪耀。

送完器材，埃克见奥讽兰心事重重的，便问："你是不是想认识那个女生？"

奥讽兰点点头。

"园艺社的报名点在二楼。"

"你跟我一起去。"

"我对园艺没兴趣。"

"园艺社都是女生，我一个人去太显眼了……"

埃克看他那副抓耳挠腮的样子,心软了:"好吧。"

园艺社迎来了历史上首次男学生的加入。大家发现新成员竟然是王储和国家保险公司的继承人时,都惊讶得合不拢嘴。奥讷兰瞟了眼那个女生,感觉女生似乎对他没兴趣,他查看名单才知道她叫莎珂尔,是一支古老的传统贵族家族为数不多的女性后裔。

帮花园翻土的时候,奥讷兰主动地帮莎珂尔拿工具,提水桶,丝毫不介意他人眼光。莎珂尔沉迷于园艺,直到好友提醒,她才注意到奥讷兰的行为是在示好,开始正眼瞧他。埃克从未给过奥讷兰任何建议,他觉得既然进了社团就要搞出点名堂,每天都会来绿植园管理自己的盆栽,经常为了帮温室除草和换盆弄得满身泥土。莎珂尔明显对花草更感兴趣,经常和埃克探讨嫁接培育的话题,把奥讷兰晾在一边。

奥讷兰终于忍不住了,拉着埃克来到一处僻静的花园:"你是不是也对莎珂尔有意思?"

"没有。"

"我看你们聊得挺好嘛。"

埃克看着他:"你吃醋啊?"

奥讷兰语塞,脸上泛起一丝激动的红晕。

"吃醋你就好好上园艺课,每次都翘课,能讨莎珂尔喜欢吗?"

奥讷兰没法反驳。

埃克坐到长椅上,摸出烟:"抽吗?"

奥讷兰坐到他身边,接过烟点上。

埃克吐了口烟:"我估计你追不到她。"

"为什么?"

"她的心思都在自己的爱好上,而且你这种毛躁性格她不会喜欢。"

奥讷兰不爽:"你的意思是你性格稳重,她会喜欢你?"

埃克差点呛了口烟:"你别动不动就扯到我,我对她没有兴趣。"

奥讷兰不语。

"不过话说回来,如果我喜欢她,追求她,成功的可能性至少比你高。"埃克说。

奥讷兰斩钉截铁:"不可能,你是得不到她的。"

"为什么?"

奥讷兰来了句:"因为我以后会成为国王,而你是杀人犯,所以她一定会选择我。"

埃克怔住。

奥讷兰惊觉失言:"对不起,我不是……"

埃克挥手打断他的话:"不用道歉,你说的也是实话。"

空气中弥漫着压抑的气氛。奥讷兰默默抽烟,紧张得心跳紊乱。埃克倒看起来并不在意,平静地望着远方。

烟快抽完时,奥讷兰鼓起勇气打破沉默:"我可以问你个问题吗?"

"说。"

"你为什么杀了你的父亲?"

"他杀了我的母亲,我就杀了他,就这么简单。"

奥讷兰惊讶地转头看埃克,埃克脸上的淡然神情就像在说别人家的事。"可警方并没有指控他杀了你的母亲。"

"是的,因为他花了不少钱销毁了家暴和杀人的证据,这事国王也知道。"

"父亲他……"

"他包庇了布罗恩的罪行。"

奥讷兰第一次知道这种内幕,震惊得目瞪口呆。难怪父亲会去教养所找埃克,原来是怕埃克把真相说出去。他叹道:"政治可真是复杂……"

埃克靠着椅背,舒展胳膊望向天空:"是啊。"

第二天,埃克退出了园艺社。他把自己培育的两个盆栽搬回了家,再也没去过绿植园。莎珂尔有些失望,她发文字消息问埃克为何退出,埃克没回消息。

奥讷兰听了埃克的话,开始认真对待园艺课,经常陪莎珂尔整理修剪花草。逐渐地,他取代了埃克的角色,成了莎珂尔的好友,长时间的相处也让两人产生了感情。

莎珂尔答应与奥讷兰恋爱的那天,奥讷兰把这个好消息告诉了埃克。埃克只是淡淡地说了句"祝贺你",便忙得没了下文。奥讷兰沉溺在爱情之中,没有注意到埃克最近在忙些什么。埃克正式继承了父亲的国家保险公司,他正装笔挺地出现在董事会会议上时,强势锋锐的气质一点也不像刚满十八岁的人所具有的。

时间流逝,两人从拂晓学院毕业,埃克天天待在公司里,奥讷兰跟着父亲学习处理国家事务。他们虽然不再像以前那样邀约游玩，但出席活动和会议时经常会碰面。

自从翡莫迩星门开启，通过宇宙贸易发家的新兴企业家和投资人逐渐侵蚀了原本由国王把控的领域，社会上流阶层成员也变得复杂起来。新兴企业家不像传统贵族那样对翡莫迩王国充满情感，一门心思只想赚钱，甚至想把手伸向民众的腰包。但霍亚德不会允许这种事发生，他对星门贸易课以重税，把税款全部投入基建和民生，激起了众多来自富人的怨责。

一次小型酒会上，瓦莱克药业的董事长胡凯里尼喝多了，忍不住发泄了对重税的不满。一呼百应，贝马尔矿业、私立综合医院、军工企业等领袖全都表达了对国王的怨愤。埃克看在眼里，只是平淡地附和他们，没有多说什么。

过了些时日，胡凯里尼私下找到埃克，给他递去一份修宪协议。埃克打眼一看，又是限制王权的陈词滥调。

胡凯里尼说："我们都签了，你作为国家保险公司的董事长，不签的话，这份文件多少有点上不了台面。"

埃克意味不明地笑了下："签不签又如何，国王说了算。"

"这次不一样。"胡凯里尼凑近了些，神秘兮兮地说，"我听到风声，说如果国王这次再不松口，他们要有所行动。"

埃克眼中闪过警觉的光芒："谁？"

胡凯里尼耸了下肩，戒备地没有回答，接着话锋一转："生物学会会长吉琳批准了烟茄用于药物，我打算大搞一票，你投不投？"

"当然投。"埃克签了字，把协议还给胡凯里尼，"医院那边交给我办。"

胡凯里尼哈哈笑了："还是你爽快。"

胡凯里尼走后，埃克沉默地抽完一支烟，然后打开手环。霍亚德和奥讷兰的名片位于列表首位，他凝视着通讯名片，眼底反射投影的微光。

霍亚德正在王宫的书房处理公务，埃克来了。他关闭手环说："坐。"

埃克坐下："胡凯里尼他们拟了份修宪协议。"

霍亚德皱眉。

"陛下，希望您这次能认真考虑此事……"

霍亚德打断他："修宪绝不可能。我国社会秩序建立在民众对国王的信任和忠心之上，若是王权式微，任由那帮满脑子都是钱的家伙肆意妄为，民众的权益如何保障？没有民众的支持就没有翡莫迩王国。"

"可宇宙贸易养肥了他们，他们有了钱，就会把触角伸到您的领域。"

"是的，所以我打算收回常宇宙贸易权。"

"若是他们反抗呢？"

霍亚德满不在乎地说："那些贪生怕死的豺狼蝼蚁，让翡英军去吓唬一下他们就老实了。"

埃克心中一惊，但很快又恢复了平静。

霍亚德起身："等修宪协议送来，我要挨个找那些签了字的人谈谈。"

"我也签了。"

霍亚德转身倒酒："你没事，你是为了情报，跟他们不是一伙儿的。"

埃克看着他的背影，目光出奇的平静。

两个人又聊了一会儿，埃克道别走出书房，碰到了奥讷兰。

"今天怎么有空来这儿？"

"与陛下讨论些事情。"

"既然来了就一起去吃个饭吧？"

"不了，我还有事。"

"哦。"奥讷兰感觉埃克有心事，没有强留。

走了两步，埃克突然转身叫住了奥讷兰："你和莎珂尔怎么样了？"

奥讷兰愣了下："挺好的。"

"那就行，我先走了。"埃克离去。

政治风起云涌。霍亚德把修宪协议扔进了垃圾桶后，开始着手对付胡凯里尼等人，出台了一系列限制星门贸易的措施。霍亚德的强硬手段激化了矛盾，与国王为首的传统权贵与新兴企业家群体之间变得剑拔弩张。

随着时间推移，矛盾终于到了不可调和的程度。那一夜雷雨交加，闪电白光映亮了王宫飞艇的座舱顶部，座舱内部，霍亚德正查看部下草拟的星门港口货物新规，思虑着如何通过征税来减缓清关速度，限制与常宇宙的贸易往来。暗夜之中，一支由五十只武装无人机组成的暗杀部队在雨幕中穿巡，装载着弹药的小型炮口漆黑发亮。

砰，穿甲弹从尾部贯穿进来，扎入沙发坐垫，从飞艇底部穿出。霍亚德吓了一跳，赶紧躲到有着防弹装甲的座椅下方。五艘保镖护卫艇缩紧保护范围，把霍亚德的飞艇全方位遮蔽起来，同时打响了王室保卫军的警铃。无人机群在火炮中穿梭，与护卫艇展开搏斗。保卫军赶来时，有一大半的无人机殒命于火焰，它们的坠毁换来保护圈的小范围崩溃，剩下的无人机集体转火霍亚德的飞艇，击毁了其推进器。霍亚德感到一阵失重，剧烈震击后失去了意识。看到王宫飞艇重重地摔落在地面，四分五裂，二十架无人机不再恋战，加速逃离战场，往翡英城飞去。

此时奥讷兰正在王宫底部的凉亭中，大弹径的军用子弹突然穿过防弹玻璃，把他吓得抱头蹲下。又是一阵开火声，玻璃裂纹犹如片片蛛网，子弹在地面频繁擦出火花。千钧一发之时，奥讷兰的头顶响起飞艇的引擎轰鸣，炮轰声自半空响起，他看到窗户投射的光影中，一艘飞艇正在奋力驱逐武装无人机。

待形势稍缓，飞艇门哗地拉开——"奥讷兰。"

奥讷兰转头一看，竟然是埃克。

"从西边缺口过来。"埃克喊道。

奥讷兰鼓足勇气，俯身冲了出来，从西边倒塌的石柱位置抓住埃克的手，埃克一把将他拉入座舱，飞艇一边攻击剩下的两架无人机，一边升入高空。

埃克见奥讷兰吓得脸色发青，问："没事吧？"

奥讷兰摇摇头："父亲呢？"

埃克面色凝重，没有回答。

三个小时后，霍亚德被推出手术室。奥讷兰来到重症监护病房，看到霍亚德双目紧闭，静静地躺在病床上，不禁担忧得眼眶湿润。

埃克拍了拍奥讷兰的脊背，安慰道："医生说他会没事的。"

奥讷兰攥紧双拳："凶手到底是谁？"

埃克无法回答。虽然这些无人机有反侦察功能，但它们能够顺利进入城市中心空域，必定要绕过军方的防御监视系统，另外，王室保卫军响应速度不应该这么慢才对，难道有人关闭了一部分警报？他越想越觉得不对，但表面上没有表现出来："你这几天照顾好陛下，如果他状态不佳，你就要考虑继位的事。"

奥讷兰愣住："继位？"

埃克冷冷地说："是的，你不想让你的父亲再遭受这样的危险了吧？"

奥讷兰垂下眼睛，认同了埃克的说法。

"先这样吧，我走了。"埃克离开病房，正好遇到王后爱芙拉妮匆匆赶来。爱芙拉妮那天被保卫军带到王宫地下避难，毫发未伤。埃克欠身行礼，爱芙拉妮压抑着内心的焦急，优雅地回了礼。

暗杀的调查结果出来了：一个失业工人偷窃了工厂里用于农业灌溉的无人机，给它加装了炮管，于雨夜放飞，企图谋杀霍亚德。该工人当庭认罪，放弃上诉。贵族们无人不知这个工人是个替罪羊，但他们不敢挑明。翡英城弥漫着云波诡谲的阴谋气氛，每个人都噤若寒蝉，生怕自己成为下一个被暗杀的目标。

脑震荡损伤了霍亚德的脑组织，令他的身体机能逐渐衰弱。奥讷兰眼看着父亲每天沉睡的时间越来越长，却毫无办法，只得考虑埃克的提议，着手继承王位的事宜。

那天，埃克陪着奥讷兰去看霍亚德，正巧霍亚德醒了，浑浊的眼中闪烁着难得的清醒神色。看到两个年轻人站在面前，霍亚德呢喃道："国家事务……"

"我都处理了，父亲。"奥讷兰说。

霍亚德点点头。

"我和埃克他们商议，决定继承王位，您不用再操心了，好好养病。"

闻言，霍亚德眼中泛起泪光，从被褥中伸出手。奥讷兰赶紧握住。霍亚德略显激动地说："抱歉，我没有给你创造安稳的政治环境。"

奥讷兰哽咽了，摇了摇头。

埃克沉默地看着他们，眼中闪烁着悲伤。

霍亚德叹了口气："接下来只能交给你了……还有你，埃克。"

"陛下。"埃克走上前。

"你一定要帮奥讷兰，让他成为优秀的翡莫迩君主。"

"我明白，您请放心。"

霍亚德看着埃克，眼眸中流露出心疼："布罗恩的事，对不起，如果我能早一点……"

埃克心中涌起苦涩，动容地微微鞠了一躬："您不用愧疚。您把我接出教养所的恩情，我这一生都无法报答。"

霍亚德点了下头，泪水划过眼角。

很快，霍亚德再次失去意识，陷入沉睡。

两人走出病房，埃克直截了当地问："你考虑好如何与暗杀国王的人相处吗？"

奥讪兰惊讶道:"那个幕后凶手连司法机关都无法撼动?"

"他能随便找个人当替罪羊,你觉得呢?"

奥讪兰叹了口气,神情变得愈发沉重。"无论如何我都要成为国王,把祖辈的心血继承下去。可现在局势混乱,再出个什么事,国内会发生动荡。"

"我也是这样想的。"埃克的灰色眼珠被窗外的拉谜光芒映亮,"我有个办法能缓解传统和新兴贵族群体之间的矛盾。"

"什么办法?"

"你先同意签署修宪协议,我才能保证方案的实施。"

奥讪兰怔住:"这……这不是让我背叛父亲的主张吗?"

"谈不上'背叛',只是策略不同罢了。"埃克盯着他,"你既然要成为国王,就要习惯去决定一切事务。"

奥讪兰焦躁地来回踱了两步:"可是……"

"你还想不想我帮助你?觊觎你性命的人就在外头等着呢。"

埃克的强势气息令奥讪兰有些畏惧:"好吧,我听你的。"

"那你先去忙,等有了进展我再来找你。"

"嗯。"

从王宫出来,埃克登上飞艇直奔军区。因为在霍亚德的统治下国泰民安,而且治安有警局维持足矣,作为孢星政府军的翡英军便沦落为商队在常宇宙活动时的保镖。翡英军军区只占据港口的一小部分,港口停满了运输舰,连星际航母都没有。

埃克推开司令部的门,差点和贝马尔矿业老板佩柏撞个满怀,后者虽然笑着和埃克打招呼,但目光中充满忌讳。埃克走进司令部,看到寇雷格部长正一个人坐在沙发上。

寇雷格做了个手势:"麦兰森先生,请坐。"

埃克走过去坐下,扫了眼茶几上那两只残留着酒的酒杯。

寇雷格压根没把这个年轻商人放在眼里,傲慢地说:"您过来也是要跟我聊国王遭到暗杀的事儿么?我只想说,王室保卫军全是些废物。如果我能拿到同样的军费,这种事绝不可能发生。"

埃克冷笑:"别装了。"

"嗯?"

埃克摸出烟点上，吸了一口说："忽略无人机触发的安全警告，还降低王室保卫军的警戒等级。你不作声，这些事就不会有人知道吗？"

寇雷格脸色发白。

埃克掸了掸烟灰："不过有一点我跟你的看法是一致的，如果给你更多的军费，你一定做得比王室保卫军要强。"

寇雷格冷哼一声。

埃克盯着他："我知道暗杀不是你干的，但有人给了钱让你提供便利。至于那个人是谁，我不在乎，你也不用告诉我。"

"那你过来干什么的？"

"我想跟你联手，把修宪运动进行到底。"

寇雷格挑了下眉毛。

埃克舒展肢体，背靠着沙发说："我要建立议会，控制国王和上层阶级，修宪运动正是个契机。而对付权贵、建立稳定的社会秩序必须要有强硬的手腕，这就是你对于我的价值。"

寇雷格也背靠沙发："不知道这个'价值'值多少？"

"以后翡英军的军费我包了。"埃克打开手环，慷慨地给了寇雷格一笔巨款，"你先出孢星订购航母和战舰，然后找人做方案，扩大军区和港口，工程款我来结。"

见埃克这么爽快，寇雷格立马把贝马尔矿业老板给的蝇头小利抛诸脑后，答应与埃克联手。

埃克警告说："希望我给的钱与你的忠心能成正比，不然大家日子都不会好过。"

"论私人财产，你是这个国家最有钱的人，我只认钱。"寇雷格给他吃了颗定心丸。

霍亚德因为伤势过重，二十天后死于脏器衰竭。胡凯里尼等人见国王已死，新王刚继位政治根基不稳，愈发嚣张了起来，甚至在常宇宙联系了雇佣兵团体，想要发动叛乱。贝马尔矿业的佩柏企图再度收买寇雷格，过程被寇雷格一字不落地传达给了埃克。埃克直接让寇雷格出兵把手各个交通要道，堂而皇之地把地面部队驻扎到了星门、富人聚居区和王宫大门口。那些蠢蠢欲动的人一看军队这阵仗，不敢吱声了。

翡莫迩大陆弥漫着肃穆悲伤的气氛。王室保卫军仪仗队抬着霍亚德的棺椁，缓缓地穿过门桥街区，在众人悲痛的目光中上了跨河大桥。桥下，北鹰河波涛汹涌，桥的那头，挤满了早已泣不成声的厂区居民。他们哭着伸出手，想要最后一次碰触他们爱戴的君王。奥讷兰和爱芙拉妮泪目前行。随行队伍中的埃克却毫无感觉，教养所的遭遇让他确定民众是群欺软怕硬的乌合之众。他一直盘算着接下来的计划。

国丧结束之后，奥讷兰来到会议室。空气中暗流涌动，圆桌边围得满满当当，老贵族们、代表各个利益团体的人物及翡英军高级军官正襟危坐，脸上写满了对年轻新国王的鄙夷。

埃克礼貌地做了个手势："陛下，请吧。"

奥讷兰走到唯一一个空着的位置——主座坐下。看到埃克身边紧挨着翡英军的寇雷格，心中顿时明白了。

王宫医院中，爱芙拉妮正沉默地坐在病床上，她因为过于悲痛而晕倒在葬礼现场，被紧急送了回来。她的手环投影亮着，展示出会议的结果：奥讷兰签署修宪协议，成立议会，解除翡莫迩与常宇宙的贸易限制，降低关税并同意私人企业参股国家运营的项目，如电力、盐务……虽然奥讷兰的政策与霍亚德背道而驰，但出于对哥弗王室的信任，加上议会对媒体的控制，少量的质疑被淹没在了全体民众对奥讷兰的拥戴声中。

爱芙拉妮垂目看着这些信息，长长的睫毛仿佛冻结了一般，只有输液器中点滴落下的药水证明着时间的流逝。

开完会，奥讷兰赶到医院。看到母亲一动不动地坐在床头，淡蓝窗帘透出的光将她的面色映得犹如死尸般苍白。

"母亲。"

爱芙拉妮没有任何反应。

奥讷兰瞥了眼她手环亮着的新闻报道，沉重地叹了口气，慢慢地走到床边："你想说什么就说吧。"

爱芙拉妮闭上眼睛深呼吸，然后转头看着奥讷兰："我只想问你一句话，这些背叛你父亲的政策，是你自己做的决定吗？"

奥讷兰的目光变得黯然，他犹豫了一会儿，最终决定隐瞒实情："是的。"

爱芙拉妮眼中闪过失望，望向窗外。半晌，她苦笑道："你知道吗？今天我好像同时失去了丈夫和儿子。"

奥讷兰抿了下唇，胸口涌出苦楚。

"去忙你的事吧。"她说。

奥讷兰点头，温柔地说："那我走了，你不要太过悲伤。"

"嗯。"爱芙拉妮交叉手指，平静地看着他。

奥讷兰离开病房。气氛重归寂静，爱芙拉妮关掉手环，转头看了眼窗帘缝隙中飘动的树叶，却察觉不出它们的翠绿色彩。半晌，她枕头下摸出手枪，对准了自己的眉心。

砰！烟花四散。透过王宫飞艇的窗户，奥讷兰看到一处高档酒店的天台花园正在开酒会，富人们推杯换盏，庆祝着议会的诞生和减税政策。同时，他的手环亮起了医院通知，母亲冰冷的遗容跃于眼前。

爱芙拉妮被葬在霍亚德身边。连续两天主持父母葬礼，还开了一堆大大小小的会议，奥讷兰几乎没睡，精疲力竭到连悲痛的力气都没有了。好在莎珂尔一有空就来找他，让他的心灵得到了些许慰藉。

新军区动工那天，奥讷兰出席了仪式。从高台上下来，埃克递给他一支烟："辛苦了。"

像十几岁时那样，两人一齐靠墙站着抽起烟来。

奥讷兰突然问了句："你收买了寇雷格，对吧？"

埃克吸了口烟，默认了。

"难怪你后来不再提暗杀的事了，议会里那帮人也消停了不少。"

"嗯。"埃克看着奥讷兰，"你记住，有我在，你就是议会和军队的领袖，没有任何人能伤害你。"

奥讷兰心中涌起热流，想起当初在教室门口与埃克重续友谊，他觉得那是他平生做出的最正确、最重要的决定。这时的奥讷兰和他治下的民众们还无从得知，这场声势浩大的修宪运动将给翡莫迩文明带来怎样的命运。

完